JR K

W0239367

KNAUR

Im Knaur Taschenbuch Verlag ist bereits folgendes Buch der Autorin erschienen:
Keine Sau hat mich lieb

Über die Autorin:
Franziska Weidinger, Jahrgang 1968, hat Rechtswissenschaften und Sprachen studiert und einige Zeit in Italien gelebt. Während ihres Studiums arbeitete sie als Tellerwäscherin und Kioskverkäuferin auf der Zugspitze und hat jahrelang die Werdenfelser Hornschlittenfahrer vor ihrem waghalsigen Rennen mit Schnaps und aufmunternden Worten versorgt. Neben Romanen schreibt sie Theaterstücke und spielt Gitarre, Ukulele und Maultrommel in einer Drei-Frauen-Band.
Weitere Informationen zur Autorin unter www.franziska-weidinger.com

Franziska Weidinger

AUCH HÜHNER TRÄUMEN VON DER LIEBE

Roman

KNAUR

Besuchen Sie uns im Internet:
www.knaur.de

Wenn Ihnen dieser Roman gefallen hat und Sie auf der Suche sind nach ähnlichen Büchern, schreiben Sie uns unter Angabe des Titels »Auch Hühner träumen von der Liebe« an: frauen@droemer-knaur.de

FSC
www.fsc.org
MIX
Papier aus verantwortungsvollen Quellen
FSC® C083411

Originalausgabe April 2015
Knaur Taschenbuch

Redaktion: Martina Vogl
Umschlaggestaltung: ZERO Werbeagentur, München
Umschlagabbildung: © FinePic®, München
Abbildung Innenteil: © shutterstock/Alvaro Cabrera Jimenez
Hintergrundabbildung Rezepte: © Droemer Knaur
Satz: Adobe InDesign im Verlag
Druck und Bindung: CPI books GmbH, Leck
ISBN 978-3-426-51572-3

2 4 5 3 1

A Wassafoi

A Wassafoi mechat i sei
und foin, foin, foin.
Es foiat ma ned ei,
was andas zwoin.

I daat grod so owarauschn,
oiwei gangats dahi.
Mit neamd mechat i tauschn.
Nur foin mechat i.

Franz Ringseis

Prolog

»Der heißeste Mai seit Menschengedenken«, sagen die Alten und meinen damit, seit sie denken können. »Ein Jahrhundertmai!«, berichten die Zeitungen und verweisen auf Temperaturmessungen und Niederschlagsmenge. Das kleine oberbayerische Dorf Untermarktlbrunn brütet in der sengenden Sonne. Auf den Feldern raschelt schon der Mais, und das Gras am Straßenrand ist verbrannt, wie man es eigentlich nur aus dem Urlaub in Italien kennt. Die Tankstelle am Dorfrand, überdimensioniert wie der Supermarkt auf der anderen Seite des Dorfes, liegt wie ausgestorben da.

»Des is der Saharawind«, sagt einer der beiden Männer, die auf einer verblichenen, ehemals orangefarbenen Bierbank neben der Tankstelle sitzen, die Beine ausgestreckt, den Rücken gegen die Glasscheibe des Tankshops gelehnt. Er ist klein und krummbeinig, mit einem schlauen Gesicht und gewaltigen Segelohren. Eine ölverschmierte Latzhose weist ihn als Automechaniker und Tankwart aus.

Luggi Killesreiter hatte schon viele Autowerkstätten in seinem Leben, legale und illegale, in Hinterhöfen, Garagen und einmal sogar in einem Heustadl. Seine neue Werkstatt, direkt an der Tankstelle, ist so gesehen die feudalste und vor allem die legalste. Aufgrund der Fürsprache des Mannes neben ihm sowie des halben Dorfes, die ihm sogar im Heustadl noch die Treue gehalten haben, entfiel auf ihn der Zuschlag, als es darum ging, einen neuen Tankstellenpächter zu finden. Er trinkt einen Schluck aus seiner Colaflasche. »Ois Sahara, sag i dir.« Mit einer weit ausholenden Bewegung weist er auf den weiß glühenden Himmel. Und er hat recht: Überall hat sich der feine Wüstensand bereits abgelagert, liegt auf Geranien, Petunien und Rosenstöcken, auf Haus- und Fensterbänken, verschmiert Windschutzscheiben, und sogar die Spinnennetze unter den Dachbalken der alten Häuser sehen aus wie gelb gepudert.

Der Mann neben ihm antwortet nicht. Er ist etwa zwanzig Jahre jünger und gut einen Kopf größer als Luggi Killesreiter, hat leuchtend blaue Augen und keine krummen Beine. Auch trägt er keine Latzhose, sondern Jeans und ein verwaschenes T-Shirt, auf dem steht: *Heaven is not a place but a feeling*. Seine braunen Haare sind etwas zu lang und wirken, als sträubten sie sich dagegen, gekämmt zu werden. Er trägt einen Bart, ordentlich gestutzt, aber so dunkel und dicht, dass es ihn trotzdem etwas wild erscheinen lässt. Um seinen Hals baumelt ein Lederband mit einem Raubtierzahn. Er schaut aufmerksam in Richtung Westen, dorthin, wo die Bundesstraße vorbeiführt.

»Was bist denn überhaupt schon da heut?«, versucht Luggi, das Gespräch mit seinem schweigsamen Nachbarn zu beleben. »Ist doch noch viel zu früh für dich.«

Der Mann zuckt mit den Schultern. »Weiß nicht«, sagt er. »Hab so a Gfühl ghabt, als ob heut noch was passiern tät.«

»Passiern? Hier passiert doch eh nie was«, gibt Luggi träge zurück. »Keine Sau kommt vorbei. Da kann auch nix passieren.« Er trinkt seine Cola aus.

»Ich glaub trotzdem, dass heut was passiert«, insistiert der bärtige Mann bedächtig und schaut weiter nach Westen. Auf der Straße vor der Tankstelle weht der warme Wüstenwind eine Plastiktüte des Supermarkts vor sich her. Luggi steht wütend auf. »Des Scheißplastik überall, Kreizsakra!« Er hebt die Tüte auf und wirft sie in eine der Müllboxen an den Tanksäulen. Dann holt er sich eine neue Cola und setzt sich wieder.

Die Kirchturmuhr des Dorfes schlägt halb fünf, als an der Kreuzung ein Auto von der Bundesstraße in Richtung Tankstelle abbiegt. Es ist noch zu weit entfernt, als dass man sehen könnte, um was für einen Typ Auto es sich handelt, aber der Mann mit dem Bart springt trotzdem auf.

»Öha!«, ruft Luggi Killesreiter erstaunt. »Was is denn los?«

Er bekommt keine Antwort. Der Jüngere hat die Augen zusammengekniffen und fixiert das Auto, das langsam und mit lautem Brummen näher kommt. Bereits an dem unverwechselbaren Motorengeräusch kann man erkennen, dass es sich um einen alten VW-Bus handeln muss. Der Mann strafft sich, fährt sich nervös über seinen Bart und wendet sich dann Luggi zu, ohne den herannahenden Bus aus den Augen zu lassen. »Jetzt«, sagt er, »jetzt, Luggi, jetzt passiert was.«

Der Bus ist uralt und klapprig, und der Blinker flackert hektisch, als er in die Tankstelle einbiegt. Kein Teil der Karosserie hat mehr die originale Lackfarbe, er ist staubig und schmutzverspritzt, und an der Windschutzscheibe sowie an den runden Scheinwerfern kleben Hunderte Insektenleichen. Luggi ist jetzt auch aufgesprungen. »Des is doch ...«, beginnt er verblüfft, doch der andere Mann bringt ihn mit einer ungeduldigen Handbewegung zum Schweigen.

Die bedächtige Ruhe, mit der er zusammen mit Luggi auf der Bierbank gesessen hat, ist von ihm abgefallen, er tritt aufgeregt von einem Bein aufs andere, ist mehrmals versucht, auf den Bus zuzugehen, noch bevor er zum Stehen kommt, doch irgendetwas hält ihn zurück. Dann steht der Bus, die Tür öffnet sich, und eine Frau klettert heraus. Sie ist barfuß, trägt verblichene blaue Shorts und ein weißes Top mit Spaghettiträgern. Auf dem Kopf thront ein verbeulter, ausgefranster Strohhut mit breiter Krempe und einem bunten Hutband. Die Frau ist von eher kräftiger Statur, nicht dick, aber wohlgerundet und tief gebräunt. Sie hat Sommersprossen im Gesicht und an den Armen und lange blonde, an den Spitzen von der Sonne fast weiß gebleichte Haare, die sie zu einem unordentlichen Zopf geflochten hat. Jetzt nimmt sie den Hut ab und bleibt mit einem abwartenden, zaghaften Lächeln neben dem Bus stehen.

Luggi deutet mit einem ölverschmierten Finger auf die Frau und stottert noch einmal: »Aber des is doch …« Er kommt nicht dazu weiterzusprechen, denn der andere ist schon auf die Frau zugegangen und steht ganz nahe vor ihr.

»Bist wieder da«, sagt er, und es ist keine Frage, sondern eine Feststellung, aus der tiefe Befriedigung spricht.

Sie nickt. »Hast dir einen Bart stehen lassen?«

»Musst mich ja irgendwie beschäftigen in der langen Zeit«, sagt der Mann und grinst.

Sie berührt mit den Fingerspitzen vorsichtig sein Kinn. »Gefällt mir. Schaust aus wie ein Wilderer.«

Sie hebt den Hut, den sie in der Hand gehalten hat, wie eine Trophäe hoch. Aus der Nähe betrachtet, sieht er noch ramponierter aus. »Da. Schau!«

»A oider Huat. Was soll damit sein?«, fragt der Mann, doch er lächelt, als ob er bereits wüsste, was jetzt kommt.

»Ich dacht mir, den könnten wir an das Hirschgweih neben die Fahnen hängen, was meinst?«

Der Mann bleibt der Frau eine Antwort schuldig. Stattdessen umarmt er sie so fest, dass ihr der Hut aus der Hand fällt.

Der Wüstenwind, der just in dem Moment eine neue heiße Brise durch das bayerische Voralpenland schickt, lupft den alten Strohhut und treibt ihn auf die Straße zurück. Da die beiden zu sehr ineinander vertieft sind, um es zu bemerken, läuft Luggi fluchend hinterher. Es dauert eine Weile, bis er den Hut wieder eingefangen hat, und als er zurückkommt, stehen die beiden immer noch eng umschlungen da, so, als gäbe es keinen Wüstenwind, keinen bunten, staubbedeckten Bus und keine Tankstelle. Sie stehen da, als gäbe es nur sie beide und sonst nichts auf der Welt. Luggi bleibt stehen, den Hut in der Hand und wischt sich den Schweiß von der Stirn. »Sakra, sakra …«, murmelt er beeindruckt vor sich hin, während er das selbstvergessene Paar betrachtet. »Is doch nix gwieß auf der Welt: Selbst wennst meinst, es passiert nix, dann kunnt's immer no sei, dass doch was passiert.«

Eins

Man kann sich gar nicht vorstellen, dass eine Nacht so unglaublich dunkel sein kann. Der Lichtstrahl der Taschenlampe reicht nur ein paar Meter, dann verschluckt ihn auch schon der Nieselschleier. Ich suche meine Schlappen, die ich gestern Abend vor der Tür stehengelassen habe, weil ich zuvor in einen Kuhfladen getreten bin und keine Lust mehr hatte, sie sauber zu machen. Sie haben gestunken wie ein ganzer Misthaufen. Eigentlich hätte es keinen Unterschied gemacht, ich hätte sie ruhig anlassen können, denn der Rest von mir hat auch gestunken wie ein Misthaufen … Aber lassen wir das.

Jedenfalls sind meine Schlappen nicht mehr da. Ich leuchte an der Hütte entlang und unter den Tisch, doch vergeblich. Keine Ahnung, wohin sie verschwunden sind. Meine nackten Zehen krümmen sich in schauriger Erwartung vor dem, was jetzt kommt: Ich muss barfuß hinaus in den Nieselregen. Fast bin ich versucht, die Tür wieder zu schließen und so zu tun, als müsste ich nicht, doch es nützt nichts. Man kann sich in solchen Dingen ja leider nicht selbst etwas vormachen.

Ich tappe also hinaus auf den Weg, der eigentlich gar kein richtiger Weg ist, sondern ein Trampelpfad durch die Wiese. Nasse Erde quietscht zwischen meinen Zehen, feuchtes Gras streift meine nackten Knöchel, und ich zittere vor Kälte in meinem dünnen Schlafshirt. Vorsichtig gehe ich den Weg am Stall vorbei, dort liegen ein paar Bretter als Wegersatz. Sie sind schmierig, und fast rutsche ich aus. Das Licht der Taschenlampe ist nur ein dünner Faden und völlig unzureichend; ich kann kaum sehen, wohin ich gehe. Doch dort vorne ist schon mein

Ziel, der kleine Anbau, der wie ein Starenhäusl an der Stallmauer klebt, und ich gehe schneller. Strenger Geruch empfängt mich, als ich die Tür öffne, und ich weiß wieder, warum man ein Plumpsklo möglichst weit weg vom Wohnhaus baut, auch wenn es bedeutet, dass man um drei Uhr morgens barfuß durch den Nieselregen laufen muss, um dringende Geschäfte zu verrichten. Was ich allerdings nicht weiß, ist, warum ich nicht nach unten schaue, als ich das kleine Kabuff betrete. Vielleicht, weil ich in dem Moment sehe, dass jemand den Holzdeckel offen gelassen hat. Ich glaub, dieser Jemand war ich. Ich mache jedenfalls, ohne auf den Boden zu schauen, einen zaghaften Schritt hinein und trete auf etwas Schleimiges. Als das schleimige Etwas zudem noch rülpst, bekomme ich einen solchen Schreck, dass ich laut aufschreie. Noch ein Rülpsen, und der Strahl meiner Lampe trifft die große braune Kröte, auf die ich gerade getreten bin. Sie starrt mich mit ihren gelben Augen ungerührt an, quakt noch einmal und springt dann mit einem unvermittelten Satz nach draußen.

Diese plötzliche Bewegung lässt mich erneut zusammenzucken, und mir fällt die Taschenlampe aus der Hand. Leider fällt sie nicht einfach runter, was schon schlimm genug wäre, weil es die einzige Taschenlampe ist, die wir noch besitzen, nachdem gestern Abend eine depperte Kuh auf die andere Lampe getreten ist. Nein, sie fällt in das unsägliche Loch, das ich gestern Abend, nachdem ich in den Kuhfladen getreten bin, vergessen habe zu verschließen, landet mit einem harten metallischen Klack auf einem Stein, der dort unten herumliegt, und geht sang- und klanglos aus. Rußige Finsternis umgibt mich. Ohne Lampe ist es so dunkel wie in einem Ofenrohr. Der Regen ist jetzt stärker geworden, er trommelt auf das Dach, und überall um mich herum plätschert und tropft es. Man hört nichts anderes, nur Regen. Und den Wind, der in den Bäumen rauscht.

»Kreizkruzifix!« Heiße Wut steigt in mir auf, und ich trete so heftig gegen die stabile Bretterwand, dass mir die Zehen weh tun. Ich muss verrückt geworden sein. Wie sonst ließe es sich erklären, dass ich hier zitternd vor Kälte im Stockfinsteren auf einem stinkenden Plumpsklo in 1400 m Höhe hocke, ohne Strom und ohne Wasserspülung, ohne Taschenlampe und – Himmelherrgott nochmal – ohne Schuhe?

Angefangen hat alles mit einem Blumenstrauß. Genauer gesagt, einem Rosenstrauß zum Valentinstag. Ich hätte ihn freudig entgegennehmen, meine Nase in die zarten Blüten versenken und dann meinen Liebsten umarmen sollen. Stattdessen hat sich irgendwo in meiner Magengegend ein kleiner, schwerer Klumpen Panik eingenistet, der mit jeder Minute des erwartungsvollen Schweigens größer geworden ist. Am nächsten Morgen dann lag der Strauß auf dem Misthaufen, und bei seinem Anblick fühlte ich mich, als hätte man mir einen nassen Putzlumpen ins Gesicht geschlagen. Nur dass ich es selbst gewesen bin, die den Putzlumpen in der Hand gehalten hat. Ich habe trotzdem eine der Rosen mitgenommen und bei mir auf den Nachttisch gelegt. Dort ist sie dann verschrumpelt, ein langsam verblassender, staubiger Vorwurf. Nach einer Weile habe ich sie dann in die Schublade gelegt, zu *Ulysses*. Sicher kennen Sie diesen Roman? Kennen tun ihn nämlich die meisten, aber ich habe echt meine Zweifel, ob ihn viele von denen, die immer so gscheid daherreden, tatsächlich schon gelesen haben. Also, ganz, meine ich, von vorn bis hinten. Ich kenne jedenfalls niemanden. Außer Snake. Aber der ist ja auch was Besonderes. Ein Spinner, sagen die Leut. Was Besonderes halt, gebe ich zurück und denke mir, das könnt vielleicht eh das Gleiche sein. Kommt eben immer auf die Perspektive an.

Ich habe *Ulysses* nicht gelesen, zumindest nicht richtig. Das habe ich nicht geschafft. Mein Gehirn hat sich gleich nach den ersten zehn Seiten so verknotet, dass ich erstmal eine Runde schlafen musste, zur Entspannung. Trotzdem ist er mein Notfallbuch. Immer wenn ich nicht weiterweiß, schaue ich da rein und lese ein, zwei Sätze, am liebsten laut. Manchmal hilft es. Weil die Sätze so merkwürdig und unverständlich sind und trotzdem einen ganz besonderen Klang haben und einen damit ganz schnell woanders hinbringen. Weit weg von allem.

Wenn man Glück hat, schauen danach die Alltagsprobleme, mit denen man sich als Metzgerin in einem kleinen bayerischen Dorf so herumschlagen muss, gleich ein bissl anders aus. Ein bissl weniger problematisch, wenn Sie verstehen, was ich mein.

Aber wahrscheinlich denken Sie sich eher, ich tick nicht ganz richtig, weil ich vom Plumpsklo über einen Rosenstrauß auf James Joyce komme. Zugegeben, der Zusammenhang ist auch nicht sofort ersichtlich. Trotzdem ist er da, Sie werden schon noch sehen. Das ist in etwa so wie mit den Sätzen von James Joyce, da kann man auch nicht gleich erkennen, worum es geht, zumal dieser Herr auch sehr sparsam mit Punkt und Komma umgeht, wie ich immer wieder verwirrt feststellen muss. Trotzdem, am Ende spürt man irgendwie dennoch, was er sagen wollte, auch wenn man es nicht in Worte fassen kann. In dem speziellen Fall mit den Rosen auf dem Misthaufen hat mir aber nicht einmal der gute alte James Joyce weitergeholfen. Außer, man sieht es als Verdienst von *Ulysses* an, dass ich dieses Mal nicht nur in Gedanken weit, weit weg gelandet bin, sondern im wahrsten Sinne des Wortes: Nämlich auf einem Plumpsklo am Arsch der Welt.

Ich weiß ja nicht, wie es Ihnen geht, wenn Sie über einen Sommer auf einer Alm nachdenken. Ganz sicher fällt Ihnen da nicht zuallererst ein, bei Nieselregen in einem Plumpsklo barfuß auf eine Kröte zu treten und seine Taschenlampe in die Versitzgrube fallen zu lassen, oder? Dacht ich mir. Mir nämlich auch nicht. KEIN MENSCH denkt an so was, wenn er das Wort »Almsommer« hört. Noch nicht mal James Joyce würde so etwas denken, mit oder ohne Punkt und Komma. Aber in Irland haben die ja eh keine Almen, also glaub ich jedenfalls.

Ich hatte – wie wahrscheinlich 99,9 % der Menschheit, die sich unter Begriff Almsommer etwas vorstellen können – ein ganz anderes Bild im Kopf, als meine Freundin Anni mir vorgeschlagen hatte, mit ihr zusammen den Sommer als Sennerin auf der Schafkopfalm zu verbringen. Deswegen war ich auch sofort dabei. Statt mich um verwelkte Rosen und die dazugehörigen Probleme zu kümmern, wollte ich lieber ein Abenteuer erleben. Allerdings ein Abenteuer von der geruhsamen Sorte. Sozusagen Abenteuer *light*. Ich stellte mir einen Sommer im Paradies vor, weit weg von verwelkten Rosen und komplizierter Liebe, weg von Leberkäs und Weißwürsten, weg von Brüdern, Vätern, nörgelnden Kunden und Dorfgetratsche. Stattdessen Wellness auf saftig grünen Wiesen, umgeben von schroffen Bergen und weiß-blauem Himmel. Kuhglocken bimmeln leise, das Heu duftet, es gibt frische warme Milch, sahnigen Rahm, Käse mit Wiesenkräutern …

Also, um gleich mit dem ersten Irrtum aufzuräumen: Kuhglocken bimmeln nicht leise. Zumindest nicht, wenn sich die Kuh in unmittelbarer Nähe des Ohrs befindet. Sie scheppern, schrillen, dröhnen, je nach Form, und davon gibt es sehr viele unterschiedliche, was mir bis dato auch noch nicht wirklich bewusst war. Sie haben sogar unterschiedliche Namen. Allerdings nicht sehr hochdeutsch-kompatibel, um es einmal vorsichtig auszudrücken. Wie soll man *Blimpern* übersetzen? Oder *Blumpern?* Wobei, die Wörter nur zu lesen hilft da eh wenig, diese Glocken ghörn ghört, um zu kapieren, wie sie klingen und warum sie so heißen. Sollten Sie also mit dem Gedanken spielen, einen Sommer auf einer Alm zu verbringen, kann es nicht schaden, vorher zu üben, den Klang von Blimpern vom Klang der Blumpern zu unterscheiden. Überhaupt schadet es nichts, sich vorzubereiten. Dann könnte man sich die eine oder andere Erfahrung sparen und müsste vielleicht nicht schlotternd und fluchend auf dem Plumpsklo sitzen und sich fragen, welcher Teufel einen geritten hat, freiwillig und ohne Not eine saubere Toilette mit Wasserspülung gegen diesen Ort hier einzutauschen. Aber vielleicht stellen Sie sich das jetzt immer noch idyllisch vor? Eine ganz besondere Erfahrung für übersatte, zivilisationsgschädigte Stadtmenschen vielleicht? Lassen Sie es sich gesagt sein: Würden Sie dort hocken, wo ich gerade hocke, und riechen, was ich gerade rieche, und schlottern, wie ich gerade schlottere, würden Sie sich genau wie ich nichts sehnlicher wünschen, als schnurstracks in die böse Zivilisation zurückzukehren und sich in einem warmen, weichen Bett zu verkriechen.

Im Augenblick erscheint mir nichts erstrebenswerter als diese Vorstellung: Ein weiches, kuscheliges Federbett, eine warme Heizung, fließendes Wasser … Und mit FLIESSEND meine ich nicht das eiswürfelkalte Rinnsal, das aus dem Brunnen vor der Hütte rinnt und das unsere gesamte Wasserversorgung darstellt. Ich würde tief und traumlos schlafen. Mit warmen Füßen statt schmutzigen Eisklumpen am Ende meiner Beine. Ich würde morgen früh wie immer die Metzgerei aufsperren, fröhlich meine Kunden begrüßen, dicke Leberkässcheiben zwischen frische, knusprige Semmeln zwicken, zarte Schnitzel klopfen und lachende Kleinkinder mit dicken Gelbwurstradln versorgen. Ja, ich würde sogar lieber Blutwurst rühren und Schweinehälften zerteilen, als hier zu sitzen. Doch ich kann nicht weg. Die nächsten acht Wochen nicht. Mein warmes, weiches Bett, die nächste Wasserspülung und meine Metzgerei liegen etwa zwei Stunden Fußmarsch und gut 800 Höhenmeter von hier entfernt im Tal. Zwei Stunden, wenn man im hellen

Sonnenschein, in Wanderschuhen und auf trockenen Wegen spaziert, wohlgemerkt, und nicht mitten in der Nacht, barfuß und im strömenden Regen. Ich habe Anni versprochen, mit ihr diesen Almsommer durchzuziehen, und das werde ich auch tun. Irgendwann sind auch die schlimmsten acht Wochen einmal vorbei. Und daran klammere ich mich jetzt, während ich mit zusammengebissenen Zähnen erledige, wozu ich hergekommen bin, und mich dann – nur geringfügig erleichtert – in der Dunkelheit auf den Rückweg zur Hütte mache.

Voller Grausen bei der Vorstellung, womöglich in einen vom Regen aufgeweichten Kuhfladen, auf eine Nacktschnecke oder gar noch einmal auf eine Kröte zu treten, traue ich mich kaum, meine Füße aufzusetzen. Im Zeitlupentempo schleiche ich den Weg hinauf zur Hütte, zumindest glaube ich, dass ich in diese Richtung gehe. Sehen kann ich ja nichts. Ich sage nur: Ofenrohr. Es stellt sich heraus, dass es nicht ganz der richtige Weg war. Irgendwann stoße ich nämlich mit den Zehen schmerzhaft gegen ein Hindernis, und vorsichtiges Abtasten verrät mir, dass es nicht die Hausmauer, sondern die schroffe Felswand hinter der Hütte ist. Ich bin also zu weit gegangen.

Inzwischen bin ich vollkommen durchnässt und spüre meine Füße kaum mehr vor Kälte. Leise fluchend taste ich mich entlang der an den Felsen angrenzenden Hüttenmauer zurück, erreiche endlich die Haustür und schlüpfe zähneklappernd hinein. In dem einzigen großen Raum ist es noch warm vom Feuer des offenen Kamins. Wärmer jedenfalls als oben in der winzigen Kammer, wo ich vorher zu schlafen versucht habe. Mit einem Geschirrtuch trockne ich mich notdürftig ab und rolle mich dann auf dem Schaffell zusammen, das vor dem Kamin liegt. Die Glut glimmt schwach, und hie und da knackt es. Draußen rauscht der Regen. Während meine halberfrorenen Füße zu kribbeln beginnen und ich noch versuche, mir plötzliche Dringlichkeiten auszudenken, die es notwendig machen könnten, morgen auf der Stelle zurück nach Hause zu gehen, fallen mir vor Erschöpfung die Augen zu.

Etwas Feuchtes weckt mich, und als ich erschrocken hochfahre und halb erwarte, die schleimige Kröte von heute Nacht vor meinem Gesicht hocken zu sehen, ist es noch immer dunkel. Der Regen prasselt so heftig auf das Schindeldach, dass man glauben könnte, er wolle die ganze Hütte wegspülen. Vor mir steht Anni und mustert mich verwundert. Sie hat eine Strickjacke über ihr Nachthemd gezogen, und ihre Füße stecken in dicken grauen Wollsocken. In der Hand hält sie eine Kerze. Ulysses, der riesige, zottelige Hund, der uns auf unserem Almabenteuer begleitet, hockt neben ihr, und es kommt mir so vor, als würde er ebenso erstaunt schauen wie Anni. Ich wische mir über mein Gesicht, das er zuvorkommenderweise schon mal abgeschleckt hat, und setze mich auf. »Guten Morgen!« Prompt muss ich gähnen. Habe ich in dieser Nacht eigentlich insgesamt mehr als zehn Minuten geschlafen? Anni sieht auch nicht gerade ausgeschlafen aus. Ihre kurzen, dunklen Haare stehen zu Berge, und ihre Augen sind klein und verquollen vor Müdigkeit.

Anstrengende Tage liegen hinter uns. Wir haben zusammen mit Anda, Annis Mann, und meinem Freund Snake alles, was man für acht Wochen in der Abgeschiedenheit der Berge an Hausrat und haltbaren Vorräten so braucht oder glaubt zu brauchen, hier heraufgebracht und dann noch dabei geholfen, die fünf Milchkühe und das Jungvieh heraufzutreiben. Die Hauptarbeit haben dabei die Treiber erledigt, junge Burschen aus dem Dorf und zwei mutige Bauern, die uns – tollkühnerweise muss ich fast sagen – ihr Jungvieh anvertraut haben. Als wir vorgestern endlich alle oben waren, war ich so kaputt, dass ich dachte, ich schaffe es nicht einmal mehr, die Tür aufzumachen. Am liebsten wäre ich einfach ins Gras gesunken und hätte die Augen geschlossen. Aber an Ruhe war nicht zu denken. Die ganze Mannschaft ist über Nacht dageblieben, hat Brotzeit gemacht und das extra zu diesem Zweck heraufgeschleppte Bier bis auf den letzten Tropfen ausgetrunken. Danach haben sie sich in der Stube für ein paar Stunden aufs Ohr gelegt und geschnarcht, dass die Wände gewackelt haben. Am Morgen haben wir dann erneut Unmengen Brot, Speck und Würste aufgeschnitten, Kaffee und Eier gekocht, während sich die Männer noch ein letztes Mal um die Tiere gekümmert haben, haben uns beim Frühstück alle Ratschläge angehört, die wir schon unten im Tal hundert Mal gehört haben, und damit gekämpft, dass uns nicht die Augen zufallen. Am Nachmittag dann sind die Letzten abgezogen und mit ihnen auch Anda und Snake. Ich musste ein paar Mal heftig schlucken, als Andas alter Unimog mit den beiden rumpelnd um die Ecke verschwunden ist, und sogar Anni, die in solchen Dingen viel tougher ist als ich, hat gezwinkert und sich über die Augen gewischt. Von da an waren wir allein, und es hat keine Stunde gedauert, bis die erste Katastrophe über uns hereingebrochen ist: Es hat plötzlich zu regnen begonnen, wir mussten uns beeilen, das Milchvieh zum Melken in den Stall zu treiben, und in der Hektik ist eine Kuh auf unsere große, starke Taschenlampe getreten und hat sie unter ihren Hufen zermalmt. Und jetzt habe ich auch noch die zweite Lampe verloren.

Als ob Anni meine Gedanken erraten hätte, fragt sie als Erstes: »Wo ist denn die Taschenlampn?«

Ich senke den Kopf. »In der Versitzgrubn.«

Ich erzähle ihr von meinem Missgeschick, und Anni hebt eine Augenbraue. »A Krötn?« fragt sie und schüttelt sich. »Igitt.«

Ich nicke und bedeute ihr mit beiden Händen die monströsen Ausmaße des Tieres. »Mit giftgelben Augen. Des war a richtige Monsterkrötn.«

Sie grinst. »Du hättst ihr a Bussi geben sollen, dann wär a Prinz draus geworden. Stattdessen zertrittst des arme Viech.« Ihr Grinsen wird breiter, als ich empört protestiere: »Zertreten?!? Die konnte man ned zertreten, ich sag doch, das war ein Monster! Außerdem, was tät ich mit einem Prinz im Plumpsklo ... noch dazu bei der Saukältn ...«

Anni lacht, stellt die Kerze auf den Tisch und geht nach draußen. Nach fünf Minuten kommt sie mit einem Armvoll Feuerholz zurück, und wir beginnen, den uralten Holzofenherd einzuheizen. Bei unserem ersten, schweißtreibenden Großputz, den wir veranstaltet haben, als unser Entschluss feststand, uns einen Sommer lang als Sennerinnen zu versuchen, hat allein das Reinigen dieses museumsreifen Stücks einen halben Tag gedauert. Die Alm gehört der Weidegenossenschaft und stand ewig leer, eigentlich seit der alte Hirte, der Kemser Sepp, das Hüten aufgegeben hat und sich keiner fand, der es übernehmen wollte. Seitdem haben nur noch Generationen von Mäusen die Alm bevölkert.

Wir haben zusammen mit meiner Nachbarin, Hedi Zankl, und Anda, der das Dach repariert und uns eine neue Hausbank samt Tisch geschreinert hat, tagelang geschuftet, um sie wieder bewohnbar zu machen. Unten besteht die Hütte nur aus einem einzigen, ziemlich großen Zimmer. An der schmalen, fensterlosen Wand rechts befindet sich eine Treppe, die eigentlich mehr eine bessere Leiter ist und durch die man durch eine große Holzklappe in der Decke nach oben gelangt. Die gegenüberliegende Wand wird fast zur Hälfte von dem offenen Kamin eingenommen, der wie eine mittelalterliche Feuerstelle ausschaut und in den man riesige Holzprügel legen kann. Wahrscheinlich hat man dort früher ganze Spanferkel gebraten. Vorne, genau in der Mitte, befindet sich die Eingangstür und links und rechts davon jeweils zwei Fenster, durch die man die große Wiese und den Stall sehen kann.

Die Alm ist im unteren Teil aus dicken Feldsteinen gemauert, so dass die Fensterbänke fast einen Meter tief sind und man bequem darin sitzen kann. Allerdings sind die Fenster sehr klein und lassen nur wenig Licht herein, so dass es, auch wenn die Sonne scheint, drinnen immer ein bisschen dämmrig ist. Jetzt, wo die Regenwolken fast an das Hüttendach stoßen, ist es finster wie am Abend. Vor den Fenstern stehen zwei Tische. Auf der einen Seite der Haustür, in der Nähe des Kamins, ein großer, wuchtiger Esstisch mit umlaufender Eckbank, Herrgottswinkel und einem in die Wand eingelassenen, bemalten Schränkchen, wo wir Schnaps, Kerzen und Gläser aufbewahren. Der Tisch auf der anderen Seite ist kleiner, aber er hat ebenfalls eine Eckbank. An der rückwärtigen Mauer, die direkt an den Felsen gebaut ist, steht der Herd mit seinem rußigen, gemauerten Abzug. Links und rechts davon gibt es einige einfache, in die Wand eingelassene Regale für Geschirr und Vorräte, ein Brotkasten, Annis Butterfass und mehrere große blaue Tonkrüge für die Milch, die wir ja verarbeiten wollen. Um den Herd herum ist in etwa in Stirnhöhe eine umlaufende Holzstange angebracht, die mit grob geschmiedeten Haltestangen und Ringen an der Decke befestigt ist. Dort kann man nasse Kleidung aufhängen, oder auch den Topfen zum Käsen, da dieser ja auch die Wärme des Ofens braucht. Sehr praktisch, auch wenn die Höhe nicht besonders gut durchdacht ist oder für sehr viel kleinere Menschen als mich und Anni geplant war: Ich habe mir an dieser Scheißstange schon gefühlte hundert Mal den Kopf angestoßen. Neben Herd und den Regalen befindet sich an der Rückwand noch eine niedrige Tür, die zum Vorratsraum führt, der gleichzeitig auch unser Kühlschrank ist. Er ist direkt in den Felsen hineingeschlagen und überraschend groß, man kann sogar darin stehen.

Ich weiß ja nicht, wie gut Sie sich mit Almen auskennen, aber mir war bis kurz vor unserem Einzug nicht klar, was man auf einer stromlosen Alm unter einem Kühlschrank zu verstehen hat. Als wir zum ersten Mal die Tür zu dem höhlenartigen Raum neben dem Herd geöffnet haben, standen dort auf einem der Regale aus groben Holzbrettern noch Einweggläser aus der Zeit, in der die Schafkopfalm zuletzt bewohnt worden war. Also mindestens zehn Jahre alte Johannisbeermarmelade, Apfelkompott und ein Glas saure Gurken, die über die Jahre schwarz wie die Nacht geworden waren. Kemser Sepps Frau, die damals wahrscheinlich das Einmachen übernommen hatte, hat jedoch offenbar ihr Handwerk verstanden, denn in der ganzen langen Zeit war nicht ein Glas davon schimmelig geworden. Weggeworfen haben wir es trotzdem. Ich glaub nicht, dass wir einen kulinarischen Hochgenuss verpasst haben. Obwohl, man kann ja nie wissen, es gibt ja auch Leute, die auf hundert Jahre alte Eier oder dreimal verrotteten Stinkefisch stehen. Da wären schwarzgeschrumpelte Essiggurken noch die harmlosere Alternative gewesen.

Ein ebenfalls dort stehendes leeres Nachtkästchen, das eine mit Fliegengitter bespannte Tür hatte, hat uns zunächst Rätsel aufgegeben, bis Anda die Vermutung äußerte, dass es sich dabei wohl um einen altertümlichen Vorratsbehälter für Speck und Würste handeln muss. Die offene Tür dient zur Belüftung, damit auch hier nichts schimmelt, das Fliegengitter ist gegen Fliegen. Eigentlich total logisch. Hätten wir auch selbst draufkommen können. Weil uns keine neuzeitlichere Alternative eingefallen ist, haben wir diesen Vorratsbehälter dann auch nur durch ein neues, etwas größeres und saubereres Nachtkästchen aus dem Fundus des Gschwendtnerhofs ersetzt. Ebenfalls mit Fliegengitter, versteht sich. Da drin stapeln sich jetzt Speck und Kaminwurzen, Pfefferbeißer und Landjäger, und man versteht plötzlich, warum es so viele geräucherte und somit haltbar gemachte Wurstspezialitäten gibt. Außerdem lagern in unserer Kühlhöhle auf den nun sauber geschrubbten und mit Papier ausgelegten Regalen unsere gesamten anderen Vorräte: Nudeln in rauhen Mengen, Reis, Mehl, Gemüse, Obst, Kompott, Sauerkraut, Kartoffeln, Gewürze, Essig und Öl, Honig, Marmelade, ungefähr zwanzig Tafeln Nussschokolade und dazu noch ein paar Packungen Butter und Käse. Letzteres nur vorsichtshalber, eigentlich brauchen wir das gar nicht, denn schließlich wollen wir als Sennerinnen Butter, Topfen und Käse selber machen. Für den Butter gibt es sogar noch schöne alte Modeln, die wir auch in dem Vorratsraum gefunden haben.

Im ersten Stock unter dem ausladenden Schindeldach gibt es dann noch zwei kleine Kammern mit Bettnischen. Der obere Teil der Hütte ist nicht gemauert, sondern aus Holz gezimmert, die Wände sind aus dunklen, von den Jahren geschwärzten Balken und die Fenster noch kleiner als unten. Es riecht nach altem Holz und Staub von hundert Jahren. Wenn ich in meiner Kammer im Bett liege, komme ich mir vor wie ein Zündholz in der Schachtel. Na ja, nicht ganz so dünn vielleicht.

Schränke gibt es nicht, dafür wäre gar kein Platz, nur jeweils eine Holztruhe mit schwerem, gewölbtem Deckel, in denen wir unsere Kleider und andere Habseligkeiten verstaut haben. Oben gibt es auch keinen Ofen, und wenn man nicht – wie ich heute Nacht – hinaus aufs Plumpsklo gehen will, stehen für dringende Geschäfte zwei museumsreife Porzellannachttöpfe bereit, die wir, wie die Truhen und einen Großteil der Einrichtung, noch von unserem Vorgänger übernommen haben. Als ich meinen persönlichen Nachttopf, der auch noch ganz liebevoll mit Enzian und Almrausch bemalt ist, zum ersten Mal gesehen habe, hab ich einen Lachkrampf bekommen und war mir sicher, dass ich den niemals im Leben benützen würde. Nach meinem heutigen nächtlichen Ausflug muss ich mir das jedoch noch mal überlegen.

Um das Ganze noch etwas wohnlicher zu machen, hat uns Hedi Zankl liebenswürdigerweise Vorhänge und Kissen genäht, die jetzt unten auf den Eckbänken, Stühlen und Fensterbänken liegen. Allerdings sind die Muster der Stoffe nicht wirklich *almerisch*, wie Anda angesichts der Farb- und Musterexplosion etwas skeptisch angemerkt hat, sondern mehr so Ethno-Style. Was nicht weiter verwundert, denn die ganze Hedi Zankl ist mehr Ethno-Style als almerisch – sie liebt es bunt und ausgefallen, am liebsten irgendwie afrikanisch oder indisch angehaucht, und ihr ganzes Haus, das ungefähr so alt ist wie diese Almhütte, ist in diesem Stil eingerichtet. Uns gefällt's. Die Vorhänge und Kissen schauen freundlich und optimistisch aus. Und das kann man vor allem dann gebrauchen, wenn draußen so wie heut morgen Weltuntergangswetter herrscht und man sogar drinnen den eigenen Atem sehen kann. Mir wird erst jetzt, wo wir den Herd einschüren, richtig bewusst, wie saukalt es ist. Das Feuer im Kamin ist irgendwann in der Nacht erloschen, und das im Herd sowieso.

Als wir gestern todmüde ins Bett gegangen sind, haben wir beide nicht daran gedacht, dafür zu sorgen nachzulegen, damit bis zum Morgen noch eine Glut übrig ist. Während Anni versucht, den noch eiskalten Wasserkessel zu hypnotisieren, damit er schneller warm wird, gehe ich nach oben in meine Kammer, um mich anzuziehen. Meine Füße sind schwarz vor Dreck, aber um sie zu waschen, müsste ich jetzt im strömenden Regen zum Brunnen hinausgehen, und dazu habe ich wirklich keine Lust. Nicht vor dem Frühstück. So ziehe ich eben die Socken über meine schmutzverkrusteten Zehen. Wird auch mal gehen. Als ich auf der engen Holzstiege wieder nach unten stolpere, krachen zwar die Scheite lustig im Herd, aber es ist noch nicht spürbar wärmer geworden. Anni sitzt am großen Tisch und schaut stumm hinaus in das trostlose Regengrau. Es ist Viertel nach fünf. Ulysses liegt ihr andächtig zu Füßen, hat die Augen geschlossen und beachtet mich gar nicht.

Das mit Ulysses ist auch so eine Sache. Als unser Plan mit dem Almsommer Gestalt anzunehmen begann und wir uns über die Details des Sennerinnendaseins schlaumachten, war schnell klar, dass wir einen Hund brauchen. Auf dem Gschwendtnerhof von Anni und Anda gibt es zwar eine liebe Berner Sennenhündin, doch sie sollte auf dem Gschwendtnerhof bleiben, und so mussten wir uns nach einem anderen Hund umsehen. Es war Snake, der schließlich Ulysses angeschleppt hat. Ein Ungetüm von einem Hund, graugezottelt und fast so groß wie ein Kalb. Snake hat ihn im Tierheim von Marktlkirchen gefunden. Dort hat Ulysses schon seit über einem Jahr vergeblich auf einen neuen Besitzer gewartet, nachdem ihn seine bösen Vorbesitzer einfach an einer Autobahnraststätte Richtung Süden mit einem Strick an die Leitplanke gebunden hatten. Er hat Snake so leidgetan, dass er ihn einfach mitnehmen musste. Da keiner wusste, woher er stammt und wie er heißt, hat ihn Snake den Namen Ulysses gegeben.

Snake, der ja eigentlich gar nicht Snake heißt, sondern Stefan, Stefan Grassl, hat ein ausgesprochenes Faible für beziehungsreiche Namen, und der Hund heißt deshalb nach James Joyce' Roman, weil dieses Buch nicht nur als Notfallbuch in meinem Leben eine wichtige Rolle spielt, sondern auch maßgeblich am Beginn unserer Beziehung beteiligt war. Ich bin darin praktisch mit der Nase und noch dazu, ohne es zu merken, auf meine große Liebe gestoßen. Deshalb fand ich es ganz schön romantisch, dass Snake den Hund Ulysses getauft hat, auch wenn ich es niemals öffentlich zugegeben hätte. Insgeheim aber habe ich schon allein deshalb dieses heimatlose Riesenungetüm mit den sanften Augen sofort ins Herz geschlossen und mich darauf gefreut, ihn auf der Alm dabeizuhaben.

Anni allerdings war zunächst skeptisch. Sie hat das Ganze auch eher praktisch und nicht wie ich durch die rosarote Brille betrachtet. Doch Snake ist recht geschickt im Argumentieren, und er hat Anni ausführlich erklärt, dass es sich bei Ulysses um einen reinrassigen irischen Wolfshund handele und diese Rasse in früheren Zeiten für die Wolfsjagd gezüchtet worden sei. Er könne daher besonders gut auf uns aufpassen. Davon hat sie sich dann überzeugen lassen. Wenn es ein Hund mit einem Wolf aufnehmen kann, dann ist das schon mal nicht schlecht. So haben wir gedacht. Obwohl er nicht viel älter als ein Jahr sein dürfte, ist Ulysses wirklich SEHR groß und dürfte fast sechzig Kilo wiegen. Jetzt, wo ich ihn näher kenne, bin ich mir allerdings nicht mehr sicher, ob er sich an das Ding mit der Wolfsjagd genetisch gesehen noch erinnert oder ob das nicht schon zu lange her ist. Das mit dem Aufpassen jedenfalls hat er noch nicht wirklich verinnerlicht. Er hat die Seele eines Lämmchens, und statt uns zu beschützen, will *er* ständig beschützt werden.

Auch leidet er unter einer Art Wahrnehmungsstörung, was seine wahre Größe anbelangt; ich glaube, er denkt, er sei ein Jack Russell oder besser noch ein Chihuahua und will bei jeder Gelegenheit auf unseren Schoß klettern, um geknuddelt zu werden. Muss ich erwähnen, dass sich das bei einem Schultermaß von fast 90 cm etwas schwierig gestaltet? Wenn wir auf einem Stuhl sitzen, ist Ulysses mit uns auf Augenhöhe, wenn wir uns in Bodennähe bewegen, also etwa bücken, um unsere Schuhe zuzubinden, rennt er uns ohne viel Federlesens einfach über den Haufen. Ich bin auf diese Weise gestern zweimal der Länge nach in einem frischen Kuhfladen gelandet. Und das auf einer Alm ohne fließend Wasser und Strom, von einer Waschmaschine brauchen wir also gar nicht erst zu reden. Ich habe überdies den Eindruck, Ulysses nimmt mich trotz seines für mich so bedeutungsvollen Namens nicht wirklich ernst. Er hört kein bissl auf mich, im Grunde beachtet er mich überhaupt nicht, außer, ein Kuhfladen ist in der Nähe. Vielleicht liegt das ja daran, dass wir uns noch nicht so gut kennen.

Bis wir so weit waren, auf die Alm zu gehen, hat er bei Anni gewohnt, weil ich in der Metzgerei nun leider so gar keine Verwendung für einen irischen Wolfshund hatte. Deswegen hat er sich auch Anni als seine Chefin und Beschützerin auserkoren. Mir traut er offenbar weder das eine noch das andere zu. Er ist auch nicht mitgekommen, als ich heute Nacht in die sturmumtoste Finsternis hinausmusste. Wie ein großer grauer Zottelhaufen ist er einfach vor Annis Kammer liegen geblieben und hat nicht einmal den Kopf gehoben, als ich mit der Taschenlampe an ihm vorbeigeschlichen bin. Auch wenn ich durchaus nachvollziehen konnte, dass er sein Lager bei dem Sauwetter nicht verlassen wollte, hat es mir doch einen Stich versetzt, denn damit war klar, dass Ulysses, selbst wenn er über so etwas wie Beschützerinstinkt verfügen sollte, sich dieser jedenfalls nicht auf mich erstreckt, wenn ich mitten in der Nacht nach draußen zum Pinkeln muss. Das war ziemlich ernüchternd, um ehrlich zu sein. Aber es passt zur Gesamtsituation. Alles bisher ist ziemlich ernüchternd für mich, und da wäre es schon fast ein Wunder gewesen, wenn sich Ulysses anders verhalten hätte.

Während Anni sich anziehen geht, nehme ich im kümmerlichen Licht der einzelnen Kerze einen Kanten Brot aus dem Kasten und schneide ihn schon mal in Scheiben. Mein Magen knurrt, und ich würde am liebsten gleich frühstücken, aber die

Arbeit geht vor, und das Wasser im Kessel ist ja noch nicht mal lauwarm, also ist an Kaffee noch gar nicht zu denken. Ich hole auch schon den Butter und die Marmelade aus dem Vorratsraum und decke den Tisch. Bin ja mal gespannt, wie das mit dem Butter- und Käsemachen so wird. Wir haben uns in unser künftiges Sennerinnendasein schon im Vorfeld voll reingesteigert und eine Menge darüber gelesen. Wir wollen Butter und Käse genau so wie früher auf der Alm machen – ohne moderne Geräte, ohne Chemie und ohne Lab. Anni hat dazu sogar ein uraltes hölzernes Butterfass aufgetrieben, das mit einer kleinen Handkurbel funktionieren soll ... Na ja, ich lass mich mal überraschen.

Wir wollten dazu eigentlich auch einen Kurs bei der Jungbauernschule in Marktlkirchen besuchen, aber der war ständig ausgebucht. Stattdessen hat Anni dann ein Buch gekauft. Sie meinte, eine gelernte Hauswirtschaftsmeisterin plus eine gelernte Metzgerin und Köchin würden doch wohl des bissl Butter und Käs zustande bringen. Ich bin da noch etwas skeptisch. Die Sachen sind oft komplizierter, als sie im ersten Moment ausschauen. Das habe ich gemerkt, als ich – für alle Fälle – statt des Käsekurses einen »Melkworkshop für Einsteiger« belegt habe, damit Anni ihre fünf Kühe nicht immer allein melken muss und ich blöd danebensteh und mich gar nicht auskenne. In diesem Kurs hat man uns nicht mal eine echte Kuh zugetraut, wir mussten stattdessen an einer schwarz-weißen Plastikkuh mit Gummieuter üben. Immerhin konnte das Vieh muhen, und es klang sogar ziemlich echt. Wenn man alles richtig machte, muhte die Kuh einem freundlich-aufmunternd zu, doch wehe, wenn man es falsch anpackte, dann wurde ihr Ton ziemlich ungehalten ... Tja, was soll ich sagen? Mich hat sie die ganze Zeit nur angebrüllt. Als einzige von 15 Teilnehmern habe ich es nämlich geschafft, während des gesamten Workshops keinen einzigen Tropfen aus dieser Scheißkuh rauszubringen. Können Sie sich vorstellen, wie demütigend es ist, vor einer wütend muhenden Plastikkuh zu knien und vergeblich an einem rosa Gummieuter rumzuziehen, während die anderen Kursteilnehmer sich krumm- und schieflachen?

Ich glaube, ich habe von diesem Erlebnis ein dauerhaftes Trauma davongetragen. Dementsprechend ist mein erster echter Melkversuch gestern Abend auch kläglich in die Hose gegangen, obwohl Rosi, meine Versuchskuh, laut Anni ein sanftes Naturell hat und ausgesprochen geduldig ist. Nun, das kann ich leider nicht bestätigen. Gleich bei meinem ersten vorsichtigen Versuch hat sie so erbost und zielgerichtet nach mir getreten, dass mir nichts anderes übriggeblieben ist, als überstürzt die Flucht anzutreten. Anni hat versucht, mich damit zu trösten, dass die Rosi tragerd sei, was offensichtlich auch bei Kühen zu Stimmungsschwankungen führen kann, und dass ihr angeblich so sanftes und sensibles Naturell den Umzug in die Sommerfrische wohl noch nicht so ganz verkraftet habe. Ich muss den Umzug in die Sommerfrische auch erst noch verkraften, und ich habe auch ein sensibles Naturell, aber das kümmert offenbar niemanden. Unser zartbesaitetes Riesenbaby Ulysses darf mich ungestraft in die Kuhfladen schubsen, eine hochsensible, schwangere Kuh darf mir blaue Flecken in Pfannkuchengröße verpassen, und hinterhältige Kröten mit gelben Augen lauern mir im Plumpsklo auf. Jedenfalls hat Anni gestern Abend gemeint, sie würde erst einmal allein das Melken übernehmen, bis die Kühe sich eingewöhnt hätten. Ist mir nur recht. Ich kümmere mich lieber darum, wie es mit der Milch weitergeht, wenn sie aus der Kuh draußen ist.

Es ist eine ganze Menge Milch, die bei fünf Kühen zusammenkommt, die zweimal am Tag gemolken werden, das kann ich Ihnen sagen. Einen Teil der Milch gieße ich in die große

Zentrifuge, die man mittels einer Handkurbel drehen muss, bis einem fast der Arm abfällt. Irgendwann einmal, nach ungefähr einer Million Umdrehungen und kurz vor dem endgültigem Armverlust, ist dann der Rahm endlich von der Magermilch getrennt. Da wurschte ich doch lieber hundert Paar Weißwürste oder klopfe hundert Schnitzel weich, das geht schneller und ist weniger schweißtreibend. Aber gut. Wir waren bei der Milch. Die Magermilch dient als Futter für die Hühner und wird zu Käse und Topfen verarbeitet, aus dem Rahm wollen wir Butter machen. Weil wir aber bei weitem nicht so viel Milch verbrauchen können, wie die Kühe produzieren, haben wir als einziges Zugeständnis an das moderne Leben ein kleines Stromaggregat im Stall, das die restliche Milch in einem Behälter kühlt. Ich habe versucht, einen Weg zu finden, die Zentrifuge auch durch das Aggregat anzutreiben, um meinen Arm zu schonen, aber dafür reicht die Leistung nicht. Außerdem ist die Zentrifuge ein uraltes Trumm, ich glaub, die stammt aus der Zeit, als auf der Straße noch Pferdefuhrwerke herumfuhren. Wahrscheinlich bekommt sie einen allergischen Schock, wenn sie mit Strom in Berührung kommt. Am End funktioniert sie dann gar nicht mehr, und wir haben den Dreck im Schachterl, wie man so schön sagt. Aber die Zentrifuge und ihre Kurbel haben auch was Gutes: Wenn ich meine Arme beim Kurbeln gewissenhaft abwechsle, werd ich am Ende unseres Almsommers Oberarmmuskeln haben, um die mich jede Oktoberfestbedienung beneiden wird. Auf der Wiesn könnte ich damit sicher zwanzig Maßkrüge auf einmal stemmen. Wenn ich wollte. Aber wer will das schon? Niemand, außer Oktoberfestbedienungen natürlich.

Abgesehen von der Zentrifuge bin ich noch dafür zuständig, die im Kühlbehälter gesammelte Milch in großen Kannen mit einem vorsintflutlichen Handkarren jeden Abend, während

Anni den Stall ausmistet, hinunter zur Forststraße zu bringen, wo sie von den beiden jungen Bauern, denen das Jungvieh gehört, abwechselnd abgeholt und zur Molkerei gefahren werden. Klingt nett, gell, Sennerin Burgi schreitet mit einem Karren voller Almbauernmilch über die saftigen Wiesen ins Tal? Pfeifndeckl. Transportieren Sie mal mehrere sauschwere Milchkannen über einen rumpeligen, vom Regen matschigen und kaum mehr sichtbaren Wiesenweg, und das alles möglichst so langsam und behutsam, dass unten noch die gleiche Menge Milch in den Kannen ist wie oben beim Start. Klingt wie Eierlauf, oder? Ist es auch, nur anstrengender. Gestern Abend ist mir schon nach hundert Metern eine Kanne umgefallen. Ich konnt sie grad noch auffangen, bevor die ganze Milch rausgelaufen ist. Trotz meiner blitzschnellen Reaktion war sie höchstens noch halbvoll. Halbvoll war ich auch, als ich endlich unten angekommen bin: halb vollgespritzt mit Milch und halb vollgespritzt mit Matsch. Erst beim Zurückgehen ist mir eingefallen, dass ich die Kannen hätte festschnallen können. Vom Gepäcktransport auf die Alm liegen noch eine ganze Menge Expander im Stall herum. Hintennach ist man halt immer gscheider …

Außer um die Milch kümmere ich mich auch noch um die Hühner. Es sind nämlich nicht nur fünf von Annis Milchkühen und das Jungvieh mit uns in die Sommerfrische umgezogen, sondern auch sieben ihrer Hühner. Letztere vor allem deshalb, damit wir immer frische Eier haben und Kaiserschmarrn machen können. Die Hühner wohnen in einem sehr gemütlichen Hühnerstall neben unserer Hütte.

Zuerst hab ich ganz laut *hier* geschrien, als es um die Hühner ging, aber jetzt, nach meiner Erfahrung mit Ulysses und den Kühen, die mir alle die kalte Schulter zeigen, weiß ich nicht mehr so recht, was ich davon halten soll. Bisher hatte ich mit Hühnern ja eher in Form von Backhendln oder Grillhendln zu tun, lebendige Exemplare sind mir selten untergekommen und wenn, waren sie mir nicht so ganz geheuer. Sie schauen einen immer so komisch an, finden Sie nicht? So mit einem einzelnen starren Hühnerauge, ohne zu zwinkern. Und wahrscheinlich sind auch auch hier ein paar hochsensible Exemplare dabei, die versuchen, mir auf den Kopf zu scheißen, weil sie den Umzug noch nicht verkraftet haben. Aber wenigstens sind sie nicht so groß, und ihre Hinterlassenschaften halten sich auch in Grenzen. Zumindest, wenn man sie mit Kuhfladen vergleicht.

Zwei

Die Begrüßung im Hühnerstall an diesem Morgen ist erst einmal unspektakulär, was mich ein bisschen aufatmen lässt. Die braun-schwarzen Damen sitzen aufgeplustert auf ihren Stangen, eng aneinandergedrängt, obwohl genügend Platz für dreimal so viel Federvieh wäre, und betrachten mich wachsam. Ich gebe ihnen frisches Wasser, mache die Bretter unter den Sitzstangen sauber und lockere das Einstreu, das wir gestern auf dem Boden verteilt haben. Alles genau so, wie Anni es mir gezeigt hat. Jeder meiner Handgriffe wird genau beäugt, und das eine oder andere Huhn gibt manchmal sogar einen ermunternden Kommentar dazu ab, etwa ein leises »Gack« oder ein zartes »Gurrrr«. Diese freundlichen Geräusche tun mir richtig gut, sie lassen mich das einsame, düstere Regengrau draußen vor der kleinen Holztür für ein paar Augenblicke vergessen, deshalb antworte ich ihnen auch bereitwillig und erkläre genau, was ich mache. Als ich damit beginne, großzügig Körnerfutter auszustreuen, wird ihnen klar, dass es nun Frühstück gibt, und sie erwachen schlagartig aus ihrer Tiefenentspannung, flattern auf den Boden und beginnen eifrig zu picken. Ich schau ihnen zufrieden zu.

Es ist richtig gemütlich hier drinnen, der kleine Kerzenstumpen, den ich mitgebracht habe und der jetzt leicht flackernd auf dem Fensterbrett steht, spendet warmes, weiches Licht, und die Hühner sind eine überraschend angenehme Gesellschaft. Nach einer Weile fällt mir auf, dass ein kleines, puscheliges weißes Huhn immer, wenn es in Richtung Futter gehen will, von den anderen fies weggehackt wird. Ich bin empört. Gerade war ich noch ganz begeistert von der friedlichen Eintracht in Hühnerkreisen, und schon muss ich feststellen, dass es gar nicht stimmt! Ich muss dazwischengehen und dafür sorgen, dass das arme kleine Huhn nicht verhungert. Mit einem verschwörerischen Blick in seine Richtung streue ich eine Handvoll Körner in eine Ecke abseits der anderen, und tatsächlich kommt es nach kurzem Zögern an und beginnt zuerst zaghaft, dann eifriger zu picken. Zufrieden verlasse ich mit meiner Kerze den Hühnerstall und mache mich auf, Anni zu suchen.

Sie ist noch bei den Kühen im Stall und gerade mit dem Melken fertig geworden. Die hinterhältige Rosi, die auch noch die Leitkuh ist und deshalb in der Reihe ganz vorne steht, wirft mir einen misstrauischen Blick zu, und ich hebe unschuldig die Hände und mache sicherheitshalber einen großen Bogen um sie. »Hast du gewusst, dass eines deiner Hühner gemobbt wird?«, frage ich, während ich Anni helfe, die Milchkannen zur Zentrifuge zu schleppen.

»Gemobbt?« Anni hebt die Augenbrauen.

»Ja! Des arme weiße Hennerl darf gar ned mitfressen, die anderen hacken's dauernd weg.« Ich schaue sie vorwurfsvoll an. Wie konnte ihr das nur entgehen? Immerhin ist sie die Bäuerin, nicht ich.

Anni zuckt gleichmütig mit den Schultern. »Des is die Trudi, die is neu und muss sich ihrn Platz erst no dakämpfn.«

»Aber fressen muss sie doch a!«, wende ich ein.

»Die kriagt scho gnua. Halt erst a bissl später, wenn die andern fertig sind.«

Ich sage nichts und komme mir ein bisschen blöd vor, weil ich Trudi extra gefüttert hab.

»Die macht eh nur Ärger, die Trudi«, meint Anni dann noch. »Der Anda hat sie von so am neuen Züchter mitbracht, des is a ganz andere Rass als die andern. Sie hat noch kein einzigs Oa glegt, seit sie bei uns auf'm Hof ist. Wenn sich des ned bald ändert, landt sie im Suppentopf.«

»Was?!?« Ich schaue meine Freundin erschüttert an.

Anni grinst ein bisschen spöttisch. »Schau ned so. Wer ist denn von uns zwei die Metzgerin?«

Da hat sie natürlich recht, aber trotzdem! Ich öffne den Mund, um etwas zu erwidern, aber in dem Moment fallen mir die Eier ein und dass ich vergessen habe, sie aus dem Hühnerstall zu holen. »Ich kumm glei wieder!«, murmle ich und verlasse schnell den Stall, bevor Anni vielleicht auf den Gedanken kommen könnt, ich wär am End noch sentimental. Ich doch nicht.

Die Hühner scharren und picken geschäftig am Boden herum, als ich nochmal in den Hühnerstall komme. Weil es so saukalt ist und noch immer wie aus Kübeln regnet, sollen sie heute den ganzen Tag drinnen bleiben, und das ist ihnen, scheint's, ganz recht. Wär mir auch recht, wenn ich an ihrer Stelle wär. Ich würd jetzt auch lieber vorm Feuer sitzen und in Ruhe eine gscheide Tasse Kaffee trinken. Ein dickes braunes Huhn sitzt schon im Nest, und ich muss es verscheuchen, um die Eier einzusammeln.

Sechs braune Eier klaube ich aus den Heunestern und lege sie vorsichtig in eine Schüssel. Ich hab noch nie Eier eingesammelt, so ganz frisch vom Huhn, und fast wird mir ein bisschen feierlich zumute. Dann fällt mein Blick auf Trudi, und ich drohe ihr mit dem Finger: »Schau, dass du dich an die Arbeit machst, sonst landest noch in Annis Suppentopf!«

Trudi schaut mich mit schief gelegtem Kopf an und antwortet mit einem zarten »Gluck«.

Ich laufe mit den Eiern zurück in den Stall, denn da wartet ja meine neue Freundin, die Zentrifuge, schon auf mich. Während ich anfange zu kurbeln, lässt Anni die Kühe wieder auf die Weide. Sie bindet sie los, klopft jeder einzelnen kräftig auf ihr eckiges Hinterteil und dirigiert sie damit mehr oder weniger sanft Richtung offener Stalltür. Die Kühe haben alle recht fantasievolle Namen, wahrscheinlich hat Anni sie sich ausgedacht, um die heilige Katt, ihre Schwiegermutter, zu ärgern. Wegen ihrer aufgesetzten Frömmigkeit wird die Katt von allen im Dorf nur die »heilige Katt« genannt, und sie ist wirklich eine ganz scheinheilige, bigottische Bissgurkn, die meint, das Leben bestünde nur aus beten, Buße tun und d' Leut ausrichten. Zurzeit hockt sie in irgendeinem Kloster zum Beten rum, ist den ganzen Sommer über auf Exerzitien, ausgerechnet jetzt, wo wir auf der Alm und Annis Mann mit den drei Buben allein ist. Als ob sie nicht schon den ganzen Tag genug beten tät. Der Anda hat sie ein paar Tage vor unserem Almauftrieb hinfahren müssen, und die Anni war stinksauer, weil sie eigentlich gedacht hatte, die Katt würde dem Anda wenigstens ein bissl im Haushalt helfen. Ich glaub ja, das hat die Katt absichtlich getan, so etwas ist typisch für sie. Sie macht der Anni das Leben schwer, wo sie nur kann.

Aber wo war ich stehengeblieben, bevor ich zur heiligen Katt abgeschweift bin? Ach ja, bei den Kuhnamen. Für die heilige Katt ist alles, was jenseits von Rosi, Leni und Resl angesiedelt ist, als Kuhnamen inakzeptabel. »Seinerzeit«, sprich, als die Katt auf dem Gschwendtnerhof noch was zu sagen hatte, hatten nämlich alle Milchkühe immer dieselben Namen, eben Rosi, Leni und Resl, ganz egal, wie viele Kühe es im Stall gab. Man hat einfach immer wieder der Reihe nach von vorn angefangen.

Seit Anni auf den Hof geheiratet hat, ist das anders. Die fünf Kühe, die mit uns heroben sind, heißen – neben der noch ganz klassisch getauften Rosi – Holly, Eliza, Angie und Gwendolyn. Ich kann mir vorstellen, wie die Katt bei diesen Namen das Gesicht verzogen hat. Rosi, Holly, Eliza, Angie und Gwendolyn haben grad allerdings keine große Lust, den Stall zu verlassen, weil das Wetter so greislig ist, und es gibt einen richtiggehenden Kuhstau vor der Stalltür. Dann will unsere sensible Rosi plötzlich wieder umdrehen, und die Kühe bilden einen großen, unübersichtlichen Kuhhaufen. Anni schimpft und schiebt und muss ganz schön energisch dabei werden. Ulysses ist ihr dabei auch keine große Hilfe. Er hat seine Daseinsberechtigung als Hütehund noch nicht verinnerlicht, sondern hat Angst vor den großen Tieren und versteckt sich mit eingezogenem Schwanz.

Da bin ja sogar ich mutiger. Ich bin Küheschubsen gewohnt, weil ich das im Sommer jeden Abend vor meinem Laden mache, damit mir die Kühe, die dort vorbei auf die Weide und wieder zurückgehen, nicht immer das Schaufenster vollscheißen. Weil Ulysses ausfällt, helfe halt ich, schiebe, schimpfe und schubse zusammen mit Anni, und dann, endlich, sind sie alle draußen.

Träge stapfen sie durch den Matsch, und bei jedem Schritt auf der Wiese macht es ein saugendes, schmatzendes Geräusch. Ich kann verstehen, dass ihnen der Stall lieber ist, aber sie müssen auch im Regen hinaus, weil sie ja was zum Fressen brauchen. Außerdem ist es ja wohl der Sinn eines Almaufenthaltes für eine Kuh, auf den Almwiesen rumzustehen und saftige Wiesenkräuter zu fressen, damit es eine besonders feine Milch gibt. Im Stall rumstehen können sie auch zu Hause.

Im Gegensatz zu den Milchkühen, die mehr oder weniger brav um den Stall herum wiederkäuen und morgens und abends zum Melken im Gefolge von Rosi, der Leitkuh, brav in den Stall kommen, darf das Jungvieh die ganze Zeit draußen bleiben. Es kommt überhaupt nie in den Stall, und es gibt auch keine Zäune, wir müssen daher nachher noch zu den oberen Wiesen hinaufgehen und es zählen.

Aber erst einmal kurble ich, während Anni den Stall ausmistet. Und kurble. Und kurble. Als ich schon ganz zittrig bin, weil wir ja noch nicht mal was gefrühstückt haben und das Wort KAFFEE unablässig und drängend vor meinen Augen zu blinken beginnt, sind wir endlich fertig und können frühstücken gehen, bevor's ans Kühezählen geht. Wir nehmen eine Kanne frische Milch mit und laufen hinauf in die Hütte. Ulysses trabt – jetzt wieder ganz entspannt – voraus. Der Weg, der vom Stall zur Hütte führt, ist eine einzige Rutschbahn aus Matsch, und auch die holprige Fahrrinne durch die Wiese, wo gestern noch Andas Unimog und Snakes Pick-up locker heraufkamen und ich heut Abend wieder meine Milch runterbalancieren muss, ist als solche gar nicht mehr zu erkennen. Der Regen hat sie ausgewaschen, Steine und Geröll weitergetragen, und sie sieht aus wie eine braune Kraterlandschaft. Wenn uns heute jemand besuchen käme, müsste er unten am Waldrand parken, um nicht im Schlamm steckenzubleiben. Abgesehen von meiner bevorstehenden Milchtour brauchen wir uns aber über die Befahrbarkeit des Weges in der nächsten Zeit keine Gedanken zu machen.

Anda und Snake kommen erst in zehn Tagen wieder herauf und bringen uns neue Vorräte. Sie wollten schon früher kommen, aber wir haben's ihnen verboten, da wir ja heldinnenhaft beschlossen haben, alles ganz echt zu machen, so wie früher, und früher ist auch nicht alle naselang jemand mit dem Unimog vorbeigekommen. Im Übrigen gibt es im Augenblick Sachen, die wichtiger sind als eine weggeschwommene Fahrrinne. Kaffee zum Beispiel. Ein Brot mit Butter und Marmelade. Warme Füße.

In der Hütte ist es jedoch nicht so warm wie erhofft. Genauer gesagt, ist es nur ein ganz kleines bisschen wärmer als draußen. Ein Blick in den Herd sagt uns auch, warum: Das Feuer, das Anni am Morgen gemacht hat, ist ausgegangen. Kalter Qualm schlägt uns aus der Klappe entgegen, und Anni flucht wie ein Bierkutscher. Das Kaffeewasser ist erst lauwarm. Höchstens. Mit viel Fantasie.

»Koan Kaffee?«, frage ich bekümmert.

Anni zuckt mit den Schultern. »Kalter Kaffee schmeckt doch greislig.«

»Ja und schee sind wir ja eh schon.«

Anni schaut zweifelnd. »Findst?«

Ich mustere meine unförmige, dicke Kapuzenfleecejacke, die ich zusammen mit einer alten Daunenweste trage und auf der sich eine Million rotbrauner Kuhhaare zusammen mit Milchspritzern und Strohhalmen zu einem dekorativen Stillleben vereinigt haben. Ein Blick auf Anni sagt mir, dass sie nicht viel besser ausschaut. Ihr alter dunkelblauer Stallanorak, den sie nur *den Stinker* nennt, ist voller Dreckspritzer, und die Hosenbeine sind vom Schlamm fast bis zum Knie richtiggehend paniert. Ich schiebe mir eine meiner rausgerutschten Haarsträhnen in meinen fast schon aufgelösten Zopf zurück und modifiziere meine Aussage ein bissl: »Na ja, halt rustikal.«

Anni kichert. »Voll rustikal.«

Wir verzichten trotzdem auf den kalten Kaffee. Schöner werden wir eh nicht mehr. Stattdessen nimmt sich jede eine trockene Scheibe Brot, und wir entscheiden uns, erst einmal das Jungvieh zu zählen und danach zu frühstücken. Dann aber richtig. Vorher schüren wir noch den Herd mit allem, was hineinpasst. Es wird uns nicht noch mal passieren, dass uns das Feuer ausgeht. Wir sind schließlich lernfähig.

Rindviecher zählen ist eine wichtige Aufgabe auf einer Alm. Die Hirten sind ja dafür verantwortlich, dass den Tieren nichts passiert und sie am Ende des Sommers alle wieder heil nach unten kommen. Neben den fünf Milchkühen und Annis und Andas eigenen dreißig Stück Jungvieh haben wir uns noch um fünfundzwanzig fremde Rindviecher zu kümmern, die uns die beiden jungen Bauern anvertraut haben. In Untermarktlbrunn war die Skepsis eher hoch, da wollten uns nur die beiden ihre Kühe mitgeben. Es war wurscht, mit wem wir geredet haben, alle waren sie misstrauisch gegenüber unseren Plänen. Das war wieder mal typisch für Untermarktlbrunn: Da kann man Schweinehälften zerteilen, Knochen zerhacken, Koteletts schneiden, daneben noch exzellentes Weißwurstbrät und den gschmackigsten Leberkäs weit und breit zubereiten, und trotzdem traut einem keine Sau zu, auf ein paar junge Rindviecher aufzupassen.

Ganz schlimm war's ja mit den Bauern, deren Frauen zusammen mit der heiligen Katt im Mütterverein sind. Ich möcht gar nicht wissen, was die Katt bei denen über Annis Bäuerinnenqualitäten vom Stapel gelassen hat. Als wir gefragt haben, ob jemand sein Jungvieh mit uns in die Sommerfrische schicken will, haben sie uns angeschaut, als ob wir sie drum gebeten hätten, uns ihre Frauen für einen Pornofilm auszuleihen. Wahrscheinlich wär ihnen das sogar weniger schwergefallen. Nur die zwei Jungbauern, die entweder besonders mutig oder besonders einfältig sein müssen, haben sich getraut, uns zu vertrauen. Deshalb müssen wir nur fünfundfünfzig Kühe zählen.

Und das kann ja nicht so schwer sein, denke ich mir – vom Regen einmal abgesehen: Man stellt sich einfach auf irgendeinen Buckel und zählt durch.

Haha.

Ich weiß ja nicht, ob es daran liegt, dass sich dieses Jungvieh – wie der Name schon sagt – gerade im Pubertätsalter befindet und deswegen besonders freiheitsliebend ist, oder aber es liegt nur an diesem verhexten, verregneten, frühstückslosen Morgen, jedenfalls sind die Kühe über Nacht stillvergnügt und trotz Wolkenbruch weit den Berg hinaufgestiegen. Und mit weit meine ich WIRKLICH WEIT.

Ich weiß ja nicht, wie Sie das sehen, aber wenn ich hier die ganze Zeit von Kühen rede, will ich damit keineswegs sagen, dass das alles weibliche Tiere sind, denen wir grad hinterherschnaufen. Im Gegenteil. Wahrscheinlich sind die Männer sogar in Überzahl, ganz sicher sogar, wenn man ihr deppertes Verhalten mal genauer betrachtet. Political correctness ist mir aber heute Morgen, wie überhaupt eigentlich fast immer, total wurscht. Ein Tier mit Hörnern und Blimpern oder Blumpern um dem Hals, das Muh macht und Kuhfladen scheißt, ist für mich eine Kuh, und aus is. Das nur am Rande, denn es ist grad wirklich überhaupt nicht wichtig, ob es sich um eine männliche oder weibliche Kuh handelt, denn Fakt ist, dass sich jede einzelne muhende, blimpernde und Kuhfladen scheißende Jungkuh, die wir mit auf die Alm gebracht haben, offenbar vorgenommen hat, uns das Leben schwerzumachen. Wir stolpern die Buckelwiesen hinauf, kraxeln über Felsen, treten in Kuhfladen und sehen kein einziges Tier. Dafür hören wir hie und da ein sanftes Bimmeln der Glocken, mal von rechts, mal von links, aber immer von ziemlich weit oben.

Schweigend stapfen Anni und ich weiter, hinein in den dichten Nebel. Unsere Mägen knurren im Duett. Ulysses trottet mit hängenden Ohren und hängendem Schwanz hinter uns her. Mittlerweile bin ich davon überzeugt, dass es sich bei diesem störrischen Jungvieh ausnahmslos um männliche Rindviecher handeln MUSS. Der Regen tropft uns in die Krägen und von den Kapuzen, und während wir stumm immer höher steigen und ich schon denke, schlimmer kann es gar nicht mehr werden, beginnt es auch noch zu schneien.

Dicke nasse Flocken legen sich auf das nasse Gras, auf unsere Schuhe, auf unsere Jacken und auf Ulysses zottiges Fell. Stoisch stapfen wir weiter. Keine Kuh in Sicht. Überhaupts keine Sicht, um genau zu sein. Ich kann nur Anni sehen, die im

Nebelgrau vor mir hergeht. Als wir schließlich auf einer Art Hochplateau ankommen, das – soweit das erkennbar ist – von ein paar schartigen Felsbrocken begrenzt wird, wird das Gebimmel, das uns geleitet hat, plötzlich lauter, und wir entdecken ein paar braune Schemen im Nebel. Allerdings ist es jetzt nicht so, dass die Kühe nun, wo wir endlich ein paar davon gefunden haben, brav auf einem Haufen zusammenstehen und darauf warten, von uns gezählt zu werden. O nein, Kühe sind erstaunliche Individualisten, wenn man sie läßt. Sie stehen irgendwo, weit verstreut und gut versteckt im Nebel herum, wobei, es wär ja schon ein Gewinn, wenn sie stehen würden, nein, sie gehen ständig weiter, hinauf, hinunter, um uns herum …

Wir stapfen also weiter, zählen und zählen. Dazwischen streiten wir ein bisschen, weil wir uns nicht einig sind, ob wir diese oder jene Kuh schon mal gezählt haben. Ich werde jetzt nicht weiter ins Detail gehen, nur so viel: Wir haben keinen Spaß. Ganz und gar nicht. Als wir endlich fix und fertig wieder nach unten in Richtung Hütte stolpern, ist es halb zwölf. Wir haben also über vier Stunden versucht, fünfundfünfzig Wiederkäuer zu zählen. Und das ohne Frühstück und vor allem ohne auch nur ein winzig kleines Schlückerl Kaffee. Am Ende sind wir auf die volle Zahl gekommen, aber ganz sicher sind wir beide nicht, ob wir nicht das eine oder andere Rindvieh doppelt gezählt haben.

Natürlich ist das Feuer nach vier Stunden wieder ausgegangen. Allerdings friert uns noch nicht gleich. Im Gegenteil, als wir die Hütte betreten und die Tür hinter uns zumachen, beschlagen gleich die Scheiben, so durchgeschwitzt sind wir von unserer Querfeldeintour. Es ist auch Gott sei Dank noch ein Rest Glut da, so dass wir das Feuer schnell wieder entfachen können, und das Kaffeewasser ist auch fast noch heiß. Wir ziehen unsere klatschnassen Kleider aus, hängen sie auf die Stangen über dem Herd und schlüpfen in unsere Jogginganzüge. Dann schüren wir zur Sicherheit gleich auch noch den offenen Kamin ein. Ich habe Hunger wie ein Wolf, und Anni geht es nicht anders. Nachdem eh schon fast Mittag ist, halten wir uns nicht mehr mit Brot und Marmelade auf, es gibt Spiegeleier, Speck und Kaminwurzen zum frischgebrühten Kaffee. Dann sitzen wir endlich am Tisch vor dem Fenster, vor uns die vollen Teller und die dampfenden Kaffeetassen, und das Feuer prasselt neben uns im offenen Kamin und wirft einen warmen Schein in die Stube. Als ich mir die erste Gabel in den Mund schiebe, noch heiß, und auf den knusprigen Speck beiße, kommt es mir so vor, als sei dies das Allerbeste, was ich jemals gegessen habe. Wir essen stumm, fast andächtig. Eine ganze Weile ist nichts zu hören als das leise Klappern des Bestecks, das Trommeln des Regens auf unser Schindeldach und ab und zu das Knacken eines Holzscheits. Dann wischt Anni mit ihrem Brot den letzten Rest Ei so sorgfältig vom Teller, das dieser aussieht wie frisch gespült und lehnt sich zufrieden zurück.

»I glaub, i hab noch nie sowas Guads gegessen«, seufzt sie, und ich kann ihr nur stumm nickend beipflichten. Unglaublich, wie hungrig Kühezählen machen kann. Wir teilen uns noch eine Tafel Nussschokolade aus unserem Vorrat und zwingen uns dann, schwerfällig von der Anstrengung und dem guten Essen, aufzustehen und abzuspülen. Nach dem Geschirr waschen wir uns auch noch gleich selbst, allerdings draußen im eiskalten Brunnen, um unser kostbares warmes Wasser zu sparen.

Als wir schließlich trocken, sauber und wieder einigermaßen aufgewärmt in der Hütte sitzen, ist es drei, und es regnet noch immer wie aus Kübeln. Die Stille um uns herum ist fast zu laut, um sie zu ertragen. Keine Uhr tickt, kein Kühlschrank brummt, keine Trulla im Radio trällert vor sich hin. Wir sitzen auf der

Eckbank und schauen uns etwas ratlos an. Die Arbeit ist bis zum Abend erst einmal erledigt, und der restliche Nachmittag liegt wie ein totes Tier vor uns. Anni holt sich noch eine Tafel Schokolade, reißt sie schon im Stehen auf und beißt ein großes Stück ab. Ich knie mich vor das offene Feuer und stochere mit dem Schürhaken darin herum. »Wir könnten a bissl Karten spielen«, schlage ich halbherzig vor, doch Anni mustert mich unlustig.

»Zu zweit? Da macht ja nicht mal Mau Mau Spaß«, meint sie kauend und setzt sich wieder ans Fenster.

Die halbe Tafel hat sie schon verputzt. Stressmampfen, ganz klar. Wenn Anni sich unwohl fühlt oder beispielsweise Ärger mit ihrer Schwiegermutter hat, braucht sie was Süßes, meistens Vanilleeis, aber da wir das hier oben nicht haben, muss halt die Schokolade herhalten. Ich brauch in solchen Situationen eher eine Kaminwurzen oder ein paar dicke Radl Gelbwurst ... liegt wohl am Beruf.

Nach weiteren totenstillen zehn Minuten, die sich anfühlen wie eine Stunde und in denen ich nichts anderes tue, als abwechselnd ins Feuer und auf die Uhr zu schauen, gehe ich nach oben und hole meinen James Joyce. Vielleicht ist das ja der Moment, wo ich noch einmal versuchen sollte, ihn nicht nur als Orakel zu benutzen oder einzelne Sätze rauszupicken, sondern ihn zu lesen, von Anfang an, wie es sich gehört. Die Wolken draußen stehen so tief, dass es in der Hütte schon fast wieder dunkel ist. Ich zünde eine Kerze an, und beim Gedanken an den langen, dunklen Abend, der noch vor uns liegt, überkommt mich so etwas wie Panik. Ich kann mich nicht auf das Buch konzentrieren, schon beim allerersten Satz laufen mir die Wörter davon, und ich muss wieder von vorne anfangen, weil nirgends ankommt, was ich grad gelesen hab.

Irgendwann rumpelt Anni auf und sagt: »Ich hab den Rahm

vergessen.« Sie geht hinunter in den Stall und kommt mit ihrem Butterfass und einem Krug voll Rahm zurück. Ich mustere sie überrascht. »Warn des ned zwei Krüge?«, frage ich.

Anni schüttelt den Kopf. Sie wirkt jetzt ziemlich mürrisch. »Naa. Des war nur einer. Und die Magermilch. Die hol i glei.« Sie verschwindet wieder nach draußen, und ich schaue ihr verwundert nach. Ich bin mir sicher, dass wir zwei Krüge Rahm hatten.

»Jetzt schneit's hier herunten auch«, verkündet Anni düster, als sie mit der Magermilch wieder zurückkommt. Ich schaue aus dem Fenster. Tatsächlich haben sich jetzt nasse, schwere Schneeflocken in den Regen gemischt.

»Na super!«, murre ich. Wenn es schon hier unten schneit, möchte ich nicht wissen, wie es auf den oberen Wiesen ausschaut, wo unsere Jungkühe herumlaufen. Wahrscheinlich werden wir morgen den ganzen Tag brauchen, um unsere läppischen fünfundfünfzig Kühe zu zählen. Wir müssen uns Proviant mitnehmen, überlege ich etwas nervös. Heißen Tee, Wurstbrote, ein zweites Paar Socken, eine, nein besser zwei Tafeln Schokolade, mindestens … Ein ganzes Überlebenspaket!

Anni hat inzwischen die Magermilch in unsere Kühlhöhle gestellt und den Rahm in ihr Butterfass geschüttet. Vorsichtig beginnt sie, an der Kurbel zu drehen. Es macht ein rhythmisches Geräusch, das wie »ka-klogg« klingt und sich aufdringlich zwischen die Wörter auf meiner ersten Buchseite mischt: »*Gravitätisch kam der dicke Buck Mulligan* … ka-klogg … *vom Austritt* … Austritt? Buck Mulligan hatte wohl auch ein Plumpsklo? Und wer ist überhaupt Buck Mulligan? … ka-glogg … *Introibo ad altare Dei* … hä??? Ka-klogg …«

Ich seh schon, das wird heut nix mit James Joyce und mir. Grantig klappe ich das Buch zu und schaue wieder nach draußen. Das Schneetreiben ist dichter geworden. Ich seufze. Wir haben Mitte Juni. Kann man da Himmelsakrament nochmal nicht erwarten, dass der Himmel blau ist und die Sonne scheint? MUSS es denn an unserem allerersten Almtag so ein beschissenes Wetter haben? Ka-klogg, ka-klogg, ka-klogg macht Annis Butterfass, und ich kann es plötzlich nicht mehr hören. Kurzentschlossen stehe ich auf und ziehe mir meine Jacke an. »Ich schau mal nach den Hühnern.«

Anni nickt nur stumm. Sie hat ihr Fass fest umklammert und kurbelt verbissen.

Drei

Nach der Stille in der Hütte ist die Stimmung im Stall geradezu aufgekratzt. Die Hühner scharren und picken fröhlich herum und geben ausgesprochen liebenswürdige Geräusche von sich. Nach kurzem Zögern laufe ich noch einmal nach draußen und hole einen der Melkschemel aus dem Kuhstall. Dabei fällt mir ein großer nasser Fleck am Boden auf, der offenbar mit dem Stallbesen flüchtig aufgewischt wurde. Ich schaue ihn mir genauer an und sehe, dass es Rahm ist. Die leere Kanne steht daneben. Wusste ich es doch, dass wir zwei Kannen Rahm hatten. Offenbar ist Anni eine Kanne umgefallen. Aber sie hat nichts gesagt, genauso wenig, wie ich ihr gestern davon erzählt habe, dass mir die Milch umgefallen ist.

Ich gehe zurück in den Stall und plaziere den Schemel in eine Ecke, setze mich still und leise darauf und schaue den Hühner zu. Zwei sitzen bräsig wie Teekannenwärmer in ihren Nestern und legen vielleicht gerade ein Ei, eines flattert auf die Stange und beäugt mich von oben herab mit schiefgelegtem Kopf, die anderen scharren ungestört weiter. In der Ecke gegenüber meinem Schemel hockt schüchtern Trudi, der gemobbte Neuzugang, weiß wie der Schnee vor der Tür und aufgeplustert wie ein Federball. Ich locke sie mit ein paar Körnern zu mir her. Tatsächlich kommt sie angetippelt und beginnt, mir zutraulich aus der Hand zu picken. Die anderen Hühner heben wachsam die Köpfe und geben aufgeregte Gluckglucklaute von sich. Sie hoffen wohl auch auf eine kleine Nachmittagsmahlzeit. Ich streue ihnen ein paar Körner hin, damit sie Trudi in Ruhe lassen. Sie hat überhaupt keine Angst vor mir, und als ich sie nach einer Weile vorsichtig hochhebe und auf meinen Schoß setze, bleibt sie ohne weiteres sitzen. »Du fühlst dich nicht besonders wohl hier, gell?«, sage ich mitfühlend. »Ich mich auch nicht. Um ehrlich zu sein, fühl ich mich beschissen.«

»Gack«, sagt Trudi leise. Ich werte das als Zustimmung und streichle ihr sanft mit zwei Fingern über den Kopf. Ihre Federn sind weich wie Seide. »Du musst ein Ei legen, Trudi, sonst landest du im Kochtopf«, mahne ich noch einmal. Annis Bemerkung von heute Morgen spukt mir noch immer im Kopf herum. Trudi, offenbar völlig unberührt von dieser Aussicht, beginnt eifrig, auf meiner Hose herumzupicken. Ich streichle sie weiter. Die anderen Hühner kommen näher, scharren um meine Beine herum, eine ist sogar so kühn und zieht am Schnürsenkel meiner schlammverspritzten Bergstiefel.

Ich muss lächeln, und gleichzeitig werde ich ein bisschen traurig. Nie hätte ich gedacht, einmal die Gesellschaft von Hühnern der meiner besten Freundin vorzuziehen. Dabei weiß ich nicht einmal, warum das plötzlich so ist. Warum wir uns anschweigen, stumm aus dem Fenster oder ins Feuer starren, so als ob jede von uns beiden ganz allein hier oben sei. Warum erzählen wir uns nicht unsere Missgeschicke, wie sonst auch immer, und lachen einfach darüber? Warum muss Anni Schokolade in sich hineinstopfen, und warum versuche ich plötzlich, James Joyce zu *lesen*, anstatt ihn weiterhin locker und leicht als rätselhaftes Orakel zu benutzen?

Als ich zurückkomme, ist die Hütte leer. Das Butterfass liegt umgestürzt am Boden, und Ulysses schlabbert hingebungsvoll den noch immer kein bisschen zu Butter gewordenen Rahm vom Boden auf. Bestimmt kotzt er heute Abend vor Annis Tür oder bekommt Durchfall oder gleich beides. Ich verzichte darauf, meine schlammigen Schuhe auszuziehen, und laufe schnell zu ihm, um ihn von der Pfütze wegzuzerren.

»Anni?« Ich rufe laut in den ersten Stock hinauf, aber es kommt keine Antwort. Mit Ulysses fest am Halsband gepackt, gehe ich wieder nach draußen. Wo kann sie nur sein?

Nachdem Anni auch nicht im Kuhstall ist, beginne ich mir langsam Sorgen zu machen und laufe nervös um die Alm herum. Doch sie ist nirgends zu sehen. Außerhalb des tiefen Vordachs, das sich um die Alm herumzieht, ist die Wiese mittlerweile schneebedeckt, und es sind keine Fußspuren zu sehen. Weit kann sie also nicht sein. Es ist Ulysses, der sie entdeckt, doch das erleichtert mich nur sehr kurzfristig, denn Anni steht auf unserem Dach.

Direkt hinter der Hütte ragt ein ungefähr vier, fünf Meter hoher, schroffer Felsen auf, bevor sich darüber die höhergelegenen Almwiesen bis zur Wetterwand und dem Schafkopfkogel, der der Alm den Namen gegeben hat, erstrecken. Über einen Pfad, der direkt an der Hüttenwand beginnt und zwischen den Felsvorsprüngen steil wie eine Treppe nach oben führt, kann man das flache Dach leicht besteigen. Was ich allerdings nicht verstehe, ist, warum man das tun sollte. Noch dazu bei null Grad und Schneetreiben? Doch dort oben steht Anni, mit dem Rücken an den nassen Felsen gelehnt, die Hände wie eine Hohepriesterin über den Kopf erhoben. Es schaut ein bissl unheimlich aus. Ist sie verrückt geworden? Von einer Minute auf die andere? Ich kraxle zu ihr hinauf, packe ihre Schultern und schüttle sie. »Spinnst du?«, schreie ich ihr ins Gesicht. »Was treibst du denn da?«

Anni ist blass, aber ihre Nasenspitze und ihre Augen sind gerötet. Ihr Gesicht ist vom Schneeregen so nass, dass ich nicht mit Sicherheit sagen kann, ob sie geweint hat. Sie hält mir entgegen, was sie gerade noch in den düsteren Himmel gehalten hat: Es ist ihr Handy.

»Kein Empfang«, flüstert sie und ist kaum zu verstehen. »Kein gottverdammter Empfang.«

Wir wussten schon, dass es auf der Alm keinen Netzempfang gibt. Man muss ein ganzes Stück die Forststraße hinunterlaufen, um wieder ein Netz zu bekommen. Das dauert mindestens eine halbe Stunde einfache Wegzeit – bergab –, und danach alles wieder zurück – bergauf. Ziemlich umständlich für ein nicht wirklich dringendes Telefonat. Die Tatsache, dass es Anni nicht glauben konnte und deswegen bei diesem Sauwetter sogar aufs Dach gestiegen ist, bestürzt mich. »Komm runter!«, sage ich energisch und nehme ihre Hand. Sie ist nass und eiskalt.

Gemeinsam klettern wir vom Dach und gehen zurück zur Hütte. Ich lasse Annis Hand dabei nicht los, weil ich auf einmal eine ganz und gar bescheuerte Angst davor habe, dass sie einfach davonlaufen und mich allein hier oben zurücklassen könnte. Ulysses springt aufgeregt zwischen uns hin und her. Er ist beunruhigt, weil er spürt, dass seine Beschützerin grad alles andere als stark ist. Schweigend gehen wir hinein, ziehen unsere schon wieder nassen Jacken und die schmutzigen Schuhe aus, und ich reiche Anni ein Handtuch. Sie rubbelt sich die Haare trocken und wischt sich das nasse Gesicht ab. Zu dritt setzen wir uns auf das Schaffell vor dem Kamin, und ich lege noch ein dickes Scheit nach. Funken sprühen, als das frische Harz auf die Glut tropft.

»Ich wollt den Anda anrufen«, sagt Anni, und ihre Stimme zittert dabei verdächtig. »Ich hab an den langen, dunklen Abend denken müssen, der noch vor uns liegt, und daran, dass wir keine Taschenlampe mehr haben, und ich hab irgendwie Schiss gekriegt …«, sie schnieft wie ein kleines Mädchen, »… weil wir ganz allein da herobn sind und kein Mensch uns hört, wenn wir schreien …«

»Es gibt doch überhaupts gar keinen Grund ned zum Schreien …«, merke ich an, doch Anni achtet nicht auf meinen Einwand, sondern redet einfach weiter, ohne Punkt und Komma, fast wie James Joyce: »… und weil's die ganze Zeit regnet und ich das Gefühl hab, wir saufen gleich ab, und weil ich diesen Mistbutter einfach nicht fest krieg und keine Ahnung hab, wie wir es acht Wochen lang schaffen sollen, jeden Tag diese verdammten Rindviecher zu zählen, ich kann kaum noch grad gehen, so müd bin ich, und außerdem halt ich diese Stille nicht aus, man hört nix als diesen Regen, und ich hab das Gefühl, es gibt nix anderes mehr als diese Hüttn und den Regen, und ich hock hier, ganz allein …«

»Du bist ned allein«, widerspreche ich. »Du hast mich.«

»Ja. Freilich. Gott sei Dank.« Anni nickt, und ein kleines Lächeln stiehlt sich in ihr Gesicht. Sie wischt sich mit einer erschöpften Geste über die Augen. »Wer hat bloß diese Scheißidee ghabt, hier raufzukommen?«

Ich muss grinsen. »Des hab ich mir heut Nacht auch schon gedacht. Als ich auf die Krötn getreten bin.«

»Und ich heut früh, als das Feuer wieder aus war …«

»Und ich mindestens noch dreimal, als wir im Nebel rumgstapft sind und mein Magen schon so laut geknurrt hat, dass ich keine Blempln und Blampln mehr gehört hab …«

»Blimpern und Blumpern heißen die«, kichert Anni.

Ich schaue sie an und weiß plötzlich, dass sie wieder da ist. Die Anni, die ich gerade noch im Hühnerstall so schmerzlich vermisst habe. Da, auf dem Schaffell vor dem Feuer hockt meine beste Freundin, mit der ich über alles reden kann und mit der ich oft schon so hab lachen müssen, dass ich am nächsten Tag Muskelkater hatte. Die Anni, die jeden Mist mitmacht und die sich nix drum scheißt, wenn wir uns lächerlich machen und die Leut über uns den Kopf schütteln, Hauptsache, wir haben unseren Spaß zusammen. Sie war gar nie weg. Diese Erkenntnis macht mich unheimlich froh.

So froh, dass ich sie ganz schnell ganz fest umarmen muss. Danach ich wiederhole ernst und gewissenhaft: »Blimpern und Blumpern. Blimpern und Blumpern … Das ist eigentlich vollkommen logisch, die Blimpern heißen Blimpern, weil sie blimpern und die Blumpern …« Ich kann nicht mehr weitersprechen, weil Anni losprustet und ich auch lachen muss. Wir müssen beide so lachen, dass wir freiweg umfallen, und da liegen wir dann auf dem weichen Schaffell, das so durchdringend nach Schaf riecht, als wär noch immer eins drin, und halten uns die Bäuche vor Lachen. Ulysses schaut uns eine Weile interessiert zu, dann tappst er mit seinen Vorderpfoten auf Annis Brust und versucht, ihr das Gesicht abzulecken.

»Pfui Deife, geh weg!«, kichert Anni und versucht vergeblich, ihn wegzuschieben.

Mühsam richte ich mich auf und schaue lachend zu, wie Ulysses vollkommen ungerührt von Annis Abwehr in seiner ganzen Sechzig-Kilo-Pracht auf meiner Freundin stehen bleibt und versucht, sie ins Ohr zu beißen. Anni stöhnt und kreischt abwechselnd, und wenn einer draußen vorbeiginge, würde er sonstwas denken. Nach einer Weile beschließe ich, ihr zu helfen, aber Ulysses hält das nur für eine weitere Variante des Spiels, stürzt sich begeistert auf mich und wirft mich wieder um. Ich falle auf Anni, die ächzt, als wäre ich ein Zwei-Zentner-Koloss, was NICHT stimmt. In einem Dreierknäuel kugeln wir zusammen vom Schaffell. Irgendwann können wir Ulysses dann doch klarmachen, dass jetzt Schluß ist, und rappeln uns erschöpft auf.

»A so a Riesenbaby«, keucht Anni und setzt sich im Schneidersitz vors Feuer.

Ich setze mich neben sie, und wir schauen eine Weile schweigend in die Flammen. Von der vielen kalten Luft und der Wärme im Raum hat Anni knallrote Wangen, und ihre kurzen Haare stehen feucht und wirr vom Kopf ab. Im flackernden Licht des Feuers hat sie gewisse Ähnlichkeiten mit einem Kobold, und ich möchte gar nicht wissen, womit ich eine Ähnlichkeit habe. Mein Gesicht glüht ebenfalls, mein Zopf hat sich längst in seine Bestandteile aufgelöst, und in den Spiegel habe ich zuletzt gesehen, als ich noch zu Hause in Untermarktlbrunn war. Ich ziehe den Haargummi herunter, der nur noch an ein paar Strähnen hängt, und flechte meinen Zopf neu.

Anni schaut mir zu und sagt dann: »I hab Hunger.«

Vor dem Abendessen gibt es aber doch noch a bissl was zu tun. Als Erstes müssen wir die Kühe holen. Mit einem Eimer warmen Wasser und einem weichen alten Putzlappen gehen wir hinunter zum Stall, wo uns eine freudige Überraschung erwartet: Rosi und ihre Begleiterinnen sind so froh, bei der Saukälte in den Stall zu dürfen, dass sie schon an der Stalltür auf uns warten. Kaum hat Anni die Tür aufgemacht, da drängen sie schon muhend hinein. Ich bin einen Moment lang eingekeilt zwischen nassen Kuhleibern, tätschle hier und da einen harten, großen Kopf und sage, genau wie Anni heute Morgen: »Geh weida, Eliza, braaav, Holly«, und komme mir dabei schon ziemlich bäuerinnenmäßig vor. Dann helfe ich Anni, die Kühe festzubinden, und schaue ihr zu, wie sie sich den Melkschemel neben Rosi zurechtrückt und mit dem warmen Wasser und dem Lappen ihr Euter putzt, bevor sie den sauberen Milcheimer darunterstellt. »*Erst das Euter mit warmem, feuchtem Tuch sanft reinigen, dann bildet man mit Zeigefinger und Daumen auf einer Euterseite einen Ringschluss …* «, murmle ich leise die Anweisungen vor mich hin, die ich bei meinem Melkworkshop gelernt habe. »*… man schiebt die Hand leicht nach oben, so dass sich die*

Zitzen füllen können, und drückt mit den übrigen Fingern und dem Handballen die Milch heraus. Während aus einer der beiden Zitzen die Milch in scharfem Strahl herausgedrückt wird, füllt sich die andere, und so kommt es zu einer rhythmischen, schnellen Bewegungsabfolge.«

Klingt ganz easy, oder? Aber nur in der Theorie. In der Praxis hat das mit dem scharfen Strahl bei mir ja leider nicht so geklappt, wie wir wissen, darum schaue ich auch ziemlich neidvoll auf den Eimer zwischen Annis Beinen, der sich bei der »rhythmischen, schnellen Bewegungsabfolge« ihrer Hände erstaunlich rasch zu füllen beginnt.

Anni braucht immer eine knappe Stunde, um die fünf Kühe zu melken, und das ist ziemlich gut, zumindest nach den Angaben unseres Workshopleiters, wonach ein »geschickter Handmelker« etwa sechs Kühe in einer Stunde melken kann. Ich frage mich, ob es dafür so etwas wie einen Wettbewerb gibt? Schnellmelkmeisterschaften? Kann ich mir gut vorstellen, wo es bei uns in Bayern schließlich auch so kreative Meisterschaftsdisziplinen wie Stoahebn, Maßkrugstemmen und Fingerhakln gibt.

Nach einer Weile reiße ich mich von meinen tiefsinnigen Melkbetrachtungen los und gehe stattdesssen zu »meinen« Hühnern. Während ich den Stall sauber mache und sie füttere, erzähle ich ihnen von Anni und mir und dass nach Annis Ausflug aufs Dach alles wieder gut ist. Danach entfernen wir gemeinsam die Kuhfladen, die die Kühe unbedingt im Stall ablassen mussten und nicht etwa vorher schon auf der Wiese, und bringen zum Schluss die Milch ebenfalls gemeinsam mit dem Handkarren hinunter zur Straße. Währenddessen erzähle ich Anni von meiner umgefallenen Milchkanne gestern Abend. Daraufhin beichtet sie mir auch ihr Missgeschick mit dem Rahm – der Krug ist ihr aus der Hand gerutscht, weil sie versucht hat, alles auf einmal zu tragen. Halb so wild, finden wir beide und schlittern weiter den ausgewaschenen Weg hinunter. Die Kannen, die ich dieses Mal bombensicher festgezurrt habe, klappern nur ganz leise, und als wir unten ankommen, ist kaum etwas verschüttet.

Wir stellen die Kannen auf das kleine Holzpodest, das uns der Anda extra dafür gezimmert hat, und kehren wieder um.

Beim Zurückgehen läuft keine zehn Meter von uns entfernt ein Fuchs über die Wiese. Er bleibt erschrocken stehen, als er uns bemerkt, und starrt uns aus gelben Augen an. »Was tragt denn der spaziern?«, fragt Anni erstaunt, und tatsächlich hat er einen seltsamen, grasgrünen Gegenstand im Maul. Ich zwicke die Augen zusammen, um im düsteren Zwielicht besser sehen zu können, und erkenne verblüfft, was es ist.

»Des is ja mei Schuah!«, rufe ich, und meine laute Stimme erschreckt den Fuchs. Mit ein paar schnellen Sprüngen läuft er davon und verschwindet im Schatten der Bäume. Mit meinem Schuh.

»Des war einer meiner Schlappen«, kläre ich Anni auf. »Die ich heut Nacht nicht mehr gfunden hab. Der Fuchs hat meine Schuah grampfelt.« Ich überlege und frage dann: »Was findet denn bitte ein Fuchs an meinen Schlappen?«

Anni zuckt mit den Schultern. »Vielleicht hat ihm die Farbe gfallen.«

Der lange dunkle Abend, vor dem wir uns so gefürchtet haben, wird dann gar nicht so schlimm, und vor allem wird er nicht lang. Wir machen uns eine große Pfanne süßen Kaiserschmarrn, der so gut schmeckt, dass ich vor Ehrfurcht wieder ganz stumm werde, danach öffnen wir zur Feier des ersten allein überstandenen Almtages eine Flasche Rotwein. Allerdings haut uns schon das erste Glas aus den Socken, und so ist es noch nicht mal halb neun, als wir satt, müde und mit bleischweren Gliedern hinauf in unsere Kammern schleichen.

Anders als gestern Abend, als ich noch dumm und unerfahren war, krieche ich heute gleich samt Jogginganzug und Wollsocken ins Bett, und meine Bergstiefel habe ich unten in der Stube an einem strategisch günstigen Platz neben der Tür deponiert. Außerdem habe ich eine Laterne dabei, die ich an einen Nagel an der Wand hänge. Anni hat im Stall zwei alte Holzlaternen gefunden, die wir, bis wir eine neue Taschenlampe haben, bei etwaigen nächtlichen Ausflügen zum Plumpsklo mitnehmen können. Falls wir uns nicht doch noch überwinden und die putzigen Potschamperl benützen. Während ich so daliege und über den heutigen Tag nachdenke, das stundenlange Herumstolpern im Nebel, Anni auf dem Dach, unser Lachanfall, das Rumgekugel mit Ulysses vor dem Feuer und unser einträchtiger, friedlicher Abendspaziergang hinunter zur Straße, muss ich lächeln.

Dieser Tag, der so greuslig begonnen hat, ist am Ende noch ganz schön geworden. Trotz Scheißwetter. Und dabei fällt mir Snake ein. So gerne würde ich ihm davon erzählen. Er würde mir zuhören, aufmerksam, wie es seine Art ist, würde mich trösten, wenn ich von meinem Verzweiflungsanfall im Plumpsklo erzähle, und er würde lachen, weil ich mir von einem Fuchs die Schuh hab grampfeln lassen und auf einen Ratsch in den Hühnerstall gehe. Wenn er da wäre, würde er wahrscheinlich mit mir in den Hühnerstall gehen und mit den Hennen ein Gespräch über James Joyce beginnen.

Ich mag es, Snake lachen zu hören, er hat ein schönes Lachen. Wie ich schon sagte, Snake ist wirklich etwas ganz Besonderes. Mit den Tieren hat er es auch irgendwie. Sein Spitzname kommt zum Beispiel daher, dass er irgendwann einmal der Meinung war, eine Kreuzotter sei sein persönliches Totem – wofür auch immer er so was braucht –, und deshalb wollte er von da an Snake genannt werden. Vorher hieß er bei uns allen nur »Tschieses«, wegen der hippiemässig langen Haare, die er während der Schulzeit hatte. Nach der Schule war er einige Jahre in Indien und Nepal und so, vielleicht ist von dort aus der Weg zu Tiergeistern und Totems nicht so weit wie von meinem Metzgerladen aus. Wenn er von den verrückten Dingen erzählt, die er auf seinen Reisen erlebt hat, stelle ich mir manchmal vor, wie es wäre, selbst einmal etwas so Verrücktes zu erleben. Irgendwo ganz weit weg von Untermarktlbrunn, wo niemand mich kennt und ich tun und lassen könnte, was ich will und es niemanden interessiert, dass ich Burgi Schweinsteiger, die Dorfmetzgerin, bin. Man kann sich ja nicht sein ganzes Leben nur mit Wurst- und Fleischwaren beschäftigen. Darum brauche ich auch hin und wieder James Joyce und seine Rätselsätze, auch wenn ich nach meiner Erfahrung von heute Nachmittag erstmal wieder davon abgekommen bin, das Buch tatsächlich *lesen* zu wollen.

Ich öffne die Truhe am Fußende des Bettes und leuchte mit der Laterne hinein. Dort, zwischen meinen Jeans und T-Shirts und Pullovern, habe ich meinen James Joyce heute Abend wieder verstaut, bevor wir in den Stall gegangen sind. Unschuldig, ganz so, als sei er ein total normales, lesbares Buch, liegt er neben der vertrockneten Valentinsrose, die ich ja unbedingt auch mit auf die Alm nehmen musste. Ich versuche, die vorwurfsvolle Rose zu ignorieren, nehme das Buch heraus und lasse mich wieder zurück ins Bett fallen. Fest eingewickelt in meine Decke, schlage ich willkürlich eine Seite auf und lese die Stelle, wo mein Finger landet:

»Wo war Moses, als die Kerze ausging?«

»Aha«, murmle ich verständnislos und schaue auf die Kerze, die in meiner Laterne brennt. »Keine Ahnung, wo Moses war, als die Kerze ausging …« So rätselhaft hätte es heut Abend auch nicht mehr sein müssen. Wenn ich schon nicht verstehe, was dieser Ire sich dabei gedacht hat, als er das Buch geschrieben hat, dann hätte ich doch ganz gern wenigstens mal was *Schönes* daraus gelesen. Etwas, was einen träumen lässt, sich sehnen, nach ... irgendetwas halt. So was hat James Joyce durchaus auch zu bieten, man muss es nur finden.

Eine Stelle gibt es zum Beispiel, die versetzt mich immer sofort in eine andere Welt, egal, wie oft ich sie schon gelesen habe. Sie ist fast ganz am Ende dieser unglaublichen 987 Seiten, und ich schlage sie auf, um sie versuchsweise noch einmal zu lesen, und es funktioniert auch jetzt wieder: »*Oh, und an das Meer das Meer das oft feuerrot ist und die herrlichen Sonnenuntergänge in den Alameda-Gärten ja und all die seltsamen Gassen und rosaroten blauen und gelben Häuser ...*« Das ist doch mal wirklich sauschön, oder?

Doch wenn man ein Buch als Orakelbuch benutzen will, darf man nicht einfach eine Stelle aufschlagen, die man schon kennt. Das gilt nicht. Und so muss ich mich für heut halt mit dem Moses und seiner Kerze zufriedengeben. Ich lege das Buch zurück und will gerade die Kerze ausblasen, als mich ein Geräusch vor dem Fenster zusammenzucken lässt. Fast wäre mir die Laterne aus der Hand gefallen. Schwere Schritte, ein Stapfen direkt draußen vor der Hütte, und dann ein lautes Klopfen am Fenster.

Klopfen? Wer bitte sollte mitten in der Nacht bei uns da heroben in der Einsamkeit klopfen? Ich zucke erneut zusammen, als ich Annis Stimme vor meiner Tür flüstern höre. »Burgi? Bist noch auf?«

»Ja«, flüstere ich zurück und höre, dass meine Stimme ziemlich ängstlich klingt.

Anni kommt herein, ebenfalls mit ihrer Laterne in der Hand, und Ulysses folgt ihr auf dem Fuß. Nein, das ist nicht ganz richtig. Er folgt ihr nicht, er drückt sich, schlotternd vor Angst, ganz eng von hinten an ihre Beine, als wolle er in Anni hineinkriechen. Also wirklich! So einen Wachhund kannst echt brauchen!

»Hast des auch ghört?«, fragt Anni, und ihre Augen sind groß vor Schreck.

Ich nicke stumm, und wie auf Kommando ertönt das unheimliche Klopfen noch einmal. Ulysses winselt auf und versucht nun, unter mein Bett zu kriechen. Allerdings vergeblich. Seine großen Krallen scharren auf dem Holzboden, als er seinen dicken Schädel in den ungefähr fünf Zentimeter großen Spalt zwischen Boden und Bett quetschen will. Ich mustere ihn kopfschüttelnd. »Ich sag nur Wolfsjagd, gell, Ulysses?«

»Meinst, des is ein Wolf?«, fragt Anni erschrocken.

»Naa, geh weiter! Bei uns gibt's doch keine Wölfe. Außerdem glaub ich nicht, dass die anklopfen …«

»Aber was dann? Vielleicht so ein Problembär …«

Ich glaube auch nicht, dass Problembären anklopfen, überhaupt kann ich mir kein Tier vorstellen, das an Türen oder Fenster klopft, außer vielleicht im Märchen. Aber die Alternative, nämlich, dass da draußen mitten in der Nacht im strömenden Regen ein Fremder an unser Fenster klopft, ist auch nicht beruhigender.

Andererseits können wir auch nicht einfach hier oben hocken bleiben und warten. Am End schlägt dieser unbekannte Klopfer noch unser Fenster ein, kommt in die Stube und dann zu uns nach oben … In solchen Momenten verflucht man sich dafür, dass man sich in seinem Leben jemals Gruselfilme angeschaut hat. Man wünscht sich, man hätte überhaupt nie etwas Spannenderes als die Sendung mit der Maus gesehen und hätte überhaupts gar keine Fantasie. Dann stünden einem nämlich nicht all diese Bilder, vom *Aktenzeichen XY* über Zombiefilme bis zum *Kettensägenmassaker,* vor Augen, und man könnte ungestört seinen gesunden Menschenverstand benutzen. Ich versuche, alle furchteinflößenden Gedanken wegzuschieben, und stelle mir stattdessen vor, wie ich ein Schwein schlachte. Schon besser. Wäre ja gelacht, wenn ich nicht mit einem nächtlichen Klopfer zurechtkäme »Komm, wir schauen nach«, schlage ich vor und stehe auf. Anni nickt stumm.

Gemeinsam tappen wir mit unseren Laternen hinunter in die Stube, dicht gefolgt vom winselnden Ulysses. Am Herd bewaffnen wir uns mit dem Schürhaken und der großen schmiedeeisernen Kaiserschmarrnpfanne. Dann schleichen wir ans Fenster, doch es ist zu dunkel, wir können nichts entdecken. Vorsichtig entriegele ich die Tür. Anni hat ihre Laterne abgestellt und klammert sich – die Pfanne drohend in ihrer Rechten – mit der freien Hand so fest an meinen Arm, dass meine Laterne schwenkt und fast ausgeht. Ich würde mich auch gern irgendwo festklammern, aber ich habe keine Hand frei. Also klammere ich mich an meinen Schürhaken und gehe, mit Anni im Schepptau, ein paar Schritte vor die Hütte.

Außerhalb des Lichtkreises der Laterne kann man überhaupt nichts sehen. Es hat zu regnen aufgehört, doch von der Dachrinne tropft es noch leise. Dann, plötzlich, ertönt das Klopfen erneut und furchtbar nah. Wir prallen zurück.

Langsam, ganz langsam und gegen den Widerstand von Annis Klammergriff hebe ich den Arm und leuchte in die Richtung, aus der das Geräusch gekommen ist. Neben unserer Hausbank, vielleicht zwei, drei Armlängen von uns entfernt, steht ein Hirsch. Sein mächtiges Geweih schimmert matt im Licht unserer Laterne, und er hat offenbar gerade versucht, etwas von dem alten Brot, das wir in einem Stoffbeutel auf der Bank liegen lassen haben, zu ergattern. Dabei ist er mit seinem Geweih gegen die Fensterscheibe gestoßen, was das Klopfen verursacht hat. Jetzt hebt er den Kopf und sieht uns mit großen dunklen Augen an. Er ist uns so nah, dass ich hören kann, wie er atmet. Anni schnappt leise nach Luft und verstärkt den Griff um meinen Arm. Ich wage es nicht, mich zu ihr umzudrehen. Mit offenem Mund stehe ich da und starre den Hirsch an. Selbst wenn ich wollte, könnte ich mich nicht bewegen. Anni geht es genauso. Wie zwei Standbilder stehen wir da, Aug in Aug mit dem Hirsch. Er ist riesig, überragt mich und Anni mindestens um eine Kopflänge, und sein Geweih ist fast doppelt so groß wie das alte Hirschgeweih, das in Snakes Stube an der Wand hängt. Zumindest kommt es mir so vor. Ich fühle mich ganz klein und unbedeutend, wie der Hirsch da so majestätisch vor mir steht und mir vollkommen ohne Scheu direkt in die Augen schaut. Dann, plötzlich, dreht er sich um und geht ganz gelassen über die dunkle Wiese davon.

Wir schauen ihm nach, bis ihn die Dunkelheit verschluckt hat, dann gehen wir zurück in die Hütte und schließen schweigend die Tür. Ulysses kriecht erleichtert unter der Eckbank heraus, und Anni streichelt ihn abwesend. »Nie mehr sag ich zu jemand damischer Hirsch«, murmelt sie. »Des is eine Beleidigung. Für den Hirschen.«

Wir gehen wieder hinauf in unsere Kammern. Als ich im Dunklen in meinem Bett liege, fällt mir Snakes Kreuzotter-Totem wieder ein, und ich denke mir, falls ich jemals auch so etwas brauchen sollte, dann müsste es auf alle Fälle ein Hirsch sein.

Vier

Es gießt noch immer wie aus Kübeln, und der Wetterbericht hört sich alles andere als beruhigend an: Schneefall über 700 Meter, und in den nächsten Tagen weitere heftige Regenfälle. Anda schaut aus dem Fenster in Richtung Berge und versucht vergeblich, das unruhige Gefühl zu ignorieren, das ihn bei dem Gedanken an die beiden Frauen ganz allein dort oben beschleicht. Vielleicht sollte er die Abmachung mit Anni einfach ignorieren und morgen früh hinauffahren? Nur mal nachschauen, ob sie Hilfe brauchen.

Anda verzieht ein wenig das Gesicht und klopft sich eine Prise Schnupftabak auf den Handrücken. Keine gute Idee. Am End passt alles, und es gibt gar kein Problem, und dann wäre Anni nicht begeistert, wenn er dort aufkreuzte, wo sie doch so wild entschlossen war, alles allein zu machen. Außerdem hätte sie vielleicht auch das Gefühl, er wolle sie nur kontrollieren, mehr seine eigene Unruhe besänftigen, als sie unterstützen. Und so ganz unrecht hätte sie dabei nicht einmal, wie er ehrlicherweise zugeben muss.

Nach weiteren fünf Minuten, in denen er unschlüssig in den Regen starrt, steht er auf und zieht sich seine Jacke an. Die Buben sind schon eine Weile auf ihren Zimmern, Leon müsste eigentlich schon schlafen. Anda geht nach oben und sagt den vierzehnjährigen Zwillingen, die vor dem Computer sitzen, dass er noch ein Bier trinken geht und sie keinen Schmarrn machen sollen. Dann wirft er einen Blick in das Zimmer des elfjährigen Leon, der sich im letzten Jahr in Rekordgeschwindigkeit von einem Musterknaben zu einem renitenten Rebellen gemausert hat. Jetzt schläft er allerdings selig mitten in dem unaussprechlichen Durcheinander, das ein Kinderzimmer sein soll. Gretl, eine ihrer vier Katzen, liegt zusammengerollt neben ihm und schaut Anda aus grünen Augen unergründlich an, während er die Nachttischlampe ausschaltet und seinem Jüngsten kurz über den Kopf streicht. Gestern hat Leon schon wieder einen Verweis nach Hause gebracht, weil er mit dem Mathelehrer so lange über Sinn und Unsinn von Hausaufgaben gestritten und sich geweigert hat, »sinnlose Idiotenrechnungen« zu machen, bis dem Lehrer der Kragen geplatzt ist und er sich nur noch mit einem Verweis zu helfen gewusst hat.

Anda hat ihn kommentarlos unterschrieben, er hatte keine Lust, mit Leon deswegen noch einmal zu streiten. Leise verlässt er das Zimmer und geht wieder nach unten. Der Bub ist anstrengend. Ein wiefer kleiner Kerl, blitzgescheit, aber anstrengend. Immer muss er das letzte Wort haben, immer muss man bei ihm alles begründen, nie kann er einfach mal was hinnehmen. Für Andas Geschmack ist er damit ein wenig zu sehr nach Anni geraten. Die beiden anderen Buben sind eher wie er. Auch nicht grad Engel, aber leichter zu durchschauen, berechenbarer bei dem, was sie anstellen.

Der Wind peitscht ihm den Regen ins Gesicht, als er nach draußen geht, doch das ist ihm gerade recht. Er beschließt, zu Fuß zu gehen, er braucht frische Luft. Auf dem Weg kommen Anda plötzlich Zweifel, ob es so eine gute Idee war, in die Wirtschaft gehen zu wollen. Gestern Abend, als er von der Alm zurückgekommen ist, haben ihn seine Freunde die ganze Zeit damit aufgezogen, dass die Anni als Sennerin dort oben »gwieß nix anbrennen lässt« und ob er sich das auch genau überlegt hätte, sie und die Burgi da ganz allein oben zu lassen, wo doch jeder weiß, wie sich das mit der Alm und der Sünd so verhält.

Die Witze gingen so weit, dass Anda sogar einem seiner besten Freunde fast eine reingehauen hätte.

Er hat es nicht gemacht, stattdessen ist er wortlos aufgestanden und heimgefahren. Je näher er dem Dorfwirt kommt, desto langsamer wird er, am Dorfplatz ist er kurz davor, wieder umzukehren. Andererseits braucht man vom Geschwendtnerhof bis ins Dorf zu Fuß fast eine halbe Stunde, er hat daher keine Lust, den ganzen Weg wieder zurückzugehen, ohne wenigstens ein Bier getrunken zu haben.

Ein kurzer Blick durch das Fenster der Wirtschaft sagt ihm, dass alle einschlägigen Dummschwätzer dort versammelt sind. Das wird nicht lustig werden. Jedenfalls nicht für ihn. Aber das hätte er sich vorher überlegen sollen. Unschlüssig bleibt er stehen. Die einzige Alternative zum Dorfwirt ist das *Kuh 8,* die Kneipe, die Burgis Freund, dem Grassl Stefan, gehört. Anda hatte mit dem Typen bisher nie viel zu schaffen. Er hat ihn immer für einen kompletten Spinner gehalten und war bisher auch nur im *Kuh 8,* wenn es sich überhaupt nicht vermeiden ließ, das heißt, auf Drängen seiner Frau, die mit Stefan Grassl in die Schule gegangen ist und im *Kuh 8* ein und aus geht. Im Gegensatz zu Anni fühlt er sich in dieser Kneipe nicht besonders wohl, es ist nicht seine Welt, zwischen orangefarbenen Buddhas an violetten Wänden sein Bier zu trinken.

Die letzten beiden Tage auf der Alm war der Stefan allerdings gar nicht so spinnert, wie er befürchtet hatte. Er hat nicht viel geredet, seine Arbeit gemacht wie alle anderen auch und ist eigentlich gar nicht groß aufgefallen zwischen den Treibern und den anderen Bauern, die mitgeholfen haben, also, wenn man mal vom Äußeren absieht. Er schaut halt a bissl komisch aus, da braucht er sich nicht zu wundern, wenn man ihn nicht ernst nimmt. Seine dunklen, fast schwarzen, widerspenstigen Haare, die ihn eh schon ziemlich verwildert wirken lassen, sind viel zu lang, so lang, dass sie ihm schon in die Augen hängen, und vom Frisieren hält er offenbar auch nicht viel. Dabei ist er so dürr und schlaksig, dass man meinen könnte, er kriegt daheim nix Gscheids zu essen. Aber seine Oma wird ihm ja wohl was kochen. Und als ob das nicht schon genug wär, trägt er auch noch eine Kette mit einem Zahn um den Hals, einen Haufen Armbänder und mehrere Ringe an den Fingern. Als er sich mal da drüber aufgeregt hat, wie affig das ausschaut, hat Anni ihn ausgelacht und ihn einen Hinterwäldler genannt. Als ob man schon ein Hinterwäldler wär, wenn man Mannsbilder mit silbernen Ringen an den Fingern deppert findet.

Nach diesen Überlegungen beschließt Anda jedoch, dass sein Durst wichtiger ist als seine Vorbehalte gegen den silbern beringten Stefan Grassl und das *Kuh 8* und kehrt der Dorfwirtschaft den Rücken, um beherzt hinunter zur Tankstelle zu gehen, wo sich besagte Kneipe befindet. Bier ist schließlich immer noch Bier, und da kann man selbst mit Buddhas an der Wand nicht viel falsch machen.

Das *Kuh 8* ist leer, als er ankommt. Es liegt wahrscheinlich am Wetter, und diese Leere lässt Anda noch einmal zögern. Er hätte sich gerne irgendwo unauffällig zwischen die Leute in eine stille Ecke gesetzt, um in Ruhe seine Halbe zu trinken. Nachdem aber keine Leute da sind, muss er sich wohl oder übel mit dem Grassl Stefan unterhalten, um nicht ganz unhöflich zu wirken. »Hast noch offen?«, fragt er vorsichtshalber, als er das Lokal betritt, und lässt die Klinke dabei nicht aus der Hand.

Snake nickt knapp und nicht besonders freundlich. »Komm rein.«

Anda setzt sich an die Bar und bestellt sein Bier. Er schaut zu, wie Snake es zapft und sich selbst auch gleich eine Halbe macht.

»Hat dich der Regen zu mir reingschwoabt?«, fragt Snake, als er Anda sein Glas hinstellt, und Anda hat das Gefühl, so etwas wie Spott in seinen Augen zu sehen. Er gibt daher keine Antwort, sondern trinkt nur stumm. Snake zuckt mit den Schultern und beginnt, die Theke abzuwischen und Gläser zu spülen.

Anda mustert ihn verdrossen. Dieser Typ macht ihn unsicher mit seinen ausgefransten, uralten Jeans mit Flicken, den komischen Cowboystiefeln und dem gammeligen grünen T-Shirt, das ausschaut, als hätt er es aus der Altkleidersammlung gezogen, und das an dieser Bohnenstange trotzdem noch irgendwie lässig wirkt. Wenn er selbst dagegen sowas anziehen tät, würde es nur blöd ausschauen. Wie verkleidet. Er trinkt noch einen Schluck und murmelt dann beiläufig: »Soll schneien, sagen s'.«

»Ja. Hab ich im Wetterbericht ghört.«

Besonders gesprächig ist der Grassl auch nicht. Dabei ist der doch Wirt. Müsst sich doch mit seinen Gästen unterhalten. Anda fragt sich nicht zum ersten Mal, was eine so bodenständige, patente Frau wie die Schweinsteiger Burgi an dem schrägen Vogel findet. Die passen doch gar nicht zusammen.

Jetzt nimmt er aber doch sein Bier, kommt um die Theke herum und setzt sich neben ihn auf den Barhocker. »Machst dir Sorgen wegen den beiden?«, fragt er Anda überraschend direkt.

Anda zögert. Sorgen will er es nicht nennen. Das klingt so nach Schisser. Er zuckt die Schultern. »Is halt schon weit oben. Und ohne Strom und Handy … Man weiß ja nicht, ob sie da zurechtkommen.«

»Fahr halt rauf und schau nach.«

Anda mustert den Grassl misstrauisch. »Und du?«, fragt er dann. »Tätst du nicht rauffahren?«

Snake schüttelt den Kopf und trinkt dann mit großen, fast zornig wirkenden Schlucken sein Glas halb leer. »Naa.«

»Warum ned?«

»Weil die Burgi mich nicht braucht. Die kommt ganz gut allein zurecht.«

»Das weißt doch gar ned.«

Snake gibt keine Antwort. Er trinkt sein Bier aus und stellt das leere Glas auf die Theke. Mit einem Blick auf Andas ebenfalls fast leeres Glas meint er: »Magst noch eins?«

Anda schüttelt den Kopf. »Ich pack's wieder.« Als er zahlen will, schüttelt Snake den Kopf: »Passt schon.«

Draußen vor der Glastür dreht Anda sich noch einmal um. Snake steht wieder hinter der Bar und macht sich noch einen Schnitt. Wie er ihn da so ein bissl verloren rumstehen sieht, ganz allein in seiner leeren Kneipe, überlegt er kurz, noch einmal hineinzugehen. Doch dann schaltet Snake die Lichter aus, so dass nur noch eine kleine Lampe einen hellen Punkt auf die Theke wirft, und Anda dreht sich um und macht sich auf den Heimweg.

Fünf

Es regnet noch drei volle Tage. Stumm und mit zusammengebissenen Zähnen stapfen wir jeden Morgen in aller Herrgottsfrühe den Rindviechern hinterher, die sich einen Spaß daraus zu machen scheinen, immer noch ein bisschen weiter nach oben zu steigen. Blimpern und Blumpern können wir mittlerweile schon ganz gut unterscheiden, allerdings hilft uns das nicht viel: Der Nebel ist so dicht, dass wir die dazugehörige Kuh meist erst sehen, wenn wir schon mit ihr zusammengestoßen sind. Wir zählen aufs Geratewohl alles, was Hörner und vier Beine hat. Wenn wir bei fünfundfünfzig angelangt sind, kehren wir um und hoffen, dass wir nicht elf Viecher fünfmal gezählt haben und der Rest bereits irgendwo abgestürzt ist.

Ich möchte ja gar nicht dran denken, was los wäre, wenn das tatsächlich passieren tät. Wir haben immer eine Art Notfalltasche dabei, vollgestopft mit Andas Salben und Tinkturen und allen möglichen Hausmitteln, mit denen man kleinere Blessuren und Beschwerden behandeln kann, und damit kennt sich Anni auch recht gut aus. Ich glaube, Anda, der seine Kühe mindestens so liebt wie ein anderer Mann sein Auto oder den FC Bayern, hat sie wochenlang damit getriezt, alles zu lernen, was es darüber zu lernen gibt.

Wenn aber eine Kuh abstürzt und sich den Haxn bricht oder noch Schlimmeres passiert, hilft uns die Notfalltasche auch nicht weiter. Dann muss eine von uns die Forststraße hinunterlaufen und, sobald es Netzempfang gibt, den Tierarzt rufen. Bis jetzt war das noch nicht nötig, und wir hoffen, dass das auch so bleibt.

Die Zählerei dauert jeden Tag mindestens vier, manchmal sogar fünf Stunden, und ich komme mir dabei noch immer vor wie eine Idiotin. Bin ich wohl auch: Stolpere sinn- und planlos durch den Nebel, um pubertierende Rindviecher zu zählen, die, wenn Anni nicht auf die Idee mit der Alm gekommen wäre, gemütlich auf einer Untermarktlbrunner Weide grasen würden, wo kein Mensch auf die Schnapsidee käme, sie täglich zu ZÄHLEN, weil es dort nämlich einen ZAUN gibt! Nun gut. Es ist so, wie es ist. *Wo war Moses, als die Kerze ausging?* Wo war mein gesunder Menschenverstand, als Anni mich fragte, ob ich einen Almsommer auf der Schafkopfalm verbringen will? Und apropos Sommer: Wo, kreizsakrament nochmal, ist der überhaupt?

Auch wenn es seit unserem ersten Tag hier heroben wenigstens nicht mehr geschneit hat, ist es doch, direkt unter der Wetterwand, wo wir seit drei Tagen herumstapfen, immer kurz davor, und es fällt einem schwer zu glauben, dass es tatsächlich Juni ist. Ich trage alle Jacken und Pullover, die ich dabeihabe, übereinander und komme mir vor wie eine dicke, kugelrunde Zwiebel. Immer wieder muss ich mich unterwegs aus ein paar Schichten schälen, weil wir vor Anstrengung ins Schwitzen kommen, nur um dann, wenn der Wind über die Wiese pfeift, alles wieder anzuziehen.

Die Wiese um unsere Hütte hat sich inzwischen in einen Sumpf verwandelt, und der Regen trommelt vierundzwanzig Stunden fast ohne Unterbrechung auf unser Schindeldach. Der Hirsch ist nicht mehr gekommen, obwohl wir ein bisschen von dem alten Brot, das wir normalerweise in der Magermilch einweichen und den Hühnern geben, auf der Bank haben liegen lassen. Einmal habe ich gedacht, ich hätte etwas gehört, und bin in der Nacht nach unten gelaufen, um nachzusehen, doch die Wiese um unser Haus lag dunkel und leer im Regen, und von dem Hirsch war nichts zu sehen. Dafür bin ich eines Morgens auf dem Gang zur Toilette »meiner« Kröte wiederbegegnet. Sie saß im strömenden Regen direkt vor dem Klohäuschen und glotzte mich aus gelben Augen so vorwurfsvoll an, als würde sie es mir immer noch übelnehmen, dass ich in der ersten Nacht auf sie getreten bin. Ich hab sie mit dem Bergschuh vorsichtig angestupst, und sie ist mit einem schwerfälligen kleinen Satz auf die Seite gehüpft. Als ich wieder herauskam, saß sie immer noch da, mit geblähten Backen, und schaute mich kritisch an. Irgendwie konnte ich sie da gar nicht mehr so monstermäßig greislig finden. Eigentlich ist so eine Kröte ja ganz nett. Wenn man nicht um drei Uhr morgens auf sie drauftritt, wohlgemerkt. Wer weiß, vielleicht werden wir ja irgendwann sogar noch Freunde?

Die Kröte mag ja bei dem Sauwetter voll in ihrem Element sein, im Hühnerstall ist die Stimmung mittlerweile recht angespannt. Die Hühner sind mies gelaunt, weil sie nicht rausdürfen, und lassen es an der armen Trudi aus. Als ich am Freitagmorgen in den Stall komme, liegen überall weiße Federn herum, und das Hühnchen hockt verschüchtert und ziemlich zerrupft in der Ecke. Natürlich hat sie noch immer kein einziges Ei gelegt. Würde ich auch nicht, wenn ich so unter Stress stehen würde. Ich mein, zum Eierlegen muss man sich doch wohl ein bissl konzentrieren, oder? So ein Ei kann man ja nicht einfach so rausflutschen lassen, während die anderen Hennen nur drauf warten, einem an die Federn zu gehen.

Als ich Anni davon erzähle, bekümmert sie das jedoch nicht besonders. Im Gegenteil, sie sagt doch tatsächlich: »Magst sie nicht schlachten? A gscheide Hühnersuppen zum Wochenend wär doch was Feins.«

Ich schaue sie entsetzt an. Sie meint es tatsächlich ernst mit dem Suppentopf. »Aber des kann i ned …«, beginne ich zaghaft.« »Guad, dann mach i des«, sagt Anni ungerührt, stellt die

Mistgabel auf die Seite, mit der sie grade hantiert hat, und will offenbar sofort loslegen.

Ich trete ihr in den Weg. »Naa! Wart! I … kümmer mich scho drum ….«

Anni hebt spöttisch ihre Augenbrauen. »Ah geh …?«

»Du hast gsagt, die Hühner wärn mei Sach, also halt dich auch raus!«, schnauze ich sie an und laufe dann aus dem Kuhstall zurück zu meinen Hühnern, bevor sie etwas erwidern kann.

Was denkt sie sich eigentlich? Ich kann doch die Trudi nicht schlachten! Auf gar keinen Fall. Manchmal ist mir die Anni fast ein bisschen unheimlich. Ich find's ja schön, wenn man praktisch veranlagt ist, aber man kann es auch übertreiben. Im Hühnerstall setze ich mich auf meinen Melkschemel in der Ecke und atme erst einmal tief durch.

Trudi, die sich mittlerweile an mich gewöhnt hat, kommt sofort angelaufen, legt den Kopf schief und wartet auf eine Extraportion Körner. Ich streue ihr und auch den anderen ein paar hin. Mist! Mist! Ich hätte Anni nichts von Trudis Mobbingproblemen erzählen sollen. Ich hätte Trudi überhaupt nicht erwähnen sollen. Flüchtig denke ich darüber nach, Anni einfach zu erzählen, sie hätte nun doch ein Ei gelegt. Ich könnt ihr eines von den anderen Hühnern zeigen und einfach sagen, es wär von Trudi. Aber das glaubt sie mir ja doch nicht. Trudi ist ein französisches Zwerghuhn, ihre Eier sehen sicher ganz anders aus als die großen braunen Eier der anderen Hühner. Wahrscheinlich sind sie winzig und weiß, weil sie selbst ja auch winzig und weiß ist. Ich hebe Trudi auf meinen Schoß und streichle ihren Kopf. Sie gackert leise vor sich hin, und mir wird ein bisschen schlecht. Trudi ist fast so etwas wie eine Freundin geworden, und ich darf nicht zulassen, dass sie im Suppentopf landet. Auch wenn ich Metzgerin bin.

Ich meine, auch eine Metzgerin darf doch schließlich mit einem Huhn befreundet sein? Und überhaupt: Man muss ja nicht jedes Tier gleich ESSEN, nur weil es nicht so funktioniert, wie man meint. Ich streichle Trudi etwas hektisch weiter. Auf alle Fälle muss ich so tun, als hätte ich alles im Griff, nicht, dass Anni auf die Idee kommt, doch lieber selbst Hand anzulegen.

Ratlos verlasse ich eine Weile später den Hühnerstall und stapfe und rutsche über die batzige Wiese zur Hütte zurück. Seit ich hier heroben bin, dachte ich schon öfter, schlimmer als bisher kann es nicht mehr werden. Tja, falsch gedacht. *Wo war Moses, als die Kerzen ausgingen?* Da passt man einmal kurz nicht auf und prompt handelt man sich das nächste Problem ein, bei dem es dann gleich auch noch um Leben und Tod geht.

Der nächste Tag ist ein Samstag. Unser erstes Wochenende auf der Alm bricht an. Wobei, Samstag ist es eigentlich nur unten im Tal, hier oben hat ein Wochentag im Grunde keine Bedeutung. Als ich am Morgen aufwache, spüre ich trotzdem sofort, dass etwas anders ist. Es ist viel heller als sonst, so hell, dass ich einen kurzen Moment lang denke, ich hätte verschlafen und es ist schon später Vormittag. Aber der Grund ist ein anderer: Es hat aufgehört zu regnen! Der Himmel vor meinem Fenster ist von einem durchscheinenden, zartrosa getönten Blau, und keine einzige Wolke ist zu sehen. Einen Augenblick lang hocke ich sprachlos vor meinem kleinen Fenster und schaue hinaus, dann springe ich aus dem Bett. Von Anni ist noch nichts zu hören, als ich an ihrer Tür vorbeischleiche, allerdings bequemt sich Ulysses überraschenderweise, mit mir nach unten zu kommen. Ich schüre das Feuer und gehe dann nach draußen.

Es ist noch bitterkalt, Rauhreif liegt auf der Wiese, und es knirscht ganz leise, als ich mit meinen dicken Bergschuhen darüberlaufe. Ansonsten ist es still. So still, als gäbe es nur mich auf der Welt, als halte alles um mich herum den Atem an. Als ich mich umdrehe, weiß ich auch, warum: Die Sonne geht auf. Wenn Sie schon einmal auf einer einsamen Almhütte einen Sonnenaufgang erlebt haben, dann wissen Sie ja, wovon ich rede. Allen anderen sei gesagt: Man kann gar nicht anders, man muss die Luft anhalten, so atemberaubend ist das.

Ganz ehrfürchtig stehe ich mitten auf der frostigen Wiese und schaue zu, wie die Berge sich zuerst zartrosa, dann rot verfärben und schließlich im hellen Morgenlicht erstrahlen. Sakradi, würde Snake sagen, und ich kann ihm nur beipflichten. Aufgeregt laufe ich zurück zur Hütte, um Anni zu wecken, doch sie ist schon wach, steht in der Tür und schaut zu den Bergspitzen hinauf.

»Schee«, seufzt sie.

Wer allerdings – so wie ich – geglaubt hat, dass das Rindviecherzählen leichter geht, nur weil wir jetzt genauer sehen, was wir zählen, der hat sich geirrt. Weil endlich die Sonne scheint, sind die Kühe nämlich total übermütig, machen Spigankerl, laufen hierhin und dorthin, und im Übrigen schauen sie noch immer alle gleich aus. Für mich jedenfalls. Wir sind also heute Morgen nur geringfügig schneller als sonst. Allerdings schwitzen wir mehr, weil es ziemlich schnell ziemlich warm wird. Danach sitzen wir draußen vor dem Haus und frühstücken. Der Himmel ist blau, die Butterblumen leuchten gelb, und das Gras ist so unfassbar grün, als hätte es nie Schneetreiben und Dauerregen gegeben. Ulysses wälzt sich genüsslich in angetrockneten Kuhfladen und gibt komische Geräusche von sich. Mei, jeder wie er mag.

»Schee«, wiederholt Anni nochmal, und ich nicke zustimmend. »Wie im Reiseprospekt.«

»Und die Ruah«, sagt Anni. »Wo sonst hat man denn so a Ruah?«

»Nirgends. Immer hörst irgendwas. Jemand mäht immer irgendwo Rasen oder hämmert an seinem Haus rum.«

»Oder fahrt mit seinem Moped vorbei.«

»Oder hört Radio.«

Anni nickt, und wir lauschen der friedlichen Stille um uns herum.

»A bissl Radio wär aber schon nicht schlecht«, meint Anni nach einer Weile. Sie fängt leise zu singen an, ein Lied, das man zurzeit immer irgendwo im Radio hört. Wenn ein Radio da ist. Ich singe sofort mit. Es klingt komisch, wie wir beide inmitten dieser Butterblumenidylle vor uns hin singen. Aber andererseits hört uns ja keine Sau. Daher werden wir lauter und lauter, singen endlich aus voller Kehle, und die Wetterwand wirft unsere Stimmen als vielfaches Echo zurück. Als wir aufhören, ist es wieder still, nur leises Kuhglockengebimmel. »Man hört echt nur uns«, sage ich nach einer Weile nachdenklich.

»Mmh ja.« Anni beißt von ihrem Butterbrot ab und kaut bedächtig.

»Is doch auch irgendwie bled«, fügt sie dann unvermittelt hinzu. Wir schauen uns an und müssen plötzlich furchtbar lachen. Ulysses erhebt sich aus seinem Kuhfladen und mustert uns irritiert. Wahrscheinlich überlegt er, ob er jetzt wieder in Annis Ohr beißen darf.

»Ich würd schon gern wieder mal Radio hören«, schnieft Anni nach einer Weile und wischt sich die Lachtränen aus den Augen. »A bissl wenigstens, nur ganz kurz. Einfach nur so a Gedudl im Hintergrund.«

»Ich auch.«

Anni seufzt. »Ich vermiss sogar die Hakeleien meiner Buben und das nervige Piepsen ihrer Smartphones.«

»Und ich das Brummen meiner Kühlung und das Surren der

Wurstmaschine. Und Cilli Kranzbichlers gscherte Goschn, wenn sie bei mir im Laden die Leut ausrichtet!«

Anni schaut mich mit großen Augen an. »Echt? Sogar die?«

Ich schüttle den Kopf und muss wieder lachen. »Naa. Ned wirklich.«

Anni schenkt uns Kaffee nach. »Is doch deppert oder? Da macht man endlich mal was, wovon man immer geträumt hat, und dann sehnt man sich nach dem, was einem vorher so auf die Nerven gegangen ist.«

Ich schaue Anni nachdenklich an. Wir haben nie wirklich darüber geredet, warum sie eigentlich unbedingt auf diese Alm wollte. Als sie vor ein paar Monaten mit dem Vorschlag ankam, klang es einfach wie eine Superidee, ein Riesenspaß.

»Warum hast du eigentlich davon geträumt, auf eine Alm zu gehen?«, frage ich deshalb, plötzlich neugierig geworden.

»Mei …« Anni zuckt mit den Schultern. »I weiß ned so genau. Ich wollt halt einfach nochmal was ausprobieren, bevor ich alt und grau bin. Allein, weißt. Ohne Familie.« Anni fährt sich über ihre kurzen Haare, zupft an ihrem Pony und hält mir ein Haar entgegen. »Schau. Scho grau.«

Ich mustere das Haar und dann ihren dunklen Schopf. »Des is aber nur eins«, stelle ich klar.

»Aber irgendwann werden's a ganzer Haufn sein.« Sie wuschelt sich ihren Pony wieder zurecht. »Manchmal steh ich in der Früh auf und weiß gar nicht mehr, ob ich auch noch was anderes kann als das, was ich eh jeden Tag mach. Und der Katt kann ich ja nicht mal das recht machen.«

Aha. Die Katt also. Hab schon fast vermutet, dass es irgendwie was mit Annis Schwiegermutter zu tun haben könnte. Wenn ich die zu Hause hätt, würd ich mich auch nach einer einsamen Alm sehnen. »Aber auf die Katt brauchst doch nix geben. Die mag sich ja selber nicht«, wende ich ein.

Anni nickt halbherzig. »Schon. Aber mei eigene Mutter is a ned viel besser, weißt.«

Ich hebe erstaunt den Kopf. Von ihren Eltern, die in Marktlkirchen wohnen, höre ich nur ganz selten etwas. Das war schon so, als wir noch in die Schule gegangen sind. Anni war oft bei mir, ich aber ganz selten bei ihr zu Hause. Ich erinnere mich nur sehr vage an ihre Mutter, eine blonde, für Marktlkirchener Verhältnisse außerordentlich elegant gekleidete Frau mit glänzend rot lackierten Fingernägeln, was ich damals ziemlich aufsehenerregend fand. Ihr Vater war damals schon grau, ein steifer, immer ernst dreinblickender Mann mit äußerst akkuratem Scheitel. Ich glaube, er hat im Landratsamt gearbeitet.

»Mit neunzehn in einen Bauernhof einzuheiraten war für meine Mutter der Super-GAU schlechthin. Des hat sie mir nie verziehn. Ich glaub, sie denkt heut noch, ich hab das nur gemacht, um sie zu ärgern. Immer wieder reibt sie mir unter die Nasn, dass sie sich ja was *ganz anderes* für mich vorgestellt hätt, was *Sauberes*, in einem Büro oder einer Behörde, vielleicht hätt ich ja sogar *ins Amt* gehen können, wie mein Vater.« Anni schnaubt verächtlich. »Sie selber tut den ganzen Tag nix anders als putzen. Die Wohnung meiner Eltern schaut aus wie ein Operationssaal. Ich trau mich gar nicht, mich zu rühren, wenn ich bei ihnen bin. Die Buben und den Anda nehm ich schon lang nimmer mit. Jedes Mal, wenn sie dabei waren, gab's irgendeine Bescherung. Als die Zwillinge noch kleiner waren, habn s' beim Geburtstagskaffee meiner Mutter einmal so einen kleinen Hupfball dabeighabt, und der Toni hat ihn springen lassen, während wir alle zusammen im feinen Esszimmer gsessen sind. Der Ball ist im ganzen Zimmer rumghupft und dann akkrad in der Schüssel mit der Sahne gelandet. Die Sahnespritzer waren überall, an die Vorhäng, an der Deckn und in der frischen Dauerwelle meiner Mutter. Als sie gesehn hat, dass auch auf ihrer neuen Seidnblusn a großer Sahnebatzn gelandet is, hat sie a Valium braucht. Dann, a anderes Mal, hat der Leon heimlich in einer Schachtel a Maus mitbracht, die er bei uns im Stall gefangen hat. Die ist ihm dann im Wohnzimmer auskemma, und meine Mutter hat wieder ein Valium gebraucht. Danach hab ich die Kinder daheim lassen, wenn ich meine Eltern bsucht hab … Damit meine Mutter nicht noch valiumsüchtig wird. Der Anda ist gern daheim geblieben, er war froh, da nicht mehr hinzumüssen, weil ihn meine Mutter eh immer anschaut wie einen Neandertaler, so als käme er irgendwo aus'm Wald und könne nicht bis drei zählen.« Anni hat sich jetzt in Fahrt geredet, und ich höre ihr fasziniert zu. Ganz gegen ihre sonstige offene Art war sie bisher immer recht verschlossen, was ihre Eltern anbelangte. Solche Einblicke in ihr Elternhaus hat sie mir noch nie gewährt.

»Ich dusch mich drei Mal, bevor ich sie besuchen geh, damit ich ja nicht nach Stall stink, und meistens geh ich sogar noch zum Frisör vorher. Trotzdem hat sie immer was an mir rumzumeckern. Meine Frisur gefällt ihr nicht, sie findet sie zu *praktisch*, sie meint, ich solle mich mehr schminken, mehr *aus mir machen*, wie sie's nennt, und mich *schicker* anziehen, dann würde ich auch weniger *dörflich* wirken.«

Ich muss zugeben, dass das auch nicht besser klingt als das ewige Rosenkranzgemurmel der heiligen Katt.

»Und stell dir vor«, fährt Anni wütend fort, »jedes Mal, wenn ich bei ihr auf dem Kanapee sitz, das natürlich nicht Kanapee, sondern *Sofa* heißt, und danach aufsteh, streicht sie sofort die Polster glatt, damit man den Abdruck von meinem Hintern nicht sieht. Wahrscheinlich desinfiziert sie jedes Mal die ganze Wohnung, kaum dass ich aus der Tür raus bin.«

»Und dein Vater?«, will ich wissen.

Anni zuckt mit den Schultern. »Seit er in Rente ist, geht er jeden Tag Golf spielen. Aber ich glaub, das macht er nur, damit er nicht daheim sein muss.«

»Und deshalb bist du auf die Alm gegangen?«, hake ich nach. »Wegen deiner Mutter?«

»Ja.« Anni nickt. »Der Staubsauger war schuld.«

»Der Staubsauger? Welcher Staubsauger?« Da bin ich jetzt mal gespannt, wie das zusammengeht: Staubsauger und Schafkopfalm, das klingt ja schon direkt James-Joyce-mäßig.

»Meine Mutter hat sich neulich so einen Handstaubsauger angeschafft. Mit dem lauft sie ständig rum. Und wenn ich sie besuch und es Kuchen gibt, dann kriecht sie immer unterm Tisch rum und saugt zwischen meinen Füßen die Breserl auf.«

»Echt?« Ich lache ungläubig. »Während du noch isst?«

»Ja. Ununterbrochen.« Anni nickt und kaut nachdenklich auf ihrer Unterlippe herum. »Jedes Mal, wenn ich diesen blöden Staubsauger gesehen hab, hab ich so ein komisches Gefühl gekriegt. Wegen später, weißt. Wenn ich älter bin und die Buben aus'm Haus sind … Und da hab ich mir gedacht, ich muss weg. Muss noch mal was Neues probieren. Jetzt gleich. Etwas, was ich immer schon mal machen wollte und mir aber nie zugetraut habe. Bevor ich mir am End in zwanzig Jahren auch noch so ein depperts Trumm kauf und glaub, die Welt geht unter, nur weil unter meim Esstisch ein paar Breserl rumliegen.«

Langsam verstehe ich, was sie mir damit sagen will. Nachdenklich schaue ich über die Wiese, die, von dunklen Fichten gesäumt, im strahlenden Sonnenlicht vor uns liegt. Ich wollte auch mal weg. Wollte auch mal was ganz anderes machen. Mein Traum war lange Zeit Paris. Ich wollte französisch kochen lernen, ein Restaurant haben … Doch irgendwann im letzten Jahr ist mir klargeworden, dass man aus Träumen auch herauswachsen kann. Trotzdem berühren mich Annis Worte seltsam. Es ist, als würden sie mir eine Frage stellen. Eine Frage, die ich nicht hören will.

»Wo war Moses, als die Kerze ausging?«

»Ha?« Anni schaut mich verwundert an.

Ich spüre, wie ich rot werde. Mir war gar nicht bewusst, dass ich laut gesprochen habe.

»Äh … des is von James Joyce«, murmle ich peinlich berührt.

»Spielst immer noch Orakel?«, fragt Anni amüsiert.

Ich zucke mit den Schultern. »Manchmal.«

»Und? Hast schon eine Antwort gfunden?«

»Was denn für eine Antwort?«

»Na, wo Moses war, als die Kerze ausging.« Anni lacht.

Ich schüttle den Kopf und komme mir irgendwie blöd vor. James Joyce kann mich langsam gern haben. Aber echt.

»Ich sag dir jetzt mal was ganz anderes«, wechsle ich daher schnell das Thema. »Ich kann die Trudi fei ned schlachten. Das geht nicht. Und du darfst es auch nicht machen.«

Anni hört auf zu lachen und schaut mich eine ganze Weile an, ohne etwas zu erwidern. Dann sagt sie unvermittelt. »I bin so froh, dass du meine Freundin bist.«

»Wie kommst denn jetzt da drauf?«, frage ich verblüfft.

»Mei. So halt.« Anni lächelt. »Weil kein Mensch außer dir vom Handstaubsauger meiner Mutter auf Moses und James Joyce und dann auf die Trudi kommen tät. Und weil ich es ohne dich keine zwei Tage da herobn ausghalten hätt.«

»Äh …« Ich bin gerührt und muss ein bisschen zwinkern. Das ist aber nur die Sonne, die auf einmal so narrisch blendet. Das bin ich nach der Sintflut der letzten Tage gar nicht mehr gewohnt. »Aber die Trudi …«, fange ich dann noch einmal an, um den sentimentalen Augenblick nicht gar so weit auszudehnen.« Die Trudi …«

Anni unterbricht mich: »Weißt was? Ich schenk dir die Trudi.«

»Echt?«

Anni nickt. »Ganz echt.«

»Ui … äh … danke.« Ich muss heftiger zwinkern. Da bin ich nun stolze Besitzerin eines weißen französischen Zwerghuhns. Anni schenkt uns Kaffee nach, und wir sitzen noch eine ganze Weile still da. Die Sonne scheint uns warm ins Gesicht, die Butterblumen leuchten butterblumengelb, und es ist nichts zu hören, außer das leise Bimmeln der Kuhglocken.

Nach diesem denkwürdigen Frühstück gehe ich in den Hühnerstall, um *meiner* Trudi mitzuteilen, dass sie nun ganz sicher nicht gegessen werden wird. Dann mache ich die Stalltür weit auf und lasse die Hühner hinaus. Weil heute die Sonne scheint, dürfen sie endlich frei rumlaufen. Und wenn ich *frei* sage, dann meine ich wirklich frei. Es gibt nirgends einen Zaun, sie könnten, wenn sie wollten, sogar bis auf den Schafkopfkogel klettern. Momentan sieht es aber nicht so aus, als wären sie sehr abenteuerlustig. Nur zögernd trauen sie sich auf die Wiese, eine nach der anderen streckt vorsichtig ihren Kopf aus der Tür, und alle bleiben ganz nah am Stall. Trudi kommt gar nicht. Als ich hineingehe, hockt sie noch immer ganz klein und aufgeplustert in der Ecke und schaut ängstlich. Ich hebe sie hoch und nehme sie mit nach draußen. »Brauchst keine Angst haben«, flüstere ich ihr ins Ohr oder zumindest an die Stelle, wo ich ihr Ohr vermute – denn: wo bitte haben Hühner ihre Ohren?? –, und setze sie vorsichtig ins Gras. Sie schaut mich so vorwurfsvoll an, als hätte ich sie in ein Raubtiergehege geworfen. Ulysses kommt neugierig näher und will sich die Hühnerschar auch ansehen. Das jedoch sorgt für große Aufregung unter den Damen. Sie flattern herum und gackern erbost, und Ulysses, unser Lämmchen, zieht sich ganz schnell und mit eingezogenem Schwanz zurück. Mei, kann halt nicht jeder ein Held sein.

Sechs

Ich höre das Motorrad schon, als es noch ganz weit weg ist. Seltsam, wie man sich nach einer Woche schon daran gewöhnt hat, *nichts* zu hören. Als ich jedoch realisiere, dass es näher kommt, bin ich tatsächlich ein bisschen aufgeregt.

Anni hat das ferne Brummen auch gehört und steht mit ihrem leidigen Butterfass, das sich bisher verbissen geweigert hat, aus der Sahne Butter werden zu lassen, vor der Tür. Neugierig warten wir, wer da kommt. Als das Motorrad unten am Waldrand um die Ecke biegt, sehen wir, dass es mein Bruder Luis ist, der mit meiner Geländemaschine den holprigen Weg heraufgebrettert kommt. Ich glaube nicht, dass ich mich jemals so gefreut habe, meinen kleinen Bruder zu sehen. Und schon gar nicht, wenn er auf MEINEM Motorrad sitzt.

Früher habe ich mich immer nur gefreut, ihn nicht zu sehen. Mittlerweile hat sich das geändert, wir sind im letzten Jahr richtig gute Freunde geworden. Trotzdem: Es ist schon ein bisschen peinlich, WIE SEHR wir uns freuen. Als Anni ihn erkennt, klatscht sie sogar in die Hände und ruft ganz laut: »Mei! Der Luis!«

Luis fährt effektvoll schleudernd über das braune Stück Wiese, das einmal ein Weg war, bevor der Dauerregen der letzten Tage daraus eine Schlammpiste gemacht hat, und bremst mit einem eleganten Schwung vor dem Kuhstall. Ja, und ich gestehe, als er absteigt, laufe ich hinunter und falle ihm um den Hals. Meinem kleinen Bruder! Kaum zu glauben, was so ein Almaufenthalt aus einem macht.

Luis ist auch ein wenig irritiert, als er mich so ungewohnterweise an seinem Hals hängen hat: »Öha!«, sagt er. »Fehlt dir was?«

Ganz gegen meine Gewohnheit erwidere ich nichts Schnippisches, sondern strahle ihn an. »Mei. I gfrei mi halt.«

Jetzt grinst er auch. »So a bissl Einsamkeit tut offenbar ganz guad.«

Neben einem dicken Rucksack hat er noch eine Menge anderes Zeug dabei, das er jetzt bedächtig vom Motorrad schnallt. Wir tragen es gemeinsam zur Hütte hinauf.

Anni steht da und strahlt, ähnlich wie ich gerade eben. »Griaß di! Schee, dass du uns bsuchst. Magst einen Kaffee? Oder vielleicht lieber a Hoibe Bier und a Brotzeit?« Luis fühlt sich recht geschmeichelt ob dieser geballten weiblichen Aufmerksamkeit, man kann es ihm förmlich ansehen. Er leckt sich die Lippen, überlegt und sagt dann: »Akkurat in der Reihenfolge.«

Wir werkeln und kochen also für meinen kleinen Bruder, als ob er ein Staatsgast wäre, während er draußen vor der Hütte sitzt, seine langen Beine unter dem Tisch ausstreckt und das Gesicht in die Sonne hält. Mein Bruder ist acht Jahre jünger als ich und ein Bild von einem Mann, und wenn ich als große Schwester das sage, dann dürfen Sie mir es ruhig glauben. Er ist schlank und durchtrainiert und hat die schwarzen Haare und das schmale, kantige Gesicht unseres Vaters geerbt. Dementsprechend sind die Frauen immer schon auf ihn geflogen wie die Motten ums Licht. Bis letztes Jahr galt er im Dorf als ausgemachter Schürzenjäger, weil er ständig geflirtet hat, ohne jedoch jemals eine Beziehung zu haben, die den Namen auch verdient. Ich dachte schon, das liegt irgendwie in der Familie, nachdem ich ja in Sachen Beziehung auch nicht gerade eine Leuchte bin. Im letzten Sommer dann hat er alle Hoffnungen der ledigen weiblichen Bevölkerung Untermarktlbrunns mit einem Paukenschlag zunichtegemacht und sich als schwul geoutet. Das hat seiner Beliebtheit leider nachhaltig geschadet und ihm von seinem ehemals besten Freund Xari ein blaues Auge und eine bös aufgeplatzte Augenbraue eingebracht. Seitdem herrscht Funkstille zwischen Luis und seinen alten Spezln aus dem Dorf, doch ich glaube, insgeheim hofft er noch immer, das sie sich bei ihm wieder mal melden. Ich glaub das ja nicht, aber ich hüte mich, dazu etwas zu sagen. Vielleicht geschieht ja doch noch ein Wunder und einem dieser Vollpfosten fällt plötzlich auf, dass ein Kopf auch zum Denken benutzt werden kann.

Dafür haben wir jetzt oft Besuch von Luis' Freund Mäx, einem hünenhaften, rotbärtigen Glatzkopf aus München, der gewisse Ähnlichkeiten mit einem Wikinger aufweist. Nachdem ich mich von meiner Überraschung erholt und mich daran gewöhnt hatte, statt der langbeinigen blonden Tussi, die ich eigentlich von Luis erwartet hatte, einen Wikinger in den Schoß der Familie aufzunehmen, habe ich mich mit Mäx schnell angefreundet. Und ehrlich gesagt, habe ich seitdem mit meinem Bruder ein sehr viel besseres Verhältnis als vorher, als ich noch nicht wusste, dass er auf Wikinger steht. Früher habe ich ihn immer für faul und desinteressiert gehalten, dabei hat er sich einfach nur nicht wohl gefühlt in seiner Haut. Aber das konnte ja keiner ahnen.

Im Augenblick führt er zusammen mit meinem Vater, der die Tatsache, dass er einen schwulen Sohn hat, erstaunlich gelassen weggesteckt hat, die Metzgerei allein, und ich vermute mal, er macht das nicht so schlecht. Luis ist schließlich bei mir in die Lehre gegangen, also kann er auch was, wenn er will. Nach dem Essen packt mein Bruder aus, was er mitgebracht hat: ein paar Flaschen Rotwein, mehrere Tafeln Schokolade, Joghurt, Käse, Speck, geräucherten Schinken, Würste und vier

Scheiben saftiges, frisches Kassler aus unserer Metzgerei. Wir räumen alles in unseren »Kühlschrank« und setzen uns dann zu Luis auf die Bank vor der Hütte. Er wirkt plötzlich irgendwie unentspannt, fast ein bisschen nervös, und ich wundere mich, weshalb.

»Wie läuft denn das Gschäft so ohne mich?«, erkundige ich mich vorsichtig. »Kommts gut zurecht, der Papa und du?«

Luis schaut mich nicht an. Er zuckt mit den Schultern und sagt vage: »Passt scho.«

Sein ausweichender Ton lässt in mir augenblicklich alle Alarmsirenen schrillen. »Was ist los?«, frage ich. Vor meinem geistigen Auge laufen schon alle Katastrophen ab, die ich mir im Zusammenhang mit meinem Laden vorstellen kann. »Sag bloß, du hast das Weißwurschtbrät versalzen?« Mir wird etwas flau im Magen bei dieser Vorstellung. Schlechte Weißwürscht können in unserer Gegend den guten Ruf einer Metzgerei über Jahre hinweg zunichtemachen.

Luis schüttelt den Kopf.

»Der Leberkäs ist sauer geworden?«, vermute ich weiter. »Du hast die Kühlung offen lassen?«

»Naa! Glaubst, i bin deppert, oder was? A Weißwurschtbrät krieg i glatt noch hin, und einen Leberkäs mach i im Schlaf. Außerdem hast mir ungefähr hundert Zettel gschrieben. Bei uns in der Wurstküch schaut's aus wie in der Poststelle.«

Ich runzle die Stirn. Also was Schlimmeres ... vielleicht was richtig Schlimmes? »Ein Wasserschaden? Ist die Wurstküch abgesoffen? Oder hat's gebrannt? Ein Kurzschluss? Hast wieder mal die Wärmevitrine nicht ausgeschaltet, oder? Des vergisst du nämlich immer ...«

Luis schaut mich an, als hätte ich nicht alle Tassen im Schrank. »Sag mal, geht's noch? Was glaubst du denn, was ich treib? Hast du da herobn zvui Sauerstoff dawischt, oder was?«

Ich bin beleidigt. Man wird ja wohl noch fragen dürfen. »Dann red halt, in Gottes Namen. Irgendwas ist doch.«

Luis zögert. »Es ist nur … wegen dem Vater.«

»Ah …« Ich hätt's mir denken können. Immer, wenn was nicht so hinhaut, wie es sollte, wenn sich eine Katastrophe anbahnt oder irgendwo ein Abgrund auftut, ist mein Vater daran schuld. Zumindest war das früher so. Ich dachte eigentlich, er hätte sich mittlerweile etwas gebessert, aber das scheint wohl ein Trugschluss gewesen zu sein. »Was hat er denn diesmal angestellt?«, frage ich bang.

»Nix.« Luis hebt etwas hilflos die Hände und klopft sich dann eine Zigarette aus der Schachtel. »Es ist nur … Er hört halt überhaupts ned zu, wenn ich mit ihm reden will. Und außerdem ist er fast nie da.«

»Wie, nie da?«

»Ned da halt! Furt. Unterwegs. Was weiß ich. Man kann überhaupts nicht mehr mit ihm reden, weil er nach der Arbeit immer gleich verschwindet.« Luis zieht frustriert an seiner Zigarette. »Der Laden scheint ihn gar nimmer zu interessieren, noch weniger als früher. Er vergisst die Bestellungen, passt ned auf, wenn ich ihm was sag, ist mit seinen Gedanken ständig ganz woanders. Und noch vorm Sechse-Läuten ist er jeden Abend verschwunden, und ich kann allein zusperren und aufräumen und alles für den nächsten Tag herrichten.« Er hebt die Hände und lässt sie dann resigniert wieder sinken.

Ich unterdrücke einen Seufzer. Das klingt tatsächlich nach meinem Vater in seinen schlimmsten Zeiten. »Wo geht er denn hin? In die Wirtschaft?«

»Keine Ahnung. Er redt ja nicht.«

»Dann red ich mit ihm«, sage ich wütend.

»Naa! Des machst ned«, sagt Luis schnell, und ich mustere ihn verwundert. »Warum denn ned?«

»Ich hab mir da selber was überlegt …« Er redet nicht weiter, sondern wirft stattdessen einen nervösen Blick auf seine Armbanduhr. Man sieht ihm an, dass er sich etwas zurechtgelegt hat, aber noch nicht weiß, wie er damit herausrücken soll. Schließlich sagt er langsam: »Der Vater ändert sich doch eh nimmer, Burgi. Und ich hab keine Lust, immer gegen eine Wand zu laufen. Aus der Metzgerei könnt man so viel machen, und ich hab gemerkt, ich hätt Spaß dran, ein paar neue Sachen auszuprobieren … Aber ohne Unterstützung ist des halt schwierig und …«

»Ja, eben, sag ich doch auch immer …«, falle ich ihm ins Wort, doch er bringt mich mit einer genervten Handbewegung zum Schweigen. »Lass mich halt mal ausreden!« Er schaut wieder auf die Uhr. »Ich hab mir da was überlegt, was für uns alle die beste Lösung wär. Also, nur vorläufig freilich, solange du nicht da bist …«

Sein Rumgestottere macht mich auch ganz nervös. Und warum schaut er die ganze Zeit auf die Uhr? Hier oben kann man ja wohl nix verpassen, oder? Gerade als ich nachfragen will, ruft Anni: »Schauts mal. Da kommt noch jemand!« Tatsächlich, unten am Waldsaum tritt eine einzelne Gestalt aus dem Schatten der Bäume. Ich muss meine Augen zusammenzwicken, um zu sehen, wer es ist. »Des is ja …«, beginne ich überrascht, und Luis ergänzt niedergeschlagen: » … der Mäx. Ich Depp hab zu lang gebraucht.«

»Wofür?«, will ich wissen. »Wolltest du mir was vom Mäx erzählen?« Mir schwant etwas. »Habts vielleicht gheiratet?«

»Burgi …«

»Des is fei kein Problem für mich. Einladen hättet ihr mich zwar schon können, aber trotzdem, des is kein Problem, überhaupts ned, echt …«

»Burgi …«

»… ich mag den Mäx ja voll gern. Ihr könnts doch machen, was ihr wollt, und überhaupt soll sich da keiner einmischen …«

»Jetzt halt halt mal für fünf Minuten deine Babbn«, herrscht mich Luis fast verzweifelt an, und ich klappe erschrocken meinen Mund zu.

Anni steht auf und meint schnell: »Ich geh dem Mäx mal entgegen, dann könnts noch ein bissl ratschen.«

Und dann, endlich, erzählt mir Luis im Telegrammstil, was er sich ausgedacht hat: Der Kompagnon von Mäx, mit dem er eine Kneipe in München betrieben hat, hat ihn böse über den Tisch gezogen, und es hat einen Riesenärger gegeben. Er ist daher dort ausgestiegen und somit frei für eine neue Herausforderung. »Und da haben wir uns gedacht, wir könnten den Sommer über die Metzgerei mitanand machen. Er könnt bei uns … äh … mir einziehen … also vorübergehend und den Laden machen. Weißt, er kann ja auch saugut kochen, da könnten wir sogar den Mittagstisch wieder einführen, und ich bin unten in der Wurstküch und … Und wir bräuchten den Vater dann gar nimmer, und er kann treiben, was er will. Der Mäx kann's gut mit den Leuten, weißt, also …« Luis holt Luft und schaut mich vorsichtig an.

»Ich dacht immer, der Mäx wäre Schaufensterdekorateur?«, sage ich, weil mir grad nix Besseres einfällt. »Zumindest hat er mir das erzählt.«

»Ja, das stimmt schon, aber er hat doch jetzt jahrelang die Bar ghabt, und außerdem is er ja voll flexibel …«

Abgesehen davon, dass ihn eine Kneipe mit dem schönen Namen *Voglwuid* in München noch nicht automatisch dafür qualifiziert, in Untermarktlbrunn als Metzgereifachverkäufer zu arbeiten, glaub ich dem Luis das mit der Flexibilität durchaus. Es ist aber nicht so sehr die Frage nach Mäx' Flexibilität, die mir Sorgen bereitet, sondern die Frage nach der Flexibilität der Untermarktlbrunner. Ich stelle mir gerade die Kranzbichler Cilli, die oide Ratschn, und ihre Freundin, die gschnapperte Schuster Gerti, vor, dann die ganzen Vollidioten, die meinen Bruder seit seinem Outing im letzten Jahr mit'm Arsch nimmer anschauen, Annis Schwiegermutter und den Mütterverein und habe meine Zweifel. Luis schaut mich abwartend an. »Ja … also …«, beginne ich zögernd und fühle mich etwas überrumpelt. Und dann flüstert plötzlich eine boshafte Stimme in meinem Kopf, die genauso klingt wie die Kranzbichler Cilli: *Was werden denn die Leut sagen? Dieser komische Kerl aus der Stadt passt doch da ned her zu uns und überhaupt … WOHNT der jetzt etwa schon bei euch …?* Und während ich dieser Stimme in meinem Kopf noch einen Augenblick lang weiter zuhöre, beantwortet sich Luis' Frage wie von selbst, und ich muss gar nicht mehr weiter überlegen. Ich lächle und sage: »Freilich. Guade Idee. So machen wir's.«

Luis schaut mich an wie früher, als Bub, wenn ich ihm heimlich eine Entschuldigung für den Unterricht geschrieben habe, weil er schon wieder mal geschwänzt hatte und sich nicht getraut hat, es den Eltern zu sagen. »Und des macht dir wirklich nix aus?«, fragt er zur Sicherheit noch einmal nach. »Ich mein, es is ja deine Metzgerei …«

Ich schüttle den Kopf und wundere mich ein bisschen über mich selbst. Luis hat recht. Es ist meine Metzgerei, und ich hab mich früher immer schon aufgeregt, wenn ich nur das *Gefühl* hatte, er schneidet die Schnitzel nicht genau so, wie ich es mache, oder die Schinkenstückerl im Bierschinken schauen nicht genauso aus wie bei mir. Und jetzt überlasse ich einem Wikinger ohne jegliche Metzgereierfahrung, der noch dazu aus der Stadt kommt, für fast acht Wochen meinen Laden und zucke dabei nicht einmal mit der Wimper? Das ist zumindest erstaunlich, muss ich vor mir selbst zugeben. Luis findet es auch sehr erstaunlich, das kann man ihm ansehen. Er hatte sich ganz offensichtlich auf größere Schwierigkeiten eingestellt, ebenso wie Mäx, der ja nicht umsonst erst später nachgekommen ist. Wahrscheinlich hat er sogar Angst vor mir …

Jetzt jedenfalls ist mein Bruder unendlich erleichtert und strahlt von einem Ohr zum anderen. Ich strahle auch und weiß gar nicht so genau, warum. Ich kenn mich gar nicht mehr aus mit mir. Man möchte meinen, ich wäre stinksauer auf meinen Vater, der sich offenbar wieder einmal unmöglich benimmt. Und besorgt, wie es mit der Metzgerei weitergeht, wenn ich nicht da bin. Nicht umsonst habe ich Luis vor meiner Abreise ungefähr hundert Zettel geschrieben und ihn wochenlang mit pingeligen Anweisungen genervt, bis er nur noch gequält die Augen verdrehte, wenn ich nur den Mund aufmachte.

Aber ich bin nicht stinksauer und auch nicht besorgt. Ich bin nichts dergleichen. Im Gegenteil, ich fühl mich ganz leicht und froh und unbeschwert, wie ich da neben meinem Bruder in der Sonne sitz und auf seinen Wikinger wart, der sich, hinter der um einiges leichtfüßigeren Anni herschnaufend, langsam der Alm nähert. Er sagt etwas zu Anni, und sie lacht laut auf, und ich freu mich wie ein Schneekönig, einfach nur, weil sie da sind.

Als sie ankommen, gibt es einen kurzen, stummen Blickwechsel zwischen Luis und Mäx, der offenbar besagt, dass ich eine wunderbar großzügige, total gechillte große Schwester bin und gerade einen neuen Metzgereifachverkäufer eingestellt habe. Mäx nimmt daraufhin meine Rechte in seine beiden Pranken, schüttelt sie und gibt mir dann gleich noch ein paar feuchte Bussis links und rechts auf die Wange. »Gfreit mi. Gfreit mi ganz arg. Des wird a Schau, wirst sehn. A so a Schau wird des werdn, da werdn die Untermarktlbrunner mit de Ohrn schlackern, was mir ois zaubern.«

»Zaubern? Wia nacha des?« Ich hebe eine Augenbraue, eigentlich mehr so pro forma, doch Luis rammt Mäx sofort den Ellbogen in die Seite, dass er aufstöhnt, und sagt zu mir: »Es bleibt natürlich ois so, wie's ist, Burgi. Und du bleibst die Chefin, du hast des Sagen.«

Mäx reibt sich seine Rippen und nickt heftig. »Eh klar. Voll die Chefin.«

»Dann is ja guad.« Ich bin tatsächlich immer noch tiefenentspannt und klopfe Mäx auf seine breite Schulter. »Auf guade Zusammenarbeit.« Rein optisch passt Mäx ohnehin recht gut in eine Metzgerei, muss ich sagen. Er ist mindestens eins neunzig groß, hat eine Glatze, einen feuerroten Ziegenbart und Hände so groß wie Wagenräder. Quasi ein Bild von einem Metzger. Wobei, momentan schaut er etwas derangiert aus. Ächzend lässt er sich jetzt auf die Bank fallen und befreit sich aus seinen Bergschuhen, die offenbar nigelnagelneu sind. Dann streift er die Socken von den Füßen und greift dankbar nach dem Bier, das ich ihm bringe. »Kreizsakra, war des steil«, sagt er und wischt sich den Schweiß von der Stirn.

»Bist etwa über den Hennasteig gekommen?«, fragt Anni.

Mäx nickt. »Freilich. Chicken Run, wennschon – dennschon.«

Chicken Run. Ich muss lachen. Der Mäx ist ein voller Amerika-Fan, er steht auf alles, was sich irgendwie cowboymäßig anhört. Jetzt zeigt er uns seinen Rucksack, auf dem hinten ein zerschrammeltes Banjo aufgeschnallt ist. »Heit Abend mach ma no an fetzigen Hüttnzauber! Jihaa!«

Es sieht also so aus, als würden die beiden heute Abend nicht mehr ins Tal hinunterfahren. Anni und ich schauen uns an, und ich kann an Annis Gesicht sehen, dass sie sich darüber genauso freut wie ich. Auch wenn es hart ist, der Wahrheit ins Auge zu blicken, muss ich mir eingestehen, dass ich offenbar nicht so wirklich fürs einsame Almleben geschaffen bin. Also nicht für länger als drei, vier Tage am Stück jedenfalls.

Nachdem wir auch noch Mäx verköstigt haben, zeigen wir den beiden voller Stolz die Alm, die Kühe, ein paar der auffindbaren Jungviecher und natürlich die Hühner.

Beim Hühnerstall fällt mir auf, dass Trudi noch immer ganz dicht neben der Stalltür sitzt, während die anderen gehässigen Weiber längst ihren Radius erweitert haben und froh und munter im Gras rumpicken. Während Anni, Mäx und Luis zurückgehen, setze ich mich neben Trudi ins Gras. »Was hast denn?«, frage ich und hebe sie auf meinen Schoß. »Die Sonne scheint, und du darfst rumlaufen, wie es dir gfällt. Du dürftest sogar Eier legen, wenn du wolltest. Und gegessen wirst auch nicht. Is doch a schönes Leben. Brauchst doch ned traurig sein.«

Trudi pickt an meinem Ohr und gackert mir leise etwas zu. Es klingt eigentlich ganz zufrieden, aber das liegt wohl daran, dass sie sich bei mir sicher fühlt. Als ich sie wieder ins Gras setzen will, protestiert sie lauthals, und als ich mich dranmache zu gehen, folgt sie mir. Ich versuche, sie zurückzuscheuchen, aber das interessiert sie gar nicht. Sie flattert nur ein bisschen herum und gackert aufgeregt, doch sobald ich einen Schritt mache, ist sie mir schon wieder auf den Fersen.

Als ich zu den anderen stoße, deutet Luis nach kurzem Stutzen auf Trudi und meint: »Du hast da was ...«

Ich versuche, cool zu bleiben, so als wäre es das Normalste auf der Welt, von einem Huhn verfolgt zu werden, und sage lässig: »Des? Ach ... des is die Trudi.«

Anni lacht. »Burgis neue Busenfreundin. Wenn's nach mir gegangen wär, hätt ich ja a Suppn draus gmacht, aber mei ... .« Sie zwinkert mir gutmütig zu, und ich nicke.

»Genau. Trudi ist meine Freundin. Freunde isst man nicht.«

Später bringen wir alle zusammen die Milchkühe in den Stall. Mit »alle zusammen« meine ich Anni und mich, Mäx, Luis, Ulysses und – Trudi. Sie bleibt den ganzen Nachmittag und Abend unerschütterlich an meiner Seite, läuft uns und den Kühen in selbstmörderischer Manier vor die Füße bzw. vor die Hufe, gackert, flattert herum und lässt mich dabei keine Sekunde aus den Augen. Am Ende muss ich sie einfangen und eigenhändig zurück in den Hühnerstall tragen, wo die anderen Hennen sich schon für die Nachtruhe bereitmachen. Als sie mir wieder einen dieser langen, traurigen Hühnchenblicke zuwirft, verspreche ich ihr, dass ich am nächsten Tag ganz bestimmt wiederkomme und sie dann auch wieder rausdarf.

Schallendes Gelächter ertönt hinter mir, während ich die Luke und die Tür verriegle. Hinter mir stehen Mäx und Luis und lachen sich schief.

»Du bist ja verliebt, Burgi.« Luis feixt auf eine Art und Weise, wie nur kleine Brüder feixen können. »Das wird dem Snake aber gar ned passen. Da muss er sich gscheid anstrengen.« Er wackelt mit den abgewinkelten Ellbogen und gackert dabei albern herum.

»Depp!«, fauche ich auf eine Art und Weise, wie es nur große Schwestern können. »Habts nix Besseres zu tun, als hier blöd rumzustehen? Der Anni helfen, vielleicht?«

Luis entfernt sich gackernd und flatternd, und Mäx, der anstandshalber versucht hat, sich zu beherrschen, macht jetzt auch noch mit. Sie klatschen sich ab und kriegen sich vor Lachen gar nicht mehr ein. Was für kindische Idioten!

Unsere Abendaufgaben erledigen sich heut ganz besonders schnell, weil Mäx der Anni unbedingt beim Melken helfen will und sich – im Gegensatz zu mir – als Naturtalent erweist. Anscheinend kann alle Welt melken, nur ich nicht. Das ist schon ein bisschen erniedrigend. Luis versucht mich damit zu trösten, dass ich dafür eine »Hühnerflüsterin« bin, aber er lacht so dabei, dass ich den Verdacht habe, er meint das nicht ernst. Immerhin bringt er dann mit mir zusammen die Milch zur Straße hinunter, während Anni und Mäx den Stall fertigmachen und das Milchgeschirr und die Zentrifuge reinigen.

Später sitzen wir im Kerzenlicht vor der Hütte, trinken Rotwein und gönnen uns eine üppige Brotzeit und verputzen am Ende auch noch das frische Kassler, das Luis mitgebracht hat. Irgendwann fällt mein Blick auf den Leinensack, den Luis neben der Hütte hat stehenlassen, und ich deute darauf: »Was ist denn eigentlich da drin?«

Luis grinst geheimnisvoll. »Eine Wunderwaffe. Vom Kemser Sepp.«

»Und wofür?«

»Man sagt wogegen, nicht wofür!«, verbessert mich Luis. »Weil eine Waffe ja immer gegen was ist. Wie Medizin, die ist ja auch ned für Kopfweh, sondern dagegen …«

»Wurscht! Sag halt.«

Luis hebt den Sack hoch, löst den Knoten und lässt Anni und mich hineinschauen. Er ist gefüllt mit grobem, weißlichem Pulver.

»Was soll das sein?«, fragt Anni. »Rauschgift?«

Luis schüttelt den Kopf. »Miad.«

»Miad? Aha …« Nie gehört.

»Das ist Kleie und Salz.«

»Und wofür oder wogegen brauchen wir des?«

»Des hat der Kemser Sepp für euch vorbeigebracht. Vor ein paar Tagen ist er damit im Laden gestanden. Fürs Jungviech, hat er gsagt. Ihr gebt ihnen jeden Tag was davon direkt aus der Hand, und sie gewöhnen sich dran und …«

Wir schauen uns an, und es geht uns ein Licht auf. Eine ganze Batterie Lichter. »… und sie kommen bald von selber zu uns, anstatt wir zu ihnen!«, komplettiert Anni den Satz, und ein Lächeln breitet sich auf ihrem Gesicht aus.

Ich denke an unsere schweißtreibenden morgendlichen Bergtouren und murre: »Und warum hat uns der Sepp das nicht gleich gesagt?«

Wir waren vor unserem Almabenteuer beim Kemser Sepp und haben versucht, von ihm ein paar Tipps zu bekommen. Er war allerdings nicht sehr auskunftsfreudig, hat nur wortkarge Antworten gegeben und Schnupftabak geschnupft. Kein Wort von Kleie und Salz. Ich hatte sogar fast das Gefühl, die Vorstellung, dass wir zwei auf die Alm gehen, war ihm nicht recht.

Luis zuckt mit den Schultern. »Der Sepp is halt ein komischer Vogel, vielleicht wollt er euch einfach a bissl schwitzen lassen.«

Wir schauen ihn empört an. Luis bindet den Sack wieder zu und stellt ihn ab. »Ich sag dem Anda, wenn er neue Vorräte bringt, dann soll er euch gleich noch einen Sack mitbringen. Außerdem soll ich euch vom Sepp noch ausrichten, dass ihr jetzt langsam mit'm Buttermachen anfangen könnts, aber aufpassen sollts, dass …«

»Wie anfangen?«, unterbricht ihn Anni. »Ich hab doch längst schon angfangen …«

»Echt? War des scho euer selber gmachter Butter?«, fragt Mäx begeistert und deutet auf unsere Butterdose, die noch am Tisch steht.

Anni schüttelt betrübt den Kopf. »Naa … bis jetzt is des noch nix Gscheids gworden.«

»Eher noch gar nix«, präzisiere ich, und Anni nickt.

Luis runzelt die Stirn. »Ich kenn mich ja nicht aus, aber der Kemser ist, scheint's, davon ausgegangen, dass der Rahm erst mal einige Zeit irgendwo rumstehen muss, bevor man Butter draus machen kann …«

Anni starrt ihn an. »Naa!«, sagt sie. »Des wär doch in unserem Buch gstanden ... » Sie springt auf und holt unser schön bebildertes Buch *Buttern und Käsen – kinderleicht.* Aufgeregt blättert sie darin herum und stockt dann. Zögernd liest sie uns vor: »*Nachdem der Rahm ca. eine Woche an einem nicht zu kalten Platz geruht hat, kann man mit der Butterherstellung beginnen.*« Sie schaut auf. »Scheiße. Des hab ich überlesen.«

Luis lächelt. »Und der Kemser Sepp hat außerdem noch gsagt, ihr sollt den Rahm dann vor dem Buttern noch eine Nacht kalt stellen, weil, wenn er zu warm ist, wird's auch nix, und ja immer in die gleiche Richtung kurbeln, sonst wird's überhaupt nie was ...«

Ich kann nicht anders, ich muss bei Annis konsterniertem Blick lachen. Von wegen *kinderleicht.* Vielleicht hätten wir uns bei dem Kurs in der Jungbauernschule doch auf die Warteliste setzen lassen sollen.

Nachdem das geklärt war und der künftigen Butterherstellung nichts mehr im Wege steht, geben wir uns hemmungslos dem Rotwein hin. Mäx fängt an, auf seinem Banjo Countrysongs zu spielen, und Luis begleitet ihn mit zwei Löffeln, die er umgedreht aufeinanderlegt und im Rhythmus auf den Oberschenkel schlägt, damit sie wie Kastagnetten klappern. Bayerische Kastagnetten sozusagen. Er kann gut Löffel schlagen, und nach einer Weile fangen Anni und ich sogar an mitzusingen. Der Mond geht über dem Schafkopfkogel auf, die Sterne leuchten, und wir singen »Country Roads« und »Green, Green Grass of Home« und »Ring of Fire«. Später balancieren Anni und ich lachend über die Begrenzungsstange, die die Kuhweide vom Haus abgrenzt, damit uns die Kühe nicht direkt vor die Tür scheißen, und Ulysses begleitet unsere wackligen Versuche bellend. Am Ende liegen wir beide ausgestreckt in der Wiese, während Luis und Mäx die letzte Flasche Wein köpfen, und es ist uns grad scheißegal, dass sie noch immer feucht ist und sicher nasse Grasflecken auf unseren Jeans hinterlässt.

»Vielleicht is des ja doch ein richtiger Traum da herobn«, murmelt Anni schläfrig. »Vielleicht braucht man a bissl Geduld, bis sich der Traum entwickeln kann.«

»Oder man sich selber entwickelt«, gebe ich zu bedenken. »Oder aber, man braucht einfach schönes Wetter für so einen Traum.«

»Und a bissl Gesellschaft.«

»Und einen Sack Kleie für die Rindviecher.«

Anni antwortet nicht mehr. Nach einer Weile merke ich an ihrem ruhigen Atem, dass sie eingenickt ist.

Ich bleibe neben ihr liegen und denke noch ein bisschen über Träume nach und darüber, dass man eigentlich gar nie so genau weiß, wie sich die am Ende entwickeln. In der Realität, mein ich. Man kann sich ja immer nur was ausdenken, das man schon irgendwie kennt. Von Dingen, die man noch gar nicht kennt, kann man sich ja auch keine Vorstellung machen.

Ich wünschte, Snake wär jetzt da, und ich könnte mit ihm darüber reden. Über solche Sachen kann man gut mit ihm reden. Aber wir reden ja nicht mehr so viel miteinander in letzter Zeit. Seit dem Blumenstrauß. Wir sind vorsichtig geworden. Zu vorsichtig, um über Träume zu reden.

Mühsam rapple ich mich auf und gehe zurück zur Hütte, wo Luis und Mäx noch vor ihren Gläsern sitzen. Ich rutsche zu Luis auf die Bank, und er legt einen Arm um mich. »Du schaust so traurig. Worüber denkst denn nach?«

Ich schüttle abwehrend den Kopf. »Über nix Wichtiges.«

»Ich glaub, die Burgi denkt über die Liebe nach«, mischt sich Mäx ein. »A so a Liebe is ja oft scheißtraurig.«

»Aber ned immer«, wendet Luis sofort ein. »Is doch auch schön.«

»Schon. Aber selbst wenn's schön ist, kann's traurig sein. Is doch so.«

Ich trinke einen Schluck aus Luis' Rotweinglas. »Ich hab über Träume nachgedacht und dass man nie weiß, was dabei rauskommt, wenn man sich was erträumt.«

»Was hast dir denn erträumt?«, will Luis wissen.

»Ich? Gar nix. Ich hab die Anni gmeint, die hatte ein Problem mit dem Handstaubsauger ihrer Mutter und hat deswegen von einem Almsommer geträumt.«

»Was?« Luis schaut mich irritiert an. »Handstaubsauger?«

»Ach nix.« Ich schüttle den Kopf. »Vergiss es. Is ned wichtig.«

»Und wovon träumst du?«, hakt Mäx nach.

»Keine Ahnung.« Ich zucke mit den Schultern.

»Jeder träumt doch von irgendwas«, widerspricht Mäx.

»Und du?«, versuche ich abzulenken. »Was is nacha dein Traum?«

»Meiner?« Er schaut Luis an und sagt dann: »Metzgereifachverkäufer in Untermarktlbrunn.«

Ich muss kichern. »Nein, echt jetzt, sag halt.«

»Das mein ich ganz ehrlich. Mein Traum hat sich schon erfüllt. Alles, was no kummt, is nur noch des Sahnetipferl oben drauf.«

Ich bin gerührt. Also, Mäx ist schon ein wenig betrunken und so, aber trotzdem war das ja wohl eine handfeste Liebeserklärung an meinen kleinen Bruder. Und das von einem Wikinger. Sakradi.

Plötzlich bin ich wirklich traurig. Weil ich nämlich keine Antwort auf seine Frage weiß. Und ich sollte doch eine parat haben. Ich sollte doch auch einen Traum haben, ich sollte glücklich sein. Ich MUSS glücklich sein! Ich denke an meine schrumplige Rose oben in der Truhe und springe auf, um sie zu holen. Um endlich einmal jemandem zu erzählen, was passiert ist.

Als ich wieder runterkomme, sitzt Anni auch wieder am Tisch. Sie schaut ein wenig zerknittert aus, in ihren Haaren hängt eine abgeknickte Butterblume, und sie hat den Kopf gegen Mäx' breite Schulter gelehnt. »Wo warst denn?«, fragt sie. »Hab dich vermisst, so allein auf der weiten Wiesn …« Sie hickst ein bisschen.

»Burgi is traurig«, sagt Mäx. »Scheißtraurig.«

»Schmarrn. Des wüsst ich doch!«, widerspricht Anni entrüstet.«Sie kann gar ned traurig sein. Sie hat doch mich. Und die Trudi. Und den Snake.«

Das ist mein Stichwort. Ich lasse die Rose auf den Tisch fallen und sage düster: »Ich hab's versaut.«

Sieben

Valentin war ja bisher nicht so mein Tag, und nach dem diesjährigen Valentin wird er es auch nicht mehr werden. Für einen jahrelangen Single ist ein Tag, an dem öffentlich verordnet wird, nun heute gefälligst seine Liebe zu zelebrieren, so ähnlich wie ein Veggie-Day fürs Fleischerhandwerk: Man hat nix davon und ist nur genervt. Obwohl ich nun in diesem Jahr nicht mehr Single war, hatte sich meine Einstellung zu dem Tag noch nicht grundlegend verändert. Vielleicht lag es daran, dass ich mit Snake erst seit einem Dreivierteljahr zusammen war und das mit der Romantik am 14. Februar noch nicht richtig verinnerlicht habe, oder aber schlicht und ergreifend daran, dass ich halt Metzgerin bin, und selbst eine schwer verliebte Metzgerin schafft es nicht, auf Kommando auf rosaroten Wolken rumzuschweben, schon gar nicht, wenn sie zwischendurch Schweinehälften teilen, Blutwurst anrühren und Schnitzel klopfen muss. Mir gehen die rosaroten Herzerl und Blumerl, die in der Zeit in jedem Supermarkt von der Decke baumeln, so was von auf die Nerven, das kann ich gar niemandem sagen. Deshalb war ich auch sehr überrascht, als am besagten Valentinsmorgen eine rosarote Karte in Herzform an meiner Ladentür klebte. Es war eine Einladung von Snake zum Essen bei ihm zu Hause. Ich hab mich gefreut. Ehrlich. Ich mein, ich bin ja kein Hackstock, natürlich freu ich mich, wenn ich von meinem Freund zum Essen eingeladen werd.

Aber ein bissl gestresst hat es mich auch, wegen der Herzform und der ganzen Förmlichkeit. Er hätt ja auch einfach anrufen können oder so. Aber weil ich diese Karte gekriegt habe, war mir schon klar, dass es etwas besonders Romantisches werden soll, so valentinsmäßig halt, und ich mich auch irgendwie passend benehmen muss. Aber wie benimmt man sich valentinsmäßig?

Ich hätt vielleicht zum Friseur gehen sollen, aber dazu hatte ich keine Zeit. Dann habe ich den halben Tag darüber nachgedacht, was ich mitbringen könnte. Man schenkt sich ja eigentlich was zum Valentinstag, und ich hatte aber kein Geschenk. Nicht mal eine Karte. Und keine Idee. Am Ende habe ich dann eine Kette Pfefferbeißer genommen, sie so ein bisschen in Herzform gebogen und eine rote Schleife drumgewickelt. Ist doch auch irgendwie romantisch, oder? Und man kann es noch dazu essen, also ist es auch praktisch, und es schmeckt dazu noch viel besser als Pralinen in so einem kitschigen Herzschachterl aus dem Supermarkt. Snake mag überhaupts gar keine Pralinen und ich auch nicht.

Leider hat dann am Nachmittag noch der Kirchmayer angerufen, ein Hotel, das wir beliefern, und ich musste nach Ladenschluss noch schnell nach Marktlkirchen fahren und Ware ausliefern, weil Luis und mein Vater nicht da waren. Also war ich schon ein bissl spät dran und hatte gerade noch Zeit, schnell unter die Dusche zu springen, groß aufbrezeln war aber nicht mehr drin, und fast hätte ich mein Pfefferbeißerherz auch noch vergessen. Ich bin nicht viel zu spät gekommen, höchstens eine Viertelstunde, und ich hatte auch ein schlechtes Gewissen deswegen. Das schlechte Gewissen wurde dann auch noch größer, als ich feststellte, was für Mühe sich Snake gemacht hat.

In der ganzen Stube des alten Bauernhauses, in dem er mit seiner Oma wohnt, brannten Kerzen, ich war ganz besorgt, dass gleich ein Vorhang zu brennen beginnt und vor lauter Romantik das Haus samt Oma abbrennt. Das habe ich aber nur gedacht, nicht laut gesagt, denn ich wollte ja nicht gleich am Anfang schon unromantisch sein. Er hat mir aber meine Besorgnis offenbar angesehen, vielleicht habe ich ein bisschen zu oft hingeschaut, denn gleich nach der Begrüßung hat er die Kerzen neben den Vorhängen weggenommen und gefragt: »Besser?«

Das war natürlich peinlich. Im Kino oder im Fernsehen sieht man in romantischen Liebesszenen dauernd Hunderte von Kerzen herumstehen, sogar in Heustadln drängen sich neuerdings immer öfter Teelichte zu einem Herz im Heu oder Ähnlichem zusammen, und noch nie ist dabei irgendetwas abgebrannt, also vorausgesetzt, es handelt sich bei dem Film nicht um einen Krimi. Geigen schluchzen, und die Heldinnen sinken verzückt in die Arme ihrer Liebhaber, ohne auch nur einen Gedanken an den Brandschutz zu verschwenden. Bei solchen Szenen wird sogar dem dümmsten Zuschauer klar, dass ein Kerzenmeer der Gipfel der Romantik ist. Und wahrscheinlich träumen auch alle Frauen davon, dass ihr Mann ihnen zum Valentinstag endlich auch einmal so etwas Schönes beschert. Nur nicht Burgi Schweinsteiger. Die hat stattdessen einen Alptraum von brennenden Vorhängen und einer Oma mit Rauchvergiftung.

Wir haben dann gegessen. Indisch. Snake war ja ein paar Jahre in Indien und in der ganzen Gegend da, daher kann er gut indisch kochen. Es gab eine scharfe Linsensuppe, Fladenbrot, Tandoorihühnchen mit Reis und Gemüse und Mango und Kokosnuss mit Eis als Nachspeise. Dazu Prosecco, Weißwein, Gewürztee, Espresso, das ganze Programm. Es war wirklich schön. Und gut. Und weil Snake sich eben auskennt, war es auch richtig original indisch, das heißt sauscharf. Vor allem die Suppe. Ich musste dazu sehr viel Fladenbrot essen, um nicht dauernd nach Luft schnappen zu müssen, und konnte mich daher nur eingeschränkt mit Snake unterhalten. Außerdem war mir warm, und das lag nicht nur an den vielen Kerzen, ich brannte eher innerlich, wenn Sie verstehen, was ich meine.

Snake hat auch nicht so viel geredet wie sonst. Normalerweise reden wir ja beide sehr viel, wenn wir zusammen sind, eigentlich dauernd. Und wir lachen auch sehr viel. An diesem Abend waren wir eher verklemmt. Ich musste mir dauernd unauffällig Luft zufächeln, und Snake war nervös, er ist ständig in die Küche gerannt, um nach dem nächsten Gang zu schauen, Chutneys fürs Fladenbrot zu bringen oder die Wasserkaraffe aufzufüllen. Trotzdem, ich war gerührt, ich fand es schön, dass er für mich kocht, ehrlich. Und wenn nicht Valentinstag gewesen wäre und mich das eh schon gestresst hätte und ein paar Kerzen weniger gebrannt hätten und die Suppe nicht so scharf gewesen wäre, wer weiß, wie der Abend ausgegangen wäre. Vielleicht hätten wir uns am Ende noch umgeben vom Lichtermeer der Kerzen auf Omas Flickenteppich gewälzt. Scharf soll ja bekanntlich so eine Wirkung haben …

Als ich an meinen Kokosnussspalten knabberte, die glücklicherweise nicht scharf waren, hat Snake sein Glas gehoben und gesagt: »Heut vor acht Monaten und vier Tagen waren wir am Ramsacher Weiher und haben uns den Sonnenaufgang angschaut.«

Ich hab genickt. Das war der Abend, an dem wir zusammengekommen sind. Ich wusste das. So etwas vergisst man ja nicht. Aber ich habe nicht Buch über die Tage geführt, die seitdem vergangen sind.

»Und weil … weil … das so schön ist und weil … Valentinstag ist …«, Snake fuhr sich nervös mit der Hand durch seine sowieso immer verwurschtelten Haare und kam ins Stottern, so kannte ich ihn gar nicht, er ist eigentlich immer total lässig, »… wollt ich dich fragen …«

O nein, dachte ich mir, bitte mach mir keinen Heiratsantrag. Bitte nicht! Nicht heute Abend, nicht, wenn ich kaum reden kann, weil mir die Zunge brennt und mir der Schweiß den Buckel runterrinnt und bitte, bitte nicht in einem Lichtermeer am Valentinstag! Ich blieb stumm, mein Mund war wie zugeklebt. Snake schob seine Kokosnuss auf dem Teller herum und redete dann weiter. »Wollt ich dich fragen … Scheiße!« Er sprang auf, und ich bin vor Schreck auch aufgesprungen. Doch dann lief er nach draußen. Vom Flur her rief er noch: »I kumm glei wieder«, dann hörte ich die Haustür zuschlagen. Ich blieb etwas ratlos mitten im Zimmer stehen. Keine zwei Minuten später war er zurück, etwas außer Atem, und in der Hand hielt er einen Strauß roter Rosen. »Die waren in der Schupf, dort ist es kühler, ich hab sie da reingestellt, damit sie frisch bleiben, und jetzt hätt ich Trottel sie fast vergessen.« Er lachte ein bisschen verlegen, und das wäre jetzt der Moment gewesen, in dem ich ihn am liebsten umarmt hätte. Wie er so dastand, mit diesem großen Rosenstrauß, der gar nicht zu Snake passt und auch nicht zu mir, und lachte, und seine blauen Augen leuchteten und die Haare ihm zu Berge standen, so mag ich ihn am liebsten.

Wer weiß, wenn ich ihn in diesem Augenblick umarmt hätte, wär vielleicht alles anders gekommen. Vielleicht hätt er dann nicht weitergeredet, und wir wären wirklich doch noch auf den Fleckerlteppich seiner Oma gesunken? Aber das Schicksal wollte es anders, und nachdem seine Planung schon so weit fortgeschritten war, hätte es wahrscheinlich auch nichts genutzt. Außerdem habe ich ihn nicht umarmt. Ich hab mir nur gedacht, dass ich es gerne tun würde. Aber zwischen dem, was ich gerne täte, und was ich am End mach, steht immer noch mein Hirn, und da drin hockt eine meist überflüssige Stimme, die glaubt, mir sagen zu müssen, was richtig ist und was falsch. Diese Stimme meinte: »Halt jetzt bloß still und versau's nicht.« Ich habe gehorcht und hab still gehalten.

Und so konnte Snake weiterreden. »Ich wollt dich fragen, Burgi, ob du dir vorstellen kannst, eventuell, also, ich mein, möglicherweise, mit mir … also … Ob du gern mit mir zusammenwohnen mögen tätst?« Ihm war jetzt offenbar auch heiß geworden, und er wischte sich mit der freien Hand über den Nacken und schaute mich abwartend an.

»Wohnen?«, fragte ich dümmlich nach. »Wie wohnen?«

»Ob wir zusammenziehen halt.« Snake hielt noch immer den Strauß in der Hand. Ich glaub, seine Choreographie hätt vorgesehen, dass er ihn mir gibt, aber das hat er, scheint's, vergessen. »Ich kann ja hier nicht weg, wegen meiner Oma, weißt, ich muss a bissl auf sie schauen, aber wir hätten viel Platz hier, und du kannst dir alles so einrichten, wie du magst, meine Oma würd uns nicht stören … sie mag dich total gern …«

Das Bauernhaus von Snakes Oma ist riesengroß. Ein schönes altes Haus am Dorfrand, inmitten von Wiesen und Apfelbäumen. Bis auf zwei Ponys, die ein Nachbar im alten Kuhstall einstehen hat, wird der Hof nicht mehr bewirtschaftet. Snakes Oma hat die landwirtschaftlichen Flächen schon vor vielen Jahren verpachtet, als ihr Mann, also Snakes Opa, gestorben ist. Snake hatte keine besonders schöne Kindheit, seine Mutter war psychisch krank und hat Selbstmord begangen, als er elf war, und einen Vater gab es nicht, daher ist Snake bei seinen Großeltern aufgewachsen und hängt sehr an seiner Oma.

Ich mag sie auch, sie ist klein und rund, lacht viel und ist noch sehr rüstig für ihr Alter. Außerdem hat sie die gleichen blauen Augen wie Snake. Es wäre also kein Problem, zu Snake zu ziehen. Wir hätten praktisch ein ganzes Haus, fast so groß wie Annis Hof, zur Verfügung. Ich könnte wie Anni Äpfel und Johannisbeeren ernten und einen Kräutergarten einrichten, und ich hätte eine große Küche ganz für mich allein, wo ich nach Herzenslust Gerichte ausprobieren könnte und dazu nicht immer in unserer engen kleinen Wurstküche im Keller unseres Ladens stehen muss. Ich würde mich nicht dauernd über meinen Vater ärgern müssen und auch nicht mehr in unmittelbarer Nähe meiner Arbeit wohnen. Ich stünde nicht mehr unter ständiger Beobachtung, keiner könnte am Wochenende bei mir klingeln, weil er vergessen hat, einen Braten zu kaufen oder seinen Leberkäs abzuholen. So gesehen wäre es perfekt.

Ich weiß nicht, was in dem Moment passiert ist. Ich hätte einfach ja sagen können. Oder wenn schon nicht gleich ja, vielleicht, dass ich noch Bedenkzeit brauche. Ich hätte Snake um den Hals fallen, dabei die Rosen zerdrücken und mich auf eine sonnige Zukunft zu zweit freuen können. Aber vielleicht bin ich einfach nur zu blöd. Jedenfalls habe ich nichts dergleichen gesagt oder getan, ich bin stumm und steif wir ein Hackstock dagestanden und habe meinem Herzen zugehört, das irgendwo in der Nähe des Halses heftig geschlagen hat. Mein Blick ist auf die vielen Kerzen gefallen, sie haben leicht geflackert, und ein paar davon waren schon ausgegangen, ich habe die niedrige, rauchgeschwärzte Decke gemustert, den blankgescheuerten Holzboden, den Flickenteppich, und am Ende ist mein Blick an den bunten tibetischen Gebetsfahnen hängengeblieben, die Snake um das Hirschgeweih an der Wand gewickelt hat. Das Hirschgeweih hat er im Übrigen mit einem bunten Muster bemalt, ähnlich wie die mit Henna bemalten Hände indischer Bräute, und ich weiß nicht, warum, aber in dem Moment, als mein Blick auf diese bunten Stofffetzen fiel, bin ich ohne ein Wort hinausgelaufen und hab Snake mit seinem Rosenstrauß und den Kerzen und seiner Frage einfach stehen lassen. Draußen bin ich nicht etwa stehen geblieben, um eine Sekunde nachzudenken, nein, wenn Burgi Schweinsteiger Mist baut, dann aber voll und ganz. Ich bin bis nach Hause gelaufen und hab mich dort in meinem Bett vergraben, in der Hoffnung, einfach einzuschlafen, um nicht nachdenken zu müssen.

Als ich mit meiner Geschichte fertig bin, herrscht betroffenes Schweigen am Tisch. Anni schaut mich erschrocken an. »Mei, Burgi! Ich hatt ja überhaupts gar keine Ahnung ned! Warum hast denn nie was gsagt?«

Mir laufen jetzt die Tränen über das Gesicht, und ich weiß nicht, ob aus Scham über meine Dummheit oder aus Trauer, weil ich kaputt gemacht habe, was mir das Liebste war.

»Und?«, fragt Mäx. »Wie ist die Gschicht weitergegangen?«

Ich zögere. »Irgendwie gar ned. Ich bin am nächsten Morgen gleich ganz früh hingefahren, ich wollte mit ihm reden, aber er hat nicht aufgemacht, vielleicht war er auch gar nicht da, keine Ahnung. Aber der Blumenstrauß lag draußen auf dem Misthaufen.« Ich wische mir über die Augen. »Wir haben seitdem nicht mehr über den Abend geredet. Wir reden überhaupt nicht mehr so viel. Alles schaut ganz normal aus, also, wir streiten nicht oder so, aber trotzdem, irgendetwas ist kaputt.« Ich beiße mir auf die Lippen und sage noch einmal: »Ich hab's versaut.«

»Warum bist denn weggelaufen?«, will Luis wissen.

Ratlos hebe ich die Schultern. »Vielleicht bin ich einfach nicht geeignet fürs Zusammenziehen, für Beziehungen und rote Rosen …« Meine Stimme versagt, und ich weiß, ich habe jetzt nur noch zwei Möglichkeiten: Ich kann meinen Weltschmerz in Rotwein ertränken, mir die Seele aus dem Leib heulen und morgen sterbenskrank sein oder aber ganz schnell ins Bett gehen. Ich entscheide mich für die zweite Alternative, packe meine schrumpelige Rose und gehe. Die anderen bleiben noch wach, ich kann sie reden hören, während ich schon oben in meiner Kammer liege. Ein leises Tapsen lässt mich noch einmal aufhorchen. Es ist aber nur Ulysses, der die Stufen heraufkommt. Aber er kommt nicht zu mir. Ich höre noch, wie er sich mit einem schweren Plumps am Treppenabsatz neben Annis Tür niederlässt, dann bin ich eingeschlafen.

Acht

Der Biergarten gefällt ihm besser als das Lokal. Hier gibt es ganz normale Bierbänke und Biertische wie in jedem anderen Biergarten auch und Gott sei Dank keine Buddhas. Anda weiß nicht genau, warum er heute schon wieder ins *Kuh 8* gekommen ist. Eigentlich wäre heute sein Stammtisch im Dorfwirt gewesen, aber er hat keine Lust gehabt, seine Freunde zu treffen.

Er ist empfindlich geworden in der letzten Zeit, achtet genau auf das, was sie sagen, und wird schneller wütend als sonst. Vielleicht, weil er es nicht mehr hören kann. Die dummen Witze, die depperten Sprüche, die ständigen Anzüglichkeiten. Wegen der Anni und der Alm und in dem Zusammenhang natürlich auch noch wegen seiner Mutter und der Gerüchte, dass sie ja auch schon vor 35 Jahren auf der Schafkopfalm mit dem Kemser Sepp … Was sie halt so für einen Mist reden. Dass die Anni im letzten Jahr eine Affäre mit so einem hergelaufenen Handwerksburschen hatte und das halbe Dorf davon Wind bekommen hat, macht die Sache nicht leichter.

Er fühlt sich nicht wohl in seiner Haut. Aber was hätte er tun sollen? Ihr verbieten, auf die Alm zu gehen? Seine Spezln haben ihm das geraten. »Ich würd meine Frau da ned allein nauflassen«, das war die überwiegende Meinung am Stammtisch gewesen, als er davon erzählt hat. Als ob das so einfach wäre. Selbst wenn die Anni eine Frau wäre, die sich so einfach was verbieten ließe, was sie nun mal nicht ist, hat er keine Lust, ihr vorzuschreiben, was sie zu tun und zu lassen hat. Das ist nicht seine Art. Sie reden miteinander. Zumindest meistens. Auch wenn die anderen ihn deswegen für ein Weichei halten. Es hat ihn bisher nie gekümmert. Aber jetzt, plötzlich, kümmert's ihn. Weil es ihm so vorkommt, als habe sich etwas Hämisches in ihre Sprüche gemischt. Etwas Boshaftes, was nichts mehr mit der gutmütigen Pflanzerei von früher zu tun hat. Wie sie sich anschauen und lautlos feixen. So, als ob seine Frau *so eine* wär. A Flietscherl, eine, der man so einiges zutrauen würd.

Er trinkt sein Bier aus und starrt trübsinnig ins leere Glas.

Der Biergarten des *Kuh 8* ist gut besucht, heute ist der erste schöne Tag nach dem Dauerregen. Ihm hat es einen Teil der Gerste weggeschwemmt, und Annis Kräutergarten ist auch abgesoffen. Über das, was noch übrig geblieben ist, haben sich die Schnecken hergemacht. Aber darum kann er sich nicht auch noch kümmern. Ist schon genug zu tun im Haus, wenn Anni nicht da ist und seine Mutter noch dazu irgendwo beim Beten in einem Kloster hockt. Sie hat ihm das mit den Exerzitien gesagt, gleich nachdem klar war, dass Anni den Sommer über auf die Alm gehen würde, und er hat sich ziemlich gewundert, dass seine Mutter ihn mit dem Haus und den drei Buben allein lässt, wo sie doch sonst immer meint, nur sie allein könne alles richtig machen. *Kloster auf Zeit* wolle sie machen, hat sie gesagt und ihre dünnen Lippen so fest zu einem Strich zusammengepresst, dass sie überhaupt nicht mehr zu erkennen waren. Kein Widerspruch, hieß dieser Strich.

Anda kennt den Strich schon aus seiner Kindheit, er hat ihn manchmal gemalt, wenn er wütend auf seine Mutter war. Einen dicken Strich quer über sein Hausaufgabenheft, weil sie ihn nicht »Captain Future« im Fernsehen hat anschauen lassen. Einen Strich ins Gesangbuch, wenn er sonntags in die Kirche hat gehen müssen, anstatt mit seinen Freunden am Sportplatz Fußball zu spielen. Dicke Striche während dieser unzähligen, qualvollen Abendessen, in denen feindseliges Schweigen über dem Esstisch hing und man aufpassen musste, keine falsche Bewegung und kein falsches Geräusch zu machen, damit man sich nicht eine ihrer harten, schnellen Watschn einfing. In solchen Situationen war es das Beste, sich so schnell und unauffällig wie möglich in die Werkstatt zu verdrücken.

Aus irgendeinem Grund ging seine Mutter nie in die Werkstatt. Das war das Reich seines Vaters. Und auch seines. Er hatte dort eine eigene kleine Werkbank, die ihm der Vater gebaut hatte. Im Regal darüber stand eine hölzerne Nagelkiste, in der er Süßigkeiten hortete. Manchmal, wenn er zum Semmelnholen oder zum Metzger geschickt wurde, zweigte er sich ein paar Pfennige oder sogar mal ein Fünferl vom Einkaufsgeld ab. Seiner Mutter fiel es nie auf. Wenn er genug Geld beisammen hatte, kaufte er sich dann davon beim Bäcker Ahoi-Brausebrocken, die einem das Gesicht zusammenzogen, wenn man sie lutschte, Nappos, deren zähe Füllung in den Zähnen hängen blieb, giftig grüne, saure Bohnen, Schleckmuscheln oder Esspapier.

Das Abzweigen und das heimliche Kaufen und Verstecken waren dabei der eigentliche Spaß. Es ging ihm gar nicht so sehr ums Naschen, oft blieben die Süßigkeiten wochenlang in der Nagelkiste, wurden mehr und mehr, ohne dass er etwas davon aß. Es ging ihm vor allem darum, dem harten Strich im Gesicht seiner Mutter ein Schnäppchen zu schlagen. Und deshalb schlich er sich auch so oft wie möglich in die Werkstatt, um seinen heimlichen Schatz zu betrachten.

Die Nagelkiste existierte natürlich schon lange nicht mehr, obwohl es durchaus Momente gab, in denen er sie sich zurück wünschte. Nicht wegen der Süßigkeiten, sondern wegen des Gefühls, das ihm der bloße Anblick vermittelt hatte. Mit etwa fünfzehn Jahren hatte er begonnen, seine Strategie gegenüber seiner Mutter zu ändern. Seine neue Waffe hieß Ignoranz. Er wandte sich ab, wenn seine Mutter anfing, über irgendetwas zu schimpfen oder ihre Lippen in einen Strich zu verwandeln.

Ließ sie einfach stehen und ging schweigend in den Stall zu seinen Kühen. Das machte er noch heute so.

Anni brachte diese Reaktion jedes Mal zur Weißglut, aber er war der Meinung, es war immer noch das beste Mittel, um Streit zu vermeiden. Immerhin lebten sie alle zusammen unter einem Dach. Streit konnte man da nicht brauchen. Wenn er länger darüber nachdachte, war schon sehr seltsam, dass jetzt, wo Anni geschlagene acht Wochen nicht da sein würde, seine Mutter plötzlich beschlossen hatte, ebenfalls wegzufahren.

Anni war stocksauer deswegen gewesen. »Kann sie nicht ins Kloster gehen, wenn ich daheim bin, damit ich auch was davon habe?«, hatte sie Anda wütend gefragt, aber er hatte nur die Schultern gezuckt. Es war besser, sich rauszuhalten.

Im Endergebnis ist es für ihn jetzt sogar recht erholsam, ohne das ständige Genörgel seiner Mutter und dazu Annis bisweilen recht anstrengende Art, von ihm eine Reaktion darauf zu erwarten. Er will nicht immer auf alles reagieren. Allerdings wäre es noch erholsamer, wenn der Haushalt nicht wäre. Der gestaltet sich nämlich erheblich zeitaufwendiger und schwieriger als erwartet, und heute hat er zum ersten Mal ein Machtwort mit seinen Buben sprechen müssen. Es ist um die Wäsche gegangen. Er sieht nicht ein, warum er alles im Haushalt allein machen soll. Sie müssen sich Annis Arbeit teilen, findet er, und so hat er die drei dazu verdonnert, sich um die schmutzige Wäsche zu kümmern. Was sie – unter Murren – auch gemacht haben, allerdings mit dem Ergebnis, dass er jetzt drei seiner weißen Trachtenhemden nur noch für die Stallarbeit anziehen kann, weil sie nicht mehr weiß, sondern rosa sind. Toni hat seine neue rote Sweatshirtjacke mit in die Kochwäsche gestopft, und das Resultat erinnert an die Farbe der riesigen, ehrfurchtgebietenden Schlüpfer seiner Großmutter, die früher immer an der Wäscheleine auf dem Balkon hingen.

»Magst noch eins?« Snake ist unbemerkt an seinen Tisch getreten und greift jetzt nach seinem leeres Bierglas. Anda nickt. »Gern.« Und dann fügt er noch hinzu. »Danke.«

Snake sieht ihn merkwürdig an und geht mit dem leeren Glas. Langsam werden die Gäste weniger. Es ist ein schöner Abend, aber nach dem vielen Regen und dem Schnee in den Bergen wird es schnell kühl. Anda bleibt trotzdem sitzen, und als Snake ihm das Bier bringt, hält er sich daran fest, als könne er sich an dem kalten Glas wärmen.

Snake bleibt neben ihm stehen. »Passt alles?«, fragt er.

Anda nickt. »Glaub schon.«

»Hast schon was ghört von der Anni und der Burgi?«

Er schüttelt den Kopf.

»Der Luis und der Mäx wollten sie heut besuchen«, sagt Snake.

Anda hebt den Kopf. »Ah geh! Woher weißt denn des?«

Snake grinst jetzt etwas spöttisch. »Weils sie's mir erzählt haben.«

»Kommen die zu dir da her?« Anda beschreibt den Biergarten und das *Kuh 8* mit einem weiten Kreis.

Snake nickt. »Sind ja ned so gern gesehen bei euch oben im Dorfwirt.«

»Wieso bei *uns? Ich* hab mit dem Scheiß der andern nix zu tun«, wehrt Anda ab und spürt, wie er wütend wird. Ihm gefällt die Art von diesem Kerl nicht. Hat ihm noch nie gefallen. Schon allein, wie er ihn anschaut.

Snake gibt keine Antwort, und das Schweigen macht Anda noch wütender. Der Grassl tut ja so, als ob er was gegen den Luis oder den Mäx gesagt hätte. Er hat sich da nie eingemischt. Schwul oder nicht schwul, jeder wie er mag, ist seine Devise. Es stört ihn nicht. Es kümmert ihn nicht. Er trinkt einen großen Schluck von seinem Bier. »Jetzt ist ja das Wetter besser gworden«, sagt er, ohne noch einmal auf Burgis Bruder und seinen Freund einzugehen. »Jetzt werden sie's leichter haben da oben.«

Snake zuckt mit den Schultern. »Wahrscheinlich.«

»Interessiert dich des gar nicht?«, fragt Anda nach.

»Was?«, fragt Snake kühl zurück.

Der Kerl ist wirklich ein Idiot. »Ob's der Burgi gutgeht, mein ich.«

Zum ersten Mal sieht Anda ein Zögern, einen kleinen Sprung in Grassls arroganter Selbstsicherheit. »Warum soll mich des ned interessieren?«

»Mein ja nur. Weil du so tust, als ginge dir das am Arsch vorbei. Ihr gehts doch schließlich miteinander. Is doch normal, dass einen da interessiert, wie's dem andern geht.«

Der Sprung schließt sich, Grassls Fassade ist wieder glatt und unnahbar. »Ich hör's ja morgen. Der Luis und der Mäx werden sicher was erzählen.« Er wirft ihm einen spöttischen Blick zu: »Kannst ja auch vorbeischauen und ein Bier mit ihnen trinken, wennst dich traust. Dann erfährst auch was.«

Neun

Der Beruf einer Sennerin lässt sich mit übermäßigem Rotweingenuss nicht gut vereinbaren. Als Anni und ich uns am nächsten Morgen in aller Herrgottsfrühe bleich und stumm in der Stube treffen, steht uns der gestrige Rausch noch ins Gesicht geschrieben. Anni geht es eindeutig noch schlechter als mir, doch sie ist zäh, es würde ihr nie einfallen, einfach liegen zu bleiben. Schweigend heizen wir den Herd ein, dann klettern wir über Luis und Mäx, die reglos und unförmig wie eingesponnene Raupen in ihren Schlafsäcken am Boden liegen, und gehen nach draußen, um uns am Brunnen zu waschen.

Wie jeden Morgen lässt mich das eisige Wasser nach Luft schnappen, aber heute habe ich das Gefühl, es wäscht mir wenigstens den Kater aus dem Hirn. Kurzentschlossen tauche ich den ganzen Kopf hinein. Als ich prustend und mit triefenden Haaren wieder auftauche, schaut mich Anni mit erhobenen Augenbrauen an. »Alles in Ordnung mit dir?«

Ich spritze sie nass, und sie springt quietschend beiseite. »Zuckerpupperl!«, sage ich lachend. »Wär auch für deinen Brummschädel gut!«

Zuckerpupperl lässt die Anni sich nicht ungestraft nennen. Sie schaut mich einen Augenblick lang finster an, dann beginnt sie, sich auszuziehen, und steigt splitterfasernackt in den Brunnen. Sie macht dabei keinen Mucks, legt sich schaudernd der Länge nach hin und taucht dann tatsächlich einen Augenblick lang komplett unter.

»Wer ist jetzt aus Zucker, ha?«, sagt sie, als sie krebsrot und zähneklappernd wieder heraussteigt und sich schnell abtrocknet.

Das hab ich nun davon. Saublöd von mir. Jetzt muss ich auch ins Wasser steigen. Kann ich ja nicht so einfach auf mir sitzenlassen. Fröstelnd ziehe ich mich aus. Der Brunnen ist aus einem dicken, ausgehöhlten Baumstamm gemacht und hat die Form einer – sehr schmalen – Badewanne. Man muss sich daher schon ein wenig verrenken, um komplett unterzutauchen, aber wo ein Wille ist, ist auch ein Weg, und was Anni kann, schaffe ich auch. Schon als ich reinsteige, stockt mir der Atem, und das Untertauchen fühlt sich an, als würde ich in einen Eiswürfel eingeschlossen werden. Ich spüre nur Kälte, beißende, bittere Eiseskälte. Zappelnd und nach Luft schnappend winde ich mich aus dem Brunnen wieder heraus. Das ist wirklich nix für Weicheier. Wir rubbeln uns ab und hüpfen ein wenig herum, um wieder warm zu werden. Anni läuft, nackt wie sie ist, eine Runde über die Wiese, und ich renne ihr hinterher.

Als wir wieder an der Hütte ankommen, kribbelt unsere Haut vor Kälte, und unser Kopf ist wieder klar. Annis Augen glänzen. »Des war a sauguade Idee! Bin fast schon wieder die Alte.«

Wir wollen uns gerade anziehen, als uns ein Räuspern zusammenfahren lässt. Neben der Hütte, dort, wo der Trampelpfad von der Wetterwand herunterkommt, steht ein fremder Mann. Ich bin so überrascht, dass ich ganz vergesse, dass ich grad nichts anhabe. Also GAR NICHTS, meine ich, NULL! Wie angewurzelt steh ich also pudelnackert da und starre ihn an. Er fasst sich schneller als ich, sein Blick wandert von mir zu Anni und wieder zurück, und dann sagt er: »Äh … Servus, i bin der Michi ….«

Da erst besinne ich mich und klaube mit hochrotem Kopf das feuchte Handtuch von der Begrenzungsstange, um wenigstens irgendetwas zwischen mich und seine Blicke zu bringen. Mein Jogginganzug wie auch Annis Nachthemd liegt unerreichbar auf der Bank, genau dort, wo dieser Typ wie angewurzelt steht und uns anstarrt. Anni faucht ihn an wie eine gereizte Natter: »Was druckst du dich da so rum und glotzt, ha?«

Er hebt beschwichtigend beide Arme. »Ich wollt wirklich ned … äh … Ich bin heut schon ganz früh von der Wetterwandhüttn abgestiegen, und weil ich ghört hab, dass die Schafkopfalm wieder bewirtschaftet ist, hab ich mir gedacht, ich schau mal vorbei, vielleicht krieg ich einen Kaffee bei euch. Tut mir leid, aber ich konnt ja ned ahnen, dass … ihr … äh … grad bei der Morgentoilettn seids.« Er hat sich von seinem Schreck erholt und versucht jetzt vergeblich, sich das Grinsen zu verkneifen. Weiß der Himmel, wie lang er da schon steht. Sicher hat er unseren Wiesensprint auch gesehen …

»Äh …«, stammle ich wenig zielführend und zupfe an meinem kleinen Handtuch herum. Ich wünschte mir, ich hätte ein riesiges Badelaken von daheim mitgenommen, anstatt einen Stapel blöder, winziger Handtücher, die sich nicht mal ordentlich um den Busen wickeln lassen. Also um meinen Busen jedenfalls nicht. Aber kann man ahnen, dass man so etwas braucht?

Ich klemme mir das Handtuch von vorne unter die Achseln und verschränke dann fest die Arme vor der Brust, in der Hoffnung, damit das meiste zu verdecken und gleichzeitig respekteinflößend rüberzukommen. Aber wahrscheinlich hilft es eh nix mehr. Wer bitte ist schon respekteinflößend, wenn er mit einem Restkater im Gesicht krebsrot und pudelnackert in der Gegend rumsteht? Also, quasi pudelnackert. Was aber ohnehin keinen Unterschied macht, weil er ja sowieso schon alles gesehen hat. Ich räuspere mich und versuche, wenigstens noch ein bisschen etwas von meiner Würde zurückzuholen. »Aha«, sage ich gedehnt und hebe so abschätzig wie möglich eine Augenbraue. Das kann ich gut. Also unter normalen Umständen jedenfalls. »Von der Wetterwandhüttn kommst also?«

Die Wetterwandhütte liegt ungefähr zwei Stunden schweißtreibenden Fußmarsch von der Schafkopfalm entfernt, direkt oberhalb im Felsen und hat ein Matratzenlager für Bergsteiger, die die Tour über den Grat von der Wetterwand über den Schafkopfkogel oder zurück machen.

Wir haben aus Gründen der Kräfteschonung bisher darauf verzichtet, dort oben unsere Aufwartung zu machen, und werden es jetzt sicher auch nicht mehr nachholen. Während ich mit hochgezogener Braue und verschränkten Armen dastehe und warte, dass er etwas sagt oder abhaut, mustere ich ihn genauer. Er ist ungefähr in Luis' Alter, strohblond, drahtig und braungebrannt und schaut aus wie einem Werbeprospekt für besonders coole Bergsteigermode entsprungen. Sehr, sehr appetitlich. In Untermarktlbrunn habe ich den noch nie gesehen. Daran hätte ich mich erinnert. Ganz sicher.

Er wird sich nun allerdings wahrscheinlich für immer und ewig an mich erinnern … Jetzt streckt er mir mit einem unbekümmerten Lächeln seine Rechte hin. »Oiso … i bin der Traxler Michi. I bin aus Marktlkirchen und helf manchmal oben auf der Wetterwandhüttn aus.«

»Schweinsteiger Burgi … und das ist die Gschwendtner Anni«, übernehme ich die Vorstellung und ergreife zögernd seine Hand, was zur Folge hat, dass mir das Handtuch wieder entgleitet. »Kreizbirnbaumundhollerstaudn …«, murmle ich mit hochrotem Kopf und ziehe es wieder an seinen Platz.

Michi tut so, als bemerke er es nicht, und wirft Anni einen interessierten Blick zu. »Gschwendtner?«, fragt er. »Ich kenn einen Gschwendtner Andreas. Der hat einen Hof in Untermarktlbrunn …«

»Des is mein Mann.« Anni ist jetzt, ebenfalls weitgehend in ihrem Handtuch verpackt, neben mich getreten, und ihre Miene ist noch immer finster. Ich kann sie gut verstehen. Mir geht's ähnlich. Man wird halt nicht gerne gestört, wenn man nackert über die Wiesn springt. Noch nicht mal von einem, der ausschaut wie ein Unterhosenmodel.

»Ah.« Michi Traxler nickt. »Der Anda kauft immer bei uns ein. Mein Vater und ich haben einen Futtermittelbetrieb in Marktlkirchen.«

Nachdem wir so wieder einmal festgestellt haben, dass die Welt klein ist, fällt uns nichts mehr ein, und dem Michi wird anscheinend jetzt erst bewusst, dass es nicht verkehrt wäre, langsam den Rückzug anzutreten. Männer brauchen ja oft ein bissl länger in solchen Dingen, und offenbar hat der Anblick von so viel blanker Weiblichkeit am frühen Morgen seine Synapsen restlos durcheinandergebracht. »Ja … oiso guad … dann pack ich's wieder«, sagt er endlich und schultert seinen Rucksack. »Auf guade Nachbarschaft. Wenn's euch zu einsam wird da herunten, kommts halt mal rauf zu uns. Mir haben auch einen Brunnen.« Jetzt muss er doch ziemlich breit grinsen.

»Hm, vielleicht …« und »Mal schauen …«, geben wir vage zurück. Unser Lächeln fällt um einiges magerer aus als sein Gegrinse, aber wir versprechen ihm immerhin einen Kaffee beim nächsten Besuch. Er ist halt auch nur ein Mann. Dafür kann er ja nix.

Dann sollte er eigentlich gehen.

Doch manchmal ist das Timing nicht ganz optimal.

Wie jetzt, zum Beispiel.

Genau in dem Moment, in dem er sich schon zum Gehen wendet, öffnet sich die Tür unserer Hütte, und heraus kommt Mäx in seiner ganzen wikingermäßigen Eins-neunzig-95-kg-Pracht und nur mit blau-weiß karierten TSV-1860-München-Shorts bekleidet. Er streckt sich und gähnt, dann kratzt er sich bedächtig seinen roten Ziegenbart und brummt: »Herrgottsakrament, a so a Rausch.« Nach dieser denkwürdigen Ansage verschwindet er wieder im Inneren.

Michi schaut ihm verblüfft nach.

»Äh … des war …«, hebe ich gerade zu einer Erklärung an, als auch noch Luis herauskommt, mit wilden Haaren, roten Augen und nur mit seiner Jeans bekleidet. Er bemerkt weder uns noch unseren Gast. Barfuß schlurft er an uns vorbei in Richtung Plumpsklo. Mein Bruder war morgens noch nie besonders lebhaft. Wir schauen ihm alle drei ein Moment lang hinterher, dann fange ich noch einmal an: »Des waren … des sind …«

Doch Michi winkt ab. Plötzlich hat er Probleme, uns anzusehen, er schaut an uns vorbei, fixiert einen Punkt irgendwo hinter uns und wirkt zutiefst verlegen. »Ich will's gar ned wissen. Geht mich nix an. Überhaupt nix. Außerdem muss ich weiter. Nix für unguad!« Er geht, bevor wir noch etwas erwidern können.

Anni und ich schauen uns an.

»O mei«, flüstert Anni, als er außer Hörweite ist. »Was wird sich der jetzt denken?«

Ich muss grinsen. »Na, was schon?«

»Aber … er kennt den Anda!« Anni sieht ganz bestürzt aus. »Wenn er ihm was erzählt!«

»Es gibt doch gar nix zu erzählen«, beruhige ich sie. »Des sind doch nur der Mäx und der Luis. Des kannst dem Anda doch sagen.«

Anni nickt, noch nicht ganz überzeugt.

»Was ist mit uns?« Mein Bruder ist wieder zurückgekommen und offenbar etwas wacher als gerade eben noch. Immerhin hört er schon etwas, und außerdem entdeckt er sogar noch unseren Besucher, der schon das Ende der Wiese erreicht hat und gerade hurtig wie ein Hase im Schatten der Bäume verschwindet. Er muss gelaufen sein, wenn er schon da unten ist. Geflüchtet.

»Wer war denn des?« Luis deutet mit seinem unrasierten Kinn erstaunt nach unten.

»Des war der Traxler Michi aus Marktlkirchen«, kläre ich ihn auf. »Der denkt, wir feiern Orgien hier herobn.«

»Hä?« Luis schaut so verdutzt, dass ich laut lachen muss und schließlich auch Anni zu kichern beginnt.

Während ich zusammen mit Luis die Überreste unseres gestrigen Gelages aufräume und Kaffee koche, gehen Anni und Mäx, unser neuer Melkazubi, zum Melken. Danach gönnen wir uns ausnahmsweise das Frühstück vor dem Kühezählen. Nach zwei starken Tassen Kaffee und einer ordentlichen Portion Rührei mit Speck sind wir alle vier wieder einigermaßen munter, und Mäx, der noch ganz beseelt von der zweiten erfolgreichen Melkaktion ist, will unbedingt mit hinauf zum Jungvieh. Er hat ja keine Ahnung, was das für eine Schinderei ist. Wir einigen uns darauf, dass er meinen Part übernimmt und mit Anni geht. Da können sie gleich den Tipp vom Kemser Sepp mit der Kleie ausprobieren. Mir ist das mehr als recht, so habe ich ausnahmsweise mal einen ruhigen Vormittag. Nachdem ich die Hühner versorgt und Trudi gestreichelt habe, gehe ich meinen Bruder suchen.

Er liegt ausgestreckt auf dem Rücken mitten in der Wiese, schaut in den Himmel und raucht. Ich setze mich zu ihm und lasse mir die Sonne ins Gesicht scheinen. Trudi, die mir wie immer aus dem Stall heraus gefolgt ist, traut sich nicht so weit weg. Sie bleibt in der Nähe der Hütte, und ich kann sie ganz leise vor sich hin gackern hören, während sie unruhig hin und her trippelt, scharrt und pickt und mich dabei nicht aus den Augen lässt.

»Lass mich mal ziehen«, bitte ich meinen Bruder, und er

reicht mir seine Zigarette. Nachdenklich rauche ich ein paar Züge, dann gebe ich sie ihm wieder zurück.

Luis raucht eine Weile schweigend. Dann sagt er unvermittelt: »Du musst mit dem Snake reden.«

»Was?« Ich bin erstaunt, dass ausgerechnet mein kleiner Bruder, der sich noch nie besonders um meine Angelegenheiten gekümmert hat, auf das gestrige Gespräch zurückkommt.

»Sich da herobn vergraben bringt nichts.«

»Ich vergrab mich nicht«, widerspreche ich. »Das eine hat mit dem anderen überhaupt nichts zu tun.« Das stimmt jetzt nicht ganz, aber fast. Zumindest rede ich mir das ein.

Luis richtet sich auf. Er schaut mich forschend an. »Du hast Schiss, oder?«

Ich reiße eine Butterblume ab und drehe sie zwischen meinen Fingern. »Irgendwie schon.«

»Warum? Passt's nicht?«

Ich zögere. »Doch, aber ...«

»Liebst ihn denn?«

»Ja.« Die Antwort kommt, ohne dass ich überlegen muss, und ich werde knallrot dabei. Ich kann es nicht fassen, dass ich mit meinem kleinen Bruder über Liebe rede.

Luis lässt sich wieder zurück ins Gras fallen und blinzelt in die Sonne. »Dann passt's doch eh. Schalt halt mal zur Abwechslung dein Hirn aus.«

Ich schnaube und werfe die Butterblume weg. Toller Rat. Früher hat man mir immer gesagt, ich solle endlich mal mein Hirn einschalten, und jetzt soll ich es auf einmal wieder ausschalten? Ich brauche doch eher MEHR Hirn als weniger. Um RICHTIG nachzudenken. Um endlich mal ALLES RICHTIG zu machen.

»Was ist eigentlich mit dem Xari?«, frage ich, um von mir und Snake abzulenken. Wir werden schon eine Lösung finden. Bald. Spätestens, wenn ich wieder zurück bin. Dann wird alles gut.

»Nix«, sagt Luis knapp. »Gar nix.«
»Und die anderen?«
Er schüttelt nur den Kopf.
Ich spüre, wie ich wütend werde. »Vielleicht sollten die mal ihr Hirn einschalten!«
Luis gibt keine Antwort. Stattdessen zündet er sich eine neue Zigarette an. Nach einer Weile sagt er zögernd: »Ich könnt ja weggehen.«
Erschrocken wende ich mich zu ihm hin. »Weggehen?«
Es ist nicht so, dass ich noch nicht an so etwas gedacht hätte. Vor seinem Outing war Luis absolut verwurzelt in Untermarktlbrunn, er war in fast allen Vereinen, hat in der Musikkapelle getrommelt, war bei der Feuerwehr und hatte einen großen Freundeskreis. Das ist im letzten Sommer alles weggebrochen, als er plötzlich mit Mäx ankam. Es war nicht direkt so, dass sich alle so mies verhalten haben wie seine angeblichen besten Freunde, aber als klarwurde, dass Luis darauf bestand, sich und vor allem auch Mäx nicht zu verstecken, sind die Kontakte ziemlich schnell weniger geworden und die gehässigen Stimmen lauter. Auch unter denen, die sich anfangs noch rausgehalten hatten, gab es plötzlich immer mehr, die meinten, das sei ja alles gut und schön, aber wenn man schon schwul ist, muss man es ja nicht auch noch so deutlich zeigen, und der Luis wäre selber schuld, er würde die Leute mit seinem Verhalten provozieren. Dabei hat er nichts anderes gemacht, als Mäx zu den Festen und Veranstaltungen im Dorf mitzubringen. Aber das war schon zu viel. Das war schon Provokation. Und so hat er sich zurückgezogen, ist aus allen Vereinen ausgetreten und hat auch das Trommeln aufgehört.
Ich glaube, er war einfach zu naiv. Er hat geglaubt, die Leute würden sich schon dran gewöhnen. Aber in einem Dorf wie dem unseren gewöhnt man sich nicht so schnell. Höchstens an

der Oberfläche. Und die ist dann auch ganz schnell wieder abgekratzt. Ich hab mich schon eine ganze Weile gefragt, wie lange er das noch aushält.

Jetzt setzt er sich wieder auf und wirft einen langen Blick hinunter ins Tal. »Aber man kann sich ja auch nicht einfach so vertreiben lassen, oder?«

»Ich weiß nicht«, sage ich aufrichtig. »Manchmal muss man auch nur mal an sich denken. Wenn diese Saubinggl sich nicht ändern wollen oder können, kann's schon sein, dass es besser ist, wenn du gehst. Wenn du woanders glücklicher bist ...«

Ich rede nicht weiter, denn mir stockt plötzlich der Atem. Der Gedanke, mein kleiner Bruder könnte für immer aus Untermarktlbrunn weggehen und mich mit der Metzgerei, dem Haus, meinem Vater und allem anderen allein zurücklassen, fühlt sich unerträglich an.

Als ich nicht weiterrede, dreht er sich zu mir um und schaut mich an. »Ich geh ned weg«, sagt er leise. »Jetzt noch nicht. Vielleicht wird's ja besser ...«

Ich nicke, doch wir wissen beide, es wird nicht besser werden. Und irgendwann wird er es nicht mehr aushalten und wird gehen. Mit einer zornigen Handbewegung wische ich mir über die Augen. »Das passt schon«, sage ich, und meine Stimme kling rauh. »Wirklich. Ich versteh das ...«, und dann heule ich los, und Luis, mein kleiner Bruder, legt seinen Arm um mich und zieht mich zu sich her. Da hocke ich nun auf der Butterblumenwiese, um mich herum Kuhgeläut und Hühnergegacker und heule sein Hemd nass, wo doch eigentlich ich es sein sollte, die ihn tröstet.

Als Anni und Mäx vom Kühezählen zurückkommen, habe ich mich schon wieder beruhigt, aber wahrscheinlich wäre ihnen eh nicht aufgefallen, dass ich grad mal kurz am Verzweifeln war, denn sie sind beide allerbester Laune. Anni ist begeistert, weil der Kleietrick bei unseren Kühen gleich beim ersten Mal funktioniert hat und sie nach und nach alle neugierig zu ihnen heruntergekommen sind und sie also gar nicht bis ganz nach oben steigen mussten. Mäx ist begeistert, weil er den Auf- und Abstieg ohne Herzattacke überlebt hat. Schnaufend lässt er sich neben uns ins Gras sinken. »Himmelarschundzwirn, ich glaub, ich hör's Rauchen auf!«, ächzt er und wischt sich den Schweiß von der Glatze.

Ich bin ein bisschen stolz auf Anni und mich, weil wir schon seit Tagen den Aufstieg bewältigen und dabei bei weitem eine bessere Figur abgeben, als Mäx es gerade tut.

»Des liegt nur an deiner Sauferei gestern«, tröstet Luis ihn. »Mit so einem Mordskater auf'm Buckl geht es sich halt schwerer.«

Mäx schaut ihn mit gespieltem Entsetzen an: »Meinst vielleicht, ich muss neben dem Rauchen auch noch das Trinken aufhören?«

Ich schaue zweifelnd. »Weiß nicht, ob es das Opfer wert ist. Bist und bleibst halt doch ein Stadterer.«

Wir lachen, als Mäx empört protestiert, und helfen ihm dann gemeinsam, wieder aufzustehen.

Zehn

Als die beiden sich am späten Nachmittag wieder ins Tal aufmachen und mir dabei freundlicherweise mein Motorrad dalassen, fühlt sich die plötzliche Stille seltsam an. Anni und ich bleiben noch ein bisschen vor der Hütte sitzen und schauen über die Wiese. Langsam verschwindet die Sonne hinter den Bergen und taucht den Waldrand in kühlen Schatten, während uns ein paar hundert Meter höher noch die letzten Strahlen ins Gesicht scheinen. Unten sehen wir ein paar letzte Wanderer und Mountainbiker, die den Weg am Waldrand entlanggehen und dann in Richtung Forststraße verschwinden. Zu uns herauf hat sich von denen bisher noch keiner verirrt, dazu war die Schafkopfalm zu lange geschlossen, und es hat sich auch noch nicht rumgesprochen, dass sich das geändert hat. Wir genießen die allerletzten Lichtstrahlen, bevor die Sonne endgültig verschwindet und wir die Tiere für die Nacht versorgen müssen.

Trudi hockt neben mir am Boden, und ich hebe sie hoch und setze sie auf meinen Schoß. Sie gackert leise und zufrieden, als ich sanft über ihre weichen Federn streiche. Trudi hat mich auch heute wieder den ganzen Tag begleitet. Sie scharrt und flattert immer so eng um meine Füße herum, dass ich aufpassen muss, nicht über sie zu stolpern, und wacht eifersüchtig darüber, dass mir Ulysses nicht zu nahe kommt, was zumindest den Vorteil hat, dass er nicht mehr versucht, mich umzuwerfen, wenn Trudi in der Nähe ist. Auch spricht sie mit mir, gurrt und gackert ständig, als wolle sie mir etwas erzählen. Ich glaube, sie denkt, ich bin auch eine Henne. Das ist ja nun einerseits ganz schmeichelhaft, zumindest aus Hennenperspektive, andererseits wäre es schon besser, sie könnte sich endlich mit ihren Artgenossinnen anfreunden. Ich trage sie deshalb immer wieder zurück zu den anderen, versuche, sie zusammen mit den anderen Hennen zu füttern, setze sie in eins der Heunester, damit sie dort ihre Bestimmung finden kann, aber es hilft alles nichts. Kaum drehe ich mich um und gehe weg, läuft sie mir schon flatternd und gackernd hinterher. Anni findet das ziemlich lustig, doch als ich ihr jetzt sage, dass ich glaube, dass Trudi mich für eine Henne hält, schüttelt sie den Kopf. »Ich glaub, sie hält dich eher für einen Gockel.«

»Was?«

Anni nickt. »Die ist verliebt in dich. Manche Hennen reicht es nicht, den ganzen Tag nur rumzuscharren und ab und zu mal ein Ei zu legen. Die brauchen noch was anderes.«

Ich schaue sie nachdenklich an und habe plötzlich das dringende Gefühl, dass mir das irgendetwas sagen will. Allerdings habe ich keinen blassen Schimmer, was genau …

»Wo war Moses, als die Kerze ausging?«, murmle ich ratlos in Trudis unsichtbares Ohr. Vielleicht sollte ich den guten alten James doch wieder einmal konsultieren. Wer weiß, vielleicht gelingt es ihm ja irgendwann doch noch, mir ein bisschen auf die Sprünge zu helfen.

Als wir beide mit unserer Arbeit fertig sind und uns vor der Hütte wieder treffen, bemerke ich einen hellen Lichtschein oben an der Wetterwand. Dort brennt ein Feuer. Ich schaue mich um und sehe plötzlich noch mehr Bergfeuer: Am Schafkopfkogel zieht sich eine ganze Kette von kleinen leuchtenden Punkten wie eine Lichterkette über den Grat bis zur nächsten Bergspitze. Es sieht wunderschön aus. »Heut ist ja Johanni!«, sage ich.

Anni hatte es auch vergessen. Es ist erstaunlich, wie schnell Wochentage und Kalenderdaten ihre Bedeutung verlieren, wenn sich das tägliche Leben nicht mehr danach richten muss. Unsere Tage gehorchen schon nach dieser kurzen Zeit hier heroben einem ganz anderen Rhythmus, der von den Tieren vorgegeben wird, die wir zu versorgen haben, und der Arbeit, die zu erledigen ist. Im Grunde bräuchten wir nicht nur keinen Kalender, sondern auch gar keine Uhr mehr.

Nachdenklich schauen wir zur Wetterwandhütte hinauf. Dort kann man das Feuer gegen die Felswand lodern sehen. Ich habe Johanni immer geliebt. Als Kinder sind mein Bruder und ich jedes Jahr mit meinen Eltern zu einem der etwas niedriger gelegenen Feuer in der Nähe des Dorfes gegangen. Neben dem großen Hauptfeuer gab es dort immer noch ein kleineres Feuer etwas abseits, das Mucknfeuer genannt wurde und wo wir unsere Würschtl braten konnten und die Kartoffeln in Alufolie gewickelt in die Glut legten. Dort sind wir Kinder den ganzen Abend herumgesprungen, haben gespielt und am Ende die schwarz verkohlten Kartoffeln aus dem Feuer geklaubt. Obwohl sie meist schon fast komplett durchgekohlt waren, haben mir Kartoffeln danach nie mehr so gut geschmeckt wie damals, als wir die mehligen, glühend heißen Brocken mit halb verbrannten Fingern aus der schwarzen Kruste gekratzt haben. Später dann, wenn wir satt und müde vom Spielen waren, sind wir zu den Eltern hinübergegangen, die mit den anderen Erwachsenen vor dem großen Feuer saßen. Meistens hatte mein Vater sein Akkordeon dabei und spielte. Ich kann mich noch gut erinnern, wie ich, an die Knie meiner Mutter gelehnt, die Musik im Ohr, schläfrig und gleichzeitig hellwach in das meterhohe Feuer geschaut habe. Die Luft roch nach Holzrauch, Harz und Spiritus, und unsere Gesichter waren rot vom Schein der Flammen. Mein Bruder, der damals noch klein war, schlief auf einer Decke, zusammengerollt wie ein kleiner Welpe. Ich wollte nie schlafen, konnte mich gar nicht sattsehen an den Farben des Feuers, den züngelnden Flammen und den Funken, die von der Spitze des aufgerichteten Haufens in den Himmel hinaufstoben.

»Wir könnten auch ein Feuer machen«, schlage ich vor. »Unsere eigene kleine Sonnwendfeier.«

»Au ja!« Annis Augen leuchten.

Wir holen ein paar Armvoll von dem Brennholz, das neben der Hütte gelagert ist, und bauen einige Meter entfernt in der Wiese eine Feuerstelle. Der Stapel wird natürlich nicht annähernd so groß wie der Scheiterhaufen meiner Kindheit, wo die Kinder zusammen mit den jungen Burschen und Mädchen des Dorfes schon wochenlang vorher Daxn und Holz gesammelt und dann zusammen mit den älteren Männern einen meterhohen Haufen aufgeschichtet haben. Es war eine Ehre, zum »Daxnziagn« mitgehen zu dürfen, längst nicht jeder wurde mitgenommen, und gerade als Mädchen durfte man nicht zimperlich sein, sonst hatte man fürs nächste Jahr verschissen.

Dieses Johannifeuer von früher, wo nahezu alle Familien mit ihren Kindern aus dem Dorf hingegangen sind, gibt es schon lange nicht mehr. Jetzt gibt es nur noch die richtigen Bergfeuer, die meist zu hoch und zu gefährlich liegen, um mit kleinen Kindern hinaufzugehen. Ich selber bin auch nie mit hinaufgestiegen, auch nicht, als ich längst alt genug dazu war. Vordergründig war ich zu faul, so eine Bergtour zu unternehmen, aber ich glaube, das war nicht die ganze Wahrheit. Insgeheim wollte ich mir die Erinnerung an die Sonnwendfeuer meiner Kindheit bewahren.

Als wir mit dem Aufrichten fertig sind, stecken wir oben noch einen schönen Tannenzweig in den Haufen, damit unser kleines Feuer original so aussieht wie früher. Wir gehen in die

Hütte und wickeln Kartoffeln in Alufolie. Luis hat uns auch Regensburger und Dicke mitgebracht, die sind perfekt zum Grillen. Wir packen Brot dazu ein und etwas zu trinken, nehmen ein paar Kissen mit und ziehen uns unsere dicken Jacken an. Es ist fast zwei Jahrzehnte her, dass ich bei einem Johannifeuer dabei war, und trotzdem fühle ich mich wieder ein bisschen so wie damals, als wir am frühen Abend alle zusammen den Rucksack gepackt haben. Als wir wieder nach draußen gehen, ist es schon fast dunkel. Inzwischen brennen noch mehr Feuer. Rund um uns herum auf den Bergspitzen leuchtet es, die dunklen Felsen sind voller kleiner glühender Punkte. Wir setzen uns ganz nah an den Holzstoß, und ich will ihn gerade anzünden, da fällt mir noch was ein, und ich springe auf und laufe zum Haus zurück. Wir brauchen noch zwei Spieße für die Würschtl.

Neben der Hütte wächst ein uralter, knorriger Hollerbusch, der hier oben gerade erst zu blühen begonnen hat. Der Duft der weißen Blüten ist süß und herb zugleich. Mit meinem scharfen Brotzeitmesser schneide ich zwei Stecken ab, schäle die Blätter weg und laufe dann schnell zurück zu Anni, die schon auf mich wartet.

Und dann brennt unser Feuer und reiht sich in die Lichter der anderen Johannifeuer ein. Wir spießen unsere Würste auf die Stecken und legen die eingewickelten Kartoffeln an den Rand des Feuers zwischen die Steine. Es ist ganz still, nur das Feuer knackt und zischt, wenn das Harz verbrennt, und wie damals stieben die Funken hoch in den dämmrigen Himmel. Wir machen uns ein Bier auf und stoßen an.

»Weißt du, dass ich noch nie in meinem ganzen Leben bei einem Johannifeuer war?«, sagt Anni plötzlich, während wir die ersten vier aufgeplatzten Regensburger vom Stecken ziehen und vier Dicke draufstecken. Wir teilen uns die Würste gerecht, das heißt, Anni und ich bekommen je eine Wurst, zwei bekommt Ulysses, allerdings erst, nachdem sie etwas abgekühlt sind.

»Noch nie?«, wundere ich mich. »Aber in Marktlkirchen gab's doch auch immer so ein schönes Feuer auf dem Hirschbuckl …«

»Ja, schon, aber meine Eltern haben mir nicht erlaubt hinzugehen. Meine Mutter hielt es für primitiv, sie hat es immer ein ›dummes Bauernbesäufnis‹ genannt, und mein Vater fand es zu gefährlich. Er hätte die Feuer am liebsten ›von Amts wegen‹ verbieten lassen. Vielleicht hat er das sogar irgendwann gemacht.« Sie zupft ein paar allzu rußige Fetzen der Haut von der Wurst und beißt herzhaft hinein.

»O mei, is die guad!« Anni wischt sich das Fett vom Kinn und lächelt glücklich: »Da hab ich erst dreiunddreißig Jahr alt werden und drei Buam in die Welt setzen müssen, bevor ich meine erste Mucknfeuerwurscht ess.«

Wir sitzen noch lange vor dem Feuer, essen noch mehr Würste und schließlich auch die Kartoffeln und sehen zu, wie das Feuer langsam ausgeht. Es ist noch immer nicht ganz dunkel, der Himmel hat etwas Durchscheinendes, Schimmerndes, und ich kann gut verstehen, dass die Leute früher daran geglaubt haben, dass in der Johannisnacht die Grenzen zwischen Himmel und Erde durchlässig werden und einem so mancherlei Wundersames passieren kann.

»Was meinst«, fragt Anni plötzlich, »hat man unser Feuer vom Dorf aus sehen können?«

Ich schaue hinunter ins Tal. Der Wald steht da wie eine schwarze Wand, und nur ganz entfernt kann man vereinzelt ein paar Lichter sehen. »Keine Ahnung. Aber vielleicht schon … « Ich wünschte mir, es wäre so. Ich wünschte mir, Snake könnte das Feuer sehen und an mich denken, und an Annis Blick sehe ich, dass sie etwas Ähnliches denkt. Und plötzlich weiß ich, dass ich morgen ins Tal fahren und mit Snake reden werde. Ich werde ihm alles erklären: Dass ich Angst hatte und nicht weiß, wovor, und deshalb weggelaufen bin, dass ich es noch immer nicht genau weiß und immer noch irgendwie am Weglaufen bin. Außerdem werde ich etwas sagen, was ich noch nie gesagt habe, weil solche Worte einer Metzgerin nicht so leicht über die Lippen kommen. Ganz leise und sicher werde ich knallrot dabei werden, aber das ist ja wurscht.

Elf

In Untermarktlbrunn gibt es zum ersten Mal seit Jahren wieder ein Sonnwendfeuer. Stefan Grassl hat einige leere Obstkisten, einen Berg alter Zeitungen, drei Regale, eine Kommode, zwei Nachtkästchen, ein riesiges altes Bett, mehrere Sperrholzplatten und ein durchgesessenes Sofa zusammen mit ein paar großen Holzprügeln und den gestutzten Ästen einiger Obstbäume auf einen großen Haufen getürmt.

Anda trifft ihn am Nachmittag, als er zufällig am Grasslhof vorbeifährt und ihn hinten auf der Obstwiese zwischen dem *Kuh 8* und dem Hof werkeln sieht. Ganz allein, schwitzend in der brütenden Hitze, zerhackt er mit einer Axt gerade die Kommode und wirft die Teile mit wütenden Handbewegungen auf den unordentlichen Haufen. Aus einem CD-Player dröhnt AC/DC.

Anda steigt aus und geht zu ihm hin. »Gibt's heut Abend a Johannifeuer bei dir?«, fragt er, doch Snake hört ihn gar nicht. Anda wiederholt die Frage und muss dabei brüllen, um die Musik zu übertönen. Snake fährt erschrocken zusammen. »Sakra! Ah, du bist es«, sagt er dann, wie immer wenig enthusiastisch, und lässt die Axt sinken.

Anda mustert den chaotischen Berg. »Ich hätt auch noch a bissl a Holz«, schreit er dann gegen »Hells Bells« an. Muss eh weg.«

Snake zuckt mit den Schultern. »Dann bring's halt.«

Als Anda zurück zum Auto geht, wundert er sich über sich selbst. Warum hat er angeboten, Snake zu helfen? Es hat keine Notwendigkeit dazu bestanden. Der Grassl hat ihn nicht um

Hilfe gebeten, und er war nicht einmal besonders freundlich. Aber jetzt kann er auch nicht mehr zurück, also fährt er nach Hause, um das Holz aufzuladen. Er holt seine Buben, die wie immer vor ihren Computern sitzen, und bittet sie, ihm zu helfen.

Maulend folgen sie ihm hinters Haus, wo ein Haufen Altholz und die Überreste einiger vor ein paar Wochen gefällter Bäume darauf warten, zerkleinert und verbrannt zu werden. Bisher ist er einfach noch nicht dazu gekommen. Anda klappt die Ladefläche seines Unimogs herunter und reicht den Zwillingen lederne Arbeitshandschuhe. Diese jedoch mustern ihn verächtlich.

»Mir brauchen doch keine Handschuah!«, sagt Toni und gibt sein Paar weiter an den kleineren Leon, der versucht, das gleiche verächtliche Gesicht zu machen wie seine Brüder, aber trotzdem die Handschuhe anprobiert. Sie sind ihm viel zu groß, er schaut damit aus wie ein ziemlich stumperter Fußballtorwart, was ihm allerdings zu gefallen scheint, weil er die Hände begeistert zu Fäusten ballt und ohne zu zögern Toni in den Bauch boxt. Während Anda noch ein weiteres Paar Handschuhe holt, wirft Toni seinen kleinen Bruder ins Gras, und sie rangeln miteinander, wobei sich Leon erstaunlich gut gegen seinen drei Jahre älteren Bruder zu behaupten weiß. Hannes steht lässig daneben und versucht, desinteressiert dreinzuschauen. Anda wirft Toni das dritte Paar Handschuhe hin. »Aufstehen und anziehen«, kommandiert er. »Des Holz is voller rostiger Nägel, und ich hab keine Lust, mit euch ins Krankenhaus zu fahren, weil ihr am End eine Tetanusspritzn brauchts.«

Die beiden rappeln sich auf, und auch Toni und Hannes ziehen sich die Handschuhe an. Sie arbeiten schweigend und werfen abwechselnd die Bretter sowie die Äste und Zweige der Bäume auf die Ladefläche des Unimogs. Als kein Holz mehr übrig ist und Anda die Ladefläche hochklappt, wollen sich die

Buben wieder verdrücken. »Nix da, von wegen, ihr bleibts da«, sagt Anda. »Ihr fahrts mit.«

Die drei, die sich sonst die meiste Zeit in den Haaren haben, protestieren einmütig. Hannes tritt sogar mit dem Fuß gegen den Autoreifen. »Wohin denn?«, will er wütend wissen. »I hab koa Zeit.«

»Zum Grasslhof.« Anda sitzt schon auf dem Fahrersitz. »Springts nauf, hopp.«

»Auf die Ladefläche?«, fragt Leon und bekommt runde Augen.

»Einer kann sich vorn zu mir setzen.«

Keiner hat Lust, brav auf dem Beifahrersitz zu sitzen, wenn man stattdessen hinten auf der Ladefläche hocken kann. »Passts aber auf die Nägel auf!«, warnt Anda, als die drei oben sind, und fährt vorsichtig los. Der Einfall, die drei mit zu Snake zu nehmen, ist ihm spontan gekommen. Es nervt ihn schon seit Wochen, dass sie kaum noch von ihren Computern wegzukriegen sind. Zwar sind sie noch im Fußballverein, aber außer einem Trainingstag in der Woche und gelegentlichen Spielen an den Wochenenden verbringen sie ihre Freizeit meistens in ihren Zimmern. Manchmal kommen Freunde, aber oft bleiben die Zwillinge für sich, und ihr kleiner Bruder hat sich auch schon anstecken lassen. Anda sieht die drei in letzter Zeit kaum noch, nur beim Essen, und da können sie es kaum erwarten, wieder aufzustehen und zu verschwinden. Er schweigt dazu meistens. Möchte nix falsch machen, ihnen ihre Freiheit lassen, sie nicht so viel rumkommandieren.

Anda hat in seiner Kindheit so viele Vorschriften zu hören bekommen, dass es für drei Leben reichen würde. Darum ist er auch so zurückhaltend gegenüber seinen Söhnen. Mischt sich nicht ein. Will nicht autoritär sein. Fast hatte er schon ein schlechtes Gewissen, weil er sie praktisch gezwungen hat, ihm zu helfen. Darum der Vorschlag, auf der Ladefläche zu sitzen. Die Anni würd ihm gscheid den Kopf waschen, wenn sie das wüsste. Er aber hat es immer genossen, als Kind auf der Ladefläche mitzufahren, wenn sein Vater Holz geschlagen oder sonst irgendetwas mit dem Unimog zu transportieren hatte. Sie hatten damals einen Jagdhund, Zibu, der immer mit dabei war und dann neben ihm saß. Anda kam sich jedes Mal vor wie auf der Rückkehr von einer Expedition, wenn das Auto rumpelnd durch das Dorf fuhr, er hinten drauf, den Ellbogen lässig auf die Rampe gelehnt, um nicht umzufallen, den anderen Arm um Zibu geschlungen, der den Kopf mit halbgeöffneten Maul in den Fahrtwind hielt und dabei aussah, als würde er lächeln.

Kurz bevor sie in den Hof erreichten, hielt sein Vater immer an, und er und der Hund sprangen herunter und kletterten vorne auf den Beifahrersitz. Der Grund dafür war natürlich seine Mutter. Sie sollte nicht mitbekommen, dass er ungesichert auf der Ladefläche mitfuhr, denn dann hätte sie es selbstverständlich verboten. Diese Finte war immer das Beste von allem. Sie sprachen nicht darüber, sein Vater, der ohnehin sehr schweigsam war, verlor über den Platzwechsel nie ein weiteres Wort. Er hielt an, winkte mit einer schroffen Handbewegung und wartete, bis Anda und Zibu von der Ladefläche geklettert und vorne eingestiegen waren, dann fuhr er wieder los. Diese unausgesprochene Komplizenschaft zwischen ihm und seinem Vater bedeutete Anda viel, und jedes Mal, wenn sie um die Ecke bogen und die kleine Kapelle in Sicht kam, wo sein Vater anhielt, freute er sich. Dieses kleine gemeinsame Geheimnis war ein Rückzugspunkt in seinem Kopf, ähnlich wie die Nagelkiste voller Süßigkeiten über der Werkbank. Und sie blieben in seiner Erinnerung auch später noch ein Fluchtpunkt, eine Tür, die er öffnen konnte, wenn der Mund seiner Mutter sich in diesen verhassten Strich verwandelte, er ohne Abendessen ins Bett geschickt wurde oder zum Beichten seiner Sünden gehen musste, ohne einen blassen Schimmer davon zu haben, was er beichten sollte. Von diesen Fluchtpunkten jedenfalls hat er dem Pfarrer nie erzählt. Da gab es nichts zu beichten, weil es nichts zu bereuen gab.

Aus irgendeinem Grund hat er heute wieder daran gedacht, und deshalb hat er seinen Buben erlaubt, hinten mitzufahren. Es ist schon viel zu lange her, dass sie einmal etwas gemeinsam unternommen haben. Früher, als die drei noch kleiner waren, war das anders gewesen. Sie hatten Radltouren gemacht, waren im Wald zelten gewesen, hatten im Hof Fußball gespielt oder Seifenkistenautos gebaut. Letzteres hatte vor einigen Jahren allerdings dazu geführt, dass sich Leon eine Gehirnerschütterung und einen gebrochenen Arm zugezogen hatte, als er mit der großen Seifenkiste seiner Brüder ungebremst die Straße hinunter ins Dorf gefahren und dabei kopfüber im Graben gelandet war. Anni war verständlicherweise nicht begeistert darüber gewesen, aber das eigentliche Problem an dieser Sache war seine Mutter gewesen, die ihm noch wochenlang danach in den schlimmsten Farben alle denkbaren Katastrophen ausgemalt hatte, die am Ende alle darauf hinausliefen, dass sein Sohn hätte tot sein müssen und er, er ganz allein schuld daran sei. Sofort nach dem Unfall hatte sie in der kleinen Kapelle, die zum Gschwendterhof gehörte, eine geweihte Kerze angezündet, zum Dank, da das Überleben Leons einzig und allein nur auf das umsichtige Handeln des Herrgotts zurückzuführen gewesen war. Wenn man sich statt auf den Himmelvater auf den irdischen Vater des Buben hätte verlassen müssen, wäre man freiweg verratzt gewesen, so die Meinung seiner Mutter. »Auf einen Mann wenn du dich verlässt, bist verlassen«, war einer ihrer Lieblingssprüche. Und so traute sie auch ihrem Sohn nichts zu, hatte ihm noch nie etwas zugetraut und ihn deshalb schon als Kind nie etwas allein machen lassen. Bei allem, was er plante und tat, kontrollierte sie ihn mit diesem Misstrauen im Blick und in ihren Kommentaren. Ein Misstrauen, das ihm sagte, dass sie nur darauf wartete, dass es schiefging.

Nach diesem Vorfall hat Anda keine Seifenkisten mehr gebaut, und in den letzten Jahren sind auch die anderen gemeinsamen Unternehmungen mit seinen Söhnen weniger geworden und haben schließlich ganz aufgehört. Zu eng getaktet sind mittlerweile die Schultage, zu gering ihr Interesse am Zelten, am Radln oder auch an der Landwirtschaft. Es gibt im Grunde nichts, was sie gemeinsam haben, und Anda fühlt sich oft etwas hilflos im Umgang mit den dreien. Anni regelt alles. Sie hat die Dinge im Griff. Aber Anni ist nicht da. Und deswegen kommen die Buben heute mit und damit basta.

Als Anda den unebenen, von Schlaglöchern übersäten Feldweg entlang zum Grasslschen Obstgarten rumpelt, werden die Buben hinten gehörig durchgeschüttelt, und er hört sie lachen. Snake hat mittlerweile aufgehört zu arbeiten, und auch die Musik ist aus. Er sitzt auf dem alten Kanapee, das eigentlich mit auf den Holzstoß hätte sollen, eine Flasche Bier in der Hand. Sein Gesicht ist verbrannt von der stechenden Junisonne. Als die Buben vom Unimog herunterklettern und Anda sie Snake vorstellt, kann er den Stolz in seiner Stimme nicht ganz verbergen. Drei ansehnliche und noch dazu ziemlich gescheite Buben haben er und Anni da zustande gebracht, da kann man sagen, was man will. Der Grassl Stefan sagt wie üblich nicht viel, aber er grinst die drei freundlich an, begrüßt sie mit Handschlag, und Anda kann an ihren Gesichtern sehen, dass sie den Typ in den ausgefransten Jeans und dem Zahn um den Hals cool finden und sich anstrengen, mindestens genauso cool zu sein.

Gemeinsam laden sie das Holz ab und schichten es auf den Haufen. Alle drei Buben sind mit Feuereifer bei der Sache, fachsimpeln über die beste Anordnung der Scheite, schieben und zerren und versuchen, sich gegenseitig zu übertreffen. Nach einer Weile lassen Anda und Snake sie allein weitermachen und setzen sich auf das Kanapee. Snake reicht Anda eine Flasche Bier aus einem Eimer mit Eiswasser, den er neben sich stehen hat. »Hast gestern gar nix gsagt, dass du heut ein Johannifeuer machst«, sagt Anda und öffnet die Bierflasche mit einem Feuerzeug aus seiner Hosentasche. Der Kronkorken fliegt in einem weiten Bogen davon und landet mit einem dumpfen Klack irgendwo auf dem Holzstoß.

»Gestern hab ich es auch noch nicht gwusst«, gibt Snake knapp zurück.

»Hast du des ganze Haus ausgräumt?«, fragt Anda weiter und deutet auf die zertrümmerten Regale und die Überreste des Betts, das die Buben gerade nach oben wuchten. »Entrümpelung?«

Snake lacht ein bisschen, doch es klingt nicht fröhlich. »So ähnlich.« Und als Anda schweigend wartet, fügt er noch hinzu: »Das sind alte Sachen von meiner Oma, die sie nimmer braucht. Da hab ich mir gedacht, ich kann sie auch gleich verbrennen.«

»Und was sagt deine Oma dazu?«

Snake trinkt einen Schluck von seinem Bier. »Nix. Hab doch gsagt, sie braucht des alte Glump nimmer.«

Anda trinkt von seinem Bier und schweigt. Es nicht einfach, mit diesem Kerl ins Gespräch zu kommen. Wie hält das die Burgi nur aus? Sie ist doch ein altes Redhaus.

»Danke«, sagt Snake plötzlich. »Fürs Holz und fürs Helfen.«

»Passt schon«, gibt Anda etwas überrascht zurück. »Die Buben haben ihre Freud dran.«

Sie schauen den dreien zu, die jetzt dabei sind, ihr Werk zu vollenden. Leon ist ganz nach oben auf den Stapel gekraxelt und lässt sich von seinen Brüdern die letzten Äste und kleineren Teile reichen. Einen langen Ast steckt er in die Mitte des Scheiterhaufens wie einen Fahnenmast. Snake steht auf und beginnt, am Kanapeebezug herumzureißen, bis sich ein großer Fetzen roter Samtstoff zu lösen beginnt. »Wartet, da braucht's noch eine Fahne«, ruft er und wirft Leon den Fetzen hinauf. Er knüpft den Stoff an die Stange und klettert dann geschickt herunter.

Mittlerweile ist es Abend geworden, und die Sonne steht tief zwischen den Apfelbäumen. Es riecht nach Gras und Holzspäne. Der Scheiterhaufen sieht ziemlich imposant aus, wie ein Festungsturm, und die rote Fahne bewegt sich leicht im warmen Wind. Zufrieden klatschen sich die Buben ab. Snake drückt Leon einen Schlüssel in die Hand. »Holts euch aus der Kühlung was zu trinken.« Er schaut auf die Uhr. »Muss eh gleich aufsperren. Bleibts ihr da?«

Anda überlegt. Eigentlich hatte er vor, wieder nach Hause zu fahren. Aber warum sollte er nicht einfach mit den Buben dableiben? Zu Hause wartet ja nichts auf ihn. Er nickt. »Warum ned?«

Es ist nach elf, als der Holzhaufen mit einem wütenden Fauchen in sich zusammensinkt. Ein überraschtes Raunen geht durch die Gäste des *Kuh 8*, die sich auf Bierbänken rund um das Feuer versammelt haben. Snake hat sein Lokal kurzerhand geschlossen und ein Schild an die Tür gehängt:

Heut Johannifeuer hinten im Garten.

Anda hat mit seinen Buben noch ein kleines Mucknfeuer gemacht, wo sie Würstl und Brot rösten und ein bisschen herumzündeln können. Angelockt vom Lichtschein oder aber von WhatsApp der Zwillinge sind noch ein paar Schulfreunde der beiden dazugekommen, auch zwei Mädchen sind dabei. Sie hocken mit ihren Spezi- und Limoflaschen um das Feuer und halten ihre Würste an Holzspießen in die Glut. Ihre Gesichter leuchten rot vom Schein der Flammen, und Leon, der inmitten der Großen sitzt und mitredet wie einer von ihnen, schaut aus, als würde er gleich vor Stolz platzen.

Wie Snake vorausgesagt hatte, sind auch Mäx und Luis gekommen. Anda hat gleich am Anfang ein paar freundliche Worte mit Luis gewechselt, um Snake zu beweisen, dass er falschliegt, wenn er ihn mit den anderen Stammtischbrüdern in einen Topf wirft. Luis jedoch hat ihn so überrascht angesehen, als er ihn angesprochen hat, dass Anda ein bisschen unsicher wurde. Hat er wirklich schon so lange nicht mehr mit Burgis Bruder geredet? Ehrlicherweise musste er sich eingestehen, dass das wohl der Fall war, und diese Erkenntnis verursachte ihm ein unbestimmtes Unbehagen. Nach kurzem Zögern hat er sich deshalb zu Luis und seinem Freund Mäx an den Biertisch gesetzt und ist noch eine ganze Weile bei den beiden sitzen geblieben.

Jetzt hockt er wieder auf dem alten Kanapee von Snakes Oma. Luis und Mäx sind gegangen und ein paar andere auch. Anda muss an die Gespräche über Luis und Mäx am Stammtisch denken, an denen er sich zwar nie beteiligt, aber auch nichts dagegen gesagt hat, und plötzlich schämt er sich. Es ist nicht so wie früher, als seine Mutter ihm befohlen hatte, sich zu schämen, und er zwar rot geworden war, weil er wusste, dass er in ihren Augen etwas falsch gemacht hatte, doch darüber hinaus keine Scham empfinden konnte. Er hatte nie wirklich verstanden, wofür er sich schämen, oder was er bereuen sollte. Es war immer so, als müsse er Schuld darüber empfinden, auf der Welt zu sein. Doch dafür konnte er ja nichts. Er hatte sich das nicht ausgesucht. Er war einfach da.

Jetzt aber schämt er sich und versteht den Unterschied zu früher. Etwas in ihm zieht sich schmerzhaft zusammen. Er versteht plötzlich, was damit gemeint ist, wen man sagt, man würde am liebsten »im Erdboden versinken«. Er schämt sich, wie er sich noch nie in seinem Leben für etwas geschämt hat. Wieder hört er die dummen, beleidigenden, schlüpfrigen Sprüche seiner Freunde, hört ihr wieherndes Lachen und sieht sich selbst dabei zu, wie er nur dasitzt, schweigend, stumm wie ein Schaf. Einer, der sich nicht einmischt. Der sich wegduckt. Anda spürt, wie sein Gesicht heiß wird. Ausgerechnet jetzt kommt Snake zu ihm. »Stör ich?«, fragt er, und Anda, der eigentlich JA! schreien möchte, schüttelt nur den Kopf.

Snake setzt sich. »Hast jetzt was erfahren vom Luis und vom Mäx? Geht's den Mädels gut?«, will er wissen und obwohl er unbeteiligt klingt, kann Anda heraushören, dass es ihn offenbar ziemlich interessiert, und wundert sich, warum Snake nicht selbst mit den beiden über Burgi und Anni gesprochen hat.

»Schaut so aus«, gibt Anda zurück. »Sind, scheint's, ganz gut drauf.«

»Mmh.« Snake trinkt von seinem Bier.

»Wir hätten vielleicht doch rauffahren sollen«, meint Anda plötzlich und schaut in Richtung Berge, wo unzählige kleine Feuer leuchten. »Wär doch schön gewesen, alle miteinander Sonnwend zu feiern.«

»Sie wollten's aber nicht. Und ich hätt eh keine Zeit ghabt«, gibt Snake harsch zurück.

»Wegen der Entrümpelung?«, wundert sich Anda. »Des hättst ja auch ...«

»Naa!«, schnauzt ihn Snake an. »Ned deswegen. Ich hatt heut einen ganzen Haufen zu erledigen.«

Anda ist sauer. Da hockt sich der Kerl schon her zu ihm und dann ist er so unfreundlich. »Was ist denn eigentlich los mit dir, ha? Warum bist denn so grantig? Ich hab dir nix getan.«

Snake schweigt eine ganze Weile, dann sagt er leise: »Du weißt es wirklich nimmer, oder?«

Anda sieht ihn erstaunt an. »Was denn?«

Snake gibt keine Antwort.

Das Feuer glimmt jetzt nur noch, und die wenigen Gäste, die noch da sind, unterhalten sich leise. Man kann Andas Buben und ihre Freunde vom Mucknfeuer her lachen hören, es klingt fröhlich, ein Mädchen kichert. Snakes Schweigen dagegen ist wie eine dumpfe Glocke, die die beiden Männer auf dem alten Sofa umgibt. Er hat was gegen ihn, das war Anda schon die ganze Zeit irgendwie klar gewesen. Diese kühle, schroffe Art, mit der er ihn behandelt, das spöttische, fast verächtliche Grinsen, das seine Bemerkungen begleitet. Er redet nur mit ihm, weil er Annis Mann ist. Und weil Anni und Burgi befreundet sind. Obwohl seine Beweggründe, sich mit Snake abzugeben, auch nicht viel besser sind, fühlt er sich verletzt. Immerhin gibt er sich Mühe. Und jetzt hockt dieser Typ sauzwider neben ihm und scheint auf etwas zu warten. Etwas, woran er sich erinnern sollte.

»Ich hab dich immer für ein Riesenarschloch gehalten«, sagt Snake plötzlich, ohne Anda anzusehen. »Aber ich mag die Anni gern, die ist wirklich schwer in Ordnung, und da hab ich mir gedacht, so übel wirst vielleicht gar nicht sein …«

»Ha?« Anda zwinkert mit den Augen. Hat Snake ihn gerade ein *Riesenarschloch* genannt?

»Warum?«, fragt er nach, ohne es eigentlich zu wollen. Viel lieber würde er dem unverschämten Kerl eine reinhauen. Trotzdem hakt er nach: »Warum hältst du mich für ein Arschloch?«

Statt einer Antwort trinkt Snake einen Schluck von seinem Bier. »Seids ihr eigentlich noch Freunde, du, der Schwiebacher Rudi und der Wirzberger Jacko?«

»Naa, wir waren nie … wieso … warum …?«, fragt Anda verwirrt, und dann, ganz plötzlich, fällt es ihm wieder ein. Und da ist es wieder, das Gefühl, das er vorhin zum ersten Mal in seiner ganzen Macht gespürt hat, und er spürt es ein zweites Mal. Noch heftiger als vorher. Ihm wird heiß vor Scham, und er schaut zu Boden. »Scheiße«, sagt er.

»Des kannst laut sagen.« Snake trinkt sein Bier aus und geht.

Anda sieht ihm betreten nach. Nach einer Weile steht er auf, holt die Buben und fährt mit ihnen nach Hause.

Zwölf

Am Montag, dem Tag nach Sonnwend, regnet es den ganzen Tag wie aus Kübeln. Ein richtiggehender Sturm fegt um die Hütte und lässt die Fensterläden klappern und das Schindeldach ächzen. War ja klar. Da fasst man einmal einen heroischen Entschluss, will sein Schicksal in die Hand nehmen, ist wild entschlossen und dann? Dann schifft's.

Und auch wenn ich es gerne trotzdem versuchen tät, weiß ich doch, dass es keine gute Idee ist, bei diesem Wetter mit dem Motorrad ins Tal zu fahren. Anni hat mir den Vogel gezeigt, als ich laut darüber nachgedacht habe. Sie hat natürlich recht. Der Weg ist schon hier oben, wo es einigermaßen flach ist, vom letzten Regen noch ziemlich ausgewaschen, und weiter unten, an den steilen Passagen, wird es richtig gefährlich. Es gibt ein paar heikle Stellen, die, uneben und mit armdicken Wurzeln durchzogen, gerade mal so breit wie ein Auto sind und ungesichert am Rand eines steilen Abgrunds entlangführen. Die Bauern, die immer unsere Milch abholen, kommen bei diesem Wetter nur noch mit Unimog rauf, und das sieht auch schon ziemlich gefährlich aus.

Als ich heute Morgen unten war, um mir den Weg anzuschauen, ist einer der beiden grad gekommen, und ich hab ganz schön geschwitzt, als ich gesehen habe, wie er auf dem schmierigen Boden hin und her geschlingert ist. Wenn man dort mit dem Motorrad ausrutscht, landet man, wenn man Pech hat, ein paar hundert Meter weiter unten in einem Bach. Und das ziemlich sicher mit gebrochenem Genick. Muss nicht sein. Es nützt mir und Snake ja auch nichts, wenn ich mir seinetwegen den

Hals breche, so romantisch das von außen betrachtet vielleicht auch klingen mag. Ich hätt vielleicht in der Früh mit dem Bauern mitfahren können, wenn ich drangedacht hätte, aber dann hätt ich zu Fuß wieder zurückgehen müssen, und das ist keine Alternative, wie mir heute bei unserer morgendlichen Kühezählerei nochmal recht deutlich vor Augen geführt wurde. Wie Anni und ich da wie zwei halbertrunkene Katzen den armen Rindern entgegengehatscht sind, hatte ich mal kurzzeitig tatsächlich das Gefühl zu ertrinken, also von oben, mein ich, so geschüttet hat es.

Zwar bin ich nicht ertrunken, dafür aber beim Rückweg ausgerutscht und der Länge nach in den Batz gefallen, und danach habe ich ausgeschaut wie ein in Matsch paniertes Schweineschnitzel. Ich beruhige also Anni und beschließe abzuwarten, bis das Wetter besser und der Weg wieder passierbar wird. Auf einen oder zwei Tage wird es jetzt auch nicht mehr ankommen.

Es werden vier Tage. Am Donnerstag regnet es zwar schon nicht mehr ganz so schlimm, aber der Boden ist noch immer so durchweicht, dass wir mit unseren dicken Bergstiefeln auf dem Weg zum Jungvieh bei jedem Schritt im Schlamm stecken bleiben, was das Ganze noch anstrengender als sonst macht. Glücklicherweise haben die Rinder aus dem gleichen Grund keine große Lust, sich allzuweit zu verstreuen, und so erwarten sie uns jeden Morgen schon nahezu vollständig, als wir mehr keuchend als rufend mit dem wertvollen Sack vom Kemser Sepp über den Schultern angestapft kommen. Nach den morgendlichen Wanderungen in dieser Sintflutwoche sieht Ulysses jedes Mal aus wie ein Troll, der aus irgendeinem Erdloch gekrochen ist, um kleine Kinder zu erschrecken, und wir verbringen Ewigkeiten damit, dieses Riesenbaby jeden Tag mindestens einmal zu waschen und zu kämmen, damit er nicht auf jeder freien Fläche in unserer Hütte Dreckbatzen hinterlässt. Ulysses liebt unsere Reinigungsaktionen. Wenn wir mit der Haarbürste anrücken, legt er sich schon freiwillig auf das alte Handtuch, das wir zu dem Zweck am Boden ausgebreitet haben, streckt alle viere von sich und lässt sich von uns verwöhnen. Auch eine Möglichkeit, die langen, verregneten Abende rumzukriegen.

Ich nütze die Zwangspause, mich endlich mit der Käseherstellung vertraut zu machen, und stelle fürs Erste einen Krug mit Magermilch neben den Herd, wo er gemäß der Anweisung unseres Buches erst einmal eine Zeitlang vor sich hin ranzeln soll.

Ein Highlight dieser Regenwoche ist, dass es Anni zum ersten Mal gelingt, Butter zu machen. Sie schreit entzückt auf, als sie am Mittwochnachmittag ihr Butterfässchen öffnet und hineinschaut und ein großer gelber Klumpen darinliegt. Vorsichtig wie ein Baby holt Anni ihn heraus und bettet ihn auf ein Holzbrett, wo wir ihn ehrfürchtig betrachten. Wie viele tausend nervtötende Kla-Klogg-Umdrehungen stecken in diesem unförmigen, tropfenden Klumpen? Wir kramen die alten Buttermodln heraus, die wir beim Aufräumen des Kühlraums ganz am Anfang gefunden und mit heißer Seifenlauge sauber geschrubbt haben. Anni teilt den Klumpen in mehrere gleich große Stücke, formt die Masse mit den Händen zu ovalen, flachen Fladen und drückt diese dann in die Modln. Es sind drei verschiedene, und als wir sie vorsichtig ablösen, sieht man die Motive richtig herum auf der gelben Butter prangen. Zwei der Modln sind sehr kunstvoll geschnitzt: Auf einer ist ein naturgetreuer, etwas dämlich dreinschauender Schafskopf abgebildet, wie ein römischer Kaiser umkränzt von einer Blätterranke, auf der zweiten ein zierliches, detailgenaues Blumenbukett. Beide haben einen aufwendig gekerbten Rand, so dass der darin geformte Butter aussieht wie eine kleine, feine Torte.

Die dritte Modl dagegen ist sehr schlicht und sieht aus, als sei sie von jemandem geschnitzt worden, der es nicht gewohnt war, so filigran zu arbeiten. Es sind nur Initialen darauf zu sehen, etwas ungelenk und ohne große Verzierung, ein K und ein J, umrahmt von einer dünnen, wackeligen Linie, die offenbar ein Herz darstellen soll. Allerdings kann man das nur mit sehr viel romantischer Fantasie erkennen. Es könnte auch ein umgedrehter Hintern sein.

»Kemser Josef«, vermutet Anni. »Aber warum hat er ein Herz drumrum gemacht?«

Ich denke an die alten Geschichten, wonach Annis Schwiegermutter und der Kemser Sepp ein Verhältnis gehabt haben sollen, und spekuliere: »Vielleicht heißt's ja gar nicht Kemser Josef, sondern Katharina und Josef.«

»Du meinst, wegen unserer Katt?« Anni macht große Augen. »Er hat eine Modl für meine Schwiegermutter geschnitzt?«

»Könnt doch sein, oder?« Mit den Fingern streiche ich behutsam über die Buchstaben und stelle mir vor, wie der Kemser Sepp an so einem regnerischen dunklen Nachmittag wie dem heutigen vor über dreißig Jahren an dem Tisch sitzt, an dem wir auch gerade sitzen, und für seine Katharina eine Buttermodl schnitzt. Schon irgendwie romantisch, da kann man sagen, was man will.

»Aber er hat sie ihr dann am Ende doch nicht geschenkt«, wundert sich Anni.

»Die war wahrscheinlich gar nicht als Geschenk gedacht«, vermute ich, »ich glaub eher, er hat sie für sich selbst geschnitzt.« Eifrig spinne ich den Gedanken weiter: »Als geheimes Zeichen ihrer Liebe. Und wenn die Katt dann gekommen ist, dann hat er ihr ein Butterbrot geschmiert, und die beiden wussten ganz genau, was das bedeutete.« Mir wird bei diesem Gedanken ganz feierlich zumute.

»Ein Butterbrot?« Anni runzelt die Stirn. »Ich weiß ja nicht, ob das so romantisch ist …«

»Doch!« Ich nehme die Modl in die Hand. »Er muss sie sehr, sehr gern gehabt haben. Oder glaubst du, er hat jedem seiner Gspusis gleich eine Modl geschnitzt?«

»Könnst schon recht haben.« Anni nickt widerstrebend. »Aber wir reden von meiner Schwiegermutter! Kannst du dir vorstellen, dass IRGENDJEMAND JEMALS in sie verliebt war?«

Anni hat recht. Diese Vorstellung fällt auch mir schwer. Aber offenbar war die Gschwendtner Katt in einem früheren Leben liebenswürdig genug gewesen, um von so einem feschen, abenteuerlustigen Kerl wie dem jungen Kemser Sepp geliebt zu werden.

Es macht mich traurig, dass nichts davon übrig geblieben ist. Die Katt hat überhaupt nichts Liebenswürdiges mehr an sich, da kann man sich anstrengen und suchen, wie man will. Ich frage mich, wie das sein kann. Irgendwas muss sie verändert haben. Irgendwas muss im Laufe ihres Lebens passiert sein, das sie zu so einem sauertöpfischen, freudlosen Besen gemacht hat.

Anni schüttelt sich plötzlich, als hätte sie meine melancholischen Gedanken mitgedacht, und steht auf. »Ich hab keine Lust, noch länger über die Katt nachzudenken. Bin ja froh, dass ich sie eine Weile nicht zu Gesicht krieg. Lass uns was essen.«

Wir essen – natürlich – Butterbrote. Einen ganzen Haufen Butterbrote, und sogar Ulysses bekommt eine dicke Scheibe. Es ist wie mit dem Sonnenaufgang. Man kann es nicht beschreiben, man muss dabei gewesen sein. Und so ist es auch mit unserem Butter: Man muss selbstgemachten Almbutter probieren, sonst hat man keinen blassen Schimmer davon, wie saugut sowas schmeckt. Nach ungefähr zehn dick bestrichenen Broten sind wir so satt und glücklich, wie man nur sein kann, und selbst Anni muss zugeben, dass so ein Butterbrot – vorausgesetzt es wird vom richtigen Mann geschmiert – durchaus als Liebesbeweis durchgehen könnte.

Nachdem am Donnerstag sich zwar das Wetter langsam bessert, aber an eine Talfahrt mit dem Motorrad noch nicht zu denken ist, nehmen wir ein Projekt in Angriff, das wir schon seit längerem geplant, aber immer noch vor uns hergeschoben haben: Wir beschließen, unsere Wäsche zu waschen. Natürlich hätten wir die Wäsche auch meinem Bruder mitgeben können, oder ich hätte sie in den nächsten Tagen mit nach unten nehmen und schnell in der Maschine waschen können. Aber das wollten wir nicht. Original Sennerinnen waschen ihre Wäsche auf der Alm. Genau so wie früher. Das war unser Plan.

Ein wunderbarer Plan.

In der Theorie.

Im Nachhinein glaube ich, dass niemand auf der Welt so viel für die Emanzipation der Frauen und die Entwicklung der Menschheit generell getan hat als der Erfinder der Waschmaschine. Wahrscheinlich war es eine Frau, die das vollbracht hat. Wenn ich wieder in der Zivilisation bin, muss ich das googeln.

Aber zurück zu unserem Waschtag. Man macht sich keine Vorstellung. Echt nicht! Das ist nicht vergleichbar mit ein paar Seidenstrumpfhoserl oder einem Angorapulloverl im Waschbecken einweichen. Der Unterschied ist in etwa so, als glaubten Sie, Putengeschnetzeltes zubereiten zu können befähige Sie auch dazu, einen Ochsen zu schlachten. Nur um die Dimensionen zu verstehen. Eines ist jedenfalls sicher: Nach dieser Erfahrung werde ich jedes Mal, wenn ich nach meiner Rückkehr in die Zivilisation meine Waschmaschine anschalte und ihr sanftes, unaufdringliches *Wusch-Wusch* höre, ein Dankgebet aufsagen. Oder vielleicht sogar zwei. Ich werde Anni überdies vorschlagen, in ihrer Hofkapelle eine Kerze zum ewigen Dank an die unbekannte Waschmaschinenerfinderin anzuzünden. Das würde wahrscheinlich sogar der heiligen Katt gefallen.

Wir waschen also: Zuerst einmal füllen wir einen riesigen, zerdengelten Waschzuber mit vielen Eimern heißen Wassers, das wir zuvor umständlich Eimer für Eimer in unserem Wasserkessel auf dem Herd erhitzt haben. Den Zuber haben wir bei unserem ersten Besuch im Stall entdeckt, er stand im Kälberstall, einer extra Box, in der sich frisch geborene Kälbchen zusammen mit ihrer Mutter erholen können, und hat offenbar als Kuhtränke fungiert. Ebenfalls im Stall an der Wand hingen ein großes altes Waschbrett und ein schweres eisernes Bügeleisen, mit dem man jemanden erschlagen könnte. Diese Utensilien haben uns überhaupt erst auf die Idee gebracht. Kann ja nicht so schwer sein, haben wir uns gedacht. Haha, sag ich nur.

Wir geben Schmierseife in das heiße Wasser und werfen unsere Klamotten dazu. Dazu muss gesagt werden, dass unsere Wäsche mittlerweile sehr, sehr schmutzig ist. Die Jeans sind dreckverkrustet und stehen schon fast von allein, unsere T-Shirts sind bunt gesprenkelt von allem, was sich so im täglichen Kontakt mit Kühen, Hühnern, Hunden etc. ansammelt, und unser Vorrat an sauberem Nachschub geht langsam zur Neige. Anni rührt eine Weile mit dem größten Kochlöffel, den wir haben, in der dampfenden Wäsche herum und schaut dann etwas ratlos. »Sollen wir das einfach mal ein bissl einweichen lassen? Was meinst?«

Ich werfe einen skeptischen Blick auf die trübe Brühe. »Bei Seidenstrumpfhosen mach ich das immer so. Und danach drück ich sie aus, und sie sind sauber.«

»Ich auch.« Anni legt den Kochlöffel auf die Seite und schaut auf die Uhr. »A Stund, tät ich sagen.«

Ich gehe hinauf in mein Zimmer, hole mal wieder meinen

Ulysses aus der Truhe und setze mich unten auf die Eckbank. Vielleicht finde ich ja dieses Mal einen schönen Satz, der mir den düsteren Regennachmittag erhellt. Wie immer schlage ich einfach irgendwo auf und beginne, gespannt zu lesen: *»Leopold Bloom aß sehr gerne die inneren Organe von Tieren und Geflügel. Er liebte dicke Gänsekleinsuppe, leckere Muskelmägen, farciertes, geröstetes Herz [...] am liebsten aber aß er geröstete Hammelnieren, die seinen Gaumen schwachen Uringeschmack empfinden ließen.«*

»Pfui Deife!« Empört klappe ich das Buch zu. Wo ist denn nur die Poesie geblieben? Wo sind die rätselhaft schönen Sätze, die ich früher immer in diesem Buch gefunden habe? Geröstete Hammelnieren? Also bitte, das ist ja sogar einer Metzgerin zu viel.

Nach einer Stunde begutachten wir unsere Wäsche und müssen leider feststellen, dass unser Einweichplan nicht so ganz aufgegangen ist. Der grobe Schmutz hat sich zwar gelöst, die Flecken sind aber alle noch da.

Anni zückt das Waschbrett. »Also doch schrubben.«

Ich nehme mangels zweitem Waschbrett eine Wurzelbürste, und wir teilen uns ein Stück Kernseife und fangen an. Nicht nur, dass es eine richtig schwere Arbeit ist, nur mit Muskelkraft und Seife Flecken aus Jeans und T-Shirts zu rubbeln, es ist auch eine Riesensauerei. Nach einer Stunde sind wir von oben bis unten nassgespritzt, der Boden unserer Hütte ist voller schmutziger Pfützen, und das Ergebnis der ganzen Plackerei eher mager. Anni hebt eine Jeans aus der Dreckbrühe und verzieht das Gesicht. »Also, SAUBER schaut die nicht aus.«

»Wir brauchen frisches Wasser«, überlege ich. »Sonst wird des nie was.«

Wir schauen uns an. Daran, dass wir mehr als einen Zuber voll Wasser brauchen könnten, haben wir natürlich nicht gedacht. Und auch nicht daran, dass so ein Zuber in Größe einer Kuhtränke voll mit Wasser zu schwer ist, um ihn einfach mal so nach draußen zu tragen und auszuschütten. Wir versuchen es trotzdem, ziehen und schieben an dem Scheißding herum, aber erreichen damit nur, dass noch mehr Wasser überschwappt. Also hören wir auf, bevor die ganze Alm unter Wasser steht, und leeren den Zuber eimerweise. Dann tragen wir ihn leer vor die Hütte und füllen ihn dort mit kalten Wasser aus dem Brunnen.

»Wir sollten sie kalt ausschwenzen, um die Seife rauszukriegen«, überlegt Anni.

Also tauchen wir die Wäsche in das eiskalte Brunnenwasser und drücken mit Hilfe des Waschbretts und der Bürste Seife und Schmutz heraus. Es nieselt mittlerweile wieder, doch das merken wir gar nicht, nassgespritzt und verschwitzt, wie wir eh schon sind. Meine Finger werden ganz taub von dem kalten Wasser, ich kann kaum noch die Bürste halten, von Drücken und Rubbeln gar nicht zu reden. Mein Nacken wird steif, und die Arme tun mir weh. Nach zwei Durchgängen richte ich mich auf. »I kann nimmer«, ächze ich. »Is mir scheißegal, ob da noch Flecken sind. Ich hör auf.«

Erleichtert lässt Anni ihr Waschbrett in den Zuber rutschen. »Ich auch!«

Aber leider sind wir noch nicht fertig. Mit klammen Fingern ziehen wir die eiskalte, schwere Wäsche aus dem Zuber und versuchen sie auszuwringen, was wiederum eine Heidenarbeit ist, wenn man halberfrorene Finger und vom Rubbeln und Schrubben steife Muskeln hat. Anni spannt eine Wäscheleine direkt vor unsere Hütte, damit sie vom Vordach geschützt ist und die Wäsche auch trocknen kann. Als wir sie endlich aufgehängt, den Zuber geleert und den Boden unserer Stube trocken gewischt haben, bin ich mindestens so fertig wie am ersten Tag nach vier Stunden Kühezählen.

Wir sitzen beide müde auf der Eckbank und haben die Füße hochgelegt, als Anni plötzlich die Ohren spitzt. »Hörst des auch?«

Ich lausche. Zuerst höre ich nichts, doch dann, ganz leise eine Art leises Schmatzen, gepaart mit einem seltsamen Knistern und Reißen.

»Wo ist denn der Hund?«, frage ich. Im Gegensatz zu uns fand Ulysses die Waschaktion von Anfang an ausgesprochen unterhaltsam und ist bellend um uns herumgesprungen, so, als ob wir das Ganze nur für ihn veranstalteten. Als er dann auch noch Anstalten gemacht hat, in die Wanne zu klettern, ist Anni der Kragen geplatzt, und sie hat ihn mit ein paar scharfen Worten verscheucht. Daraufhin ist er beleidigt abgeschoben und hat sich unter die Eckbank verkrochen und keinen Mucks mehr gemacht. Es ist halt sensibel, unser Riesenbaby.

Unter der Bank ist er jetzt allerdings nicht mehr. Wir versuchen, das Geräusch zu orten. Es kommt von oben. Anni ruft nach ihm, doch er kommt nicht.

»Des kommt mir verdächtig vor«, sagt Anni und runzelt die Stirn. »Meine Bubn sind auch immer ganz staad, wenn sie was angstellt haben.«

Ich bin gerade dabei, die Blasen an der Innenseite meiner aufgeweichten, rotgefrorenen Hände zu zählen, und mir ist so was von wurscht, was der Hund treibt, das kann ich gar niemandem sagen. Was soll er da oben schon anstellen? Es gibt nichts, was er kaputt machen könnte. »Sechs Blasen«, verkünde ich ungläubig und schaue meine Hände an, die jetzt in der Wärme zu kribbeln beginnen wie ein ganzer Ameisenhaufen. »Des gibt's doch ned. Sechs Stück!«

Anni gibt keine Antwort. Sie steigt gerade die Treppe in den ersten Stock hinauf, um nach Ulysses zu schauen. Ich höre, wie sie seinen Namen ruft, dann höre ich eine Weile nichts mehr, bevor sie wieder an der Luke erscheint und mit merkwürdiger Stimme sagt: »Burgi … äh … Kunntst moi kemma?«

Stöhnend wuchte ich meine Beine vom Tisch und folge ihr nach oben. »Was is denn? Was hat er denn ang…?«, will ich wissen, doch dann sehe ich es selbst und sage nichts mehr.

Ulysses hockt auf seiner Decke vor Annis Kammer und schaut uns mit seinen goldbraunen Hundeaugen groß an. Ich glaube, ich kann so etwas wie Schuldbewusstsein darin erkennen, doch sicher bin ich mir nicht. Um ihn herum liegen überall zerkaute Papierfetzen verstreut, und ein größeres Stück Papier ragt noch aus seinem Maul. Unter seiner rechten Pfote liegt zudem ein dickeres Stück Papier, das nahezu unversehrt ist. Der Schriftzug darauf verrät mir, worum es sich bei den Papierfetzen handelt, und mir bleibt vor Entsetzen der Mund offen stehen:

Es ist der Umschlag meines Buches: Ulysses hat *Ulysses* gefressen.

Mit einem Aufschrei stürze ich mich auf ihn und versuche, das Stück Papier, das er noch zwischen den Zähnen hält, herauszuziehen, ohne es zu zerreißen. Ich weiß nicht, warum mir das so wichtig ist. Angesichts des Massakers, das Ulysses hier angerichtet hat, könnte er im Grunde auch noch die allerletzte Seite verspeisen, aber die gönne ich ihm nicht. Tatsächlich gelingt es mir, das Blatt halbwegs unversehrt zu retten. Es ist zerknittert, an einer Seite eingerissen und vollkommen eingespeichelt, aber das ist mir wurscht. Behutsam streiche ich es glatt.

Anni kniet sich neben mich und streichelt mir über den Rücken. »Kannst ja morgen gleich wieder eins kaufen, wenn du nunterfahrst …«

Ich schüttle den Kopf. »Des geht ned. Des is ned des Gleiche …« Ich könnt versuchen, ihr zu erklären, warum genau dieses Buch so wichtig für mich ist. Was es für mich bedeutet hat, genau dieses Buch, das einmal einer schönen, fremden Frau gehört hat, zu besitzen. Die Frau war vor einiger Zeit in meinen Laden gekommen und hatte Rindfleisch für ein französisches Gericht gekauft, von dem wahrscheinlich in ganz Untermarktlbrunn und Umgebung noch nie jemand irgendetwas gehört hatte und das ich auch nur kannte, weil ich es in meiner Kochlehre gelernt hatte und es überdies immer mein Traum gewesen ist, einmal in Frankreich zu kochen. Ich war vollkommen fasziniert von der Frau gewesen, die schon in ihrem Aussehen alles verkörpert hatte, was Untermarktlbrunn und ich nicht waren: elegant, grazil, mondän und ein bisschen rätselhaft. Als sie dann auch noch das Buch bei mir vergessen hatte, war mir klar gewesen, dass das kein Zufall sein konnte, dass es etwas bedeuten musste. Für mich. Für mein Leben.

Und tatsächlich ist es mir immer wieder geglückt, mich mit all den rätselhaften Wörtern und Sätzen aus diesem Buch aus meiner Wurstküche in ein anderes Leben wegzuträumen. (Okay, zumindest dann, wenn nicht gerade von gerösteten Hammelnieren die Rede ist.)

Ich könnt Anni auch verraten, dass in diesem Buch außerdem zwei ganz besondere Wörter standen, von denen ich glaube, dass sie eigens für mich und Snake geschrieben worden sind.

Seit dem vermaledeiten Valentinstag habe ich immer wieder die Stelle gesucht und die beiden Wörter noch einmal gelesen, um mich zu vergewissern, dass alles wieder gut wird: *Acushla machree. Liebe meines Lebens …*

Ich spüre, wie mir die Tränen in die Augen steigen. Und jetzt hat Ulysses die Worte einfach aufgefressen. Unsere Worte. Ich versuche, das durchgeweichte Papier zu lesen, das ich aus seinem gefräßigen Maul gerettet habe, und gebe mich ein paar Sekunden lang der aberwitzigen Hoffnung hin, dass es genau die Seite sein möge, auf der sie stehen. Aber vergeblich. Natürlich ist sie es nicht. Während ich die Zeilen zur Sicherheit noch ein zweites Mal überfliege, stocke ich, als ich stattdessen einen anderen, mir wohlbekannten Satz lese: *Wo war Moses, als die Kerze ausging?*

»Hahaha!« Ich muss trotz meiner Tränen lachen, aber es ist kein fröhliches Lachen. Einen seltsamen Sinn für Humor hat Ulysses, das muss man sagen. Wobei ich mir nicht ganz sicher bin, welchen Ulysses ich da gerade meine.

Später, am Abend, als wir Brotzeit machen, bin ich immer noch ganz fassungslos darüber, dass Ulysses tatsächlich mein Buch gefressen hat. Ich meine, das sind 987 Seiten plus halben Einband minus einer Seite, das ist eine Menge Papier, selbst für einen so großen Hund wie Ulysses. Sicher bekommt er Verstopfung davon, so ein ganzer James Joyce am Stück ist wahrscheinlich besonders schwer verdaulich. Geschieht ihm recht. Im Grunde bin ich vielleicht auch ein bissl selbst dran schuld, weil ich mein wertvolles Buch einfach liegenlassen habe. Aber andererseits: Kann man so etwas ahnen? Bücher sollte man ja wohl generell nicht fressen, da macht es doch keinen Unterschied, ob es *Ulysses* ist oder unser Käsehandbuch, das noch immer unversehrt auf dem Tisch liegt. Anni, der inzwischen klargeworden ist, dass dieser *Ulysses* nicht nur EIN Buch, sondern DAS Buch für mich war und es nicht einfach so Ersatz dafür gibt, hat die eine gerettete Seite vorsichtig mit einem Glupperl draußen zwischen unsere tropfnasse Wäsche zum Trocknen gehängt. Wir sitzen ein bisschen betreten da und schauen ins Feuer. Ulysses, der kein sehr ausgeprägtes Schuldbewusstsein hat, schnarcht zu unseren Füßen. Nach einer Weile steht Anni auf und geht hinauf in ihre Kammer. Ich kann ihre Schritte über meinen Kopf hören und wundere mich, was sie dort oben treibt.

Als sie wieder herunterkommt, hat sie ein kleines Buch in der Hand. »Das hab ich im Frühjahr in der Truhe gfunden, als wir die Hüttn sauber gmacht haben. Ich hab's aufgehoben, weil ich es irgendwie ganz originell fand. Man kann es natürlich nicht mit deinem James Joyce vergleichen, aber vielleicht ist da ja auch das ein oder andere schöne Wort für dich drin.« Sie reicht mir das dünne Büchlein.

Erbauliche Sprüche und Gedichtln für jeden Tag steht auf dem vergilbten Einband, der mit einer Blütenranke aus – was sonst – Almenrausch, Enzian und Edelweiß verziert ist, ganz ähnlich der Blütenranke auf meinem Nachttopf und auf einer der alten Buttermodln. Diese Blumen verfolgen mich, seit ich auf der Alm bin, schießt es mir kurz durch den Kopf, dann schlage ich das Büchlein auf. Es ist wie ein immerwährender Tageskalender gestaltet, und jeden Tag gibt es einen – ebenfalls blumenumrankten – Spruch. Ich blättere zum heutigen Datum.

»A verschüttet's Wasser ko ma nimmer aufhebn.«*

Ha! Wirklich sehr passend für den heutigen Katastrophen-Wasch- und -Bücherfresstag. Ich blättere aufs Geratewohl ein paar Seiten zurück und lese wieder laut vor: »De Liab druckt 's Herz und der Knedl den Mogn.«*

Anni schaut mich betreten an. »Na ja, des is jetzt vielleicht ned wirklich lyrisch …«

Ich muss kichern. »Naa, ned wirklich. Aber macht nix. Schee is trotzdem.« Ich umarme Anni, und wir lesen uns noch ein paar Weisheiten aus dem Buch vor. So erfahren wir zum Beispiel sehr nützliche Dinge wie, dass »A schwarze Kuah aa a weiße Milli gibt«*, dass es »Nix Bessers gibt als eppas Guads«* und dass »das Leben ohne Weib wia a Suppn ohne Soiz«* ist. Na bitte! Wer sagt's denn. Das ist doch auch irgendwie Poesie.

* Übersetzung ins Hochdeutsche im Glossarteil

Dreizehn

Am nächsten Tag scheint wieder die Sonne, und ich kann endlich ins Tal fahren. Ich bin ein bisschen aufgeregt, Snake zu treffen, fast wie vor einem ersten Rendezvous, und ziehe mich dreimal um, wobei ehrlich gesagt die Auswahl der Kleidungsstücke, die ich hier herobn zur Verfügung habe und die nicht noch immer feucht auf der Wäscheleine hängen, dies nicht wirklich erfordern würde. Und außerdem kommt's ja eh auf die inneren Werte an. Ich bin schon vor der Hütte, da fällt mir noch etwas ein, und ich komme wieder zurück.

»Hast was vergessen?«, fragt mich Anni.

Ich schüttle den Kopf und sage zögernd: »Ich hab mir gedacht, weißt, ich mein … ich könnt doch einen frischen Butter mitnehmen, einen mit den Initialen, so als Geschenk und sozusagen als Symbol … also … für das, was ich alles sagen will und so …« Ich werde ein bisschen rot. »Findst des blöd?«

Anni lächelt. »Gar ned. Wobei ich glaub, dass es da gar kein Symbol braucht. Der Snake wird dich auch so verstehen.«

»Ja … aber, ich könnt dann halt so anfangen, weißt, ich könnt ihm den Butter schenken und ihm die Geschichte von der Katt und dem Kemser Sepp erzählen und wie romantisch ich das find, weil es doch zeigt, dass der Sepp die Katt geliebt hat, und dann muss er doch verstehen, was ich damit mein, oder?«

Anni wickelt einen K-J-Butterlaib in Alufolie und reicht ihn mir. »Burgi, ich glaub, es wär das Gscheidste, du würdest einfach mal Klartext mit ihm reden. Am End kapiert er nicht, was du mit dieser Buttergschicht meinst, und ihr stehts wieder am Anfang.«

Ich nicke etwas verzagt und packe den Butter in meinen Rucksack. »Schon. Aber symbolisch gsehn ist der Butter doch nicht schlecht. So illustrationsmäßig, verstehst?«

Anni muss lachen. »Stimmt. Damit machst jedenfalls nix falsch.«

Es ist ein bisschen seltsam, nach fast zwei Wochen wieder ins Dorf zu kommen. Die Johannisbeeren hängen bereits in saftigen roten Trauben über den Zaun unserer Nachbarin, und das Johanniskraut blüht in leuchtend gelben Buschen. Hedi Zankl selbst steht in ihrem wild zugewachsenen Garten und hält einen Rechen in der Hand, während ich vorbeifahre.

Ich mag Hedi sehr gern. Nach dem Tod meiner Mutter war sie so etwas wie eine Vertraute für mich, und sie hat immer ein offenes Ohr für meine Probleme. Sie ist Mitte fünfzig, und bevor sie von ihrem damals schon geschiedenen Ehemann überraschenderweise eine satte Lebensversicherung sowie das windschiefe alte Häuschen neben unserem Haus geerbt hat, war sie Krankenschwester.

Seit dieser Erbschaft ist sie hauptberuflich Privateuse – wenn man das so sagen kann – und widmet sich in ihrer reichlich bemessenen Zeit dem Kräutersammeln, Räuchern, Schnapsansetzen und anderen bei den Dorfbewohnern als verdächtig geltenden Tätigkeiten, die ihr zwangsläufig den Ruf einer Krauthex eingebracht haben. Dabei kenne ich niemanden, der mit beiden Beinen so fest auf der Erde steht wie Hedi Zankl. Aber vielleicht muss man auch ganz besonders bodenständig sein, wenn man den Kopf den ganzen Tag in Räucherwolken stecken hat und mutig genug ist, in einem Dorf wie dem unseren mit bodenlangen Künstlerkleidern oder paprikafarbenen Marlene-Dietrich-Hosen Semmeln kaufen zu gehen. Ich bremse und bleibe auf einen kurzen Ratsch bei ihr stehen. Sie wollte uns ja eigentlich auf der Alm besuchen kommen, aber bisher hat sie sich noch nicht blicken lassen. Hedi kommt ans Gartentor, als sie mich sieht. »Griaß di, Burgi! Mal wieder herunten im Tal?«

»Je höher der Berg, desto tiefer das Tal!«, zitiere ich den heutigen, äußerst vielsagenden Tagesspruch aus meinem neuen Orakelbuch.

»Sehr weise!«, Hedi lacht. »Wie geht's euch denn da droben?«

Ich erzähl ihr ein bissl was von unseren diversen Missgeschicken und zeige ihr meine Blasen von unserem gestrigen Waschmarathon. »O mei, da musst a Johanniskrautöl drauftun!«, ruft sie sofort und verschwindet im Haus. Mit einer Flasche leuchtend roten Öls kommt sie wieder.

Ich bedanke mich und stecke es in meinen Rucksack. »Komm halt mal vorbei«, sage ich dann. »Da oben findest einen Haufen Kräuter für deine Schnäpse und Tees. Butter haben wir auch schon selber gmacht, und als Nächstes ist der Käs dran. » Ich packe meinen Butter aus und zeige ihn ihr. Er ist schon ziemlich weich, und ich bin mir nicht mehr sicher, ob es wirklich so romantisch ist, ihn Snake mitzubringen.

»Ich tät mich arg gfrein und die Anni auch.«

»Freilich komm ich.« Hedi zündet sich eine Zigarette an und streicht sich die dichten dunklen Haare aus der Stirn. »Weißt, ich war halt immer so beschäftigt … Aber ich komm ganz gwieß!«

Ich nicke. Sie kommt mir ein bisschen ausweichend vor, aber ich kann mich auch täuschen. Vielleicht hat sie einfach keine Lust, so weit bergauf zu gehen. Würd mir vielleicht auch so gehen, wenn ich nicht unbedingt müsste. »Der Papa war auch noch nicht da«, sage ich dann. »Könntets ja mal zusammen kommen.«

»Ja …«, Hedi nickt vage. »Koa schlechte Idee …«

»Er ist wieder viel unterwegs zur Zeit«, füge ich seufzend

hinzu. Hedi kennt meinen Vater sehr gut, sie war die beste Freundin meiner Mutter, und schon sie hat ihr immer ihr Leid geklagt, wenn er wieder mal gar zu heftig auf der Roas war.

»Echt?« Hedi bläst den Rauch ihrer Zigarette durch die Nase aus. »Hilft er denn nicht dem Luis im Laden?«

Ich zucke mit den Schultern. »Mehr schlecht als recht. Kennst ihn ja.«

Hedi schaut mich forschend an. »Gibt's ein Problem?«

Ich schüttle den Kopf. »Naa. Nix wirklich Neues. Außerdem ist jetzt der Mäx da. Der hilft dem Luis, dann kann der Vater treiben, was er will.«

Sie lächelt. »Find ich gut, wenn die beiden jetzt mitanand anpacken. Dann musst du dich nicht immer um alles kümmern, und dein Vater …« Sie redet nicht weiter, sondern dreht nachdenklich ihre Zigarette zwischen den Fingern. Ich habe das Gefühl, sie möchte noch etwas sagen und weiß nicht, wie sie anfangen soll, und winke ab. »Passt schon.« Sie muss gar nichts sagen, ich versteh sie auch so. Sie hat sich schon oft genug meine Klagen über meinen Vater anhören müssen und immer versucht, zwischen uns zu vermitteln. Irgendwann muss auch mal Schluss sein. »Ich hab genug eigenes Gschieß an der Backe. Da kann ich mich nicht auch noch immer um seine Spigankerl kümmern.«

»Was denn für ein Gschieß?« Hedi schaut mich besorgt an. »Gar mit'm Snake?«

Ich versuche ein Lächeln. »Ich hoff, nicht wirklich.« Mein Magen flattert etwas, als ich an ihn denke, und plötzlich habe ich es sehr eilig. Ich packe meinen Butter wieder ein und starte die Maschine. »I muss weiter. Pfiadi und bis bald auf der Alm.« Sie nickt lächelnd und winkt mir nach, als ich losfahre.

Vielleicht erzähle ich ihr nachher die ganze Geschichte. Wenn ich mit Snake geredet habe und alles wieder gut ist. An unserer Metzgerei, die sich gleich an Hedi Zankls Hexenhäuschen anschließt, fahre ich jetzt erst mal vorbei, um mich nicht noch länger aufzuhalten. Die Ladentür steht offen, und es riecht nach frischem Leberkäs. Ich kann Mäx in einer weißen Schürze hinter der Theke stehen und herumwerkeln sehen. Gerade als ich weiterfahren will, kommt der alte Weißgerber Ferdl aus dem Laden. Es muss Viertel vor eins sein – und richtig, die Kirchturmuhr schlägt drei Mal. Ferdl Weißgerber ist Junggeselle und einer meiner treuesten Mittagskunden. Vor allem aber der pünktlichste. Schlag zwölf steht er in der Tür, dann isst er bedächtig und ratscht dazwischen ein bisschen mit mir über das Wetter, wenn ich Zeit habe. Nach einer Dreiviertelstunde ist er fertig und hat offenbar genug sozialen Kontakt für diesen Tag gehabt, dann bezahlt er und wackelt wieder heim in seine Schusterwerkstatt, wo er seit Jahr und Tag die gleichen zwei Paar Schuhe näht, vorausgesetzt, es liegt eine Bestellung vor, was nicht mehr sehr oft vorkommt, denn Weißgerber Ferdls Schuhe halten mindestens ein Leben lang. Meistens können sie sogar noch weitervererbt werden, und da er ja nur je ein Frauen- und ein Herrenmodell im Repertoire hat, ist die Nachfrage für ein zweites Paar eher gering. Ich habe übrigens auch ein Paar von ihm. Die hat er mir sogar geschenkt, und das war eines der schönsten Geschenke, die ich in meinem Leben bekommen habe. Er hat sie mir an dem Abend vorbeigebracht, als ich mit Snake zusammengekommen bin, und abergläubisch und romantisch, wie ich bin, kommen mir diese Schuhe ein bisschen wie Aschenputtels Ballschuhe vor, irgendwie verzaubert, und ich ziehe sie nur zu ganz besonderen Gelegenheiten an. Sie werden nie kaputtgehen, und wahrscheinlich kann ich sie nicht nur meinen Kindern vererben, sollte ich jemals welche bekommen, sondern sogar noch meinen Enkeln und Enkelsenkeln.

Die werden dann mit so altmodischen Dingern gar nichts mehr anzufangen wissen, weil in der fernen Zukunft wahrscheinlich alle nur noch in Flipflops rumlaufen. Vielleicht werden sie eine Blume reinpflanzen … Doch ich hab jetzt wirklich keine Zeit, mir über die Zukunft meiner Schuhe Gedanken zu machen, ich muss zu Snake. Auf der Stelle. Und so gebe ich Gas und fahre weiter, bevor mich der Ferdl erkennt und ich zwecks der sozialen Kontakte doch noch bei ihm stehen bleiben muss.

Auf Snakes Hof ist es totenstill, doch sein Pick-up steht vor der Tür, also muss er da sein. Ich habe tatsächlich Herzklopfen, als ich vom Motorrad steige und zur Haustür gehe. Ein bisschen albern komme ich mir deswegen schon vor. Immerhin sind wir schon fast ein Jahr zusammen, und überhaupt kennen wir uns schon unser halbes Leben lang. Ich werde den Butter auspacken, er wird fragen: »Was is denn des?«, und ich werde es ihm erklären, und dann werde ich einfach weiterreden, so schnell, dass er gar nicht erst dazwischenreden kann, und werde ihm sagen, dass es mir leidtut, dass ich davongelaufen bin und dass … Der Rest wird sich schon von allein ergeben. Mir wird das Richtige einfallen. Ganz sicher. Kein Grund, Herzklopfen zu haben.

An der Tür gibt es keine Klingel, ich klopfe, und als niemand öffnet, trete ich in den dunklen Flur. »Hallo? Snake?« Es kommt keine Antwort. Ich schaue in die Küche und die Stube, beide Räume wirken seltsam leer, ungewöhnlich aufgeräumt und totenstill. Nur die Kuckucksuhr an der Wand tickt leise, und ich fahre vor Schreck zusammen, als plötzlich der Kuckuck herausspringt. Einmal ruft er, dann klappt das Türchen zu, und es ist wieder totenstill. Ich gehe zur Treppe und rufe in den ersten Stock hinauf. Vielleicht ist er ja bei seiner Oma oben? »Snake? Frau Grassl?«

Eine Tür schlägt irgendwo, und die Stimme von Snakes Oma ertönt. »Hallo? I kumm glei.«

Hastige kleine Trippelschritte kündigen Frau Grassl an. Sie kommt die Treppe herunter, und als sie mich sieht, strahlt sie. »Mei, Burgi! Dich hab ich ja lang schon nimmer gsehen. Wie geht's euch denn da oben auf der Alm?«

»Schön! Also … wenn's Wetter schön ist.«

Snakes Oma gluckst. »Wenn 's Wetter schön is, is alles schöner.«

»Ja.« Mehr weiß ich dazu nicht zu sagen. »Äh … ich wollt …«, beginne ich, und Oma Grassl unterbricht mich sofort. »Du magst zum Stefan, gell, habts ja sicher viel zu bereden.«

»Äh, ja …« Ich bin noch am Überlegen, was genau sie damit meint, als sie schon fortfährt:« Ist ziemlich schwer für ihn, aber das kannst du dir ja denken.«

Ich spüre, wie mir das Blut in den Kopf schießt. Sie weiß also von meinem unrühmlichen Abgang am Valentinstag.

»Er ist in der Schupf und bastelt an seinem Bus rum. Wird gleich kommen. Magst derweil einen Kaffee?« Sie wartet meine Antwort nicht ab, sondern geht gleich voraus. »Setz dich schon mal her, ich komm gleich.«

Da sitze ich also unter dem Hirschgeweih mit den tibetischen Gebetsfahnen, und mir ist schlecht. Wie konnte Snake nur mit seiner Oma über mich reden? Das war doch eine Sache zwischen uns! Es ist mir schrecklich peinlich, dass sie davon weiß. Snake ist immerhin ihr Ein und Alles, und ich habe ihn so schnöde stehenlassen. Wenn sie vom Ausgang des Abends weiß, wusste sie sicher auch schon von seinen Vorbereitungen und wie viel Mühe er sich damit gemacht hat. Was wird sie jetzt von mir denken? Ich weiß es schon: Dass ich ein selten dumms Luder bin, die ihren Stefan gar nicht verdient hat. Und sie hat vielleicht sogar recht damit. Andererseits … er hätte nicht mit ihr darüber reden dürfen. Mit mir hätte er reden müssen. Oder ich mit ihm …

Mein Kopf ist noch immer rot vor Scham, als Oma Grassl mit einem Tablett zurückkommt, auf dem zwei dampfende Tassen Kaffee, Milch, Zucker und ein Teller mit Marmorkuchen stehen. »Den hab ich heut Morgen noch schnell für den Stefan gebacken, er mag ihn so gern.« Sie schüttelt bekümmert den Kopf. »Es hat ihn arg verletzt. Ich weiß gar nicht, was ich noch machen soll.« Sie stellt eine Tasse vor mich hin und reicht mir den Teller. »Nimm dir a Stückl.«

Ich schüttle stumm den Kopf. »Hab keinen Hunger, danke.« Ich will dem armen Snake nicht auch noch den Marmorkuchen wegessen, wenn ich ihn schon so schlimm verletzt habe, dass er fast vier Monate später noch immer leidet. Mir gegenüber hat er nie mehr ein Wort über diesen Abend fallen lassen, und bei seiner Oma weint er sich aus und lässt sich mit Marmorkuchen trösten? Ich fühle mich schlecht. Sehr, sehr schlecht. Und um mich nicht noch länger schlecht fühlen zu müssen, versuche ich, wütend zu werden. Es gelingt mir nicht halb so gut, wie ich es gerne hätte, und ich nippe verzagt an dem dünnen Kaffee, um nicht auch noch unhöflich zu Oma Grassl zu sein, wenn ich schon ihren Enkel so schlecht behandelt habe.

Sie erzählt mir irgendetwas von einer Freundin, die sich am grünen Star hat operieren lassen und jetzt wieder sehen kann oder so ähnlich, und es fällt mir schwer, auch nur so zu tun, als hörte ich ihr zu. Ich trinke noch einen Schluck von dem Kaffee, und dann stehe ich auf. Ich kann nicht mehr dasitzen und warten. »Es tut mir leid, Frau Grassl, aber ich hab's a bissl eilig …«

Sie steht ebenfalls sofort auf. »Ja freilich, bei euch jungen Dingern pressiert's ja immer.«

Sie gibt mir förmlich die Hand, und ich ergreife sie verdutzt.

Oma Grassl hat mir noch nie die Hand gegeben. »Bsuchst mich schon mal, gell?«, fragt sie und hält meine Hand fest.

Ich nicke etwas irritiert. »Freilich. Ich komm ja eh öfter vorbei.«

»Weißt, und der Stefan ist überhaupt nicht so stark, wie er immer tut.«

Irgendwie reicht es mir jetzt. Was glaubt sie denn, was ich mit Snake angestellt habe? Ich entziehe ihr meine Hand und verabschiede mich so schnell es geht, um nicht noch weitere Vorwürfe hören zu müssen. Vor der Tür schnappe ich erst einmal nach Luft.

Während ich mich auf den Weg zum Schuppen mache, denke ich über Oma Grassls seltsame Bemerkungen nach. Ich habe sie in den letzten Monaten, wenn überhaupt, nur immer ganz flüchtig gesehen, zum Beispiel wenn sie oben am Balkon Blumen gegossen hat oder beim Einkaufen in meiner Metzgerei, und dabei kamen wir nicht dazu, irgendetwas Persönliches miteinander zu reden. Ich habe überhaupt noch nie mit Oma Grassl über Snake und mich gesprochen, das wäre mir gar nicht in den Sinn gekommen. Und ich hatte auch keine Ahnung, dass Snake sich mit ihr über uns austauscht. Ich bin auch nicht auf die Idee gekommen, dass meine Flucht am Valentinstag bei Snake so tiefe Spuren hinterlassen hat, dass seine Oma sich immer noch Sorgen um ihn macht. Warum habe ich das denn nicht bemerkt? Wie kann es sein, dass man mit jemandem zusammen ist und nicht einmal ansatzweise spürt, wie es dem anderen geht? Mir war schon klar, dass wir eigentlich hätten reden müssen, aber andererseits ging auch alles seinen gewohnten Gang, und ich hatte gehofft, es würde sich mit der Zeit vielleicht von allein wieder einrenken. Im Übrigen warte ich ja immer noch auf eine Eingebung, einen Hinweis darauf, was ich will und was nicht und warum.

Ich bleibe stehen.

Mit einem Schlag wird mir der Sinn von Oma Grassls Worten klar: Dieses Händeschütteln, die Bitte, sie wieder besuchen zu kommen … Das ist ein Abschied gewesen! Sie hat gedacht, ich hätte Schluss gemacht, oder … nein, vielmehr er …

Snake hat mit seiner Oma nicht nur über den Valentinstag und mein dummes Verhalten geredet, sondern auch darüber, dass er sich von mir trennen will. Wahrscheinlich hat er die ganzen letzten vier Monate damit zugebracht, darüber nachzudenken, wie er es mir beibringen soll, und jetzt ist es so weit. Snakes Oma meint, ich sei deswegen gekommen. Mir klingt ihr »habts ja viel zu bereden« in den Ohren, und mir wird ganz kalt.

Aber andererseits weiß er ja gar nicht, dass ich komme. Vielleicht hätte er es einfach so im Sand verlaufen lassen, während ich auf der Alm bin, und mich dann vor vollendete Tatsachen gestellt … Tatsachen, die seine Oma schon weiß!! Wie kann er so etwas machen? Ich meine, ja, ich war bescheuert, und ich hätte mit ihm reden müssen, aber sich jetzt einfach so klammheimlich davonzustehlen, nur weil ich nicht bei ihm einziehen will, das ist doch auch nicht in Ordnung, oder? Und ich WOLLTE doch reden. Jetzt! Ich hab es mir doch vorgenommen, mir genau überlegt, wie ich anfange … Meine Augen beginnen zu brennen, und ich muss heftig blinzeln. Vor mir liegt der Schuppen in der hellen Mittagssonne. Die Tür ist offen, und ich kann den bunten VW-Bus sehen, mit dem Snake vor zwei Jahren nach seiner ausgiebigen Weltenbummelei wieder zurück nach Untermarktlbrunn gekommen ist, um sich um seine Oma zu kümmern. Ich kann Snakes lange Beine sehen, die unter dem Auto hervorragen. Er hämmert auf irgendetwas herum und flucht dabei.

Vorsichtig ziehe ich mich hinter den großen Nussbaum zurück, der etwas abseits neben der Schuppentür steht. Ich weiß nicht, ob ich ihm jetzt begegnen will. Was soll ich sagen? Soll ich einfach hingehen und warten, bis er damit herausrückt? So tun, als hätt ich keine Ahnung? Noch während ich in meine Überlegungen versunken bin, kriecht er unter dem Auto hervor. Er trägt nur eine alte Jeans, und die ist schwarz vor Dreck. Sein Oberkörper ist nackt und staubig, und ich bemerke nicht zum ersten Mal, dass er gar nicht so dürr ist, wie ich ganz früher, als ich ihm noch nicht so wirklich nähergekommen war, immer gedacht habe. Im Gegenteil, er sieht saugut aus. Zum Anbeißen. Ich beiße mir auf die Lippen. Vielleicht mache ich dabei auch irgendein Geräusch, ich weiß es nicht, jedenfalls dreht er sich um und entdeckt mich.

»Burgi? Bist du das?«

Ich trete verlegen hinter dem Nussbaum hervor, dessen Stamm leider nicht dick genug war, um mich ganz zu verdecken. Die Nussbäume sind auch nicht mehr das, was sie mal waren.

»Hallo.«

»Warum stehst du hinter dem Baum und seufzt?«, fragt er und wischt sich seine öligen Hände an einem ebenso öligen Lappen ab.

»Ich hab nicht geseufzt!«, widerspreche ich sofort. »Warum sollt ich denn seufzen?«

»Keine Ahnung.«

»Ich war das nicht«, beharre ich stur. »Da musst du dich verhört haben.«

Er zuckt mit den Schultern und wirft den Lappen auf die Werkbank im Schuppen. »Dann wird's wohl der Baum selber gwesen sein.« Er grinst schief und wirkt etwas unsicher, so, als ob er nicht wüsste, was er als Nächstes sagen sollte.

Ich muss ein paar Mal schwer schlucken, weil er so unverschämt gut ausschaut, wie er da in seinen Schmuddeljeans vor mir steht, mit den dichten dunklen Haaren und blauen Augen, die so schön sind, dass mir fast die Knie zittern. Warum kann nicht einfach alles wie früher sein? Warum müssen wir uns gegenüberstehen wie zwei Fremde? Warum musste er mir nur diese Scheißfrage stellen und warum, Kreizkruzifix nochmal, war ich zu blöd, ihm eine ordentliche Antwort zu geben? Ich räuspere mich. »Ich … ähm …«, fange ich an und weiß gar nicht mehr, was ich sagen will. Am liebsten alles, bevor es zu spät ist und er mir sagt, dass er keine Lust mehr hat, mit mir zusammen zu sein. »Ich muss mit dir reden«, bringe ich schließlich mühsam heraus, und sein Gesicht wird ernst.

»Ich auch mit dir«, sagt er, und in dem Moment, wo er das sagt und mich auf diese seltsame Weise ansieht, kommt die Panik. Mein Herz klopft stärker, und ich will mir die Ohren zuhalten. »Nein …«, fange ich an und schüttle den Kopf, »… nein, bitte nicht …«

Er achtet gar nicht auf meine Ablehnung, sondern redet einfach drauflos, hastig, unsicher, und er sieht mich nicht dabei an. »Ich wollt es dir schon die ganze Zeit sagen, aber du warst ja auf der Alm, und außerdem war es nicht so einfach für mich, und ich hab erst selbst drüber nachdenken müssen, verstehst, aber jetzt …« Er stockt und hebt den Kopf. Es kostet ihn sichtlich Überwindung weiterzureden. Er hat Angst, denke ich. Er hat Angst, mich zu verletzen, aber er wird es trotzdem sagen. Erneut schüttle ich den Kopf. »Brauchst nix sagen. Ich weiß es schon.«

»Du weißt es schon?« Seine Augen weiten sich überrascht. »Woher denn?«

Ich deute nach hinten. »Ich hab grad mit deiner Oma geredet.«

Er sieht erleichtert aus. »Ah so, ja dann … und, was sagst?«

Was für eine blöde Frage. Was soll ich dazu schon sagen? Ich möchte nichts sagen. Ich möchte ihn stattdessen festhalten, möchte, dass er mich festhält, und dann möchte ich weinen, weil ich es so weit habe kommen lassen, und ich möchte ihm sagen, dass ich das dümmste Huhn auf der Welt bin und einfach keine Ahnung habe, wie man es richtig macht, aber dass ich ihn trotzdem liebe und erst jetzt so richtig kapiere, was das bedeutet, und ob er es sich nicht nochmal überlegen könnte, weil ich mich vielleicht doch ändern könnte, wenn ich mich anstrenge.

Aber ich sage nichts. Die Reue und die Scham, der Stolz, meine Angst und die Tränen, die ich nicht rauslassen will, verstopfen mir die Kehle, und ich bleibe stumm wie der blöde Nussbaum neben mir. Als ich nicht antworte, wird auch Snake wieder nervös. Er fährt sich mit den Händen durch die Haare und schaut mich fast bittend an. »Ich weiß schon, das kommt jetzt echt überraschend, und eigentlich wollte ich es gar nicht sagen, aber es lässt sich ja auf Dauer nicht vermeiden, dass wir drüber reden, und wir können ja, wir könnten doch …« Er verstummt und schaut hilflos auf den staubigen Boden zwischen uns.

Und dann helfe ich ihm doch, obwohl alles in mir NEIN! schreit. »Wir können ja Freunde bleiben«, vervollständige ich leise seinen Satz.

Er schaut auf, und für einen Augenblick meine ich, schmerzhafte Überraschung in seinem Blick sehen zu können, doch dann nickt er langsam, und ich habe das Gefühl, dieses Nicken zerreißt mir das Herz.

»Verstehe«, sagt er knapp, und seine Stimme klingt plötzlich ganz rauh und unbeteiligt. »Hab schon kapiert. Wir bleiben Freunde.« Dann geht er an mir vorbei zum Haus und lässt mich ohne ein weiteres Wort mitten im Hof stehen.

Ich schaue ihm nach und komme mir vor wie eine Ameise, auf die grad jemand draufgetreten ist. Und das Schlimmste ist, dass die blöde Ameise auch noch selbst dran schuld ist. Wie betäubt schleiche ich zu meinem Motorrad. Snake ist im Haus verschwunden, die Tür ist zu, und es ist ganz still. Meine KTM macht einen Höllenlärm, als ich sie antrete, und fast schäme ich mich dafür. Der Lärm passt nicht, in mir ist nämlich auch alles ganz still und leer, und am liebsten würde ich das Motorrad einfach stehen lassen und ganz leise und unauffällig verschwinden. Mich in ein Loch verkriechen, wo es dunkel ist und ich nicht denken muss. Eine ganze Weile bleibe ich noch auf meinem Motorrad sitzen, ohne loszufahren. Ich begreife noch nicht wirklich, was gerade passiert ist. Irgendein begriffsstutziger Winkel meines dämlichen Schädels meint noch immer, es gäbe eine Möglichkeit, alles ungeschehen zu machen. Aber da ist nichts. Die Tür bleibt zu. Es gibt keinen Schalter, mit dem man zurück auf Anfang gehen könnte. Und es gibt auch keine Pause-Taste, die man drücken kann, um erstmal in Ruhe nachzudenken.

Langsam fahre ich vom Hof. Es fällt mir unendlich schwer, mich nicht noch einmal umzudrehen, aber ich schaffe es, und als ich um die Kurve biege und in die Dorfstraße einbiege, ist Snakes Hof hinter den Bäumen verschwunden. Ich fahre einfach weiter. Vorbei an meinem Laden, wo ich eigentlich noch hinwollte, vorbei am Dorfplatz und der Kirche, vorbei am Supermarkt, immer weiter die Straße entlang. Erst als ich auf den Wald zufahre, wird mir bewusst, wohin mich mein Weg führt: Zum Ramsacher Weiher, dem kleinen Dorfweiher, wo Snake und ich letzten Sommer, in dieser besonderen, verrückten Nacht, als alles angefangen hat, zum ersten Mal zusammengesessen und darauf gewartet haben, dass die Sonne aufgeht. »Mach das bloß nicht!«, zischt die Vernunftsstimme in meinem Kopf. »Es reicht auch so schon. Du musst dich nicht noch mehr runterziehen.« Ich will aber. Ich will mich runterziehen. Bis ganz unten.

Vierzehn

Der Weiher liegt ruhig und grün im hellen Licht. Es ist noch niemand da, die Liegewiese und der kleine Badestrand sind menschenleer. Am Nachmittag kommen immer viele Schüler, sie spielen Volleyball, schubsen sich gegenseitig vom Steg und kaufen am Kiosk des Biergartens Eis und Pommes. So wie wir das früher gemacht haben. Später dann, am Abend, werden einige noch ein Lagerfeuer machen, Bier trinken und Würschtl grillen, auch so, wie wir es früher gemacht haben. Es ist verboten, am Ramsacher Weiher Feuer zu machen, aber es hat sich noch nie jemand was drum gschissen. Seit neuerdings Guido Zapf unser Dorfpolizist ist, kümmert es alle noch weniger, denn der Guido ist selbst ein begeisterter Lagerfeuer-Griller. Deswegen kommt er an den Wochenenden auch regelmäßig am Weiher vorbei, angeblich, »um nach dem Rechten« zu schauen, aber eigentlich spechtet er bloß auf ein paar Käseknacker und eine Halbe Bier, die er selbstverständlich auch immer kriegt. Schließlich muss man sich ja gut stellen mit der Obrigkeit.

Ich setze mich ein wenig abseits ans Wasser. Der See liegt so glatt da, dass man bis auf den Grund sehen kann. Snake und ich waren im letzten Sommer sehr oft hier, meistens spätabends, nachdem er seine Kneipe geschlossen hatte. Manchmal haben wir im See gebadet oder sind zu der winzigen Insel geschwommen, die wie ein struppiges Grasbüschel mitten im Weiher liegt, meistens sind wir aber nur dagesessen und haben geredet.

Es redet sich ganz anders im Dunklen, man sagt andere Dinge, wenn man sich nicht dabei sieht und nur die Stimmen hört. Der Kloß in meinem Hals wird dicker, während ich dasitze und an diese Nächte denke, ich kann ihn kaum noch zurückdrängen. Es war einfach zu kurz. Nicht mal ein Jahr hat's gedauert. Ich hatte zu wenig Zeit, es richtig, es besser zu machen. Dann lässt sich der Kloß in meinem Hals nicht mehr aufhalten, und ich muss weinen. Einmal angefangen, kann ich gar nicht mehr aufhören, und ich weine und weine, bis ich nicht mehr kann. Als endlich keine Tränen mehr übrig sind und ich erschöpft aufstehe, ist meine Nase vollkommen verstopft, und meine Augen sind so geschwollen, dass ich kaum noch sehen kann, wohin ich gehe. Während ich schniefend und blinzelnd über die Steine zurück zum Weg stolpere, kommt mir aus der Ferne doch tatsächlich Guido Zapf entgegen. Er ist in Uniform, hat aber seine Mütze abgenommen und die Ärmel aufgekrempelt und hält eine Brotzeittüte in der Hand. Hektisch schaue ich mich um. Ich mag jetzt nicht ausgerechnet Guido Zapf begegnen. Nicht mit verheulten Augen so dick wie Tennisbälle. Er wird wissen wollen, was los ist, und selbst wenn ich nichts sage, wird es nicht lange dauern, bis er auf Snake kommt. Wir sind ganz gut befreundet, und Guido Zapf ist oft im *Kuh 8*. Er wird am Ende Snake noch darauf ansprechen, dass er mich heulend am Weiher getroffen hat … Und wenn auch noch seine Freundin Susi die Geschichte erfährt, dann weiß es gleich das ganze Dorf.

Doch ich kann nicht flüchten, hinter mir ist der See, und der Weg, auf dem er jetzt in meine Richtung kommt, endet hier. Ich könnte mich vielleicht wie ein Hase in die Büsche am Ufer schlagen, aber das würde auch a bissl gspassig ausschauen, und außerdem ist es eh zu spät. Er ist schon fast da. In meiner Not fällt mir nur eine Rettung ein: mein Motorradhelm! Ich setze ihn hastig auf und klappe das getönte Visier nach unten.

Er schaut ein wenig irritiert, als ich ihm mit dem Helm auf dem Kopf entgegenkomme. »Burgi? Bist du des?«

»Freilich bin's ich, wer denn sonst?« Ich klinge ziemlich verstopft und habe das Gefühl, kaum Luft zu bekommen.

»Äh. Du hast noch deinen Helm auf dem Kopf«, sagt er und grinst etwas unsicher.

»Weiß ich doch. Des is … äh … wegen … der Wespen. Ja, genau, da ist nämlich ein Wespennest, und ich … äh … hab saumäßig Angst vor Wespen.«

»Echt?« Guido reißt die Augen auf. »Am Badestrand? Da muss man ja was unternehmen. Die Viecher können gefährlich werden. Wo ist es denn?«

Ich deute vage in irgendeine Richtung. »Dahinten. Ganz weit weg. Mitten im Wald. Brauchst dir keine Sorgen machen.«

Er mustert mich, und ich kann ihm ansehen, dass er überlegt, warum ich mich erstens an einem gewöhnlichen Freitagmittag allein »mitten im Wald« herumtreibe, wo ich doch eigentlich auf der Alm sein sollte, und zweitens immer noch den Helm trage, wenn die Gefahr eh »ganz weit weg« ist. Um ihn von diesen Gedanken abzulenken, deute ich auf seine Brotzeittüte, die erfreulicherweise ganz eindeutig aus meiner Metzgerei stammt. »Machst heut Brotzeit am Weiher?«

Guido nickt, etwas nervös. »Verratst mich aber nicht, gell?«

»Warum? Wem soll ich denn was verraten?« Es wird langsam heiß unter meinem Helm, und der Schweiß rinnt mir in die ohnehin schon brennenden Augen.

»Der Susi.«

»Wieso? Hat sie dich auf Diät gesetzt?« Guido ist nicht grad ein Spargeltarzan, aber die Susi steht selbst ganz gut im Futter, ich wüsste also nicht, wo das Problem liegt.

»Nein. Aber sie isst doch seit neuestem nur noch vegan, weißt, und da möcht sie gern, dass ich es auch werde. Veganer, mein ich.« Er seufzt abgrundtief.

»Vegan? Die Susi?« Früher ist sie mit einem Schweinezüchter verheiratet gewesen, und jetzt macht sie auf einmal auf vegan?

»Ja, weil das ja so viel gsünder ist, sagt sie, und außerdem wegen der Ethik und so. Nicht mal einen Obatztn gibt's jetzt mehr bei uns daheim. Und Schweinsbraten schon gar nicht.« Er seufzt noch einmal.

»O mei. Du Armer!«

Er schaut mich unglücklich an. »Ich lieb ja die Susi, weißt, und ich geb mir auch echt sauviel Mühe. Ich ess ihre Hirsekiacherl und Dinkelfladerl immer ganz auf und sogar die Karotten-Ingwer-Suppn, die es letztens gegeben hat, aber manchmal, mei, brauch i halt einfach mal was Gscheids. Sonst fühl ich mi so furchtbar schwach, und des is ja in meinem Beruf auch nix. A schwacher Polizist is ja ganz schlecht.«

»Ja. Das hast recht.« Ich nicke so heftig, dass mein Helm wackelt. »Ganz schlecht is des. Des is ja quasi Behinderung der Staatsgewalt.«

Guido Zapf ist einer meiner besten Mittagstischkunden. Zumindest war er das bisher, und es wär mir schon recht, wenn er das auch bliebe. Der konnte zwei Riesenportionen Schweinshaxen verputzen wie nix. Kein Wunder, dass er sich schwach fühlt, wenn er jetzt auf einmal nur noch Karottensuppn und Dinkelfladerl kriegt.

»Hab i mir scho dacht, dass du mi verstehst, Burgi.« Guido strahlt mich sichtlich erleichtert an und hebt dann die Brotzeittüte hoch. »Da! Schau! Hab ich mir heimlich beim Luis und beim Mäx gekauft. Sind ja voll innovativ, die zwei.«

»Innovativ?« Ein skeptischen Blick in die Brotzeittüte zeigt mir zwei gewaltige Leberkässemmeln. Eine davon ist ein bisserl blass geraten, aber sonst schaut alles ganz normal aus. Ich runzle die Stirn und spüre dabei, dass meine schweißnassen Haare schon am Helm festkleben. »Das sind zwei Leberkässemmeln.«

»Hoitauf!« Er hebt einen Finger. »Ned ganz, Burgi, ned ganz!« Fast ehrfürchtig holt er eine Semmel heraus und hält sie mir vors Visier. »Des is Wasabileberkäs.«

Ich muss husten, und die Plexiglasscheibe beschlägt. »Was?«

»Wasabileberkäs. Weißt schon, Wasabi, des is der scharfe Meerrettich, den's bei de Japaner gibt, der is grasgrün und echt sauscharf. Magst probieren?«

Ich schüttle den Kopf. Selbst ohne Helm hätte ich grad keine Lust, diese Kreation zu probieren. »Und des andere? Des blasse, was is des?«, frage ich misstrauisch und lüpfe ein bisschen mein Visier, damit ich wieder sehen kann. »Auch Wasabi?«

Guido schüttelt den Kopf. »Naa. Des is ganz was Verreckts: Weißwurscht to go.« Er packt seine Wasabisemmel wieder zurück in die Tüte und holt die andere Semmel heraus. Tatsächlich klemmt da kein Leberkäs dazwischen, sondern Weißwurstbrät in Form einer Leberkässcheibe.

»Sauguad, sag i dir!«, schwärmt Guido und strahlt. »Dei Bruder hat's echt drauf. Und total praktisch, weil ma die Weißwurst ned erst lang aus der Haut zuzeln muass.«

»Äh …« Ich bin versucht, mir verwirrt den Kopf zu kratzen, merke dann aber wieder, das ich einen Helm aufhabe, und lasse die Hand sinken. »Des is ja echt … voll … innovativ.«

»Schon, gell?« Guido beißt in seine Weißwurscht to go und kaut glücklich. Ich frage mich wirklich, was sich die Susi dabei denkt, so ein Trumm Mannsbild auf Karottendiät zu setzen. Mal abgesehen davon, dass bei diesem Veganer-Virus, der gerade grassiert, wieder mal keine Sau an uns Metzger denkt, die ja auch von irgendwas leben müssen und sich schon mit Supermarktfleisch für 30 Cent das Kilo rumschlagen müssen. Da kann man jemandem, der mit einer solchen Lust in seine Weißwurstsemmel beißt, doch nicht ohne Folgen die fleischlichen Genüsse madig machen?

Damit wird sich die Susi sauber ins eigene Fleisch schneiden, um mal im Bild zu bleiben. Das kann ich jetzt schon voraussehen, obwohl ich momentan eigentlich nicht ganz zurechnungsfähig bin, weil mir die eigene liebesmäßige Verzweiflung und der Dampf unter dem Helm das Gehirn vernebeln. Aber bitte, bitte, sie wird schon wissen, was sie tut ... Ich werde mich da heraushalten. Im Übrigen halte ich es jetzt keine Sekunde mehr unter meinem Helm aus und muss auf der Stelle verschwinden, bevor's mich noch umhaut. Ich klopfe Guido auf die mächtige Schulter. »Lass es dir schmecken!«

»Danke, Burgi! Und gell, du verratst mich nicht?«

Ich schüttle energisch den Kopf. »Ganz gwieß ned. Wir Fleischfresser müssen doch zammhalten.«

Dann bin ich außer Sichtweite und kann mich endlich von meinem Helm befreien. Mein Gesicht und meine Haare sind patschnass vor Schweiß, die Augen brennen, und meine Stimmung ist auf dem absoluten Tiefpunkt angelangt. Quasi unter null. Trotz Hitze. Ich fühle mich nicht in der Lage, jetzt noch jemandem unter die Augen treten, möchte nicht reden, nicht angesehen werden, eigentlich möchte ich gar nicht mehr da sein.

Da ich weiß, dass der einzige Polizist weit und breit gerade hinter mir am See voller Glück in seine Wasabileberkässemmel beißt, fahre ich los, ohne den Helm aufzusetzen. Der warme Juniwind trocknet mein Gesicht und fährt mir durch die klebrigen Haare. Ich fahre schneller, in der Hoffnung, dass der Fahrtwind mir nicht nur die Haare trocknet, sondern auch das Hirn freibläst, damit ich verstehe, was gerade mit mir und Snake passiert ist. Es hilft nichts.

Während ich weit jenseits der erlaubten Höchstgeschwindigkeit durchs Dorf brettere, kommen mir wieder die Tränen. Fast gegen meinen Willen fahre ich trotzdem noch einmal hinunter in Richtung Hauptstraße. Dort an der Kreuzung ist die Tankstelle, in der sich auch Snakes Kneipe befindet. Ich will nicht hinschauen, tue es dann aber doch, und prompt steht da Snake vor der Tür. Er hat sich ein Hemd übergezogen und steht einfach da, mit hängenden Armen und ohne sich zu rühren. Ich kenne das Hemd. Es ist alt und weich vom vielen Waschen, und ich habe immer mein Gesicht darin vergraben ... Als ich vorbeifahre, treffen sich unsere Blicke, und ich werde unwillkürlich langsamer, warte auf ein Zeichen, irgendetwas, doch er dreht sich um und geht hinein, so, als hätte er mich gar nicht gesehen.

Aus.

Vorbei.

Ich gebe Gas, dass mir fast das Vorderrad vom Boden abhebt und fahre zurück auf die Alm.

Ich weiß nicht genau, wie ich geschafft habe, dort anzukommen, ohne mir sämtliche Knochen zu brechen. Mit dieser durchgedrehten, halbblinden Querfeldeinfahrt hätte ich mir jedenfalls mit Sicherheit jeden Motocrosspreis verdient. Anni kommt mir zusammen mit Ulysses entgegen und schaut mich bestürzt an, als ich staubig und niedergeschlagen von meiner Maschine klettere.

»Was ist passiert?«, fragt sie.

Doch ich bringe kein Wort heraus. Ulysses leckt tröstend meine Hand, und Anni legt einen Arm um mich und geht mit mir in die Hütte. Es dauert eine ganze Weile, bis ich ihr erzählen kann, dass Snake einfach so und ganz ohne Vorwarnung unsere Beziehung beendet hat, und als ich fertig bin, sagt Anni erst einmal eine ganze Weile nichts. Schließlich meint sie: »Das hätt ich dem Snake nie zugetraut.«

»Ich auch nicht«, jammere ich. »Aber er hat mich einfach stehen lassen.« Ich hebe meinen Rucksack auf den Tisch und hole

Hedis Johannikrautöl und unseren K-J-Butter heraus. Als ich sehe, was davon noch übrig ist, nämlich nichts, er ist nur noch ein flüssiger Batz, muss ich wieder weinen. Wortlos steht Anni auf, kramt in unserer Kühlkammer herum und kommt mit einer Schnapsflasche zurück.

Den Schnaps haben wir auch von der Hedi bekommen. Hedi hat mitunter ziemlich überraschende Mixturen auf Lager, und der hier ist ihre Spezialität: Vogelbeerschnaps, der greisligste Schnaps, den ich kenne, er kommt noch vor Enzian und Bärwurz, und das will was heißen. Hedi meint jedoch, besonders bei Seelenschmerzen sei seine Wirkung phänomenal, und weil meine Seele grad ungeheuer schmerzt, ist er sicher das Mittel der Wahl. Und wenn er sonst nicht hilft, bin ich wenigstens betrunken.

Anni schenkt mir ein doppeltes Stamperl ein und trinkt selbst auch einen Schluck direkt aus der Flasche. »So ein Depp, so ein depperter, naa, glabst es, so ein Depp!«, schimpft sie kopfschüttelnd, während ich das Glas in einem Zug hinunterkippe und ihr erneut hinhalte. Sie schenkt nach.

»Ich bin doch selber schuld«, schniefe ich zwischen zwei Schlucken. »Ich hab's versaut.«

Anni streicht mir tröstend über den Arm. »Da gehörn schon immer zwei dazu.«

»Nein! Ich hätt mit ihm reden müssen. Gleich.«

Als Anni daraufhin nicht mehr widerspricht, gieße ich mir selber noch einmal nach.

Fünfzehn

»Mir brauchen noch die Trikots.«

…

»Papa?«

»Was?«

Hannes sieht seinen Vater seltsam an. »Ich hab grad gsagt, mir bräuchten noch die Trikots.«

»Ah … ja …« Anda steht auf.

So geht es ihm die ganze Woche schon. Er ist mit seinen Gedanken woanders. »Ich glaub, die haben wir gwaschen oder?«

Er geht mit seinen beiden Söhnen in die Waschküche, wo ein Berg schmutziger Wäsche darauf wartet, in die Maschine gestopft zu werden. Er hat es irgendwie vergessen in den letzten Tagen. Leider sind auch die Fußballtrikots unter dem Wäschehaufen. Hannes zieht sie mit spitzen Fingern heraus. »Pfui Deife!«

Anda zuckt die Schultern. »Hättst sie ja auch waschen können. Wir haben doch ausgmacht, wir teilen uns die Wascherei.«

»Wir haben keine Zeit ghabt!«, wendet Toni entrüstet ein.

»Aber ich hab schon Zeit ghabt, oder?«, schnauzt Anda zurück.

»Die Mama macht des immer glei nach einem Spiel …«

»Aber die Mama ist nicht da.«

Toni klappt den Mund zu und starrt seinen Vater wütend an.

»Und jetzt?«, fragt Hannes. »Wir können doch zum Spiel ned die gstinkertn Trikots anziehen?«

»Habts keine anderen?«

»Die sind auch in der Wäsch!« Hannes zieht ein weiteres Trikot heraus.

Anda seufzt. »Vielleicht könnts euch welche leihen?«

»Alle haben zwei Trikots gekriegt. Mit ihrem Namen und ihrer Nummer. Da können wir uns doch ned einfach eins leihen!« Toni schaut seinen Vater an, als habe er Zweifel an seiner Zurechnungsfähigkeit.

Anda schaut auf die Uhr. »Wir haben noch über eine Stund Zeit. Dann müssen wir sie halt waschen.«

»Aber die Maschine dauert doch schon eine Stund, bis sie fertig ist …«

»Mit der Hand.«

»Mit der Hand …? Werden die dann überhaupts sauber?«, fragt Hannes zweifelnd.

»Hast vielleicht a bessere Idee?«

Die Buben schauen sich an und schweigen. Nach einigem Suchen findet Anda eine kleine Plastikwanne und trägt sie zusammen mit dem Waschpulver hinauf in die Küche, wo Leon noch am Frühstückstisch sitzt und lustlos in seinem Müsli herumstochert. Die Küche gleicht an diesem Morgen einem Schlachtfeld. Anda ist nicht dazu gekommen aufzuräumen, das Geschirr der letzten Tage stapelt sich in der Spüle, die Spülmaschine gehört längst ausgeräumt, leere Saft- und Bierflaschen stehen wie ein Trupp Soldaten aufgereiht neben dem Mülleimer. Anda unterdrückt einen Seufzer, räumt das schmutzige Geschirr von der Spüle auf den Küchentisch und lässt heißes Wasser in den Zuber laufen. Dann gibt er eine kräftige Portion Waschpulver hinzu, verrührt das Ganze mit der Hand, bis es schäumt, und schmeißt die Trikots hinein. »Die lassen wir jetzt a bissl einweichen, und dann rührts ihr um und knetets des Ganze a bissl durch«, befiehlt er.

»Wir?«, fragt Hannes nach. »Also, ich kann sowas ned …«

»I a ned!«, pflichtet Toni seinem Zwillingsbruder bei.

»Dann könnts auch ned zum Fußballspiel.« Anda setzt sich zu Leon. »Magst nix mehr essen?«

Leon schüttelt den Kopf. »Naa. Koan Hunger.«

»Des Baby hat Zeitlang«, feixt Hannes und taucht zögernd seine Hände in die Seifenlauge, um sie sofort darauf wieder zurückzuziehen. »Aua, is des heiß.«

»Halt 's Maul, du Depp!«, schreit Leon und wirft seinen Müslilöffel nach Hannes, der sich geistesgegenwärtig duckt. Der Löffel landet mit einem satten Platsch im Waschzuber und spritzt die Zwillinge nass.

»Hey, spinnst du?« Toni wischt sich die Seifenlauge aus den Augen, taucht den Spüllappen ins Wasser und wirft ihn nach Leon. Der Lappen verfehlt Leon und landet mitten in Andas Gesicht.

»Oh-oh«, macht Toni und geht einen Schritt zurück. Die beiden anderen schauen ebenfalls betreten drein.

Anda wischt sich das Gesicht ab. »Setzts euch her«, sagt er zu den Zwillingen. »Aber ...«, versucht Hannes einzuwenden und deutet auf den Waschzuber, doch Toni stößt ihn mit dem Ellbogen an, und er verstummt. Beide setzen sich.

»Ich hab auch Zeitlang«, sagt Anda. »Die Mama fehlt mir. Jeden Tag. Und nicht nur, weil's in der Küche ausschaut wie in einem Saustall.« Er versucht ein Grinsen.

»Es ist so staad, wenn sie ned da is. Und die Uhr tickt immer so laut«, klagt Leon und schaut in seine Müslischüssel. »I glaub, sogar dem Haus fehlt die Mama .«

Anda nickt. »Ganz gwieß sogar.«

»I hab aa Zeitlang nach ihr«, sagt Toni plötzlich, und Hannes schaut ihn empört an.

»Ja, du vielleicht ned, oder?«, schnappt Toni wütend. »Hast du ned erst gestern Abend gsagt, du tätst sie gern mal besuchen?«

Hannes wird rot. »Schon. Weil's halt cool wär.«

»Ich wollt eh in den nächsten Tagen rauffahren und neue Vorräte bringen. Des könnten wir doch schon morgen alle zusammen machen?«, schlägt Anda vor. »Ihr könntet doch einfach mitfahren?«

»Au ja!«, ruft Leon begeistert, und die Zwillinge schauen ebenfalls so aus, als ob ihnen die Idee gefallen würde, auch wenn sie sich Mühe geben, es nicht zu deutlich zu zeigen. »Könnt ganz gechillt sein«, meint Hannes schließlich zögernd, und Anda lacht. »Ja, genau. Voll gechillt.«

Dann machen sie sich gemeinsam daran, die Trikots zu waschen und die Küche aufzuräumen. Als Anda die Trikots schließlich aus dem Trockner zieht, sind sie fast trocken und schauen ziemlich sauber aus. Vor allem stinken sie nicht mehr, wie Hannes zufrieden feststellt.

Keine fünf Minuten später kommt der Vater eines Teamkollegen der Zwillinge. Die beiden schnappen sich ihre Taschen, Anda wünscht toi, toi, toi, winkt ihnen nach, und schon sind sie weg. Leon ist an diesem Samstag auch verabredet, er fährt mit einem Freund und dessen Eltern nach Marktlkirchen ins Freibad, wo es im Gegensatz zum Ramsacher Weiher eine Wasserrutsche gibt. Anda hilft ihm, seine Sachen zu packen.

Leon ist ungewöhnlich anschmiegsam, am Ende umarmt er seinen Vater sogar. »Ich gfrei mi auf morgen«, sagt er, und Anda drückt ihn fest.

Dann ist auch Leon weg und das Haus still. Es ist tatsächlich besonders still, seit Anni nicht da ist. Leon hat recht, man kann sogar im Hausflur die Küchenuhr ticken hören. Anda geht durch die leeren Räume, die große, helle Küche, die ehrwürdige Bauernstube mit dem antiken Esstisch und den Stühlen mit den unbequemen Rückenlehnen, in der sie sich jedoch nur selten aufhalten, und das gemütliche Wohnzimmer, sehr modern, bunt und ein bisschen chaotisch, ein Dorn im Auge seiner Mutter, der dieser Stilbruch »Herzweh« bereitet, wie sie nicht müde wird zu betonen. Anda kann plötzlich in jedem Raum die Uhr ticken hören, und das macht ihn nervös.

Das ganze Haus macht ihn nervös, die Leere darin. Er muss raus. Seit fünf von den Kühen und vor allem das Jungvieh bei Anni auf der Alm sind, hat er viel weniger Arbeit. Auf den Feldern gibt es im Moment nichts zu tun, die Maisernte und das Getreide stehen noch aus.

Die Uhr tickt aufdringlich, und er wundert sich, dass es ihm noch nie zuvor aufgefallen ist.

Er muss eine neue Uhr kaufen, eine mit einem anderen Ticken.

Er muss mit Snake reden.

Der Gedanke schließt sich nahtlos an den Gedanken an die Uhr an, völlig selbstverständlich. Er muss eine neue Uhr kaufen. Er muss mit Snake reden. Er muss an die frische Luft. Er muss raus. Er muss etwas TUN.

Anda geht zurück in die Küche und schmiert sich ein paar Brote, packt sie zusammen mit einer Flasche Wasser in seinen alten grünen Rucksack und geht nach oben, um sich umzuziehen. Er wird in den Wald gehen. Heute ist der richtige Tag, um Holz zu schlagen.

Zum Gschwendtnerhof gehört eine große Waldfläche. Das Holz hieraus, das sie überwiegend an das Sägewerk verkaufen, bringt ihnen gutes Geld ein und macht ihren Hauptverdienst aus. Anda ist der Wald immer der liebste Teil des Hofes gewesen. Er achtet genau darauf, immer nur ganz bestimmte Flächen zu bewirtschaften, zurückhaltend auszuholzen und so viel Fläche wie nur irgendwie wirtschaftlich tragbar wild zu lassen. Dieser wilde Teil des Waldes ist sein Refugium. Dorthin fährt er, wenn ihm alles zu viel wird. Auch dort gibt es manchmal einen Baum zu fällen. Den fällt er dann aber ganz allein, nur mit seiner alten Motorsäge, ohne großen Buhei. Anni hatte einmal ein Baumhaus, das eigentlich den Kindern gehört hat und das ihr genau zum selben Zweck diente: zu verschwinden, wenn sie ihre Ruhe brauchte. Leider hat sie das Baumhaus dann im letzten Jahr auch noch dazu benutzt, sich mit diesem preißischen Handwerksburschen zu treffen, was dann wiederum Anda zu viel wurde. Viel zu viel.

Er hat den Kerl vom Hof gejagt und das Baumhaus verbrannt. Er konnte nicht anders. Jedes Mal, wenn sein Blick darauffiel, hat er an diesen Hinnerk denken müssen und wie der da oben mit seiner Frau geschlafen hat. Auch wenn er sich danach mit Anni wieder versöhnt hat, hat er es nie bereut, es mitsamt der Matratze, den Kissen, Vorhängen und allem, was noch drin war, zu verbrennen. Aber danach hatte die Anni keinen Rückzugspunkt mehr. Selber schuld, könnte man sagen. Aber Anda war immer klar, dass die Anni so etwas braucht, schon allein wegen seiner Mutter, die ständig an ihr rumkrittelt und sich in alles einmischt. Vielleicht wollte Anni deswegen in diesem Sommer plötzlich auf die Alm, überlegt Anda plötzlich. Weil sie nirgends hinkann, wenn ihr hier alles zu eng, zu viel wird? Seine ständig schimpfende und kontrollierende Mutter, die drei Buben, die viele Arbeit, der Unterricht an der Schule, das kann einen schon manchmal an die Grenze bringen.

Anda zieht seine schweren Schuhe mit den Metallkappen an und geht nach draußen. Das Wetter ist nach dem tagelangen Dauerregen jetzt wieder beständig warm, aber nicht zu heiß, die Sonne scheint vom wolkenlosen Himmel, und es weht ein leichter Wind. Das ideale Wetter für den Wald. Als er zu seinem Unimog geht, dem alten grünen Ungetüm, das schon seinem Vater gehört hat und nicht umzubringen ist, kommt er an der Stelle vorbei, wo Annis Baumhaus gestanden hat. Er hatte es damals, als die Buben noch klein waren, in die große Linde gezimmert, gut versteckt zwischen den dichten, raschelnden Ästen. Vielleicht wäre es eine gute Idee, Anni ein neues Refugium zu bauen? Damit sie nicht nochmal auf eine Alm flüchten muss? Oder sich am Ende noch einen neuen Handwerksburschen anlacht und ganz abhaut? Anda geht um die Linde herum zu Annis Kräutergarten, der vollkommen eingewachsen ist von Weißdorn- und Ranunkelsträuchern. Dort an der Ecke neben dem Flieder wäre ein schöner Platz für ein kleines Gartenhaus. Anda geht die Fläche ab. Man könnte ein Sechseck hinstellen, mit Fenstern nur auf der hofabgewandten Seite, damit Anni nicht gestört wird. Von dort hätte sie einen bärigen Blick hinunter nach Untermarktlbrunn und noch weiter über die Maisfelder bis nach Marktlkirchen.

In seinem Kopf beginnt er bereits Pläne zu machen. Mit Holz kennt sich Anda aus. Mit Holz und mit Kühen. Das war immer schon so. Nicht gerade eine Begabung, mit der man angeben könnte. Andere kennen sich mit Computern aus, mit Dieselmotoren, Segelfliegern, Schnellfeuerwaffen, Gasgrillen, den Musikströmungen der letzten zwanzig Jahre und natürlich mit Fußball. Anda nicht. Fußball interessiert ihn nicht besonders, einen Gasgrill besitzt er nicht, und er mag noch immer die Musik seiner Jugend am liebsten. Mit Hilfe von Lynyrd Skynyrd hat er seine Pubertät überlebt; Molly Hatchet, The Band, Bob Dylan, Neil Young und die Eagles haben ihn erkennen lassen, dass es irgendwo noch andere Dinge gibt als heilige Messen am Sonntag, geputzte Haferlschuhe, weiße Trachtenhemden, Tischgebete und nass gekämmte Seitenscheitel. Zwar war diese Musik in seiner Jugend in den Achtzigern und Neunzigern schon wieder out gewesen, aber das war ihm egal und ist es ihm noch heute. Laut pfeift er »Old Man«, während er mit einem Stock grob die Umrisse des geplanten Gartenhauses in die Erde ritzt. Er wird Anni ein neues Haus bauen. Ein Haus ganz für sie allein, wo sie ihre Ruhe hat. So etwas, wie die Nagelkiste voller Süßigkeiten in seiner Kindheit für ihn war, wie es der Wald jetzt für ihn ist. Er rammt den Holzstecken in den Boden, dort, wo er die zukünftige Tür schon vor sich sehen kann, geht zu seinem Unimog, wirft seine Motorsäge und eine Axt auf die Ladefläche und fährt los.

Anda fährt tief in den Wald hinein. Es gibt dort längst keine Straße mehr, nur noch einen kaum sichtbaren Holzweg, über den der Unimog rumpelt und keucht. Sein Ziel ist eine Stelle, wo er vor ein paar Wochen eine einzelne Fichte gekennzeichnet hat, die er heute umschneiden möchte.

Es ist ganz still, als er aussteigt, aber die Stille ist anders als in seinem leeren Haus. Sie bewegt sich um ihn herum, ist lebendig, lässt die Sonnenflecken auf dem Nadelboden flirren. Vor ihm flattert ein Nußgratscher aus dem Unterholz auf und krächzt wütend. Anda kann die blauen Federn an seinen Flügeln erkennen. Es ist warm und riecht durchdringend nach Harz und Fichtennadeln. Als er die Motorsäge anwirft, ist das Geräusch fast unanständig laut. Anda stellt sich die Tiere im Verborgenen vor, die vor Schreck zusammenzucken, das Wild, das die Ohren aufstellt, die winzigen, schwarz-weißen Tannenmeisen und ihre aufgeregten Sirr-Sirr-Rufe. Trotzdem mag er das Geräusch seiner Motorsäge. Er mag es, weil es bedeutet, etwas zu TUN, ein Ergebnis zu erzielen. Eine Motorsäge ist das Gegenteil von Grübelei und sinnlosem Im-Kreis-Herumdenken. Er mag die Sägespäne, die aufspritzten, und den Geruch nach frischem Holz. Er mag den kräftigen Stamm, dem er mit ihr zu Leibe rückt und an dem er schon sehen kann, was für gerade weiße Bretter daraus werden. Er kann in der Regel sogar sehen, was man daraus wird machen können – ein schönes Möbelstück, stabile Dachbalken oder, wie jetzt, ein Gartenhaus. Heute ist er allerdings nicht ganz bei der Sache. Es stören ihn die Gedanken an Snake, die ihn vorher schon so unvermittelt überfallen haben.

Er hat seit letztem Sonntag bei der Sonnnwendfeier nicht mehr mit ihm gesprochen. Hat sich gehütet, ins *Kuh 8* zu gehen. Stattdessen war er sogar wieder einmal im Dorfwirt, allerdings ganz kurz und erst spät, nachdem die meisten seiner Spezln schon weg waren. Stumm hat er ein Bier getrunken, an der Bar, wie ein Einsiedler. Die von den restlichen Stammtischhockern zu ihm herübergerufenen Fragen danach, wo er denn die ganze Zeit gewesen sei, hat er ebenso an sich abprallen lassen wie einen halbherzigen Versuch, wieder einmal einen Flachwitz auf Kosten von Anni und Burgi zu reißen. Als die Halbe leer war, ist er aufgestanden und gegangen.

Am Stammtisch ist auch Rudi Schwiebacher gesessen, rotgesichtig, stiernackig, den gleichen dumpfen Blick wie sein Vater und seine Brüder. Er sitzt meistens dort, eigentlich jeden Abend, und wie fast immer ist auch Jacko Wirzberger dabei gewesen. Die beiden sind seit der Schulzeit die besten Freunde. Anda hat den Kopf abgewandt, um nicht mit ihnen reden zu müssen, und sich gewundert, wie es möglich war, die letzten zwanzig Jahre mit ihnen am gleichen Tisch zu sitzen und nie mehr an die Geschichte zu denken, die ihm Snake letzte Woche so schmerzhaft wieder ins Gedächtnis gerufen hat.

Als er an dem Abend nach Hause gegangen ist, ist ihm klargeworden, dass dieser späte, einsame Besuch in der Dorfwirtschaft nichts als ein jämmerlicher Versuch war, wieder am Altgewohnten anzuknüpfen, so weiterzumachen wie bisher, trotz Luis und Mäx und trotz Snakes Geschichte. Aber der Versuch war gescheitert, und er hat es eigentlich schon vorher gewusst.

Seit jenem schlimmen Moment der Scham auf dem alten Kanapee bei Snakes Sonnwendfeier war ihm klar, dass das nicht mehr möglich ist.

Der anschließende Rückweg hinauf zum Gschwendtnerhof hat sich sehr merkwürdig angefühlt. Wehmütig, ein bisschen ratlos und gleichzeitig leicht, fast schwerelos. Wie im freien Fall. Anda konnte sich genau erinnern, wann er sich schon einmal ähnlich gefühlt hatte: Als er sich nach Monaten des Zögerns dazu durchgerungen hatte, Anni zu fragen, ob sie ihn heiraten wolle und Anni ja gesagt hatte. Damals hatte allerdings das Glücksgefühl überwogen, dieses Mal überwog die Ratlosigkeit.

Auch deswegen musste er in den Wald gehen.

Die Säge heult auf, und Anda schneidet vorsichtig einen Keil aus dem Fichtenstamm. Dann tritt er zur Seite, legt die Motorsäge ab und wartet. Der Baum beginnt zaghaft zu kippen. Er wird eine Schneise genau dort schlagen, wo Anda es vorgesehen hat. Das ist wichtig. Vor allem, wenn man allein unterwegs ist. Man darf sich nicht verschätzen. Er schaut nach oben. Der Wipfel der Fichte dreht sich, wie in Zeitlupe. Das ist nicht gut. Das ist nicht geplant. Anda zwinkert nervös und macht noch ein paar Schritte vom Baum weg. Die Fichte fällt nicht so, wie sie sollte. Er weiß nicht, warum, er hat alles genauso gemacht wie immer, doch der mächtige Stamm dreht sich in der Luft, der Winkel verändert sich, und Anda springt so weit zurück, wie er kann. Dann kracht es, Äste brechen, und sekundenlang ist die Luft erfüllt vom Rauschen der niederstürzenden Fichtenzweige. Noch ein letztes, metallisches Knirschen, dann ist wieder Stille. Anda rührt sich nicht. Sein Herz klopft wie ein Hammer. Dort, wo er eben noch gestanden hat, liegt jetzt der Baum. Er hat die Motorsäge unter sich begraben, und das Knirschen, das er gehört hat, war die Kühlerhaube seines Unimogs. Die Fichte ist mit dem Wipfel genau darauf gefallen.

»Kreizsakra!«, flucht Anda, aber er flucht leise, ist noch zu erschrocken darüber, dass um Haaresbreite nicht nur sein Unimog und seine Motorsäge, sondern er selbst unter dem Baum begraben worden wäre.

Nach einigen Minuten, die er braucht, um sich von dem Schock zu erholen, geht er langsam zu seinem Auto. Glücklicherweise stand es so weit entfernt, dass es nur von der äußersten Spitze des Baumes getroffen wurde, andernfalls wäre der Unimog komplett im Eimer. Es reicht auch so schon: Die Windschutzscheibe ist in tausend Scherben zersprungen, und die Motorhaube komplett eingedrückt. Schlimmer aber noch ist die Tatsache, dass der Baum unverrückbar daraufliegt. Selbst wenn das Auto noch fahrtüchtig wäre, könnte er es nicht von der Stelle bewegen. Trotzdem versucht er, den Baum von der Motorhaube zu entfernen, er zieht und reißt, und am Ende tritt er mit voller Wucht dagegen. Vergeblich. Der Baum bewegt sich keinen Millimeter. Stattdessen wird das aufgeregte Summen, das er bereits zuvor, ohne groß darauf zu achten, im Ohr hatte, jetzt, als er mit dem Fuß gegen die dichten Tannenzweige tritt, lauter, wütender, und mit einem Mal ist er umgeben von einer Wolke zorniger Wespen. Er hat gegen ein Wespennest getreten.

Anda weicht zurück, versucht, die Tiere mit den Händen abzuwehren, sein Gesicht zu schützen, doch es ist zu spät. Er spürt die Stiche im Gesicht, an den Armen, den Händen, im Nacken und beginnt zu laufen. Blind umherfuchtelnd, stolpert er durch den Wald, stößt sich an Wurzeln, läuft weiter, bis das Summen leiser wird und endlich irgendwann ganz verstummt. Schwer atmend bleibt er stehen. Sein ganzer Körper pocht. Er hat Stiche an den Händen, im Nacken und im Gesicht, doch er kann nicht sagen, wie viele. Sein Gesicht fühlt sich an wie zu Brei geschlagen, er kann bereits spüren, wie sein rechtes Auge zuzuschwellen beginnt. Wütend auf sich selbst lässt er sich an einen Stamm gelehnt zu Boden sinken und streckt die Beine aus. Er ist ungefähr dreihundert Meter von seinem Auto entfernt, ist wie ein Hase im Zickzack zwischen den Bäumen hindurchgelaufen. Was soll er tun? Er kann versuchen, statt dem Stamm das Auto zu bewegen, doch er ahnt schon, dass es vergeblich sein wird. Wenn es überhaupt noch anspringt. Er könnte einen seiner Kumpel anrufen und ihn bitten, ihm zu helfen. Sie alle haben Traktoren, Seilwinden, dicke Jeeps. Doch er zögert. Weiß nicht, wen er anrufen soll. Ihm fällt niemand ein, den er anrufen WILL. Hat keine Lust, sich von denen helfen zu lassen.Und dann kramt er sein Handy aus der Tasche, atmet erleichtert auf, als er sieht, dass es einen schwachen, aber immerhin vorhandenen Netzbalken hat, und ruft denjenigen seiner Bekannten an, der ihm noch vor zwei Wochen zuallerletzt eingefallen wäre und der ihn noch vor einer Woche ein Riesenarschloch genannt hat. Und das zu Recht. Er war ein Riesenarschloch gewesen.

Sechzehn

Anda ist mit den Schwiebachersöhnen mehr oder weniger aufgewachsen. Sein Vater und der alte Lorenz Schwiebacher waren befreundet, beide waren Jäger und oft miteinander unterwegs. Und so kam es, dass sich Anda oft auf dem Schwiebacherhof aufhielt. Der Hof ist noch heute der größte landwirtschaftliche Betrieb des Dorfes und der alte Lorenz Schwiebacher als Vorsitzender des örtlichen Bauernverbands und des Jagdvereins der einflussreichste Bauer am Ort. Seine drei Söhne haben das vierschrötige Aussehen, die rohe Kraft und das aggressive Auftreten des Vaters geerbt, ohne allerdings auch nur das Geringste von dessen Bauernschläue und seinem mitunter aufblitzenden rustikalen Charme mitbekommen zu haben.

Andas Vater hielt es für eine gute Idee, seinen einzigen Sohn der rauhen Umgebung der Schwiebachers auszusetzen, um ihn eine Weile dem bigotten, kontrollierenden Einfluss der Mutter zu entziehen. Vom Grundgedanken her war das gut gemeint, doch Anda konnte mit den dreien nie wirklich etwas anfangen. Er fühlte immer ein gewisses Unbehagen in ihrer Nähe, und oft hatte er auch Angst vor ihnen. Der jüngste der drei, Rudi Schwiebacher, ging mit ihm in eine Klasse, und so hatte Anda notgedrungen mit ihm am meisten zu tun, wobei man aber auch hier nicht von einer Freundschaft sprechen konnte. Rudi Schwiebachers bester Freund war Jakob Wirzberger, einziger Sohn des versoffenen Ottos, der damals noch Postbote in Untermarktlbrunn war. Weil er aber meistens schon gegen elf in der Wirtschaft hockte und man irgendwann einen Sack Briefe, die er eigentlich hätte austragen sollen, verdreckt und aufgeweicht im Ramsacher Hölzl fand, war's dann schnell vorbei mit seiner Postlerkarriere. Otto Wirzberger wurde in den Vorruhestand versetzt und hatte seitdem noch mehr Zeit, sich ins Wirtshaus zu setzen, zu saufen, bis nichts mehr hineinging, und danach zu Hause seine Frau und seinen Sohn zu schikanieren.

Jakob Wirzberger nannten alle nur Jacko. Diese Abkürzung war allerdings nicht als Hommage an Michael Jackson gedacht, den Jacko für eine weibische Schwuchtl hielt, sondern nur der Bequemlichkeit und einer gewissen Coolness geschuldet. Jacko klang einfach besser als Jakob oder gar Jackl, wie ihn seine Eltern nannten. Als ihn ein jüngerer, neuer Schüler einmal auf Michael Jackson ansprach und ihn bat, doch mal den Moonwalk zum Besten zu geben, reagierte Jacko Wirzberger, wie er es zu Hause gelernt hatte, wenn ihm jemand blöd kam: Er gab dem Buben eins aufs Maul, so dass er rücklings umfiel und aus der Nase blutete. Seitdem hatten Rudi Schwiebacher und Jacko Wirzberger den schmächtigen, blassen Buben mit den dunklen Haaren, der noch dazu nicht wie sie auf die Hauptschule, sondern aufs Gymnasium ging, auf dem Kieker. Es spielte dabei keine Rolle, dass der Bub zwei Jahre jünger war, und es spielte auch keine Rolle, dass er nie wieder ein Wort an Jacko richtete.

Nicht lange nach dem Vorfall erfuhren sie, woher er so plötzlich aufgetaucht war und warum er in Untermarktlbrunn bei seiner Oma wohnte: Seine Mutter war eine verrückte Schlampe gewesen und hatte sich aufgehängt. Seitdem verdrehten sie immer die Augen, wenn ihnen der Bub entgegenkam, taten so, als seien sie irre, schrien »bala bala«, oder was Irre halt so schreien.

Anda beteiligte sich nie an diesen groben Hänseleien, es war ihm unangenehm, und der Bub tat ihm leid. Trotzdem brachte er nie den Mut auf, etwas gegen Jacko und Rudi zu sagen. Er schwieg, schaute weg, ging stumm weiter. So ging es bis zu diesem Tag im Sommer, als dem Bub der Kragen platzte. Rudi hatte ihm beim Verlassen des Schulzentrums in Marktlkirchen, in dem sowohl das Gymnasium als auch Haupt-und Realschule untergebracht waren, einen Fuß gestellt, und als er hinfiel, wieherten die beiden vor Vergnügen, verrenkten wieder ihre Arme und Beine und rollten wie Wahnsinnige mit den Augen. »Kannst ja nicht mal gehen, Spastiker!«, rief Jacko. »Dein Hirn ist wahrscheinlich schon genauso verschimmelt wie das deiner gspinnerten Mutter …«

Der Bub hatte sich inzwischen wieder aufgerappelt und stieß in einem Anfall von Todesmut den mindestens um zwei Köpfe größeren Jacko mit beiden Fäusten hart gegen die Brust und schrie: »Halt's Maul, du hirnamputierter Volltrottel!«

Noch bevor der völlig verblüffte Jacko reagieren konnte, hatte der Bub schon die Beine in die Hand genommen und war davongelaufen.

Am nächsten Morgen, als Anda mit dem Bus in die Schule kam, hatte sich um den Eingang bereits eine Traube Schüler gebildet. Sie standen in einem Halbrund da und schauten nach oben. Es war merkwürdig still. Die Untermarktlbrunner, Obermarktlbrunner und Birnbichler Fahrschüler gesellten sich eilig dazu, um zu schauen, was da so interessant war. Über der Tür, an der Verstrebung des Vordachs, hing eine Puppe. Es war eine dieser Schlenkerpuppen mit weichen Gliedmaßen. Sie trug ein langes rosa Nachthemd, ihr Puppengesicht war grell überschminkt und ihre Haare wirr und schwarz. Um ihren Hals war ein Seil geschlungen, geknotet nach Galgenart, was ihren Kopf schief herunterhängen ließ. Sie drehte sich ganz sacht um ihre eigene Achse. Die Schüler schauten stumm hinauf, Anda erinnerte sich, wie ein paar Mädchen, die später als er dazukamen, spitz aufschrien und dann sofort verstummten, als fürchteten sie, das allgemeine Schweigen zu stören.

Der kleine, schmächtige Bub war mit ihm zusammen mit dem Bus gekommen und stand nur wenige Meter von ihm entfernt, abseits der anderen. Er starrte ebenfalls nach oben und war leichenblass. Anda konnte sehen, dass er am ganzen Körper zitterte. Da drehte der Bub plötzlich den Kopf, und ihre Blicke trafen sich. Er hatte leuchtend blaue Augen, die irgendwie nicht zu den dunklen Haaren passen wollten, wie Anda unsinnigerweise genau in dem Moment bemerkte. Plötzlich überkam ihn das dringende Bedürfnis, auf den Buben zuzugehen, einen Arm um ihn zu legen und ihn wegzubringen von der baumelnden Puppe und den schamlos starrenden Kindern. Er machte bereits einen Schritt in seine Richtung, doch dann kamen Jacko und Rudi von hinten an ihn herangetreten und boxten ihm links und rechts auf den Oberarm.

»Hey, Anda!«

»Oider, was geht?«

Wie in Zeitlupe drehte er sich zu ihnen um. Sie grinsten ihn an. Dumpf, einfältig, stolz auf ihre Tat. Ihm wurde übel. Ohne ein Wort wandte er sich von ihnen ab, doch der Bub war nicht mehr da.

Dieser Morgen vor der Schule war der Bruch gewesen. Anda ging von da an nicht mehr zum Schwiebacherhof, auch nicht, wenn sein Vater ihn ausdrücklich aufforderte mitzukommen. Er setzte sich im Schulbus woanders hin, blieb für sich, wurde noch schweigsamer und wechselte im Jahr darauf von der Hauptschule auf die Realschule. Dort fand er neue Freunde. Richtige Freunde, mit denen er Kajak fahren oder klettern ging, beim Baden den Mädchen nachsah und mit denen er darum wetteiferte, die eine oder andere zuerst ins Kino einzuladen. Und so vergaß er den Buben und den Vorfall an jenem Morgen. Vielleicht wollte er ihn auch einfach vergessen.

Später, als er Anni kennenlernte, tauchte Stefan Grassl am Rande seines Bewusstseins wieder auf. Er ging in Annis Parallelklasse und war damals schon mit Anni und Burgi befreundet. Seine dunklen Haare trug er jetzt lang und mit Mittelscheitel, hatte einen spärlich sprießenden Bart und wurde Tschieses genannt. Anda brachte ihn gar nicht mehr mit dem kleinen, blassen Elfjährigen in Verbindung, der Jacko Wirzberger einen hirnamputierten Volltrottel genannt hatte. Natürlich hätte er sich erinnern können. Es hätte ihm wieder einfallen können, wenn er jemals über Stefan Grassl nachgedacht hätte. Wenn er hätte nachdenken wollen. Zugegebenermaßen war in der Zeit in seinem Kopf nicht viel Platz zum Nachdenken, denn er dachte Tag und Nacht nur an Anni: Morgens, abends und die meiste Zeit dazwischen. Er dachte so viel an sie, dass er jedes Mal knallrot wurde, wenn er ihr im realen Leben begegnete und keine Antwort gab, wenn sie ihn ansprach, aus Angst, sie könne aus irgendeinem geheimen Mädchenwissen heraus bereits aus seinen Worten erahnen, dass er seit Wochen mit ihr einschlief und mit ihr aufwachte.

Während Anda jetzt an dem Baum gelehnt dahockt und darauf wartet, dass Snake kommt und ihm hilft, ist ihm plötzlich und ohne jeden Zweifel klar, dass das alles keine Entschuldigung ist. Er hätte sich erinnern *müssen*. Er hätte sich von vorneherein anders verhalten müssen. Und das nicht nur dieses eine Mal.

Als Snake endlich kommt, kann er kaum noch etwas sehen. Sein rechtes Auge ist komplett zugeschwollen und das linke Auge nur noch ein schmaler Schlitz. Sein Gesicht, seine Arme und Hände pochen heiß, und trotzdem fröstelt er. Zunächst hört er nur ein Rattern und Dröhnen, und dann sieht er verschwommen, wie Snake auf einem uralten Traktor den Holzweg herangetuckert kommt. Anda hat ihm geraten, seinen

Traktor zu nehmen, doch Snake hatte nur gemeint, er hätte seinen eigenen Bulldog. Immerhin ist er gekommen. Er hätte auch »leck mich am Arsch« sagen und auflegen können. Und Anda hätte das sogar verstanden.

Als er sieht, wie Snake vom Fahrersitz springt und sich suchend umsieht, winkt er. »Da bin i!« Mühsam rappelt er sich auf und merkt, dass ihm dabei leicht schwindlig wird. Er muss mindestens zwanzig Stiche abbekommen haben, wenn nicht mehr. Snake hat ihn bemerkt und kommt auf ihn zu. »Wie schaust denn du aus?«, fragt er, und es klingt erschrocken.

»Halb so wild«, ächzt er und winkt ab. »Bin nur in a Wespennest getreten.«

»Nur!« Snake macht ein Geräusch, das irgendwo zwischen Mitleid und Lachen liegt. »Haben dich ja ganz schön zugrichtet, die Mistviecher.«

Anda geht vorsichtig ein paar Schritte weiter. Alles dreht sich um ihn, und fast wäre er umgefallen, wenn ihn Snake nicht schnell am Arm gepackt und festgehalten hätte.

»Öha. Du musst zum Doktor«, sagt er. »Vielleicht brauchst eine Spritzn oder so.«

Anda schüttelt den Kopf. »Erst des Auto.«

Von Snake gestützt wankt er zu Snakes Traktor. Snake klettert ins Fahrerhaus hinauf, und Anda hört ihn dort herumkruschtln. Dann kommt er wieder heruntergesprungen und legt ihm einen nassen Lappen auf die Stirn.

»Trink was«, befiehlt er und hält ihm eine Wasserflasche hin.

Anda trinkt in großen Schlucken und presst sich anschließend den kalten Lappen auf die schmerzenden Augen.

Nach einer Weile lässt er den Lappen wieder sinken. »Passt schon wieder.«

Snake schaut ihm prüfend ins Gesicht, dann grinst er und sagt: »Du schaust echt voll scheiße aus.«

»Danke.«

»Gern. Hock dich irgendwohin, wo keine Wespen sind, wo du nicht umfallen kannst und auch keine Bäume auf dich drauffallen, ich kümmere mich derweil um dein Auto.« Anda nimmt Snake den Spott nicht übel. Er gehorcht sogar, hockt sich etwas entfernt auf einen alten Baumstumpf und schaut aus geschwollenen Augen zu, wie Snake ein Seil um die gefällte Fichte legt und sie dann mit dem Traktor langsam von seinem Unimog herunterzieht. Es sieht ganz leicht aus, jetzt, wo nicht er, sondern ein Traktor am Baum zieht. Anda steht auf und steigt in seinen Unimog. Er versucht, ihn zu starten, und tatsächlich, die unverwüstliche Karre springt sogar an.

Doch als er vorschlägt, jetzt damit nach Hause zu fahren, tippt sich Snake an die Stirn. »Du spinnst ja wohl vom Boa weg. Ohne Scheibn und dann auch noch halbblind. Was erzähl ich denn der Anni, wenn du über die Seiten nunterfährst oder gegen einen Baum rumpelst, ha?« Er lässt nicht mit sich reden, packt eine Abschleppstange aus und hängt den Unimog an seinen alten Traktor. »Den ziehn mir jetzt langsam heim, und dann bringst ihn zum Luggi, der flickt ihn wieder zamm.«

Luggi Killesreiter ist Untermarktlbrunns Autoflüsterer. Aufgrund widriger Umstände kann er den Beruf des Automechanikers im Augenblick nur im Verborgenen ausüben, weshalb er seine Werkstatt derzeit in einem leerstehenden Heustadl eingerichtet hat. Aber über mangelnde Kundschaft kann er sich auch dort nicht beklagen.

Sie bringen das Auto ohne Schwierigkeiten zurück auf Andas Hof. Anda muss Snake recht geben: Es wäre keine gute Idee gewesen, mit dem Unimog allein nach Hause zu fahren. Er sieht nur verschwommen, seine Augen tränen, und jeder einzelne Stich an seinem Körper tut ihm weh. Es fühlt sich an wie

Beulenpest. Trotzdem lädt er Snake noch ein, auf eine halbe Bier und eine Brotzeit dazubleiben.

Snake zögert und sieht auf die Uhr. »Ich muss bald meinen Laden aufsperren.«

»A halbe Stund wirst schon noch Zeit haben, oder?«

Sie setzen sich auf die Bank vors Haus, und Anda holt aus der Küche ein Stück geräucherten Speck, das er in Burgis Laden gekauft hat, eine dicke Scheibe von dem neuen scharfen Leberkäs, den Luis neuerdings macht, ein paar Scheiben Brot und zwei Bier. Er hält Snake seine Flasche hin, um anzustoßen.

»Danke.«

Snake nickt. »Passt schon.«

Anda deutet auf die Ecke von Annis Kräutergarten und erzählt Snake von seinem Plan, ihr dort ein Gartenhäuschen zu bauen.

»Gute Idee.« Snake nickt. »Das ist ein sauschöner Platz.«

»Warst du noch nie da?«

Snake schüttelt den Kopf. »Was hätt ich da herobn bei euch sollen?«

Anda trinkt noch einen Schluck und sagt dann zögernd. »Wegen der Gschicht … damals, mit dem Schwiebacher und dem Wirzberger … Des tut mir furchtbar leid. Ich weiß, des bringt dir jetzt auch nix mehr und … und … i … I war echt ein Riesenarschloch.« Er verstummt.

»Du warst gar ned wirklich dabei, oder?«, sagt Snake nach einer Weile.

Anda schüttelt den Kopf. »Naa. Ich hab davon gar nix gwusst. Aber … trotzdem …«

Snake nickt und schiebt sich ein Stück Brot mit Leberkäs in den Mund. Anda tut es ihm nach, der Schock hat ihn hungrig gemacht. Eine Weile essen sie schweigend, dann sagt Snake: »Des wird die Anni freuen, des Gartenhaus.«

»Ja. Ich hoff nur, dass ich fertig werde, bevor sie runterkommt. Soll ja eine Überraschung werden.«

Snake schaut auf seine Schuhspitzen. Er trägt alte, schmutzverkrustete Bergstiefel, die an der Oberseite schon brüchig werden. »Ich könnt dir helfen. Also ... wennst Hilfe brauchst ...«

Anda schaut Snake überrascht an. »Gern. Wenn du magst.«

»I hab schon öfters was gebaut. In Indien zum Beispiel hab ich mal mitgeholfen, einen Stall zu bauen ...« Er lacht ein bisschen. »Einen großen, schönen Stall, sogar mit Dach. Für eine heilige Kuh. Die Arbeiter haben neben dem Stall im Dreck gschlafen, und die Kuh hat's schön trocken und sauber gehabt.«

»War des gut, da drunten in Indien?«, fragt Anda.

Snake zuckt mit den Schultern. »Manchmal. Ned immer.«

»Aber du wolltest auch nicht wieder heim?«

»Nein. Lang nicht. Ich glaub, ich hab Angst ghabt, dass es hier auch nicht besser ist und ich dann, wenn ich erstmal wieder da bin, nicht mehr weiß, wo ich sonst noch hinsoll, verstehst?«

»Hm.« Anda ist in seinem ganzen Leben noch nie weiter gewesen als in Italien und einmal an der Nordsee. Die Vorstellung, jahrelang allein durch ein so fremdes Land wie Indien zu fahren, erschreckt ihn, und gleichzeitig muss er sich eingestehen, dass er Snake dafür bewundert.

»Ich kenn mich nicht so gut aus mit'm Reisen«, sagt er schließlich aufrichtig. »Ich versteh nur was von Kühen und vom Holz.«

»Wenn 's Holz ned grad auf dich drauffällt.« Snake lacht.

»Ja.« Anda merkt, wie erst jetzt der Schreck, der ihm in die Glieder gefahren ist, langsam von ihm abfällt. »Kreizsakra, des war echt knapp.«

Snake schaut ihn lange an, dann sagt er: »Wär schad gwesen. Ich glaub nämlich, du bist doch kein Riesenarschloch.«

Sie trinken schweigend ihr Bier aus. Schließlich steht Snake auf. »I muss weiter. Danke für die Brotzeit.«

Anda steht ebenfalls auf. »Ich wollt wegen der Buben schon morgen mit den Vorräten auf die Alm fahren, weil doch Sonntag ist und sie da mitfahren können. Passt des dir auch?«

Snake zögert, und die seltsame Verschlossenheit, die Anda schon an ihm kennengelernt hat, kehrt in sein Gesicht zurück. »Morgen?«, sagt er gedehnt. »Morgen hab ich keine Zeit. Überhaupts ned.«

»Schad. Die Burgi hätt sich sicher gfreut.« Anda kratzt sich am Kopf und zuckt zusammen, als er eine weitere, dicke Wespenbeule berührt.

»Brauchst meinen Pick-up?«, will Snake wissen, ohne auf Andas Worte einzugehen. »Weil der Unimog ja erstmal nicht taugt, um damit auf die Alm zu fahren.«

Anda schüttelt den Kopf. »Naa, ich nehm unser normales Auto, der hat auch Allrad, mit dem komm ich schon rauf.«

»Gwieß?«

»Ganz gwieß. Und nochmal danke.«

Snake nickt ihm zu. »Also dann, bis bald mal. Grüß mir die Anni.« Er dreht sich um und geht zu seinem Traktor.

Anda schaut ihm nach und wundert sich. Er wundert sich, was Snake am Sonntag wohl so Dringendes zu tun haben könnte, dass er nicht mit auf die Alm kommen kann, oder ob das nur eine Ausrede war. Und noch mehr wundert er sich, dass Snake Anni einen schönen Gruß ausrichten hat lassen, Burgi aber nicht.

Siebzehn

Ich denke, es war ein Omen. Also, dass Ulysses meinen *Ulysses* gefressen hat. Dass er ausgerechnet am Abend, bevor ich mit Snake reden wollte, »unsere« zwei Wörter verspeist hat. Das hat man davon, wenn man sich auf Wörter verlässt. Andere Liebespaare haben ein gemeinsames Lied, das ist praktischer, denn das kann man wenigstens nicht auffressen.

An dem Wochenende nach meinem schrecklichen Treffen mit Snake hocke ich den halben Tag auf der Eckbank und starre unglücklich auf die einzige verbliebene Seite, die mir von meinem *Ulysses* geblieben ist. Ein paar Mal bin ich kurz davor, sie einfach zu zerknüllen und ins Feuer zu werfen.

Mit dem tierischen Ulysses bin ich immer noch »verschmacht«, wie man bei uns so schön sagt, was ungefähr so viel wie beleidigt bedeutet, aber andererseits auch wiederum viel mehr: verletzt, gekränkt … Er hat nicht mal Verstopfung gehabt. Nicht die Bohne. Er hat James Joyce ganz vortrefflich verdaut. Dafür hab ich jetzt Magenbeschwerden. Verzweiflungsbeschwerden. Mir schmeckt nicht mal mehr der Kaiserschmarrn, kein Speck, keine Wurst, noch nicht mal Butterbrot. Das am allerwenigsten. Ich hab keine Lust, zu den Hühnern zu gehen, ich habe keine Lust, mit dem Käsen anzufangen, und hab keine Lust, IRGENDETWAS zu tun. Stattdessen versinke ich in einem Nebel aus Trauer, Wut und Selbstmitleid. Meine Arbeit erledige ich wie ferngesteuert. Wir nehmen gemeinsam die Wäsche ab, die hart wie ein Brett, aber zumindest sauber geworden ist und wunderbar nach frischer Luft riecht, wie Anni bemerkt. Ich bemerke es gar nicht, denn ich WILL nichts

Wunderbares riechen. Ich kurble in der Früh schweigend die Zentrifuge, schleppe mich mit Anni zu den Kühen hinauf, kümmere mich um die Hühner und bringe am Abend die Milch zur Straße hinunter, aber eigentlich bin ich gar nicht anwesend. Mein Kopf ist ganz umnebelt, und beim geringsten Anlass kommen mir die Tränen. Anni unterstützt mich mit Litern von Kräutertee, für den sie eigens für mich rund um die Alm frischen Spitzwegerich und Schafgarbe pflückt, sie schimpft zusammen mit mir über Snake im Besonderen und über die Männer im Allgemeinen und teilt schwesterlich den Vogelbeerschnaps, wenn gar nichts anderes mehr hilft. Ich bin ihr unendlich dankbar für ihre Unterstützung, aber jedes Mal, wenn ich ihr das sagen will, versagt mir die Stimme, und ich muss wieder weinen.

Verzweifelt hocke ich in diesem kalten, klammen Brunnenloch, das man Liebeskummer nennt, und finde keinen Weg hinaus. Am Sonntagvormittag dann gibt es eine kurze Unterbrechung, die jedoch nicht gerade dazu beiträgt, dass ich mich besser fühle. Als wir vom Kühezählen heruntersteigen, kommen uns Anda und die drei Buben entgegen. Ohne Snake. Sie sind schon heute gekommen, um Anni alle zusammen zu überraschen. Anni ist selig. Leon hängt an ihr wie eine Klette, vergisst ganz, dass er gegenüber seinen großen Brüdern cool sein muss, und sogar Hannes und Toni vergessen ihre vierzehnjährige Männlichkeit und plappern und erzählen in einem fort und rennen und springen mit Ulysses herum, grad so, als ob sie höchstens so alt wie der Leon wären.

Anda sieht ein bisschen merkwürdig aus. Er hat eigentlich ein sehr schmales, scharf geschnittenes Gesicht, aber heute wirkt es weich, dick und aufgequollen, seine Augen sind ganz klein, und bei genauerer Betrachtung sieht man überall kleine Beulen, auch an den Händen, den Armen und im Nacken.

»Vierundzwanzig Wespenstiche«, erzählt er uns mit einem schiefen Grinsen, als wir zusammen vor der Hütte sitzen.

Anni schaut ihn erschrocken an. »Um Gottes willen! Bist du in ein Wespennest gefallen?«

»So ähnlich. Der Unimog ist auch hin.« Und dann erzählt er uns, wie er im Wald um ein Haar von einem Baum erschlagen worden wäre, und Anni wird ganz blass.

»Kann man dich überhaupts ned allein lassen?«, schimpft sie los. »Ich sag doch immer, es ist zu gefährlich, allein zum Holzen zu gehen.«

Anda nickt. »Hast schon recht. Ich hab dann den Snake angerufen. Er hat mir geholfen.« Er zögert, man hat das Gefühl, er wolle noch etwas erzählen, doch dann sagt er nur: »Der is fei echt in Ordnung.«

»Sag ich doch eh immer.« Anni wirft mir einen schnellen Blick zu und will das Thema wechseln, doch es ist schon zu spät. Schon bei der Erwähnung des Namens ist mir ganz kalt geworden, und in meinem Magen hat es zu flattern begonnen. Dabei ist mir aufgefallen, dass Anda ihn zum ersten Mal Snake genannt hat. Früher hat er ihn, so ziemlich als Einziger in unserem Bekanntenkreis, immer nur stur Grassl genannt, so, als wäre es ihm zu blöd, ihn Snake zu nennen. Er war überhaupt immer sehr reserviert gegenüber Snake und hat nur das Allernotwendigste mit ihm geredet. Ich hatte auch oft das Gefühl, Anda kam nur ins *Kuh 8*, wenn Anni ihn drum gebeten hat. Deshalb finde ich es höchst verwunderlich, dass er jetzt ausgerechnet Snake angerufen hat, um ihm im Wald zu helfen. Ich mein, der Anda hat wirklich genug Spezln im Dorf, die ihm bei sowas helfen könnten. Aber das nur am Rande. Mich interessiert eigentlich etwas ganz anderes. »Hat … hat … er was gsagt?«, frage ich Anda, und meine Stimme zittert peinlicherweise dabei.

»Wie, was gsagt?« Anda runzelt die Stirn.

»Wegen mir, mein ich.«

Anda schüttelt den Kopf. »Er hat nur gemeint, er hätte heut keine Zeit. Hätt's denn da was zum Sagen gegeben?«

Ich zögere. »Nein ... eigentlich nicht.« War blöd von mir zu glauben, Snake würde mit Anda über mich reden. Saublöd. Supersaublöd. Ich spüre, wie mein Kopf zu glühen beginnt, und stehe so hastig auf, dass ich meine Kaffeetasse umwerfe und sich der heiße Kaffee über Andas Hose ergießt.

»O mei! Entschuldige! I bin so deppert ... » Ich schaue mich nach einem Lumpen um, werde ganz fahrig, und Anni nimmt mich am Arm. »Ned so schlimm.«

»Trocknet doch wieder.« Anda lächelt mir aus seinem verbeulten Gesicht zu.

»I glaub ... i geh mal ... zu den Hühnern«, stottere ich und nicke Anda noch einmal zu. »Echt blöd von mir ...« Dann verschwinde ich schnell, bevor ich noch was umwerfe.

Ich bleibe lange im Hühnerstall. Sehr, sehr lange. Am liebsten würde ich gar nicht mehr herauskommen. Es ist komisch und wahrscheinlich irgendwie besorgniserregend, also psychologisch gesehen, mein ich, dass ich mich ausgerechnet im Hühnerstall so wohl fühle. Es ist die friedliche Stimmung hier, der Geruch nach Heu, die leisen Geräusche, die die Hühner machen, während sie vor dem Stall herumscharren. Das alles beruhigt mich. Und dann ist da ja noch Trudi. Sie hat viel mehr unter den vergangenen Regentagen gelitten als die anderen Hennen, weil sie im Stall bleiben musste und mir so nicht nachlaufen konnte. Seit die Sonne wieder scheint, holt sie daher alles, was ihr an Streicheleinheiten gefehlt hat, doppelt und dreifach wieder nach und lässt mich keine Sekunde mehr aus den Augen. Jetzt ist sie mit mir hereingekommen, umkreist mich vorsichtig, als wüsste sie, dass ich Kummer habe, pickt mal hier, mal da und gackert dabei tröstlich vor sich hin. Ich hebe sie auf meinen Schoß und streichle ihre weichen Federn. Nach einer Weile kommt Anni herein. »Wir gehen zu den oberen Wiesen rauf und machen da ein Picknick. Vielleicht gehen wir auch noch weiter bis zur Wetterwandalm. Magst ned mitgehen?«

Ich schüttle den Kopf. Eine Wanderung ist das Letzte, was ich jetzt machen will. Noch dazu umzingelt von so viel Familienglück. Es ist nicht zu übersehen, wie sehr sich Anni über den Besuch freut. Sie strahlt von innen heraus, als ob jemand in ihr ein Licht angezündet hätte. Draußen kann man die Buben kreischen hören, Anda ruft etwas und lacht, und Ulysses bellt aufgeregt dazwischen. Anni schaut hinaus. »Die haben einen Riesenspaß mit dem Hund.«

Ich setze Trudi ab und stehe auf. »Geht's nur, ich würd euch am End noch den schönen Tag versauen.«

Anni schüttelt den Kopf. »Naa …«, beginnt sie, doch ich lasse sie nicht ausreden, sondern schiebe sie energisch zur Tür hinaus. »Hauts schon ab. Ich find's auch ganz schön, mal ein paar Stunden allein zu sein.«

Ich schaue ihnen nach, wie sie zu fünft zusammen mit Ulysses den Hang hinaufsteigen, und spüre, wie mich eine Welle aus Selbstmitleid umzuwerfen droht. Ach, was sag ich, ein ausgewachsener Tsunami ist es. Deprimiert schlurfe ich nach oben und verkrieche mich in meinem Bett. Irgendwo, in einem winzigen Winkel meines Bewusstseins, hatte ich dummerweise noch geglaubt, dass alles einfach nicht wahr ist. Ich hatte trotz allem gehofft, dass Snake beim nächsten Mal wieder zusammen mit Anda auf die Alm kommt, wie wenn nichts gewesen wäre, und ich merke, dass ich mir alles nur eingebildet habe.

Aber so läuft das nicht. Wenn was vorbei ist, ist es vorbei, und man hat den Dreck im Schachterl. Da gibt's nix, an was noch rumzudeuteln wäre. Und das mit dem »Freunde bleiben« wird auch nicht so einfach werden, wie es sich anhört.

Im Gegenteil, wie ich so daliege und an die Decke starre, während draußen die Sonne vom blitzblauen Himmel strahlt, wird mir klar, dass ich ihn nie wiedersehen will. Ich werde niemals wieder ins *Kuh 8* gehen, ich werde die Straßenseite wechseln, wenn ich ihm begegne, und im Übrigen stumm und würdevoll leiden. Wahrscheinlich werde ich vor Kummer immer dünner werden, nur noch ein Schatten meiner selbst, ein schmales, blasses Gesicht, die Augen voller Schmerz, und alle werden sagen: »Schauts euch die Burgi an, so sieht jemand aus, dem das Herz gebrochen wurde.« Ich werde als unglücklich Liebende in die Dorfchronik von Untermarktlbrunn eingehen. Ich male mir aus, wie ich immer durchsichtiger werde, endlich elfengleich … Doch es nützt nichts mehr, denn ich kann nicht mehr lieben, mein Herz ist in Stücke gebrochen, und es gibt niemanden, der es reparieren kann … Bei der Vorstellung kommen mir schon wieder die Tränen.

Irgendwann muss ich wohl über diesem traurigen Zukunftsbild eingeschlafen sein, denn ich schrecke hoch, als ich Annis Stimme unten höre. Sie verabschiedet sich gerade von Anda und ihren Buben. Sie sind also wieder zurück von ihrer Wanderung, und ich habe den ganzen Nachmittag verschlafen. Die Sonne steht schon tief, es muss etwa halb sechs sein. Ich krabble ans Fenster und schaue hinunter. Sie küssen sich. Kein Bussi oder so, nein, sie küssen sich so richtig. Innig. Meine Güte! Was so zwei Wochen Almaufenthalt bei einem gstandnen Ehepaar ausmachen. Ich wende mich taktvoll ab und steige wieder in meine Jeans. Seit heute Vormittag habe ich nichts mehr gegessen, mein Magen knurrt beleidigt.

Vielleicht macht sich mein Liebeskummer ja gewichtstechnisch schon bemerkbar? Ich ziehe den Bauch ein, bis mir die Luft wegbleibt, und schiebe eine Hand zwischen Bauch und Hosenbund und bin freudig überrascht: Fast kann ich sie quer stellen! Bald wird es so weit sein, und ich werde durchsichtig und zerbrechlich aussehen. Bis es so weit ist, beschließe ich aber, mir erst mal eine kleine Brotzeit zu gönnen. Liebeskummer-Hungern ist ja gut und schön, VERhungern muss auch nicht gleich sein.

In dieser Nacht kommt der Hirsch zurück. Ich kann nicht schlafen, weil ich ja den ganzen Nachmittag schon geschlafen habe. Fest in meine Decke eingewickelt, hocke ich an meinem Kammerfenster und schaue hellwach und gleichzeitig ausgesprochen trübsinnig in die mondhelle Juninacht hinaus. Eine Bewegung am Waldrand zieht meine Aufmerksamkeit auf sich. Dort tritt der Hirsch auf die Wiese. Langsam und majestätisch kommt er näher. Es ist derselbe Hirsch wie beim letzten Mal, ich erkenne ihn an seinem großen Geweih wieder. Sicher wird es nicht zwei identisch stattliche Zwölfender da heroben geben, die uns regelmäßig einen Besuch abstatten.

Er kommt wieder ganz nahe an die Hütte heran, und direkt unter meinem Fenster bleibt er stehen. Ich kann den Blick nicht von dem schönen Tier abwenden. Plötzlich hebt er den Kopf und schaut zu mir herauf. Vor Schreck halte ich den Atem an. Wieder habe ich das Gefühl, er sieht mich direkt an, und wieder bekomme ich Gänsehaut. Ich wage keine Bewegung.

Nach wenigen Sekunden, die mir wie Minuten vorkommen, wendet er sich wieder ab und trottet langsam davon. Jetzt kann ich am Waldrand auch ein paar Rehe erkennen. Er geht in ihre Richtung, dann verschluckt der Schatten der Bäume die Tiere, und die Wiese liegt wieder leer und einsam im Mondlicht. Ich schaue ihm nach, warte und hoffe aus irgendeinem verrückten Grund, dass er zurückkommt. Als meine Augen schließlich doch müde werden, reiße ich sie gewaltsam immer wieder auf, aus Angst, ich könnte den Moment verpassen, in dem er aus dem Schatten heraustritt und noch einmal zu mir herüberkommt, doch irgendwann gebe ich den Kampf auf und schlafe, noch immer an das Kammerfenster gelehnt, endlich ein.

Als ich gegen vier Uhr morgens in der gleichen Stellung aufwache, bin ich für einen Moment verwirrt, dann fällt mir der Hirsch wieder ein, und ich bin mir plötzlich nicht mehr sicher, ob ich ihn wirklich gesehen oder nur von ihm geträumt habe. Das kleine Fenserviereck zeigt einen durchscheinenden perlgrauen Himmel, und im Osten kann man schon einen zartrosa Streifen erkennen. Über dem Wald schimmert, langsam verblassend, ein Stern.

Plötzlich habe ich keine Lust mehr zu leiden. Drei Tage lang heulen und Vogelbeerschnaps trinken reicht. Es würde so oder so reichen, aber auf einer Alm, an einem Morgen, an dem einem ein Stern durchs Fenster zuzwinkert, ist es mehr als genug. Auch das Bild einer zerbrechlichen, blassen, liebeskummergebeugten Burgi, das mich gestern Abend noch so fasziniert hat, erscheint mir angesichts des funkelnden Morgensterns am Himmel nicht mehr erstrebenswert. Sie haben sich das ja wahrscheinlich längst gedacht, aber ich bin manchmal ein bissl schwer von Kapeé, vor allem in solchen Dingen: Da muss mich erst ein Hirsch besuchen und mir ein Stern zuzwinkern, bis ich kapier, dass ich halt einfach kein zartes Hascherl mit großen Kulleraugen bin, das man stehenlässt und das dann für den Rest seines Lebens in Trauer versinkt. Werd ich auch nie werden. Ein Hascherl, mein ich. Genauso wenig, wie ich jemals durchsichtig und zerbrechlich, oder gar grazil, rehäugig und mondän werd. Letzeres wär ich im Übrigen auch dann nicht geworden, wenn ich es noch geschafft hätte, den *Ulysses* wirklich zu lesen, bevor er verspeist wurde. Da kann man halt nix machen. Und wie heißt es so schön in meinem neuen Sprüchebuch: »A verschüttets Wasser ko ma nimmer aufheben.« Aus is und gor, und ich werd schon damit fertig werden. Müssen.

Weil ich aber noch nicht so recht weiß, was ich mit diesen neugewonnenen Einsichten anfangen soll, beschließe ich fürs Erste, mir meine Haare und den Rest der noch ganz und gar nicht durchsichtigen Burgi zu waschen und frische Klamotten anzuziehen.

Das kalte Wasser des Brunnens tut mir so gut, dass ich am liebsten juchzen würde, doch ich verkneife es mir, um Anni nicht zu wecken. Ich mache Feuer, gehe in den Hühnerstall, lasse die Damen ins Freie, folge ihnen und unterhalte mich eine Weile mit Trudi. Sie sieht mich aufmerksam an, legt den Kopf schief und sagt »Gack«, dann fängt sie an, wie wild an meinem Hosenbein herumzupicken, und ich bin mir nicht sicher, ob das als Aufmunterung gemeint ist oder ob sie nur Hunger hat. Vorsichtig trage ich sie zur Futterschale zurück, damit sie frühstücken kann, statt ein Loch in meine Hose zu bohren, und mache mich schnell davon, bevor sie auf die Idee kommt, mir wieder hinterherzulaufen

Als ich zurück in die Hütte komme, regt sich nichts, Anni schläft noch. Das Feuer knackt im Herd, und das Kaffeewasser ist schon heiß. Ich brühe mir eine Tasse auf und setze mich damit nach draußen. Die Morgenluft ist scharf und frisch, man hat das Gefühl, mit jedem Atemzug eine Extradosis Sauerstoff in die Adern gepumpt zu bekommen. Wie bei einer Droge. Es macht mich ganz hibbelig, ich kann kaum meine Beine stillhalten. Und weil ich so voller Tatendrang bin und Anni sich in den letzten Tagen so lieb um mich gekümmert hat, beschließe ich, heute das Jungvieh allein zu zählen. Ich schlüpfe in meine Bergstiefel, lege im Herd noch Holz nach, damit Anni es warm hat, wenn sie aufwacht, und schultere dann die Tasche mit der

Salzkleie. Ulysses ist verwirrt, als ich losgehe, und bleibt unsicher winselnd an der Tür stehen. Er ist es nicht gewohnt, dass Anni und ich nicht zusammen unterwegs sind, und weiß nicht, ob er lieber in der Hütte bleiben oder mit mir gehen soll. Ich dränge ihn nicht.

Schon vor dem Buchmassaker, als ich noch nicht sauer auf ihn war, hatte ich es bereits aufgegeben, mich um seine Gunst zu bemühen, und eingesehen, dass es vergebliche Liebesmüh ist. Er akzeptiert mich einfach nicht. Nicht so, wie er Anni akzeptiert.

Das liegt wohl daran, dass Snake ihn ausgesucht hat, denke ich bitter, während ich den steilen Hang hinter der Hütte nach oben steige. Er hat ihm bei dieser Gelegenheit vermutlich schon einmal vorausschauend einiges über meine miesen Vibes in Bezug auf Männer verraten.

Hoffentlich denkt das Jungvieh nicht genauso wie Ulysses. Es wäre schon sehr erniedrigend, wenn ich da jetzt hinaufwandere und rufe und keine Sau, Entschuldigung, keine Kuh kommt. Mein Selbstbewusstsein ist im Augenblick nicht gerade auf der Höhe seiner Belastbarkeit, und ich weiß nicht, ob ich es verkraften könnte, auch noch von ihnen ignoriert zu werden. So ein Rindvieh kann ja recht bockig sein, wie man am Beispiel der immer rundlicher werdenden und daher noch immer sehr reizbaren Rosi sehen kann. Unverändert hebt sie warnend ihr Hinterbein, wenn ich auch nur in ihre Nähe komme. Pffh. Als ob ich das geringste Interesse daran hätte, ihr noch einmal an die Milch zu gehen. Soll sie sie doch behalten, bis sie sauer wird.

Die aufgehende Sonne färbt den Himmel über mir rosa, und die Bergspitzen beginnen zu leuchten. Meine Schuhe sind nass vom Tau der Wiese, und mir fällt plötzlich auf, dass ich kein bisschen außer Atem bin, während ich den steilen Hang hinaufsteige. Als wir Anfang Juni das erste Mal hier raufgekraxelt sind, habe ich geschnauft wie ein kaputter Ofen und mir nicht vorstellen können, wie es mir gelingen sollte, jeden Tag noch vor dem Frühstück so eine Gewalttour hinter mich zu bringen. Zwar ist es viel leichter geworden, seit wir den Tipp mit der Kleie bekommen haben, aber hinaufgehen muss man ja immer noch. Im Gegensatz zu früher fällt es mir aber heute richtig leicht. Ich habe das Gefühl, ewig so weitergehen zu können.

Einen Augenblick bleibe ich stehen und schaue zur Hütte hinunter, die schon klein wie ein Spielzeug unten in der Senke liegt. Rauch steigt kerzengerade auf, und ich freue mich schon auf das Frühstück mit Anni und ihre Überraschung, wenn ich ihr sage, dass ich schon bei den Kühen oben war und alle gezählt habe. Vorausgesetzt, ich schaffe es, und sie kommen auch ohne Anni zu mir. Gerade als ich weitergehen will, bemerke ich, wie sich auf der Wiese vor der Hütte etwas bewegt, ein grauer Punkt, der in meine Richtung läuft und schnell näher kommt. Es ist Ulysses, der nun offenbar doch eine Entscheidung zu meinen Gunsten getroffen hat und jetzt aufgeregt wie ein überdimensionierter Hase über die Buckel springt, um mir nachzukommen. Gerührt bleibe ich stehen und vergesse dabei sogar den verdauten James Joyce. Ich glaube, ich habe ein ziemlich belämmertes, aber sehr glückliches Grinsen im Gesicht, während ich einfach dastehe und zusehe, wie Ulysses mit hängender Zunge und wehenden Zotteln auf mich zugestürmt kommt.

Natürlich wirft er mich um, und natürlich falle ich wieder einmal mit meinem – gerade erst im Schweiße meines Angesichts gewaschenen – T-Shirt in einen erst halb angetrockneten Kuhfladen. Doch das ist mir sowas von wurscht, das kann ich gar niemandem sagen. Ich schlinge meine Arme um das zottelige Ungetüm und vergrabe mein Gesicht in sein Fell. Er riecht nach Sonne und Wärme, und ich möchte ihn gar nicht mehr loslassen. Doch Ulysses hält nicht still, sondern trampelt mit seinen Vorderpfoten auf mir herum wie auf einem Fußabstreifer, wedelt so heftig mit dem Schwanz, dass sein ganzes Hinterteil wackelt, winselt und bellt vor freudiger Erregung und schleckt mir dazwischen immer wieder über das Gesicht. Ich muss lachen, und wir kugeln die steile Wiese ein ganzes Stück wieder nach unten. Ulysses schnappt spielerisch nach meinen Ohren und Haaren, als wir in einer Mulde landen, und ich werfe ihn schließlich um und kraule ihn am Bauch, bis er ganz still wird und alle viere von sich streckt. »I bin total froh, dass du keine Verstopfung ghabt hast«, sage ich leise.

Inzwischen sind um uns herum die Hummeln aufgewacht. Hier oben gibt es vor allem die ganz kleinen, kugeligen Berghummeln, und sie brummen um uns herum wie pelzige Helikopter. Ich rapple mich noch immer lächelnd auf. Wenn ich unten sein will, bevor Anni aufsteht, muss ich mich ein bisschen beeilen. Es ist nicht mehr weit zu der großen Wiese, auf der wir jetzt immer die Kühe rufen. Als ich über die letzte Anhöhe steige, sehe ich schon ein paar der Tiere dastehen und auf mich warten. Jetzt, mit Ulysses an meiner Seite, bin ich nicht mehr gar so besorgt, ob sie zu mir allein auch kommen. Er ist schließlich auch mitgekommen, also kann ich so schlimm nicht sein. Ich stelle mich hin, wie es Anni macht, selbstbewusst und aufrecht, hole tief Luft und rufe Annis Ruf, mit dem sie ihre eigenen Kühe daheim auch lockt: »Da geeeeeh heeer, Bobbala, daaa geh heeeer!«

Bobbala ist Annis beziehungsweise eigentlich Andas Kosename für die Kühe. Bei Anda heißen alle Kühe Bobbala, egal welche fantasievolle Namen Anni ihnen gibt. Ich greife in meine Tasche und hole eine Handvoll Kleie heraus, während meine Stimme weit über die Wiese schallt. Diejenigen Kühe, die schon gewartet haben, kommen gleich näher, und während sie mir – ganz höflich und nacheinander – aus der Hand schlecken und ich weiter rufe, sehe ich, wie auch die anderen auftauchen, von überall her, genau so, wie in den letzten Tagen auch. Sie kommen über die Kuppe gestapft, vom Hang herunter oder hinter einem Felsvorsprung hervor. Manche gehen würdevoll und langsam, andere laufen sogar, und ich komme kaum nach, um jetzt mit beiden Händen die Kleie aus der Tasche zu holen und gleichzeitig besonders vorwitzige Tiere abzuwehren, die am liebsten direkt aus der Tasche fressen würden. Ich zähle sie, eine nach der anderen, ich erkenne ihre Glocken wieder, die unterschiedliche Form ihrer Hörner, die verschiedenen Brauntöne des Fells und ihre Stirnlocken. Am Ende komme ich zu dem Ergebnis, dass drei fehlen. Die hübsche Kleine mit dem fast schwarzen Fell und zwei braun-weiß Gescheckte. Beunruhigt verschließe ich die Tasche und rufe noch einmal. Plötzlich höre ich wildes Bellen und bemerke, dass Ulysses nicht mehr bei mir ist. Das Bellen wird lauter, und als er schließlich hinter einem der hier herumliegenden mannshohen Felsbrocken auftaucht, traue ich meinen Augen nicht: Vor ihm springen – ziemlich empört – die drei noch fehlenden Rinder, und Ulysses läuft wie ein echter Hütehund kreuz und quer hinter ihnen her und bellt aufgeregt. Als eines stehen bleibt, zwickt er es sogar ins Hinterbein, und es läuft stocksauer weiter. Als die Truppe bei mir ankommt, schimpfe ich erstmal pro forma ein bisschen mit den dreien, dann bekommen auch sie ihre Handvoll Kleie, und ich kraule erleichtert ihre dicken, harten Köpfe. Ulysses bekommt ein Riesenlob, und ich verspreche ihm ein besonders guads Frühstück.

Der Abstieg hinunter zur Hütte hat etwas von einem Triumphzug. Ich bin nicht nur aus eigener Kraft wieder aus meinem Trauerloch herausgestiegen, sondern ich habe auch noch zum ersten Mal ganz allein fünfundfünfzig Kühe gezählt. Nein, nicht ganz allein, sondern mit Hilfe eines irischen Wolfshundes, dem bisher niemand auch nur das Geringste zugetraut hat. So viel zu guten und schlechten Vibes, kann ich da nur sagen.

Achtzehn

Anni staunt nicht schlecht, als ich ihr beim Frühstück vor der Hütte von Ulysses' Heldentat erzähle. Im Übrigen freut sie sich, dass ich beschlossen habe, mich doch nicht in einen Schatten meines Selbst zu verwandeln.

»Recht hast!«, meint sie und beißt herzhaft in ihr Butterbrot. »Wär ja noch schöner, wenn du dir von einem Mannsbild den Spaß am Leben verderbn lassen würdst.«

»Ja«, füge ich hinzu. »Ich hab eh beschlossen, mich um Männer überhaupts nimmer zu kümmern. Nie mehr! Schau, deine Kühe sind ja auch glücklich. Ganz ohne Stier. Man kann das Leben auch so genießen.«

Anni grinst, trinkt dann einen großen Schluck Kaffee und fügt dann gewichtig hinzu: »YOLO.«

»Was?« Manchmal kann ich meiner Freundin nicht ganz folgen. Verstohlen schiele ich auf die neuen Joghurtbecher, die Anda uns mitgebracht hat. Yolo klingt ganz nach rechts- oder linksdrehenden Bifiduskulturen zur Verbesserung der Darmflora.

»Hab i gestern vom Leon glernt. Das ist eine Abkürzung, so wie HDGDL oder LOL.«

Ich wende meinen Blick vom Joghurt ab. Annis Sohn Leon ist aufgrund seiner beiden älteren Brüder mit seinen elf Jahren längst voll digitalisiert. »Du meinst für SMS oder so?«

Ein bisschen kenne ich mich immerhin auch aus, auch wenn mir noch nie jemand eine SMS mit dem Kürzel HDGDL geschickt hat, was eigentlich ganz schön traurig ist, weil es ja heißt, dass mich niemand »ganz doll lieb« hat. Allerdings habe ich auch kein Smartphone, nur ein Uraltklapphandy und schreibe selbst nie SMS, was man gerechterweise hinzufügen muss. Also ist es wohl auch nicht gar so tragisch, wenn ich nicht GDL-gehabt werde.

»YOLO heißt *You Only Live Once*«, sagt Anni. »Des is doch a perfekts Motto.«

Ich nicke, und dann fällt mir auch noch ein sinniger Spruch über das Leben ein, allerdings einer, der sich schwer auf SMS-Größe abkürzen lässt: »Meine Oma hat immer gsagt, 's Lebn is koa Nudlsuppn.«

»Aha.« Anni schaut etwas verblüfft. »Und was hat s' damit gmeint?«

»Ich glaub, sie hat eigentlich gmeint, dass ned alles im Leben so leicht zu essen ist wie Nudeln in der Suppn, sondern dass es auch harte Brocken zu beißen gibt. Ich hab da allerdings immer eine eigene Deutung dazu ghabt.«

»Erzähl!«, fordert mich Anni auf und schmiert sich noch ein Butterbrot. Anni kann unglaublich viel essen. Sie verputzt oft das Doppelte von mir, ohne aber, wiederum im Gegensatz zu mir, jemals auch nur ein Gramm zuzunehmen. Wobei, nachdem ich vorhabe, der Männerwelt für immer und ewig zu entsagen, ist das eigentlich auch wieder wurscht, und ich kann mir guten Gewissens auch noch ein Butterbrot gönnen.

»Bei uns hat's dauernd Nudlsuppn gebn«, fange ich an zu erzählen, »weil meine Mutter immer so viel Suppnfleisch gekocht hat. Mir ist diese ewige Suppn zum Hals rausghängt, und 's Leben hab ich mir sowieso ganz anders vorgestellt. Mehr so wie a Grillplattn, verstehst, von allem Guadn a Stückerl, feines Filet, saftige Hennahaxn, a knuspriges Wammerl und a gscheide Scheiben Halsgrat …« Ich muss lachen. »Da war ich vielleicht saufroh, dass sogar meine Oma, die in meinen Augen immer alles ganz genau gewusst hat, der Meinung war, dass ich vom Leben mehr erwarten kann als nur a fade Nudlsuppn.«

Ungebetenerweise schiebt sich in diesem Moment schon wieder Snake in mein Bewusstsein, zusammen mit der boshaften Frage, welchen Teil der Grillplatte denn er repräsentiert hat.

Gott sei Dank verscheucht Anni die Frage aus meinem Hirn, indem sie ausruft: »Weißt was, des is a Superidee!«

»Was denn?« Ich bin immer noch bei meiner Nudlsuppengeschichte.

»Ja, des mit der Grillplattn. Und dass des Leben eher ein saftiges Wammerl als eine fade Brühe is!«, sagt Anni aufgeregt, und ich kapier gar nix.

Sie springt auf und geht in die Hütte. Ich schaue ihr verwundert nach und schenke mir noch Kaffee ein. Als sie zurückkommt, hält sie einen Block und einen Stift in der Hand. »Du wolltest doch schon immer mal a Restaurant haben. Wir bieten Fleischeslust auf der Alm. Und du kochst.«

»Fleischeslust …«

»Ja! Fleisch in allen Varianten, sagen wir, immer sonntags. Weil 's Leben keine Nudlsuppn ist.«

»Du meinst … i soll kochen? Für Gäste?« Langsam begreife ich. »Des is …«, beginne ich und verstumme dann wieder, weil mir kein passendes Adjektiv dazu einfällt. In mein Gesicht stiehlt sich ein überraschtes Lächeln.

»Des is super, Burgi!« Anni ist ganz begeistert. »Wir könnten am Waldrand, da wo der Wanderweg vorbeiführt, ein Schild aufhängen und vielleicht auch noch eins ganz unten an der Forststrass … Damit uns die Ausflügler, die da immer vorbeigehen oder -radln, gleich finden. Und im Dorf hängen wir Plakate auf: *Fleischeslust auf der Alm!* Was meinst, wie die Leut Augen machen. Sowas kennen die nicht. Nur blöd daherreden, von wegen auf der Alm gibt's koa Sünd und so, aber ECHTE Fleischeslust …« Sie kichert, und ich muss mitkichern. »Deine heilige Schwiegermutter würde freiweg der Schlag treffen, wenn sie da wär.« Anni nickt. »Gott sei Dank ist sie grad im Kloster. Da kann sie gleich im Voraus für Vergebung beten. Prophylaktisch sozusagen.«

»Des wird's gar ned brauchen«, wende ich ein. »Der Müttervereín wird eh ein Komitee einberufen zur Eindämmung unsittlicher Verhaltensweisen. Sodom und Gomorrha auf der Alm.« Wir lachen, bis uns die Tränen kommen. Dann fällt mir noch etwas ein. »Und wie sich erst der Guido freuen wird. Der kommt uns sicher jeden Sonntag besuchen.« Ich erzähle ihr von Guido Zapfs veganem Martyrium, und Anni ist voller Mitleid. »Der Guido is a so a guader Kerl, der is fast scho a Depp«, fasst sie seine grenzenlose Gutmütigkeit zusammen, und wir nehmen uns vor, mit vereinten Kräften dafür zu sorgen, dass der Guido am End nicht doch noch vom Fleisch fällt.

Begeistert machen wir uns sofort an die Planung der Feinheiten und beschließen, gleich heut noch zusammen hinunter ins Dorf zu fahren, um alles Nötige in die Wege zu leiten. Ulysses ist nicht begeistert, als wir ihn in der Hütte zurücklassen, und auch die Hühner sind ein bisschen verstimmt, weil sie so früh schon wieder in den Stall gescheucht werden, aber wir wollen ja nicht riskieren, dass ein hungriger Fuchs des Weges kommt, wenn wir nicht da sind. Außerdem wird unser Ausflug nicht allzu lange dauern. Ich setze Anni am Gschwendtnerhof ab – sie will sich um Geschirr und Besteck kümmern – und fahre dann zu Luis und Mäx in die Metzgerei.

Beide finden Annis Idee »sauguad«, Mäx klopft sich vor Begeisterung auf die Schenkel und schlägt vor, ein Plakat für unsere Aktion zu entwerfen.

Dann muss ich ihre neuen Leberkäs- und Weißwurstkreationen probieren und zugeben, dass sie gar nicht so schlecht sind. Eigentlich sind sie sogar recht gut. Vor allem der sauscharfe

Wasabileberkäs hat es mir angetan. Erstaunlich, was man mit einem so schnöden Leberkäs alles anstellen kann.

Ein Leberkäs passt gut zur Fleischeslust auf der Alm, und ich ordere ihn gleich noch zusammen mit der Weißwurscht to go, für die Wanderer und Radler, die keine Zeit zum Einkehrn haben. Auch keine schlechte Idee. Weißwürschte unterwegs zu essen war ja bisher eher unpraktisch. Vielleicht eröffnet sich da ein ganz neuer Markt?

»Was sagen denn die Kunden zu alldem?«, will ich wissen.

Luis und Mäx schauen sich an. »Die sind noch a bissl schüchtern«, meint Luis dann zögernd.

»Schüchtern? Was soll des heißen?«

»Ich glaub, die haben Angst vor mir«, sagt Mäx und versucht ein Grinsen, das aber eher bescheiden ausfällt.

»Die kennen halt noch keine schwulen Metzgereifachverkäufer«, fügt Luis hinzu, »sie werden sich schon noch dran gewöhnen.«

»Soll das heißen, sie kaufen tatsächlich nicht mehr in unserem Laden, weil der Mäx da ist?«, frage ich ungläubig.

Luis und Mäx schauen sich wieder an. »Kunnt scho sei«, sagt Luis vorsichtig. »Viele kommen wie immer, der Guido zum Beispiel oder der Weißgerber Ferdl und die alte Frau Krautlechner.« Er stockt und überlegt. »Die Leut aus der Bank kommen wie immer zum Mittagessen, und die Gusti Zeisl, die war auch schon a paar Mal da. Sogar der neue Pfarrer hat schon eingekauft. Vier Paar Weißwürscht und ein ganzes Brathendl.«

Ich atme vorsichtig auf. Das klingt ja nicht ganz so dramatisch, wenn sogar der neue Pfarrer kommt.

Unser alter Pfarrer Lechner ist trotz heftigen Widerstands der Gemeinde Ende letzten Jahres zusammen mit seiner Haushälterin Gusti Zeisl in den Ruhestand getreten. Gerade noch rechtzeitig vor seinem achtzigsten Geburtstag. Wie die Gemeinde befürchtet hatte, ist mangels deutschen Nachwuchses tatsächlich ein Inder sein Nachfolger geworden. Allerdings kein kleines, freundliches Hutzelmännlein wie in unserer Nachbargemeinde, sondern ein hochgewachsener, schöner Mann, der direkt aus einem Bollywoodfilm entsprungen zu sein scheint und dem die Frauen des Müttervereins – und nicht nur sie – seitdem in Scharen zu Füßen liegen. Vergessen ist das anfängliche Misstrauen und die Befürchtung, man könne seine Predigten nicht verstehen und müsse sich womöglich gar an indische Sitten und Gebräuche gewöhnen. Joseph Chittukalam, den alle der Einfachheit alle nur englisch fast korrekt ausgesprochen Pfarrer Tschousäf nennen, ist der Star unserer Kirchengemeinde, und die sonntäglichen Gottesdienste sind jedes Mal mindestens so gut besucht wie die Dorfwirtschaft zum Frühschoppen danach. Allerdings unterscheidet sich das Geschlechterverhältnis in den beiden Örtlichkeiten doch erheblich – will meinen, die Frauen sind in der Messe eindeutig in der Überzahl.

Auch der Chor unserer Gemeinde wird seitdem so stark frequentiert, dass der schon vorher existierende Überschuss an Sopranstimmen beängstigende Ausmaße annimmt und bei Festgottesdiensten so durchdringend jubiliert und tiriliert wird, dass die wenigen Bassbrummer und Baritons unter den Chormitgliedern in Depressionen verfallen, weil sie nicht mehr gehört werden. Pfarrer Joseph ist im Übrigen beileibe nicht so sanft und milde, wie der alte Pfarrer Lechner es war, im Gegenteil, er versucht ständig, die laxen Sitten der bayerischen Landbevölkerung in Sachen kirchlicher Riten und Vorschriften wieder in Einklang mit den katholischen Dogmen zu bringen. Besonders angetan hat es ihm dabei die heilige Kommunion.

Sein verzweifeltes Bemühen, den Leuten beizubringen, dass man beim Empfang der Hostie *Amen* und nicht *Vergelt's Gott* sagt, ist bislang jedoch leider vergeblich geblieben. Er wird damit leben müssen. Wie auch damit, dass die Frauen den abendlichen Rosenkranz nie so »inbrünstig« beten, wie er es gerne hätte, sondern ihn, wie seit Jahr und Tag schon in einem leiernden Tonfall vor sich hin brummeln. Von »holy ecstasy« kann da nicht die Rede sein. Ebenso wie kein Gottesdienstbesucher jemals auf die Idee käme, »glücklich und befreit« mitzusingen, wenn der Chor von der Empore herunterjubiliert. Sowas macht man bei uns nicht, und was man bei uns nicht macht, macht man auch nicht. Und schon gar nicht in der Kirche. Da macht man sowas erst recht nicht. Nachdem ich persönlich nur zu Beerdigungen, Hochzeiten, Taufen und Weihnachten in die Kirche gehe, ist mir das gleich, wobei ich mir glückliches und befreites Jubilieren eigentlich recht schön vorstellen könnte. Bei der heiligen Katt zum Beispiel. Aber so etwas wie Freude scheint für sie trotz aller Kirchenlauferei noch nicht rausgesprungen zu sein. Von Glück ganz zu schweigen.

Aber nun zurück zu den wirklich glücklich machenden Dingen auf Erden, sprich, zu meiner Metzgerei.

»Und wer kommt dann nimmer?«, will ich wissen.

»Die Kranzbichler Cilli und die Schuster Gerti, zum Beispiel. Die waren letzte Woche nur einmal da und dann nimmer. Ich glaub, die kaufen ihr Fleisch jetzt im Supermarkt, wenn sie nicht grad Vegetarier geworden sind.«

»Wegen einem schwulen Metzgereifachverkäufer wird man ned gleich Vegetarier!«, fauche ich zornig. »Und die Kranzbichler Cilli mit ihrer ewig hungrigen Bagage ganz sicher ned.« Da geht einem ja die Hutschnur hoch. Kaum ist man mal ein bissl auf der Alm, geht hier unten alles drunter und drüber. »Wer noch?«, frage ich unerbittlich weiter.

Luis zögert. »Des is des Problem …«

»Wer noch?«

»Die Handwerker halt …«

»Wie? Alle?«

Luis nickt, und Mäx richtet seinen Blick auf seine gewaltigen Hände, die auf dem Schneidbrett vor ihm ruhen wie zwei unnütze Werkzeuge.

Ich atme einmal tief ein. Die zahlreichen Handwerker des Dorfes sind eine unserer Haupteinnahmequellen. Sie vertilgen jeden Tag schon morgens zur Brotzeit große Mengen Leberkässemmeln, Wurstsemmeln, Schnitzlsemmmeln, kalte Haxn, halbe Hendl, Wiener, Regensburger, Dicke, Pfefferbeißer und Käseknacker. Auch haben sie bisher einen großen Teil meiner Mittagstischkundschaft ausgemacht. Ich beiße mir auf die Lippen. Das kann ich nicht auf mir sitzenlassen. Wegen Luis und Mäx nicht und auch nicht wegen des Geschäfts. Ich schau auf die Uhr. »Pack was ein!«, sag ich zu Luis. »Würscht, Semmeln, Leberkäs in allen Sorten, das ganze Programm.« Dann gehe ich nach oben in mein Zimmer, das im Moment ja verwaist ist und daher ungewöhnlich leer und aufgeräumt wirkt. Ganz hinten in meinem Kleiderschrank hängt noch ein Dirndl. Ich ziehe es so selten an, dass es ganz zerdrückt und leicht angestaubt ist. Hoffentlich passt es wenigstens noch.

Mit einem Dirndl hat es ja eine besondere Bewandtnis. Man kann es mögen oder nicht, aber ich kenne keine Frau, der es nicht steht. Und je runder eine ist, desto besser schaut's aus, wenn Sie verstehen, was ich meine. Ich zwänge mich also fluchend in einen Dirndl-BH, dem größten Folterinstrument der bayerischen Gwandkultur, schlüpfe in die weiße Dirndlbluse, deren Knöpfe vorne sich nur mit großer Überredungskunst schließen lassen, und steige in mein Dirndl. Meinem Liebeskummer und dem Kuhzähltraining sei Dank geht es tatsächlich noch zu – mit viel Fingerspitzengefühl, langsam, Knopf für Knopf. Zwar kann ich danach nur noch flach atmen und lachen sollte ich auch nicht unbedingt, aber mir ist auch nicht zum Lachen zumute. Meine Haare stecke ich auf und lasse zwecks verführerischer Optik eine lockige Strähne seitlich herunterhängen. Passt. Als ich wieder nach unten komme, schauen mich Luis und Mäx verblüfft an.

»Holla, die Waldfee«, sagt Mäx, und Luis meint misstrauisch: »Und was genau hast jetzt vor?«

Ich greife nach der großen Tüte, die Luis schon für mich hergerichtet hat. »Wenn die Deppen nicht zu mir kommen, muss ich halt zu den Deppen gehen.«

»Is des sowas wia a Sprichwort?«, fragt Mäx etwas verwirrt nach.

Ich nicke grimmig: »Wenn ich mit ihnen fertig bin, wird's eins sein.«

Ich nehme unser altes Radl, packe die Tüte in den Korb und fahre los. Ich werde sie finden, alle, und dann wird ihnen der Arsch auf Grundeis gehen.

Der Anfang ist leicht. Am Stammtisch beim Dorfwirt hocken schon die ersten drei. Ich kenne sie, sie sind nicht besonders fantasievoll bei ihrer Brotzeitauswahl, kaufen meistens jeder zwei Lebekässemmeln. Was auch sonst? Nach kurzem Zögern mache ich den obersten, ohnehin zu stramm sitzenden Knopf meiner Dirndlbluse wieder auf, hole vorsichtig Luft und gehe mit einem verführerischen Lächeln auf den Lippen zu ihrem Tisch. Sie schauen erfreut auf.

»Ja, Burgi«, sagt der eine, ich glaub, er heißt Peda, also Peter. »Hast du dich heut aber fesch gmacht. Oder lauft ma auf der Alm allaweil so rum?« Er grinst ein bisschen anzüglich. Ich setze mich dazu und plaziere mich dabei so, dass alle drei einen guten Ausblick auf meinen Ausschnitt haben. Dann trinke ich einen großen Schluck von Pedas Bier. »I derf doch, oder?«, sage ich und lächle süß.

»Freilig, Burgi. Du derfst ois.« Peda zwinkert mir zu, und die anderen johlen: Hoitauf! Schauts eich den Peda o!«

»Ich hab euch was mitbracht ...«, sage ich dann langsam und gedehnt, »... was ganz was Scharfes ...«

Sie lachen wieder. »Noch schärfer, als du bist?«, sagt einer von Pedas Kumpeln, dessen Namen ich nicht kenne. Er hat rote Haare und ein rotes Gesicht, und ich weiß aus meinem Laden, dass er Kalbskäs mag. Ich hole drei Wasabileberkässemmeln aus meiner Tüte und verteile sie.

Sie essen mit gutem Appetit, und ich lege ihnen gleich noch ein paar Dicke und Kaminwurzen dazu.

Zwischen zwei Bissen fragt mich der Peda mit vollem Mund. »Wia kemma mir denn zu der Ehre, Burgi?«

»Promotion, für ganz bsondere Kundn, Peda«, gurre ich. »Schmeckt's eich?«

»Ja, freilig! Sauguad wie immer!« Die anderen beiden bekräftigen seine Worte und greifen nach den Würsten.

Ich hebe eine Augenbraue. »Tatsächlich. Des schmeckt euch also. Und des, obwohl der Luis und der Mäx des gmacht haben?«

Peda stockt ein bisschen und schaut seine Kumpel an, die zu kauen aufgehört haben und seinem Blick ausweichen. Peda schluckt den Rest seines Leberkäses eilig hinunter. »Mei, Burgi, des is doch überhaupts ned bös gmeint. Woaßt doch, wias is ...«

»Naa!«, schnappe ich. »Gar nix weiß ich. Musst mir schon erklären, warum ihr nimmer in meinen Laden kommts.«

»Ja, oiso, mir waren halt a bissl zu beschäftigt in der letzten Zeit ...«, fängt Peda ausweichend an, und der Kalbkäs nickt dazu bekräftigend. »Vollbeschäftigt, quasi.«

Der Dritte starrt schweigend auf die angebissene Kaminwurzn in seiner Hand, als hoffte er, sie würde statt seiner zu reden anfangen, doch die Kaminwurzn bleibt stumm und der Typ auch. Weil ihm seine Kumpel keine große Hilfe sind, stottert Peda verlegen allein weiter: »... und ... außerdem ... kenna wir den ... ähm ... wia hoaßt er ...?«

»Mäx!«

»Ja, genau, den ... ähm ... Mäx, den kennen wir doch gar ned. Der is aus Minga, oder? Wir wissen ja ned, ob so a Stadterer des so guad kann wie du, woaßt scho ...«

Die beiden andern nicken jetzt stumm und synchron wie zwei Schafe. Das Gesicht des roten Kalbskäses wird noch ein bisschen röter, als ich ihn scharf mustere. »Aber jetzt wissts es. Der Luis is mein Bruder, und er is ein sauguader Metzger, und der Mäx verkauft im Laden, solang ich nicht da bin, und des macht er gut. Wer meint, vom Mäx nix kaufen zu wollen, der kriegt auch von mir nix mehr, wenn ich wieder da bin. Habts des verstanden?«

Sie nicken, und der Kalbskäs sagt kleinlaut: »Nix für unguad, Burgi.«

Ich packe meine Tüte. »Passt schon. Schee, dass ma gredt haben.«

Nach meinem Besuch beim Dorfwirt fahre ich zu den Gemeindewerken, zu zwei Baustellen, zur Schreinerei und zu dem Installationsgeschäft unten im Neubaugebiet. Überall verteile ich Semmeln und Wurst und sage dasselbe, und überall sind die Männer peinlich berührt, so direkt auf ihren Boykott angesprochen zu werden. Am Ende meiner Promotionstour radle ich sehr zufrieden mit meinem fast leeren Korb nach Hause und treffe doch tatsächlich unterwegs Cilli Kranzbichler, zusammen mit Gerti Schuster. Sie sind schwer beladen mit Tüten aus dem Supermarkt, und ich verwette meine letzte Wasabileberkässemmel dafür, dass in den Tüten auch das Fleisch ist, das sie früher bei mir gekauft haben. Ich bleibe vor ihnen stehen. »Griaß eich.«

»Griaß di, Burgi!« Gerti Schuster lächelt ihr übliches, falsches Lächeln. »Bist a einmal wieder herunten bei uns?«

Ich nicke und blase mir die Haare aus dem Gesicht. »O mei, Gerti, so a Stress, echt. Ich hab heut runterkommen MÜSSEN.«

»Warum jetzat des? Schaffen dein Bruder und der … äh … Dings des ned allein?« Cilli schaut mitfühlend. »Is halt doch viel Arbeit, gell, da kann man sich nicht so einfach hinstellen und glauben, des läuft alles von allein …«

»Recht hast, Cilli.« Ich nicke nachdrücklich. »Weißt, der Mäx hat so gute Connections nach München, da haben wir am letzten Mittwoch auf'm Viktualienmarkt doppelt so viel verkauft wie sonst die ganze Woche bei uns im Dorf …«

»Was?!« Die Cilli hebt ihre kohlschwarzen Augenbrauen bis zum Haaransatz. »Am Viktualienmarkt in Minga seids jetzt gar?«

»Nur vorübergehend. Mir helfen da eine Zeitlang aus. Immer mittwochs. Da is ja bei uns eh nur vormittags geöffnet, da geht das, weißt.«

»Soll ja nicht leicht sein, da reinzukommen, sagt man«, lässt jetzt die Gerti sich vernehmen.

»Überhaupts ned! Des is voll schwierig!« Ich nicke gewichtig. »Hat aber alles der Mäx arrangiert. Der war ja Wirt in München und kennt einen Haufn wichtiger Leut, die was zu sagen haben. Für den Viktualienmarkt braucht's nämlich einen Fürsprecher, wissts.« Ich wedle wichtig mit dem Arm, und Gerti und Cilli nicken verständig. Natürlich wissen sie das.

Dann beuge ich mich vor und sage in einem vertraulichen Ton: »Ich sag euch, die Stadterer sind ja solche Qualität wie bei uns auf'm Land da heraußen gar nicht mehr gewohnt. Die haben uns das Zeug praktisch aus die Händ gerissen …«

»Was du ned sagst!« Gerti, die immer schon einen Hang zum Höheren hatte und deshalb auch im Marktlkirchener

Golfclub Mitglied ist, obwohl sie nicht mal den Schläger richtigrum halten kann, macht kugelrunde Augen.

Cilli schnalzt besserwisserisch mit der Zunge. »Des is doch vollkommen klar, Gerti. Was haben die schon in Minga, was es bei uns ned besser gäb? Bei uns is doch alles sauberer und frischer, den Viechern geht's gut, da gibt's kein Gammelfleisch ned. Also, ich hab ja immer schon gsagt, unsere Burgi, die schaut auf Qualität. Da kann man hingehen.«

Gerti nickt ein bisschen kleinlaut und schiebt unauffällig ihre Supermarkttasche hinter sich.

Ich lächle die beiden an. »Danke, Cilli, des ist echt nett, dass du des sagst. Es tut mir auch leid, dass ihr wahrscheinlich in den letzten Tagen nimmer alles so gekriegt habts wie üblich, aber des mit dem Viktualiennmarkt hat sich halt auch bei uns rumgesprochen, und die Nachfrage ist sowas von gestiegen, des kann man gar ned glauben.«

Cilli und Gerti schauen mich stumm an. Ich rede eifrig weiter. »Und jetzt hat der Pfarrverein Birnbichl auch noch eine Lieferung für Kirchweih bestellt … Ich weiß gar ned, wie ich des noch alles schaffen soll …«

»Der Pfarrverein Birnbichl?« Cilli bleibt der Mund offen stehen. »Aber die kaufen doch sonst immer alles in Marktlkirchen …«

»Mei …« Ich zucke vielsagend mit den Schultern. »Heut war auch schon der ganze Leberkäs ausverkauft, noch bevor meine Handwerker gekommen sind. Stellts euch vor, die haben gar keine Brotzeit mehr gekriegt, und deshalb bin ich jetzt rumgfahren und hab ihnen noch a paar Semmeln gebracht.« Ich deute auf meinen Korb, wo nur noch eine kümmerliche Semmel drinliegt, die ich eigentlich für mich reserviert hatte.

»Sowas machst du?«, staunt Gerti.

»Nur ausnahmsweise. Und nur für bsonders gute Kunden.«

Beide schweigen.

Ich nehme die Leberkässemmel aus dem Korb. »Is a ganz neue Kreation. Wasabileberkäs. Voll angesagt in der Stadt. Wollts probieren?«

Beide nicken unisono. Ich drücke Cilli die Semmel in die Hand. »Aber schön teilen, gell. Das ist nämlich die allerletzte für heut.«

Ich steige auf mein Radl und muss mir das Lachen verbeißen, als ich die Gesichter der beiden sehe, die meine Wasabileberkässemmel so ehrfürchtig betrachten, als wäre es reinstes Manna, das für sie vom Himmel gefallen ist.

Als ich in die Metzgerei zurückkomme und Luis und Mäx von meiner Promotionstour erzähle, muss ich immer noch grinsen. »Ich fress einen Besen mitsamt der Putzfrau, wenn die Cilli und die Gerti nicht morgen schon in aller Früh bei euch auf der Mattn stehen«, schließe ich zufrieden und schneide mir selber noch eine dicke Scheibe Leberkäs vom Laib ab. Promotion macht hungrig. »Denkts dran: Viktualienmarkt und der Pfarrverein Birnbichl!«, schärfe ich ihnen noch kauend ein, dann will ich nach oben gehen, um mich wieder umzuziehen. Doch Mäx hält mich zurück. »Hoit, wart! Weil du grad so schön aufbrezelt bist: Ich brauch a Foto fürs Plakat.« Er zückt sein Handy.

»Da muss ich mich aber erst neu frisieren«, wehre ich ab. »Ich schau ja ganz fertig aus.«

»Ah geh, Schmarrn! Ich brauch doch dein Gesicht gar ned.«

»Ah so. Was dann?«

Mäx deutet auf mein Dekolleté. »Passt super als Motiv für die Fleischeslust.«

Neunzehn

Mäx und Luis versprechen mir, am Mittwochnachmittag meine Fleischbestellung und die Getränke und alles, was wir sonst noch so brauchen, mit Mäx' dickem Amijeep nach oben zu bringen. Als Anni kommt, bringt sie eine Biergartengarnitur, Tischdecken, ein paar Körbe Teller, Gläser und Besteck aus dem unerschöpflichen Fundus des Speichers des Gschwendtnerhofs mit.

Über Generationen hat sich dort der Hausrat der Gschwendtners angesammelt und wird von der heiligen Katt wie ein Luchs bewacht, damit »ja nix verscherbelt wird«. Was für ein Glück, dass die Katt grad beim Beten ist. Sie hätt nicht mal einen Kaffeelöffel rausgerückt. Der Anda hilft Anni beim Ausladen, ist aber sonst recht schweigsam und verabschiedet sich gleich wieder. Als Anni hört, dass sich Mäx und Luis um alles kümmern und uns die Sachen raufbringen werden, ist sie erleichtert, denn der Anda war offenbar von der Fleischeslust-Idee nicht ganz so begeistert wie wir.

»Er findet's zu zweideutig«, gesteht mir Anni, während wir noch schnell am Café der Bäckerei Angelbauer am Dorfplatz vorbeifahren und uns einen Cappuccino gönnen, bevor es wieder zurück auf die Alm geht. »Anscheinend haben ihn seine Freunde am Stammtisch eh schon die ganze Zeit damit aufzwickt, dass wir zwei da ganz allein droben sind.« Sie schüttelt den Kopf. »I versteh des ned. Dass die Männer in dieser Beziehung so überhaupts keinen Humor ned haben?«

»Den haben sie schon, aber nur, wenn es nicht sie selber betrifft«, korrigiere ich und denke dabei an das Plakat, das der

Anda sicher auch nicht mit Humor nehmen wird, auch wenn es nicht mal das Dekolleté seiner Frau ist, das da für die Fleischeslust wirbt.

Ich habe Anni von Mäx' Idee erzählt, und sie fand es eine »super Sach«. Und der Anda wird sich schon dran gewöhnen, meint sie. Vorläufig rate ich ihr, Vanilleeis zu bestellen, was sie sonst auch immer macht, wenn sie von der heiligen Katt oder ihren drei Söhnen genervt oder sonstwie gestresst ist. Es wird auch bei einem humorlosen Ehemann helfen, zumal sie ja gestern noch so innig waren.

Zsùsha, die ausgeflippte Bedienung des Cafés, die auch eine gute Freundin von uns ist, begrüßt uns mit einer heftigen Umarmung, und ihre zahlreichen Armreifen klingeln und klimpern dabei. Neuerdings hat sie sich die langen Haare weißblond gefärbt und zu einem abenteuerlichen Dutt aufgetürmt, der aussieht wie ein Zuckerhut. Die Haarspitzen, die wie Stacheln daraus hervorragen, schimmern flamingofarben. »Schön, euch mal wiederzusehen. Seid ihr nicht schon ganz versaut, da oben auf der Alm?«

»Du meinst versauert«, verbessere ich kichernd. Zsùsha ist gebürtige Ungarin, und obwohl sie eigentlich fast perfekt Deutsch spricht, bringt sie manchmal noch etwas durcheinander.

Sie nickt unbekümmert. »Ja klar, versauert. Ich meine, immer Kühe und Wiesen, den ganzen Tag, ist doch auch langweilig, oder?«

Wir schütteln beide einträchtig den Kopf. »Eigentlich nicht«, sagt Anni. »Komm uns halt mal besuchen. Zukünftig gibt es auch was Guads zum Essen.« Anni erzählt ihr von unserer Fleischeslust-Idee, und Zsùsha wäre nicht Zsùsha, wenn sie es nicht saulustig fände.

Sie verspricht hoch und heilig zu kommen. »Ferdi möchte sowieso immer wandern mit mir«, meint sie und rollt in gespielter Verzweiflung die Augen. Ferdinand Schwinghammer ist Zsùshas Freund. Im Gegensatz zu Zsùsha wirkt er nach außen hin ziemlich brav, pausbäckig und blond mit schon etwas schütterem Haar, und er arbeitet noch dazu im Abfallamt. Allerdings hat er ganz ungeahnte Qualitäten: Er ist ein Poet, was er im letzten Jahr auf unserem ersten und einzigen Poetry-Slam der Untermarktlbrunner Dorfgeschichte eindrücklich bewiesen hat. Zsùsha und Ferdi sind ungefähr so lange zusammen wie ich und Snake nur, dass sie im Gegensatz zu mir ihren Ferdi noch hat. Und wie sie ihn hat! Sie zeigt uns einen hübschen Ring an ihrem schlanken Ringfinger, und ihre Augen leuchten dabei. Man kann fast rote Herzen darin blinken sehen. »Hat mir Ferdi geschenkt.«

Wir bewundern den Ring gebührend, das heißt, Anni bewundert ihn. Ich tu nur so. Eigentlich will ich von Ringen und den dazugehörigen Liebesgeschichten und blinkenden Herzen in anderer Leute Augen im Augenblick GAR NICHTS WISSEN!

»Habts euch etwa verlobt?« fragt Anni lächelnd, und als Zsùsha glücklich nickt, wird mir schlecht. Ich vertrage ganz offensichtlich keinen Cappuccino mehr. Vielleicht eine Laktoseintoleranz.

Hastig springe ich auf und laufe auf die Toilette. Dort jedoch ist die Übelkeit plötzlich wie weggeblasen. Stattdessen steigen mir Tränen in die Augen. Zwinkernd und schniefend setze ich mich auf den Klodeckel. Verlobt! Ferdi und Zsùsha! Eine dicke Träne tropft mir auf die Jeans, und ich wische mit dem Handrücken zornig über meine Augen. Eigentlich würde ich mich ja für sie freuen. Wenn ich grad gefühlsmäßig nicht so indisponiert wär. So aber freu ich mich kein bisschen, im Gegenteil. Ich finde es ganz schrecklich.

Nach einer Weile werfe ich einen verzagten Blick in den kleinen Spiegel über dem Waschbecken, und bei meinem Anblick kommen mir gleich wieder die Tränen. Die Wimperntusche und der kesse Lidstrich, den ich für meine Leberkäs-Promotionstour gezogen hatte, sind malerisch um die Augen herum verschmiert und verleihen mir eine gewisse optische Ähnlichkeit mit einem Pandabär. »Verlobung is ja sowas von uncool«, sage ich beleidigt und strecke meinem traurigen Spiegelbild die Zunge heraus. »Wer verlobt sich denn heutzutag noch? So ein Schmarrn!«

Es klopft leise an der Tür. »Burgi? Geht's dir nicht gut?« Es ist Anni. Ich stehe auf und drehe den Wasserhahn auf.

»Ja … nur a … äh … Laktoseintoleranz. Ich komm gleich!«

»Laktoseintoleranz?«

»Ja, ganz spontan!«, rufe ich durch die Tür und warte, bis sich Annis Schritte wieder entfernen. Nachdem ich dummerweise meinen Motorradhelm nicht im Klo mit dabeihabe und es außerdem seltsam aussehen würde, mit dem Helm auf dem Kopf durchs Café zu spazieren, muss ich mich an eine Generalüberholung meines Gesichts machen, was allerdings allein mit kaltem Wasser nicht ganz einfach ist. Ich werde Bäcker Angelbauer mal fragen müssen, ob er tatsächlich glaubt, die Seife und die Papierhandtücher nur einmal im Jahr auffüllen zu müssen. Immer wenn ich hier auf der Toilette bin, sind sie nämlich leer. Ich spritze mir das Wasser ins Gesicht und rubble mit den Händen und einem Zipfel meines T-Shirts an meinen Augen herum. Das Ergebnis ist eine knallrot gereizte Augenpartie, übertüncht von einem von Kajal und Wimperntusche verbliebenen Grauschleier und ein T-Shirt mit hässlichen schwarzen Flecken. Ich sehe zwar nicht mehr wie ein Panda aus, aber dafür wie ein Kaninchen mit Bindehautentzündung. Trotzdem muss ich diese Toilette irgendwann wieder verlassen, also kann ich es auch gleich tun. Es sind ja nur Anni und Zsùsha, die mich sehen.

Ich gehe schnell und mit gesenktem Blick durch die Bäckerei, und fast wäre ich ohne weiteren Zwischenfall nach draußen gekommen. Fast hätte ich meinen Helm aufsetzen und Anni bitten können, für mich zu zahlen, und wir hätten fahren können, ohne dass ich noch einmal Zsùshas glückliches Verlobungslächeln hätte sehen müssen und ihr am Ende noch eingefallen wäre, mich zu fragen, was mit mir los ist. Fast.

Weil ich aber so schnell laufe, dabei nicht aufschaue und sich im Übrigen das Schicksal sowieso gegen mich verschworen hat, gelingt es mir nicht. Ich laufe stattdessen ausgerechnet dem Menschen in die Arme, den ich am allerwenigsten sehen möchte, den ich in den letzten Tagen hundert Mal auf den Mond gewünscht und nach dem ich mich gleichzeitig so gesehnt habe, dass es weh getan hat. Und wenn ich sage »in die Arme laufen«, dann meine ich das nicht im übertragenen Sinne, sondern ganz buchstäblich. Ich laufe aus der Tür, ohne nach links und rechts zu schauen und rumple geradewegs in Snake hinein, und zwar mit voller Wucht, so dass ich ihn fast umgerannt hätte. Er hält mich an beiden Armen fest und sagt so etwas wie »hoppla«, oder »öha«, und erst dann schaue ich auf. In meinem Magen flattert etwas herum, es fühlt sich an wie ein eingesperrtes Tier, und mein Herz klopft so laut, dass ich und wahrscheinlich alle anderen Menschen im Umkreis von hundert Metern es hören können. Wir schauen uns an und sind uns dabei für ein paar Sekunden so nahe wie früher. Ich kann ihn sogar riechen, er riecht nach Sonne und frischem Gras, vielleicht hat er die Blumenwiese vor dem Haus gemäht, in das ich hätte ziehen können, wenn ich gewollt hätte.

Bei dem Gedanken pralle ich wie von einem Schlag getroffen zurück, und Snake lässt mich sofort los.

»Grüß dich, Burgi«, sagt er, und seine Stimme klingt kühl, fast fremd.

Ich nicke nur, kann gar nichts sagen, weil ich nur an meine hässlichen, verheulten Augen denken muss und mich am liebsten auf der Stelle in Luft auflösen möchte. Ich mache noch einen Schritt zurück. »Gehst zum Bäcker?«, sage ich dann sinnigerweise, und er nickt ein wenig spöttisch. »Schaut so aus, oder?«

»Ja, dann … Lass dich ned aufhalten.«

»Eh ned.« Er hebt das Kinn zum Gruß. »Pfiadi.«

»Pfiadi.« Ich schaue ihm nach, wie er in die Bäckerei geht, und das eingesperrte Tier in meinem Magen hört auf zu flattern. Es rührt sich nicht mehr. Es ist tot.

Anni nimmt mich am Arm. »Komm, wir gehen. Ich hab schon gezahlt«, sagt sie leise. Wie betäubt steige ich mit Anni auf mein Motorrad und fahre los. Die Fahrt zurück auf die Alm gleicht einer Flucht. Wenn mir jemand in den ersten Tagen, als wir verzagt dort oben im Schneeregen gehockt sind, vorausgesagt hätte, dass ich diese Alm einmal als Zufluchtsort empfinden würde, wäre ich in hysterisches Lachen ausgebrochen. Aber genauso ist es jetzt. Ich kann es gar nicht erwarten, endlich wieder auf der Hütte zu sein, nichts mehr zu sehen, nichts mehr zu hören, nur wir zwei, Ulysses, die Hühner und die Kühe. Als wir angekommen sind und ich erleichtert absteige, gibt mir Anni einen so erbosten Schubs, das ich fast umfalle.

»Sag mal, bist du noch ganz sauber?«, schimpft sie.

»Wieso?«, frage ich verdattert.

»Wenn du dich darenna willst, dann bitt schön ohne mich!«

»Aber …«

»Du bist gfahren wie eine gsengte Sau!«

Jetzt sehe ich erst, wie blass Anni um die Nase herum ist, und ich senke beschämt den Kopf. »Entschuldigung.«

Anni schaut mich vorwurfsvoll an. »Nie mehr fahr ich mit dir mit, wenn du Liebeskummer hast. Das kannst mir glauben!«

Ich lächle mühsam. »Kommt ja hoffentlich nicht mehr so oft vor.«

»Tut mir leid, das mit Zsùsha und der Verlobung und deiner … Laktoseintoleranz.« Sie erlaubt sich ein ganz kleines Grinsen, legt aber dann ihren Arm um meine Schultern und meint: »Und dass du dann ausgerechnet noch dem Snake begegnen musstest, war schon blöd.«

»Saublöd. Und weißt, was ich zu ihm gesagt hab?«

»Was arg Schlimmes?«

Ich nicke düster: »Ich hab gesagt: ›Gehst zum Bäcker?‹«

Anni schaut mich eine Sekunde lang verdutzt an, dann prustet sie los. »Super, echt. Total geistesgegenwärtig.«

Ich zucke mit den Schultern. »Geistesgegenwart ist eine Spezialität von mir.«

Ulysses kriegt sich vor Begeisterung gar nicht mehr ein, als wir die Hüttentür aufsperren. Abwechselnd springt er an uns hoch, versucht uns übers Gesicht zu schlecken und wedelt dazwischen so heftig mit seinem Schwanz, dass er fast das Gleichgewicht verliert. Wir im Übrigen auch. Wir müssen uns am Türrahmen festhalten, um seine Begrüßung unbeschadet zu überstehen.

Ich habe ihm zur Entschädigung dafür, dass er allein bleiben musste, ein großes Stück eklig stinkenden Pansen aus der Metzgerei mitgebracht, den bekommt er, nachdem er sich so weit beruhigt hat, dass wir nicht mehr befürchten müssen, er könnte vor Freude einen Kreislaufzusammenbruch erleiden. Allerdings darf er ihn nur draußen fressen, damit am Ende nicht die ganze Hütte stinkt. Es ist mir ein Rätsel, was Hunde an Pansen finden, aber auch Ulysses liebt dieses graue, mit gummiartigen Zapfen bedeckte Teil, er tut so, als lebe der Pansen noch, schüttelt ihn, dass er ihm um die Ohren fliegt, und knurrt gefährlich, bevor er endlich ein Stück davon abreißt. Ich schaue ihm eine Weile beim Fressen zu, dann gehe ich zu den Hühnern und lasse sie ebenfalls aus dem Stall.

Trudi hockt ganz still in einer Ecke, als ich die Tür aufmache. Sie hat noch immer kein Ei gelegt, und die anderen können sie noch immer nicht ausstehen. Sie tut mir leid, und seit ich weiß, dass ihr vermutlich ein Hahn fehlt, noch viel mehr. Sie hat wahrscheinlich Liebeskummer, so wie ich. Wir sind Schwestern im Geiste. Wenn man einsam und verzweifelt ist, hat man keine Lust, Eier zu legen. Das leuchtet mir vollkommen ein. Ich füttere sie mit ein paar Körnchen und freue mich, dass sie mir wie üblich hinterherläuft, als ich zurück zur Hütte gehe.

Anni neckt mich mit gutmütigem Spott: »Schon schön, so eine Seelenverwandtschaft, gell?«

Ich nicke würdevoll. »Du hast selber gsagt, dass die Trudi mehr Liebe braucht als andere Hühner.«

»Da hab ich aber eine andere Sorte Liebe gmeint. Mehr so die Fleischeslust ….«

»Ich find, die Fleischeslust wird total überbewertet«, sage ich zu Trudi. »Man braucht das alles eigentlich gar nicht. Schau dir den Ulysses an, der ist glücklich und zufrieden, wenn wir zwei da sind und er vielleicht noch a Stückl Pansen zur Brotzeit kriegt.«

»Der Ulysses ist aber kastriert«, wirft Anni mit ganz und gar unpassendem Pragmatismus ein.

Ich wische ihr Argument ungeduldig weg. »Ja, und? Ich jedenfalls brauch keinen Mann mehr, hab ich beschlossen. Wer weiß, vielleicht bleib ich ganz da herobn, für immer? Als Sennerin? Ich koch den Leuten, die vorbeischauen, was Guads, kümmere mich um die Kühe und die Hühner und bin glücklich und zufrieden damit. »

Anni hebt zweifelnd die Augenbrauen. »Soso …«

»Ja! Echt jetzt! Und wenn dir deine Familie oder deine

Schwiegermutter zu viel werden, kannst du mich jederzeit besuchen. Dann setzen wir uns vor die Hüttn, trinken ein Glas Rotwein und …«

» … jodeln uns eins?«, schlägt Anni ironisch vor.

Warum ist sie nur so? So unromantisch? Ich seufze und hebe wie zur Kapitulation die Arme. »Das war doch eigentlich dein Traum, oder?«

Anni schaut mich lange an und sagt nichts.

»Und?«, hake ich nach.

»Meiner vielleicht, aber doch nicht deiner«, sagt sie leise.

»Aber man kann doch seine Meinung ändern.« Langsam werde ich wütend. Sie hat ja wohl kein Exklusivrecht auf ihren Almtraum!

Ich setze mich an den Tisch. Trudi flattert zu mir auf die Bank. Liebevoll streiche ich ihr über die weichen Federn, und sie macht ein paar freundliche Gackgeräusche.

Anni setzt sich neben mich und sagt: »Um mich geht's doch gar ned. Es geht doch um dich und was du eigentlich willst. Du kannst doch nicht die Träume anderer Leut leben. Genauso nicht, wie du Trudis Gockel sein kannst.«

Ich will heftig widersprechen. Mir ist nicht aufgefallen, dass ich die Träume anderer leben wollte. Aber ich sage nichts, weil ich weiß, dass Anni jedenfalls in einem Punkt recht hat: Ich habe tatsächlich keine Ahnung, was ich will. Ich weiß ja nicht mal, was ich NICHT will!

Dann wird es Zeit, die Milchkühe reinzuholen und zu melken, und ich gehe mit Anni hinunter zum Stall. Als die Kühe alle drin sind, sagt Anni: »Eigentlich könntest du es jetzt mal wieder mit dem Melken versuchen, wo du doch für immer Sennerin werden willst.«

Ich zögere. »Vielleicht lieber morgen?«

Anni lacht.

Zwanzig

Anda sieht das Gartenhaus schon vor sich. In allen Einzelheiten. Am Sonntagabend, als sie von der Alm zurückgekommen waren, ist er noch hinausgegangen und hat den Platz ausgemessen. Am nächsten Morgen gleich nach dem Frühstück hat er angefangen, den Aushub für das Fundament zu machen. Es braucht kein großes Fundament für ein Gartenhaus, aber es soll halt auch nicht so windig werden, dass es beim ersten Gewitter gleich umfällt. Er ist ganz schön erschrocken, als dann plötzlich die Anni dahergekommen ist. Nicht einmal Burgis Motorrad hat er gehört, so vertieft war er beim Graben. Und plötzlich steht die Anni hinter ihm und fragt: »Was machst denn da?«

Er ist erschrocken und hat auf die Schnelle keine Antwort gewusst. »Zwecks der Rohrleitung«, hat er gemurmelt. »Ich muss da was nachschauen …« Er hat irgendwo am Boden herumgedeutet und gesagt: »Hier verlaufen die alten Abwasserleitungen, und die Gemeinde hat gmeint, sie müssten erneuert werden, und da hab ich mir gedacht, ich schau halt mal nach.«

»Da hast gmeint, du schaust halt mal nach?«, hat Anni verblüfft wiederholt und dann amüsiert gelächelt. »Lass das doch die Gemeinde machen.«

Er hat den Kopf geschüttelt. »Das sind solche Pfuscher! Wer weiß, die graben am End noch deinen ganzen Gemüsegarten um.«

»Oh. Ja, dann schau lieber selber nach.«

Und dann, als sie zusammen ins Haus gegangen sind, hat sie ihm die Schnapsidee mit der *Fleischeslust* erzählt.

»War des der Burgi ihre Idee?«, hat er misstrauisch gefragt. »Weil sie jetzt wieder solo ist?«

»Schmarrn! Darum geht's doch überhaupts gar ned. Außerdem war's meine Idee!« Annis Augen haben bei diesen Worten jenes aufmüpfige Glitzern bekommen, bei dem sich Anda jedes Mal in die Defensive gedrängt fühlte. Trotzdem hat er es noch einmal versucht: »Aber ihr könnts doch einfach eine ganz normale Bewirtung machen, Sonntagsbrunchen auf der Alm oder so ... Dann wär des ned so zweideutig.«

»Aber des is doch grad der Witz!«, hat Anni empört eingewandt. »Das Zweideutige! Verstehst denn des ned?«

Er hat es natürlich verstanden. Was er aber nicht verstanden hat, war, was daran lustig sein sollte, wenn seine Frau zur Fleischeslust auf die Alm einlud. Er konnte schon hören, was sie in der Wirtschaft darüber sagen würden. Andererseits kannte er Anni gut genug, um zu wissen, wann es besser war, nicht mit ihr zu streiten. Das war so ein Moment. Am Ende würde ihr sonst noch was einfallen. Und machen würde sie es sowieso. Außerdem hatte er sich ja vorgenommen, nicht mehr ins Wirtshaus zu gehen. Es konnte ihm also gleich sein, was dort geredet wurde.

Trotzdem liegt ihm die Geschichte im Magen. Als er heute Vormittag in der Metzgerei beim Einkaufen gewesen ist, hing dort ein Plakat, das ganz eindeutig Burgis offenherzigen Dirndlausschnitt zeigte und eindeutig zweideutig für diese Schnapsidee warb. Er hat das Plakat ignoriert und bei Mäx seine Bestellung aufgegeben, doch der hat gleich darauf gedeutet und gemeint: »Sind gut drauf, eure Mädls, gell?«

Er hat nur etwas Unverständliches gemurmelt und geschaut, dass er wegkam. Auf dem Heimweg hat er noch zwei gut sichtbare Plakate entdeckt, und dabei war ihm seine Mutter eingefallen. Gott sei Dank war sie nicht da, die hätt deswegen gleich wieder ihre Baldriantropfen gebraucht.

Jetzt steht er vor dem mittlerweile fertigen Fundament des Gartenhäuschens und überlegt sich noch einmal den Grundriss. Damit er nichts übersieht, was er nachher nicht mehr ändern kann. Er hat ein Sechseck geplant. Mit einer Tür zum Haus hin und drei Fenstern zum Garten hinaus.

Anni hat die Idee zu diesem Fleischeslustmist gehabt, fällt ihm wieder ein, während er den ersten Pfosten einschlägt. Warum hat Anni solche Ideen? Wie kommt sie auf so etwas?

Bei Burgi hätte er es ja noch verstehen können, nachdem Anni ihm erzählt hat, dass Snake offenbar die Beziehung beendet hat. Wobei, das wiederum hat er auch nicht verstanden. Es hat ihn vollkommen überrascht. Snake hat kein Wort darüber verloren. Aber er sagt ja überhaupt nicht viel. Redet nicht gern über sich, das hat Anda mittlerweile schon kapiert. Und er hätte Snake wahrscheinlich auch nichts davon erzählt, wenn er und Anni Probleme hätten. Aber sie haben ja keine Probleme. Warum also kommt Anni auf solche Ideen? Hat es etwas mit ihm zu tun? Ist sie unglücklich? Fehlt ihr etwas? Anda schlägt härter auf den Pfosten. Das Holz wird unter den Schlägen des Vorschlaghammers ganz stumpf und ausgefranst.

Er könnte es nicht ertragen, sie zu verlieren. Ihre Affäre im letzten Jahr hat ihm schon fast den Boden unter den Füßen weggezogen. Doch er hat damals verstanden, warum sie es getan hat, hat verstanden, dass es auch seine Schuld gewesen war. Und darum hat er es auch wegstecken können. Mehr noch. Er hat das Gefühl gehabt, es sei sogar besser geworden zwischen ihnen seitdem. Anders. Es war, als gingen sie behutsamer miteinander um, achteten mehr aufeinander. Doch dann war Anni im Frühjahr mit der Idee von der Alm dahergekommen, und jetzt auch noch das.

Vielleicht hat er sich getäuscht? Vielleicht entfernt sie sich schon lange von ihm, und er hat es nur nicht bemerkt? Anda weiß genau, dass er in der Vergangenheit vieles falsch gemacht hat. Vor allem hat er seiner Mutter nie Paroli geboten, als es nötig gewesen wäre. Seine Mutter hat noch nie ein gutes Haar an Anni gelassen. Es war, als habe sich nach seiner Hochzeit die ganze freudlose Bitterkeit ihres Wesens auf einen Punkt konzentriert, und dieser Punkt war Anni. Er hat seine Mutter einmal gefragt, warum sie die Anni so verabscheute, und sie hat nur geantwortet: »Hochmut kommt vor dem Fall.« Seine Mutter liebt solche Sprichwörter. Sie sagt auch bei jeder Gelegenheit: »Wer sich in die Gefahr begibt, kommt darin um.« Oder: »Man soll den Tag nicht vor dem Abend loben.«

Anda hasst diese Sprüche, die er sich schon als Kind immer hat anhören müssen, und er hat fast panische Angst davor, sie eines Tages versehentlich selbst zu verwenden. Er will nicht wie seine Mutter werden. Und er will Anni nicht verlieren, nur weil seine Mutter fest damit rechnet, und das schon seit dem Tag, als er sie zum ersten Mal mit nach Hause gebracht hat. Anda stoppt seinen Schlag mitten im Schwung. Deswegen hat er Angst. Er hat Angst, dass seine Mutter recht behalten könnte und dass er tatsächlich nicht in der Lage ist, Anni zu halten. »So eine wie die passt nicht auf den Hof«, hat sie ganz am Anfang schon gesagt. »Die lacht zu viel. Nimmt's Leben zu leicht. Die bleibt dir nicht. Wirst schon sehen, was du davon hast, wenn du die nimmst.«

Seine Mutter hasst Anni, weil sie etwas verkörpert, was Katharina Gschwendtner nie gehabt hat: Lebensfreude.

Anda schwitzt und wischt sich mit dem Hemdsärmel über die Stirn. Er muss eine kurze Pause machen. Noch immer in Gedanken versunken, geht er in das kühle, leere Haus, um sich etwas zu trinken zu holen. Er kann nicht verstehen, warum seine Mutter so böse ist. Was hat ihr das Leben angetan, um so ein freudloser, bitterer Mensch zu werden? Anda lässt das Wasser aus dem Wasserhahn laufen, bis es kalt ist, und hält dann ein Glas darunter. Während er mit großen, durstigen Schlucken trinkt, erinnert er sich, dass im Schlafzimmer seiner Mutter ein Bild an der Wand hängt, das sie als sehr junge Frau zeigt. Dort lacht sie unbeschwert und fröhlich in die Kamera.

So hat Anda sie nie gekannt. Er kann sich gar nicht erinnern, sie jemals wirklich lachen gesehen zu haben.

Plötzlich neugierig geworden, stellt er das leere Glas in die Spüle und geht hinauf in den ersten Stock. Am Ende des langen Flurs ist – mit einer Zwischentür von den anderen Räumen getrennt – das Reich seiner Mutter. Mit einem Mal befangen, zögert er einen Augenblick, dann geht er doch hinein. Ist ja nichts dabei. Er schaut sich ja nur ein Bild an. Sie hat dort ein sehr schönes Wohnzimmer mit eigenem Fernseher, das sie jedoch nie benutzt, ein Schlafzimmer und ein Bad. Anda kommt eigentlich nie hierher. Seine Mutter ist ja sowieso fast immer unten in der Küche oder draußen irgendwo am Herumwerkeln. Sie hat seinen Versuch, durch diese Zwischentür so etwas wie eine räumliche Trennung zu bewirken, immer ignoriert, benimmt sich noch immer so, als gehöre der Hof und alles darauf ihr allein, obwohl es nach dem frühen Tod seines Vaters laut dessen Testament auf Anda übergegangen ist und sie nur ein lebenslanges Wohnrecht hat.

Im Schlafzimmer ist es warm, und Anda öffnet das Fenster, das nach hinten zum Wald hinausgeht. Es riecht nach Holz und Leinen und schwach nach der herben Seife seiner Mutter. Das Zimmer ist penibel aufgeräumt und hat große Ähnlichkeit mit einer Klosterzelle. Nur ein Bett, ein Schrank und ein Schreibtisch mit einem Stuhl stehen darin. Auf dem Schreibtisch stehen aufgereiht wie Zinnsoldaten mehrere in Silber gerahmte Bilder. Eines zeigt ihn und seinen Vater auf einem Hochsitz im Wald, Anda winkt darauf und lacht mit offenem

Mund, so dass man eine große Zahnlücke sehen kann. Daneben steht das Foto seiner Erstkommunion, da schaut er ernst, fast missmutig, im nagelneuen Trachtenanzug und mit einer riesigen Kommunionkerze in den Händen. Anda erinnert sich an seine Kommunion nur mit Grausen. Sie hatten eine Ewigkeit lang mit der brennenden Kerze in der Hand für die Fotos herumstehen müssen. Einen kurzen Augenblick hatte er nicht aufgepasst und seine Kerze schief gehalten, und dabei war die Flamme zu nah an das Mädchen vor ihm geraten und hatte deren weißen Tüllschleier auf dem Hinterkopf entzündet. Es hatte ein riesiges Durcheinander gegeben, Schreie, Gestank nach verbranntem Haar und Plastik und einen Strichmund und eine so heftige Ohrfeige seitens seiner Mutter, dass ihm eine Stunde danach noch das Ohr gesummt hatte. Dabei war gar nichts passiert außer ein paar verbrannten Haaren. Man sah überhaupt nichts. Gut, der Schleier war zu einem klebrigen schwarzen Klümpchen verschmort. Aber das Mädchen, er erinnerte sich nicht mehr an ihren Namen, hatte mit offenen Haaren und ohne den depperten Schleier, der wie ein überdimensionales Spinnennetz auf ihrem festgezurrten Dutt gehockt hatte, sowieso viel netter ausgesehen. Wenn es daher nach ihm gegangen wäre, hätte man einfach mit der ganzen Feier weitermachen können. Doch die Erwachsenen hatten das nicht so gesehen.

Es gab ein Gezeter zwischen der Mutter des Mädchens und seiner Mutter, das heißt, seine Mutter zeterte natürlich nicht, sie schwieg mit weiß zusammengepresstem Strichmund, während die andere Frau schrie und schimpfte und das Mädchen, das eigentlich gar nicht viel von der Sache mitbekommen hatte, vor Schreck zu weinen begann. Die Ohrfeige gab es erst danach, zu Hause, statt Geschenken, zusammen mit dem bitteren Vorwurf, dass er mit seiner dummen Unbedachtheit den wichtigsten Tag im Leben seiner Mutter zerstört hatte. Trotzdem hat sie Kommunionfotos aufbewahrt und sogar aufgestellt.

Außerdem gibt es in der Reihe noch die Kommunionbilder seiner eigenen drei Söhne. Aber kein Foto seiner Hochzeit und erst recht kein Foto von Anni. Das Bild, das er sucht, steht nicht auf dem Schreibtisch, sondern hängt an der Wand. Es steckt in einem einfachen Holzrahmen, dunkel und speckig von den Jahren, und ist schon leicht vergilbt, doch wie er sich ganz richtig erinnert hat, zeigt es seine Mutter erstaunlicherweise als eine lachende, fröhliche Frau. Er nimmt es von der Wand und dreht es um, um zu sehen, ob eine Jahreszahl vermerkt ist. Doch da steht nichts. Dafür klebt dort ein anderes Foto, mit Tesafilm lose auf der Rückseite befestigt. Es ist das Bild eines gutaussehenden Mannes. Er trägt ein weißes Trachtenhemd mit aufgerollten Ärmeln und gestickten Hosenträgern, hat seinen Hut verwegen schief auf dem Kopf und lächelt mit einer Zigarette im Mundwinkel. Anda hebt das Bild vorsichtig hoch. Auf der Rückseite steht mit Bleistift in der Schrift seiner Mutter: *Sepp, September 1976.*

Obwohl Anda dieses Bild noch nie gesehen hat, kommt es ihm irgendwie bekannt vor. Er weiß, wer das ist, wer das sein muss, es ist der Kemser Sepp, hundertprozentig, man kann auf dem Bild die knorrigen Züge des alten Mannes, den er fast jeden Tag mit seinen Kühen auf die Weide gehen sieht, schon erahnen. Doch das ist es nicht. Er kommt ihm noch aus anderem Grund bekannt vor.

Plötzlich überkommt ihn eine Ahnung, und er spürt, wie ihm trotz der stickigen Wärme in dem Zimmer ein Kälteschauer durchrieselt. Er nimmt das Bild und hält es gegen sein eigenes Kommunionbild, vergleicht Augen und Mundpartie von sich als Neunjährigem mit dem Mann auf dem Foto. Die Ähnlichkeit ist nicht so offensichtlich – Anda ist dunkelhaarig wie seine

Mutter und hat braune Augen, Kemser Sepp ist blond, und seine Augen sind blau. Er sieht sich das andere Foto an, das ihn zusammen mit seinem Vater auf dem Hochsitz zeigt. Franz Gschwendtner war ein großer, kräftiger, leicht übergewichtiger Mann, der schon mit achtundfünfzig Jahren an einem Herzinfarkt gestorben ist. Nachdenklich betrachtet Anda das Bild seines Vaters, die hellbraunen, damals schon licht werdenden Haare, seine schweren Lider und den breiten, viereckigen Kopf, der keinerlei Ähnlichkeit mit Andas schmalen Zügen aufweist. Außerdem hat Anda Locken, über die sich früher seine Grundschullehrerin immer gewundert hat. »Bub, wo hast du nur die Haufen Schneckerl her?«, hat sie immer gefragt.

Die Haare seiner Eltern sind schnurgerade. Aber der Kemser Sepp hat dichtes gewelltes Haar. Locken. Anda löst das Bild vorsichtig von der Rückseite und hängt den Rahmen wieder an die Wand. Dann verlässt er wie ferngesteuert den Raum und geht hinüber in sein eigenes Schlafzimmer, wo ein Hochzeitsbild von ihm und Anni an der Wand hängt. Er weiß nämlich jetzt, wieso ihm der junge Kemser Sepp auf dem Foto so bekannt vorgekommen ist: Der Sepp sieht genauso aus wie er selbst bei seiner Hochzeit.

Anda muss sich setzen. Seine Hände, die noch immer das Bild halten, zittern. Er weiß nicht, wer das Foto geschossen hat, ob es seine Mutter war oder jemand anderes, aber es stammt vom September 1976. Im Januar 1977 hat seine Mutter geheiratet und Anfang Juni 1977 ist er auf die Welt gekommen. Genau neun Monate nachdem das Foto gemacht wurde. Das Foto rutscht ihm aus der Hand. Reglos sitzt er da und schaut blicklos gegen die Wand. Nach einer Weile bückt er sich, schwerfällig wie ein alter Mann, um es wieder aufzuheben. Der plötzliche, schrille Ton der Türklingel lässt ihn zusammenfahren. Langsam schiebt er das Foto in Brusttasche seines Hemdes und steht auf. Er fühlt sich wie aus einem Traum gerissen, orientierungslos, fast fremd in seinem eigenen Schlafzimmer.

»Hallo? Anda?«, ruft eine Männerstimme von unten herauf. Zunächst kann er die Stimme nicht einordnen, doch dann erkennt er sie. Es ist Snake. Anda räuspert sich. »Ja! I kumm scho.«

Snake erwartet ihn unten am Treppenabsatz, und Anda wundert sich, wie sehr er sich darüber freut, ihn zu sehen. Wahrscheinlich hätte er sich aber auch über jeden anderen gefreut, der ihn von den verstörenden Bildern weggeholt hätte.

»Die Tür war offen …« Snake unterbricht sich und schaut ihn skeptisch an. »Stör ich?«

Anda schüttelt den Kopf. Er traut sich nicht zu sprechen, denn er weiß nicht, ob ihm seine Stimme gehorcht. Das Bild in seiner Hemdtasche fühlt sich an, als würde es ein Loch in seine Brust brennen.

»Ich hab doch heut Ruhetag, da hab ich gedacht, ich helf dir wie versprochen mit dem Gartenhäusl.« Snake tritt ein wenig unbehaglich von einem Bein auf das andere, und es sieht aus, als würde er am liebsten wieder kehrtmachen. Dann fügt er noch hinzu: »Also fei nur, wenn du Zeit und Lust hast. Ich kann auch wieder …«

»Naa, bleib da!« Anda bekommt mühsam ein Lächeln zustande. Er klopft Snake flüchtig auf die Schulter und schiebt sich dann an ihm vorbei. »Wart schnell.«

In der »guten Stube«, in der sich nie jemand aufhält außer an Weihnachten, bewahren sie in einem Wandschränkchen ihre Schnapsvorräte auf. Die meisten Flaschen sind Geschenke von Bekannten, denen nichts Besseres eingefallen ist, und sie werden, wenn nicht gleich weiterverschenkt, nur sehr langsam dezimiert. Weder Anni noch Anda trinken Schnaps, höchstens an Weihnachten, nach einer fetten Gans. Aber heute braucht

Anda einen. Ganz dringend. Mit noch immer zitternden Händen schenkt er sich einen doppelten Willi ein und kippt ihn in einem Schluck. Als er sich umdreht, steht Snake in der Tür, mustert ihn und sagt: »Bist du sicher, dass alles in Ordnung ist? Schaust a bissl kasig aus.«

Anda sieht Snake an, diesen seltsamen Typen, mit dem er eigentlich nie etwas zu tun haben wollte, und er spürt, wie das Foto in seiner Brusttasche ihn schwer wie Blei nach unten zieht. Er macht ein paar Schritte auf ihn zu, will sagen »passt schon, komm, lass uns anfangen« und »guad, dass du da bist« oder irgendetwas in der Art, er macht den Mund auf, aber die Sätze kommen nicht. Stattdessen sagt er, ohne es zu wollen: »Nix is in Ordnung. Gar nix. Eine riesengroße Scheiße is des alles …«

»Öha!« Snake packt ihn am Arm, und Anda wundert sich flüchtig. Er hat nicht bemerkt, dass er geschwankt hatte, aber jetzt, wo Snake ihn festhält, merkt er, wie zittrig er auf den Beinen ist. Sie gehen zusammen in die Küche, und Snake drückt Anda energisch auf einen Küchenstuhl. »Bleib da hocken. Magst einen Kaffee?«

Anda schüttelt den Kopf. Dann zieht er das Bild aus seiner Brusttasche und lässt es auf den Küchentisch fallen. »Ein Bier wär mir lieber.«

Einundzwanzig

Am Mittwoch warten wir ungeduldig auf Luis und Mäx, die gegen drei mit Mäx' Auto heraufkommen. Sie bringen alles mit, was wir ihnen aufgetragen haben, und Mäx schleppt zudem noch ein selbstgemachtes Schild, das zur Schafkopfalm weist und das wir unten am Waldrand aufstellen können. Eins habe er schon unten an der Forststraße angebracht und noch eins an der Abzweigung zur Bundesstraße nach Marktlkirchen, verkündet er eifrig und rollt dann das Plakat aus. »Is sauguad okemma«, meint er zufrieden, und Luis nickt lachend. »Ja. Des kannst laut sagen.«

Wir beugen uns darüber. Es ist echt witzig geworden, wie ich finde. Unübersehbar für jedermann prangt in ziemlich poppig gefilterten Farben mein doch recht üppiges Dirndldekolleté in der Mitte, und oben darüber steht: *Weil's Leben keine Nudlsuppn ist.* Unten steht dann in einem Extrafeld: *Jeden Sonntag Fleischeslust auf der Schafkopfalm.*

»Wir haben es gleich heut Morgen im Dorf und auch im Laden aufghängt. Der Anda war übrigens auch da. Aber ich bin mir ned sicher, ob's ihm auch gfallen hat.« Er grinst und zwinkert Anni zu.

Anni seufzt. »Er hat halt Angst, dass die Leut des falsch verstehen könnten.«

»Sollen wir's lieber bleiben lassen?«, frage ich Anni besorgt. Wär ja eher suboptimal, wenn es deswegen zu einer Ehekrise käme.

Doch Anni schüttelt den Kopf. »Is doch nix dabei. Und die Leut sind ja auch nicht blöd. Die verstehen den Witz schon.«

Das sehe ich genauso. Ich glaub nicht, dass sich jemand – außer vielleicht der heiligen Katt, aber die ist ja nicht da – drüber aufregt. Wir beschließen also, die Plakate hängen zu lassen. Selber schuld, wenn jemand was Schlechtes dabei denkt.

»Wie geht's denn dem Vater?«, will ich von Luis wissen, als wir alle zusammen bei einem Kaffee und Hollerkiacherl mit Zimtzucker vor der Hütte sitzen.

Luis zuckt mit den Schultern. »Mei. Er ist, scheint's, ganz froh drüber, dass der Mäx jetzt da ist. Ich hab nochmal versucht, mit ihm zu reden, aber du kennst ihn ja. Er redet halt einfach nicht.«

Ich kenne meinen Vater zur Genüge. Er ist ein Meister im Ausweichen und Davonlaufen, und wenn er nicht reden will, dann könnte man ihn mit der Mistgabel bedrohen und er würd sich trotzdem nur eine Zigarette anzünden und ungerührt weiter Holz hacken.

»Hast denn rausgefunden, wo er immer hingeht?«

»Naa. Aber ich hab rausgfunden, wo er nicht hingeht.«

»Und? Wo?«

»Er geht in keine Wirtschaft mehr. Seit Wochen hat ihn keiner mehr in einer Wirtschaft gsehn. Er geht nicht mal mehr in den Dorfwirt zum Schafkopfen.«

»Was?« Ich bin schockiert. Mein Vater und die Wirtshäuser der Umgebung bilden seit Jahrzehnten eine einzigartige Symbiose. Er frequentiert sie in leberschädlicher Häufigkeit und sorgt gleichzeitig mit seinem Akkordeon dafür, dass jedes Mal, wenn er irgendwo spielt, die Bude voll ist. Es kann nicht sein, dass er plötzlich damit aufgehört hat.

Doch es kommt noch schlimmer. Luis zögert ein wenig, dann fügt er hinzu: »Und er spielt auch nicht mehr auf der Ziach. Seit Wochen steht sie unberührt bei ihm im Wohnzimmer.«

»Wie bitte? Er spielt nicht mehr?« Das versetzt mich nun wirklich in Panik. Mein Vater ist ohne sein Akkordeon überhaupt nicht vorstellbar. Er hat sie praktisch immer dabei, sogar, wenn er unsere Lieferungen ausfährt, denn es könnt ja sein, dass sich irgendwo spontan ein netter Hoagartn entwickelt und er zum Spielen kommt. Mein Vater ist ein begnadeter Akkordeonspieler und deswegen weit über Untermarktlbrunn hinaus gut bekannt. Überall kennt er Musiker, und wenn er mal am Spielen ist und es dazu noch ein paar Halbe Bier gibt, vergisst er Ort und Zeit.

»Es geht ihm nicht gut. Irgendetwas muss ihm fehlen«, sage ich besorgt.

»Und noch was.« Luis schaut mich unglücklich an. »In letzter Zeit bleibt er manchmal die halbe Nacht weg. Ich hab ihn gestern heimkommen ghört, da war es halb vier.«

»Halb vier?«, wiederhole ich verwirrt. Ich kann es nicht glauben. Was treibt mein Vater bloß?

»Vielleicht hat er a Freundin?«, vermutet Anni.

»Was? Nein! Niemals!« Ich schüttle heftig den Kopf über diese abwegige Vorstellung. »Wo sollt der denn auf einmal eine Frau herhaben?«

»Keine Ahnung. Irgendwo kennenglernt halt.«

»Aber mein Vater ist uralt. Und außerdem ist er Witwer!« Ich schaue sie empört an.

Anni zuckt mit den Schultern. »Er ist doch erst Mitte sechzig, so alt ist des auch wieder ned. Außerdem schaut er noch super aus für sein Alter.«

»Findst?«, frage ich und mustere Anni irritiert.

»Schon. Du ned? Wie eine ältere Ausgabe vom kleinen Luisi.« Sie zwickt Luis spöttisch in die Wange. »Der ist ja auch nicht grad greislig, auch wenn's den Frauen nix mehr nützt …« Sie seufzt, und Luis grinst.

»Auf euren Vater könnt doch locker noch eine anspringen«, insistiert Anni weiter, »Frauen stehen eh auf Musiker. Immer schon.«

Ich schüttle den Kopf. »Das kann ich mir nicht vorstellen. Außerdem würde er wegen einer Frau niemals das Akkordeonspielen aufgeben. Das hat er wegen unserer Mutter auch nicht gmacht.« Ich schaue Anni vorwurfsvoll an.

Sie hebt die Hände. »Ich mein ja nur.«

Immer denken alle nur an das eine. Das vernebelt den Leuten echt das Hirn. Gut, dass ich damit abgeschlossen habe. So bleibt wenigstens mein Verstand wach und klar. »Es gibt doch noch tausend andere Möglichkeiten«, überlege ich. »Er könnte … äh …« Mein wacher und klarer Verstand tut sich leider ein bissl schwer mit dem Sondieren dieser Möglichkeiten, doch dann fällt mir plötzlich der Krautlechner Beppo ein, der Mann von der alten Frau Krautlechner, der vor ein paar Jahren gestorben ist. Er war dement, und bevor er ins Altenheim kam, war er immer im Dorf unterwegs, rastlos, Tag und Nacht. Niemand konnte ihn dazu bewegen, zu Hause zu bleiben, nicht mal seine Frau. Bei jeder Gelegenheit ist er abgehauen, und oft ist er nur mit Schlafanzughose und Schlappen zur Trachtenjoppn bekleidet durchs Dorf geschlurft. Einmal hat ihn die Polizei sogar in Birnbichl aufgegriffen, er war die ganzen sechzehn Kilometer mit seinen Hausschuhen gelaufen, ohne dass das irgendjemand aufgefallen wäre. Der Krautlechner Beppo ist auch manchmal über Nacht nicht nach Hause gekommen, hat in Heustadln oder im Maisfeld übernachtet, und als er einmal versucht hat, im Februar bei minus 10 Grad auf der Bank vor dem Friedhof sein Nachtlager aufzuschlagen, haben sie ihn ins Altenheim nach Marktlkirchen gebracht.

Ich kann mich gut erinnern, wie seine Frau danach immer mit dem Bus dorthin gefahren ist, um ihn zu besuchen. Jeden

Tag stand sie am Dorfrand an der Bushaltestelle, so lange, bis er gestorben ist. Wenn man ihn früher bei seinen Wanderungen auf der Straße getroffen hat, war er immer sehr freundlich, hat gegrüßt, seinen Hut gelupft, wenn er einen aufhatte, aber er hat sich nur schwer aufhalten lassen. Ich hab ihn trotzdem ein paar Mal wieder nach Hause gebracht, ich glaube, jeder im Dorf hat das getan. Nie konnte er einem sagen, wohin er wollte. »I muass weg, weg, weg«, war sein Standardspruch, den hat er ständig wiederholt und dabei mit dem Kopf gewackelt.

Frau Krautlechner hat mir einmal erzählt, dass Beppo in jungen Jahren bei der Marine war. Er ist mit siebzehn von zu Hause abgehauen und hat sich bis nach Hamburg durchgeschlagen, nur mit ein paar Pfennig in der Hosentasche. Dort hat er auf einem Frachter angeheuert und ist jahrelang um die ganze Welt gefahren. Irgendwann ist er dann wieder zurückgekommen, in seiner Matrosenuniform, braungebrannt, muskelbepackt und mit von der Sonne gebleichten Haaren. Ein Abenteurer, den die älteren Dörfler erst einmal mit Argwohn betrachtet haben. Die jungen Mädchen dagegen sind ihm scharenweise hinterhergelaufen, auch Mimi Krautlechner, wie sie mir mit einem zarten Anflug von Röte in ihrem zerknitterten Gesicht gestanden hat. Sie war dabei offenbar besonders hartnäckig, und diese Hartnäckigkeit hat sich schließlich ausgezahlt. Die beiden haben geheiratet und vier Kinder bekommen, und Beppo hat in einer Schreinerei zu arbeiten angefangen. Er war ein geschickter Handwerker, und irgendwann hat er die Schreinerei dann vom alten Meister übernommen.

In der ganzen Zeit seines Ehe- und Familienlebens hat Beppo Krautlechner kein Bedürfnis nach der Ferne mehr verspürt. Selbst im Urlaub sind sie nicht weiter als nach Bad Griesbach oder mit den Kindern an den Gardasee gefahren, und das auch immer nur ein paar Tage, weil's den Beppo immer wieder heimgezogen hat. Bis dann die Demenz kam und Beppo vergessen ließ, dass er eigentlich kein Fernweh mehr hatte. Plötzlich war er wieder der junge Bursch von siebzehn Jahren, der unbedingt die Welt sehen wollte. Diese Geschichte fällt mir plötzlich ein, und ein Frösteln überkommt mich. »Vielleicht …«, sage ich langsam, »vielleicht … vergisst er einfach manchmal … heimzugehen?«

Luis runzelt die Stirn. »Wie meinst denn jetzt des?«

»So wie der Krautlechner Beppo.«

»Du meinst, er kriegt Alzheimer oder Demenz oder sowas?« Luis schaut mich erschrocken an.

Ich hebe unglücklich die Schultern. »Könnt doch sein …« Ich kann nicht glauben, dass ich so etwas denke. Aber der Gedanke hat sich schon in meinem Hirn festgesetzt, ich kann ihn nicht einfach so vertreiben.

»Aber der Vater ist doch erst vierundsechzig«, wendet Luis ein. »Des is doch noch viel zu jung.«

Mäx schüttelt den Kopf und mischt sich zum ersten Mal in unser Gespräch mit ein. »Das kann sogar noch Jüngere treffen.«

»Aber …«, fängt Luis noch einmal an, dann wird er plötzlich blass und verstummt.

»Was?«, frage ich alarmiert.

»Nix. Bloß … mir ist grad eingfallen, dass er schon a bissl gspaßig ist in letzter Zeit. Immer ist er so abwesend und manchmal führt er Selbstgespräche und lacht auf einmal los. Mitten unter der Brotzeit.«

»Er lacht?« Ich hebe die Brauen. Mein Vater ist weder besonders gesprächig, noch lacht er oft, außer im Wirtshaus. Luis schaut jetzt ganz unglücklich drein. »Außerdem vergisst er, beim Holzhacken sein Hemd auszuziehen. Er hackt neuerdings sogar mit seinem schönsten Sonntagshemd. Des hat er doch noch nie gmacht.«

Ich schüttle den Kopf. »Naa. Noch nie.« Seit ich mich erinnern kann, also seit über dreißig Jahren, hackt mein Vater leidenschaftlich gerne Holz. Immer und ausschließlich im Unterhemd, sogar wenn es kalt ist. Er zieht höchstens mal seinen alten, löchrigen Werkstattjanker über das Unterhemd. Nie kam er jedoch auf die Idee, sein sauberes Oberhemd anzulassen. Das ist jetzt wirklich höchst beunruhigend. Mein Bruder und ich schauen uns an, und jeder kann die Gedanken des anderen sehen, weil er das Gleiche denkt: Bitte nicht! Nicht der Vater!

»Drum spielt er nicht mehr Akkordeon«, sage ich langsam. »Weil er's nicht mehr richtig kann. Weil er sich nicht mehr erinnert, wie's geht.«

»Des hält er ned lang aus«, sagt Luis leise. »Bevor er alles vergisst, daschiaßt er si.«

Ich widerspreche ihm nicht. Ich glaub, ich würd mich auch erschießen.

»Was machen wir denn jetzt?«, frage ich Luis.

Er hebt die Schultern. »Keine Ahnung. Ich glaub nicht, dass wir ihn dazu bringen, sich untersuchen zu lassen.«

Ich auch nicht. Mein Vater ist wahrscheinlich als Kind zum letzten Mal beim Arzt gewesen. »Wir müssen ihn beobachten«, überlege ich. »Ob's schlimmer wird.«

Luis nickt widerstrebend. »Ich kann's probieren, aber du kennst ja den Vater, der lässt sich nicht so leicht beobachten.«

Das sehe ich ein. Aber eine bessere Lösung fällt mir im Moment auch nicht ein, und deshalb bin ich Anni dankbar, die unsere Überlegungen unterbricht, indem sie eine neue Portion Kiacherl mit Zimtzucker bringt und sagt: »Ihr wisst es doch noch gar ned gwieß. Und wenn, wird's auch eine Lösung geben.«

Das ist Anni, wie sie leibt und lebt. Pragmatisch bis in den kleinen Zeh. Ich wünschte manchmal wirklich, ich wäre ein bisschen mehr wie sie. Für den Moment hilft sie mir aber damit, den Gedanken an meinen Vater erst einmal in eine Ecke zu verschieben, dorthin, wo die unerledigten Dinge darauf warten, wieder herausgeholt und angepackt zu werden. Den Gedanken an ein notwendiges Gespräch mit Snake hatte ich auch dort geparkt. Allerdings zu lange. Als ich ihn wieder herausholen wollte, war es schon zu spät.

Mäx nimmt sich ein Kiacherl und beißt herzhaft hinein. »Sauguad! Übrigens: Gestern is a Wunder geschehen«, sagt er kauend und wischt sich den Zimtzucker aus dem roten Bart. »Die Cilli Kranzbichler und ihre Freundin waren in der Früh um halb acht schon da, wie du es prophezeit hast. Und sie waren scheißfreundlich zu mir. Außerdem hab ich insgesamt acht Handwerker gezählt, die gestern und heut wieder ihre Brotzeit bei uns gekauft haben.«

»Echt?«

»Ja, echt. Und einer hat sogar Extra-Grüße an dich ausgerichtet, er heißt Peda.«

Also hat meine Aktion tatsächlich was gebracht. Ich sag's ja immer: Wenn man den Männern an die Leberkässemmeln geht, werden sie nervös.

In dieser Nacht schlafe ich schlecht. Der Vollmond scheint in mein Zimmer wie eine Lampe und lässt meine sorgenvollen Gedanken so groß werden, dass sie fast nicht mehr zusammen mit mir in die kleine Kammer passen. Was wird, wenn mein Vater tatsächlich pflegebedürftig wird und jemanden braucht, der rund um die Uhr auf ihn aufpasst? Dieser Jemand werde ich sein.

Langsam kriecht die Panik mein Rückgrat hoch. Es ist zu früh, denke ich. Viel zu früh. Ich hab doch noch gar nicht selber gelebt. Ich kann mich nicht jahrelang tagein, tagaus um meinen dementen Vater kümmern. Noch nicht! Der Mond scheint kühl durchs Fenster, und ich weiß, das es durchaus so sein kann.

Es gibt keine Regel, wonach solche Dinge nur zu passenden Zeiten passieren. Wenn man bereit ist. Und außerdem ist man das ja ohnehin nie. Bereit, mein ich. Unruhig wälze ich mich hin und her und und schwitze unter der Bettdecke, obwohl es im Zimmer saukalt ist. Ich fühle mich wie ein Goldfisch in einem dieser runden Gläser, kann mich wehren, wie ich will, kann Runde um Runde schwimmen und schwimme doch immer nur im Kreis. Irgendwann stehe ich auf, nehme meine Decke und gehe nach unten. Das Feuer im Kamin glimmt noch schwach, und es ist auch hier schon deutlich kühler als noch am Abend. Draußen aber ist es richtig kalt. Ich kann sogar meinen Atem sehen. Trotzdem hocke ich mich in die Decke gewickelt auf die Holzbank vor der Hütte. Der Mond ist riesig, so einen Mond gibt es nur hier oben, genau wie die Sterne, die viel zahlreicher und viel heller sind als unten im Dorf. Ich schaue hinauf in den endlosen, funkelnden Sternenhimmel und muss plötzlich an jenen Sommer vor vielen Jahren denken, als mein Opa gestorben ist. Ich war noch ganz jung damals, ging noch zur Schule, es war mein letztes Jahr vor dem Abschluss. Alter und Krankheit und Gebrechen lagen weit weg von mir. Irgendwo jenseits. Dort, wo man landete, wenn man selber schon alt und das wirkliche Leben längst vorbei war. Ich dagegen stand noch auf der anderen Seite, hatte alles noch vor mir. Eine verheißungsvolle Zukunft breitete sich vor mir aus. Sie begann gerade eben, mit einem endlosen, lichten Sommer am Ramsacher Weiher, mit U2 im Ohr, dem Geruch nach Kokosöl und gebratenen Würschtl und der Gewissheit, dass im Herbst für mich ein neues Leben begann. Ich würde endlich von zu Hause weggehen, meine Lehre beginnen und neue Dinge erleben, neue Menschen kennenlernen, alles hinter mir lassen.

So viele Jahre ist das jetzt her, und während ich nach oben in den kalten Sternenhimmel schaue und an meinen Großvater denke, wundere ich mich, wo die Zeit und die verheißungsvolle Zukunft geblieben ist. Ist sie an mir vorübergerauscht, ohne dass ich es gemerkt habe? Stehe ich schon auf der anderen Seite?

Wo war Moses, als die Kerze ausging? Dieser seltsame Satz schießt mir durch den Kopf, und gleich werde ich wieder wütend, weil ich meinen *Ulysses* nicht mehr habe. Wer weiß, wenn ich noch dazu gekommen wäre, ihn weiterzulesen, hätte ich vielleicht auch eine Antwort auf die Frage gefunden. Ich gehe hinein und hole das Sprüchebuch von Anni. Ich habe es auf dem obersten Regalbrett neben dem Herd versteckt, zwischen dem Mehl und dem Salz, damit es Ulysses nicht auch frisst. Aufs Geratewohl schlage ich es irgendwo auf und entziffere mühsam im Mondlicht einen Spruch: »Fürschlings is allawei besser gfahrn ois arschlings.«

Ich muss ein bisschen kichern. Das ist natürlich schon etwas handfester als James Joyce und sein Moses: Vorwärtsfahren ist besser als rückwärts.

Na ja, es mag ja vielleicht handfest sein, aber nicht sehr hilfreich. Ich klappe das Buch zu und schaue nachdenklich über die Wiese. Oder vielleicht doch? Noch lange bleibe ich auf der Bank vor der Tür sitzen und schaue in die Nacht hinaus. Erst als die Sterne langsam verblassen, stehe ich auf, strecke meine steifgefrorenen Glieder und gehe wieder hinein.

Am nächsten Morgen verschlafe ich. Ich höre meinen Wecker nicht mal ansatzweise. Sogar als Anni in meine Kammer kommt und mich schüttelt, fällt es mir schwer, richtig wach zu werden. »Fürschlings is allawei besser als arschlings«, murmle ich schlaftrunken und reibe mir die Augen.

Anni, die schon komplett angezogen ist, mustert mich misstrauisch: »Muss ich mir Sorgen machen?«, fragt sie.

»Nein.« Ich gähne. »Des hab ich heut Nacht glesen, als ich

nicht schlafen konnte. In dem Buch von dir, *Erbauliche Sprüche und Gedichtln für jeden Tag.* Ist doch auch was Erbauliches, oder?«

Anni runzelt die Stirn. »Wennst meinst …«

Ich steige aus dem Bett. »Na, immerhin weiß man schon mal die Richtung.« Während Anni zum Melken geht, ziehe ich mich an und bereite das Frühstück vor. Wir gönnen uns einen schnellen Kaffee, bevor wir gemeinsam hinauf zum Kühezählen gehen. Seit Ulysses seine Bestimmung als Hütehund erkannt hat, ist es fast ein Kinderspiel. Wir müssen nicht viel mehr tun, als einfach nur mit unserem Kleiesack dazustehen und die Kühe zu zählen, die uns entgegenkommen.

Ulysses mag ja noch immer ausschauen wie ein irischer Wolfshund, aber identitätsmäßig hat er sich tatsächlich in einen Hütehund verwandelt. Wahrscheinlich war er in seinem tiefsten Inneren immer schon ein Hütehund, er hat's bloß nicht gewusst. Vergessen ist seine Angst vor den großen, gefährlichen Kühen, vergessen sein ratloses Herumgestehe der ersten Zeit, während wir vergeblich versucht haben, ihm beizubringen, die Kühe einzukreisen. Seit er begriffen hat, worum es geht, verhält er sich so, als habe er noch nie etwas anderes getan, als abtrünnige Rindviecher auf einen ordentlichen Haufen zusammenzutreiben und dafür zu sorgen, dass sie dort auch bleiben, bis wir fertig sind.

Als wir wieder runter zur Hütte gehen, nimmt mich Anni am Arm. »Du machst dir Sorgen wegen deinem Vater, oder? Hast deswegen schlecht geschlafen?«

Ich nicke vage. Im hellen Sonnenschein kommen mir meine Gedanken von gestern Nacht selbst ein wenig übertrieben vor.

»Ich glaub das echt nicht«, sagt Anni plötzlich. »Ich kann mir nicht vorstellen, dass dein Vater krank ist. Der ist doch fit wie ein Turnschuh.«

Sie will mich trösten. Das ist lieb von ihr. Und vielleicht hat sie ja auch recht. Ich werde versuchen, das alles ganz locker zu sehen. Die Dinge auf mich zukommen lassen. Ich würde so gerne etwas leichter, leichtsinniger werden. Nicht immer alles unter Kontrolle halten wollen, nicht alle Eventualitäten und Katastrophen gleich mit einplanen.

»Wie geht das?«, frage ich Anni.

»Was?«

»Leicht sein. Sich nicht dauernd Sorgen machen.«

Anni bleibt stehen und sieht mich an. »Weiß ich auch nicht«, gesteht sie.

Wir stehen auf der letzten Anhöhe vor unserer Alm und schauen die weite Wiese hinunter. Dort unten liegen die Hütte und die Ställe. Ein dünner Rauchfaden steigt aus dem Kamin auf. Unsere fünf Milchkühe grasen friedlich.

Anni nimmt meine Hand. »Weißt noch, wie es war, als wir fliagn konnten?«

»Freilich.« Das haben wir als Kinder oft gemacht. Auf Wandertagen in der Schule zum Beispiel oder beim Spielen irgendwo auf einer abschüssigen Wiese. Wir haben uns an den Händen genommen und sind losgelaufen und dabei immer schneller und schneller geworden. Wir stellten uns vor, dass wir, wenn wir nur genug Anlauf nehmen würden, tatsächlich abheben könnten. Leider waren wir nie schnell genug.

Doch das Gefühl war trotzdem da: Jetzt, jetzt gleich heben die Füße vom Boden ab, treten ins Leere, der Boden weicht zurück ... jetzt!

Wir laufen los wie damals, den Abhang hinunter. Ich spüre Annis warme, kräftige Hand in meiner, und es ist wie früher, als wir uns Kaugummis geteilt haben, als es noch braunen Bär am Kiosk zu kaufen gab und wir versucht haben abzuheben. Und wie früher geraten wir irgendwann ins Stolpern und fallen hin, kugeln kichernd über die Wiese, und Ulysses läuft zwischen uns, leckt uns das Gesicht und bellt aufgeregt. Wir bleiben eine ganze Weile im Gras liegen und schauen hinauf in den blauen Himmel. Weit oben kreist ein Raubvogel und stößt spitze Schreie aus. Anni hat recht. Genau so würde es sich anfühlen, das Leicht-Sein.

Zweiundzwanzig

Snake nimmt das Bild und schaut es sich an. »Is des dein Vater?«, will er wissen.

Anda stöhnt auf und schüttelt den Kopf. Wenn er noch eine Bestätigung gebraucht hätte, dann wäre sie das gewesen. Snake hat Andas Vater nicht gekannt. Er ist gestorben, als Anda sechzehn war. »Des is der Kemser Sepp«, sagt er leise. »Vor sechsunddreißig Jahren.«

Snake schaut das Foto noch einmal an, mustert Anda scharf und pfeift dann leise durch die Zähne. »Sakra …«

Anda steht auf und nimmt ihm das Foto aus der Hand. Nicht forsch oder gar unfreundlich, eher sanft. »Lass uns anfangen.«

Sie arbeiten den ganzen Nachmittag. Hannes und Toni kommen aus der Schule, sie sind schlecht gelaunt wegen einer Englisch-Ex, auf die sie nicht vorbereitet waren. Dann maulen sie, weil es nichts Gscheids zum Essen gibt, nur kalte Leberkässemmeln, doch Anda vertröstet sie auf den Abend. Er hatte am Morgen in Burgis Metzgerei Grillfleisch gekauft und sich vorgestellt, am Abend auf der Wiese vor dem Haus mit den Buben zu grillen. Leon kommt eh erst am Abend, er ist noch bei einem Freund in Marktlkirchen.

Jetzt hat er eigentlich keine Lust mehr zu grillen, aber essen müssen sie ja so oder so irgendetwas, da ist Grillen noch am einfachsten. Er muss sich ohnehin zusammenreißen. Darf sich wegen der Gschicht nicht hängenlassen vor den Buben. Snake steht daneben, während er mit Hannes und Toni rumdiskutiert. Toni wirft Snake einen hoffnungsvollen Blick zu. »Bleibst du auch da zum Grillen?«

»Woaß ned …«, fängt er an, doch Anda nickt. »Freilich. Bleib doch da.«

Toni strahlt. »Cool.«

Hannes wirft einen skeptischen Blick auf die Baustelle: »Was machts ihr da eigentlich?«

»Wir bauen ein Haus. Für die Mama, damit sie mal ihre Ruh vor euch hat.« Anda grinst ein bisschen mühsam.

»Wie des alte Baumhaus, des abgebrannt is?«

»Ja, nur größer. Und schöner.«

»Cool«, sagt Toni noch einmal. »Da können wir ja mal eine Party machen.«

»Für die Mama hab ich gsagt. Für sie ganz allein.«

Die Buben trollen sich nach drinnen, und Snake wirft Anda einen interessierten Blick zu: »Warum glaubst du, dass die Anni a Ruh braucht?«

Anda zuckt mit den Schultern. »Jeder braucht des doch, oder? Einen Abstand. Von allem. Weil's einem sonst schnell mal zu viel wird.«

Sie nageln ein Brett nach dem anderen zwischen die Pfosten, und langsam wächst eine erste Wand in die Höhe. Gegen sechs, als Leon nach Hause kommt, legt Anda den Hammer beiseite. »Mach'ma Schluß, oder?«

Snake nickt.

Beim gemeinsamen Grillen mit den Buben rückt der Gedanke an das Foto endlich ein bisschen in den Hintergrund. Vielleicht liegt es auch am Bier, von dem Anda heute einiges mehr trinkt als sonst. Auch Snake trinkt mehr, als Anda es von ihm gewohnt ist. Er hat auch was wegzuschieben, denkt Anda. Nachdem er die Buben ins Bett geschickt hat, bleiben sie noch auf der Bank vor dem Haus sitzen, fast wie Freunde.

»Wie war denn des?«, fragt Anda nach einer Weile und schaut Snake nicht an. »Wie war denn des, mit deinem Vater?«

Snake braucht lange mit einer Antwort. Er trinkt sein Bier aus und dreht die leere Flasche eine Weile in den Händen, dann sagt er: »Hab nie einen ghabt. So war des.«

»Hat dich nie interessiert, wo er ist? Wer er ist?«, hakt Anda nach.

Snake schüttelt den Kopf. »Ich hätt mir vielleicht manchmal schon einen Vater gewünscht, so, wie man sich einen halt vorstellt, als Kind. Aber meinen eigenen, meinen echten Vater wollt ich nie sehen. Es hat ihn einfach nicht gegeben. Und außerdem hatte ich ja meine Mutter … und meine Großeltern.«

»Und jetzt?«

»Jetzt brauch ich keinen mehr.«

Es klingt hart, wie er das sagt. Hart und trotzdem irgendwie gelassen. Anda will widersprechen, will sagen: Aber man muss doch wissen, wo man herkommt. Wo die Wurzeln sind. So etwas kann einem doch nicht egal sein. Doch er schweigt. Zu gefährlich ist dieses Thema heute Abend. Er ist nicht mehr nüchtern und Snake auch nicht. Es reicht auch so schon. Er will nicht tiefer einsteigen, will nicht darüber nachdenken, was es für ihn bedeutet, was er heute so zufällig herausgefunden hat.

Er hat Angst. Eine Scheißangst, dass sich alles verändert. Es muss sich ja alles verändern mit so einer Wahrheit. Er ist ein anderer als der, für den er sich hielt. Plötzlich versteht er auch dieses unbestimmte Schuldgefühl, das ihn die ganze Kindheit über begleitet hat. Er war schuld daran, dass seine Mutter den Gschwendtner Franz geheiratet hat. Und sie hat es ihn spüren lassen.

Anda vergräbt sein Gesicht in den Händen und unterdrückt ein Stöhnen. Er weiß nicht, wohin mit dieser Wut, die ihn plötzlich überfällt. Ein Kronkorken schnalzt und dann noch einer, und Snake reicht ihm ein weiteres Bier. »Das wird ein schönes Häusl für die Anni«, sagt er. »Sie wird sich drüber freuen.«

Anda nickt. »Hoffentlich.«

»Es muss sich nichts ändern Anda«, sagt Snake dann. »Du hattest doch deinen Vater.«

Er schüttelt den Kopf. »Einen Scheißdreck hab i. Angelogen bin i worden die ganze Zeit.«

Es ist zu viel. Er kann die Gedanken in seinem Kopf nicht mehr sortieren. Er möchte, dass Snake geht und er für sich ist, doch andererseits fürchtet er sich davor, mit seinen Gedanken allein zu sein.

»Sagst aber niemandem was, gell?«, bittet er, plötzlich beunruhigt.

Snake schaut ihn empört an. »Was denkst denn du von mir?«

»Mein ja nur. Bin ja auch ned grad nett zu dir gewesen, früher. Könntest ja denken, des wär jetzt eine gscheide Rache für …«

Snake gibt ihm einen so groben Stoß, dass er fast von der Bank fällt. »Du bist vielleicht ein Depp.«

Anda gibt keine Antwort.

Schweigend trinken sie ihr Bier.

Snake bricht als Erster wieder das Schweigen. »Wie geht's denn den Mädls auf der Alm?«, fragt er unvermittelt.

»Guad.« Anda schaut Snake nachdenklich an. »Was ist denn das für eine G'schicht mit dir und der Burgi? Die Anni hat sowas angedeutet …«

»Da gibt's keine G'schicht mehr.«

»Magst sie denn nimmer?«

Snake lacht kurz auf, dann lässt er den Kopf hängen und sagt: »Ich hab alles falsch gmacht.«

»Aber vielleicht kann man …«, beginnt Anda, doch Snake schüttelt den Kopf und steht dann leicht schwankend auf. »Ist a guade Idee, des Gartenhaus für die Anni. Wenn du magst, komm ich morgen wieder und helf dir.«

Anda nickt. »Tät mich freuen.«

Snake gähnt und fährt sich dann mit beiden Händen über das Gesicht. »Ich glaub, es ist besser, ich geh zu Fuß heim.«

»Des glaub ich auch.« Anda nickt und muss ein bisschen lächeln, während er Snake nachsieht, wie er mit nicht mehr ganz sicheren Schritten über die Wiese geht und langsam in der Dunkelheit verschwindet.

Dreiundzwanzig

Die nächsten beiden Tage habe ich keine Zeit, mir Gedanken über Snake und meinen Vater zu machen, denn ich muss mich einer ungeahnten Herausforderung stellen: unserem Herd. Wir haben ja bisher auf dem alten Ding nur sehr einfache Gerichte wie Rühreier, Kaiserschmarrn oder Kiacherl gemacht, jetzt aber möchten wir ja am Sonntag hoffentlich viele Gäste bewirten, da schaut die Sache schon ein bisschen anders aus.

Ich möchte vor allem auch einen Schweinsbraten machen, und dazu brauche ich das Backrohr. Ich weiß ja nicht, wie es Ihnen geht, mir war bislang nicht wirklich bewusst, dass ein Holzofenherd im Vergleich zu einem normalen Elektroherd ein sehr viel komplizierteres Eigenleben hat. Wobei, kompliziert ist es nicht wirklich, es muss halt die Temperatur stimmen. Ganz einfach. Meint man. Gott sei Dank bin ich auf den glorreichen Gedanken gekommen, vor Sonntag noch ein bisschen zu üben. Ich schüre also ein, brate mein Braterl erstmal in der Pfanne schön in Butterschmalz an, reib's mit Kümmel, Salz und Pfeffer ein und schiebe es dann in der Reine in unser kleines, enges Backrohr. So weit, so gut. Dann muss man ja nur noch warten und ab und zu a bissl Bier angießen. Also, ich mach das so. Normalerweise.

Jetzt ist es aber so, dass die Hitze nicht stimmt. Es kommt mir so vor, als wär's nicht heiß genug. Ich schüre also eifrig nach.

Als Anni hereinkommt, rümpft sie die Nase. »Da verbrennt was«, sagt sie, und ich schaue alarmiert in den Ofen. Tatsächlich ist der Braten oben verbrannt, die Kruste ist schon ganz schwarz, der Rest noch halb roh. Fluchend drehe ich ihn um und schiebe ihn wieder in den Ofen zurück. Weil ich nun nicht mehr nachheize, geht dann nach einer Weile das Feuer fast ganz aus, und es dauert eine Weile, bis ich es wieder ordentlich zum Brennen bringe. Alles in allem dauert der Braten dann doppelt so lange wie sonst, und er ist am Ende auf die Hälfte seiner ursprünglichen Größe zusammengeschrumpft. Die Soße ist so dick wie Sirup und hat die gleiche Farbe wie die rußgeschwärzten Holzbalken über dem Herd.

Als Anni und ich meinen ersten »Almbraten« zusammen mit zwei Probekartoffelknödeln probieren, hält sich unsere Begeisterung in Grenzen. »A bissl trocken«, meint Anni vorsichtig, und ich kann ihr nur beipflichten. Der Braten schmeckt wie eine alte Schuhsohle. Dafür sind die Knödel und vor allem die Soße, die ich noch ein bissl gestreckt habe, wunderbar geworden. Ich werde in Zukunft meine Schweinsbratnsoß immer verbrennen lassen. Nach einer Weile lege ich die Gabel weg und zupfe mir betrübt ein paar staubtrockene Flinserl aus den Zähnen. »Da kannst höchstens noch a Gröstl draus machen.«

Mein zweiter Versuch wird nicht viel besser. Es wird also am Sonntag viel Gröstl geben. Erst der dritte Braten wird gut. Dafür aber wirklich gut. Ich habe inzwischen begriffen, dass man eine gscheide Glut im Ofen braucht, kein schnelles, zu heißes Feuer, und habe ein Gefühl dafür entwickelt, wie heiß die Glut ungefähr sein muss.

Dafür muss ich am Samstagnachmittag nochmal ins Tal fahren und aus meinem Laden noch einen Schweinsbraten holen. Am späten Abend dann, als zwei schöne Schweinsbraten in der Kühlung auf die Gäste warten, komme ich noch auf die Idee, einen Topfenkuchen aus unserem selbstgemachten Topfen zu machen.

Wir haben ja die Magermilch erstmal eine Weile rumstehen lassen, dann haben wir die gestöckelte Masse in ein dünnes

Tuch an die Ofenstange gehängt und abtropfen lassen. Der erste Teil davon wird schon schön langsam speckig, das ist der Graukäse – mit dem frischen Teil mache ich den Kuchen. Es ist schon halb zehn, als er fertig ist, und er schaut zum Anbeißen aus.

Anni leckt sich die Lippen. »Vielleicht mag ja morgen gar niemand einen Kuchen, wegen der ganzen Fleischeslust, dann essen wir den ganz allein«, sagt sie hoffnungsvoll.

Anni ist schon ins Bett gegangen, als ich noch eine große Schüssel Kartoffelteig für die Knödl vorbereite. In der Kühlung ist kein Platz mehr für den Kuchen und den Knödlteig, so stelle ich die Schüssel mit einem Handtuch abgedeckt und für Ulysses unerreichbar ganz oben ins Regal zu meinem Sprüchebuch.

Nun ist alles bereit, und die Gäste können kommen. Wir haben die Biergarnitur schon draußen aufgestellt, in der Stube stehen die Gläser, die Teller, Servietten und das Besteck bereit. Sogar einen Sonnenschirm hat uns Luis mitgebracht. Ich schreibe in schönster Schrift die Gerichte mit Kreide auf eine Tafel:

Gröstl aus der Eisnpfanna
Schweinsbratn à la Burgi mit Kartoffeknedl
Sauscharfer Leberkas mit Oa
Kaiserschmarrn, Topfnkuachen & Kaffee

Zufrieden gehe ich ins Bett.

Am nächsten Tag muss ich nur den Schweinsbraten heiß machen und die Knödl kochen. Alles spitzenmäßig vorbereitet. Während Anni den Sonnenschirm aufspannt und unsere beiden Tische draußen deckt, hole ich die Schüssel mit dem Knödlteig vom Regal. Als ich das Handtuch lupfen will, springt mir was entgegen: eine Maus.

»Ahhh!« Ich mache einen Satz zurück und lasse fast die Schüssel fallen, die Maus macht auch einen Satz, allerdings in die andere Richtung, und flitzt über den Fußboden unter die Eckbank. Vorsichtig hebe ich das Handtuch noch einmal, und vier weitere glänzend schwarze Knopfaugen schauen mich ängstlich an: Da hocken doch tatsächlich noch zwei Mäuse in meinem Knödlteig.

»Des glaub i jetzt ned ...«, murmle ich, und die Mäuse nutzen meine Überraschung, hüpfen wie kleine Gummibälle aus meiner Schüssel und sind eine Sekunde später verschwunden. Zurück bleibt mein ruinierter Knödlteig. Ich bin ganz außer mir: Schweinsbraten ohne Knödl, das geht doch nicht. Überhaupts gar nicht. Zusammen mit Anni wühle ich in unseren Vorräten, ob sich noch ein paar Kartoffeln finden lassen. Wir finden grad noch zwei Handvoll.

»Des langt ja nia!«, jammere ich.

»Besser wie nix«, versucht mich Anni zu trösten.

Also bereite ich noch einmal eine – sehr kleine – Schüssel Knödelteig.

»Des werden ja höchstens fünf Stück«, murmle ich finster.

»Derfst sie halt ned gar so groß machen«.

Dann kann ich nicht weiter nachgrübeln, denn es kommen unsere ersten Gäste. Anni bemerkt das Auto als Erste, und als wir sehen, wer aussteigt, sind wir beide überrascht. Es sind der Kemser Sepp und unser alter Pfarrer Lechner, der jetzt ganz langsam und auf seinen Hacklstecken gestützt zu uns heraufkommt, dicht gefolgt von Gusti Zeisl, seiner Haushälterin. Ich hätte ehrlich gesagt nie vermutet, dass unser allerster Gast zum Thema »Fleischeslust« ausgerechnet unser alter Pfarrer ist. Aber der war immer schon für eine Überraschung gut.

Sie setzen sich alle drei einträchtig zusammen unter den Schirm und ordern Bier und Schweinsbraten. Das heißt, Gusti Zeisl und der Kemser Sepp. Pfarrer Lechner möchte den sauscharfen Leberkäs.

Ich mache also die Knödl für den Kemser Sepp und die Gusti Zeisl ein bisschen kleiner als üblich und stecke dafür ein größeres Stück geröstetes Weißbrot mit Speckwürfel hinein.

Es fällt fast gar nicht auf.

Pfarrer Lechner isst seinen sauscharfen Leberkäs, ohne mit der Wimper zu zucken. »Guad!«, sagt er nach einer Weile zufrieden und reicht mir sein leeres Glas Bier. »Machst mir noch eins, Burgi?«

Nachdem sonst noch keine Gäste da sind, setzen wir uns ein bisschen zu den dreien. Der Kemser Sepp zwinkert uns zu. »Fesch schauts aus, ihr zwei. Die Almluft tuat eich ebba guad.«

Wir schauen uns an und grinsen.

»Schon«, gibt Anni zurück.

Tatsächlich sind wir schon ziemlich braun geworden, und obwohl wir wirklich viel essen, sitzt meine Jeans so locker wie schon seit Jahren nicht mehr.

»Des kommt vom vielen Rumlaufen in der frischen Luft«, sagt Anni, jetzt mit einem leisen Vorwurf in der Stimme. »Den Trick mit der Kleie hättst uns ja auch gleich verraten können.«-Der Sepp kichert lautlos in sich hinein. »Hab i des vergessen? Wird euch ned gschadet haben.«

Er trinkt von seinem Bier und sagt nach einer Weile: »Hat mir ned gepasst, dass ihr da raufgeht. Auf mei Alm.«

»Warum ned?«, frage ich erstaunt.

Der alte Kemser Sepp wechselt einen seltsamen Blick mit dem noch älteren Pfarrer Lechner und sagt dann: »So halt. Alte Erinnerungen. Und außerdem hab i gmeint, ihr packts des eh ned.« Er nimmt eine Prise Schnupftabak, niest in ein großes kariertes Taschentuch und fügt noch hinzu. »Hab mich getäuscht. Der Herr Pfarrer hat glei recht ghabt.«

Wir schauen beide etwas verwirrt Pfarrer Lechner an. Es war uns nicht bewusst, dass unser Almabenteuer Dorfgespräch war und sogar mit dem Pfarrer diskutiert worden ist.

Pfarrer Lechners zerknittertes Gesicht verzieht sich zu einem verschmitzten Lächeln, und er nickt. »Gell, Sepp. Sogar ohne Miad und im Schnee haben sie durchgehalten.«

Der Kemser Sepp schaut jetzt ziemlich schuldbewusst. »Nachdem ihr schon über eine Woche bei dem Sauwetter oben warts und keine von euch die Sach hingschmissen hat, hat der Herr Pfarrer mi mit einem Sackl voll Miad zu deinem Bruder gschickt. Er hat gmeint, des wär ned recht gwesen, euch des ned zu sagen.«

Ich starre ihn mit offenem Mund an. Er hat es uns MIT ABSICHT nicht gesagt? Er hat uns im Schneegestöber rumlaufen und Kühe suchen lassen und geglaubt, wir halten es keine Woche aus?

»Und jetza dat i mi dafür entschuldigen wolln«, fährt der Kemser Sepp etwas umständlich fort und zieht dann eine kleine Flasche mit roter Flüssigkeit aus seinem Rucksack. »Habts a paar Schnapsglasl?«

Anni holt fünf Schnapsgläser, und der Sepp verteilt den Inhalt der Flasche auf die Gläser.

Neugierig schnuppere ich daran. Es riecht … wie Wald.

»Was is des?«, fragt Anni.

»Zirbnschnaps«, sagt der Kemser Sepp. »Der letzte, den i no selber gmacht hab. Letztes Jahr. Ma muass auf die Zirbn naufkraxln und die grünen Zapfen brocken. Des kann i nimmer, weil i's mit'm Kreiz hab.«

Ich finde es ziemlich bewundernswert, dass der alte Sepp noch im letzten Jahr in den Bäumen rumgekraxelt ist, und nippe mit gebührender Ehrfurcht an dem Schnaps. Er riecht nicht nur wie Wald, er schmeckt auch so. Er schmeckt nach Kiefernadeln, nach Rauch und Holz und … nach Alm.

»Der schmeckt nach da herobn«, sage ich zögernd, als wir unsere Stamperl geleert haben.

Anni nickt. »Der schmeckt nach Schafkopfalm.«

Sepp Kemser schaut zufrieden. Sein durchfurchtes Gesicht mit den buschigen Augenbrauen verzieht sich zu einem knorrigen Lächeln. »Ihr macht's des guad, Dirndln. I bin froh, dass ihr da herobn seids und in die Alm amoi wieder a bissl a Lebn kemma is.« Dann zieht er noch zwei kleine Flascherl Zirbnschnaps aus seinem Rucksack und reicht sie uns. »Ois Erinnerung an eiern ersten Almsommer.«

Wir sind gerührt. Ich drehe die kleine Flasche mit Bügelverschluss, auf der in altmodischer Schrift *Zirbnschnaps vom Kemser Sepp* geschrieben steht, in meinen Händen und weiß, dass ich mich bei dem Geschmack tatsächlich immer an die Alm erinnern werde, egal wo ich grad bin.

Als die drei ausgetrunken haben und Gusti Zeisl noch ein Stück Topfenkuchen probiert hat, rüsten sie sich wieder zum Gehen. Zum Abschied drückt uns der Sepp fest die Hand und sagt: »Seids mir ned bös, gell, wegen dem Miad?«

Wir schütteln den Kopf. Im Gegenteil, wir sind stolz. Saustolz darüber, dass wir es geschafft haben, ganz allein, im Schnee und ganz ohne Miad.

Als sie losgehen, ruft Anni ihnen nach: »Wart, Sepp! I hab noch was für dich!«

Mit der K-J-Buttermodl in der Hand kommt sie aus der Stube und reicht sie ihm. »Ich glaub, des is deine.«

Er nimmt die Modl zögernd, starrt sie sekundenlang an und dreht sie dann so behutsam in seinen großen, groben Händen, dass man meinen könnte, es wär kein Stück Holz, sondern ein junger Vogel, der aus dem Nest gefallen ist. Er schüttelt den Kopf und gibt die Modl Anni zurück. »Naa, Dirndl, die ghört auf die Alm.«

Wir schauen ihnen nach, wie sie langsam zum Auto gehen, umständlich wenden und im Schneckentempo den Weg hinuntertuckern. Es ist noch nicht mal halb eins, und ich bin schon leicht beduselt vom Zirbnschnaps und von der seltsamen feierlichen Stimmung, die der Kemser Sepp mit seinem »Geständnis« verbreitet hat.

Anni schaut ihre Modl an und sagt dann: »I glaub, Burgi, des mit der Katt und dem Sepp war echt eine richtige Liebesgeschicht.«

Ich nicke langsam und denke an die sauertöpfische Katt. »Aber wohl keine glückliche.«

Wir legen die Modl wieder dahin, wo wir sie gefunden haben, und beschließen, sie nicht mehr zu benutzen. Manche Sachen soll man vielleicht einfach in Ruh lassen.

Es kommen noch viele Gäste an dem Tag. Von den Wanderern und Mountainbikern, die wir sonst immer nur unten am Wald vorbeigehen oder -radln gesehen haben, folgen einige neugierig unserem Schild, trinken eine Radlerhalbe und essen Gröstl und Braten zur Stärkung. Ich glaub, die werden auch wiederkommen. Jedenfalls haben sie alle ganz zufrieden dreingschaut. Vor allem aber kommen die Leute aus'm Dorf.

Alle sind neugierig und wollen schauen, was es mit der »Fleischeslust« auf sich hat und wie es uns zwei auf der Alm so ergeht. Sogar die Cilli Kranzbichler und die Schuster Gerti statten uns einen Besuch ab, trinken Kaffee, probieren unseren Topfenkuchen und sind superfreundlich. Die Gerti kommt sogar zu mir in die Hütte und will wissen, wie ich die Schweinsbratensoß gmacht hab.

Ich nenne ihr die Zutaten, und sie meint: »Des geht doch sicher aa im Thermomix?«

Ich muss grinsen. »Wennst den Schweinsbraten aa mit neibringst in dein Thermomix?«

»Ah so, ja freilich … dann ned …« Sie nickt betreten.

Tja. *Ohne Braten koa gscheide Soß.* Diese Weisheit könnt glatt meinem erbaulichen Sprüchebuch entsprungen sein. Und die Gerti wird ihren Schweinsbraten in Zukunft doch ganz altmodisch im Rohr machen müssen.

Alles in allem könnte man sagen, dieser erste Sonntag ist ein rundum gelungener Auftakt, vor allem, wenn man den doppelten Segen vom Kemser Sepp und Pfarrer Lechner berücksichtigt. Allerdings gibt es da noch einen klitzekleinen Haken. Der Haken heißt Trudi. Zunächst ist sie nur irritiert über den ungewohnten Trubel, flattert den Leuten zwischen den Füßen herum und gackert aufgeregt. Schnell wird ihr jedoch klar, dass sie aufgrund der Gäste nicht mehr meine ungeteilte Aufmerksamkeit hat, und ihr Gackern bekommt einen leicht hysterischen Unterton. Sie will mit allen Mitteln von mir beachtet werden, und wenn ich sage, mit allen Mitteln, dann ist das durchaus wörtlich zu nehmen: Ständig versucht sie, auf den Herd zu springen und wäre dabei nicht nur einmal fast im Gröstl gelandet, wenn ich sie nicht in letzter Minute runtergeschubst hätte. Außerdem verfolgt sie mich auf Schritt und Tritt, flattert auf die Bänke, den Gästen auf den Teller und in die Haare.

So ein wild gewordenes Huhn ist nicht lustig, kann ich Ihnen sagen. Echt nicht. Wir wissen uns nicht anders zu helfen, als Trudi in den Hühnerstall zu sperren. Als ich nach einer Weile zu ihr reinschaue, hockt sie mit vorwurfsvollem Blick in der Ecke, macht keinen Gack mehr, und ich habe ein schlechtes Gewissen. Auch ist der Stall auf Dauer zu heiß, wenn den ganzen Tag die Sonne auf das Blechdach brennt. Also lasse ich sie wieder raus, und das Spiel beginnt von neuem.

Als es ruhiger wird, nimmt mich Anni beiseite. »Das geht so nicht weiter mit der damischen Henna!«, sagt sie.

Sie hat recht, ich weiß das, trotzdem muss ich sie verteidigen. »Trudi ist nur verwirrt. Am nächsten Sonntag wird's besser werden.«, sage ich mit größerer Überzeugung, als ich sie verspüre.

»Verwirrt?« Anni tippt sich mit dem Finger auf die Stirn. »Die hat echt einen Schlag, so schaut's aus. Wenn sie sich das nächste Mal wieder so aufführt, landet sie doch noch in der Suppn.«

Ich kann es ihr nicht verdenken, dass sie so etwas sagt. Denn, ehrlich gesagt, so kopflos wie die Trudi herumflattert, kann es durchaus sein, dass sie beim nächsten Mal ganz von allein im Suppentopf landet.

Ganz am Ende, gegen halb sechs, als keine Gäste und keine Knödl mehr da sind und wir schon mit dem Aufräumen anfangen, kommt noch einer die Wiese raufgehatscht. Es ist Guido Zapf. Ich stoße Anni an: »Hab ich's ned gsagt?«

Guido ist knallrot im Gesicht und kann kaum reden, so sehr muss er schnaufen. Er wischt sich den Schweiß aus dem Gesicht und keucht: »Bereitschaft … ghabt … Gibt's … no was?«

»Freilich! Für dich doch immer!«, beruhige ich ihn und bringe ihm erstmal ein Bier. »Was möchtest denn?«

Er schaut auf unsere Tafel. »Mei … an Schweinsbraten halt. Gabats da vielleicht auch zwei Knödl dazua?« Er schaut so hoffnungsvoll, dass ich ihm gar nicht sagen mag, dass wir eigentlich keine Knödl mehr haben. Er soll erstmal wieder zu Atem kommen. In der Hütte schau ich den kläglichen Rest Kartoffelteig an. »Des gibt ja keinen einzigen gscheiden Knödl mehr«, sag ich zu Anni. »Höchstens a paar Gamsgogerl.«

Anni wirft einen Blick in die nahezu leere Schüssel. »Dann machst sie halt nur so groß wie Gamsgogerl.«

Ich tippe mir an die Stirn. »Für'n Guido? Die sind ja schon weg, wenn er einmal einatmet.«

Trotzdem probiere ich, aus dem Kartoffelteig kleine Miniknödel zu formen, und fülle sie mit Speck und Brotwürfeln, genau wie ihre großen Verwandten. Am End sind es sechs Stück, und sie sind nicht viel größer als Schusser. Zweifelnd richte ich sie zusammen mit unserer letzten Portion Schweinsbraten an und gebe vorsichtig ein paar Löffel Butterbrösl drauf. Es sieht ganz nett aus.

Anni wirft einen Blick darauf, als ich sie hinaustrage. »Die schaun echt liab aus«, grinst sie.

Guido macht große Augen, als er meine Kreation sieht. »Was san denn des für Gogalan?«, fragt er misstrauisch.

Ich zögere. »Äh … des san … Knödlpralinen.«

»Was?«

»Kloane Knedl hoit.«

Vorsichtig probiert er eine »Knödlpraline«, kaut langsam und bedächtig, dann hellt sich sein Gesicht auf. »Da is a Speck drin. Und a gröstets Brot.«

»Freilich. Sag i doch. Kloane Knedl.«

»Aber die san sauguad, Burgi! I hob no nia den Speck so guad rausgschmeckt. Die san a Schau.« Guido strahlt und vertilgt alle restlichen fünf kleinen Knödl in Windeseile, bevor er sich mit der ihm eigenen Hingabe meinem Schweinsbraten widmet. Ich schau ihm eine Weile dabei zu, einfach nur, weil's schön ist, dem Guido beim Essen zuzuschauen, und gehe dann nachdenklich zurück in die Hütte.

»Und?«, fragt Anni. »Was hat er gsagt zu deine Gamsgogerl?«

»Guad hat er gsagt.« Ich bin noch ganz verblüfft. »Sauguad, sogar. Ich glaub, die könnt ich öfters machen.«

Wir setzen uns zu Guido und gönnen uns eine wohlverdiente Halbe Feierabendbier.

»Warum hast denn die Susi ned mitbracht?«, will Anni wissen.

»Wir hätten doch gar nix für sie zum Essen ghabt, wenn's doch jetzt vegan ist«, wende ich ein. »Nicht mal an Kuchen kann s' essen.«

Anni runzelt die Stirn. »Stimmt. Gar nix. Höchstens einen Kaffee. Und den ohne Milli. Scho traurig.« Sie sieht ganz betroffen aus.

»Mit der Susi is vorbei«, lässt sich jetzt Guido düster vernehmen. »Aus und vorbei.«

»Was? Aber so schlimm is doch des aa ned ...«, ruft Anni, »zwecks so am bissl vegan, da macht ma doch ned glei Schluss. Des gibt sich doch sicher wieder.«

Guido schüttelt den Kopf. »I hab doch ned Schluss gmacht. I hob des ganze Zeig ja gfressen, bis mir aus de Ohrn scho de Selleriestangerl rausgwachsen san. I hob de Kerndl ja scho gschissn ...«

Wir schauen ihn mitleidig an. »Aber was is denn dann passiert?«, frage ich.

»Abghaut is. Mit'm schönen Berti.«

»WAS?« Mir bleibt der Mund offen stehen. Ich kenne den schönen Berti. Heribert Wildgruber, Sportlehrer aus Marktlkirchen. Ich war mal mit ihm im Biergarten ... Aber das ist eine andere Geschichte. Und da war die Susi auch dabei. Aber das nur am Rande.

»Sie braucht was Gsunds, was Sportliches, hat s' gsagt. Ned a so an fleischfressenden Schlaffi wie mi.« Er schaut uns wütend an. »Und dafür hob i mir jetzt de ganzen Hirsefladerl und Sojawürstl owidruckt. Und mir sogar an Hummus auf de Frühstücksemmel gschmiert.«

»Was?« Anni macht runde Augen. »Humus?«

»Hummus. Des is a Kichererbsenpüree. Weil's doch bei de Veganer koan Butter ned gibt.«

»Mit Marmelad?«

»Naa. Mit Karotten und Sellerie.«

»Pfui Deife.« Anni schüttelt sich. »Zum Frühstück. Und Kaffee ohne Milli. Des is echt bitter.«

Wir trösten den armen Guido so gut wir können. Leider ist von meinem Topfenkuchen kein Bröserl mehr übrig, sonst hätt er auch davon noch a Stückl gekriegt. So gibt's nur noch ein paar Wasabileberkäswürfel zum Bier. Doch der Guido ist dankbar. Er lässt sich trösten und verwöhnen und streichelt sogar Trudi, die so selbstverständlich neben ihm auf der Bank hockt, als wär sie auch ein Gast.

»A so a liabs Viecherl«, sagt Guido, und ich werfe Anni einen schnellen Blick zu. Sooo schlimm ist die Trudi also gar nicht. Sie braucht halt a bissl eine Ansprach. So wie jeder.

Dann am Abend ist es vorbei mit dem Trubel, und Anni und ich sitzen ziemlich erledigt, aber zufrieden auf unserm Bankerl vor der Hütte. Ist ja mal ganz schön, so viele Gäste, aber ich freu mich auch wieder auf eine ruhige Woche in unserem schon altgewohnten Trott.

Angelockt von Mäx' Schild unten am Waldrand verirren sich in dieser Woche zwar auch ein paar Wanderer zu uns herauf, aber für die es gibt keine große Küche. Wir machen ihnen eine Brotzeit, dazu gibt's frische Buttermilch oder ein Glas Vollmilch und selbstgemachten Käse. Anni kommt auf die Idee, die Buttermilch mit Kräutern und Hollersirup zu mixen, und nennt das Ganze Ayurveda-Gesundheitsdrink, was saugut ankommt, vor allen bei dem Frauen.

Dann naht der nächste Sonntag, und für Trudi kommt die

Bewährungsprobe. Schon am Samstag, als uns Mäx und Luis mit fleischlichem Nachschub versorgen und ich mit den Vorbereitungen beginne, wird sie nervös und flattert aufgeregter um mich herum als die ganze Woche über, wo sie die vereinzelten Gäste nur misstrauisch beäugt hat.

Anni mustert das Huhn mit finsterem Blick. »Da bin i ja mal gspannt …«, sagt sie, und ich seufze. Großes Vertrauen habe ich, ehrlich gesagt, auch nicht in Trudis Fähigkeiten, sich bis morgen ein anständiges Benehmen zuzulegen.

Und, was soll ich sagen, unsere Zweifel waren durchaus berechtigt. Mehr als das. Trudi toppt ihren Auftritt von letzter Woche sogar noch. Als Erstes lässt sie einen gut plazierten Hühnerschiss auf die knallrote Outdoorjacke eines Gastes fallen, und gleich danach wirft sie mit ihrem hysterischen Geflattere ein volles Weißbierglas um. Als sie dann auch noch einer Mountainbikerin auf den Schoß hüpft und diese dumme Trulla deswegen einen hysterischen Schreikrampf bekommt, ist bei Anni Schicht im Schacht.

Sie bekommt diesen entschlossenen Blick, den ich bei ihr schon kenne. So schaut sie, wenn sie ihren Buben etwas verbietet, wenn jemand etwas Gedankenloses über »dummes Bauernvolk« sagt oder wenn es beim Bäcker Angelbauer kein Vanilleeis gibt. Höchste Gefahrenstufe also. Ich packe Trudi, bevor sie nach ihr greifen kann, und halte sie fest umklammert. »Nein!«

Wie bei einem Duell zweier Revolverhelden stehen wir uns gegenüber, ich mit Trudi im Arm und Anni, meine beste Freundin, mit Mordlust im Blick. Es ist einen Augenblick lang mucksmäuschenstill auf unserer Terrasse. Die Gäste ahnen wohl das Schicksalhafte dieses Moments.

Fehlt nur noch eine raunende Mundharmonika im Hintergrund. Bevor Anni etwas sagen kann, laufe ich mit dem Huhn unter dem Arm an ihr vorbei in die Hütte und hinauf in meine Kammer. Dort setze ich Trudi auf mein Bett und schaue sie wütend an. »Du hast es echt voll vergeigt«, schimpfe ich, »willkommen im Club.«

Trudi hockt verschüchtert auf der Bettdecke und gibt keine Antwort. Ich gehe hinaus und schließe vorsichtshalber sogar noch die Tür hinter mir ab. Anni sagt kein Wort, als ich ohne Trudi wieder nach unten komme, und schweigend arbeiten wir weiter. Die Stimmung bleibt angespannt, obwohl die Gäste die Hühnerattacke offenbar nicht als so tragisch empfunden haben, von der hysterischen Mountainbikerin mal abgesehen. Aber die ist sowieso gleich wieder weitergeradelt. Am liebsten hätte sie ihre Apfelschorle im Stehen getrunken und sich den Kaiserschmarrn intravenös spritzen lassen, um keine Zeit zu verlieren.

Ich höre, wie die anderen Gäste späteren Neuankömmlingen amüsiert davon erzählen, dass wir hier oben eine »narrische Henna« als Haustier halten würden. Anni wirft mir wieder einen ihrer Mörderblicke zu, und ich senke den Kopf über meine Fleischpfanne. Anscheinend hat sich unsere Fleischeslust schon herumgesprochen, denn dieser Sonntag ist um vieles stressiger als der letzte, so dass wir überhaupt nicht zum Verschnaufen kommen. Die Gäste entern unsere Alm in Schüben, haben irgendwie alle keine Zeit, und dann geht uns auch noch das kalte Bier aus, weil ich vergessen habe, die Flaschen in unserer Kühlkammer, die wir mit mitgebrachtem Eis von Luis noch ein bissl runtergekühlt haben, rechtzeitig nachzufüllen. Wir sind beide gereizt und schnauzen uns ein paar Mal richtig fies an. Am Abend, als endlich alle gegangen sind, sage ich giftig zu Anni: »Die Trudi ist tabu für dich, kapiert? Das ist meine Henne. Du hast sie mir gschenkt. Schon vergessen?«

Anni schaut mich müde an. »Weißt, was ich mich manchmal frag?«

»Was denn?« Ich streiche mir meine verschwitzten Haare aus dem Gesicht.

»Warum ausgerechnet du Metzgerin geworden bist.«

Ich starre sie wortlos an. Kann sie es nicht einfach mal gut sein lassen? MUSS sie mir jetzt tatsächlich auch noch eine Identitätskrise bescheren? Ich drehe mich auf dem Absatz um und gehe in den Hühnerstall, um für Trudi Futter zu holen. Als ich in mein Zimmer komme, hockt sie in der hintersten Ecke unter dem Bett und will nicht hervorkommen. Ich stelle ihr zwei Schalen mit Wasser und Körnern hin und gehe wieder hinunter. Ein Huhn im Schlafzimmer ist keine Lösung. Aber Hühnersuppe auch nicht. Und Annis Vorwurf hat mich mehr getroffen, als ich zugeben will. Je länger ich darüber nachdenke, desto gemeiner finde ich ihn, und langsam werde ich richtig wütend.

Man muss kein gefühlloses Monster sein, um Metzgerin sein zu können. Im Gegenteil. Und überhaupt. Es geht sie nichts an. Trudi ist meine Henne. Und sie hat einen Namen. Schon allein deshalb wird sie nicht im Suppentopf landen. Metzgerin hin oder her.

Ich rausche wortlos an Anni vorbei, die gerade dabei ist, für uns Brotzeit nach draußen zu tragen.

»Burgi?«, ruft sie mir nach, als ich hinunter zum Kuhstall gehe, wo meine KTM steht.

Ich gebe keine Antwort, sondern steige auf mein Motorrad, ohne mich nach Anni umzusehen. Mir fällt ein, dass ich meinen Helm in der Hütte liegen hab lassen, aber das ist mir im Moment egal. Scheißegal, um genau zu sein. Soll nur einer kommen – im Zweifel ja eh nur der Zapf Guido – und mich deswegen blöd anmachen, dem werd ich sauber was erzählen. Ich fahre los und atme auf, als der Fahrtwind mein erhitztes Gesicht zu kühlen beginnt. Langsam tuckere ich den unebenen

Wanderpfad hinunter, holpere über Wurzeln und genieße dabei die letzten Sonnenstrahlen, die sich durch die Äste stehlen und goldene Kringel auf den Boden vor mir zeichnen.

Ich habe kein Ziel und auch keinen blassen Schimmer, was ich mit Trudi in meinem Schlafzimmer anstellen soll. Ich will nur weg, bevor ich etwas zu Anni sage, was ich nachher bereue. Soll sie doch heut Abend allein dort oben hocken und Brotzeit machen, die superschlaue Anni, die alles immer besser kann als ich, die immer so perfekt ist und immer genau weiß, was das Richtige ist. Ist doch wahr. Ich wünsche ihr von ganzem Herzen eine Nacht mit hundert Stechmücken im Zimmer und ganz miesen Träumen.

Vierundzwanzig

Als ich unten in Untermarktlbrunn ankomme, geht gerade die Sonne unter. Das Dorf liegt wie ausgestorben da, kein Mensch ist auf der Straße zu sehen. Ich vermute mal, dass alle im Biergarten oder beim Grillen sind, zumindest die, die sich ihre Fleischration noch nicht bei uns auf der Alm abgeholt haben. Ich parke mein Motorrad vor unserem Haus, das auch verlassen wirkt. Weder Luis' noch Mäx' Auto ist zu sehen, nur unser alter Lieferwagen steht im Hinterhof. Ich schaue in den Holzschuppen und in den Laden, gehe durchs ganze Haus, aber niemand ist da. Das Akkordeon meines Vaters steht unberührt in der Ecke des Wohnzimmers, und es versetzt mir einen schmerzhaften Stich, als ich die feine Staubschicht bemerke, die bereits auf dem Kasten liegt. Das Bett meines Vaters ist ordentlich gemacht, seine alten Hausschuhe stehen auf dem Bettvorleger, die Küche ist aufgeräumt wie selten, der Kühlschrank leer.

Ich schnüffle ein bisschen herum, öffne Schubladen und Schränke und komme mir schäbig dabei vor. Dabei finde ich nichts, was auf besondere Vergesslichkeit oder beginnende Demenz hinweisen könnte, keine Socken im Herd, keine Brille im Kühlschrank, und das Badezimmerschränkchen ist bis auf Rasierzeug und Zahnbürste ebenfalls leer. Der Kleiderschrank meines Vaters lässt mich dann aber doch etwas stutzig werden. Es hängen vier neue Hemden darin, noch mit Etikett und Preisschild, das besagt, dass sie weit teurer waren als die Kleidungsstücke, die mein Vater sonst so kauft. Er kauft eigentlich überhaupt nie etwas, meistens kaufe ich ihm ein neues Hemd oder schleife ihn mit Gewalt nach Marktlkirchen, damit er eine neue Hose oder neue Schuhe anprobiert. Warum kauft er plötzlich teure Hemden in einem Nobelgeschäft in Marktlkirchen? Und zieht sie nicht mal an? Einer bösen Ahnung folgend, laufe ich in den Waschkeller und tatsächlich, dort finde ich noch mehr Hemden und drei neue Hosen. Drei! Mein Vater hat bis vor kurzem nur insgesamt drei Hosen besessen.

Vielleicht hat er einen Kaufwahn? Vergisst, dass er sich schon etwas gekauft hat, und meint, er bräuchte ein neues Hemd, und noch eins und noch eins …

Ich gehe zurück in die Wohnung und schaue mich unschlüssig um. Seit dem Tod meiner Mutter vor fast zehn Jahren schläft mein Vater im Wohnzimmer, das Schlafzimmer ist seitdem nie wieder benutzt worden. Ich zögere ein wenig, doch dann öffne ich die Tür zum Schlafzimmer und gehe hinein. Auf den ersten Blick wirkt alles wie immer, traurig, still und verlassen. Ein Zimmer, das nicht mehr gebraucht wird. Ich ziehe die Vorhänge zurück, um das letzte Abendlicht hereinzulassen. Das Zimmer ist penibel sauber, der Boden frisch gesaugt, man kann sogar noch die Streifen sehen, die der Staubsauger auf dem Teppichboden hinterlassen hat, das Bett ist abgezogen und das große Porträt meiner Mutter am Kopfende frei von Staub. Mein Vater hat immer darauf bestanden, dass nur er dieses Zimmer sauber machen darf. Anfangs, nach dem Tod meiner Mutter, kam immer die Hedi zum Putzen und Kochen, doch auch sie durfte das Zimmer nicht betreten. Später hat sich mein Vater dann um die Wohnung mehr oder weniger selbst gekümmert, und ich habe das Kochen übernommen. Das sauberste und ordentlichste Zimmer blieb dabei das frühere Schlafzimmer. Es durfte nichts verändert werden, nichts hineingestellt und auch nichts in den Schränken aufbewahrt werden, denn dieses Zimmer sei schließlich keine »Rumpelkammer«. Deshalb erschrecke ich jetzt, als ich bemerke, dass dort neben dem Bett etwas steht, was nicht hingehört. Ein ziemlich großer Gegenstand, in Plastikfolie gehüllt. Ich packe ihn vorsichtig aus und sehe, dass es ein nagelneuer, ziemlich schicker Reisekoffer ist. Auch hier hängt noch das Preisschild dran und sagt mir, dass mein Vater irritierenderweise ein kleines Vermögen für einen Reisekoffer ausgegeben hat. Dabei verreist er niemals. Seit zwanzig Jahren ist er nicht mehr verreist. Der alte Beppo Krautlechner fällt mir wieder ein, der plötzlich vom Fernweh geplagt wurde, als er schon nicht mehr wusste, welcher Tag ist und wie herum er seine Hausschuhe anziehen soll, und mein Herz beginnt stärker zu klopfen. Meine Eltern waren nicht immer brave Metzgerleute. Das sind sie erst später geworden. Nachdem sie gegen den ausdrücklichen Willen beider Eltern geheiratet hatten, sind sie heimlich nach Paris abgehauen und erst nach über einem Jahr wieder zurückgekommen. Wer weiß, vielleicht wären sie sogar dort geblieben, wenn das Leben nicht anders gespielt hätte. Diese Reise nach Paris war jedenfalls mit Sicherheit die längste Reise meines Vaters und wohl auch die schönste Zeit seines Lebens. Vielleicht erinnert er sich jetzt zunehmend daran, so wie der alte Beppo an seine Matrosenzeit? Vielleicht steht es schon viel schlimmer um ihn, als ich dachte? Mir wird ein bisschen übel. Ich muss mit jemandem reden. Unbedingt. Die erste Person, die mir einfällt, ist Hedi Zankl. Sie kennt meinen Vater. Sie wird Rat wissen.

Leider ist Hedi nicht da. Ich drücke ein paar Mal die altmodische Klingel an der verblichenen Holztür und höre, wie sie durch das Haus schellt, klopfe und rufe sogar über das zugewachsene kleine Gartentürl neben dem Haus in den Garten hinein, aber niemand rührt sich. Ich werfe einen Blick auf meine Uhr: halb neun. Ich könnte auf sie warten, sicher kommt sie bald nach Hause. Vielleicht ist sie ja nur auf einen kleinen Abendspaziergang im Ramsacher Wald, das macht sie öfter. Gerade als ich noch überlege, ob ich bleiben oder sie vielleicht suchen gehen soll, geht hinter mir die Tür auf. Ich hatte mich gerade darangelehnt, und so komme ich etwas ins Stolpern und wäre fast in Hedi Zankls Arme gefallen.

Hedi schaut mich erstaunt an. »Burgi? Was machst du denn da? Ich denk, du bist auf der Alm? Ist was passiert?«

Ich schüttle den Kopf und bekomme fast weiche Knie vor Erleichterung. So geht's mir oft bei Hedi. Wenn ich sie sehe, habe ich sofort das Gefühl, alles ist gut.

»Kann ich reinkommen?«

Hedi zögert.

»Ist es ungünstig? Wolltest du etwa schon ins Bett gehen?«

Hedi schüttelt den Kopf. »Naa. Aber … ich hab grad Besuch, weißt, ein alter Freund ist da und …«

»Oh. Ja, dann …« Mir war gar nicht bewusst, dass Hedi alte Freunde haben könnte. Noch dazu welche, die sie abends besuchen kommen. Ich jedenfalls habe noch nie einen bei ihr gesehen. Allerdings ist Hedi auch unheimlich diskret, und wenn sie nicht will, dass man etwas erfährt, dann erfährt man auch nichts. Sie muss mir jedoch angesehen haben, dass es mir nicht gutgeht, denn sie sagt mit einem mitfühlenden Blick: »Hast vielleicht Lust auf einen kurzen Spaziergang?«

»Aber dein Freund …?«

Sie winkt ab. »Der kann schon so lang warten. Duscht eh grad.«

Interessiert nehme ich zur Kenntnis, dass dieser mysteriöse alte Freund sie nicht nur abends besuchen kommt, sondern auch noch bei ihr DUSCHT! Das lässt doch tief blicken. Ich beuge mich vor und werfe einen Blick in ihren Hausflur und höre gedämpft Wasser rauschen. Für einen Moment glaube ich sogar, einen Mann singen zu hören. Bevor ich allerdings etwas dazu sagen kann, schiebt Hedi mich hinaus und meint lächelnd: »Wart schnell, ich komm gleich. Hol mir nur noch meine Zigaretten.« Und dann macht sie mir sanft, aber bestimmt die Tür vor der Nase zu.

Verblüfft stehe ich mitten auf dem Bürgersteig und starre die Tür an. Noch nie hat mich Hedi vor der Tür stehen lassen. Ihr Haus ist immer offen, man kann kommen, wann man will, und fühlt sich jederzeit willkommen. Meine Neugier auf diesen geheimnisvollen Besucher, der in Hedis Dusche singt, steigt und vertreibt für einen Moment sogar meine eigenen Sorgen.

Als sie wiederkommt, hat sie ihre Zigaretten dabei und eine dünne Jacke über ihre ärmellose Bluse gezogen. Sie trägt verblichene Dreiviertel-Jeans, die an den Beinen ausgefranst sind, und Flipflops und schaut unheimlich jung aus. Hedi Zankl ist ohnehin recht gut aussehend, auf eine etwas herbe, ungeschminkte Art, aber sie ist mit ihren sechsundfünfzig auch nicht mehr die Allerjüngste. Heute aber sieht sie aus wie ein junges Mädchen, und ich könnte mir vorstellen, dass das irgendetwas mit diesem alten Freund unter der Dusche zu tun hat. Sie zündet sich eine Zigarette an und hakt sich bei mir unter, und ich bemerke, dass ihre dunkelbraunen, gelockten Haare im Nacken noch feucht sind. Sie hat ebenfalls geduscht. Wenn sie und ihr mysteriöser Freund also nicht zufällig gleichzeitig in eine Odelgrube gefallen sind oder zusammen Pommes frites frittiert haben, kann ich mir nur eine Tätigkeit vorstellen, bei der gemeinsames Duschen danach naheliegt.

Obwohl ich vor Neugierde fast platze, traue ich mich aber nicht, ihr gegenüber eine Andeutung zu machen oder nachzufragen. Wenn Hedi mir etwas erzählen will, wird sie das schon tun, und es scheint eher so zu sein, als wollte sie nicht. Ich werde es schon trotzdem irgendwann erfahren. In einem so kleinen

Dorf wie dem unseren lassen sich gerade solche Dinge nicht lange geheim halten. Wir gehen Richtung Dorfplatz, und ich weiß nicht recht, wie ich anfangen soll. WO ich anfangen soll.

Hedi nimmt mir die Entscheidung ab, indem sie fragt: »Läuft's nicht gut auf der Alm? Habts gstritten?«

»Doch. Nein. Nicht wirklich …« Ich zucke mit den Schultern und erzähle ihr von Trudi und von Annis Vorwurf, dass ich keine richtige Metzgerin sei, weil ich aus Trudi keine Suppe machen will.

Hedi hört zu, sagt lange nichts, dann meint sie: »Ich glaub nicht, dass die Anni das bös gemeint hat.«

»Es ist mir wurscht, wie sie's gemeint hat. Es war unfair«, gebe ich empört zurück. »Außerdem fängt sie immer wieder damit an.«

»Vielleicht will sie dich nur ein bisschen aufzwicken«, vermutet Hedi weiter, und natürlich könnte sie damit recht haben. Aber ich bin momentan nicht in der Stimmung, mich aufzwicken zu lassen, und das sag ich Hedi auch.

Sie versteht es aber nicht. »Warum denn?«, fragt sie. »Ihr kennts euch doch schon so lang und habts euch immer gegenseitig auf den Arm genommen, ohne dass eine gleich beleidigt war.«

»Weiß auch nicht«, murmle ich vage. »Es hat mir einfach gstunken. Nix weiter.«

»So ein Schmarrn!« Hedi wirft ihre Zigarette weg. »Was ist denn wirklich los?«

»Nix.« Ich schlucke den dicken Kloß hinunter, der mir bei Hedis prüfendem Blick in die Kehle steigt. »Hast für mich auch eine Zigarettn?«

Hedi gibt mir eine, zündet sich selbst auch noch eine an, und wir gehen gemeinschaftlich rauchend um den Dorfbrunnen und wieder zurück in Richtung Hedis Haus. Sie hakt nicht weiter nach, sondern sagt stattdessen übergangslos: »Hast denn schon mal über einen Gockel nachgedacht?«

»Was?«

»Für deine verliebte Henne. Die braucht einen Gockel.«

»Das hat die Anni auch schon gesagt«, entgegne ich verblüfft. »Aber ihr Gockel ist auf dem Gschwendtnerhof bei den anderen Hühnern, den können wir nicht einfach mit auf die Alm nehmen.«

»Der Kemser Sepp hat letztens einen frechen jungen Gockel beim Schafkopfn gewonnen. Den kann er nicht brauchen, weil er ja schon einen hat. Frag halt mal nach, ob du den kriegst.«

»Und du meinst, das haut hin?«

»Einen Versuch ist es doch wert, oder? Wenn nicht, könnts aus dem Gockerl immer noch ein Brathendl machen, und deine Metzgerinnenehre wär auch gerettet.«

Ich schaue sie bewundernd an. Hedi Zankl weiß einfach immer Rat. Hedi lächelt, und dann bohrt sie doch noch nach: »Aber das war doch nicht der Grund, warum du zu mir gekommen bist, oder?«

Ich zögere. »Na ja, jedenfalls nicht nur.«

»Und?«

»Mei … es ist halt … Alles …«, ich kann nicht weiterreden. Sie legt den Arm um mich und fragt: »Ist es wegen Snake? Habts ihr zwei am End auch noch gstrittn?«

Ich schüttle den Kopf. »Naa! Wenn wir doch bloß gstrittn hättn!« Ich werfe die Zigarette halbgeraucht auf den Boden und trete wütend darauf herum. »Ich hab Mist gebaut, und jetzt mag er mich nicht mehr, und er hat sowas von recht damit, und es ist eh alles vorbei, weil mein Vater nämlich Alzheimer hat und ich ihn pflegen muss, und dann kann ich mich gleich eingraben lassen, weil ich dann nämlich eine verbitterte alte Schachtel werd …«

»Wer? Was?« Hedi schaut mich verständnislos an.

»Der Vater! Er ist krank, verstehst! Er kauft sich Hemden und vergisst, sie anzuziehen. Er vergisst das Akkordeonspielen, er geht nicht mehr ins Wirtshaus, zieht sein Hemd beim Holzhacken nicht mehr aus und jetzt hat er auch noch einen Koffer gekauft, und ich muss aufpassen, dass er nicht plötzlich nach Paris fährt und sich dann nimmer auskennt und in der Metro verlorengeht …« Während ich mir das vorstelle, packt mich die Panik, und ich merke kaum, dass Hedi mich sanft schüttelt.

»Burgi! Jetzt beruhig dich erstmal.«

Ich hole tief Luft und schaue sie bekümmert an. »Entschuldigung.«

»Vielleicht sollten wir mal ganz in Ruhe miteinander reden«, sagt Hedi, und ihre dunklen Augen wirken ehrlich besorgt, und das beunruhigt mich noch mehr, als es der Koffer im Schlafzimmer meines Vaters getan hat. Eigentlich hatte ich ja erwartet, dass sie meine Befürchtungen mit irgendeiner klugen oder witzigen Bemerkung auf wundersame Weise ausräumt. Stattdessen sieht sie eher geschockt aus. Wunderbar! Anstatt von ihr aufgebaut zu werden, habe ich sie jetzt auch noch beunruhigt.

»Du brauchst dir keine Gedanken machen«, sage ich schnell. »Ich krieg das schon auf die Reihe, der Luis wird mir helfen, wir haben schon drüber geredet …«

»Der Luis? Worüber habt ihr geredet?«

»Na, über den Vater!« Die Hedi ist heut etwas schwer von Begriff. »Der hat mich ja erst draufgebracht. Weil der Vater ja immer verschwindet, und wir wissen ned, wohin …«

»Burgi …«

»… und als ich den Koffer gfunden hab, ist mir der Krautlechner Beppo eingefallen, der auch immer wegwollte …«

»Burgi …«

»… aber ich werd des schon schaffen. Keine Angst, Hedi, wir packen des schon, der Luis und ich. Mach du dir nicht auch noch Sorgen deswegen.«

Mittlerweile haben wir unsere Runde um den Dorfplatz beendet und stehen wieder vor Hedis Tür. Ich wende mich zum Gehen.«Entschuldigung, dass ich dich gestört hab, ich geh jetzt.«

Hedi hält mich fest. »Burgi, wart!«

Ich weiß nicht, ob sie mich bitten wollte, doch noch zu ihr ins Haus zu kommen, ich weiß auch nicht, ob sie den Entschluss gefasst hatte, mir ihren »alten Freund« vorzustellen, ich weiß nicht einmal, ob sie überhaupt verstanden hatte, wovon ich geredet habe, aber das ist auch nicht mehr wichtig, denn in dem Moment, wo ich mich noch einmal zu ihr umdrehe, geht die Tür auf, und mein Vater kommt heraus. Im weißen Sonntagshemd und nagelneuen Hosenträgern, frisch rasiert, seine dichten, noch immer schwarzen Haare nass zurückgekämmt, den Janker flott über die Schulter geworfen.

Als er mich sieht, bleibt er abrupt stehen. »Burgi! Ähm …« Er wirft Hedi einen entschuldigenden Blick zu. »Ich hab gedacht, ihr zwei brauchts eh länger, und da wollt ich schon mal heimgehen …«

Ich starre ihn an wie einen Geist. »Du? Du … du … bist Hedis alter Freund? Der, der bei ihr duscht?« Es dauert ein bisschen, bis ich begreife, was das bedeutet, und als es so weit ist, hat er zumindest den Anstand, verlegen dreinzuschauen.

»Burgi, wir wollten dir das schon länger sagen, aber …«, beginnt Hedi, doch ich schneide ihr mit einer fahrigen Handbewegung das Wort ab, ich will nichts hören, kein Wort, von ihr nicht und von ihm nicht. Ich starre meinen Vater einen Augenblick lang stumm an, dann wende ich mich ab und gehe, ohne mich noch einmal umzudrehen.

Fünfundzwanzig

Als ich zehn oder elf war, hat mich meine Mutter einmal ins Wirtshaus geschickt, um meinen Vater abzuholen. Sie hatten eine gemeinsame Verabredung bei irgendwelchen Bekannten in Marktlkirchen, sie hatte sich schon hübsch gemacht dafür, stand im Sommerkleid und Sandalen in der Küche und wartete auf ihn, doch er ist nicht zum vereinbarten Zeitpunkt nach Hause gekommen, und meine Mutter wollte nicht selbst zum Dorfwirt gehen und ihn holen. Stattdessen sollte ich gehen.

Der Dorfwirt war an dem Abend gerammelt voll, es roch nach Bier und Männern und Zigaretten, und mein Vater saß mit seinen ganzen Freunden am Stammtisch, vor sich ein halbvolles Glas Bier und im Mundwinkel eine Zigarette. Als ich schüchtern zur Tür hereinkam, hat er mich mit einer übertrieben ausladenden Geste begrüßt. »Prinzessin!«, hat er gerufen, »Setz dich her, magst eine Bluna?« Ich wollte mich nicht setzen, bin stattdessen vor ihm stehen geblieben und habe brav meinen Spruch aufgesagt: »Die Mama hat gsagt, ich soll dich holen, weil ihr sonst zu spät kommt.«

Er hat die Augenbrauen gehoben: »So? Hat sie des gsagt?« Ich habe genickt, und er hat auf eine Art Weise gesagt, die mir klargemacht hat, dass ich jetzt keine Prinzessin mehr war: »Dann gehst jetzt wieder heim und sagst ihr, ich komm schon rechtzeitig.«

Ich wollte gerade wieder gehen, als einer seiner Freunde, ein kahlköpfiger Mann mit einem Gesicht wie ein aufgeplatzter Presssack, mir nachgerufen hat: »Sag ihr, dein Vater kommt immer rechtzeitig, nur vielleicht nicht bei ihr.«

Alle haben brüllend gelacht, der ganze Tisch hat nur noch aus wieherndem Männergelächter bestanden, und ich habe nichts kapiert. Ich bin nur dagestanden, habe auf meine roten Sandalen und die Ringelsocken gestarrt und geglaubt, sie lachen über mich, weil ich so dumm bin und den Witz nicht verstehe. Als ich nach Hause lief, verfolgte mich das Gelächter der Männer noch immer, und ich bin stocknarrisch auf meine Mutter geworden, weil sie mich da hingeschickt hat, anstatt selbst zu gehen, und außerdem war ich auch noch stocknarrisch auf mich selbst, weil ich zu blöd war, einen Witz zu verstehen, den alle anderen offenbar saulustig fanden. Ich bin in die Küche gestürmt und habe mir in meiner Wut nicht anders zu helfen gewusst als damit, etwas kaputt zu machen, und so habe ich die Kaffeekanne, die noch auf dem Tisch stand, gepackt und ihr vor die Füße geschmissen und dabei geschrien: »Er kommt immer rechtzeitig, nur nicht zu dir!« Die Kanne ist in tausend Scherben zersprungen, und der Rest Kaffee, der noch drin war, hat ein paar scheußliche braune Flecken auf dem Sommerkleid meiner Mutter hinterlassen. Die Aktion brachte mir die erste und einzige Ohrfeige meiner Mutter und sofortigen Zimmerarrest ein, und den Witz daran hatte ich immer noch nicht verstanden.

Als mein Vater dann irgendwann nach Hause kam, hatten die beiden einen lautstarken Streit, den ich sogar von meinem Zimmer aus hören konnte, und weil ich es irgendwann nicht mehr ausgehalten habe, ihnen zuzuhören, bin ich aus dem Fenster gestiegen und aus dem ersten Stock über den Holzhaufen an der Hausmauer nach unten gekraxelt. Mit einem aufgeschürften Knie und ein paar Splittern in der Hand bin ich unten gelandet und mit meinem alten Radl an den Ramsacher Weiher geradelt. Eigentlich wollte ich viel weiter weg, mindestens bis nach Amerika. Meine Lieblingsserie damals war »Der

Mann in den Bergen«. Genau so wollte ich auch mal leben – in einer Hütte mitten in der Wildnis, nur mit einem Hund und einem Grizzly als Freund.

Fürs Erste war aber auch der Ramsacher Weiher gut genug, Hauptsache erstmal weg. Am Weiher bin ich dann zu meinem Geheimplatz gefahren, ans andere Ufer, weit weg vom Grillplatz und vom Badestrand. Dort, in einer kleinen, schwer zugänglichen Bucht zwischen krummen Bäumen und einem verwitterten Felsbrocken, sah es fast ein bisschen aus wie in der echten Wildnis, zumindest für eine Zehnjährige mit lebhafter Fantasie. Ich stellte mir jedes Mal vor, ich sei an einem klaren Bergsee irgendwo mitten in den Rocky Mountains, genauso wie Grizzly Adams in der Serie. An jenem Abend blieb ich an diesem Platz, bis es dunkel wurde und ich nichts mehr sehen konnte als nur den sternenübersäten Himmel über mir. Ich hatte eine Scheißangst und zuckte bei jedem Geräusch zusammen, doch noch mehr Angst hatte ich davor, den finsteren Weg wieder zurückzugehen, also blieb ich, wo ich war, mit dem Rücken an den verwitterten Felsen gelehnt, und mein bester Freund, der Grizzlybär, war zumindest in meiner Einbildung immer in der Nähe.

Irgendwann muss ich eingeschlafen sein, und als ich aufwachte, war mir kalt, und es begann gerade, hell zu werden. Ich kann mich heute noch gut an das Gefühl erinnern, das mich in diesem Moment packte: Ich hatte es geschafft. Ich war eine ganze Nacht mutterseelenallein in der »Wildnis« gewesen und hatte überlebt. Keine Räuber hatten mich gefangen, und keine Alptraummonster hatten mich gefressen. Ich war immer noch da, und gerade ging die Sonne auf. Als ich mich mit dem Rad auf den Heimweg machte, war es halb sechs, und ich war noch ganz erfüllt von diesem Hochgefühl. So leise wie möglich kletterte ich den Holzhaufen wieder hinauf und schwang meine Beine über das Fenstersims. Mein Zimmer war genau so, wie ich es verlassen hatte, niemand erwartete mich. Kurze Zeit später ging ich, sorgfältig gewaschen und gestriegelt, in die Küche, wo meine Mutter schon das Frühstück herrichtete.

Ich war mir nicht sicher, worauf ich mich einstellen sollte: Entweder es setzte eine neue Ohrfeige, oder aber meine Eltern würden mich schluchzend in die Arme schließen, erleichtert, dass ich mich besonnen und zu ihnen zurückgekehrt war. Als ich eintrat, stand meine Mutter mit dem Rücken zu mir und starrte aus dem Fenster. Die Kaffeekanne auf dem Tisch war durch eine alte Thermoskanne ersetzt worden. Mein kleiner Bruder Luis, der damals etwa zweieinhalb war, saß mit dem Lätzchen vor der Brust auf seinem Stuhl und zerpflückte konzentriert ein Marmeladenbrot in winzig kleine, klebrige Stücke, die er sich dann hingebungsvoll ins Gesicht schmierte. Mein Vater war noch gar nicht wach. Ich blieb an der Tür stehen, entschlossen, alles heroisch zu ertragen, Vorwürfe, Ohrfeigen, Tränen, und falls es eine Entschuldigung für die gestrige Ohrfeige geben würde, was ich natürlich insgeheim erhoffte, würde ich sie gnädig annehmen. Meine Mutter musste mich bemerkt haben, denn sie drehte sich um und fragte erstaunt: »Bist heut aus'm Bett gfallen?«

In diesem Moment wurde mir klar, dass weder sie noch mein Vater meine Abwesenheit überhaupt bemerkt hatten. Sie waren beide viel zu sehr mit sich selbst und ihren Problemen beschäftigt gewesen, um in der Nacht noch einmal nach mir zu schauen. Ich habe mich schweigend zu meinem Bruder gesetzt und ihm die Marmeladenschmier aus dem Gesicht geputzt. Doch irgendetwas ist in dem Augenblick mit mir passiert. Ich habe zum ersten Mal begriffen, dass meine Eltern nicht allmächtig und nicht allwissend sind und dass ich Dinge tun kann, von denen sie keine Ahnung haben.

Später habe ich meiner Mutter von meinem gesparten Taschengeld noch eine neue Kaffeekanne gekauft, und sie hat mir über den Kopf gestrichen, und ich glaube, sie hat ein bisschen geweint. Aber sicher bin ich mir heute nicht mehr.

Ich weiß nicht, warum mir diese alte Geschichte gerade jetzt einfällt, während ich wutentbrannt davonlaufe. Vielleicht deshalb, weil ich mich gerade so ähnlich fühle wie damals im Wirtshaus, als alle gelacht haben und ich nicht kapiert habe, wieso. Ich fühle mich unsagbar dumm, bescheuert und total lächerlich wegen meiner hysterischen Sorgen, während mein Vater quietschvergnügt in Hedis Dusche steht und singt. Deshalb war sie so unverbindlich und ausweichend, als ich sie das letzte Mal gesehen habe. Deshalb ist sie noch kein einziges Mal zu uns auf die Alm gekommen. WEIL SIE WAS BESSERES ZU TUN HATTE! Wahrscheinlich lachen die beiden jetzt über die dumme Burgi, die sich so einen depperten Schmarrn ausgedacht hat. Zu Hause springe ich auf mein Motorrad und fahre wie der Teufel durch die stille Straße. Weil ich nicht auf die Alm zurückwill und nicht weiß, wo ich sonst hinsoll, und ich mich blöderweise nicht einmal im *Kuh 8* sinnlos betrinken kann, weil ich dort Snake in die Augen schauen müsste, fahre ich wieder einmal an den Ramsacher Weiher.

Unten am Grillplatz ist eine Party im vollen Gange, Gesprächsfetzen, Gelächter und Wassergeplätscher dringen zum Parkplatz herauf, der Duft nach Grillfleisch und gebratenen Würsten liegt in der Luft, und ich kann dunkle Schatten um ein Lagerfeuer sitzen sehen. Ich lasse mein Motorrad am Parkplatz stehen und schlage mich gleich von dort in die Büsche, damit ich niemandem begegne. Wenn mir mein geheimer Wildnisplatz geholfen hat, als ich zehn war, wird er mir vielleicht auch heute helfen, mich zu beruhigen. Ich bin schon seit Jahren nicht mehr so weit um den Weiher herumgegangen und anscheinend auch sonst niemand, denn der Weg ist völlig verwildert. Ich kann ihn im Dunkeln kaum erkennen, und wenn ich nicht die hellere Wasserfläche und den Himmel immer links neben mir durch die Bäume hätte schimmern sehen, hätte ich mich wahrscheinlich hoffnungslos verirrt. Es reicht auch so schon. Fluchend und mit weit ausgestreckten Armen stolpere ich durch das Dickicht, bis ich an eine Stelle komme, wo der Weg eine scharfe Linksbiegung um eine alte, verkrüppelte Fichte herum macht, die sich schon vor zwanzig Jahren mit ihren armdicken Wurzeln um einen Steinbrocken geklammert hat und auch heut noch dasteht. Jetzt kenne ich mich wieder aus. Hinter der Fichte muss ich den Weg verlassen und eine kurze, aber steile Böschung hinunter in Richtung Weiher klettern. Kurz bevor man Gefahr läuft, ins Wasser zu fallen, muss man sich dann scharf nach links wenden, wo ein paar Steine liegen, über die man klettern kann, um dann die kleine, völlig versteckt liegende Bucht zu erreichen. Kinderleicht. Hab ich schon als Zehnjährige mit links gemacht.

Als ich jedoch den ersten Schritt mache, wird mir die wahre Bedeutung des Ausdrucks »kinderleicht« klar. Es bezeichnet Dinge, die für Kinder leicht sind, aber nicht für Erwachsene, die doppelt bis dreimal so schwer sind und vergleichsweise unbeweglich und außerdem so blöd, im Dunkeln ohne Taschenlampe eine Böschung hinunterklettern zu wollen, die im Wasser endet.

Um es kurz zu machen: Bereits mit meinem ersten Schritt bricht ein Stück der Uferböschung ab, ich verliere den Halt und falle schmerzhaft hart auf meinen Allerwertesten. Meine Versuche, mich noch an einem Ast oder wenigstens an ein paar Grasbüscheln festzuhalten, scheitern kläglich, und so rutsche ich, die Hände voller ausgerupfter Grasbüschel, die Böschung hinunter, vorbei an den rettenden Steinen, auf die ich hätte klettern sollen, und lande mit Karacho im Wasser. Der Weiher ist an dieser Stelle auch beileibe nicht so flach wie gegenüber am Badestrand, nein, natürlich nicht, er ist richtig tief, und ich tauche erst einmal ganz unter, bevor meine Füße Halt finden und ich triefend und fluchend wieder halbwegs zum Stehen komme. Gerade als ich schwankend versuche, auf den glitschigen Steinen am Grund Halt zu finden und zurück ans Ufer zu steigen, berührt mich etwas am Arm. Eine Hand. Ich zucke zusammen, rutsche erneut aus, und noch bevor ich schreien kann, lande ich wieder im Wasser.

Am Ufer, genau an der Stelle, wo ich gerade wie ein Nilpferd durch das Schilf gebrochen bin, steht eine dunkle Gestalt. Jetzt schreie ich mit voller Inbrunst. Vielleicht hört mich ja jemand von den Partyleuten auf der anderen Seite des Sees, und vielleicht fällt dem- oder derjenigen dann auch ein nachzuschauen, woher der Schrei kommt, vielleicht rafft sich jemand auf, nach mir zu suchen, und vielleicht findet mich dann auch jemand, vielleicht sogar noch, bevor ich vergewaltigt und ermordet worden bin.

»Burgi? Bist du das?«

Die ungläubige Stimme lässt mich abrupt verstummen. Ich erkenne sie sofort, trotz meiner Panik und trotz meines Schreiens. Es ist Snake, der dort am Ufer steht. Scheiße. Zu allem, was heute mies gelaufen ist, muss ich ausgerechnet hier in der Wildnis auf Snake treffen, nein, nicht treffen, ihm praktisch vor die Füße fallen. »Ja, und, was dagegen?«, schnappe ich und versuche, mühsam das Gleichgewicht haltend, ans Ufer zu waten.

»Was machst du denn da?« Snakes Stimme wirkt irgendwie körperlos, ich kann noch nicht mehr als seinen dunklen Umriss sehen, der sich kaum gegen die Böschung hinter ihm abhebt.

»Das könnt ich dich auch fragen. Warum arbeitest du nicht? Heut ist doch nicht dein Ruhetag.«

Er antwortet nicht, sondern reicht mir stattdessen seine

Hand, und auch wenn es meinen Stolz empfindlich verletzt, lasse ich mich von ihm aus dem Wasser ziehen. Nochmal auszurutschen und umzufallen hätte meinem Stolz auch nicht gutgetan. Mit gehörigem Schwung lande ich neben ihm. Sehr eng neben ihm. So eng, dass ich sofort einen Schritt rückwärts mache und fast ein zweites Mal in den Weiher gefallen wäre, wenn er mich nicht festgehalten hätte.

»Ich beiß nicht«, sagt er spöttisch und lässt mich los.

Gut, dass es dunkel ist, sonst hätte er gesehen, wie ich rot werde. Außerdem hätte er dann auch gesehen, wie ich ausschaue, nämlich wie eine in einem alten Regenfass ertränkte Katze, denn so fühle ich mich, und irgendwie rieche ich auch so: leicht modrig, nach verfaulten Blättern und Schlamm. Ich streiche mir die nassen Haare aus dem Gesicht und kneife die Augen zusammen, um besser sehen zu können.

»Was machst du da?«, will ich wissen und dann: »Bist du allein?« In mir steigt eine grässliche Ahnung auf, dass es vielleicht nicht so sein könnte und ich ihn bei einem romantischen Schäferstündchen gestört habe.

»Schleichst mir vielleicht nach?«, fragt Snake, und ich kann an seiner Stimme hören, dass er dabei grinst. Oh, ich hasse dieses spöttische Grinsen! Gut, dass ich es nicht sehen kann.

»Spinnst jetzt ganz? Interessiert mich doch nicht, was du treibst!«, gebe ich empört zurück. »Und außerdem bin ich eigentlich gar nicht da, sondern auf der Alm.«

»Aber uneigentlich bist schon da, und da frag ich mich halt, warum.«

»Zuerst du«, verlange ich und drehe mein T-Shirt zu einem Knoten, um das stinkende Wasser herauszudrücken.

»Gut. Also, ich bin allein und hab keinen Grund. Wollt einfach meine Ruh haben.« Er deutet nach hinten. »Da drüben ist eine kleine Bucht, die hab ich vor kurzem entdeckt … »

»Ich kenn die Bucht«, gebe ich beleidigt zurück. »Und ich kenn sie schon viel länger als du. Schon JahrZEHNTE.«

»Hast sie mir aber nie gezeigt, obwohl wir oft am Weiher waren.«

Darauf antworte ich nicht. Stattdessen frage ich weiter: »Warum bist nicht im *Kuh 8*?«

»Jetzt bist erstmal du mit Erzählen dran«, weicht Snake aus. »Warum bist denn ned auf der Alm?«

»So halt. Bei mir gibt's auch keinen Grund«, lüge ich und merke plötzlich, wie kalt mir ist. Ich muss aufpassen, dass meine Zähne nicht zu klappern beginnen, und presse sie daher fest zusammen. Was für eine Scheißaktion. Warum bin nicht einfach wieder zurückgefahren? Oder hab mich zu Hause ins Bett gelegt und DSDS angeschaut oder mich sonst irgendwie in Bewusstlosigkeit versetzt?

»Komm mit, ich hab ein Handtuch und auch eine Decke«, sagt Snake und kraxelt geschickt über die Steine, die ich bei meiner Rutschpartie leider verfehlt habe. Ich seufze und überlege einen Augenblick, ob ich nicht einfach wortlos verschwinden soll. Aber meine Lust, klitschnass und zähneklappernd durch den Wald zurückzulaufen und dann auch noch Motorrad zu fahren, ist noch geringer als meine Lust, mir von Snake ein Handtuch zu leihen, und so kraxle ich ihm hinterher. Allerdings weit weniger geschickt.

Snake kniet am Boden und zündet eine kleine Petroleumlampe an, als ich herunterspringe und überrascht sehe, dass er sich in der Bucht, in MEINER Bucht, eine Art Nachtlager eingerichtet hat. Es gibt ein kleines Lagerfeuer, das aber nur noch schwach rötlich glimmt, eine Decke, einen Schlafsack und eine Flasche, die so aussieht, als ob sie Whisky enthielte. Etwas entfernt an der Böschung lehnt ein Rucksack, aus dem Snake jetzt ein Handtuch zieht. »Du schläfst da?«, frage ich perplex und vergesse ganz, wütend zu schauen, als er mir das Handtuch reicht.

»Was dagegen?«, fragt er.

Ich schüttle stumm den Kopf und frage mich, wie er wohl darauf kommt, hier am Ramsacher Weiher zu übernachten, anstatt hinter der Theke im *Kuh 8* zu stehen, wie sonst auch. Als ob er meine Gedanken erraten hätte, sagt er: »Ich hab das *Kuh 8* heut zugsperrt.«

»Warum denn das?«

Er zuckt mit den Schultern. »Ein Freund hat vor ein paar Tagen zu mir gsagt, jeder braucht mal was, wo er hingehen kann, wenn er seine Ruh braucht, damit es ihm nicht zu viel wird. Des war ein guter Rat. Und deswegen bin ich heut da, und das *Kuh 8* ist zu.«

Ich frage nicht, was ihm zu viel wird, denn ich sehe ihm an, dass er keine Antwort geben wird. So gerne Snake redet und so viel er immer zu erzählen hatte, wenn wir zusammen waren, so verschlossen kann er auch sein, wenn er will.

Er wirft mir eine Wolldecke zu. »Nimm die, dann kannst das nasse Zeug ausziehen.«

Ich öffne den Mund, um zu widersprechen, aber er lächelt bitter und sagt: »Ich fall auch ganz sicher nicht über dich her.«

Beschämt ziehe ich mich aus und breite meine Klamotten über einen Stein neben dem verglimmenden Lagerfeuer, in das Snake jetzt ein paar neue Äste legt. Dann setzt er sich im Schneidersitz auf den Boden und lehnt den Rücken an den Felsen, wo ich als Zehnjährige meine erste Nacht ohne Eltern verbracht habe, nimmt die Whiskyflasche, die noch fast voll ist, und meint ungeduldig: »Jetzt setz dich schon her und trink einen Schluck. Der macht dich wieder warm.«

Ungeschickt wegen der dicken Decke, die ich fest um mich gewickelt habe, tripple ich näher und setze mich neben ihn. Der

Whisky ist tatsächlich genau das, was ich jetzt brauche, obwohl ich normalerweise Whisky nicht mag, also, wenn überhaupt, nur als Tschäckie Cola, und das hier ist auch gar kein Jack Daniels, sondern feiner schottischer Whisky, wie mir Snake erklärt, als ich nach meinem ersten, etwas zu groß geratenen Schluck husten muss. Wir trinken abwechselnd, und langsam wird mir wieder warm. Das neu aufgeflackerte Lagerfeuer erhellt die Bucht und wirft zuckende Schatten an die Felsen. Es wäre wunderbar romantisch, wenn, ja wenn wir beide, Snake und ich, noch zusammen wären. So aber ist es mir ziemlich unangenehm, und ich fühle mich nach einer Weile bemüßigt, etwas klarzustellen: »Ich sitz fei nur da, weil ich in den See gefallen bin und jetzt nix anhab und erst trocknen muss. Du musst also nix mit mir reden. Musst mich gar nicht beachten. Ich bin eigentlich schon fast wieder weg, verstehst?«

»Vollkommen«, sagt Snake trocken und trinkt.

Eine Weile schweigen wir, dann fällt mir etwas auf. »Ich hab das Licht von der Lampe von oben überhaupt nicht gesehen«, sage ich anklagend. »Sonst wär ich gar nicht runtergekommen.«

»Ich hab sie ausgmacht, als ich dich ghört hab.«

»Du hast mich kommen hören?«

Snake lacht lautlos in sich hinein. »Wär a Wunder, wenn ned. Du hast einen Radau gmacht wie eine ganze Elefantenherde.«

»Hab i ned.«

»Doch. Ich hab gedacht, da kommen ein paar Bsoffne von der Party drüben, und deshalb hab ich das Licht ausgmacht. Wie gsagt, ich wollt ja meine Ruh haben.«

Ich muss erst einmal verdauen, dass mich Snake gerade wahlweise mit einer Elefantenherde oder einem Rudel Betrunkener verglichen hat, und nehme sicherheitshalber noch ein paar Schlucke vom Whisky. Er hat wirklich eine erstaunliche Wirkung.

Obwohl ich heute Abend noch keinen Bissen gegessen habe,

fühlt sich mein Magen wohlig und zufrieden an. Snake nimmt mir die Flasche aus der Hand und trinkt selbst lange und mit großen Schlucken. Ich wusste gar nicht, dass er überhaupt Whisky trinkt. Aber vielleicht ist es einfach das richtige Getränk für eine Nacht am Weiher. So wie damals als Kind der eingebildete Grizzly aus dem Fernsehen an meiner Seite. Und er hat im Gegensatz zu einem unsichtbaren Bären den Vorteil, einen auch noch warm zu halten. Die Wärme in meinem Magen breitet sich jetzt aus, steigt in meinen Kopf, und meine Gedanken beginnen etwas zu verschwimmen. Ich weiß, ich sollte wütend sein, und außerdem habe ich gesagt, dass wir nicht miteinander reden sollen und Snake so tun soll, als sei ich gar nicht da, aber dieser Vorsatz verschwimmt, er entgleitet mir, versinkt im warmen Whisky-Gefühl, und ich sage: »Hast du auch immer ›Der Mann in den Bergen‹ angschaut?«

»Was?«

»›Der Mann in den Bergen‹. Das war eine Fernsehserie, als ich klein war.«

»Ja, stimmt.« Snake nickt. »Da gab's immer so a schöns Lied am Anfang, wie is des noch gegangen?«

»Maybe … there's a world where we don't have to run …«, beginne ich aus dem Stegreif zu singen und merke erstaunt, dass ich den ganzen Text noch auswendig kann. Allerdings hätte mir der Umstand, dass ich nur mit einer Decke bekleidet meinem Ex-Freund ein Lied aus meinen Kindertagen vorsinge, deutlich machen müssen, dass ich auf der Stelle die Finger vom Whisky lassen muss.

Snake hört mir zu, summt ein bisschen mit und lacht dann leise vor sich hin. »Da gab's doch auch so einen alten Trapper mit seinem Esel …«

»Nummer sieben!«, sage ich prompt. Der Trapper war Grizzly Adams Freund. Sein einziger Freund.« Ich runzle die

Stirn. »Und von welchem komischen Freund hast du den Ratschlag, deine Kneipe zuzusperren und hierherzukommen?«

Snake wirft einen Stein in den stillen See. »Geht dich des was an?«

Ich klappe beleidigt meinen Mund zu. Aber er hat ja recht. Schweigend nehme ich ihm die Flasche aus der Hand und trinke noch mal.

»Pass auf«, warnt Snake. »Der ist ganz schön stark.«

»Des is mir sowas von wurscht, des kannst du gar nicht glauben«, fauche ich ihn an. »Und außerdem geht dich des auch nix an.«

Snake lacht. »Doch. Ist ja meiner.« Ich gebe ihn ihm zurück. »Da. Kannst behalten. Ich geh eh gleich.«

»Warum bist denn überhaupt da? Is was passiert?«, fragt er noch einmal.

»Weil ... weil ... ich geglaubt hab, mein Vater hat Alzheimer, dabei hat er nur eine Freundin, und jetzt weiß ich nicht, was schlimmer ist«, plappere ich los und bin erleichtert, dass Snake mich nicht auslacht.

Stattdessen sagt er: »Im Allgemeinen hat man lieber eine Freundin anstatt Alzheimer.«

Ich nicke betrübt. »Schon. Und es ist ja außerdem auch noch die Hedi. Ich mag die Hedi voll gern. Trotzdem. Ich hätt's halt gern anders erfahren wollen. Von ihm selber. Aber mein Vater redet ja nicht. Kein Wort davon hat er mir oder dem Luis gsagt, und deswegen hab ich mich heut Abend total lächerlich gemacht.«

Er gibt keinen Kommentar dazu ab, sondern schaut stumm auf den dunklen Weiher hinaus. Ich rede weiter, erzähle von Trudi und meinem Streit mit Anni, plappere und trinke dabei von seinem Whisky. Ich kann nicht aufhören zu reden. Er hört mir schweigend zu, trinkt auch immer wieder einen Schluck und schaut mich dabei kein einziges Mal an. Fast unhöflich steif hockt er neben mir. »Warum sagst denn nichts?«, frage ich schließlich.

»Was willst denn hören?«, fragt er langsam zurück. An seiner etwas schleppenden Stimme merke ich, dass er auch nicht mehr ganz nüchtern ist. Auch das ist neu für mich, ich habe Snake überhaupt noch nie angetrunken oder gar betrunken erlebt.

Er ist es auch jetzt nicht wirklich, aber er wirkt so, als wäre er es gerne.

»Dann sagst halt nix. Musst mich auch nicht anschauen. Wir hatten ja gesagt, wir tun so, als wär ich gar nicht da. Ich geh auch gleich.«

»Mensch, Burgi!«

Der Ausruf kommt so laut und heftig, dass ich zusammenzucke und die Flasche fallen lasse. Der Rest Whisky versickert im Sand. »Entschuldigung«, sage ich leise und weiß gar nicht genau, wofür ich mich entschuldige. Jetzt endlich dreht sich Snake zu mir um, und ich wünsch mir, er hätte es nicht getan. Seine blauen Augen sind so voller hilfloser Wut, dass es mir weh tut. Ohne Vorwarnung nimmt er meine Hände in seine, und ich beginne zu zittern, obwohl mir gar nicht mehr kalt ist.

»Burgi ...«, sagt er noch einmal, jetzt zögernd, und mir wird mein Herz schwer, und ich will nichts hören, ich habe so eine Scheißangst, etwas hören zu müssen, was ich nicht hören will, dass ich anfange, den Kopf zu schütteln, so heftig, dass mir schwindlig wird, und Snake lässt meine Finger los und nimmt stattdessen meinen Kopf in beide Hände, um mich zu stoppen. Er ist mir jetzt ganz nah, so nah, dass ich die Wärme spüre, die von seiner Haut ausgeht. Ich halte still, mein Gehirn schaltet sich aus, und für einen Augenblick, der sich ewig anfühlt, gibt es nichts anderes mehr als Snake und mich. Es gibt keine Wut mehr in Snakes Augen und keinen verletzten Stolz, und ich habe keine Angst mehr. Alles fühlt sich einfach und leicht an. Als er sanft mein Gesicht zu streicheln beginnt, so, als wäre ich schön und keine halberträn kte, nach Moder riechende Katze, lege ich meine Arme um seinen warmen Nacken, vergrabe meine Finger in seinen wie immer ein bisschen zu langen Haaren und küsse ihn.

Irgendwann später, viel später, zieht mich Snake behutsam zu sich heran, legt den Schlafsack über uns beide, und ich liege in seinem Arm und schaue in den Himmel, wo ein schon etwas abgemagerter Vollmond rötlich durch die Äste schimmert. Er hat die Farbe von Whisky, wundere ich mich noch, dann bin ich eingeschlafen.

Sechsundzwanzig

»Sex on the beach« gehört ja auf der Hitliste erstrebenswerter romantischer Erlebnisse ganz nach oben, noch vor einem Abendessen im Lichtermeer (siehe Valentinstag). Also könnte man sagen, ich habe mich seit meinem desaströsen Valentinstagerlebnis sogar noch gesteigert. Leider berücksichtigt diese Hitliste die speziellen Umstände zwischen Snake und mir nicht und sieht auch nicht vor, dass eine Flasche Whisky dabei eine so erhebliche Rolle spielt. Als ich aufwache, fühlt es sich so an, als sei die Elefantenherde, von der gestern Abend die Rede war, über meinen Kopf getrampelt. Mehrmals. Sie steht immer noch drauf. Ich richte mich trotzdem auf und kann nur mit Mühe ein Stöhnen unterdrücken. Der Weiher liegt glatt wie ein Spiegel im Morgenlicht. Eine Amsel singt. Sie sitzt ganz oben auf der Spitze einer Fichte am Ufer, und ihr Gesang bohrt sich schmerzhaft in meinen dröhnenden Kopf. Snake liegt neben mir und schläft noch. Ich schaue ihm eine Weile beim Schlafen zu und wünschte, ich würde auch noch schlafen. Lange und traumlos. Und dann aufwachen ohne Erinnerung.

Vielleicht sollte ich eine Agentur eröffnen: *Wenn Sie eine schlimme Situation noch schlimmer machen möchten, engagieren sie Burgi Schweinsteiger. Sie weiß weiter, wo anderen längst die Luft ausgegangen ist, und setzt ihre schlimmsten Alpträume flugs in die Tat um!*

Ich wäre saugut in diesem Job, nur würde ich verhungern, denn so jemanden braucht ja niemand. Ich bräuchte mich auch nicht, um ehrlich zu sein. Wie konnte ich nur? Wie konnte ich nur mit Snake schlafen, nachdem er mit mir Schluß gemacht hat? Warum musste ich hierherkommen und mich mit nichts als einer Wolldecke bekleidet so rettungslos betrinken? Mir wird ganz heiß vor Scham. Trotz Whiskys kann ich mich genau erinnern, dass ich es war, die ihn zuerst geküsst hat. Auch an das, was dann folgte, kann ich mich ganz genau erinnern. Zu genau. Jede Einzelheit steht mir vor Augen. Mein Magen beginnt sich jetzt auch zu erinnern, und zwar daran, dass er gestern Abend nichts als Whisky bekommen hat. Gerade als eine Welle von Übelkeit in mir hochsteigt, öffnet Snake die Augen. Er lächelt. Und wie er lächelt.

»Guten Morgen«, sagt er träge und streckt seine Hand nach mir aus. Ich kann nicht antworten. Ich kann nur aufspringen und schaffe es gerade noch hinter den Felsen, bevor sich mein Magen endgültig und nachhaltig umdreht und alles von sich gibt, was noch vom gestrigen Gelage übrig war. Als ich wieder auftauche, fühle ich mich grün und zittrig, und ich schäme mich so sehr, dass ich am liebsten im Weiher untertauchen und nie wieder an die Oberfläche kommen möchte. Ich laufe an Snake, der sich verwirrt aufgerichtet hat, vorbei und stürze mich kopfüber ins Wasser. Als ich wieder auftauchen muss und heftig nach Luft schnappe, sitzt Snake vor mir am Ufer und schaut mich besorgt an.

»Dir geht's gar ned gut, oder?«, sagt er und verzieht mitfühlend das Gesicht.

Sein Mitgefühl ist das Letzte, was ich jetzt ertragen kann. Mit dem letzten Zipfel Würde, die mir noch geblieben ist, sage ich: »Ich hab zu viel getrunken.«

Snake grinst und meint: »Wir haben beide zu viel getrunken …«

»Aber ich hätt das nicht tun dürfen.«

Snakes Lächeln erlischt. »Was meinst jetzt genau?«, fragt er nach, und ich sage fest: »Alles. Es tut mir leid.«

Snake steht auf. Sein Gesicht ist jetzt verschlossen, so, als ob jemand die Fensterläden zugemacht hätte. »Mir tut's auch leid«, sagt er knapp. »Saumäßig leid, echt. Es tut mir sowas von leid, das kann ich dir gar nicht sagen. Ich war ein totaler Depp.«

Ich öffne den Mund, um etwas zu erwidern, habe das schreckliche Gefühl, etwas ganz, ganz Falsches gesagt zu haben. Doch selbst wenn ich gewusst hätte, wie, er gibt mir keine Gelegenheit, es wiedergutzumachen.

»Snake ...«, beginne ich bekümmert, doch er wehrt meine Worte mit einer harschen Geste ab. »Bitte, Burgi, sag jetzt nix mehr. Lass mich einfach in Frieden.«

Ich steige aus dem Wasser und trockne mich schlotternd ab. Stumm klaube ich meine Sachen von dem Stein neben dem Feuer, wo ich sie gestern ausgebreitet hatte. Sie sind trocken, aber zerknittert, schmutzig und steif. Als ich fertig angezogen bin, stehe ich noch eine Weile unschlüssig herum, doch Snake sieht mich nicht an. Er ist ebenfalls schon angezogen und rollt mit zornigen Bewegungen seinen Schlafsack zusammen.

»Ich geh dann jetzt«, sage ich leise. Er gibt keine Antwort. »Pfiadi«, schiebe ich noch hinterher. Nichts. Er schaut mich nicht einmal an.

Erst als ich über die Steine nach oben zu der Böschung kletterte, ruft er mir nach. »Burgi!«

Ich drehe mich um. Er hat fertig gepackt, steht mit seinem Rucksack und dem Schlafsack über der Schulter da, doch er ist noch barfuß, und seine Haare stehen ihm wild zu Berge. »Du schimpfst immer über deinen Vater, weil er nicht redet und vor allem davonläuft, aber weißt, was dein Problem ist? Du bist ganz genauso. Du bist wie er. Weißt du, was du bist, Burgi Schweinsteiger? Du bist eine Schisserin.«

Ich pralle zurück. Seine Worte fühlen sich wie Watschn an. »Das stimmt nicht. Ich bin nicht wie mein Vater«, sage ich leise, doch Snake hört nicht mehr zu. Er hat sich gebückt und schlüpft gerade in seine Turnschuhe. Er tut so, als sei ich gar nicht mehr da.

»Ich bin nicht wie mein Vater!«, sage ich noch einmal, lauter dieses Mal, doch er reagiert nicht, und die Worte bleiben zwischen uns in den Bäumen hängen. Ich drehe mich um und kraxle wie betäubt die Böschung hinauf.

Langsam gehe ich den Weg zurück zum Parkplatz. Mir ist schwindlig, und mein Magen fühlt sich an, als sei er mit Säure ausgespült worden. Es ist erst halb sieben, und doch kann man schon spüren, dass es ein warmer Tag werden wird. Als ich am Grillplatz vorbeikomme, höre ich etwas rascheln, ziemlich laut, und ich bleibe stehen und schaue mich um. Im Schilf hockt, geduckt, als wolle er sich verstecken, Guido Zapf.

»Guido?«, rufe ich ungläubig. Was um Himmels willen macht er schon wieder da, morgens um halb sieben? Er zuckt zusammen, als er meine Stimme hört, und mir wird klar, dass er versucht hat, sich vor mir zu verstecken. Seufzend kommt er aus dem Schilf gekrochen.

»Griaß di, Burgi. Was machst du denn schon wieder da?«

»Des könnt ich dich aber auch fragen«, gebe ich müde zurück. Nachdem die Susi ihm den Laufpass gegeben hat, könnte er doch eigentlich zu Hause frühstücken.

Er zeigt mir, was er in seinen Händen hält: Seine Polizeikappe, klitschnass, anscheinend hat er sie gerade aus dem Schilf gefischt. »Die hab ich gestern Abend hier verloren, als ich auf dem Grillfestl nach den Rechten sehn wollt. Und des is ja meine Amtskleidung, verstehst, die darf ich nicht einfach so irgendwo liegen lassen. Könnt ja jemand wer weiß was damit anstellen.«

»Versteh schon.« Ich muss wider Willen lächeln. »Hat's gestern wieder Käseknacker gegeben?«

Guido nickt und schüttelt seine Kappe aus. »Und sauguads Halsgrat. Hat dein Bruder eingelegt, in Chilimarinade. A Traum!«

Er sieht mich neugierig an. »Aber was machst jetzat du schon wieder am Weiher? Hast etwa auch was verloren? Deine Unschuld?« Er gluckst und schleudert mit einer schwungvollen Kopfbewegung seinen Pony auf die Seite. Guidos Frisur schaut aus, als wäre sie aus den achtziger Jahren übrig geblieben, obwohl der Guido da grad erst mal auf der Welt war. Aber gut, Guido steht ja auch auf die Pet Shop Boys und Depeche Mode. Da kann man halt nix machen.

»Äh … ja … eigentlich …«, während ich noch nach einer guten Begründung suche, warum ich Montagmorgen um halb sieben am Ramsacher Weiher aus dem Gebüsch gekrochen komme, erledigt sich Guidos Frage von selbst, denn hinter mir taucht Snake auf. Guido wirft einen Blick auf den Schlafsack und lächelt wehmütig. »Ah so. Versteh schon. Lagerfeuerromantik und so. Schee. Echt. Hätt ich vielleicht auch mal ausprobieren sollen.«

Wir antworten nicht. Snake steht wie versteinert da, und ich schaue stumm zu Boden.

»Oiso dann, bis zum Sonntag …« Guido räuspert sich, setzt sich seine nasse Kappe auf den Popperpony und verdrückt sich, so schnell es sein massiger Körperbau ihm erlaubt. Snake geht an mir vorbei, ohne mich noch eines Blickes zu würdigen, und es fühlt sich an, als hätte er ein zweites Mal mit mir Schluss gemacht.

Eine Kopfwehtablette, eine Blitzdusche und frische Klamotten dauern keine zwanzig Minuten, zumal ich mit niemandem spreche. Ich schleiche mich zu Hause nur schnell in meine kleine Wohnung unterm Dach, ohne im Laden vorbeizuschauen.

Mein Vater ist gottlob auch nirgends zu entdecken. Dem möchte ich heute Morgen bitte nicht auch noch begegnen. Zuletzt nehme ich eine große Klappkiste mit, in der wir normalerweise die Ware zu Kunden liefern, schnalle sie auf mein Motorrad und fahre zum Kemser Sepp.

Nachdem er neuerdings so eine hohe Meinung von uns Mädls auf der Alm hat, erzähle ihm jetzt auch haarklein von unserem Hühnerproblem. Im Übrigen hat er die Trudi ja am Sonntag auch schon persönlich kennengelernt, wenngleich sie bei seinem Besuch noch sehr zurückhaltend war.

Er hört bedächtig zu, dann schnupft er erst einmal eine Prise und sagt: »Den Gockl kannst schon haben. Kann ihn eh nicht brauchen. Des is ein rechter Saukerl, der macht meinem Attila den Platz streitig.«

Er führt mich in den Hühnerstall, wo in einem abgetrennten Abteil ein kleiner, grau-weiß gemusterter Hahn hockt und uns hochmütig mustert. Wir werden uns schnell einig, er will gar kein Geld, ist froh, ihn los zu sein, und so verspreche ich ihm eine Brotzeit aus meiner Metzgerei. Geschickt packt er das Tier und steckt ihn in meine Kiste.

»Wie heißt er denn?«, will ich noch wissen, bevor ich wieder auf mein Motorrad steige. Wenn sein anderer Gockel schon nach einem Hunnenkönig benannt ist, erwarte ich für den »Saukerl« auch einen vielversprechenden Namen.

Der Kemser Sepp grinst: »Sepp heißt er. Den hat meine Frau tauft. Die hat gmeint, so wie der hinter de Henna her ist, kann er nur Sepp heißen.« Er zwinkert mir zu und lacht dazu so verschmitzt, dass auch ich lachen muss.

»Da kann ich ja nur des Beste für meine Trudi hoffen«, sage ich, und der Sepp nickt.

»Wirst schon sehen, wie die aufblüht, die Trudi.«

Während ich zurück auf die Alm fahre, drängen sich Snake und sein bitterer Vorwurf wieder in meine Gedanken, und dann wird alles überschwemmt an die Erinnerung an letzte Nacht, die ich eigentlich vollständig und ratzekahl aus meinem Gehirn löschen wollte. Doch sie ist zäh, sie lässt sich nicht beiseiteschieben, und je länger ich fahre und je weiter ich mich von Untermarktlbrunn entferne, desto deutlicher werden die Bilder, und desto weicher werden meine Knie. Erleichtert biege ich um die letzte Ecke und sehe die Alm vor mir liegen. Die Sonne hat es schon über den Bergrücken geschafft, und Annis Milchkühe grasen zufrieden im warmen Licht. Ich gebe Gas und fahre mit Schwung neben den Kuhstall.

Ulysses ist der Erste, der mich begrüßen kommt. Er rast mit einem Affenzahn heran, und wenn ich nicht schon vorgewarnt gewesen wäre und mich an die Stallmauer gelehnt hätte, hätte er mich bei seiner Begrüßung wieder einmal umgeworfen. Ich knuddle ihm die Ohren und laufe dann schnell nach oben zur Alm. Anni steht an der Tür. Ich nicke ihr zu, laufe aber an ihr vorbei in meine Kammer, um Trudi aus ihrer Einzelhaft zu befreien. Sie hockt auf meinem Bett, das nach einer flüchtigen Betrachtung noch relativ sauber erscheint, und schaut mich vorwurfsvoll an. Ich trage sie vorsichtig hinunter und bringe sie zu ihren Kolleginnen.

Anni ist mir nachgegangen und steht hinter mir, als ich mich umdrehe. Sie sieht mich schuldbewusst an. »Es tut mir leid …«

»Mir auch.« Ich beiße mir auf die Lippen, dann füge ich noch hinzu: »Ich war kindisch …«

»Nein, ich war fies.« Anni umarmt mich so fest, dass mir fast die Luft wegbleibt, und redet dabei irgendwo in der Nähe meines Ohres. »Ich war ganz gemein zu dir. Wegen so einem Schmarrn. Du hättest die Trudi auch nicht einsperren müssen, ich hätt sie doch nie angerührt. Wirklich ned! Ich wollt dich nur provozieren, weil ... weil ich so gestresst war, und du wirkst immer so cool und selbstbewusst und scheißt dir nie was drum, was die Leut sagen ...«

Sie holt endlich Luft, und ich nutze die Gelegenheit, um mich aus ihrer Umarmung zu winden. Es ist wirklich erstaunlich, wie sehr man sich manchmal missverstehen kann, sogar wenn man sich so gut und so lang kennt, wie ich und die Anni uns kennen.

»Du hast ja keine Ahnung,«, sage ich düster. »Ich wollt, ich wär wenigstens ein bissl so wie du. Vielleicht würd ich dann nicht immer so einen Riesenmist bauen.«

»Was ist denn passiert?«, fragt Anni und schaut mich dann prüfend an. »Du schaust ja aus wie ... gschpiem.« Sie schnuppert und fügt dann hinzu: »Und riechen tust nach ... Whisky.«

Ich seufze. »Des trifft die Gesamtsituation ziemlich genau.«

»Whisky??« Anni macht große Augen. »Was hast denn getrieben?«

»Da kummst nie drauf.« Ich seufze noch einmal, abgrundtief dieses Mal.

Bevor ich die Einzelheiten erzählen kann, muss ich ihr jedoch Sepp vorstellen. Anni ist sehr angetan von ihm. Wir schnallen die Kiste vom Gepäckträger und tragen sie mit dem ahnungslosen Gockel zu seiner neuen Hühnerschar.

Dort passiert erst mal nicht viel. Sepp, den Anni »Seppo« nennen will, weil sie findet, dass er irgendwie »südländisch« ausschaut, steht erst einmal ein bisschen belämmert in der Gegend herum, und die Hennen beachten ihn nicht weiter. Sie kratzen und scharren wie gewohnt und gackern leise vor sich hin. Trudi sitzt in der Ecke und ist beleidigt. Sie kümmert sich weder um mich noch um Seppo. Wir warten eine Weile, und als weiter nichts geschieht, gehen wir zurück zur Hütte.

Die Reste von Annis Frühstück stehen noch da, und ich lasse mich erschöpft auf die Bank plumpsen.

»I bin total fertig«, stöhne ich.

Anni bringt mir eine frische Tasse. »Jetzt erzähl aber!«, drängt sie, und ich beginne damit, dass ich das Geheimnis meines Vaters gelüftet habe.

»Die Hedi und dein Vater?«, fragt Anni verblüfft nach.

»Und keine Sau hat was gemerkt.« Ich beiße in mein Marmeladenbrot, überlege einen Augenblick und sage dann, mehr zu mir selber als zu Anni. »Mensch, bin i froh, dass er nur verliebt ist.«

Anni lacht. »Dann war dein Ausflug ja für was gut.«

Ich verziehe das Gesicht. »Wie man's nimmt. Gestern Abend war i no ned so begeistert drüber. Und außerdem … Die Geschicht geht ja weiter …« Dann erzähle ich ihr haarklein alles von mir und Snake, und Anni lauscht atemlos. Nur ein einziges Mal unterbricht sie mich, das ist an der Stelle, als ich ihr von meiner Lieblingsfernsehserie erzähle. »Du hast gsunga?«, fragt sie ungläubig nach. »Ja«, gebe ich kleinlaut zu. »Des war der Whisky …«

»Und Snake is ned abgebrochen vor Lachen?«

»Naa!« Ich schaue sie entrüstet an. »So schlimm war's auch wieder nicht. Glaub ich zumindest.« Ich schenke mir Kaffee nach. »Snake hat überhaupts ned glacht. Im Gegenteil.« Ich schaue sie an: »Anni, i glaub, i hab einen riesengroßen Fehler gmacht.«

»Weil du mit ihm gschlafen hast?« Anni schüttelt den Kopf »Im Gegenteil. Soweit i weiß, gehören da immer zwei dazu. Und vielleicht wird des ja ein neuer Anfang …«

»Eben ned! Weil … am nächsten Morgen … da … weißt, mir war das alles so peinlich, und mir war schlecht, und da hab ich mich entschuldigt und gsagt, dass es mir leidtut …«

»Du hast dich dafür entschuldigt?« Anni schaut mich entgeistert an. »Und dann?«

»Dann war's vorbei. Er hat gsagt, ich wär eine Schisserin genau wie mein Vater, würd immer davonlaufen, und dann hat er kein Wort mehr mit mir gredet.«

Anni seufzt. »Mei, Burgi. Des war dann eher suboptimal, würd ich sagen.«

Ich nicke verzagt.

Siebenundzwanzig

Nachdem sie seit Mittwoch jeden Tag ein paar Stunden an dem Gartenhaus gearbeitet haben, wird es viel früher als erwartet fertig werden. Snake ist jeden Vormittag vorbeigekommen, sogar am gestrigen Sonntag, und sie haben gut zusammengearbeitet. Heute jedoch hat er sich komischerweise nicht blicken lassen, obwohl er sich gestern noch mit einem »bis Morgen« verabschiedet hat. Vielleicht ist ihm etwas dazwischengekommen.

Anda war Snake in den letzten Tagen sehr dankbar dafür, dass er kein Wort mehr über das Foto hat fallenlassen. So fiel es ihm leichter, nicht darüber nachzudenken. Überhaupt hat er seine Meinung über Stefan Grassl in den letzten Wochen gründlich revidiert. Der Kerl mag zwar ein bisschen schräg drauf sein, aber er ist zuverlässig, kann zupacken und redet nicht so saublöd daher, wie seine Freunde beim Stammtisch. Anda weiß zwar noch immer nicht genau, was Burgi in ihm gesehen hat, aber in solchen Sachen ist er sowieso nicht gut. Jedenfalls tut es ihm leid, dass die beiden auseinander sind, jetzt, wo er grad angefangen hat, sich an Snake zu gewöhnen. Gestern Abend war er trotzdem noch kurz bei der Feuerwehrversammlung im Dorfwirt. Nachdem am nächsten Samstag Feuerwehrfest am Sportplatz ist und er sich bis jetzt noch gar nicht engagiert hat, musste er sich wenigstens mal wieder blicken lassen. Prompt haben sie ihn deswegen angeredet. »Hockst jetzt lieber unten an der Tankstelle bei dem Spinner als wie bei uns, ha?«, hat ihn der junge Xari gefragt und dabei provokativ gegrinst. Xari war einmal Luis' bester Freund, wie Anda sich erinnert. Früher. Anda hatte Xari, als er vor einigen Jahren zusammen mit Luis bei der Feuerwehr angefangen hat, unter seine Fittiche genommen und ihm alles gezeigt. Die beiden sind ungefähr zehn Jahre jünger als er. Und da traut sich der Jungspund jetzt, ihn blöd von der Seitn anzureden. »Hast was dagegen?«, hat er ihn ruhig gefragt und ist dabei ganz nah vor ihm stehen geblieben. Das hat schon gereicht.

Xari hat den Kopf geschüttelt. »Man werd ja wohl noch fragen dürfen.«

Anda beschließt, jetzt, nachdem Snake offenbar nicht mehr kommt, sich auch freizunehmen. Er hat heute Morgen, während er auf Snake gewartet hat, schon ein bisschen weitergewerkelt, die Fensterrahmen gezimmert und die Stromleitung vom Haus in den Garten vorbereitet und ist gut dran. Es wird alles leicht fertig werden, bis Anni heimkommt. Er hätte sie auch gerne gestern auf der Alm besucht und sich die »Fleischeslust« einmal aus der Nähe angesehen, aber die Geschichte mit dem Foto liegt ihm noch so im Magen, dass er befürchtet hat, Anni würde ihm sofort ansehen, dass etwas nicht stimmt. Und da oben zwischen all den Leuten kann man ja nicht reden.

Es wird höchste Zeit, dass sie zurückkommt. Sie fehlt ihm, und auf Dauer ist es auch kein Ersatz, an einem Gartenhaus herumzubasteln. Er hätte so gerne mit ihr gesprochen, aber in Ruhe, ungestört. Er hätte sie gern gefragt, was er mit dieser Wahrheit tun soll, die er gar nicht hat wissen wollen. Ihm ist inzwischen auch aufgegangen, dass es für seine Mutter ein Schock gewesen sein muss, als sie von Annis Entschluss erfahren hatte, diesen Sommer ausgerechnet auf der Schafkopfalm zu verbringen. Es muss alles wieder in ihr aufgewühlt haben. Wahrscheinlich ist sie deshalb ins Kloster gegangen. Um weit weg zu sein. Die Kirche war ja immer schon ihr Fluchtpunkt.

Hat ihr aber, soweit er es beurteilen kann, nie was genützt. Ihren Frieden jedenfalls hat sie dort bisher nicht gefunden.

Anda beschließt, mit dem Radl nach Birnbichl zu fahren und dort den Unimog aus der Werkstatt zu holen. Er hatte eigentlich Snake fragen wollen, ob er ihn nach der Arbeit am Gartenhaus hinfährt, aber extra deswegen anrufen mag er ihn auch nicht.

Luggi Killesreiter hat den Unimog wieder hergerichtet, dass er ausschaut wie neu. »Der lauft wieder wie ein Glöckerl«, sagt er stolz und streicht über die neue Motorhaube. »Hab alles durchgecheckt. Von vorn bis hinten.«

Anda bedankt sich, gibt ihm das Geld für seine Arbeit, wirft sein Rad auf die Ladefläche und fährt wieder heim. Unterwegs fällt ihm ein, dass er ja jetzt eigentlich den Baum holen könnte, der ihm das Auto zerdengelt hat. Er fährt nach Hause, zieht sich um und nimmt die Motorsäge mit. Die Buben haben heute gleich nach der Schule Fußballtraining, er muss also nicht mittags zu Hause sein, und ein Tag im Wald wird ihm guttun.

Der Baum liegt noch immer quer über dem Holzweg und schaut ganz harmlos aus. Anda vergewissert sich, dass die Wespen nicht mehr da sind, und fängt dann an, die Äste abzuschneiden. Er arbeitet langsam, noch bedächtiger als sonst, der Unfall war ihm eine Lehre. Die Luft ist erfüllt vom Geruch nach Harz und Sägespänen und dem Kreischen der Motorsäge. Schnitt für Schnitt entastet und zerkleinert er den Stamm und wirft dann die einzelnen Prügel hinten auf die Ladefläche. Sie müssen noch eine Weile gelagert werden, grünes Holz brennt nicht, er wird einen Holzhaufen in der Nähe des Hofes aufrichten, dort, wo schon mehrere ältere Haufen stehen, mit Leuchtfarbe mit seinem Zeichen besprüht, um Diebe abzuschrecken.

Sein Vater hat ihm das Holzen beigebracht, als er noch ganz jung war. Gegen den Willen der Mutter hat er ihn immer mitfahren lassen. Schon als Zehnjähriger durfte er die Zweige aufräumen und kleinere Arbeiten erledigen. Später hat ihm der Vater dann den Umgang mit der Motorsäge beigebracht. Da war er vierzehn. Zwei Jahre später war sein Vater tot. Ist eines Morgens mit einem schweren Herzinfarkt vom Hochsitz gefallen. Anda und sein Vater waren immer allein unterwegs, und er hat es ebenso wie sein Vater schätzen gelernt, langsam zu arbeiten und sich dabei nicht aus der Ruhe bringen zu lassen. Sie haben kaum geredet, wenn sie zusammen im Wald waren. Sein Vater hat noch weniger geredet als Snake.

Als er fertig ist, räumt Anda den Platz auf, wirft die abgebrochenen Zweige auf seinen Wagen und legt die Motorsäge darauf. Dann setzt er sich noch einmal auf den frischen Baumstumpf und zieht das Foto heraus, das er seit letztem Mittwoch immer mit sich herumträgt. Snake fällt ihm wieder ein, und was er über seinen nicht existenten Vater gesagt hat: *Jetzt brauch ich ihn nicht mehr*. Und noch etwas hat er gesagt, etwas, was Anda unmittelbar zum Widerspruch gereizt hat: *Es muss sich nix ändern. Du hast doch einen Vater ghabt.*

Langsam steckt Anda das Foto wieder zurück und steht auf. Er denkt an seine alte Nagelkiste voller Süßigkeiten und an die vor seiner Mutter geheim gehaltenen Fahrten auf der Ladefläche, an den Tag, an dem er zum ersten Mal die Motorsäge halten durfte, und an den Tag, als er, sechzehnjährig, mit seinem viel zu schnell zu klein gewordenen Firmanzug am Grab seines Vaters stand und krampfhaft versuchte, nicht zu weinen, während die Schützen Salut schossen.

Der Unimog hat ihm gehört. Er hat dort gesessen, wo Anda jetzt sitzt, er hat ihn gelenkt und das Gaspedal und die Bremse durchgedrückt, so wie er es jetzt tut. Das Auto ist über dreißig

Jahre alt und unverwüstlich. Wenn man Luggi Killesreiter Glauben schenken darf, und das tut Anda, dann kann er ihn nochmal so lange fahren. Er klopft mit den Knöcheln auf die Motorhaube, und es gibt ein beruhigend festes, metallisches Geräusch. Dann klettert er wieder auf den Fahrersitz hinauf und lässt den Motor an.

Am Abend geht er ins *Kuh 8*. Er geht den Weg, den Snake letzten Mittwoch nach dem Grillen genommen hat, direkt über die Felder, nicht den Umweg über die Straße ins Dorf. Er würde Snake gern von seinem Vormittag im Wald erzählen, und er würde ihm gern sagen, dass er wohl recht gehabt hat mit dem, was er über seinen Vater gesagt hat. Dass er seine Erinnerungen hat und gar nichts anderes mehr braucht und er ja die Anni und die Kinder hat und sich deswegen nichts ändern muss. Fast beschwingt läuft er den kleinen Feldweg entlang. Das große Schild der Tankstelle leuchtet schon von weitem, und daran, dass es schon dämmert, obwohl es noch nicht einmal neun ist, erkennt man, dass der Sommer den Zenit schon überschritten hat.

Der kleine Biergarten ist gut gefüllt. Anda hört das geschäftige Brummen zwischen den Obstbäumen schon, lange bevor er die vollbesetzten Bierbänke sieht und die bunten Lichter zwischen den Bäumen unterscheiden kann. Eine junge Frau mit blondem Pferdeschwanz trägt ein Tablett mit Bierkrügen zwischen den Tischen herum. Anda hat keine Lust, sich unter die Leute zu setzen, er geht hinein an die Bar.

Drinnen ist es leer und still, nur Snake steht an der Schänke und zapft Bier. Er hebt den Kopf, als Anda sich auf den Barhocker setzt, und lächelt flüchtig. »A Bier?«

Anda nickt. Die junge Frau kommt herein, bringt ein Tablett leerer Gläser und räumt sie in die Spülmaschine. Sie redet ein paar Worte mit Snake, gibt neue Bestellungen auf und mischt selbst drei Gläser Aperol Spritz. Anda hört, dass sie mit starken Akzent Deutsch spricht, und tippt auf Amerikanerin. Sie trägt ausgeleierte Jeans, die ihr nur knapp bis zu den Hüften reichen, und ein hautenges Top mit Spaghettiträgern und ist ausnehmend hübsch.

Als sie wieder geht, und Anda Snake fragend anschaut, sagt er: »Sharon heißt sie. Ist aus Australien und macht seit einigen Monaten einen Trip durch Europa. Vor einiger Zeit hat sie mal bei mir gefragt, ob sie eine Weile bei mir aushelfen und Geld verdienen kann.«

Anda hebt das Kinn. »Heißer Feger«, sagt er.

Snake zuckt gelangweilt mit den Schultern. »A bissl dünn und a bissl jung. Is grad mal einundzwanzig.«

Anda überlegt, ob das Desinteresse echt oder gespielt ist und ob vielleicht sogar diese kleine Australierin der Grund für Snakes Trennung von Burgi sein könnte. Irgendwie gefällt ihm der Gedanke nicht. Doch wie gut kennt er Snake? Er hat keine Ahnung, ob er der Typ ist, der mal schnell was mit einer durchreisenden Tramperin anfängt. Anda nimmt einen Schluck von seinem Bier. Es geht ihn nichts an, sagt er sich. Er sollte sich da nicht einmischen. Hat genug eigene Probleme. Und außerdem sieht Snake heut ziemlich schlecht aus. Nicht so, als ob er sich grad frisch verliebt hätte, eher im Gegenteil.

Er ist blass unter der Sonnenbräune, die er sich, wie Anda auch, in den letzten Tagen beim Arbeiten am Gartenhaus geholt hat, und seine Augen sind rot gerändert und wirken müde. Den dichten, dunklen Bartstoppeln an Wangen und Kinn nach zu schließen, hat er sich heute Morgen nicht rasiert.

So schaut keiner aus, der ein Auge auf eine junge Aushilfsbedienung geworfen hat, versucht Anda sich zu überzeugen und wundert sich, warum er das überhaupt tut. Wegen Burgi, sagt er sich. Egal, was da zwischen den beiden gewesen ist, sie hat es nicht verdient, einfach so gegen eine einundzwanzigjährige Sharon mit Knackarsch ausgewechselt zu werden. »Wo warst denn heut Morgen?«, fragt Anda.

»Schlecht beieinander«, gibt Snake knapp zurück. »Hab zu viel Whisky getrunken. Tut mir leid, dass ich nicht gekommen bin.«

»Whisky?« Seit wann trinkt Snake Whisky?

»War am Weiher.Ich hab gestern Abend das *Kuh 8* zugsperrt und wollt meine Ruh haben.« Er lächelt bitter. »Hat nicht funktioniert.«

Sharon kommt wieder herein, lächelt Snake an und nimmt dann die vollen Gläser mit, die er eingeschenkt hat. Anda sieht ihr nach. Sie hat einen wirklich knackigen Hintern. Lange Beine. Und ein nettes Lächeln. Er könnte Snake auch irgendwie verstehen. »Warst mit ihr am Weiher?«, fragt er und deutet mit dem Kinn auf die Australierin.

»Was?« Snake dreht sich um und schaut dem Mädchen nach. »Naa, wirklich ned.« Er schüttelt den Kopf. »Hab doch gsagt, ich wollt meine Ruh haben. Glaubst, mit so einer hast du deine Ruh?« Er lacht, aber es klingt nicht besonders fröhlich.

»Geht mich ja auch nix an.« Anda senkt den Blick in sein Bier. Er hatte eigentlich über etwas ganz anderes reden wollen.

»Ich war allein«, sagt Snake dann. »Also, zuerst. Doch dann ist mir die Burgi praktisch vor die Füße gfallen.«

»Die Burgi war da?«

Snake nickt.

»Wieso denn?«

»Wegen ihrem Vater. Sie hat da wohl was klären müssen.«

»Und?«

»Dann haben wir Whisky getrunken … und geredet …« Er lächelt flüchtig.

»Und?«

Snake macht eine resignierte Bewegung mit der Hand und fängt an, die Gläser, die heiß und dampfend aus der Spülmaschine kommen, zu polieren. Anda trinkt von seinem Bier. Zwischen den beiden gestern ist noch was gewesen, reimt er sich zusammen, und es ist schlecht ausgegangen. Gegen zehn leert sich der Biergarten, und Sharon rechnet mit Snake ab und geht ebenfalls. Anda beobachtet die beiden und wundert sich darüber, wie er darauf gekommen ist zu glauben, die hätten etwas miteinander. Snake schaut sie kaum an, zumindest nicht auf eine Art und Weise, die Interesse vermuten lässt.

Es liegt an seinem eigenen alten Misstrauen Snake gegenüber, dass er so etwas gedacht hat, muss Anda vor sich selber zugeben. Es hätte zu seinem früheren Bild vom Grassl Stefan gepasst, dass er mir nichts, dir nichts eine Neue abschleppt. Schließlich ist er der letzte Gast, und nachdem Snake im Biergarten die Lichter ausgemacht hat, setzt er sich zu ihm. Er trinkt Schorle.

»Schlimmer Rausch gestern?«, versucht Anda wieder auf das Thema zurückzukommen, doch Snake zuckt nur mit den Schultern. »Scheiß-Whisky halt. Hab mir gedacht, des passt zu einer Nacht am Weiher. Einsamer Wolf und so, weißt schon«, er grinst schief. »I mag überhaupts keinen Whisky.«

Sie schweigen eine Weile.

»Der Unimog lauft wieder«, sagt Anda dann. »War heut im Wald und hab den Baum zammgschnittn.«

»Keine Wespen mehr?«

Anda schüttelt den Kopf. »Hab nachdenkt. Über meinen Vater.«

»Und? Passt's jetzt für di?«

Anda nickt und freut sich darüber, dass er es ohne zu zögern tut. »Ja. Glaub schon.«

Snake klopft ihm auf die Schulter, kurz, so, als habe er Scheu davor, allzu vertraulich zu wirken, und zieht dann die Hand schnell wieder zurück. »Hab auch nachdenkt«, sagt er dann. »Ich glaub, ich geh weg.«

»Weg? Wie weg?« Anda versteht nicht.

»Weg halt. Erst mal nach Spanien. Und dann runter nach Afrika. Marokko vielleicht. Oder in die Sahara. Ich war noch nie in der Wüste.«

»Was willst denn in der Wüste? Da ist doch nix.«

»Eben. Akkrad deswegen. Weil da nix is.«

Anda kann sich nicht vorstellen, einfach wegzugehen. Noch dazu in die Wüste. Wo es nichts als Sand gibt und keinen einzigen Baum. »Und wie lang willst weggehen?«, fragt er.

»So lang wie's dauert. Vielleicht für immer.«

»Aber deine Oma. Die braucht dich doch.«

Snake schüttelt den Kopf. »Hab ich auch immer gedacht. War ein Schmarrn. Die braucht mich nicht.«

Anda schweigt unbehaglich. Es fühlt sich nicht richtig an, dass Snake wegwill. »Wann willst denn gehen?«

»Weiß noch nicht. Wenn ich so weit bin. Morgen, übermorgen …«

»So schnell scho? Aber da sind die Mädls ja noch gar ned von der Alm runter.«

»Sagst der Anni halt nochmal einen schönen Gruß von mir.«

»Und was machst mit dem *Kuh 8?*«

»Sperr i zu. Hab a bissl a Geld beieinand. Des reicht eine Weile, und dann kann ich immer noch irgendwo arbeiten. Wie die Sharon.«

Scheiße, denkt Anda, er meint es ernst.

»Des geht ned«, sagt er.

Snake schaut ihn an. »Warum geht des ned?«

»Weil des Gartenhäusl noch ned fertig ist. Du hast gsagt, du hilfst mir.«

Snake überlegt eine Weile, dann sagt er: »Stimmt. Hab i gsagt.«

»Und?«

»Ausgmacht is ausgmacht.«

»Dann gehst erst, wenn's fertig ist?«

Snake nickt. »Dauert ja nimmer so lang.«

Als Anda nach Hause geht, hat er das Gefühl, etwas tun zu müssen. Er kann nicht dasitzen und drauf warten, dass Snake weggeht. Andererseits kann er auch nicht zu Burgi rennen und es ihr brühwarm erzählen. Es wäre Snake nicht recht. Und außerdem weiß er ja nicht mal, was da zwischen den beiden gewesen ist. Vielleicht ist die Burgi ja froh, den Snake nicht mehr zu sehen, wenn sie von der Alm kommt.

Aber es fühlt sich nicht gut an. Es ist wie bei den Kühen. Anda hat ein gutes Gespür, was seine Kühe anbelangt. Er weiß, wenn es ihnen nicht gutgeht, spürt, dass etwas nicht passt, lange bevor sich äußere Anzeichen zeigen. Es ist eine Art Ziehen im Magen, ein Kribbeln im Nacken, eine Unruhe, die ihn überkommt und ihm sagt, dass es nicht so ist, wie es sein sollte. Und so ist es jetzt auch. Er ist jetzt am Hof angekommen. Inzwischen ist der Mond aufgegangen. Er ist schon am Abnehmen, gibt aber noch genug Licht, um das Haus und den Garten in einen silbrigen Schein zu tauchen.

Anda liebt den Hof. Nie würde er von hier weggehen wollen, er kann sich nicht vorstellen, mit einem unbestimmten Ziel aufzubrechen und mit dem Gefühl im Nacken, vielleicht nie wieder zurückzukommen. Und er glaubt auch nicht, dass Snake das will. Er weiß sich nur nicht mehr anders zu helfen. Wegen was auch immer. Deswegen will er weg. Andas Blick fällt auf das fast fertige Gartenhaus. Vielleicht kann er doch was machen, wenn es auch nicht viel ist. Er tritt mit dem Fuß gegen die Stufen, die er heute Morgen gezimmert hat. Dann holt er sich Werkzeug und seine starke Werkstattlampe und beginnt zu schrauben. Er reißt die Stufenbretter heraus, die fertigen Fensterrahmen und löst die Nägel, mit denen sie gestern die Dachpappe festgenagelt haben. Am Schluss klemmt er die Stromleitung ab, zieht das Kabel heraus und klopft die Erde wieder fest.

Vor ihm liegt ein Haufen gesplittertes Holz und zerrissene Dachpappe. Er packt es mit beiden Händen und schleift das Zeug ums Haus herum nach hinten, wo es Snake nicht sieht. Dann löscht der die Lampe und geht ins Haus. Am Treppengeländer stehen seine drei Buben im Schlafanzug und erwarten ihn. »Papa?«

»Was is?«

»Da war so a Radau draußen, wir haben geglaubt, da sind Einbrecher«, sagt Hannes und bemüht sich um einen gelassenen Ton. Aber seine Augen sind weit aufgerissen, und er ist genauso käsig um die Nase wie seine beiden Brüder. Leon sieht aus, als ob er geweint hätte. Jetzt erst sieht Anda, dass die beiden Großen etwas in den Händen halten: Hannes seinen Fußballpokal und Toni den Schürhaken vom Kamin. Anda bekommt ein schlechtes Gewissen, weil er sie so erschreckt hat. »Des war bloß ich. Tut mir leid.«

»Was hast du denn gmacht?«, fragt Leon, und seine Unterlippe zittert.

»Ich … ich hab nur was … vorbereitet. Für morgen.« Er schaut auf die Uhr im Flur und sieht, dass es schon nach zwölf ist. »Kommts mit. Gemma ins Bett.«

Er legt den Arm um Leon und wuschelt den Zwillingen durch die Haare. »Ganz schön tapfer«, sagt er und deutet auf ihre Waffen.

Hannes lächelt stolz. Er hat sich schon wieder gefasst. »Eh klar.«

Er sagt den Zwillingen gute Nacht, entschuldigt sich noch einmal und geht dann zu Leon ins Zimmer. Leon hockt kerzengrad im Bett und schaut ihn noch immer vorwurfsvoll an. »Hast du noch am Häusl von der Mama gearbeitet?«, fragt er.

Anda nickt.

»Hast du auch so Zeitlang?«

Anda nickt ein zweites Mal. »Saumäßig Zeitlang.« Er zögert, dann sagt er. »Also … wenn du ned meinst, dass du schon zu alt dafür bist, kannst heut Nacht bei mir schlafen … Aber nur, wenn du magst.«

Leon findet ganz und gar nicht, dass er schon zu alt dafür ist, packt ohne weiteren Kommentar seinen abgelutschten Raben, den er schon seit seiner Geburt hat und ohne den er noch immer nicht einschlafen kann, und geht schnurstracks voraus ins elterliche Schlafzimmer.

Achtundzwanzig

»Findst du eigentlich auch, dass ich wie mein Vater bin?«

Anni schaut mich überrascht an. »Wie kommst jetzt da drauf?«

Ich schaue in meine Kaffeetasse. Es ist noch ganz früh am Morgen. Ich habe meinen Kater ausgeschlafen, und wir trinken unsere erste Tasse Kaffee. Draußen hängt der Morgennebel.

»So halt.«

Anni lässt sich lange Zeit mit ihrer Antwort. Man sieht ihr an, dass sie genau überlegt, was sie sagen soll, und allein das reicht mir bereits als Antwort. Ich will schon abwinken, dann sagt sie: »Nein. Würd ich nicht sagen. Also, nicht ganz jedenfalls. Du kannst nicht so gut Diadonische spielen, schaust aber besser aus und bist auf alle Fälle lernfähiger. Also, wenn man mal vom Kühemelken absieht.«

Ich muss lächeln. »Danke.«

»Komm mit«, sagt sie. »Ich muss dir was zeigen.«

Wir gehen zum Hühnerstall. Anni hat gestern Abend die Hühner allein in den Stall gesperrt und die Kühe geholt, weil ich am Nachmittag fix und fertig von meiner Nacht am Weiher eingeschlafen und nicht mehr aufgewacht bin bis heut Morgen um fünf. Sie deutet auf das kleine Fenster. »Schau mal rein.«

Alle Hühner sitzen noch auf ihrer Schlafstange, wie üblich eng aneinandergeschmiegt. Und ebenfalls wie üblich sitzt Trudi ein wenig abseits, aber dieses Mal sitzt sie nicht allein da. Seppo hockt dicht neben ihr und macht einen auf dicke Hose. Er ist nicht viel größer als unser Zwerghühnchen, doch er gockelt sich auf, als wäre er doppelt so groß. Voll Macho halt. Trudi steht aber offenbar auf Machos. Sie macht jedenfalls einen sehr zufriedenen Eindruck. Da es ziemlich kühl ist, lassen wir sie noch ein bisschen drinnen und kümmern uns erst um die Kühe.

Es ist jetzt Anfang August, und hier herobn merkt man schon, dass der Sommer langsam, aber sicher zu Ende geht. Manchmal schneit es am Schafkopfkogel schon Ende September. Die Wiese ist jetzt morgens schon nass vom Tau, der Nebel hängt manchmal bis zum Vormittag in unserer Talmulde, und es wird nachts schon wieder zapfig kalt. Dafür ist der Himmel so blau, dass es fast in den Augen weh tut, und das Licht ist unbeschreiblich. Das Jungvieh ist weit aufgestiegen in den letzten Tagen, und wir müssen fast eine halbe Stunde länger gehen, um sie zu rufen. Die Tiere sind ziemlich gewachsen und sehen rund und gsund aus. Die Bauern, denen sie gehören, können zufrieden sein.

Anni ist auch sehr stolz auf ihre eigenen Kühe. »Das wird den Anda freuen«, sagt sie jedes Mal, wenn wir hinaufgehen und sie mit glänzendem Fell und wachen Augen angelaufen kommen und wir ihnen über die Kruppe streichen oder sie an der Stirn kraulen. »Er mag seine Kühe so gern. Jedes Mal, wenn eins zum Schlachten muss, redet er drei Tage nix, so viel Kummer macht ihm des.«

Kann ich gut verstehen. Ich kenne mittlerweile jede einzelne von ihnen, und mir wird jedes Mal ganz schlecht, wenn ich daran denke, dass ein Großteil davon geschlachtet werden wird, damit ich meine Schnitzel verkaufen kann. Ich glaube, wenn ich mehr Almsommer erleben würde, müsste ich meinen Beruf an den Nagel hängen. Aber immerhin hatten sie einen wunderschönen Sommer. Das haben auch nicht alle Kühe in ihrem Leben.

Weil jetzt Ferien sind, kommen auch Annis Buben noch einmal und zelten zwei Nächte auf der Wiese neben der Hütte. Anda bringt sie rauf, fährt aber dann gleich wieder nach unten. Anni ist ein bisschen enttäuscht, aber er meint, er habe viel auf dem Hof zu tun. Als Anni wissen will, was das denn sei, sagt er nur: »Wirst schon sehen«, was die Anni natürlich stockneugierig werden lässt. Sie scheut sich nicht einmal, zu versuchen, die Buben auszuflaschln, aber die grinsen nur und sagen wie ihr Vater: »Wirst schon sehen.«

Von Snake erfahre ich nichts. Ich habe versucht, Anda ein bissl auszufragen, aber er sagt nichts.

»Ich seh ihn kaum«, weicht er mir aus, und es gelingt mir nicht, mehr aus ihm herauszubringen. Luis und Mäx wissen auch nicht viel mehr, außer, dass er neuerdings eine Bedienung hat, einen feschen Hasen, wie Mäx anerkennend sagt, als er uns wieder mal Nachschub bringt.

»Bei feschen Hasen kennst du dich doch gar nicht aus!«, zieht ihn Anni auf.

»Hab doch Augn im Kopf!«, gibt Mäx empört zurück.

Fesche Hasen in Snakes Nähe finde ich ziemlich beunruhigend. Ich spreche auch Anda darauf an, doch er zuckt nur desinteressiert mit den Schultern. »Die Sharon? Ach die … die is viel zu jung und viel zu mager …«

Immerhin kennt er ihren Namen. Sharon. Ein Scheißname. Ich hasse sie jetzt schon.

Weil unser Almsommer so erfolgreich war und kein Tier verletzt wurde oder abgestürzt ist, wird es natürlich auch einen feierlichen Almabtrieb geben. Wir basteln schon fleißig am Blumenschmuck für unsere Leitkuh Rosi, die mittlerweile kugelrund ist und bei der bald die Niederkunft zu erwarten ist. Anni ist froh, dass wir dann schon wieder unten im Tal sind und der Anda sich darum kümmern kann. »Er schläft auch nächtelang im Stall, wenn's sein muss«, sagt Anni, und an ihrer Stimme merke ich, dass es jetzt echt Zeit wird, dass sie auch wieder hinunterkommt zu ihrem Anda.

Es ist im Übrigen gar nicht einfach, so eine Krone für einen

Kuhkopf hinzubekommen, wir müssen uns dabei ganz schön abmühen. An den Abenden, wenn die Wanderer alle weg sind und nichts mehr zu tun ist, hocken wir in der Stube vor dem Kamin vor einem Berg Tannenzweige, biegen und wickeln und stechen uns dabei dauernd mit dem Draht und harten Tannenzweigen in die Finger. Wir fluchen und schimpfen und machen doch weiter. Auch wenn sie ein launisches Miststück ist, hat es die Rosi doch verdient, einen schönen Kopfschmuck zu bekommen. Dann endlich ist das gute Stück fertig, zumindest im Rohbau, die Blumen können wir erst ganz am Schluss, am Montag, bevor es losgeht, draufstecken, damit sie nicht schon verwelkt sind, bevor wir unten ankommen. Auch wenn sie jetzt noch etwas mager daherkommt, wird die Krone sehr schön ausschauen, wenn sie erst mal fertig ist.

Am Freitag vor unserem letzten Wochenende gibt es dann noch eine Überraschung: Mein Vater besucht uns. Am späten Nachmittag kommt er über den Hennasteig zu uns herauf. Er ist allein, Hedi ist nicht dabei. Unwillkürlich fängt mein Herz an, heftiger zu klopfen. Ich habe ihn seit jenem Abend vor Hedis Tür nicht mehr gesehen.

Luis hat mir zwar erzählt, dass der Vater mit ihm gesprochen und sich sogar entschuldigt hat, so geheimniskrämerisch gewesen zu sein, doch das ist nicht das Gleiche, als mit ihm persönlich zu reden. Ich nehme es ihm längst schon nicht mehr übel, dass er uns nichts erzählt hat, denn eigentlich ist es ja etwas Schönes, wenn er sich nochmal verliebt.

Ich find's immer schön, wenn sich jemand verliebt, da werd ich ja wohl bei meinem Vater keine Ausnahme machen. Noch dazu, wo es die Hedi ist, die ich wirklich gern mag. Trotzdem bin ich etwas nervös, als er dann – etwas breitbeinig und mit durchgedrücktem Rücken – dasteht und mich mit seinem typischen Luis-Schweinsteiger-Blick (»Da bin i«) anschaut, der mich schon mehr als einmal bis aufs Blut gereizt hat. Zu oft haben wir schon miteinander gestritten, ohne es zu wollen, zu viele böse Worte sind zwischen uns gefallen. Früher. Aber eigentlich ist das vorbei. Schon länger. Wir müssen nicht mehr streiten.

»Griaß di, Papa«, sag ich.

Er nickt und schaut sich um. »Sauber beieinand habts alles. Wirklich sauber.«

Sein Blick fällt als Erstes auf unseren ordentlich aufgestapelten Haufen Brennholz an der Seitenwand der Hütte. Ich bin hier oben fürs Holzhacken zuständig. Anda und Snake haben uns gleich am Anfang ein paar Ster Feuerholz raufgefahren, zwar schon in handlichen Stücken, aber man muss sie noch zu Scheiten spalten. Das war meine Aufgabe. Ich kann das, weil ich es von meinem Vater gelernt habe. Genauso wie das Holzaufrichten. Da muss man auch ein paar Tricks kennen, damit's den ganzen Haufen nicht gleich wieder umwirft, weil man irgendwo einen »Bauch« hat stehen lassen. Er nickt noch einmal zufrieden und setzt sich dann auf die Bank vor der Hütte.

»Was magst denn trinken?«, frage ich. Obwohl mein Vater schon vierundsechzig ist, sieht er nicht aus, als ob es ihn angestrengt hätte, über den steilen Hennasteig hier heraufzukommen. Er schwitzt nicht mal.

»Hast a Weißbier da?«, fragt er, und ich nicke. »Freilich.«

Drinnen in der Hütte flüstere ich Anni zu: »Mein Vater ist da.«

Sie hebt die Brauen bis zu ihrem Pony. »Ui«, sagt sie.

Ich schenke ihm sein Weißbier ein und bringe es nach draußen. Anni ruft mir noch nach: »Ich mach euch a Brotzeit.«

Mein Vater hat sich an die Hüttenwand gelehnt und die Beine ausgestreckt. Der Hut, den er getragen hat, liegt neben ihm. Gerade zündet er sich eine Zigarette an.

»Hockst dich a bissl her zu mir?«, fragt er und deutet auf den

Stuhl gegenüber von ihm. Ich setze mich. Anni bringt uns Brot, ein Stück Speck und frische Butter und begrüßt dann meinen Vater. Der schaut von Anni zu mir und wieder zurück und sagt dann: »Ihr schauts guad aus, ihr zwei. Richtig pumperlgsund.«

Wir müssen beide lachen.

»Du auch«, sage ich. »Schaust auch pumperlgsund aus.«

Er zieht an seiner Zigarette. »Geht mir auch guad.«

»Des gfreit mich für dich«, sage ich aufrichtig. »Wirklich.«

Anni meint rasch: »Ich schau mal zu de Henna nüber ...« und geht.

Ich nippe an seinem Weißbier, während er eine dicke Scheibe Speck herunterschneidet und diese dann sorgfältig in ungefähr zwei Zentimeter breite Streifen unterteilt. So macht er es zu Hause auch immer, wenn wir Geräuchertes essen. Er verabscheut dünn geschnittene Speckscheiben. Mit der Scheibe Brot verfährt er genauso, bis er schließlich einen Speck- und Brotstreifenhaufen auf dem Brotzeitbrettl liegen hat.

»Musst vom Butter probiern«, sage ich. »Der is selbergmacht.«

Er nickt, drückt die Zigarette im Aschenbecher aus und schmiert sich fingerdick Butter auf ein kleines Stück Brot. Von Cholesterin und dem ganzen Schmarrn hält mein Vater nichts. Wenn Butter, dann gscheid.

Er kaut bedächtig und nickt: »Guad.«

Ich schaue ihm eine Weile beim Essen zu, dann sage ich: »Tut mir leid, dass ich letztens einfach so abghauen bin, aber ...«

Er unterbricht mich mitten im Satz: »Ich wollt dich was fragen.«

»Was denn?« Ich bin irritiert, weil er mich nicht mal hat ausreden lassen.

»Wegen dem Koffer«, fängt er umständlich an. »Den du im Zimmer von der Mama gefunden hast ...«

»Ja?«

»Oiso … des wär jetz mei Frag, ob du … oiso, ob's dir recht wär, wenn ich in Urlaub fahren tät. Mit der Hedi, mein ich.«

»In Urlaub?«

»Ja. Nach Griechenland. Drei Wochen, haben wir uns denkt.«

Ich kann nicht fassen, dass er mich um Erlaubnis fragt, um in den Urlaub zu fahren. Er hat noch niemals irgendjemand wegen irgendetwas um Erlaubnis gefragt. Das sag ich ihm auch.

Er neigt den Kopf ein wenig zur Seite, nickt und meint: »Stimmt scho. Aber es wär mir ned recht, wenn's dir ned recht wär, weißt. Wegen der Mama und … überhaupt.«

Wegen der Mama! Ich begreife plötzlich, warum er mir nichts von seiner Geschichte mit der Hedi gesagt hat. Er hatte Angst, ich nehme es ihm wegen meiner Mutter übel. Vielleicht auch, weil Hedi die beste Freundin meiner Mutter war.

Ich schüttle heftig den Kopf: »Weißt, ich hab dir vieles krummgenommen, was du gmacht hast, aber des doch ned. Fahrts ruhig. I gfrei mi für euch. Und die Mama ist immerhin fast zehn Jahre tot.« Mein Vater sagt lange nichts. Ich meine schon, er sagt überhaupt nichts mehr zu dem Thema, wundern tät mich das im Übrigen nicht, doch dann nickt er, irgendwie endgültig, wie es mir vorkommt und sagt: »Man muss auch mal was dahint' lassen können.«

Mir kommen die Tränen, als er das sagt, und ich muss zwinkern. Das hat mein Opa auch immer gesagt und damit gemeint, dass man sich manchmal endgültig von Dingen verabschieden muss, auch wenn man sehr daran gehangen hat.

Wir sitzen noch immer ganz still da, als Anni zurückkommt. Sie spürt, dass grad irgendetwas Wichtiges passiert ist, und zögert, näher zu kommen, doch mein Vater bemerkt sie und sagt: »Bringst uns noch zwei Weißbier, Anni?«

Neunundzwanzig

Ein bisschen hat Snake sich schon gewundert, als er gekommen ist und die Dachpappe, die sie gemeinsam auf das Dach genagelt hatten, nicht mehr da war. Anda hat ihm eine umständliche Erklärung gegeben, hat von falschen Oberflächen und ungenauen Falzen erzählt und davon, dass er es ganz genau haben möchte, damit's am End nicht doch noch reinregnet. Snake hat nach der Hälfte der Geschichte abgewinkt und gesagt: »Is wurscht, nageln wir's halt nochmal drauf.«

Es ist Anda tatsächlich gelungen, die Arbeiten an dem Gartenhaus bis zum letzten Almwochenende von Anni und Burgi hinauszuzögern. Dazwischen hat er ein paar Mal abgesagt, zum einen, weil er was mit den Buben unternommen hat, und zum anderen, weil ihm partout nichts mehr eingefallen ist, was noch zu machen gewesen wäre. Am End haben die Arbeiten jedoch gereicht, um Snake bei der Stange zu halten. Nur einmal hat Snake vorsichtig angefragt, ob Anda vorhat, seiner Anni Schloss Neuschwanstein in den Garten zu setzen, doch im Großen und Ganzen hat er seine Tüfteleien mitgemacht. Er hat auch eigene Ideen beigesteuert und ist eines Tages mit einem schönen alten Kronleuchter angekommen, den sie an die Decke gehängt haben. Am Samstagvormittag dann waren sie fertig. Anda hat versucht, noch irgendetwas zu finden, eine Stelle, die noch abzuschleifen gewesen wäre, eine Unebenheit im Boden, ein verzogenes Fenster, aber vergeblich. Das Gartenhäuschen ist perfekt geworden. Sie haben es in einem hellen Blau gestrichen, mit weiß abgesetzten Fensterrahmen und Leisten – es sieht aus wie aus einem schwedischen Kinderbuch. Anda kann sich schon vorstellen, wie seine Mutter auf die Farbe reagieren würde.

»Blau?«, würde sie sagen und die Nase rümpfen. »A blaus Haus hat's am Gschwendtnerhof herobn noch nie gebn. Mir san doch keine Kasperl.« Bei den Gedanken an seine Mutter, die ihre Rückkehr für Mitte September angekündigt hat, tastet Anda manchmal unbewusst nach dem Foto, das er noch immer in seiner Hemdtasche mit sich herumträgt. Jedes Mal, wenn er das Hemd wechselt, nimmt er es heraus und steckt es in die Brusttasche des neuen Hemds. Ein paar Mal hat er versucht, es zurückzuhängen, ist im Schlafzimmer seiner Mutter vor dem Bilderrahmen mit ihrem Foto gestanden und hat es doch nicht getan. Er hat noch Zeit, bis sie zurückkommt. Und selbst wenn er es ganz behalten würde, dann war es eben so. Dann müsste sie ihn schon drauf ansprechen, falls sie es überhaupt bemerken würde.

Er ist in den letzten Tagen auch ein paar Mal dem Kemser Sepp begegnet. Zufällig, oder vielleicht nicht ganz zufällig, ist Anda unten im Dorf gewesen, als er seine Kühe von der Weide nach Hause getrieben hat. Er ist mit dem Auto stehen geblieben und hat ihm dabei zugesehen und überlegt, ob er ihn ansprechen sollte. Vorgestern dann ist er gerade aus der Metzgerei gekommen, als der Sepp vorbeiging. Sie haben sich gegrüßt, freundlich, wie sie sich immer grüßen, wenn sie sich treffen.

»Griaß di, Anda«, hat der Sepp gesagt und ihm lächelnd zugenickt, und für einen Moment war sich Anda sicher, dass er Bescheid wusste. Er hat gemeint, es in seinen Augen zu sehen. Doch dann war der Moment auch schon wieder vorbei.

»Griaß di, Sepp«, hat er geantwortet, freundlich genickt und ist weitergegangen. Vielleicht würde er irgendwann einmal mit ihm reden. Würde das Foto mitnehmen und abwarten, was er dazu sagte. Anda mag den Sepp. Er hat ihn immer schon gemocht, er ist ein verschmitzter, knorriger Typ, der immer seinen eigenen Stiefel gemacht hat. Die Kemsers haben drei Kinder, die Anda auch kennt: Sepp junior, Mathilde und Vroni.

Vroni ist nur ein Jahr älter als er selbst, er ist sogar mit ihr ein paar Jahre in dieselbe Klasse gegangen, die anderen beiden sind um einiges älter. Ja, vielleicht würde er einmal zu ihm gehen und reden. Vielleicht. Vielleicht aber auch nicht. Er würde auch mit Anni darüber sprechen. Früher oder später ganz sicher. Sie würde fragen, was los war, während ihrer Zeit auf der Alm, und dann könnte er es ihr erzählen. Oder irgendwann anders. Wenn der Zeitpunkt passt.

Jetzt freut er sich erst einmal auf Annis Gesicht, wenn er ihr das Haus zeigt. Einrichten muss sie es selber, sie haben nur einen Tisch und eine Bank gezimmert und Regale eingebaut. Und dann gibt es noch etwas, worauf er sich freut: Eine Woche nach Annis Rückkehr würden die Buben für zwei ganze Wochen in ein Fußballferienlager fahren. Er hat das organisiert. Quasi in letzter Minute. Und sogar Leon darf mitfahren, er ist jetzt alt genug und freut sich wie ein Schnitzel.

Zwei Wochen werden Anni und er dann für sich haben. Ohne Kinder und ohne Schwiegermutter. Sie können sogar ein paar Tage wegfahren, er könnte organisieren, dass ein befreundeter Bauer sich zwei, drei Tage um die Tiere kümmert, das geht schon mal, oder aber sie bleiben einfach daheim, sitzen im Garten und genießen die Ruhe. Fahren mal nach München. Gehen aus. Ins Kino, vielleicht sogar mal ins Theater. Und vorher in ein schönes Restaurant. Ein indisches vielleicht. Snake hat ihm eine ganze Menge über die indische Küche erzählt, und Anda hat richtig Lust bekommen, das mal auszuprobieren. Snake hat ihm auch einige Restaurants in München empfohlen. Es reicht ja schon mal ein indisches Restaurant, man muss ja nicht gleich bis nach Indien fahren deswegen.

Es ist ein feierlicher Moment, als er mit Snake vor dem fertigen Gartenhaus steht und die Tür zusperrt. Er hat ein uraltes, geschmiedetes Schloss in seiner Werkstatt gefunden, das hat er in Annis Tür eingebaut. Es hat einen großen Schlüssel, der aussieht wie der Schlüssel zu einer Schatztruhe. Den wird er ihr geben.

»Is echt sauschön geworden«, sagt Snake anerkennend.

Anda nickt. »Magst noch dableiben und mit uns zu Mittag essen? Gibt Hendl vom Grillshop.«

Snake schüttelt den Kopf. »Naa danke, aber ich muss noch a bissl was erledigen.«

»Dann sehn mir uns heut Abend. Ich komm auf a Bier vorbei.«

Snake nickt. »Guad. Bis heut Abend.«

Anda schaut ihm erleichtert nach, als er zu seinem alten Pickup geht. Er wird also nicht gleich abhauen. Und übermorgen kommen endlich die Anni und die Burgi heim, und dann wird sich schon was ergeben oder auch nicht. Jedenfalls ist es dann nicht mehr seine Sach. Snake hat auch kein Wort mehr über seine Pläne wegzugehen verlauten lassen. Anda hat schon gehofft, er hätte sie womöglich aufgegeben, zumal auch die blonde Sharon noch immer im *Kuh 8* ist. Vielleicht war das nur ein schwacher Moment, an jenem Montag, als er davon angefangen hat, und er hat sich längst schon wieder gefangen. Aber ganz sicher ist sich Anda nicht. Während sie an dem Haus gearbeitet haben, hat Snake manchmal abwesend gewirkt, mit den Gedanken weit weg, so, als wäre er schon gar nicht mehr richtig da.

Als Anda am Abend hinunter ins *Kuh 8* geht, hört er vom Sportplatz Blasmusik herüberwehen. Heut ist Feuerwehrfest. Seit er bei der Feuerwehr ist, also schon seit siebzehn Jahren, hat er kein einziges Mal das jährliche Feuerwehrfest versäumt. Doch heute hat er keine Lust hinzugehen. Dorfwirtschaft oder

Feuerwehrfest macht keinen Unterschied: Am End hocken doch immer dieselben dummen Köpfe da und reden denselben Schmarrn wie immer. Das *Kuh 8* dagegen ist heute wie ausgestorben. Es sind Ferien, und viele sind im Urlaub. Und die, die nicht im Urlaub sind, sind auf dem Fest, wo es Grillfleisch für drei Euro und die Halbe Bier für zwei Euro gibt, eine Hüpfburg, einen Losstand und ein Bierzelt mit Blasmusik. Seine Buben sind am Nachmittag hinuntergeradelt und sogar mit einem Hauptgewinn heimgekommen: einem riesigen gelben Bart Simpson aus Plüsch, der jetzt bei Leon auf dem Bett hockt und dumm schaut.

Im Biergarten ist nur ein einziger Tisch besetzt: Luis und Mäx sitzen da, und Snake hat sich zu ihnen gesetzt. Sie essen Pizza aus Papierschachteln und lachen gerade über irgendetwas, was Mäx erzählt. Anda ist in den vergangenen Wochen oft mit den beiden im *Kuh 8* zusammengesessen und hat sich trotz seiner anfänglichen Vorbehalte in ihrer Gesellschaft immer wohl gefühlt. Mäx ist ungefähr in seinem Alter, und auch Luis, der ja fast zehn Jahre jünger ist, kommt ihm nicht halb so grün hinter den Ohren vor als zum Beispiel Xari oder dessen Spezln bei der Feuerwehr. Man kann sich mit ihnen richtig unterhalten. Und man kann auch mal nichts sagen.

Keiner der beiden meint, jeden noch so kleinen Augenblick der Stille mit einem blöden Spruch oder einem schlüpfrigen Witz füllen zu müssen, und Snake ja sowieso nicht. Der redet überhaupt nur, wenn er Lust dazu hat. Anda mag das. Er mag manchmal einfach nur dasitzen und nichts sagen. Darum ist er auch so gerne im Wald oder bei seinen Kühen. Da kann man einfach nur da sein, ohne was zu reden, und es ist auch genug. Ihn stresst es, immer was zu sagen zu haben oder immer jemand sein zu müssen. Am Stammtisch hat irgendwie jeder eine Rolle zu spielen, und es wird auch nicht gestattet, davon abzuweichen. Wenn man mal schlecht drauf ist, wird man so lange damit aufgezogen, bis man nachgibt und auch einen blöden Witz macht, und wenn man sich mal erlaubt, von einer politischen oder sonst einer Meinung abzuweichen, irritiert man die anderen so, dass sie alles dransetzen, einen wieder auf die Spur zu bringen, indem sie sich darüber lustig machen.

Ein Stammtisch ist eigentlich ein Dorf im Kleinen, überlegt Anda. Man muss sich anpassen, sonst ist man gleich draußen. Was ist dann aber das *Kuh 8*, gehört ja schließlich auch zum Dorf? Er setzt sich zu den dreien und schüttelt den Kopf, als ihm Luis ein Stück seiner lauwarmen Pizza anbietet. Er hat heut Abend mit seinen Söhnen einen Topf Spaghetti mit Tomatensoße gekocht. Das haben sie jetzt schon ein paar Mal gemacht. Anda kann eigentlich überhaupt nicht kochen. Seine Mutter hat ihn nie an den Herd gelassen, und Anni, die ja Hauswirtschaft gelernt hat, hat zu Hause auch wie selbstverständlich das Regiment in der Küche übernommen. Und um ehrlich zu sein, Anda hat sich auch nicht drum gerissen, daran was zu ändern.

Doch man kann die Buben ja nicht acht Wochen nur mit Leberkässemmeln und Tiefkühlpizza ernähren, und so haben sie halt a bissl das Kochen angefangen. Vor allem Schnitzel, Steak, Nudeln und Kartoffeln. Das können jetzt mittlerweile alle vier, die Nudeln sogar mit verschiedenen Soßen. Und jedes Mal hat er einen Salat dazu gemacht, wegen der Vitamine. Gurken und Kopfsalat aus Annis Garten. Was die Schnecken halt so übrig gelassen haben. Sie könnten der Anni mal was kochen, wenn sie wieder da ist. Als Überraschung. Würd ihm Spaß machen und den Buben sicher auch.

Luis schaut ihn an: »Bist heut gar ned auf'm Feuerwehrfest?«

Anda schüttelt den Kopf.

»Warum ned?«

»Weil i ned mog.«

»Warum ned?«

»Du bist doch auch nicht da.«

Luis zuckt mit den Schultern. »Weißt genau, warum ned.«

Anda nickt. »Und drum bin i auch nicht da. Weil mir die ganzen Saftsäcke auf die Nerven gehen.«

Luis lacht überrascht auf. »Echt?«

Anda nickt noch einmal. »Hab letztens den Xari getroffen.«

Luis Miene verdüstert sich. »Und?«

»Des is auch ein Depp. Kannst vergessen.«

Sie essen schweigend weiter, und Snake steht auf und bringt eine neue Runde Getränke.

»Is Sharon heut gar ned da?«, will Anda wissen.

»Hab sie heimgschickt. Is ja eh nix los.«

Man hört wieder entfernt Blasmusik, je nachdem, wie der Wind steht, wehen die Töne lauter oder leiser herüber.

Anda hebt plötzlich den Kopf. »Wissts was, des is doch scheiße«, sagt er.

»Was meinst?«, will Mäx wissen.

»Dass wir hier hocken wie vier Deppn, die niemand mitgnommen hat.«

»Hast doch selber gesagt, du hast keinen Bock hinzugehen«, wendet Luis ein.

»Trotzdem«, beharrt Anda. »Du warst so a guader Feuerwehrler, hättest es leicht zum Kommandanten bringen können. Und getrommelt hast auch wie a Oanser. Und jetzt hockst du da, und die Deppn hocken drüben.«

Luis zuckt mit den Schultern. »Na und? Mir gfoits da besser.«

»Mir aa. Aber trotzdem find ich des scheiße«, sagt Anda.

»Ich auch«, meldet sich Mäx plötzlich zu Wort. »Ich hab immer gsagt, lass di ned einfach so vertreiben.«

Luis hebt den Kopf und funkelt Mäx wütend an. »Du weißt

genau, dass des nix mit Vertreiben zu tun hat. Ich hab einfach keine Lust mehr auf dene ihre blöden Gfrießa …«

Anda steht auf. »I geh da jetzt nüber. Gehts mit?«

Sie schauen ihn erstaunt an, und nach einem Moment des Zögerns nickt Snake und steht ebenfalls auf. »Ja. I geh mit.«

»Wie jetzt?« Luis schaut von einem zum anderen. »Ihr gehts jetzt tatsächlich nüber?«

Snake und Anda nicken. Mäx berührt Luis am Arm. »Wir gehen auch mit.«

Luis schüttelt widerstrebend den Kopf. »Die sind doch alle scho bsoffen. Du hast ja keine Ahnung, wie die bled daherreden werden.«

»Des is mir wurscht«, sagt Mäx und steht ebenfalls auf. »Kummst jetzt?«

Das Bierzelt ist noch gut gefüllt, als sie ankommen. Die Musik spielt Landler, es ist stickig, und die Luft ist erfüllt vom Bierdunst und dem Geruch nach Gebratenem. Joschi Biermaier, der Dorfwirt, und sein Sohn Adrian stehen an der Hendlbraterei und schwitzen. Anda nickt den beiden zu. Sie setzen sich an einen der wenigen freien Tische und bestellen vier Maß Bier bei der Bedienung.

Luis sieht ein bisschen nervös aus und schaut sich immer wieder um. Dann stupst er Mäx an. »Da drüben sind der Xari und die anderen.« Tatsächlich sitzt der harte Kern der Feuerwehrler nur zwei Tische von ihnen entfernt.

Anda sieht ein paar Freunde von ihm, deren blaue Uniform schon etwas derangiert ist, und dann entdeckt er auch die Schwiebacher Brüder und den Wirzberger Jacko. Als sein Blick auf Snake fällt, der die beiden im gleichen Moment erspäht hat, ist er sich plötzlich nicht mehr sicher, ob es so eine gute Idee war hierherzukommen.

Dann hebt Snake seine Maß, schaut auffordernd in die Runde und sagt laut: »Prost!«

Weil das Lied der Kapelle gerade zu Ende ist, hört man seine Stimme überraschend laut durchs Zelt schallen. Die Köpfe der Feuerwehrler drehen sich zu ihnen um.

Einer von Andas Spezln winkt Anda zu. »Anda«, ruft der. »Hock di her!« Dann stößt ihn ein anderer an und sagt etwas zu ihm, und er verstummt und schaut in seinen Maßkrug.

Anda bleibt, wo er ist. Niemand kommt zu ihnen, niemand setzt sich zu an den Tisch oder bleibt stehen, um ein paar Worte zu wechseln. Luis ist nach wie vor angespannt. »Man derf ja wohl noch ins Bierzelt gehen, oder?«, sagt er nach einer Weile nervös. »Wär ja noch schöner.« Die anderen nicken. Es ist zu laut, um sich unterhalten, anfangs schreien sie sich noch ein bisschen an, dann lassen sie es bleiben und trinken schweigend ihr Bier aus.

Als die Krüge leer sind, meint Snake: »Gehn ma wieder?«

Sie gehen nach draußen, ohne sich noch einmal nach den Feuerwehrlern umzusehen. Wenn sie sich umgedreht hätten, hätten sie bemerkt, dass am Tisch niemand mehr sitzt bis auf einen, der mit seinem Maßkrug in der Hand zusammengesunken dahockt und mit offenem Mund schläft.

Anda tritt vor das Zelt und atmet auf, als er die frische Nachtluft spürt. Das war gar nicht so schwer, wie er gedacht hatte. Manchmal reicht schon was Kleines, denkt er. Sich einfach hinhocken und ein Bier trinken. Da wissen die anderen dann schon, was gespielt wird. Er freut sich, dass sie sich durchgerungen haben herzukommen.

Gerade als er noch darüber nachdenkt, wie sehr man sich doch von eigenen Bedenken immer ausbremsen lässt, rumpelt ihn jemand grob von hinten an und ruft dann: »Öha! Pass doch auf, Depp!«

Er dreht sich um und schaut in das Gesicht von Rudi Schwiebacher, der ganz erstaunt tut. »Ah, du bist es, Anda. Ich hab denkt, des wäre einer von deine warmen Brüder …«

»Halt's Maul«, sagt Anda und will weitergehen, doch Rudi hält ihn am Arm fest.

»Was pressiert's dir denn so? Hast gar keine Zeit mehr für deine oiden Spezln?«

Anda fällt auf, dass neben Rudi Schwiebacher auch Jacko Wirzberger, Xari und ein Freund von ihm draußen stehen. Sie rauchen und warten darauf, dass etwas passiert. Anda schüttelt Rudis Arm ab. Rudi ist zwar vierschrötig und stiernackig, aber Anda ist um einiges größer als er, und Kraft hat er auch. »Lass mi in Ruh, Rudi«, versucht er es im Guten und will zu den anderen gehen, die ein paar Meter weiter weg auf ihn warten.

Doch Rudi will keine Ruhe geben. Er ist schon ziemlich ogstochn, sein Gesicht ist rot, die Augen wässrig, und sein hellblaues Feuerwehrhemd hängt ihm aus der Uniformhose. »Hoitauf«, sagt er mit einem gefährlichen Unterton in der Stimme und packt noch einmal Andas Arm. »Bist dir ebba zu fein geworden für mi, ha?«

Anda will ihn abschütteln, doch dieses Mal hält Rudi fester. »Ich wär vorsichtiger, mit wem ich mich abgeb. Aber deine Frau ist da ja auch nicht anders. Die gibt sich auch mit jedem …«

Anda packt Rudi vorne am Hemd. »Lass die Anni aus dem Spiel«, sagt er warnend.

Rudi schlägt Andas Hand weg und wiehert jetzt vor Vergnügen. »Mit'm Spielen kennen sich die Anni und die Burgi aber besser aus als du.« Er wirft einen schnellen Blick zu Snake, der jetzt neben Anda getreten ist und ihn mit unergründlicher Miene mustert. Rudi leckt sich über die Lippen. »Ich war gestern in Marktlkirchen. Beim Futtermittltandler. Kennst eh, oder?«

»Den Traxler Michi?«, fragt Anda verwirrt nach. »Freilich kenn ich den. Was ist mit dem?«

Luis kommt von hinten und tippt Anda an. »Kumm, lass ihn redn …«

Rudi stößt Luis grob vor die Brust, sagt: »Hab i null gewählt? Du hast Pause, wenn Männer sich unterhalten«, und wendet sich wieder an Anda. »Der Traxler Michi war letztens auf der Schafkopfalm. Ist von der Wetterwandhütten abgestiegen und wollt deine Frau bsuchen, hat er gsagt. Schauen, ob er was helfen kann. Aber er hat schnell gmerkt, dass die zwei keine Hilfe brauchen …«

Luis zupft Anda am Hemdsärmel. »Komm mit, Anda. Ich weiß, was jetzt kommt, des is ein Schmarrn …«

Anda schüttelt Luis ab. »Des tät mich jetzt schon interessieren.«

Rudi lacht. »Pudelnackert san s' rumgsprunga, die zwei. Und ihre Stecher haben drin in der Hütten schon auf sie gwartet. Der Michi hat sie mit eigene Augen gesehn. Alle zwei.« Er grinst. »Und du warst koaner von de zwoa.«

»Was …«, fängt Anda an, doch jetzt zieht ihn Luis energisch ein paar Schritte von Rudi weg und redet leise auf ihn ein. »Der redet nur Mist, Anda. Mir waren des. Der Mäx und ich waren an dem Wochenende oben. Mir ham gfeiert und sind über Nacht geblieben, und am nächsten Tag ist plötzlich dieser Michi vor der Hüttn gstanden. Ich kenn den nicht, und ich hab des auch nur am Rande mitgekriegt, aber die Mädls haben uns erzählt, dass er gschaut hat wie ein U-Boot, als er uns zwei da gsehen hat. Wir haben uns schon gedacht, dass der sich da irgendeinen Mist zusammenreimt, aber des waren nur wir. Lass dir keinen Scheiß erzählen.«

Anda schaut Luis an und versucht zu verarbeiten, was er gerade gehört hat, und zu entscheiden, was er glauben soll. Rudi

Schwiebacher erleichtert ihm freundlicherweise die Entscheidung. Er hat nicht gehört, was Luis gesagt hat, doch jetzt kommt er wieder näher und höhnt: »Du hast doch noch nie Eier in der Hosn ghabt, Andreas Gschwendtner. Warst immer schon ein Hamperer. Und jetzt, wo du dich nur no mit Schwuchtln und Spinnern rumtreibst …« Er kommt nicht mehr dazu, seinen Satz zu Ende zu reden, denn Anda hat ausgeholt und ihm mit voller Wucht die Faust ins Gesicht geschlagen. Rudi taumelt zurück, und Blut schießt ihm aus der Nase.

Anda reibt sich verblüfft seine schmerzenden Knöchel.

Snake grinst ihn an. »Pfundiger Schlag.«

Anda grinst noch immer etwas verdattert zurück, doch er kommt nicht mehr dazu zu antworten, denn jetzt hat sich Rudi Schwiebacher, unterstützt von Jacko Wirzberger, wieder aufgerappelt, und beide kommen auf sie zu. Er sieht noch, wie Jacko auf Snake zugeht, ausholt und von Snake einen satten Magenschwinger verpasst bekommt, noch bevor er seinen Schwung zu Ende gebracht hat. Jacko sackt wie ein Klappmesser zusammen. Snake gibt ihm noch einen heftigen Stoß mit, und er fällt um.

Dann trifft Anda ein Schlag von Rudi am Kinn, und er schwankt. Er spürt, wie sein Kiefer knackt, als ihn ein weiterer Faustschlag trifft, und er glaubt, dass dieser nicht von Rudi, sondern von dessen Bruder stammt, der plötzlich ebenfalls zur Stelle ist. Anda wehrt sich, teilt Fausthiebe aus und geht irgendwann zu Boden. In der Ferne sieht er, wie Snake mit Jacko ringt und Mäx auf Rudis großen Bruder eindrischt. Etwas weiter entfernt stehen Luis und Xari sich gegenüber. Sie schauen sich nur an, schlagen sich nicht, trotz des ganzen Gewühls um sie herum.

Ein Fußtritt trifft Anda schmerzhaft in die Rippen, und er stöhnt auf. Plötzlich sind sie zu zweit bei ihm: Jacko und Rudi. Snake kann er nicht mehr sehen. Hastig rollt er sich auf die

Seite und rappelt sich auf. Seine Rippen senden einen stechenden Schmerz aus, und mit seinem Kiefer scheint auch etwas nicht ganz in Ordnung zu sein. Benommen steht er da und versucht, nicht mehr umzufallen. Plötzlich packt Rudi ihn wie ein Gorilla von hinten mit den Armen um Hals und Brust und drückt zu. Vergeblich versucht Anda, sich aus dem Klammergriff zu befreien, doch je mehr er sich bewegt, desto stärker wird der stechende Schmerz in seinen Rippen und nimmt ihm fast die Luft zum Atmen. Als er zurückzuckt, drückt Rudi noch fester zu. Anda keucht. In der Ferne hört er eine Polizeisirene, dann sieht er plötzlich, dass Jacko einen leeren Maßkrug in der Hand hält und damit ausholt. Er versucht, die Arme vors Gesicht zu halten, doch Rudi hält ihn mit unvermittelter Kraft fest. Er spürt den Atem des anderen heiß und angestrengt im Nacken und weiß, er kann Jacko nicht mehr ausweichen, der schwere Glaskrug wird ihn treffen.

Doch das tut er wundersamerweise nicht. Stattdessen fliegt der Krug in hohem Bogen durch die Luft und landet neben ihm. Rudi lässt ihn abrupt los, und Anda schwankt vor Überraschung. Dann sieht er, dass Snake neben ihm steht. Von dem Kinnhaken, den Snake Jacko Wirzberger gerade verpasst, reißt es Jacko den Kopf nach hinten, er fällt rückwärts um und landet wie sein Maßkrug auf dem niedergetrampelten Grasboden. Die Sirene ist jetzt auf dem Sportplatz angelangt. Anda hört eine Autotür schlagen und kann das Blaulicht sehen, das gegen die schmutzig weiße Zeltwand zuckt. Snake hält Anda fest, oder vielleicht hält auch Anda Snake fest. Er kann es nicht so genau sagen.

Snake hält seinen Kopf nach vorne gebeugt, ihm läuft Blut aus der Nase, und er atmet schwer. Hinter ihnen schimpft jemand. »Kreizsakra, jedes Jahr dasselbe Gschieß mit den Feuerwehrlern. Miassts ihr eich eigentlich immer schlagn?«

Es ist Guido Zapf, der jetzt näher gekommen ist und ziemlich finster schaut. »Wer hat dieses Mal angefangen?«

Jacko Wirzberger hat sich wieder aufgerappelt und deutet auf Anda. Er hat ein blaues Auge, das schon zuzuschwellen beginnt, eine aufgeplatzte Lippe, und sein Hemd hat einen langen Riss. »Der da. Der Gschwendtner Anda. Hat meinen Spezl Rudi umghaun. Einfach so. Ganz ohne Vorwarnung. Und der andere, der Grassl ...«, fährt er fort, doch Guido beachtet ihn nicht mehr. Erstaunt schaut er Anda an. »Du? Seit wann schlagst di denn du?«

Anda zuckt mit den Schultern, tastet nach seinem Kiefer und nuschelt. »Seit's notwendig is.«

»Und der Snake auch?« Guido reißt die Augen auf. Als er dann noch Luis und Mäx erblickt, schüttelt er nur noch den Kopf. »Wird höchste Zeit, dass eure Frauen wiederkommen«, sagt er und reicht Snake, dessen Nase noch immer blutet, ein blütenweißes Stofftaschentuch. »Ich hab gedacht, Snake, du bist a Pazifist?«

»Hab ich auch immer gedacht«, nickt Anda und muss trotz seiner Schmerzen in Gedanken an Snakes wutentbrannten Kinnhaken gegenüber Jacko grinsen.

Snake hält sich vorsichtig das Taschentuch an die Nase, verzieht dabei schmerzhaft das Gesicht und brummelt dumpf unter dem sich schnell rot verfärbenden Stoff hervor: »Wer hat euch denn den Scheiß erzählt?«

Dreißig

Unser letzter Sonntag auf der Alm beginnt still und friedlich. Für morgen Vormittag ist unser Almabtrieb geplant.

Letztendlich sind die acht Wochen wie im Flug vergangen, und ich kann gar nicht mehr glauben, dass ich am Anfang am liebsten sofort wieder nach Hause gelaufen wäre. Sogar an unsere Klokröte, der ich bei fast jedem Gang aufs stille Örtchen irgendwo auf dem Weg begegnet bin, habe ich mich gewöhnt. Man könnte fast sagen, ich hab sie – irgendwie – liebgewonnen. Jetzt, wo alles schon gepackt und geputzt ist, graust mir fast ein bisschen davor, endgültig wieder hinunter ins Tal gehen zu müssen.

Mir graust vor allem davor, Snake zu begegnen. Mein Magen flattert, und mein Herz beginnt heftiger zu klopfen, wenn ich nur daran denke. Es wird sich ja nicht vermeiden lassen, dass wir uns über den Weg laufen, und ich weiß nicht, wie ich mich verhalten soll. Was ich zu ihm sagen soll. Ehrlich gesagt habe ich schon Angst davor, ihn nur zu SEHEN. Am liebsten würde ich wirklich für immer hier oben bleiben. Luis und Mäx sollen die Metzgerei weitermachen, mein Vater kann glücklich und zufrieden mit Hedi auf einer griechischen Insel sitzen, Ouzo trinken und Sirtaki tanzen, und ich bleib einfach da, schau zu, wie der Herbst kommt, und lass mich den Winter über einschneien.

Da sitze ich dann, fernab von allem, um mich herum Stille, das Feuer prasselt im Kamin, Ulysses legt seinen struppigen Kopf in meinen Schoß, und ich vertreibe mir die Zeit damit, wie der Kemser Sepp traurige Buttermodln zu schnitzen, allerdings mit den Initialen B und S …

Stopp. Ich müsste mir einen neuen Hund besorgen. Anni hat mich gefragt, ob es mir recht wäre, wenn sie Ulysses nach dem Sommer zu sich nimmt, weil sich die Buben so arg in ihn verliebt hätten und nicht mehr hergeben wollen. Ich habe sofort eingewilligt, weil ich ja jetzt wieder Single bin, was wir alle am Anfang noch nicht wussten, und in der Metzgerei ja leider überhaupt kein Platz für den armen Kerl ist. Ich bin sicher, Snake wird auch nichts dagegen haben.

Auch wenn es gut ist, dass Ulysses bei Anni und ihren Buben ein schönes, freies, liebevolles Zuhause bekommt, macht mich der Gedanke, dass ich mich morgen von ihm werde trennen müssen, doch gscheid traurig. Genauso wie von Trudi, die sich, seit sie Seppo hat, in ein ganz normales Huhn zurückverwandelt hat und nicht mehr eifersüchtig jeden meiner Schritte bewacht. Zwar kommt sie immer noch zu mir hergetippelt, wenn ich sie besuchen komme, und sie frisst mir auch nach wie vor aus der Hand, aber sie folgt mir nicht mehr, sondern bleibt bei Seppo und den anderen Hühnern, wenn ich wieder gehe.

Anni und Hedi haben recht gehabt. Sie hat keine Seelenverwandte, sondern einen Gockel gebraucht. Ja mei. Jeder braucht halt so hin und wieder einen Gockel. Ich auch …

»Freust du dich auf zu Hause?«, will ich von Anni wissen, als wir zusammen beim Frühstück vor der Alm sitzen, und hoffe damit, von Snake und anderen Gockeln und Seelenverwandten weg- und auf andere Gedanken zu kommen.

»Ja«, sagt sie und strahlt. »Ich hätt nie gedacht, dass mir der Anda so fehlen würde. Also, die Buben fehlen mir natürlich auch, aber der Anda …« Sie verstummt, leckt versonnen ihr Buttermesser ab, und ich will mir gar nicht vorstellen, woran sie gerade denkt. So viel zu meinem Versuch, mit dieser Frage auf andere Gedanken zu kommen. Aber trotzdem gebe ich mich damit noch nicht zufrieden. »War's jetzt so, wie du dir erträumt hast?«, will ich wissen.

Anni zögert. »Irgendwie schon, aber ganz anders, als ich gedacht hab. Das, was ich geglaubt hab, mir beweisen zu müssen, das hat's gar nicht gebraucht. Ich hab eigentlich von Anfang an gwusst, dass ich des kann.« Sie wird ein bisschen rot, dann fügt sie hinzu: »Also, von meinem Durchhänger auf dem Dach mal abgesehen. Andererseits ...«, fährt sie fort und jetzt wird sie richtig rot, »hab i gmerkt, was mir wirklich wichtig ist.«

»Der Anda?«, frage ich leise.

Anni nickt. »Aber ned nur. Der Anda, die Buben, die Kühe, die Hühner, den Hof, meinen Garten ... i ... i mag des einfach. Stell dir vor, i mag sogar den Mist, den die Viecher fabrizieren.« Sie wischt sich eine Träne aus den Augen, und ich weiß gar nicht, was ich antworten soll.

Dann hat sie sich wieder gefangen und fügt trocken hinzu: »Außerdem hab ich gmerkt, dass ich gar ned dreimal am Tag duschen muss.«

»Des mit dem Duschen hab ich dir immer schon gsagt. Des is schlecht für die Haut.«

»Ja.« Anni nickt. »Recht hast ghabt. Weißt, heut in der Früh nach dem Melken hab ich uns zwei so einen Moment lang vor mir gsehen, wie wir werkeln, braungebrannt, in unseren Bergstiefeln und alten Hosen und den Kopftüchern, und hab mir gedacht, auch wenn wir grad aus dem Stall kommen und stinken wie ein ganzer Misthaufen, sind wir schön. Wir sind einfach naturschön.«

Ich kichere. »Ja. Mit Betonung auf Natur. Quasi bioschön.«

»Und weißt, was das Beste ist?«, fährt Anni lächelnd fort. »Ich weiß jetzt ganz gwieß, dass ich mir nie, nie, nie einen Handstaubsauger kaufen werd.«

Also, DAS hätt ich ihr auch schon vorher sagen können. Aber dann hätten wir uns um einen sauschönen gemeinsamen Freundinnensommmer gebracht, und das wär's nicht wert gewesen. Manchmal ist es halt doch besser, den Dingen einfach mal seinen Lauf zu lassen.

Wir haben heute frei. Es gibt nichts zu tun, als faul in der Sonne herumzuliegen und unseren letzten Tag zu genießen. Wir haben heute keine Fleischeslust mehr angeboten, weil wir schon fast alles weggeräumt haben. Gestern Vormittag waren Luis und Mäx da und haben das Geschirr, die noch übrigen Vorräte und Getränke mitgenommen, morgen früh kommt dann Anda, und wir packen den Rest auf seinen Unimog, bevor es dann zu Fuß mit Ulysses, den Hühnern, den Milchkühen und dem Jungvieh wieder ins Tal geht.

Am Nachmittag gehe ich zum Waldrand und montiere mit einer gehörigen Portion Wehmut das Schild ab, das auf unsere Alm verweist. Die beiden anderen Schilder machen wir morgen auf dem Weg hinunter ins Dorf ab. Über den Winter wird die Schafkopfalm wieder leer stehen, und wer weiß, was nächsten Sommer sein wird?

Traurig gehe ich mit dem Schild in der Hand nach oben, als ich plötzlich Stimmen hinter mir höre. Jemand ruft laut meinen Namen. Überrascht drehe ich mich um.

Es ist Zsùsha, die den Weg heraufkommt und winkt. »Burgi, huhu!«

Hinter ihr schnaufen Guido und Ferdi herauf. Das heißt, schnaufen tut nur Guido, Ferdi, der im Vergleich zu Guido ein ziemlicher Hungerhaken ist, schaut noch ganz frisch aus. Ich warte, bis sie bei mir angekommen sind. Zsùsha umarmt mich. »Wir wollten euch doch auch noch besuchen, bevor ihr wieder runtergeht.«

Ich lächle. Auch wenn es heute nicht mehr ganz so passt, weil wir nicht mehr viel haben, was wir ihnen anbieten können, freue ich mich sehr, sie zu sehen. Wo Zsùsha auftaucht, bleibt keine Zeit, lange in Melancholie zu versinken.

»Da wird die Anni schauen, wenn ich euch mitbring!«, sage ich und hake mich bei ihr ein. Wir gehen zusammen das letzte Stück nach oben, und Anni freut sich genauso wie ich über den letzten Besuch. »Wir könnten euch einen Kaiserschmarrn machen«, überlegt sie. »Eier und Milch haben wir noch. »Und vorher Brot, Speck und a paar Würstl. Sonst nimmer viel.«

Wir tischen alles auf, was wir haben, und setzen uns zusammen nach draußen und essen. Im Gegensatz zu den letzten, schon etwas kühleren Tagen ist es heute ziemlich warm, fast schwül, und die Sonne sticht.

»Da kummt no was«, sagt Guido mit einem fachmännischen Blick in den noch wolkenlosen Himmel. »Es hätt besser gestern gscheid duscht, dann wär die Schlägerei mit weniger Blessuren ausgegangen.«

»Hat's eine Schlägerei gegeben?«, fragt Anni interessiert nach.

Guido schaut sie erstaunt an. »Weißt du des denn gar nicht?«

»Woher denn?«, sagt Anni erstaunt. »Wir haben ja nicht mal Handyempfang. Und außerdem, wer sollt mir von irgendeiner Schlägerei erzählen?«

»Ah so ...« Guido kratzt sich am Kopf. »Ich hab nur gmeint, weil der Anda ...«

»Was ist mit'm Anda?«, fragt Anni sofort.

»Äh ... der hat, scheint's, angefangen ...« Guido schaut jetzt etwas unbehaglich drein.

»Angefangen? Der Anda?« Anni schüttelt den Kopf. »Niemals. Der Anda schlägert doch ned.«

»Doch. Ich war ja dort. Alle Zeugen haben gsagt, dass der Anda dem Schwiebacher Rudi als Erstes eine reinghauen hat. Der hat übrigens eine Gehirnerschütterung und einen Zahn verloren ...«

»Der Anda?« Anni starrt ihn an. Man sieht ihr an, dass sie gar nicht glauben kann, was sie da hört, und mir geht's ähnlich. Den Anda kann ich mir beim besten Willen nicht bei einer Schlägerei vorstellen.

»Nein, der Rudi, ned der Anda. Der Anda dagegen hat sich zwei Rippen gebrochen und das Kiefer geprellt. Und der andere Schwiebacher hat auch eine gebrochene Rippe und eine Schulterprellung, und da hat er noch Glück ghabt, den hat nämlich der Mäx umgemäht, und wenn der gscheid hinlangt, wachst, glaub ich, kein Gras mehr ...«

»Der Mäx?«, frage ich jetzt nach. »Unser Mäx?«

Guido nickt.

»Und der Luis? War der etwa auch dabei?«

Guido nickt wieder. »Aber der hat nix abkriegt, glaub ich. Den Wirzberger Jacko hat's dagegen schlimmer erwischt, der hat glei mehrere Prellungen, a Veilchen und hat an der Stirn sogar genäht werden müssen, aber dem gschieht's eh recht, der teilt sonst immer ganz schön aus. Bös erwischt hat's allerdings auch den Snake ...«

»Der auch?« Mir bleibt der Mund offen stehen. »Der schlägert doch nicht. Niemals.« Mir wird bewusst, dass ich das Gleiche sage wie Anni eben, doch dann dringt in mein Gehirn auch noch der Rest von dem, was Guido gesagt hat, und mir wird bang. »Was heißt, bös erwischt?«

Guido verzieht das Gesicht. »Der Jacko hat ihm die Nase gebrochen. Ich hab ihn und den Anda gestern noch ins Krankenhaus gefahren. Er fasst sich an seine eigene Nase und seufzt. »Schmerzhafte Gschicht.«

Anni und ich schauen uns an. »Des gibt's doch ned«, sagt Anni langsam. »Ich versteh das nicht. Wo war denn die Schlägerei? Im *Kuh 8?*«

»Nein.« Guido seufzt. »Die war da, wo sie jeds Jahr is. Auf'm Feuerwehrfest.«

»Was macht denn der Snake auf'm Feuerwehrfest? Und der Mäx und der Luis ...« Ich bin völlig verwirrt.

»Weißt du, was der Grund für die Schlägerei war?«, fragt Anni so ruhig wie möglich, doch sie ist noch immer ganz blass um die Nase.

»Da gibt's widersprüchliche Angaben, ja nachdem, wen man fragt. Aber es schaut wohl so aus, dass der Rudi bsuffen war wie immer und blöd dahergredet hat, auch wie immer, und es dem Anda dann zu viel geworden ist ...«

»Was hat er denn gsagt?«, frage ich.

Guido wirft einen unbehaglichen Blick in die Runde und sagt: »Vielleicht sollte die Anni des besser den Anda selber fragen ...«

»Aber du weißt es?«, hake ich nach.

»Kunnt scho sei ...« Guido nickt unglücklich und schiebt sich schnell noch die letzte Gabel Kaiserschmarrn in den Mund. Übersprunghandlung, ganz klar.

»Jetzt red schon«, sagt Anni scharf. »Ich halt schon was aus.«

Guido windet sich ein bisschen. »Also, er hat gmeint, ihr hättet da herobn zwei Gspusi, und einer aus Marktlkirchen hätt euch neulich erwischt, wie ihr ... ähm ... Ich weiß jetzt nimmer, wie er heißt, Martl oder Michl ...«

»Der Traxler Michi!«, antworten wir beide wie aus der Pistole geschossen.

Guido atmet auf. »Genau. Kennts ihr den?«

Wir nicken. »Des war aber ganz anders, des waren der Luis und der Mäx. Die haben uns besucht«, stelle ich klar.

»Des hat der Luis auch zu mir gsagt«, bestätigt Guido.

»Und der Anda?«, fragt Anni besorgt. »Was hat der gsagt?«

»Nicht viel. Der konnt ja kaum reden wegen seinem Kiefer. Des war nämlich a bissl ausgrenkt. Aber der Doktor hat's ihm wieder eingrenkt. Ois wieder guad.« Er nickt Anni beruhigend zu.

Doch Anni schaut ganz und gar nicht beruhigt aus. Ich kann sie verstehen. Viel schlimmer als ein ausgerenktes Kiefer und eine gebrochene Rippe wäre es, wenn Anda dem Rudi geglaubt hätte.

Ich schaue Anni an. »Fahr runter. Schau nach, wie es ihm geht, und red mit ihm.«

Anni zögert, doch man kann ihr ansehen, dass sie sich beherrschen muss, nicht gleich aufzuspringen. »Aber ich kann dich doch jetzt nicht einfach hier sitzenlassen«, sagt sie trotzdem.

»Freilich kannst des. Oder glaubst vielleicht, ich schaff des ned allein?«

Anni schüttelt den Kopf. »Nein, des glaub ich nicht, aber ...«

»Also ausgmacht.« Ich stehe auf und stelle die Teller zusammen. »Morgen früh kommst mit den Treibern und dem Anda wieder rauf.«

Zsùsha streicht Anni über den Arm. »Du kannst mit uns mitfahren. Unser Auto steht unten an der Forststraße.«

Anni zögert noch immer. »Und das Melken?«

»Das krieg ich auch hin. Ganz sicher.«

Dann sind sie fort, und ich steh allein vor der Hütte und schaue hinunter zum Waldrand. Ulysses steht neben mir, er hat sich an meine Hüfte gelehnt, und ich kraule ihm abwesend den Nacken. Die plötzliche Stille fühlt sich merkwürdig an. Es ist eine andere Stille als sonst, denn ich bin allein. Die Sonne steht schon tief, und wie von Guido vorausgesagt, sind Wolken aufgezogen. Es geht ein seltsam warmer Wind. Vielleicht kommt tatsächlich noch ein Gewitter. Ich hoffe nicht. Gewitter sind hier herobn kein Spaß. Doch bis jetzt sieht alles noch ganz harmlos aus. Trotzdem reiße ich mich von meinen Wetterbeobachtungen los und beginne rasch, das Geschirr und die Gläser in die Hütte zu tragen.

Nach dem Abwasch scheuche ich die Hühner samt Seppo in den Stall und verriegle die Tür. Dann sind die Milchkühe dran. Weil es schon etwas später als sonst ist, ist es kein großes Problem, sie in den Stall zu bekommen, sie warten schon ganz ungeduldig auf mich. Ihre Euter sind prall und schwer, und es ist eine Erleichterung für sie, endlich gemolken zu werden. Ob es allerdings auch eine Erleichterung für sie ist, wenn ICH sie melke, wird sich noch herausstellen.

Rosi, meine ganz besondere Freundin, ist schon ziemlich schwerfällig geworden, was sie allerdings nicht daran hindert, mir einen fiesen Blick zuzuwerfen, als ich mit meinem Eimer warmen Wasser und meinem Lappen fürs Euterputzen in den Stall komme. Ich widme mich zuerst ihren etwas gelasseneren Kolleginnen und beginne mit Holly, die am allerweitesten von Rosi entfernt ist. Angestrengt versuche ich mich zu erinnern und halte mir schon beim Säubern des Euters Annis Bewegungen vor Augen. Dann tausche ich den Putzeimer gegen den Melkeimer und atme tief durch. Es kann doch nicht so schwer sein. Das muss doch zu schaffen sein. *Mit Zeigefinger und Daumen einen Ringschluss bilden …* rekapituliere ich noch einmal meine theoretischen Erkenntnisse aus dem Melkworkshop und lege vorsichtig meine Finger um die Zitzen – hoffentlich zwicke ich die gute Holly nicht – … *die Hand leicht nach oben schieben … mit den übrigen Fingern und dem Handballen die Milch herausdrücken …* Ich schiebe und drücke und bemühe mich, dabei »rhythmisch« zu sein … Und, was soll ich sagen?

Es funktioniert! Die Milch spritzt als feiner, dünner Strahl in den Eimer, und die Kuh rührt sich nicht. Stoisch steht sie da und lässt den ersten erfolgreichen Melkversuch meines Lebens ruhig und gelassen über sich ergehen. Ich bin so begeistert, dass ich fast aus dem Rhythmus komme. Vielleicht bin ich ja nicht nur naturschön, sondern auch noch ein Naturtalent im Melken und wusste es nur nicht? Ich werde mutiger, greife etwas beherzter zu, und der Milchstrahl wird kräftiger. Für einen Moment ärgere ich mich, dass ich mich die ganzen Wochen davor gedrückt habe. Ich habe es Anni überlassen, weil ich mich nicht blamieren wollte. Plötzlich kommt mir das kindisch vor. Unter Freundinnen sollte man keine Angst davor haben, sich zu blamieren.

Es ist friedlich und still im Kuhstall. Die Milch spritzt mit gleichmäßigen Geräuschen in den Eimer, man hört das Wiederkäuen der Tiere, ihre entspannten Bewegungen und das leise Klirren der Ringe, an denen sie mit einem Strick locker angebunden sind. Ich mag Kühe. Ich mag ihren Geruch nach Sonne und Gras und ihr weiches, glattes Fell. Am liebsten aber mag ich ihre Augen. Haben Sie schon einmal einer Kuh tief in die Augen geschaut? Tun Sie es und Sie werden den Begriff »kuhäugig« nie mehr in beleidigender Weise verwenden.

Ich bin mit Holly fertig und gehe weiter zu Eliza, die ebenso wie Holly ihren Namen einem alten Film von Audrey Hepburn zu verdanken hat und laut Anni mindestens genauso schön ist wie Audrey Hepburn, also nach Kuhmaßstäben, versteht sich. Nach Eliza ist Angie an der Reihe, die dicker und behäbiger ist, aber dafür fast so viel Milch gibt wie die beiden Hübschen zusammen. Danach kommt Gwendolyn an die Reihe, meine Lieblingskuh, die, wie ich finde, die schönsten Augen und die schönste Fellfarbe hat. Sie ist eine bernsteinfarbene Murnau-Werdenfelser, eine alte Rasse, die wohl schon ausgestorben wäre, wenn sich nicht sture Bauern wie der Kemser Sepp drum gekümmert hätten, sie weiter zu züchten.

Anda hat nicht nur Gwendolyn vom Kemser Sepp gekauft, wie mir Anni erzählt hat, sondern auch einige seiner Jungtiere sind von Kemser Sepp bzw. von seinem Sohn, der die Zucht jetzt professionell angeht.

Gwendolyn steht direkt neben Rosi, und trotz meiner erfolgreichen Melkerei bisher wird mir ein bisschen mulmig, wenn ich zu ihr hinüberschaue. Sie mustert mich abschätzig. Vielleicht liegt es ja am Namen, dass sie immer so mürrisch ist? Wäre doch kein Wunder, wenn sie sich in diesem erlauchten Kreis von Hollys und Gwendolyns mit ihrem stinknormalen Kuhnamen etwas fehl am Platze vorkommt. Aber vielleicht tröstet sie es, dass Anda trotz dieser fantasievollen Namen auch seine Milchkühe immer nur Bobbala nennt, obwohl sie ja viel länger auf dem Hof bleiben als das Jungvieh.

Ich denke mir, er macht das wahrscheinlich auch, damit es ihm nicht gar so schwerfällt, wenn eine von ihnen eines Tages geschlachtet werden muss. Man sieht ja an Trudi, was es für Probleme nach sich zieht, wenn man sich mit einem Tier auf einem Bauernhof oder einer Alm enger befreundet.

Jedes Mal, wenn ich eine Kuh fertig gemolken habe, leere ich den Eimer in den Kühlbehälter, die Zentrifuge brauchen wir jetzt, wo wir morgen die Alm verlassen, gottlob nicht mehr anschmeißen. Als ich dabei einen Blick auf meine Armbanduhr werfe und sehe, dass schon zwei Stunden vergangen sind und ich erst vier Kühe gemolken habe, bin ich schwer beeindruckt von Annis Melkkünsten. Meine Güte! Man macht sich ja keine Vorstellung. Kein Wunder, dass die Kühe heutzutage kaum noch per Hand gemolken werden. Und dann ist es so weit: Nachdem ich auch noch Gwendolyns Milch in den Kühlbehälter gegossen habe, stehe ich, mit nichts als dem

Putzeimer und einem Lappen bewaffnet, hinter meiner Angstgegnerin.

Rosi hat mich schon erwartet, linst schräg nach hinten, an ihrem gewaltigen Babybauch vorbei und hebt wie üblich drohend ihr rechtes Hinterbein. Na bravo! Ich entschließe mich, sie erst einmal anzusprechen, damit sie merkt, dass ich nichts Böses von ihr will.

»Hey, Rosi … jetzt wärst du an der Reihe …« Zögernd gehe ich etwas näher zu ihr hin. »Wär doch glacht, wenn wir zwei uns nicht am End doch noch zusammenraufen täten, ha?« Ich lache ein bisschen und tätschle ihre eckige Kruppe. Allerdings umständlich vorgebeugt und mit weit ausgestrecktem Arm, damit ich ihrem gefährlichen Hinterbein nicht zu nahe komme. Sie rührt sich nicht. Doch ich meine, ein verächtliches Schnaufen zu hören. Vorsichtig trete ich mit meinem Melkschemel und dem frisch ausgewrungenen Lappen neben sie. Den Milcheimer habe ich schon strategisch günstig, also griffbereit, abgestellt. »So is brav …« Ich erinnere mich, dass Anni mir gesagt hat, ich dürfe nicht zu sanft sein, das Klopfen oder Tätscheln kann schon etwas beherzter ausfallen, sonst meint die Kuh, ich würde sie kitzeln, und manche mögen das gar nicht. Eine reizbare und zudem kitzlige Kuh in meiner unmittelbaren Nähe ist keine so beruhigende Vorstellung, daher klopfe ich ein bisschen fester und streiche mit einer Hand kräftig über ihren geschwollenen Bauch, während ich mit der anderen nervös ihre vier Zitzen säubere. Ihr Hinterbein hat Rosi glücklicherweise mittlerweile wieder abgestellt, und ich hoffe, dort bleibt es auch. Allerdings hat sie ihren großen Kopf noch immer zu mir umgedreht und mustert mich streng, als ich meinen Hocker in die richtige Position rücke und den Milcheimer heranziehe.

»Ich mach das gut, brauchst ned so schauen«, sage ich so überzeugend wie möglich und reibe meine Hände aneinander, damit sie schön warm sind. Vor meinem Kopf bewegt sich etwas. Rosis Bauch beult sich aus, und mir wird klar, dass sich da drin das Kälbchen bewegt. Vorsichtig lege ich meine Hand auf die Stelle. Es fühlt sich hart unter dem Fell an, vielleicht ist es ein kleiner Huf oder auch der Kopf. Ich reibe ein wenig über Rosis Bauch, und sie stößt einen Seufzer aus. Es ist eindeutig ein Seufzer des Wohlbehagens, keine Kritik, und daher mache ich weiter, kraule und massiere ihren dicken Bauch mit beiden Händen, und die eckige Ausbeulung bewegt sich, ich kann es spüren, das Kälbchen dreht sich. Nach einer Weile hat Rosi ihren Kopf lang gemacht und die Augen halb geschlossen, und ich weiß, dass ich das Richtige getan habe. Schnell stelle ich meinen Eimer unter und fange an, sie zu melken, solange die Tiefenentspannung anhält. Weil ich dazu beide Hände brauche, muss ich mit dem Kraulen aufhören und lehne stattdessen meinen Kopf gegen ihren Bauch, damit sie sich nicht plötzlich allein gelassen fühlt. Es gurgelt leise, ich kann dumpf ihren Herzschlag hören, ruhig und langsam. Und dann, nach einer Weile, höre ich einen zweiten Herzschlag, den des Kälbchens, schnell und lebhaft, wie eine Melodie über dem Bass der Mutter. Unwillkürlich schießen mir Tränen in die Augen, so gerührt bin ich. Ich melke mit geschlossenen Augen weiter, höre den beiden Herzen zu, und meine Tränen tropfen vor mir auf den Boden.

Ich bleibe noch sitzen, als ich schon längst mit dem Melken fertig bin, kann mich gar nicht losreißen von dem Geräusch. Dann, plötzlich, reißt uns ein Blitz, gefolgt von einem ohrenbetäubenden Knall, aus unserer friedlichen Stimmung. Ich zucke zusammen, und Rosi erschrickt ebenfalls, macht einen hektischen Sprung zur Seite und tritt dabei den fast vollen Milcheimer um. Das klappernde Geräusch des Blechs erschreckt sie noch mehr, sie reißt an ihrem Strick, bockt hin und her, und ich springe schnell auf und bringe mich in Sicherheit, um nicht an die Stallwand gequetscht zu werden. Ein neuer Donnerschlag poltert über uns hinweg, und einige der Kühe muhen laut und angstvoll. Rosi tritt mit ihrem rechten Hinterbein in den Eimer, ihr Huf klappert darin, und sie kann sich nicht mehr befreien. Panisch reißt sie an dem Haltering. Ich versuche, sie zu beruhigen, aber sie nimmt mich gar nicht wahr, und ich traue mich nicht, mich zu bücken und den Eimer wegzuziehen, solange sie so um sich tritt, aus Angst, einen Huf gegen den Kopf zu bekommen. Mit jedem Klappern des Hufes im Eimer wird sie noch panischer, und als ein dritter Blitz, unmittelbar gefolgt von einem weiteren heftigen Donnerschlag, zuckt, reißt der Strick, mit dem sie festgebunden ist, sie springt zurück und wirft mich dabei um.

»Himmiherrgott …« Ich lande rückwärts in der verschütteten Milch, und mein Kopf schlägt hart auf dem Boden auf. Als ich mich benommen aufrapple und mir meinen schmerzenden Kopf reibe, sehe ich nur noch Rosis eckiges Hinterteil. In heller Panik prescht sie durch den Stall, stößt mit dem Kopf die Stalltür auf und ist im nächsten Moment verschwunden. »Kreizkruzifixsakrament«, fluche ich weiter und springe schnell auf die Füße. Dabei wird mir leicht schwindlig, und ich muss mich einen Augenblick an der Stallwand abstützen. Es ist plötzlich düster im Stall geworden, das Gewitter ist so schnell herangezogen, dass ich es gar nicht bemerkt habe. Jetzt prasselt der Regen laut auf das Schindeldach, und durch die weit offene Stalltür kann ich sehen, dass der Regen mit Hagelkörnern vermischt ist. Als der Schwindel abebbt, laufe ich nach draußen, denke gerade noch daran, die Tür von außen zu verriegeln, damit sich nicht noch eine Kuh losreißen und davonlaufen kann, und schau mich nach Rosi um. Die Welt ist wie verwandelt – gerade noch lag die Wiese um die Alm im weichen Licht der Abendsonne, und ein paar vermeintlich harmlose Wolken schimmerten rosa über der Wetterwand, jetzt ist es dunkel, von den Bergen ist nichts mehr zu sehen, und der Regen peitscht fast senkrecht über die Wiese. Es ist furchterregend, und mein erster Impuls ist es, ins Haus zu laufen und die Türen zu verriegeln. Doch das geht nicht. Ich muss Rosi finden. Ein weiterer Blitz zuckt, und ich kann sehen, wie er nicht weit von unserer Hütte entfernt, etwas oberhalb, in eine Felsenspitze einschlägt. Mir fällt das Jungvieh auf den höher gelegenen Weiden ein, und ich hoffe, sie haben sich rechtzeitig in Sicherheit gebracht. Ich kann nichts für sie tun. Aber für Rosi und ihr Kälbchen muss ich etwas tun. Ich muss sie finden und wieder zurück in den Stall bringen!

Mit gesenktem Kopf laufe ich zur Hütte hinauf. Hagelkörner liegen in kleinen Haufen im Gras, treffen mich am Kopf und im Gesicht, und ich bin in Sekundenschnelle bis auf die Haut durchnässt. Von allen Seiten zucken Blitze, und der Donner wird von der Felswand in einem unablässigen Grollen zurückgeworfen. Man kann kaum unterscheiden, was Donner ist und was das Echo. Ich reiße meine Regenjacke vom Haken, schnappe mir eine der neuen Taschenlampen, die wir uns mittlerweile besorgt haben, und pfeife nach Ulysses, der sich unter der Bank vor dem Gewitter versteckt hat. Er kommt nur sehr zögernd heraus. Bitte, bitte, bete ich im Stillen. Lass mich nicht allein da rausgehen. Er muss freiwillig mitgehen, denn wenn ich ihn hinter mir herziehen muss, kann ich ihn nicht gebrauchen. Am Ende muss ich dann auch noch nach ihm suchen. Als ich an der Tür stehe und noch einmal ungeduldig »Komm!« rufe, fasst er sich jedoch ein Herz und folgt mir hinaus in den Hexenkessel, in den sich unsere idyllische Senke von einer Sekunde auf die andere verwandelt hat.

Ich laufe, eng gefolgt von Ulysses, wieder zum schützenden Vordach des Stalls hinunter und versuche, Rosi durch den Regenschleier irgendwo zu entdecken, doch ich finde keine Spur von ihr. Die Wiese liegt grau und windgepeitscht vor mir, immer wieder von violetten Blitzen in unheimliches Licht getaucht. Als einzige Möglichkeit, vor dem Gewitter Schutz zu suchen, fällt mir noch der Wald ein, der ein paar hundert Meter unterhalb wie eine schwarze, wogende Wand die Wiese begrenzt. Dort muss sie hingelaufen sein.

Wenn es in den letzten Wochen geregnet hat, oder auch, wenn es zu heiß war, sind die Kühe öfter dort hinuntergegangen, haben sich zwischen die Bäume gelegt oder sind einfach stehen geblieben und haben gewartet, bis der Regen aufhört. Das Ganze hat allerdings einen Haken: Um den Wald zu erreichen, muss ich einmal quer über die ganze Wiese laufen, und das vollkommen ungeschützt. Abgesehen von Hagel und Regen ist das bei einem solchen Gewitter auch nicht ganz ungefährlich. Ich bin weit und breit die einzige Erhebung und bewege mich auch noch. Aber einen anderen Weg gibt es nicht. Ich könnte warten, bis das Gewitter weiterzieht, aber das möchte ich nicht. Was ist, wenn Rosi gestürzt ist und sich verletzt hat? Die ganze Zeit muss ich an das kleine Kälbchen in Rosis Bauch denken, dessen Herzschlag ich gehört habe. Ich kann sie da draußen jetzt nicht allein lassen.

Einunddreißig

Mit einem entschlossenen Handgriff packe ich Ulysses am Halsband und warte auf den nächsten Blitz, dem wieder fast unmittelbar ein hallender Donner folgt. Das Gewitter ist genau über uns. Ich zähle bis drei, und wir laufen los. Ich kneife meine Augen zusammen, konzentriere mich nur auf den unebenen Boden vor mir und hoffe, nicht zu fallen. Ulysses rennt, als ob der Teufel hinter ihm her wäre, und ich werde von ihm mitgerissen. Doch ich will das Halsband nicht loslassen. Ich habe Angst, allein auf der Wiese zurückgelassen zu werden. Als wir etwa die Mitte erreicht haben, schlägt ein weiterer Blitz irgendwo über uns in die Felsen ein. Ich stocke, komme ins Stolpern, doch Ulysses zieht mich weiter.

Noch nie in meinem ganzen Leben bin ich mir so ungeschützt und ausgeliefert vorgekommen wie in diesen wenigen Minuten. Sie kommen mir wie eine Ewigkeit vor. Ich laufe in Todesangst, sehe schon vor mir, wie ein Blitz auf uns herunterfährt, kann das Ozon riechen und kann spüren, wie ich falle. Doch dann, endlich, erreichen wir den Wald, ich stolpere vollkommen außer Atem zwischen die Bäume und muss erst einmal stehen bleiben und einen Augenblick warten, bis ich wieder Luft bekomme. Meine Lungen brennen, und ich stütze mich schwer an einem Baumstamm ab. Gerade als ich wieder den Kopf hebe und auf die Wiese hinaussehe, zuckt ein verästelter Blitz aus den Wolken und schlägt genau dort ein, wo wir gerade gelaufen sind. Der Donner ist als solcher gar nicht wahrnehmbar, so nah ist der Einschlag. Ich kann ihn nicht hören, sondern spüre ihn nur ganz tief in mir drin, und mir stockt der Atem.

Ulysses jault auf, und ich gehe in die Knie und umarme ihn, um ihn und mich zu beruhigen. Wir bleiben eine ganze Weile so aneinandergekauert hocken. Dann, plötzlich, ist es vorbei. Die Blitze werden weniger, und die Abstände zum Donner größer, und schließlich regnet es nur noch. Ein undurchdringlicher grauer Regenschleier, der den Wald so dunkel erscheinen lässt, als wäre es bereits Nacht und nicht erst früher Abend. Ich schalte die Taschenlampe ein und schaue mich um. Auch hier ist von Rosi nichts zu sehen. Sorgfältig gehe ich den Waldrand ab und suche nach irgendwelchen Spuren, aber der Boden hier ist übersät von Hufabdrücken der Kühe, ich kann unmöglich sagen, ob neue von Rosi dabei sind. Wir gehen tiefer in den Wald, und ich rufe nach ihr, ohne jedoch eine Antwort zu bekommen. Dann versuche ich, Ulysses loszuschicken, befehle ihm »Such!«, aber er sieht mich nur verständnislos an. Das überfordert ihn nun doch noch etwas in seiner frisch gestarteten Hütehundkarriere.

Nach einer Weile ziellosen Herumsuchens meine ich, durch den Wind und den rauschenden Regen hindurch ein Geräusch zu hören, ein langgezogenes Muhen, irgendwie fremd, aber gleichzeitig unverkennbar das Brüllen einer Kuh. Es kommt von weiter unten. Jetzt begreift auch Ulysses, was ich von ihm will, und er rennt bellend los. Ich laufe vorsichtig hinterher, leuchte mit meiner Taschenlampe ins diffuse Zwielicht und bemerke dabei einige kürzlich umgeknickte Äste und einen tiefen Hufabdruck, ganz frisch und weit entfernt von den anderen. Der stammt mit ziemlicher Sicherheit von Rosi. Wir laufen weiter, ich schlage mich durchs dichter werdende Unterholz, immer bemüht, Ulysses nicht aus den Augen zu verlieren. Dann geht es plötzlich ein Stück steil bergab, und ich schaffe es gerade noch, stehen zu bleiben und nicht Hals über Kopf hinunterzustürzen.

Während ich mich vorsichtig und links und rechts an den Bäumen abstützend hinuntertaste, wird mir mulmig. Wenn Rosi diesen Weg genommen hat, kann sie das unmöglich unverletzt überstanden haben. Das würde auch ihr seltsames Brüllen erklären, das so anders klingt als das übliche Muhen. Ich kann es schon wieder hören, es klingt viel näher als zuvor, und dazu ertönt Ulysses Bellen, freudig, aufgeregt, und ich weiß, dass er sie gefunden hat.

Ich finde Rosi in einer Senke, verborgen von Gestrüpp, und Ulysses tanzt um sie herum wie ein Derwisch. Als ich sehe, dass sie auf allen vier Beinen steht und zumindest auf den ersten Blick nicht verletzt aussieht, gehe ich vor Erleichterung in die Knie. Alles gut. Ich werde sie sicher nach Hause bringen. Irgendwie. Rosi wirft mir einen ihrer unergründlichen Blicke zu, als ich die letzten Schritte zu ihr hinunterstolpere, dann geht sie plötzlich und unvermittelt ein paar Schritte, dreht sich um ihre eigene Achse und stößt wieder einen dieser seltsamen Rufe aus. Ich werde langsamer. Vielleicht hat sie sich doch verletzt? Vielleicht hat sie innere Verletzungen, oder mit dem Kälbchen stimmt etwas nicht. Vorsichtig gehe ich auf sie zu und streichle ihr über den Hals.

»Schhschhh«, mache ich und mustere sie von oben bis unten. Abgesehen von ein paar oberflächlichen Kratzern sieht sie eigentlich ganz normal aus. Allerdings hat sie die Augen weit aufgerissen und atmet schwer, was jedoch nach dieser Flucht auch kein Wunder ist. Ich kraule sie ein bisschen, damit sie sich beruhigt, doch sie stößt mich weg, nicht heftig, sondern eher versehentlich und beginnt wieder, sich um die eigene Achse zu drehen. Ich nehme den Strickrest, der von ihrem Halsband herunterhängt, und versuche, sie ein paar Schritte vorwärtszuziehen. Seitlich des Abhangs, an dem Ulysses und ich heruntergekommen sind, verläuft eine Art natürlicher Hohlweg nach oben. Wenn mich nicht alles täuscht, könnte er uns zum Wanderweg führen oder zumindest in die Nähe davon, so dass wir keinen Aufstieg über die Böschung versuchen müssen. Ich glaube nicht, dass eine schwangere Kuh dort hinaufkäme.

Doch Rosi rührt sich nicht. Sie macht einen langen Hals, bleibt jedoch mit allen vieren wie angewurzelt stehen. »Bitte, Rosi. Komm. Einen Schritt bloß«, bettle ich und ziehe noch mal vorsichtig am Strick.

Was soll ich nur machen, wenn sie nicht mitkommen will? Sie bewegt sich keinen Millimeter vorwärts. Verzagt lasse ich den Strick sinken. Vielleicht ist sie doch verletzt? Ich überprüfe mit der Taschenlampe ihre Vorderbeine, ihren Bauch und ihre Hinterbeine. Als ich dazu um sie herumgehen muss, bemerke ich etwas, was mich erschrocken innehalten lässt: Rosi hat ihren Schwanz seitlich erhoben, und darunter bläht sich etwas wie eine rosarote Hubbabubbablase heraus. Ich starre darauf, und mir wird kalt. »Nein! Rosi, das geht jetzt nicht«, flüstere ich schockiert. Sie kann doch jetzt nicht kalben, hier, mitten im Wald, nur mit mir und Ulysses als Geburtshelfer. Sie braucht den Anda!

Doch es sieht so aus, als scherten sich Rosie und ihr Kälbchen nicht darum, dass der Zeitpunkt gerade etwas ungünstig ist. Sie steht jetzt ganz nach innen gekehrt da, wie festgewachsen auf dem Waldboden, und ein Zittern durchläuft ihren prallen Bauch. Wahrscheinlich eine Wehe. »O Scheiße!«, murmle ich und laufe ein paar Mal um sie herum. Ulysses sieht mich milde erstaunt an. Nass wie er ist, hat er große Ähnlichkeit mit einen halbertrunkenen Schaf. Ich versuche krampfhaft, mir alles in Erinnerung zu rufen, was ich über Geburten bei Kühen weiß, und das ist sehr, sehr wenig. Eigentlich weiß ich von Anni nur, dass eine Kuh normalerweise ohne fremde Hilfe kalben kann, Anda sich aber trotzdem immer wieder die Nächte um die Ohren schlägt, wenn es so weit ist. Für den Fall, dass es Komplikationen gibt.

O Gott, aber eine Komplikation könnte sich durchaus dadurch ergeben haben, dass Rosi bei einem Gewittersturm panisch über Stock und Stein gedüst ist und sich dann einen steilen Abhang hinuntergestürzt hat. Vielleicht hat das dem Kälbchen geschadet, vielleicht hat es sich in der Nabelschnur verwickelt oder sich falsch herumgedreht oder … was weiß ich? Ich bin Metzgerin, das ist eher das Gegenteil von einer Hebamme. Allerdings darf ich das jetzt nicht zu laut sagen, denn das wäre ein schlechtes Karma für Rosi und das Kalb. Etwas hilflos fange ich damit an, Rosi wieder den Bauch zu massieren, das ist das Einzige, was ich kann. Ihr scheint es zu gefallen, sie steht ganz still da und macht keinen Mucks mehr. Auch der Bauch bewegt sich nicht. Ich halte mein Ohr daran, in der Hoffnung, den Herzschlag noch einmal zu hören, aber es ist zu laut, ich höre nur das Rauschen des Regens in den Baumwipfeln. Gott sei Dank ist hier der Wald schon so dicht, dass der Regen, der gerade wieder wie aus Eimern vom Himmel zu prasseln scheint, nicht komplett seinen Weg zu uns herunterfindet. Es wäre etwas übertrieben, unseren Platz trocken zu nennen, aber es ist hier jedenfalls immer noch trockener als draußen auf der Wiese. Uns so kraule ich also und reibe und warte. Nach einer Weile wird mir klar, dass ich *eine* Komplikation schon einmal ausschließen kann: Es wird keine Sturzgeburt.

Rosi steht in aller Gemütsruhe da und wartet. Und ich warte mit ihr. Meine Haare und meine Jeans sind durchnässt vom Regen, und mir ist so kalt, dass meine Zähne klappern, ohne dass ich etwas dagegen machen kann. Ich wage es aber nicht herumzuhüpfen, um wieder warm zu werden, um Rosi nicht zu irritieren, außerdem würde es wahrscheinlich ohnehin nichts nützen, da der Regen mittlerweile auch hier immer mehr bis nach unten dringt und wir drei nass und nässer werden. Langsam wird es auch richtig dunkel.

Nach einer Weile gelingt es mir, Rosi dazu zu bewegen, mit mir ein paar Schritte unter eine ausladende Fichte zu gehen, deren Zweige fast bis auf den Boden hängen. Dabei weiß ich gar nicht genau, ob das wirklich mein Verdienst war oder ob Rosi allein drauf gekommen ist, dass es hier im Gegensatz zu draußen fast heimelig ist. Der Regen rauscht, und in der Ferne kann ich wieder Donnergrollen hören. Ein neues Gewitter zieht auf. Rosi steht immer noch da. Ich sitze inzwischen, habe mich so klein wie möglich gemacht, um das letzte bisschen Wärme unter meiner Regenjacke noch zu konservieren. Mit angezogenen Beinen und umschlungenen Knien hocke ich zähneklappernd neben Ulysses und hoffe, dass das neue Gewitter nicht auf den Gedanken kommt, ausgerechnet in diesen Baum einzuschlagen. Das Licht der Blitze dringt kaum zu uns, und weil ich meine Taschenlampe auch ausgeschaltet habe, sitzen wir in der totalen Finsternis. Es fühlt sich ziemlich unwirklich an, und ich kann gar nicht richtig glauben, dass ich tatsächlich hier sitze und warte, bis – hoffentlich komplikationslos – ein Kälbchen auf die Welt kommt. Ohne Hilfe. Ohne irgendjemand, der mir einen Rat geben kann. Ohne dass überhaupt irgendjemand davon weiß, dass ich hier sitze.

Dafür, dass das alles ziemlich erschreckend ist, fühle ich mich erstaunlich wenig ängstlich. Das liegt vielleicht daran, dass mein Gehirn im Augenblick nur Gedanken zulässt, die sich unmittelbar um Rosi, das Kälbchen und das Gewitter und mein Zähneklappern drehen und mir keinen Raum zur Verfügung stellt, in dem ich Fragen nachgehen könnte, die anfangen mit: »Was wäre, wenn …«, »was könnte passieren, wenn …« etc. Ich höre dem leisen Schnaufen von Ulysses und dem etwas schwereren Atmen von Rosi zu, lausche auf das Plätschern draußen vor unserem Baumdach und zähle ein paar Mal bis hundert, bevor ich wieder aufstehe und die Taschenlampe anknipse. Mit einer Hand dämpfe ich das Licht, um Rosi nicht zu erschrecken, gehe vorsichtig um sie herum, streichle sie und rede leise tröstliches Zeug, wie »alles gut, schschschh, lass mal schauen ... du machst des ganz super« und bin mir nicht ganz sicher, ob ich Rosi oder mich damit beruhige. Dann setze ich mich wieder, mit dem Rücken an den Baumstamm gelehnt, und warte, dass die Zeit vergeht und irgendetwas passiert. Ulysses kommt näher, schmiegt sich ganz eng an mich, und wir spenden uns gegenseitig Wärme.

Irgendwann muss ich eingenickt sein, denn ich erwache plötzlich durch einen Rumms unmittelbar neben mir und fahre erschrocken hoch. Ganz verwirrt und steif vor Kälte dauert es ein paar Sekunden, bis mir klarwird, wo ich mich befinde. Ulysses liegt noch neben mir, er hat keinen Laut von sich gegeben, also kann es nichts Schlimmes sein, was mich geweckt hat. Zumindest hoffe ich das. Ich knipse vorsichtig die Taschenlampe an. Vor mir, keine zwei Handbreit von meinen Beinen entfernt, liegt Rosi. Sie hat sich hingelegt, ruht jetzt scheinbar zufrieden auf einer Seite, allerdings hat sie den Kopf wachsam erhoben und schaut mich und das plötzliche Licht blinzelnd an. Ich lasse den Lichtschein langsam über ihren Körper gleiten, und da sehe ich, dass die rosa Hubbabubbablase geplatzt ist und etwas Glänzendes, Schwarzes herauslugt. Schwerfällig und noch immer nicht ganz wach, krieche ich näher und erkenne zwei winzige, feuchte Hufe.

Plötzlich ist meine Müdigkeit wie verflogen: Es kommt. Das Kälbchen kommt! In meiner Aufregung weiß ich nicht, was ich tun soll. Ich traue mich kaum, näher zu kommen, um Rosi nicht zu stören. Die allerdings sieht ziemlich gechillt aus, so, als ginge sie das gar nichts an. Gut, denke ich mir, wenn sie so cool bleiben kann, dann kann ich das auch. Ich plaziere die Taschenlampe über mir in eine Astgabelung, so dass ich im Notfall beide Hände frei habe und wir trotzdem Licht haben, und bewache die beiden kleinen Hufe, die noch immer bewegungslos aus Rosis Hinterteil ragen. Dann geht plötzlich alles ganz schnell, ein paar heftige Wehen, und das Köpfchen wird herausgedrückt, und nach einer weiteren Wehe flutscht auch der Rest heraus.

Mir stockt der Atem. Dort liegt ein kleines schwarzes Kalb reglos direkt neben mir in einer Pfütze aus Schleim und Blut auf dem Waldboden. Ulysses ist aufgesprungen und beschnuppert es vorsichtig. Es ist ganz glitschig, und vage erinnere ich mich an diverse Fernsehserien, in denen Tierärzte Fohlen mit Stroh abreiben, aber ich bin mir nicht sicher, ob ich das tun soll, wobei, es gibt ja auch gar kein Stroh. Allerdings finde ich es etwas beunruhigend, dass sich das Kälbchen überhaupt nicht bewegt. Atmet es überhaupt?

»TU doch was«, raunze ich Rosi an, und tatsächlich steht sie auf, dreht sich zu ihrem Jungen um und beginnt, es mit ihrer rauhen Zunge abzuschlecken. Es dauert nur ein paar Sekunden, dann beginnt das Kalb zu zappeln. Ich lasse mich erleichtert gegen meinen Stamm sinken. Ich weiß nicht, wie lange Ulysses und ich nur dasitzen und schauen. Wir schauen Rosi zu, wie sie ihr Kälbchen geduldig von oben bis unten abschleckt, bis es ganz sauber ist. Es liegt ganz ruhig da, Köpfchen erhoben, und wirkt so, als müsse es erst noch begreifen, gerade geboren worden zu sein. Mir geht's genauso. Ich wage kaum zu atmen, so ergriffen bin ich. Ulysses ist auf meinen Schoß gekrabbelt – was heißt, nicht der ganze Ulysses, nur der vordere Teil, mehr hat nicht Platz. Ich habe meine Arme um ihn geschlungen und mein Kinn auf seinem Kopf abgelegt. Es rauscht in den Wipfeln, der Regen tropft von den Ästen, und noch immer grollt irgendwo über uns leise der Donner. Ich habe keine Angst mehr. Mir ist nicht kalt, und ich bin auch nicht müde. Ich sitze da, mit Ulysses im Arm, und es zählt nur dieser Augenblick.

Dann plötzlich versucht das Kälbchen aufzustehen, ungelenk und zittrig, doch es fällt wieder um. Rosi stupst es an, und es versucht es aufs Neue. Immer wieder. Irgendwann gelingt es ihm, und es steht breitbeinig und wackelig auf seinen vier Hufen und beginnt, bei seiner Mutter zu trinken.

Als ich wieder unter der Fichte herauskrieche, wird es gerade hell. Es hat aufgehört zu regnen, und vereinzelt hört man es irgendwo tropfen. Das Kälbchen steht jetzt schon etwas sicherer auf den Beinen, und ich beschließe, es zu wagen, mit den beiden nach Hause zu gehen. Eigentlich bleibt mir auch nicht viel anderes übrig, als es zu versuchen. Vorsichtig nehme ich Rosi an dem Strick, der noch immer herunterbaumelt. Sie folgt mir nach kurzem Zögern, und das Kalb folgt seiner Mutter. Ulysses springt aufgeregt um uns herum, aber er bellt nicht, und ich bin froh darüber, weil ich Angst habe, das Kälbchen würde sich erschrecken. Langsam führe ich Rosi den unebenen Hohlweg entlang, und das Kalb stakst folgsam hinterher. Ich weiß nicht, wie lange wir so durch den Wald bergauf gehen. Ich gehe wie auf rohen Eiern, habe Angst, Lärm zu machen, habe Angst, uns falsch zu führen und wieder umkehren zu müssen, auf ein Hindernis zu treffen oder gar irgendwo abzustürzen. Nichts passiert. Zwischen den Bäumen hängt der Morgennebel, und die kleinen Blätter der stacheligen Weißdornbüsche, die hier überall wachsen, glänzen nass vom Regen. Überall tropft es. Endlich stoßen wir auf den Weg, der von der tiefer gelegenen Forststraße hinauf zur Alm führt.

Ich bin so erleichtert, dass ich Rosi um den Hals falle. »Gleich sind wir da!«, flüstere ich in ihr feuchtes Fell, und wir gehen weiter. Dann liegt die Wiese vor uns, wir waten durch den Nebel wie durch Rauch, meine Schuhe, die über Nacht wieder halbwegs getrocknet waren, saugen sich voll, und jeder Schritt macht ein schmatzendes Geräusch. Der Stall empfängt uns warm und heimelig. Die anderen Kühe sind bereits unruhig, sie wollen gemolken werden, und sie wollen hinaus. Ich führe Rosi und ihr Kalb in die besondere Box, die für Mutterkühe und ihre Kälber reserviert ist und die Anni schon vor einigen Tagen dick mit Stroh ausgepolstert hat, obwohl der Geburtstermin ja erst nächste Woche hätte sein sollen. Der Anda macht das auch immer für alle Fälle, hat sie gemeint.

Ich bin ihr und vor allem Anda sehr dankbar für ihre Weitsicht. In der Box haben die beiden viel Platz, und Rosi muss nicht angebunden werden. Ich verriegle die Tür, melke wie in Trance die anderen Kühe und lasse sie dann auf die Wiese. Bedächtig stapft eine nach der anderen in den Nebel hinaus. Ihre Glocken klingeln leise, und ich meine, von den Wiesen oben am Berg eine Antwort zu hören. Dabei fällt mir ein, ich muss hinauf, das Jungvieh suchen und nachschauen, ob alle das Gewitter unbeschadet überstanden haben. Nicht auszudenken, wenn sich ausgerechnet heute, am Tag des Almabtriebs, ein Tier verletzt hätte! Ich stapfe sofort los, bevor ich anfange nachzudenken, wie schön es wäre, vorher die schmutzigen Kleider auszuziehen und eine Tasse Kaffee zu trinken. Am End würd ich noch in der Stube einschlafen. Jetzt, wo ich die Rosi und ihr Kälbchen sicher zurück in den Stall gebracht habe, beginnt sich nämlich die Erschöpfung langsam bemerkbar zu machen. Zwar hält mich die Aufregung und das Glücksgefühl noch wach, aber während ich mit Ulysses durch den Nebel hinaufsteige, werden meine Glieder zunehmend schwer. Der Sack Kleie hängt wie Blei über meiner Schulter, und mehr als einmal bin ich versucht, mich einfach in die nasse Wiese zu hauen und eine Runde zu schlafen. Trotzdem stapfe ich weiter.

Als ich die oberste der Almwiesen direkt unter der Wetterwand erreiche, geht gerade die Sonne auf. Ich blinzle in das strahlende Licht und fühle mich unwirklich leicht und gleichzeitig bleischwer vor Müdigkeit. Ulysses hilft mir, die Kühe heranzutreiben, und fast glaube ich an ein Wunder, als ich sie zähle und die Herde vollständig ist. Nichts ist passiert, keines der Rinder wurde vom Blitz erschlagen, keines ist abgestürzt und keines verlorengegangen. Sie stehen alle um mich herum, stoisch kauend, vollkommen ungerührt vom nächtlichen Unwetter, und ihr braunes Fell glänzt im Licht der Morgensonne.

Wie kann man einen Zustand vollkommener Zufriedenheit beschreiben? Mir fällt kein Wort für das Gefühl ein, das ich in dem Moment empfinde. Langsam und mit vor Müdigkeit zitternden Beinen steige ich wieder hinunter zur Alm und lächle dabei die ganze Zeit vor mich hin. Die Tür zum Hühnerstall öffne ich schon fast im Halbschlaf, trotzdem mache ich den Stall noch sauber und gebe den Hühnern Futter. Meine Bewegungen erfolgen ganz automatisch, ich spüre keinen Hunger und keinen Durst, will nur noch schlafen, auf der Stelle. Mit letzter Kraft schleiche ich zurück zur Hütte, streife meine Schuhe ab und schleppe mich die wenigen Stufen hinauf zu meiner Kammer. Kurz bevor ich wegdämmere, spüre ich noch, wie sich etwas Schweres auf meine Füße legt, höre ein lautes Schnaufen, und der Geruch nach nassem Hund schleicht sich in mein wegdriftendes Bewusstsein. Es ist kein Platz für uns zwei auf dem Bett, denke ich noch vage, Ulysses ist zu groß … Doch ich bin zu müde, um zu reagieren.

Vielleicht gibt es aber auch gar keinen Grund zu reagieren, vielleicht ist alles so, wie es sein sollte. Das ist mein letzter Gedanke, bevor ich einen tiefen, traumlosen Schlaf falle.

Zweiunddreißig

Als ich wieder aufwache, ist es fast schon neun. Ulysses liegt nicht mehr auf meinen Beinen, sondern hat sich neben mir lang ausgestreckt, sein Kopf ruht schwer und warm in meiner Halsbeuge. Er schnarcht. Ich schäle mich aus dem Bett und gehe als Erstes hinunter in den Stall, um nach Rosi und ihrem Kalb zu sehen. Mutter und Kind scheint es gutzugehen, sie schauen sehr zufrieden aus, und ich kann mir gar nicht mehr vorstellen, warum ich immer gedacht habe, Rosi hätte einen verschlagenen Blick. Ich bringe ihr etwas von dem Heu, das wir immer im Stall gelagert haben, und sehe zu, wie sie langsam und zufrieden zu fressen beginnt. Das Kälbchen schläft. Ich bin so in Hochstimmung, dass ich sogar ein bisschen singe: »*Maybe … there's a world where we don't have to run …*« Dabei komme ich mir ganz so vor wie der Mann, sorry, die Frau aus den Bergen. Dann frühstücke ich schnell, füttere Ulysses und räume auf, um fertig zu sein, wenn die Treiber kommen und der Almabtrieb losgeht. Als Letztes hole ich die Krone für Rosi aus der Kühlkammer. Sie ist nicht mehr fertig geworden, die Blumen fehlen, aber Anni und ich mussten uns ja gestern Abend beide um Dinge kümmern, die wichtiger waren als Blumenschmuck.

Ich nehme die Blumen, die wir gestern Vormittag dafür gepflückt haben, aus dem Milchkrug, der uns als Vase diente, und streue sie zurück in die Wiese. Mama Rosi wird auch mit einer grünen Krone schön aussehen.

Dann kommen schon die Autos. Andas Unimog fährt voraus, und ich kann sehen, dass seine drei Buben hinten auf der

Ladefläche mitfahren. Sie tragen alle drei Janker und Hüte, die ihnen schief auf dem Kopf sitzen, und schauen recht erwachsen aus. Dahinter rumpelt der Jeep von einem der beiden Bauern, die uns ihre Kühe anvertraut haben, gemächlich den Weg herauf. Stolz gehe ich ihnen entgegen. Wir haben sie nicht enttäuscht.

Anda nickt mir lächelnd zu, als ich bei ihnen ankomme. »Griaß di, Burgi.« Seine linke Gesichtshälfte schillert in diversen Blautönen, und er bewegt sich sehr, sehr vorsichtig. Die Rippen, fällt mir ein.

»Griaß di, Rambo. Schaugst ja wuid aus.«

Er verzieht das Gesicht zu einem mühsamen Grinsen. »Ich woaß.« Mir entgeht nicht, dass er nach Annis Hand greift und sie drückt. Annis Gesicht leuchtet glücklich. Offenbar hat Anda meinem Bruder doch mehr geglaubt als dem Schwiebacher Rudi. Hätt ich ihm auch schwer geraten, aber das nur nebenbei.

Jetzt lässt Anni Andas Hand los und fällt mir um den Hals. »Geht's dir gut, Burgi? Ich hab heut Nacht richtig Angst um di ghabt. War ja ein grausligs Gewitter. Unten im Dorf sind zwei Bäume umkracht.«

»War ned so schlimm«, lüge ich.

»Echt ned? Hast denn gar keine Angst ghabt?« Anni mustert mich mit runden Augen. »Also, ich hätt mir in die Hosn gmacht vor Schiss, ganz allein da herobn.«

»Hab i mir auch fast«, gebe ich zu. »Am Anfang. Aber dann hab i darüber gar nicht mehr nachdenken können.«

Und dann führe ich die beiden in den Stall und zeige ihnen die Überraschung. Muss ich erwähnen, dass ich dabei fast vor Stolz platze? Dass ich neben dem Kalb stehe, als wäre ich Mutter und Vater in Personalunion, und dass mir fast die Tränen kommen, als ich sehe, wie begeistert Anni und Anda und ihre

Buben sind? Noch besser wird es, als ich ihnen die näheren Umstände erzähle und beide zutiefst beeindruckt sind.

»O Gott«, sagt Anni mehrmals und streichelt immer wieder meinen Arm, während ich erzähle, und ich versuche, dabei nicht allzu einfältig zu grinsen.

Anda schaut mich lächelnd an und meint dann: »Ich glaub, wir sollten des Kaiberl Burgi nennen, oder?«

»Burgi? Des arme Ding«, wehre ich ab. »Wo doch die andern alle so schöne Namen haben.« Ich kann allerdings nicht ganz verhehlen, dass ich geschmeichelt bin.

Anni nimmt meine Hand und sagt dann: »Freilich heißt sie Burgi. Was anderes kommt gar nicht in Frage. Du bist jetzt Patin.«

Und so hat mir mein Almsommer nicht nur ein eigenes Huhn eingebracht, sondern auch noch eine Kuhpatenschaft, und ich hege jetzt tatsächlich ernsthafte Zweifel daran, ob ich in der Metzgerei jemals wieder Kalbsschnitzel oder Hühnerschenkel verkaufen kann, ohne ein schlechtes Gewissen dabei zu haben. Das sage ich aber nicht, sondern umarme die beiden, und dann zeigen wir Burgi den anderen, die schon draußen warten, und trinken mit ihnen auf das Wohl von Mutter und Kind ein letztes Stamperl von Hedis Vogelbeerschnaps.

Als wir alle hinausgehen, bleibt Anda mit den Buben noch einen Augenblick im Stall bei Rosi, und ich nutze die Gelegenheit, um Anni zur Seite zu ziehen und doch noch zu fragen, was ich eigentlich schon gesehen habe: »Alles in Ordnung?«

Anni nickt. »Muss eine ziemlich wilde Prügelei gewesen sein. Steht heut sogar in der Zeitung. Mehr wollte er aber drüber nicht sagen. Aber ... also ... Ich hab das Gefühl, es hat ihm irgendwie gutgetan.« Sie hebt etwas ratlos die Hände. »Männer sind manchmal komisch, find ich.«

»So. Findst des?« Ich muss lachen. »Aber ned nur manchmal.«

»Und weißt, was er noch gemacht hat, der verrückte Kerl? Er hat mir ein Haus gebaut.«

Anni erzählt mir begeistert und in allen Einzelheiten von einem Gartenhaus, das Anda zusammen mit Snake in den letzten Wochen für sie gebaut hat, als Ersatz für ihr Baumhaus, das letztes Jahr ja aufgrund Annis amouröser Verwicklungen mit einem Handwerksgesellen dem Feuer zum Opfer gefallen war. »Damit ich wieder einen Platz für mich allein hab«, sagt Anni gerade. »Kannst des glauben?«

Ich bin ehrlich beeindruckt. Anscheinend hat der Almsommer nicht nur Anni gutgetan.

Dann sind wir so weit, die Hühner sind alle in Käfigen und sicher auf der Ladefläche von Andas Unimog verstaut, die beiden Bauern haben ihr und Annis Jungvieh von den oberen Wiesen heruntergetrieben, und die Alm, in der wir acht Wochen gewohnt haben, ist leergeräumt, verriegelt und verrammelt. Doch kurz bevor es losgehen kann, zögert Anda. »Des Kaiberl kann ned den ganzen Weg laufen.«

Erschrocken schaue ich ihn an. Daran habe ich gar nicht gedacht. Aber freilich, ein neugeborenes Kalb kann noch keine so große Wanderung unternehmen. »Und jetzt?«, frage ich besorgt.

»Du musst die Burgi mit dem Handwagen fahren.« Anda deutet auf den Karren, mit dem ich die Milch jeden Abend hinunter zur Straße gebracht habe und den ich gerade in den Stall gestellt hab.

»WAS?«

Andas geschundenes Gesicht verzieht sich zu einem Lächeln, als er meine Miene sieht. »Des geht schon. Wirst sehen.«

Wir holen also den großen alten Handwagen wieder aus dem Stall, polstern ihn mit dem restlichen Heu und ein paar Wolldecken aus und heben Klein-Burgi gemeinsam hinein. Wackelig steht das Kalb da und schaut uns mit großen Augen an. Rosi kommt misstrauisch näher. Die große Krone auf ihrem Kopf wackelt leicht, während sie sich zu ihrem Kälbchen hinunterbeugt. Ich bin mir nicht sicher, ob wir das Trumm gut genug befestigt haben. Hoffentlich übersteht sie den Marsch, damit die Leut aus dem Dorf gleich sehen können, dass unser Almsommer erfolgreich war: Nur wenn kein Tier zu Schaden gekommen ist, gibt's am End einen Blumenschmuck. Auch wenn er in unserem Fall halt ohne Blumen ist.

»Am besten, ihr machts des zu zweit«, schlägt Anda vor und drückt das Kälbchen sanft nieder, bis es sicher liegt. »Eine schiebt, und eine passt a bissl auf des Bobbala auf. Oiso, auf die Burgi, mein i.«

Ich bin total stolz, dass Anda mir zutraut, sein neugeborenes Kalb im Handkarren ins Tal zu fahren, und bitte einen der jungen Männer, mein Motorrad mitzunehmen. Kurz bevor es endgültig losgeht, kommt Anni ganz aufgeregt vom Hühnerstall heruntergelaufen.

Sie ist noch einmal zurückgegangen, weil wir vergessen hatten, auch die Stalltür zu verriegeln. »Schau, Burgi!«, ruft sie schon von weitem und hält mir etwas entgegen. Es ist ein Ei. Kein großes braunes wie sonst, sondern ein ganz kleines, schneeweißes. »Die Trudi …?« Ich schaue Anni fragend an, und sie nickt. »Eindeutig. Hab's grad zufällig noch aus'm hintersten Eckerl rausblitzn sehn.« Sie reicht es mir. Vorsichtig wickle ich es in einen Socken und lege es zwischen meine Pullover in den Rucksack. Wer sagts denn? Manchmal brauchts halt a bissl Geduld. Dann gehen wir los. Anni und ich mit Klein-Burgi voran, dicht gefolgt von Rosi. Nach kurzem »Hüh!« und »Auf geht's« folgen uns, beziehungsweise der Leitkuh Rosi, die anderen Milchkühe, und auch das Jungvieh reiht sich ein. Während die

Buben mit kleinen Stöcken bewaffnet zusammen mit Ulysses rechts und links von den Kühen rumspringen und gemeinsam mit den Treibern aufpassen, dass kein Tier ausbricht, fährt Anda mit seinem Unimog hinterher, gefolgt von dem Bauern mit dem Jeep und dem jungen Burschen mit meiner KTM, die das Schlusslicht bilden.

Wir gehen langsam und mit vielen Pausen, weil wir auf das Kälbchen Rücksicht nehmen müssen. Anni und ich wechseln uns immer wieder dabei ab, den Karren zu ziehen und Klein-Burgi festzuhalten, und so wird es später Nachmittag, als wir endlich unten im Tal ankommen. Die Treiber haben uns zu dem Zeitpunkt schon verlassen, das Jungvieh kommt nämlich noch auf eine andere, tiefer gelegene Weide in der Nähe des Gschwendtnerhofs, wo sie noch den Spätsommer genießen können. Im Gegensatz zu den Wiesen auf der Alm gibt es dort einen Zaun, und die Weide liegt so nah bei den Höfen, dass die Bauern regelmäßig nach ihnen sehen können. Da braucht's keine Sennerinnen mehr, wir haben unsere Aufgabe erfüllt.

Auf der Dorfstraße vor meiner Metzgerei werden wir mit Hallo begrüßt. Das ganze Dorf einschließlich Mütterverein ist da, sogar der Pfarrer Tschousäf und der alte Pfarrer Lechner und natürlich auch der alte Kemser Sepp. Alle bewundern Klein-Burgi, die jetzt aus dem Karren darf und etwas verwirrt über den Trubel neben ihrer Mutter steht. Luis und Mäx haben unsere Stehtische nach draußen auf die Straße getragen und noch ein paar Biertische dazugestellt, und mein Vater spielt auf dem Akkordeon. Er hat noch zwei Freunde mit Gitarre und Zither mitgebracht und spielt wie immer zünftig auf.

»Ich hab gedacht, du bist in Griechenland«, sage ich zu ihm, doch er meint nur: »A paar Tag hin oder her machn 's Kraut aa ned fett.«

Wir können noch nicht bleiben, die Milchkühe und die Hühner müssen erst noch heimgebracht werden, und da gehe ich natürlich noch mit. Später wollen wir uns alle wieder bei unserer Metzgerei treffen.

Luis und Mäx haben uns zu Ehren doch tatsächlich ein ganzes Spanferkel gegrillt, an einem Freiluftspieß direkt vor unserer Metzgerei. Luis erzählt mir, dass das Mäx' Idee war und er schon seit heute früh dasteht und das Ferkel über dem Feuer dreht. Er hat ein kariertes Tuch um seinen kahlen Schädel gebunden und schaut zur Abwechslung mal nicht wie ein Wikinger, sondern eher wie ein Seeräuber aus.

Der Bauernverband hat ein riesiges Fass Bier spendiert, da werden wir Tage brauchen, um es auszutrinken.

»Täusch dich nicht«, sagt Anni, als ich meine Befürchtung äußere. »Das geht schneller weg, als du denkst.« Sie sitzt mit Leon auf dem Schoß zwischen ihren Zwillingen, und Anda, der ihr gegenübersitzt, lässt sie kaum aus den Augen. Ich hocke wie betäubt neben ihr, und obwohl alle da sind, die ich gerne mag, Zsùsha, Ferdi, Guido, der Weißgerber Ferdl und die alte Frau Krautlechner, und obwohl Hedi zu mir kommt und mich ganz fest drückt und alle guter Laune sind und sich mit uns über unseren gelungenen Almsommer freuen, fühle ich mich allein. Ich weiß, ich hätte es nicht erwarten dürfen, aber es tut trotzdem weh, dass Snake nicht gekommen ist. Sein Blick an jenem schlimmen Morgen am Weiher geht mir nicht aus dem Kopf. Mehr als alles andere habe ich in dem Moment begriffen, dass es endgültig vorbei ist.

Deshalb kann ich mich auch nicht richtig freuen, obwohl alle so lustig sind und Anda ein Loblied auf die kleine Burgi und meine Hebammenqualitäten singt. Mit Luis und Mäx komme ich auch kaum zum Reden, sie sind damit beschäftigt, Bier zu zapfen und auszuschenken. Die Musik stört mich, das Gerede, das wie ein Bienenstock um mich herumsummt, ist mir zu laut, und ich habe auf einmal das Gefühl, fehl am Platz zu sein. Schmerzhaft sehne ich mich nach der Stille der Alm zurück. Außer mir wirkt auch noch Anda ein wenig bedrückt zwischen all der guten Laune um uns herum. Vielleicht tun ihm seine Rippen weh. Aber er sieht eher beunruhigt aus, schaut immer wieder auf die Uhr und die Straße hinunter, als warte er auf jemanden. Irgendwann steht er auf und geht.

»I kumm glei wieder«, sagt er zu Anni und fährt mit dem Unimog weg. Anni schaut ihm verdutzt nach.

Ich stehe ebenfalls auf, sammle die leeren Gläser ein und will sie in unsere Wurstküche bringen, um sie abzuspülen. Auf dem Weg dorthin stoße ich auf Guido. Er steht da, neben unserem Holzhaufen, und schmust mit jemandem.

Er schmust mit jemandem?!?

Abrupt bleibe ich stehen. »Guido?«

Er fährt erschrocken herum, und ich sehe, wer die Frau ist, die mit ihm neben unserem Holzhaufen steht: Susi Spitzer!

»Susi?«

Sie winkt mit zwei Fingern. »Äh … hallo, Burgi.«

Ich kann es nicht glauben. Hat sie ihn nicht noch vor kurzem einen fleischfressenden Schlaffi genannt?

Guido wird knallrot, als er meinen Blick sieht. Er hat erraten, was ich gerade denke. »Ja, äh, Burgi … Des is jetzt a so …«

Ich winke ab. »Brauchst mir doch nix erklären, Guido.«

»Doch, also … die Susi sagt, der Heribert … äh …« Er stockt, und Susi schlingt ihre Arme um seinen runden Bauch und beendet seinen Satz: »… is auf Dauer halt doch nix für mich, a so a Kerndlgfutterter, der den ganzen Tag nur Apfelschorle trinkt. Ich brauch was Gscheids, gell, Tiger?«

Tiger. Wortlos wende ich mich ab und schaue, dass ich mit

meinen Gläsern in die Küche komme. Alles muss man nicht verstehen.

Unten in der Wurstküche treffe ich, noch immer überrascht, auch noch auf Cilli Kranzbichler. Sie hat die Ärmel ihrer Trachtenbluse aufgekrempelt und eine Schürze umgebunden und steht vor unserem großen Spülbecken. Scheinheilig strahlt sie mich an und tätschelt dann mit ihrer feuchten Hand meinen Arm. »Schön, dass du wieder da bist, Burgi. Bist uns schon arg abganga.« Sie nimmt mir das Tablett ab. »Ich helf dem Luis und dem Mäx heut a bissl beim Abspülen und Aufräumen, die arbeiten ja so viel, die zwei, oiso, so was Fleißiges sieht man selten bei jungen Männern ...«

Eigentlich wäre ich lieber allein gewesen, aber um Cilli Kranzbichler zu widersprechen, muss man in sehr guter Verfassung sein, und das bin ich gerade nicht. Die schlaflose Nacht sitzt mir noch in meinen Knochen, und so lasse ich sie, ohne zu widersprechen, die Gläser spülen und trockne ab. Ab und zu nicke ich mechanisch, während sie mir von all den Aufregungen erzählt, die sich seit ihrem letzten Besuch bei uns auf der Alm in Untermarktlbrunn ereignet haben. Besonders aufregend findet sie dabei natürlich die Prügelei beim Feuerwehrfest.

»Hätt ich ja nicht vom Anda gedacht, dass der schlägert. Noch dazu mit dem Schwiebacher ...«

»Ja mei ...«, sage ich unbestimmt und krabble mit meinem Handtuch in einen Bierkrug. Es quietscht leise. »Manchmal macht man halt Sachen, die niemand von einem erwartet.«

Cilli wirft mir einen schnellen Blick zu. »Da hast du ja so recht, Burgi. Wird dir auch so gegangen sein, oder?«

Ich habe keine Ahnung, was sie meint, darum nicke ich nur wieder vage. »Hm ja ...«

»Bist ganz schön dünn geworden«, sagt sie dann unvermittelt.

»Das war die viele Bewegung auf der Alm«, gebe ich zurück.

»Ah geh. Ich mein allaweil, des war vielleicht doch eher der Liebeskummer«, sagt Cilli. »Weil, am End is halt doch ned so leicht, wie man sich des anfangs vorstellt, gell?«

Jetzt werde ich doch wieder munter. Was redet sie denn da von Liebeskummer? Meint sie Snake und mich? Woher weiß sie das denn schon wieder? Oh, ich HASSE Untermarktlbrunn!

Sie ist gänzlich unbeeindruckt von meinem wilden Blick und beantwortet meine unausgesprochene Frage gleich selbst.

»Die Grassl Finni hat dich fei arg gern ghabt. Sie hätt dich gern als Schwiegertochter gsehn.«

Also Snakes Oma. Natürlich, sie wußte ja von Anfang an über alles Bescheid. Aber muss sie ausgerechnet Cilli Kranzbichler davon erzählen? Ich gebe ein undeutliches Geräusch von mir und wünschte, ich könnte Cillis hochgetürmte Haarpracht ins Spülwasser tauchen.

»Ihr jungen Dinger wissts ja auch nicht, was wollts.« Cilli schnalzt tadelnd mit der Zunge und fährt dann mit veränderter Stimme fort: »Auf der anderen Seitn ist der Stefan ja schon a sehr komischer Heiliger, mit viel zu viel Spinnereien im Kopf. Hat er wahrscheinlich von seiner Mutter geerbt, die hat ja auch nicht alle fünf Sinne beieinanderghabt. Das ist dir zu viel worden, oder? Kann ich verstehn. Wo du so eine bodenständige, vernünftige junge Frau bist. Brauchst halt doch was Gscheids, gell, ned so einen …«

Das Glas, das ich gerade abgetrocknet habe, fällt mir aus der Hand und zerschellt auf dem Fliesenboden in tausend Scherben. »Sei auf der Stelle staad mit deim bösen Gred«, fauche ich Cilli an, und meine Stimme bebt vor Zorn. »Der Snake war das Beste, was mir passieren hat können!«

Cilli hebt ihre schwarzen Augenbrauen. »Ah«, sagt sie gedehnt. »Und warum hast ihm dann den Laufpass geben, ha?

Ausgerechnet zu dem Zeitpunkt, wo seine Oma ins Altenheim gezogen is? Is auch ned die feine englische Art, oder?«

»Ich? Ich hab ihm doch nicht …«, fange ich an, doch dann unterbreche ich mich. »Was? Was hast du gsagt von seiner Oma?«

»Die ist doch vor ein paar Wochen mit ihrer Freundin Thea ins Seniorenstift nach Marktlkirchen gezogen. Ihre Freundin war ja schon halb blind, aber dann ist sie am grünen Star operiert worden, und seitdem kann sie wieder gut sehen, und da wollten sie zusammenziehen und noch a bissl a schöne Zeit miteinander haben. So hat's mir die Grassl Finni jedenfalls erzählt. Betreutes Wohnen, weißt. Wirklich nett haben es die zwei da. Jede hat ihr eigenes Zimmer, außerdem eine kleine gemeinsame Küch und ein Bad, und zum Essen können s' auch in den Speisesaal gehen, wenn s' das lieber wollen. Und eine Ruhe!« Sie schaut so verzückt, als wäre betreutes Wohnen im Seniorenstift von Marktlkirchen das Paradies auf Erden, und fährt dann eifrig fort: »Der Hof ist der Grassl Finni ja schon länger zu viel worden, das große Haus und die vielen Stufen jeden Tag. Aber vor allem wollte sie nicht, dass sich der Stefan für sie verantwortlich fühlt, wenn sie mal nimmer so kann. Hat sich eh viel gekümmert, das muss man ihm lassen.« Bei diesen Worten beugt sie sich ein bisschen vor, ihr Hals wird lang, und ihre Augen glitzern erwartungsfreudig: »Jetzt sag bloß, des hast du nicht gwusst?«

Ich gebe keine Antwort. Mir ist ein bisschen übel. Wortlos lege ich das Handtuch neben die Spüle und gehe. Unter meinen Bergstiefeln knirschen die Scherben. Schwerfällig steige ich die Stufen wieder nach oben. Ich kann von draußen die Stimmen hören, doch sie dringen nur gedämpft herunter. In mir tobt ein Aufruhr, der so laut ist, dass für nichts anderes mehr Platz bleibt: Die Freundin … Finni Grassl hat mir von ihrer Freundin erzählt an dem Tag, an dem ich bei ihr war … Ich kann mich an ihre Worte erinnern, sie hat auch etwas vom grünen Star gesagt … Ich habe nicht richtig zugehört … habe mich geschämt, weil ich dachte, Snake hat mit seiner Oma über mich geredet … Dann die merkwürdig leere Stube … Sie hat Möbel mitgenommen fürs Altenheim … deshalb auch der förmliche Abschied … *Kommst mich mal besuchen?* … Und sie hat die ganze Zeit gemeint, ich wüsste, wovon sie redet.

Ich bleibe abrupt stehen und muss mich am Treppengeländer festhalten. Snake war gar nicht verletzt wegen der Sache am Valentinstag, wie ich gedacht habe, sondern weil seine Oma auszieht. Es muss furchtbar für ihn gewesen sein, das zu erfahren. Er hat immer geglaubt, sie braucht ihn und er muss sich um sie kümmern, und dann zieht sie plötzlich mit ihrer Freundin zusammen und lässt ihn allein … Ich kann mir vorstellen, dass ihn das schwer getroffen hat, und dann wollt ich ja auch nicht bei ihm einziehen … Aber … meine Gedanken überschlagen sich jetzt … aber … dann … hat er womöglich gar nicht mit mir Schluss gemacht? Ich stöhne auf, als mir endgültig klarwird, was das alles zu bedeuten hat. *Wir können doch Freunde bleiben,* habe ich zu ihm gesagt, und er hat gedacht, das heißt, ich will nichts mehr von ihm wissen … und das praktisch gleichzeitig mit dem Auszug seiner Oma … Ich muss mich setzen. Wie erschlagen sinke ich auf die kalte Treppenstufe. Von unten höre ich leises Klirren. Cilli kehrt anscheinend meine Scherben zusammen.

»Burgi?« Die Stimme kommt von oben, es ist Anni, die an der Kellertreppe steht. »Geht's dir nicht gut?«

Ich schüttle den Kopf. »Nein. Mir geht's gar nicht gut.« Ich stehe auf und gehe zu Anni nach oben. Sie schaut mich besorgt an. »Du bist ja ganz kasig! Ist dir schlecht?«

Ich schüttle den Kopf. »Ich möcht mich verstecken. Irgendwo, wo mich niemand findet. Nie mehr.«

Sie nimmt mich in den Arm. »Was ist denn passiert?«

»Der Snake …«, fange ich an, und meine Stimmer zittert vor Erregung, »… der Snake … Ich …«

In dem Moment kommt Andas Unimog auf unseren Hof gefahren. Ungeachtet seiner gebrochenen Rippen springt Anda vom Fahrersitz und kommt auf uns zugelaufen. »Burgi«, beginnt er, »ich muss dir was sagen!«

Dreiunddreißig

Anda erzählt mir von dem Sonnwendfeuer auf Snakes Obstwiese und dass Snake dort Möbel verbrannt hat und dass er da bereits hätte misstrauisch werden können, wenn er ihn schon besser gekannt hätte. Er erzählt mir, warum Snake so reserviert und schweigsam ihm gegenüber war, und erzählt mir eine schlimme Geschichte von einem Elfjährigen und einer Schlenkerpuppe, von der ich keine Ahnung hatte. Er erzählt mir, dass Snake davon geredet hat wegzugehen, vielleicht für immer, und dass Anda versucht hat, ihn festzuhalten, bis wir kommen, indem er immer noch etwas Neues an dem Gartenhaus gefunden hat, was erledigt werden musste. Und dann erzählt er mir, wie Snake ihm trotz gebrochener Nase noch geholfen hat, als Jacko Wirzberger mit dem Maßkrug auf ihn losgegangen ist. Und am Ende erzählt er mir, dass Snake ihm versprochen hat, heute Nachmittag zu kommen, und nicht gekommen ist und er jetzt zu ihm gefahren ist und gesehen hat, dass sein Bus nicht mehr da ist und am *Kuh 8* ein Zettel hängt:

Pfiad eich und danke.

Ich bin froh, dass Anni darauf bestanden hat, dass ich mich setze, denn ich fühle mich so schwach, dass mir wahrscheinlich die Beine weggeknickt wären, wäre ich noch gestanden. »Aber …«, stottere ich, »… aber … er k-kann doch n-nicht einfach wegfahren. Wo will er denn hin? Er muss doch dableiben … bei m-mir …« Ich schlucke heftig.

Anni drückt mich, und Anda schaut mich mitfühlend an. »Das hab ich mir auch gedacht. Ich glaub, eigentlich wollt er gar nicht weg. Aber er hat halt nimmer gwusst, was er sonst machen soll.«

Ich werfe Anda einen verblüfften Blick zu. Abgesehen davon, dass er noch nie so viel am Stück mit mir geredet hat, und das auch noch mit einer Kieferprellung und zwei gebrochenen Rippen, habe ich mich offenbar auf der ganzen Linie in Anda getäuscht. Erst das Gartenhaus, dann diese erstaunliche Freundschaftsgeschichte mit Snake und jetzt auch noch so eine treffende Einschätzung der Sachlage, ohne dass er auch nur die Hälfte der Geschichte kennt.

Anni ist auch erstaunt. »War ja ganz schön was los bei euch, während wir nicht da waren«, sagt sie.

Andas Hand wandert rätselhafterweise zu seiner Hemdtasche, dort verweilt sie einen Augenblick, dann lässt er sie wieder sinken und lächelt flüchtig. »Des kannst laut sagen, Anni.«

Anda schlägt mir vor, ins Altenheim zu fahren und zu versuchen, mit Snakes Oma zu reden. »Sein Handy ist nämlich aus. Das hab ich schon probiert. Vielleicht weiß sie ja was Genaues darüber, wo er hingefahren ist. Zu mir hat er nur gsagt, er möcht in die Wüste.«

»In die Wüste?«, wundert sich Anni. »Was will er denn da? Da ist doch nix.«

»Eben drum«, gibt Anda zurück. »Manchmal braucht man halt so einen Ort, wo nix ist. Nur man selber, verstehst?«

Ich komme aus dem Wundern nicht mehr heraus. Anda ist über den Sommer irgendwie ein Philosoph geworden. So wie Ulysses ein Hütehund. Unglaublich, wie die Leut sich ändern können. Aber vielleicht ändern sie sich ja gar nicht wirklich, sondern wir sehen sie nur mit anderen Augen?

Wurscht, ich hab keine Zeit zu philosophieren, ich muss Snake finden. Ich schaue auf die Uhr: Es ist sieben. Ich glaub, da kann man noch im Altenheim vorbeischauen. Es geht schließlich um Liebe!

Auch wenn das Seniorenstift von Marktlkirchen einen ziemlich hochtrabenden Namen hat, ist es doch nur ein ganz schlichtes Altenheim der eher günstigeren Sorte, in das auch Leute gehen können, die kein großes Vermögen zur Verfügung haben. Seniorenstift hat man es wohl nur deshalb genannt, weil es in einer alten Villa untergebracht ist. Das Haus hat mal einem berühmten Komponisten gehört, der im vorigen Jahrhundert in Marktlkirchen seine Sommerresidenz hatte. Vor etwa zehn Jahren hat man die Villa umgebaut und das Heim eingerichtet. Seitdem zeugt außer der verschnörkelten Fassade, den hohen Fenstern und dem schönen, eingewachsenen Garten drum herum nichts mehr davon, dass es einmal ein eher herrschaftliches Anwesen gewesen ist. Das Heim wird von der einer kirchlichen Einrichtung betrieben und ist zweckmäßig und nüchtern.

Eine relativ dicke, relativ unfreundliche Frau in pinkfarbenen Gesundheitsschlappen und einem viel zu engen weißen Poloshirt erklärt mir widerstrebend, wo ich »so spät noch« Fini Grassls Zimmer finde. Ich klopfe an die Tür, und sie ruft laut und energisch wie eh und je »herein«.

Wie auf ihrem Hof sitzt Oma Grassl auch hier in ihrem alten geblümten Fernsehsessel, allerdings ist der Fernseher aus. Sie hat sich vorgebeugt und richtet vor sich auf dem Tisch irgendetwas her. Einen Teil der weiteren Einrichtung erkenne ich ebenfalls wieder: Die große Anrichte stammt aus der Stube, ebenso wie der Fernseher und die Kommode, auf der er steht, sowie einige Bilder an der Wand. Als ich näher komme, hebt sie den Kopf. »Burgi! Was machst denn du da bei mir alten

Schachtel?« Sie freut sich ehrlich, mich zu sehen, steht sogar auf und umarmt mich.

Ich bin gerührt und drücke sie ganz fest. Sie sieht ein wenig verändert aus, und ich habe im ersten Moment Schwierigkeiten, die rundliche alte Frau, die ich bisher nur mit Dutt und meist in Kittelschürze kannte, mit der Frau mit kurzen grauen Haaren und im lilafarbenen Jogginganzug in Verbindung zu bringen. Jetzt hat sie sich wieder hingesetzt und bedeutet mir, auf dem Sofa gegenüber Platz zu nehmen. Ihre Stimme ist immer noch die gleiche, warm und kräftig. »Setz di doch, Madl!«, sagt sie. »Des Kanapee ist neu. Hab ich extra für da herin gekauft. Für Gäste, weißt. Des alte Graffl von daheim hat mir nimmer gefallen.«

»Schön«, sage ich höflich und denke an Andas Geschichte von den verbrannten Möbeln, und es macht mich traurig. Von Hinsetzen kann allerdings keine Rede sein. Ich versinke in dem tiefen altrosa Sofa förmlich. Unbehaglich rutsche ich herum und überlege, wie Oma Grassl mit ihren fast achtzig aus diesem Schaumstoffwunder je wieder aufstehen können soll, falls sie mal so unvorsichtig sein sollte, sich selber hineinzusetzen. Derweil schaut sie mir prüfend ins Gesicht. »Bist fei gscheid mager wordn. Isst ned gnua?«

Die Frage hätte auch von meiner Oma kommen können. Sie war auch immer besorgt, ich könnte vor ihren Augen verhungern.

Ich schüttle den Kopf. »Ich war doch auf der Alm, Frau Grassl. Bin viel rumglaufen und so.«

»Ah so, ja freilich.« Sie nickt, jetzt beruhigt. »Magst uns vielleicht ein Glasl Likör holen? Es wär grad die Zeit dafür, findest nicht?« Sie deutet zu einem Tablett auf der Kommode, auf dem eine Flasche und mehrere Gläser stehen. Es ist Kirschlikör, glaube ich. Nun gut. Es geht ja um Liebe und um Oma Grassl.

Da kann man auch mal Kirschlikör trinken. Ich wuchte ich mich aus dem Sofa, schenke uns zwei Gläser ein, und wir prosten uns zu. Dann sinke ich wieder in die altrosa Pracht und versuche, vom Kirschlikör zu nippen, ohne etwas zu verschütten. Es schmeckt furchtbar. Wie ein übler Rausch aus meiner Jugendzeit.

Oma Grassl ist offenbar nicht dieser Meinung, sie kippt das ganze Glas auf einmal und sagt: »Guad!«

Ich stelle das Glas vorsichtig auf den Boden. »Wie gefällt's Ihnen denn hier, Frau Grassl? Fühlen Sie sich wohl?«

»Ob ich mich wohl fühl?« Finni Grassl lächelt ihr altes, fröhliches Lächeln und legt damit ihr rundes Bauerngesicht in tausend Falten. »Weißt, Madl, ich hab mein ganzes Leben immer nur gearbeitet und mir dabei auch noch andauernd Sorgen gmacht. Zuerst um meine Tochter – das waren weiß Gott mehr Sorgen, als ein Mensch aushalten kann –, dann um meinen Mann, als er krank worden ist, dann immer wieder um den Stefan, vor allem, wo er so lang weg war, und dann um den Hof, ums Haus oder auch nur darum, ob die Balkonblumen heuer wieder so schön werden wie letztes Jahr, ob ich das Dach neu decken lassen muss oder ob die Schnecken meinen Kohlrabi fressen. Jetzt, zum ersten Mal in meinem Leben, muss ich mir überhaupt keine Gedanken um gar nix mehr machen. Schau!«, sie zupft stolz an ihrem Jogginganzug herum. »Den hab ich mir letzte Woch gekauft. Und die Turnschuh glei dazu. Beim Woolworth in Marktlkirchen. Da hab ich fast achtzig Jahr alt werden müssen, damit ich mich mal trau, einen Jogginganzug und Turnschuh anzuziehen. Hat's ja bei uns früher ned gegeben, sowas.« Sie streckt ein Bein aus und wackelt mit dem Fuß wie ein Kind. Die lila Hose hat unten am Bund leuchtend rote Streifen.

»Ich glaub, ich hab noch nie in meinem Leben sowas Bequemes angehabt. Noch nicht mal meine Nachthemden früher waren bequem. Hab mir jetzt auch Schlafanzüg gekauft. Und weißt was? Einen Strumpfhalter brauch ich auch nimmer. Sechzig Jahr hab i jeden Tag einen gschissnen Strumpfhalter angezogen, außer im Hochsommer, wenn's zum Heuen war. Sechzig Jahr! Jetzt brauch ich ihn nimmer, weil ich keinen Rock mehr anzieh. Nie mehr. Nur noch Hosen und Jogginganzüge. Alle meine Röcke haben die von der Caritas gekriegt und sogar meine zwei schönen Seidendirndl von der Schneiderin. Nur den Strumpfhalter nicht. Den hab i glei in die Mülltonne gworfen.«

Da drauf weiß ich jetzt nichts zu erwidern. Es ist schwer, vom Strumpfhalter den richtigen Übergang zu Snake zu finden. Jedenfalls scheint es ihr gutzugehen, was ja schon mal schön ist.

»Äh, des gfreit mi. Frau Grassl, ich wollt Sie was fragen, wegen dem Stefan ... weil ... Des is nämlich so, es hat da ein saublödes Missverständnis gegeben, und ich muss unbedingt und ganz, ganz dringend mit ihm reden ...«

Das Gesicht der alten Frau Grassl bleibt gleichmütig. Ihr Entschluss, sich keine Sorgen mehr zu machen, erstreckt sich offenbar auch auf die Beziehungsprobleme ihres Enkels. »Hab i mir glei denkt, dass du des ned ernst gmeint hast«, sagt sie.

»Was?«

»Mit dem Schluss machen. Da hat er sich in was reingsteigert, der dumme Kerl. Ich hab's ihm gsagt, aber er wollt ja ned hören.«

Ich seufze. »Ich glaub, das war eher ich, die sich da in was reingsteigert hat, Frau Grassl.«

Sie tätschelt meine Hand. »Des renkt sich schon wieder ein, Madl. Müsst's halt mal miteinander reden. Kann doch ned so schwer sein, oder?« Sie zupft ihre Joggingjacke zurecht.

»Das möcht ich ja, aber er ist ja nicht mehr da!«

»Ah so, ja, er wollt wegfahren, hat er gsagt, stimmt. Ist er denn schon fort?«

»Ja! Wissen Sie, wo er hinwollte?«

Frau Grassl überlegt eine Weile, dann schüttelt sie zu meiner grenzenlosen Enttäuschung den Kopf. »Des weiß ich ned, naa. Ich glaub, er hat's selber ned genau gwusst. Weg wollt er halt. Weg von Untermarktlbrunn.«

Beschämt senke ich den Kopf. Er wollte einfach nur weg. Wegen mir. »Aber Sie rufen ihn sicher mal an, oder? Haben Sie vielleicht eine Zeit ausgemacht, zu der Sie telefonieren?«, starte ich einen letzten Versuch.

Wieder schüttelt Frau Grassl den Kopf. »Er hat gsagt, er ruft mich an.« Sie hebt fast entschuldigend die Schultern. »Ich telefonier ja so selten und kann mit den neumodischen Handys überhaupts ned umgehen. Aber ich kann ihn ja fragen, wenn er sich meldet, und dann sag ich dir Bescheid.« Es klopft, und gleich darauf geht die Tür auf.

Herein kommt eine andere alte Frau, ähnlich rund und gsund wie Finni Grassl. Sie trägt den gleichen Jogginganzug und die gleichen Turnschuhe, nur ist ihrer königsblau und hat an den Bündchen gelbe Streifen.

»Schau, da kommt die Thea schon. Wir gehen jetzt zum Walken und dann spielen wir Roulette«, sagt Finni Grassl und deutet auf den Couchtisch neben sich, wo ein grüner Teppich mit Zahlen und ein kleines Roulette bereitstehen. »I kumm scho, Thea!«

»Zum Walken?«, frage ich ungläubig.

»Ja. So nennt man doch des Spaziergehen mit den Stecken. Des machen wir jetzt auch immer, nach dem Abendessen und am Sonntagvormittag, statt der Messe. Einmal rund ums Quartier und wieder zurück. Des is fei praktisch mit den Stecken, weil wir ja nimmer so flott auf die Füß sind, wir alten Weiber.«

Sie lacht vergnügt, und ich muss auch ein bisschen grinsen. Um seine Oma muss sich der Snake jedenfalls keine Sorgen machen. Als ich mich verabschiede, zwickt sie mich liebevoll in die Wange. »Du bist schon recht aufs Kraut nauf, Burgi. Passt so gut zum Stefan. Wenn ihr wieder zammkommts, dann lass ihn bloß nimmer aus!«

Damit geleitet sie mich aus der Wohnung und kommt mit ihrer Freundin gleich hinterher. Im Flur stehen tatsächlich zwei Paar Nordic-Walking-Stöcke, die sie jetzt mitnehmen. Wir gehen zusammen nach draußen, und ich verabschiede mich von den beiden. Ich sehe noch zu, wie sie sehr, sehr gemächlich losgehen und mir Oma Grassl dabei mit einem Stecken nochmal zuwinkt, bevor sie um die Ecke des Heims verschwinden. Dann sind sie weg und mit ihnen auch meine ganze Zuversicht.

Niedergeschlagen steige ich auf mein Motorrad. Snake ist weg, und ich habe keine Ahnung, ob ich ihn jemals wiedersehe. Es ist ihm durchaus zuzutrauen, dass er sich eine Ewigkeit nicht mehr blicken lässt, jetzt, wo er weiß, dass seine Oma ihn nicht braucht. Damals, nach der Schule, ist er auch einfach nach Indien gefahren, und es hat Jahre gedauert, bis er wieder zurückgekommen ist. JAHRE!!! Ich weiß nicht mehr, was ich tun soll. Es ist mittlerweile halb acht. Wenn er schon ganz früh am Morgen losgefahren ist, dann hat er schon über zwölf Stunden Vorsprung. Ich finde ihn nie. Ich weiß ja nicht mal, wo ich ihn suchen soll.

Vierunddreißig

Ich fahre zum Ramsacher Weiher. Weil es eh wurscht ist, wo ich hinfahre und ich keine Ahnung habe, was ich sonst machen soll.

Während ich die Straße entlangfahre, die von Marktlkirchen zurück nach Untermarktlbrunn und weiter in das Waldstück führt, in dem der Ramsacher Weiher liegt, fällt mir auf, dass vom strahlenden Blau des Tages nichts mehr übrig ist. Dicke Wolken hängen über den Feldern, und es sieht nach Regen aus. Offenbar hat das gestrige Gewitter einen Wetterumschwung mit sich gebracht. Der Parkplatz am Grillufer ist leer. Kein einziges Auto steht dort. Als ich absteige und zum Weiher hinuntergehe, breitet sich ein flaues Gefühl in meinem Magen aus, das ich die ganze Zeit, seit Anda mir gesagt hat, dass Snake in die Wüste wollte, versucht habe zu verdrängen.

Es ist tatsächlich vorbei. Wirklich und absolut vorbei. Er ist weg und kommt nicht mehr zurück. Ich habe ihn verloren.

Ein scharfer Wind fegt durch die Bäume am See und dreht die silbrigen Rückseiten der Blätter nach oben. Gleich wird es regnen. Ich gehe den verwachsenen Pfad entlang, der zum anderen Ufer führt und den ich erst vor kurzem schon einmal gegangen bin. Das Wetter wird jetzt sehr schnell sehr ungemütlich. Der Wind drückt das Schilf am Ufer in Böen nieder, und es beginnen bereits die ersten Tropfen zu fallen. Eigentlich sollte ich umkehren. Was will ich denn in der Bucht? Mich ertränken? Trotzdem gehe ich weiter. Mit gesenktem Kopf und hochgezogenen Schultern versuche ich, mich gegen den stärker werdenden Regen zu schützen. Als ich die verkrüppelte Fichte erreiche, an der man abbiegen muss, ist aus dem Getröpfl ein richtiger Platzregen geworden. Außerdem ist es schon fast dunkel. Jemand kommt mir vom See her entgegengeklettert. Er trägt einen grünen Parka mit Kapuze, die er tief ins Gesicht gezogen hat, und einen Rucksack über der Schulter.

Ich erkenne ihn sofort und kann es doch nicht glauben. Mein Herz beginnt heftiger zu klopfen, während ich bang stehen bleibe. Es klopft in meiner Brust, in meinem Hals, in meinen Ohren, und ich spüre, wie meine Knie zittrig werden. Snake sieht mich erst, als er um den Felsen steigt. Abrupt bleibt auch er stehen. Er sagt kein Wort, steht nur da, mit dem triefend nassen Parka, von seiner Kapuze tropft der Regen, und die Hosenbeine seiner Jeans sind ebenfalls dunkel vor Nässe. Sein Gesicht kann man im düsteren Licht kaum noch erkennen.

»Ich hab gedacht, du bist weg«, sage ich zittrig.

»Hab ich auch gedacht.« Er macht ein Geräusch, irgendwo zwischen Lachen und einem verächtlichen Schnauben. »Und du? Warum bist du da?«

»Weiß nicht. Ich wollt dich suchen. Aber ich wusste nicht, wo. Ich muss mit dir reden!«, sage ich.

»Worüber denn?« Er klingt fast unheimlich ruhig, gleichgültig.

»Ich hab gar nicht Schluss gemacht«, sage ich leise.

Snake lacht, und dieses bittere Lachen treibt mir die Tränen in die Augen. »Weißt was, Burgi? Lass mich einfach in Ruh!«, sagt er und geht an mir vorbei.

»Ich war bei deiner Oma!«, rufe ich ihm hinterher. »Sie hat gsagt, du willst weg, egal wohin, einfach nur weg von hier. Und Anda hat gsagt, du willst in die Wüste, weil da nix is außer dir selbst.«

Er bleibt sehen. »Des hat er gsagt?«

»Ja, hat er. Und er hat mir von dem Gartenhaus erzählt, und

dass er immer noch was gesucht hat, was er noch machen könnt, und dass er sogar extra die Dachpappn runtergrissen hat, damit du nicht gehst. Weil er nämlich glaubt, dass du gar nicht gehen willst«

»Ach. Glaubt er des, der Anda?« Snake nimmt seine Kapuze ab und dreht sich endlich zu mir um. Er sieht ein wenig seltsam aus, hat dunkle Schatten unter den Augen und ein Pflaster über dem Nasenrücken. »Und was glaubst du?«

»Ich glaub's auch nicht.«

»Was glaubst denn dann?«

»Dass ... dass ... des so sein hat müssen. Dass du jetzt da und noch nicht weggefahren bist. Weil ich nämlich auch da bin und nicht mal weiß, warum. Und weißt, ich hab heut Nacht ganz allein mit dem Ulysses ein Kalb auf die Welt gebracht und war die ganze Nacht im Wald, und um mich herum haben die Blitze eingeschlagen, und ich hatte eine Scheißangst und hab's trotzdem gschafft, und deswegen werd ich jetzt nicht zulassen, dass du mich einfach hier stehenlässt und dir nicht mal anhörst, was ich dir sagen will!« Ich bin laut geworden, ich kann hören, wie meine Stimme bebt.

Um Snakes Mundwinkel zuckt es. »WAS hast du heut Nacht gemacht?«

»Ich ... also die Rosi ... die war ja schwanger, und die Anni war nicht da, sie musste zum Anda, weil ihr euch ja gestern unbedingt mit den größten Deppen von Untermarktlbrunn habts prügeln müssen ... Also jedenfalls ist mir beim Melken die Rosi abgehauen, und ich hab sie suchen müssen, und als ich sie gfunden hab, hatte die Geburt schon angefangen, und wir stehen da mitten im Wald und ...« Ich schnappe nach Luft. »Es heißt Burgi. Das Kalb, mein ich. Nach mir.«

Snake mustert mich mit einem merkwürdigen Gesichtsausdruck, dann sagt er unvermittelt: »Magst einen Tee?«

Ich nicke erleichtert. »A Tee wär a Traum.«

Wir gehen ein Stück den Weg zurück, den ich gekommen bin, dann biegt Snake ab, geht weg vom Weiher und tiefer in den Wald hinein. Wir folgen einem Holzweg, den die Gemeindearbeiter und Waldbauern benützen, wenn sie im Wald Holz schlagen. Ihre Traktoren haben tiefe Furchen in den weichen Waldboden gezogen, und man muss aufpassen, nicht zu stolpern. Ich bin hier noch nie gewesen, wusste gar nicht, dass ein Weg vom Weiher weg in diese Richtung führt. Schweigend laufe ich neben Snake her. Nach einer Weile kommen wir an eine kleine Lichtung, wo mehrere halbfertige Holzhaufen stehen und geschälte Baumstämme herumliegen. Dort steht Snakes Bus.

Ich bleibe verblüfft stehen. Snake hebt fast ein wenig entschuldigend die Arme. »Man kommt von der Bundesstraße da her, wenn man Richtung Birnbichl abbiegt und den Weg weiß. Ich war schon unterwegs, da hab ich gedacht, ich könnt nochmal zum Weiher fahren ...« Er redet nicht weiter, sondern sperrt seinen Bus auf. Ich klettere hinter ihm hinein, und wir ziehen unsere nassen Jacken und die Schuhe aus. Snakes Bus ist ein perfekt eingerichtetes Miniwohnmobil der Marke Eigenbau. Die gesamte Rückseite nimmt ein Bett mit Moskitonetz ein, das umrahmt wird von einer umlaufenden schmalen Holztruhe, die den Kleiderschrank darstellt. Vor dem Fenster steht eine festgeschraubte Kommode, in der Geschirr, Lebensmittel, ein Gaskocher und ein Wasserkanister aufbewahrt werden. Außerdem gibt es noch eine Art Bücherregal mit Klappe, damit die Bücher nicht rausfallen können, bunte indische Baumwollvorhänge und einen zünftigen bayerischen Fleckerlteppich. Die Farbzusammenstellung ist recht exotisch, ähnlich wie in Snakes Kneipe, und das Ganze wirkt ein wenig wie eines dieser bunt ausstaffierten indischen Taxis, die man manchmal im Fernsehen sieht, nur dass es keine Lichterkette am Armaturenbrett gibt und Gott sei Dank auch keine indische Musik. Snake zieht eine ganz profane Thermoskanne aus seinem Rucksack und holt zwei Tassen aus der Kommode. Der einzige Platz, sich zu setzen, ist das Bett, also setze ich mich etwas befangen darauf und nehme dankbar die heiße Tasse entgegen.

»Pfefferminz«, sagt Snake.

»Super!«, antworte ich etwas enthusiastischer, als notwendig wäre.

Snake setzt sich neben mich, und ich bin mir seiner Gegenwart plötzlich so bewusst, dass ich mich zusammenreißen muss, um ihn nicht einfach zu berühren. Er faltet seine langen Beine zum Schneidersitz und lehnt sich zurück an die Wand. »So, und jetzt erzählst mir alles von Anfang an.«

Und das tue ich.

Der Regen trommelt auf das Dach, während ich erzähle, anfangs etwas stockend und nach den richtigen Worten suchend, dann immer flüssiger. Irgendwann steht Snake auf und zündet die Petroleumlampe an, die ich schon von unserem letzten Treffen am Weiher kenne. Er hängt sie an einen Haken oberhalb der Tür, und es wird heimelig hell in dem engen Raum. Snake hört mir schweigend zu, und manchmal habe ich fast das Gefühl, er lächelt ein wenig. Doch er sagt nichts. Kein Wort. Es ist nicht ganz einfach für mich zu reden und zu reden, wenn mein Gegenüber dabei stumm bleibt wie ein Fisch, und als ich an die schwierigste Stelle komme, stocke ich.

»Angefangen hat's ja mit dem Valentinstag«, fasse ich mir erneut ein Herz und rede weiter. »Wenn ich da nicht so dumm gwesen wär …«

»Du warst gar nicht dumm«, widerspricht mir Snake da zum ersten Mal, »an dem Abend war ich der Depp.«

»Aber wieso denn du? Du hast alles richtig gmacht, Blumen und Kerzen und ein schönes Essen …«

»Ja, so ein Schmarrn.« Snake schüttelt den Kopf. »Der Ferdi hat mir den Tipp gegeben. Er hat des so bei der Zhùsha gmacht, und sie war ganz begeistert.«

»Du hast dich vom Ferdi beraten lassen?« Das muss ich erst mal verdauen.

»Ich wollt dich schon die ganze Zeit fragen, ob wir nicht zusammenziehen, und hab mich nicht getraut. Ich hab Angst gehabt, du könntest nein sagen.« Jetzt, zum ersten Mal seit wir hier drinnen sitzen, schaut mich Snake ganz offen an. »Ich hab dir das noch nie erzählt, aber meine ganzen Beziehungen vorher, also, es waren eh ned so bsonders viele, die sind alle in die Brüche gegangen, weil ich meine Freundinnen immer irgendwie überfordert hab. Ich hatt immer Angst, sie könnten mich verlassen, und hab deswegen immer viel zu viel gmacht und geklammert … Am Ende haben s' mich dann deswegen verlassen.«

Ich muss an Snakes Mutter denken und kann ihn gut verstehen.

Er redet weiter, jetzt ist er hastig und unsicher. »Bei dir wollt ich alles richtig machen. Ganz locker bleiben, ois easy, verstehst?«

Ich nicke. »Und dann hast mit dem Ferdi geredet?«

»Ja. Der Ferdi und die Zhùsha wollen sogar heiraten.«

Ich denke an den Ring, den Zhùsha Anni und mir gezeigt hat, und nicke. »Ich weiß.« Snake lächelt etwas verlegen und redet weiter. »Und da hab ich gedacht, der Ferdi macht wohl irgendwas richtig, den kann ich ja mal fragen. Er hat mir dann erzählt, dass er mit Rosen und Kerzen und bei einem schönen Abendessen um Zsùshas Hand angehalten hat. Und da sie ja gsagt hat, hab ich mir gedacht, das kann ja dann nicht so verkehrt gwesen sein.«

Snake hat am Valentinstag versucht, Ferdis Heiratsantrag zu kopieren? Fast muss ich lachen. Ferdi ist ja sowas wie unser

Dorfpoet, kein Wunder, dass der auf Rosen und Lichtermeer gekommen ist.

Snake seufzt. »Des war a richtiger Schafscheiß, echt. Hat ned zu mir gepasst und ned zu dir. Ich bin mir total blöd vorgekommen. Und dann war ich auch noch so aufgeregt wegen der ganzen blöden Kocherei, am End ist mir sogar des Chilipulver in die Linsensuppn gfallen ...«

Jetzt muss ich wirklich lachen. »Darum war die so sauscharf, ich hab gedacht, ich implodier gleich.«

Snake nickt bekümmert. »Ja, die war schlimm. Ich hab versucht, mir nix anmerken zu lassen, weil du sie ganz cool gelöffelt hast, aber ich hab so gschwitzt, dass ich eigentlich gleich danach hätt duschen müssen.«

»Ich wollt nur cool sein, weil ich so nervös war wegen der ganzen Kerzen und der Romantik und Angst ghabt hab, was falsch zu machen. Meine Lippen waren am End ganz taub, ich hab das andere Essen gar nicht mehr richtig gschmeckt.«

Snake verzieht das Gesicht zu einer Grimasse. »Wir hätten besser an den Weiher gehen sollen und a paar Würschtl grillen.«

»Im Februar?«

»Warum ned? Hätt ich wenigstens ned so schwitzen müssen.«

»Stimmt.«

Wir lächeln uns an. Dann räuspere ich mich. »Ich muss dir aber trotzdem noch sagen, warum ich einfach davonglaufen bin.«

»Nicht wegen der Linsensuppn?«, scherzt Snake, aber es klingt nicht echt. Er hat Angst, und irgendwie erleichtert mich das. Da bin ich wenigstens nicht die Einzige.

»Nicht wegen der Linsensuppn. Es waren diese tibetischen Gebetsfahnen an deinem Hirschgeweih.« Ich knete meine Finger, die eiskalt sind. »Weißt, du hattest schon recht mit dem Vorwurf, dass ich eine Schisserin bin. Ich hab vor allem Angst, was ich nicht kontrollieren kann. Und deswegen hab ich auch immer Angst ghabt, mich zu verlieben. So richtig, mein ich, mit Haut und Haaren. So wie der Guido, der wegen der Susi nur noch Kichererbsen und Hirsefladerl gegessen hat …«

»Was?«

»Egal.« Ich wische den Guido beiseite. »Und weil ich so eine Schisserin bin, bin ich auch nie richtig rausgekommen aus Untermarktlbrunn. Das einzige Mal, als ich es probiert hab, war, als ich nach Straßburg gegangen bin, und da ist dann meine Mutter gestorben, und ich bin wieder zurückgekommen. Das war's dann. Aus, Äpfel, Amen.«

»Und des is dir eingefallen, als du meine Gebetsfahnen gesehen hast?«, fragt Snake etwas unsicher nach.

»Ja. Weißt, weil ich sowas nicht hab. Ich hab mich nie getraut, einfach loszufahren, hab mich nie getraut, irgendein Abenteuer zu erleben. Nur immer vorgestellt hab ich's mir. Früher. Als ich noch klein war, wollt ich in die Wildnis und später nach Paris … Und nix ist draus geworden, und jetzt kann ich dir nur so a blöds Pfefferbeißerherz aus meiner Metzgerei mitbringen.« Mir kommen unvermittelt die Tränen, und ich wische sie energisch weg.

»Ich mag Pfefferbeißer total gern«, wendet Snake sanft ein. Er beugt sich zu mir herüber und nimmt mich in den Arm. Ich drücke mein Gesicht in sein T-Shirt und weiß nicht mehr weiter. Irgendwann sagt Snake: »Bei mir war's genau andersherum. Ich hab immer gedacht, wenn ich woanders neu anfange, dann wird's besser. Wenn was schwierig wurde, wenn eine Beziehung in die Brüche gegangen ist, bin ich jedes Mal weitergezogen. Und als ich heut wieder einmal wegfahren wollt, ist mir aufgefallen, dass es eigentlich nicht mehr besser werden kann. Dass ich das Beste schon hatte. Und drum bin ich umgekehrt.«

Jetzt heule ich wirklich.

Irgendwann später in der Nacht sitzen wir in der offenen Tür des Busses und schauen in die Dunkelheit. Es hat zu regnen aufgehört, doch überall tropft es noch von den Bäumen. Über uns schaukelt die Petroleumlampe sanft hin und her. Ein paar Rehe haben sich auf die Lichtung verirrt. Sie bleiben einen Augenblick reglos stehen, und ihre Augen reflektieren das Licht der Lampe, dann verschwinden sie wieder zwischen den Bäumen.

»Wir könnten ein paar Kühe halten auf dem Hof deiner Oma«, überlege ich. »Ich kann nämlich jetzt melken, weißt. Und Hühner.«

»Oder Lamas«, sagt Snake und legt seinen Arm um mich.

»Lamas?«

»Warum ned?«

»Stimmt. Warum eigentlich ned? Oder vielleicht Esel?«

»Oder vielleicht Esel«, pflichtet mir Snake bei.

»Und wir könnten die Trudi und ihren Seppo auf den Hof holen, weißt, die Trudi ghört nämlich mir. Sie ist sowas wie eine Freundin, auch wenn sie nur ein Huhn ist, ich hab sie vor dem Suppentopf gerettet und ihr einen Liebhaber, also den Seppo, besorgt, und seitdem legt sie auch Eier, zumindest eins bis jetzt und …«

Snake nickt, und während ich weiter- und weiterrede, zieht er mich unvermittelt näher zu sich her, streicht mir meine vom Regen und Weinen zerrupften Haare aus dem Gesicht und küsst mich mitten im Satz. Da sage ich nichts mehr, und nach einer Weile löscht Snake die Lampe, und wir kriechen ins Bett.

Am nächsten Morgen weckt mich der fröhliche Gesang der Vögel. Ich liege eine Weile ganz still und höre ihnen zu. Snake ist schon wach und werkelt draußen herum, ich kann ihn herumgehen und mit irgendetwas klappern hören, doch ich will noch nicht aufstehen. Morgenlicht fällt schräg durch das kleine Seitenfenster und zeichnet helle Kringel auf die Bettdecke. Gestern, nachdem ich Rosi und das Kälbchen sicher und wohlbehütet wieder auf die Alm zurückgebracht hatte, habe ich geglaubt, glücklicher kann man gar nicht sein …

Tja, was soll ich sagen? Ich hab mich getäuscht. Auf der ganzen Linie. Ich bin bis obenhin angefüllt mit Glück, noch ein Breserl mehr davon und ich müsste pfeilgrad platzen. Und heut muss ich mich auch nicht bemühen, etwas von dieser Nacht zu vergessen, wie bei unserem letzten, whiskyumnebelten Zusammentreffen am Weiher. Mein Kopf ist klar, und ich erinnere mich an jede noch so winzige Einzelheit. Wie ich so dalieg, in Snakes bunte Bettdecke gekuschelt und mir ebenjene Einzelheiten der vergangenen Nacht noch einmal durch den Kopf gehen lasse, werde ich glatt ein bisschen rot … Und nein, auch wenn Sie vielleicht drauf warten, ich werd nicht weiter ins Detail gehen. Ein bissl Fantasie kann man ja von Ihnen schließlich erwarten, oder?

Irgendwann reiße ich mich aber dann doch von meinen glückseligen Gedanken los und krieche aus dem Bett, um zu schauen, was Snake da draußen treibt. Er hat auf einem wackeligen Campingtisch Frühstück vorbereitet. Es gibt Kaffee, Brot, Marmelade und Orangensaft. Zwei verblichene Klappstühle stehen auch da. Jetzt sehe ich zum ersten Mal bei Tageslicht sein Gesicht. Er ist ziemlich blauviolett um die Nase und unter den Augen, das habe ich gestern Abend gar nicht so richtig wahrgenommen. Ich klettere leise aus dem Bus und umarme ihn von hinten. Er riecht gut, nach frischer Luft.

»Bist du schon lang auf?«, frag ich ihn.

»Geht so«, sagt er, dann dreht er sich um und küsst mich.

Es ist nun ja nicht so, dass es das erste Mal ist, dass wir uns küssen. Also, im Gegenteil, trotzdem zittern mir bei diesem Kuss die Knie, und ich habe plötzlich überhaupt keinen Hunger mehr. Ihm geht es offenbar auch nicht anders. Ohne einander loszulassen, gehen wir zurück in den Bus, und ich schaffe es gerade noch, die Tür hinter uns zuzuziehen, bevor wir wieder zurück aufs Bett sinken, auf dem das Morgenlicht noch immer bunte Kringel zeichnet. Sehen Sie, da braucht's gar kein Kerzenmeer, das kann auch ohne das geringste Teelicht ungeheuer … ähm … romantisch sein …

Irgendwann später, es ist schon fast Mittag, frühstücken wir dann doch noch. Der Kaffee in der Kanne ist kalt, und in meiner Tasse krabbelt ein kleiner Käfer, aber das stört mich nicht. Ich helfe ihm heraus und lasse ihn von meinem Finger zurück auf den Waldboden krabbeln. Und dann trinke ich den Kaffee, und es ist mir vollkommen gleich, ob er heiß oder kalt ist. So, wie Snake mich anschaut und dabei immer wieder auf diese ganz besondere Art lächelt, würde ich auch Abspülwasser trinken, und es käm mir vor wie Champagner.

Im Gegensatz zu mir, die außer kalten Kaffee vor lauter Glück keinen Bissen hinunterbringt, isst Snake für zwei. Ich schaue ihm dabei zu und finde alles, einfach alles an ihm zum Niederknien: seine Hände, die schönen, etwas zu langen dunklen Haare, seine blauen Augen sowieso, die Bartstoppeln, die über Nacht gewachsen sind, und sogar das Pflaster auf der Nase. Das lässt ihn irgendwie verwegen wirken. JA … Sie dürfen ruhig lachen, nur zu, aber ich finde es sogar hinreißend, wie er sein Butterbrot isst.

»Wird das eigentlich wieder?«, frage ich nach einer Weile stummer, glückseliger Betrachtung und deute auf das Pflaster.

Er tastet ganz vorsichtig an seinem Nasenrücken herum und verzieht das Gesicht. »Der Doktor hat gmeint, vielleicht bleibt sie a bissl schief.«

»Macht nix«, lächle ich. Mir gefällt Snake auch mit krummer Nase. Ist mir vollkommen gleichgültig. Dann räumen wir auf und fahren los.

Kurz bevor wir auf die Straße kommen, bleibt Snake plötzlich stehen und steigt wieder aus. Überrascht steige ich ebenfalls aus. »Was ist denn los?«, will ich wissen.

Er nimmt meine Hand und legt den Autoschlüssel hinein. »Da.«

»Was? Was soll ich damit? Warum fährst nicht du weiter?«

»Ich geh zurück. Du gibst mir deinen Motorradschlüssel, und ich hol deine Maschine und fahr sie dir heim.«

»Aber wieso? Die können wir doch zusammen holen …?« Ich begreife nicht.

»Du wolltest doch ein Abenteuer erleben. Also, worauf wartest noch?« Er klopft mit den Fingerknöcheln an die Fahrertür.

»Aber … du meinst … wieso … Ich kann doch nicht …«, stottere ich verwirrt.

»Warum ned? Hast deinen Geldbeutel und einen Ausweis dabei?«

Ich nicke verstört. »Schon.« Ich hab sogar meinen Rucksack dabei, aber trotzdem …

»Des reicht doch fürs Erste. Der Bus ist reisefertig. Fahr los. Jetzt gleich.«

Mir wird ganz anders bei seinen Worten. »Und du?«, flüstere ich.

»Ich bleib da. Sonst wär's ja kein richtiges Abenteuer.«

Ich schüttle den Kopf. »Nein. Ich mag nicht. Ich kann nicht. Nicht ohne dich. Jetzt, wo wir endlich … das ist eine Schnapsidee.«

Snake nimmt meine Hände in seine und hält sie ganz fest. Seine Finger sind warm und kräftig. »Burgi!«, sagt er eindringlich, und seine blauen Augen sind dunkel und ernst. »Du wirst es ewig bereuen, wennst jetzt nicht fährst. Und außerdem kannst überhaupt nicht bei mir einziehen.«

»Warum nicht?« frage ich erschrocken.

»Weil du nix hast, was du an mein Hirschgeweih hängen kannst. Pfefferbeißer gelten nicht. Wenn du was Gscheids gefunden hast, dann kommst wieder. Und dann kaufen wir Lamas.«

Ich muss lächeln. »Oder Esel.«

»Oder beides.«

Ich bestehe darauf, ihn noch zurück auf den Parkplatz des Ramsacher Weihers zu fahren, wo mein Motorrad steht, und dort verabschieden wir uns. Lange. Dann bleibe ich eine ganze Weile reglos im Bus sitzen und sehe ihm noch nach, als er längst schon mit meinem Motorrad davongefahren ist. Er wird allen Bescheid sagen. Er wird sich um alles kümmern. Er wird sogar Trudi und Seppo von Annis Hof holen und den alten Hühnerstall seiner Oma für sie herrichten, damit sie dort auf mich warten können. Es ist alles gut. Trotzdem, es fühlt sich seltsam an, ich, allein, in diesem bunten Bus. Aber nicht wirklich schlecht. Eher so, wie das Kribbeln im Bauch, bevor man vom Fünfmeterbrett springt. Es fühlt sich auf alle Fälle eher nach Grillplatte an als nach Nudlsuppn. Nach Freiheit und Abenteuer. Und dann starte ich den Motor und fahre los.

Epilog

Anda schaut sich das Foto noch einmal an, während er auf dem Bahnsteig auf sie wartet. Er ist absichtlich früher gekommen, um Zeit zu haben, sich vorzubereiten. Aber der Zug hat eh Verspätung, er hätt sich also gar nicht beeilen müssen. Während er den jungen Kemser Sepp auf dem Foto betrachtet, bemüht er sich vorzustellen, wie sie war, damals, jung, verliebt. Es fällt ihm schwer. Trotzdem, er strengt sich an, versucht, seiner Erinnerung irgendetwas Gutes abzuringen, etwas Versöhnliches. Es fällt ihm nichts ein. Erst als die Lautsprecherstimme den Zug ankündigt, kommt ihm doch noch eine Sache in den Sinn.

Er hat eine schlechte Note bekommen, die ungerecht gewesen war. Nicht dass es die einzige schlechte Note war, die er jemals bekommen hätte, nein, aber die war ungerecht gewesen, und er hat es zu Hause erzählt. Dass der Lehrer ihn einen »dummen Kerl« genannt hat, bei dem »Hopfen und Malz verloren« wäre. Der Mund seiner Mutter hat sich bei seiner Erzählung zu dem verhassten Strich zusammengezogen, doch statt einer Ohrfeige oder einer anderen Strafe war sie vom Tisch aufgestanden und hat sich ihren Mantel angezogen.

»Wo gehst hin?«, hat er angstvoll gefragt, und sie hat geantwortet: »Zum Lehrer, wohin sonst?«

Dann ist sie gegangen, kerzengrad, im Lodenmantel, und er hat Angst gehabt, ohne zu wissen, wovor. Als sie wiedergekommen ist, hat es Strammen Max mit Spiegelei gegeben, eines seiner Lieblingsessen, und er hat den ganzen Abend fernsehen dürfen. Anda hat nie erfahren, was seine Mutter zu dem ungerechten Lehrer gesagt hat, aber nie mehr hat er ihn einen dummen Kerl geheißen. Und bei der nächsten Ex hat er eine Zwei bekommen.

Ja, das war etwas Gutes. Da hatte sich seine Mutter für ihn eingesetzt, ohne Zweifel. Anda klammert sich daran fest, während der Zug einfährt und er darauf wartet, dass seine Mutter aussteigt. Er muss etwas Gutes im Kopf haben, keinen Hass und keinen Zorn, sonst funktioniert es nicht. Und es muss funktionieren, ein für alle Mal, für die Anni, für seine Buben und für ihn selbst.

Er trägt ihre Koffer, während sie lamentierend neben ihm hergeht, weil der Zug zehn Minuten Verspätung gehabt hat. Als sie im Auto sitzen, fährt er nicht sofort los, sondern schaut seine Mutter erst eine ganze Weile stumm an. Noch immer versucht er, sich ein Bild zu machen. Versucht, etwas zu sehen, das passt. Das echt ist.

»Was is los?«, fragt seine Mutter nach einer Weile beunruhigt. »Warum fahrst denn ned? Is was passiert?«

Anda weiß nicht genau, ob er tatsächlich ernsthaft vorgehabt hat, ihr das Bild zu zeigen, doch jetzt überlegt er nicht mehr lange, sondern zieht es aus seiner Hemdtasche und hält es seiner Mutter hin.

»Was …«, beginnt sie, dann erkennt sie das Bild, und Anda sieht, dass sie begreift. Ihre Miene verändert sich, und zu seiner Überraschung wird sie nicht hart und abweisend, es erscheint kein dünner Strich, sondern ihr Gesicht wird weich, verletzlich, und für einen kurzen Moment kann Anda sich vorstellen, wie seine Mutter aussah, damals, als sie verliebt war. Doch der Augenblick ist so rasch vorüber, wie er gekommen ist, und als sie schließlich den Kopf hebt und ihn ansieht, sind ihre Augen voller Trauer, so, als wäre jemand gestorben.

»Weißt es also«, sagt sie nur.

Anda nickt und steckt das Foto wieder ein. Und als nichts weiter von seiner Mutter kommt, startet er schweigend das Auto und fährt aus der Parklücke. Als sie bereits auf der Bundesstraße sind, die von Marktlkirchen nach Untermarktlbrunn führt, bleibt er an einer Einfahrt zu einem Maisfeld noch einmal stehen. Bedächtig legt er seine Hände auf das Lenkrad und sagt: »Ich lieb die Anni, und die Anni liebt mich. Des ist des Wichtigste in meinem Leben, verstehst?« Er wendet den Blick zu seiner Mutter und sieht, wie sie langsam nickt.

»Das Wichtigste«, wiederholt er noch einmal, und an ihrer Miene kann er sehen, dass sie begriffen hat. Sie wird die Anni in Zukunft in Ruh lassen. Ganz gwieß.

Als wieder losfährt, spürt er die Hand seiner Mutter auf seinem Arm. Er bremst noch einmal. Sie drückt seinen Unterarm leicht und sagt leise: »Tuat mir leid.« Anda will nicken, stumm und stoisch, so wie er immer nickt, wenn es die Situation erfordert, und dann weiterfahren, doch es gelingt ihm nicht. Etwas schnürt ihm den Hals zu, und ohne zu überlegen, tut er etwas, was er seiner Erinnerung nach noch nie getan hat, weil sie es nie zugelassen hat: Er umarmt seine Mutter. Und während er sie im Arm hält und spürt, wie erschreckend mager und knochig sie ist, merkt er, dass sie weint.

»… das Meer, das Meer das oft feuerrot ist
und die herrlichen Sonnenuntergänge und die Feigenbäume
in den Alameda Gärten ja und all die seltsamen Gassen
und rosa roten blauen und gelben Häuser …«

Auch wenn Ulysses *Ulysses* aufgefressen hat, sind mir doch einige Sätze im Gedächtnis geblieben. Und nicht mal die brauch ich mehr, denn ich bin da. Wirklich und tatsächlich! Ich sitze am Strand und sehe den feuerroten Sonnenuntergang, und hinter mir sind die Gassen mit den rosaroten, blauen und gelben Häusern. Und in den Alameda-Gärten war ich auch schon. Die sind in Gibraltar. Also, *meine* Alameda-Gärten zumindest. Ich weiß ja nicht, ob das dieselben sind, die der gute alte James beschrieben hat. Is mir auch wurscht. Ich bin Metzgerin und keine Literaturwissenschaftlerin. Und jetzt geh ich in eine Bar irgendwo in den seltsamen Gassen zwischen den bunten Häusern und trinke einen Sherry. Fino. Der ist herb und blond, nicht wirklich süß, aber gut. So ähnlich wie ich.

Ach, und übrigens:

Wo war er jetzt eigentlich, der Moses, als die Kerze ausging?

Im Dunkeln natürlich. Eh klar, oder?

Burgis Übersetzung der »Erbaulichen Sprüche und Gedichtln«

A verschüttets Wasser ko ma nimmer aufhebn.
Verschüttetes Wasser kann man nicht mehr aufheben.

De Liab druckt 's Herz und der Knedl den Mogn.
Die Liebe bedrückt das Herz, der Kloß drückt im Magen.

A schwarze Kuah gibt aa a weiße Milli.
Auch eine schwarze Kuh gibt weiße Milch.

Es gibt nix Bessers ois ebbas Guats.
Es gibt nichts Besseres als etwas Gutes.

's Leben ohne Weib is wia a Suppn ohne Soiz.
Ein Leben ohne Frau ist wie eine Suppe ohne Salz.

Fürschlings is allawei besser gfahren als arschlings.
Vorwärts kann man immer besser fahren als rückwärts.

Burgis Übersetzung des Gedichts

»A Wassafoi« von Franz Ringseis

A Wassafoi mechat i sei
und foin, foin, foin.
Es foiat ma ned ei,
was andas zwoin.

I daat grod so owarauschn,
oiwei gangats dahi.
Mit neamd mechat i tauschn.
Nur foin mechat i.

Ich möchte ein Wasserfall sein
und fallen, fallen, fallen.
Es fiele mir gar nicht ein,
etwas anderes zu wollen.

Ich würde nur so hinunterrauschen,
so würde es immer weitergehen.
Mit niemandem würde ich tauschen wollen,
nur fallen möchte ich.

Glossar

A

a, an	*helles a, wie Lady Gaga*	unbestimmter Artikel, ein
aa	*helles a, wie Lady Gaga, aber lang ausgesprochen*	auch
abganga	*obganga*	Partizip von abgehen: fehlen, vermissen; »bist uns arg abganga« = du hast uns sehr gefehlt
Almenrausch	*Oimarausch*	Rostrote Alpenrose (Rhododendronart)
Anda	*helles a*	Abkürzung von Andreas
akkrad	*aggrad*	akkurat, peinlich genau; aber auch: ausgerechnet
Ansprach		Gelegenheit zur Unterhaltung, sozialer Kontakt
ausrichten, die Leut		jemandem Übles nachsagen, über die Leute herziehen
Arsch auf Grundeis, da geht dir der …		Angst haben, sich fürchten
aufzwickn		hänseln, necken
ausflaschln	*helles a*	ausfragen, aushorchen
ausschwenzen		ausspülen, auswringen

B

Babbn	*Babbm*	Mund, Klappe (vgl. *Goschn*)
bärig	*berig*	ausgezeichnet, pfundig, toll
Bagage	*Bagaasch*	Gesindel, Pack, Sippe
Batz, batzig	*helles, langes aa*	Matsch, Schlamm, flüssige Masse, nicht zu verwechseln mit *Bazi*
Bazi	*helles a*	gerissener Bursche, Gauner, Lump
beduselt	*bedusld*	angesäuselt, beschwipst
bissl		bisschen, wenig
bled	*bleed*	dumm, blöd
Breserl	*Bresal*	Brösel, Krümel
brocken (Verb)	*broggn*	pflücken
Brocken (Nomen)	*Broggn*	großes Stück
Boa, du spinnst doch vom Boa weg		Knochen, du spinnst komplett
Bobbala, auch Bobberl	*Bóbbala*	kleiner Liebling, Schätzchen, kleines niedliches Kind, Wesen
bsoffn, bsuffn		betrunken

D

Daxn, Daxn ziagn	*helles a*	Zweige von Nadelbäumen im Wald sammeln
Deife		Teufel
Depp, deppert	*deppad*	Idiot, idiotisch, bescheuert
der (bayerischer Lieblingsartikel)		der Butter, der Radio, der Joghurt, der Kaugummi, der *Karrn* (mit dem Artikel macht man im Zweifel nix falsch)

Diadonische		Diatonisches Akkordeon, Knopfgriffakkordeon (ohne Tasten); in der bayerischen und österreichischen Volksmusik sehr verbreitet
Dirndl		Mädchen; traditionelles Trachtenkleid
Dreck im Schachterl, da hamma den Dreck im Schachterl		Bescherung, da haben wir die Bescherung
duschn	*kurzes u wie bei huschen*	stark regnen, *schiffen*

E

ebba	*äbba*	etwa, vielleicht
eh		bayerisch-österreichisches Allroundfüllwort für sowieso, ohnehin
einkehrn	*aikeahn*	zum Essen und Trinken in einem Wirtshaus Rast machen
End, am End		Schluss, zu guter Letzt

F

fei		vielfach verwendbares Bekräftigungswort ohne wirkliche Übersetzung: »Pass fei auf!« (= »Pass ja auf!«); weitere Beispiele: »Des is fei echtes Gold!« – »Da hast fei Glück ghabt.«
fesch	*fäsch*	hübsch, flott, attraktiv, elegant

Fingerhakln	*Fingahaggln*	bayerischer Kraftsport, bei dem sich zwei Gegner an einem Tisch gegenübersitzen und versuchen, sich gegenseitig mit einem Finger über den Tisch zu ziehen.
Fleckerlteppich	*Fleggalteppich*	aus in Streifen geschnittenen, bunten Stoffresten gewebter Teppich
fliagn		fliegen
Flinserl	*Flinsal*	kleine (Fleisch-)Faser, Flusen
Flietscherl	*Flietschal*	gemilderte, verkleinerte Form von Flietschen = liederliche, etwas unanständige Frau, Flittchen
fuchteln		die Hände rasch hin und her bewegen, auch gestikulieren

G

Gamsgogerl, Gogerl	*o wie engl. Lord*	kleines Kügelchen, hier bildlich für Hinterlassenschaft einer Gams (= Gemse)
gar	*goor*	etwa, sogar (vgl. *ebba*), durchaus; auch: ausgegangen, aufgebraucht, beendet, zu Ende: »Aus is und gar is und schad is, dass wahr is.«
Gelbwurst		bayerische Frischwurstsorte mit oder ohne Petersilie, mit orangenfarbener Haut
Gemma!		Gehen wir! Lass uns gehen!

gern haben		neben der wörtlichen Bedeutung auch im Sinn von »der kann mir den Buckel runterrutschen«; oder: lass dich gernhaben, *kümmere dich nicht darum*
getriezt		Partizip von triezen, jemanden ärgern
gfoin		gefallen
gfrein, sich		sich freuen
Gfrieß, Pl. Gfrießa		abfällig für Gesicht, Fresse
Glupperl	*Glubbal*	Wäscheklammer
gnua	*gnúa*	genug
Goschn		Mund, Klappe (vgl. *Babbn*)
Graffl	*helles a*	Gerümpel, Krempel, Kram
grampfln	*helles a*	klauen, stibitzen
grantig	*helles a*	mürrisch, schlecht gelaunt
Gred	*Greed*	Gerede
greislig		hässlich, ungenießbar, schlecht (z. B. auch a greisligs Wetter)
Griaß di		Begrüßungsformel unter Freunden, Verkürzung für »Grüß dich Gott« (vgl. *Pfiadi*)
Grischperl	*Grischbal*	dünner, schwächlicher, zarter Mann oder Junge; Spargeltarzan
Gröstl	*Greschdl oder Greaschdl*	Pfannengericht aus Resten; meist vom Rind, aber auch Schweinebraten oder *Haxn* (Haxngröstl) mit Bratensoße, Zwiebeln, Kartoffeln, Kümmel und Ei in der Pfanne gebraten

gscheid, was Gscheids	*gscheid*	richtig, gut, viel, etwas Ordentliches; aber auch *gescheit* im Sinn von klug
gschert	*gschead*	gemein, grob, ordinär
Gschieß		Ärger, Probleme, Scherereien, Umstände
gschmackig	*helles a*	lecker, gut gewürzt
gschnappert	*gschnappad*	vorlaut, frech, schnippisch, besserwisserisch
gschneckelt	*gschneggld*	gelockt, lockige Haare
gschpiem		Partizip von speien = sich übergeben, erbrechen; »du schaust aus wie gschpiem« = du siehst ziemlich schlecht aus
gsengte Sau, fahren wie eine		sehr schnell fahren
gstinkert	*gschdinggad*	stinkend
gspannt		neugierig sein
gspassig	*gschpassig*	seltsam, nicht mit rechten Dingen zugehend, komisch
gspinnert, auch spinnert	*gschbinnad*	verrückt, abgedreht
Gspusi	*Gschbusi*	Geliebte oder Geliebter, Liebschaft, heimlicher Freund, heimliche Freundin
guad		gut
gut im Futter stehen		freundlich-ironische Umschreibung für ziemlich dick sein
Gumperer		eine Schöpfkelle voll, beim gezapften Bier einmal den Zapfhahn gedrückt (viel Schaum und ein etwa halbvolles Glas)

gwampert	*gwammbad*	dickbäuchig, beleibt, mit einer (Bier)-Wampe versehen
gwieß		sicher

H

Hacklstecken	*helles a*	Gehstock, Krücke
Hakeleien, hakeln	*helles a*	Streitereien, sich streiten
halt	*hoit*	eben
hamma		haben wir
Hamperer	*helles a*	urspr. Handwerksbursch, nichtsnutziger, ärmlicher Mensch, Loser
Hascherl, armes	*helles a*	unselbständige, bemitleidenswerte Person, meist Kind oder Frau
hatschen	*helles a*	schwerfällig, mühsam gehen
Haufn, a ganzer Haufn		eine große Menge
Haxn, der oder die		Bein, Haxe
Henna		Henne, Huhn
Hennerl		kleines Huhn
herin, herobn, herunten		(hier) drinnen, oben, unten
heuen	*hein*	mähen, Heu machen
Hoagartn		gemütliches Beisammensein mit Freunden oder Nachbarn, meist zum Feierabend
Hoibe	*Hoiwe*	ein Glas, eine Flasche Bier (½ Liter)
Hoitauf!	*Hóitauf*	Stopp! Vorsicht! Aufpassen! Moment!

Holler, Holler-kiacherl	*-kiachal*	Kiacherl = krapfenartiges Gebäck, aus heißem Fett ausgebacken Holler = Holunder, hier die Blüten, die in Teig getaucht und im Fett gebacken werden
hupfen		hüpfen, springen
Hupfball		Flummi

I

I		Ich

J

Janker	*Jangga*	Strick- oder Walkjacke
Johanni	*Johánni*	Fest des hl. Johannes, 24. Juni, an dem Tag werden Bergfeuer = Sonnwendfeuer angezündet (21. Juni Sommersonnen-wende)
Joppn, Trachten-joppn		Trachtenjacke, Sakko, Jackett

K

kasig	*helles a*	blass, bleich
Kaiberl	*Kaiwal*	Kälbchen
Kaminwurzn		kaltgeräucherte, luftgetrocknete Rohwurst aus Rind-, Schwein-, Gams- oder Hirschfleisch (urspr. aus Südtirol)
Kanapee		Sofa

Kassler	*helles a*	gepökeltes, leicht geräuchertes Schweinefleisch, schmeckt ähnlich wie gekochter Schinken, wird aber in dicken Scheiben warm (z. B. mit Kraut und Kartoffelpüree) oder kalt zur Brotzeit gegessen
Kerndlgfutterter		sehr gesund lebender Mensch, Vegetarier, aber auch ein sehr kerniger, sportlich zäher Typ
Knedl		Kloß, Semmel- oder Kartoffelknödel; wichtigste Beilage zum Schweinebraten und auch zu vielen anderen Gerichten
koa		kein
Kraut, des macht 's Kraut ned fett		Kraut, darauf kommt es (jetzt) auch nicht mehr an
kraxln	*graxln*	klettern
Kreiz	greiz	Rücken, Kreuz
kruschtln	gruuschdln	herumkramen

L

letztens		neulich
Luder, a dumms	*Luader*	normalerweise eine raffinierte Frau von etwas zweifelhaftem Ruf; manchmal steht es auch nur für eine besonders dumme Frau bzw. eine, die sich sehr dumm anstellt
lupfen		anheben

M

Madl	*helles a*	Mädchen (vgl. *Dirndl*)
Maß	*wie Fass,* niemals *Maaß!*	Ein Liter Bier im Krug
Maßkrug stemmen		bayerische Kraftsportart, die das Nützliche (Körperertüchtigung) mit dem Angenehmen (Bier trinken) verbindet; der volle Maßkrug (ca. 1,6 kg) wird dabei am Griff in der ausgestreckten Hand gehalten
mei, ja mei, o mei	*ei wie a in engl. »table«*	vielfach verwendbarer Ausruf u. a. des Mitgefühls; von »oh, mein Gott«
miassn		müssen
Milli		Milch
Minga		München
Modl		(kunstvoll geschnitzte) Form u. a. für Butter oder Plätzchen (Spekulatius, Springerle)

N

naa	*helles aa*	nein
nacha		dann
narrisch	*helles a*	verrückt, wütend, besonders (Verstärkung)
nauf, nunter, nüber	*nunta, nüba*	hinauf, hinunter, hinüber
ned	need	nicht
nimmer	*nimma*	nicht mehr

Nix für unguad!		Besänftigungsformel, wenn man sich aus einer unschönen Situation verabschieden, sich aus der Affäre ziehen will oder aber sich vorher unschöne Dinge an den Kopf geworfen hat
Nußgratscher	*helles a*	Eichelhäher

O

Oa, Ora (Pl.)		Ei, Eier; nicht zu verwechseln mit *Oa, Oan* (Pl.) = Ohren
Oanser		Eins
Öha!		Hoppla! Ausruf der Überraschung
oiso		also
ogstochn		angetrunken, betrunken, im Anfangsstadium; aber im Gegensatz zu *beduselt* eher unangenehm für die Umwelt
owidrucken	*o wie engl. Lord*	mühsam hinunterschlucken

P

Pfeifendeckl		von wegen; das kannst du in der Pfeife rauchen; das kannst du vergessen
pfeilgrad		schnurgerade, direkt, wirklich, tatsächlich
Pfiadi!	*Pfiaddi*	Verabschiedungsformel unter Freunden; eigentlich »Pfiat di Gott« (Behüte dich Gott) (vgl. *Griaß di*)
Pfui Deife!		Pfui Teufel, Igitt!

Potschamperl	*Potschàmbbal*	Nachttopf (aus dem Französischen: *pot de chambre*)
preißisch, Preiß	*breiß*	nicht bayerisch, norddeutsch
pressieren		eilig, dringend sein
Prügel, Holzprügel	*Briegl*	großes Holzscheit
pudelnackert	*budlnackad*	splitterfasernackt
pumperlgsund	*bumbbalgsund*	kerngesund

Q

Quetschn		Akkordeon

R

Radau	*Radaú*	Lärm
Ratsch	*helles a*	gemütliche Unterhaltung
Ratschkattl		Frau, die gerne redet und tratscht
Redhaus	*Reedhaus*	jemand, der viel und schnell und gerne redet; gerne in Verbindung mit *oid* (= alt); z. B. »a oids Redhaus«, muss aber nicht alt sein …
Roas, immer auf der Roas sei	*Roaß*	wörtl: Reise, auf die Reise gehen; unterwegs sein v. a. in Kneipen; vielbeschäftigt sein
roasen	*roasn*	laufen

S

Sakra! Sakradi!		verkürzte Form von Sakrament (Fluch); wird als Ausruf großer Hochachtung oder Erstaunen, Überraschung verwendet
sakrisch		gewaltig, besonders
sau-, sauguad, saudumm		Formel zur Verstärkung
Saubinggl	*Saubinkl*	*Binggl* = Beule; Scheißkerl, niederträchtiger Mensch
Schafkopfen		beliebtes Kartenspiel
Schau, a (so a) Schau		etwas besonders Tolles, Gutes! Das ist super!
schee		schön
scheint's		scheinbar, offenbar
schiffen		stark regnen; auch: pinkeln, pissen
sich um nix was scheißen		sich nichts scheren, kümmern; aber auch: keine Angst haben, sich nicht fürchten (vgl. *Schiss, Schisser*)
Schiss		Angst
Schisser, Schisserin		Angsthase, Feigling
schlägern		sich prügeln, raufen
Schlappen		Hausschuhe, Pantoffeln
Schmarrn		Mehlspeise; aber auch: Blödsinn, Unsinn
schnaufen	*schnaufn*	atmen, aber auch im Sinn von sehr schwer, angestrengt atmen (z. B. »Daschnaufst es no?« = Bekommst du überhaupt noch Luft?)

Schneckerl, gschneckerlt	*Schneckal*	Locken, gelockt
Schnitt		knapp eingeschenktes Bier vom Fass, ein *Gumperer*
Schupf, die, oder der Schupfn		Schuppen; nicht zu verwechseln mit dem *Stadl*
Sonnwend		Tagundnachtgleiche, Sommersonnenwende (vgl. *Johanni)*
Soß	*kurzes o wie Ross*	Soße
spechten		forschend schauen, spionieren, es auf etwas abgesehen haben
Spezl, Spezi		Kumpel, Freund
Spigankerl		Späße, Narrheiten, Launen, Kapriolen
spanna		bemerken
spinnert		siehe *gspinnert*
staad		still, leise
Stadl		frei, oft auf einer Wiese stehende Scheune, vor allem zur Lagerung von Heu
Stadterer	*Stooderer, o wie engl. Lord*	ein Mensch aus der Stadt, im Sinn von »ein ahnungsloses Weichei« oder aber »ein arroganter Schnösel«
Stamperl	*Schtambbal*	ein Glas voll Schnaps; bzw. Schnapsglas
Stoahebn		bayerische Kraftsportart, bei der ein großer Stein (etwa 250 – 400 kg) ca. einen Meter *gelupft* (= hochgezogen) werden muss

stocknarrisch		Stock = verstärkende Formel; entweder: sehr wütend, sehr verrückt oder auch: sehr verliebt, verrückt nach jemandem
Stückl		kleines Stück
stumpert, gstumpert		klein, ein Mensch, der nicht weit über den Boden ragt (vgl. *Stumpn*)
Suppenfleisch		Rindfleisch zum Kochen einer Fleischbrühe, wird meist danach mit Meerrettich gegessen (wie Tafelspitz, aber nicht so mager bzw. edel)

T

Tandler	Dandla, helles a	Händler
Topfen	Dopfn	Quark
Topfenkuchen	Dopfnkuachn	Käsekuchen
tragerd	trogerd	trächtig
Trumm	Drumm	sehr großes Stück, ein großes Tier (»a Trumm Viech«); auch eine sehr große, kräftige Frau (»a [Mords-] trumm Weib«)

V

verschissen		es sich verscherzt haben, in Ungnade gefallen sein

verreckt, varreckt	besonders, ausgetüftelt, raffiniert; auch verflucht, verdammt oder besonders schwierig, verzwickt; bei Menschen gerissen, schlau (bewundernd): »A ganz a verreckter Hund!«; »Ja verreck!« Ausruf der Verwunderung, Verblüffung
verratzt	auf verlorenem Posten, erledigt sein
verwurschtelt	(bez. Haare) total durcheinander, verstrubbelt
Viech	Tier
voglwuid	total verrückt, schräg, abgedreht

W

warmer Bruder	Homosexueller
wief	gewieft, gewitzt, schlau
Willi	Williamsbirne (Schnaps)

X

Xari	Abkürzung für Xaver

Z

zapfig	eiskalt
Zeitlang	Heimweh
zerdengelt	verbeult
Ziach	Akkordeon; von »Ziehharmonika«

Rezepte

Schweinsbraten

Einen Schweinsbraten kennt ja eigentlich jeder, aber nicht jeder hat ihn schon mal gemacht, und obwohl er eigentlich ganz einfach ist, kann man auch viel falsch machen. Und a bissl Zeit braucht's halt auch. Erstens und am allerwichtigsten: Fleisch aus einer guten Metzgerei kaufen, weil nur ein gscheids Fleisch auch einen gscheidn Braten gibt. Und je glücklicher das Schwein war, bevor's ein Braten geworden is, desto besser schmeckt's, und das nicht nur, weil man ein besseres Gwissn beim Essen hat. Ich kenn da zum Beispiel einen Metzger, der schlachtet seine Schweine bei klassischer Musik, damit sie nicht so gestresst werden, und des schmeckt man auch ... Kein Witz!

Des braucht man:

1,2–1,5 kg Schweinefleisch (z. B. Schulter) am besten mit Schwarte (vom Metzger kreuzweis einschneiden lassen)

Suppengrün (1 Karotte, Schnittlauch, ½ Stückl Lauch, Petersilie, 1 Petersilienwurzel – eigentlich ghört ja Sellerie dazu, aber den mag ich überhaupts nicht, pfui Deife, ich find Petersilienwurzel viel gschmackiger, aber freilich darf's jeder machen, wie er mag ...)

a bissl a Butterschmalz oder geschmacksneutrales Öl für die Reine, kein Olivenöl, aber des is eh klar, oder?

1 große Tomate

2 Zwiebeln

1 Knoblauchzehe

Pfeffer, Salz

Kümmel: ganzer Kümmel, kein Pulver

eine Flasche Bier, am besten dunkles Bier: nicht aussaufen, des is für die Soß!

einen kleinen Löffel kalten Kaffee: (Die Gschicht dazu erzähl ich unten ...)

So wird's gmacht:
Ofen auf 200° (Ober- und Unterhitze) vorheizen. Ich geh mal davon aus, dass Sie einen Elektrobackofen haben und nicht wie ich auf der Alm mit einem Holzofen kämpfen müssen, also ganz easy. Schweinsbraten gut mit Salz, Pfeffer und Kümmel einreiben. Butterschmalz (nicht zu wenig) in der Reine zerlassen oder Öl warm werden lassen, das grob gewürfelte Gemüse reingeben und den Braten mit der Schwarte nach unten ebenfalls dazulegen und in den vorgeheizten Ofen (unterste Ebene) schieben. Nach ca. einer halben Stunde den Braten wenden, damit die Schwarte oben liegt und knusprig werden kann. Hitze auf Mittelhitze absenken.

Fleisch 2–2½ Stunden braten und in der Zwischenzeit immer wieder mit Bier (und ggf. etwas Wasser) und später auch mit der entstandenen Bratensoß begießen. Aufpassen, dass die Krustn nicht verbrennt. Ein Bratenthermometer hilft beim Bestimmen der Bratzeit ganz sakrisch!

Am End die Soß abgießen und den Braten noch ein bissl im Ofen trocknen lassen (nicht zu lang, sonst wird er trocken!). Inzwischen Soße durch ein Sieb gießen. Jetzt wird's nochmal wichtig: Eine echte Schweinsbratensoß wird nicht gebunden. Des könnts beim Rinderbraten oder von mir aus bei Rouladen machen, aber niemals beim Schweinsbraten.

Man kann aber einen Teil des Gemüses je nach Geschmack pürieren oder durchs Sieb streichen und noch dazugeben, oder man läßt sie ganz klar. Im Idealfall ist die Soße dunkel und leicht eingebrannt, das gibt den typischen Schweinsbraten-Dunkelbiersoß-Gschmack. Und hier kommt der Löffel kalter Kaffee ins Spiel. Um diesen echt sauguaden Gschmack noch a bissl aufzuhübschen, kann man einen – kleinen – Löffel kalten Kaffee dazugeben. Das ist der Geheimtipp von der Oma eines Freundes von mir, und der ist echt Gold wert. Probierts es aus!

Und jetzt noch kurz zu den Beilagen:
Man kennt ja aus den Wirtshäusern und von mir auf der Alm als Beilage vor allem Kartoffelknödl oder auch mal Semmelknödl (ich persönlich versteh zwar nicht, wie man Semmelknödl zum Schweinsbraten essen kann, aber bitte, wie schon gesagt, jeder, wie er mag ...). Kartoffelknödl mag ich durchaus, da gibt's nix, wer aber den Schweinsbraten schon mal in Niederbayern oder in der Oberpfalz oder, wie ich, bei seiner Oma gegessen hat, der hat, wenn er Glück ghabt hat, auch mal eine andere Variante gekriegt, die echt was für sich hat: Schweinsbraten mit Kartoffeln. Dazu gibt man die rohen Kartoffeln in Viertel geschnitten einfach zum Braten in die Reine, nicht gleich am Anfang, halt so, dass sie bis zum Ende des Bratens auch gar werden und nicht komplett zerfallen, also ungefähr eine Stund vor Ende der Garzeit. Dann saugen sich die Kartoffeln schon mit Bratensoß voll und werden recht cremig und gschmackig und schmecken damit viel besser als die meisten Gummikartoffelknödl, die Sie sonst so kriegen.

Danach werden Sie – auch wenn Sie dem Kartoffelknödl grundsätzlich aufgeschlossen gegenüberstehen – verstehen, was eine liebe Bekannte und leidenschaftliche Gastwirtin so beschrieben hat: »Für mich is ein Kartoffelknödl eine Vergewaltigung der Kartoffel!«

Ich lass das jetzt einfach mal so stehen ... :-)

Obatzda

Der Obatzde is eine bayerische Speise für Vegetarier, und so was braucht's ja auch, des versteht sogar eine Metzgerin. Für Veganer ist er leider nix, weil Käs und Butter drin sind, und für Abstinenzler eher auch nicht, zwecks dem Bier. Aber mei, man kann's halt nicht allen recht machen. Das Wort Obatzda kommt von Batz (siehe Glossar) und meint einfach was Dadruckts, also, des muss ich jetzt wahrscheinlich auch wieder erklären, also etwas Vermengtes, Zerdrücktes, das am End ausschaut wie ... ein Batz halt. Aber auch wenn er ausschaut wie ein bloßer Batz, schmecken tuat der Obatzde sakrisch guad!

Des braucht man:

2 Camembert, am besten die bayerische Variante, 45 % Fett, kein Brie oder was anderes Exotisches

1 kleine Zwiebel

125 g Butter

Kümmel, Pfeffer, Salz

Paprika edelsüß

Bier (helles diesmal), da dürfts während der Vorbereitung schon mal a bissl was trinken, wir brauchen bloß ein paar Löffel

So wird's gmacht:

Camembert und weichen Butter in kleine Würfel schneiden, Zwiebel ganz klein schneiden, Gewürze und ein paar Löffel Bier dazugeben und alles miteinander in einer Schüssel vermischen. Früher oder auf der Alm, wo's keinen Strom gibt, hat man alles mit einer Gabel zerdrückt, bis eine geschmeidige Masse draus geworden ist, ich mach's heut noch so, aber das dauert und ist schon ein bissl anstrengend. Mit einem Pürierstab geht's sicher schneller und weniger mühsam, aber wer weiß, ob's dann genauso schmeckt? Vom Bier nicht zu viel, nur löffelweise, damit es halt nicht zu trocken wird. Topfen, sprich Quark, hat übrigens in einem echten Obatzdn nix zu suchen.

Des war's dann auch schon. Dazu ein guads Brot, am besten ein dunkles Roggenbrot mit gscheider, rescher Krustn, a paar Radieserl, zwecks Gemüse und so, und fertig ist die Brotzeit. Den Rest vom Bier könnts dann gleich dazutrinken.

An Guadn!

Hollerkiacherl

Des is eine Frühlings- bzw. Frühsommerspeise, denn des gibt's nur dann, wenn der Holler (= Holunder) blüht.

Des braucht man:

100 g Mehl
1 Prise Salz
⅛ l Weißwein oder Milch
1 Ei
1 TL zerlassene Butter
Butterschmalz zum Ausbacken
Hollerblütendolden am Stengel

So wird's gmacht:

Hollerblüten vorsichtig, aber gründlich waschen, am besten kurze Zeit in ganz leicht gesalzenem, kaltem oder lauwarmem Wasser liegen lassen, damit alle kleinen Viecherl (Tierchen), die sich drin verkrochen haben, rauskommen. Auf Küchenpapier gut abtropfen lassen.

Mehl, Flüssigkeit, Salz und Ei zu einem dicken Pfannkuchenteig rühren und die zerlassene Butter dazugeben. Hollerblütendolden durch den Teig ziehen und schwimmend ausbacken. Mit Puderzucker bestäuben und heiß servieren.

Man kann den Teig auch für Apfelkiacherl verwenden, wenn grad keine Hollerzeit ist. Dann eben dicke Apfelscheiben in den Teig tauchen, ausbacken und mit Zimtzucker bestreuen.

Zirbnschnaps

Des is der Schnaps vom Kemser Sepp, den er der Burgi und der Anni auf die Alm mitbringt, aber eigentlich und »in echt« stammt das Rezept vom Rieger Luis und der Ingrid aus Partenkirchen, und ich hab's auch schon probieren dürfen. Schmeckt sauguad, nach Alm und nach Wald. Wirklich. Aber Achtung, wie sagt die Ingrid so schön: Oa Schnapserl is gsund, bei zwoa is oaner zvui ...

Man kann ihn übrigens nur von Juli bis Anfang August ansetzen, weil da die Zirbnnüsse grad recht sind.

Des braucht man:

1 Liter Wodka
2 Zirbnnüsse (Zirbelkiefer)
ca. 3 EL weißen Kandiszucker

So wird's gmacht:

Zirbnnüsse in Scheiben schneiden und in einem hellen Gefäß mit 1 Liter Wodka auffüllen. Dann je nach Geschmack mit etwa drei Esslöffel Kandis süßen und gut umrühren. 3–4 Wochen an einem sonnigen Platz stehen lassen und immer wieder umrühren oder schütteln. In dieser Zeit wird er tiefrot. Danach abseihen. Läßt man ihn 4 statt 3 Wochen ziehen, wird er stärker, guad isser immer.

Prost!

Quellennachweis

James Joyce, *Ulysses*
2 Bände, dtv Sonderreihe, Ausgabe Januar 1966

Franz Ringseis, *A Wassafoi mechat i sei, Bairische Gedichte*
Franz Ehrenwirth Verlag KG München, 1968

Danksagung

A herzliches »Vergelt's Gott« an Luis und Ingrid Rieger (besser bekannt unter ihrem Hausnamen Krolln, sprich *Groi*). Die beiden haben zusammen mit ihrer Familie 45 Jahre lang die Wettersteinalm betrieben und mir aus ihrem unerschöpflichen Erfahrungsschatz heraus alles erklärt, was man für einen Almsommer wissen muss. Ich hätte ihnen noch tagelang zuhören können. Etwaige Fehler und Ungenauigkeiten, betreffend das Almleben, die Rindviecher und alles, was dazugehört, gehen allein auf mein Konto und waren vielleicht auch manchmal der Dramaturgie der Geschichte geschuldet. Danke, Ingrid und Luis, für die guade Brotzeit, für Kaffee und Kuachen und für den unglaublichen Zirbnschnaps und vor allem ein Vergelt's Gott dafür, dass ich als Kind wunderbare Sommerferien bei euch auf der Alm hab verbringen dürfen!

Liebe, Lust und Leberkäs

Franziska Weidinger

KEINE SAU HAT MICH LIEB

Roman

Himmiherrgottsakrament! Burgi Schweinsteiger, Metzgerin aus Untermarktlbrunn, kann es nicht glauben. Da verläuft sich einmal ein interessanter Mann ins Dorf, prompt hat ihr Vater, der Hallodri, einen »kleinen Unfall«, der sich als ausgewachsene Katastrophe entpuppt. Statt mit dem Filetstück von Mann über das Leben, die Liebe und die Literatur zu plaudern, muss Burgi tricksen, was das Zeug hält. Schließlich steht nicht nur der Familienbesitz, die Metzgerei, auf dem Spiel, sondern auch der erste bayerische Poetry Slam der Geschichte, die Ehre ihrer besten Freundin und Burgis Traum von einem Leben mit etwas mehr Poesie …